COLIN FORBES

HINTERHALT

DER ÜBERLÄUFER

WILHELM HEYNE VERLAG
MÜNCHEN

HEYNE ALLGEMEINE REIHE
Nr. 01/10885

Besuchen Sie uns im Internet:
http://www.heyne.de

Umwelthinweis:
Dieses Buch wurde auf
chlor- und säurefreiem Papier gedruckt.

Copyright © 1998 dieser Ausgabe by
Wilhelm Heyne Verlag GmbH & Co. KG, München
Einzelrechte s. Quellenverzeichnis
Printed in Germany 1998
Umschlagillustration: IFA-Bilderteam/Aberham, Taufkirchen
Umschlaggestaltung: Atelier Ingrid Schütz, München
Druck und Bindung: Elsnerdruck, Berlin

ISBN: 3-453-14431-7

Hinterhalt

Für Jane

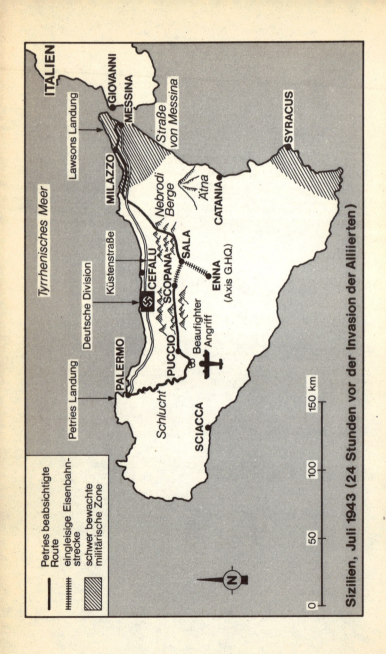

Sizillien, Juli 1943 (24 Stunden vor der Invasion der Alliierten)

1.
Montag, 5. Juli 1943

»Der ganze Plan ist eine einzige Katastrophe – um lebend zurückzukommen, werdet ihr verdammt viel Glück brauchen...«

Die feindliche Küste, in der Dunkelheit nur ein verschwommener Gebirgsstreifen, lag vor ihnen. Im Geist hörte Lawson wieder Major James Petries eindringliche Worte, während das Flugboot auf die Oberfläche des Mittelmeeres herabsank und mit seinen Schwimmern sprühende Wasserfontänen hinter sich herzog. Die Maschine verlor rasch an Fahrt und schwenkte etwa eine halbe Meile vor der Küste auf Parallelkurs ein. Major Lawson hockte geduckt in der offenen Tür hinter dem Marine-Piloten und starrte in das schwarze Wasser, das dicht unter ihm vorbeischoß. Als das Flugzeug schließlich leicht auf den Wellen schaukelnd zum Stillstand kam, zog Lawson drei Schlauchboote durch die Öffnung und ließ sie auf die Wasseroberfläche fallen. Sanft dümpelten sie in der Dünung. Lawson sandte ein Stoßgebet zum Himmel, der Mond möge hinter den Wolken verborgen bleiben. Doch genau in diesem Moment ergoß er sein silbernes Licht über die acht Männer des Landungskommandos, die hinter Lawson in die schwankenden Boote kletterten, kaum daß die Zwillingspropeller des Flugzeugs zum Stillstand gekommen waren. Lawson spähte zur Küste hinüber, schob sein automatisches Gewehr über die Schulter und beobachtete die Männer seines Trupps. Die warnenden Worte schossen ihm durch den Kopf, die Petrie immer wieder vorgebracht hatte, obwohl es schon zu spät war, den Plan zu ändern.

»Dawnay hätte einer solch verrückten Idee niemals zustimmen dürfen. Acht Männer – mit dir neun – sind zuviel für ein solches Unternehmen, Bill. Sie werden über ihre eigenen Beine stolpern...«

Einer der Männer, der hastig aus der Maschine kletterte, stolperte tatsächlich über die Beine seines Vordermannes. Nur Lawsons rasches Zupacken rettete ihn vor einem kühlen Bad. Ein Glück, daß Petrie in Tunis saß und ungeduldig auf Nachrichten über den weiteren Ablauf des Stoßtruppunternehmens wartete, dachte Lawson grimmig.

Punkt 22.00 Uhr stießen die neun Soldaten, als Bauern verkleidet, ihre Boote vom Flugzeug ab und paddelten auf das von den Achsenmächten besetzte Sizilien zu. Es war eine nervenzermürbende Fahrt über die im Mondlicht silbern schimmernde unheimliche See. Hinter ihnen rollte das Flugboot mit Lieutenant David Gilbey im Cockpit träge in der Dünung. Die Motoren waren abgestellt. Gilbey sollte so lange mit dem Start warten, bis der schwer bewaffnete Stoßtrupp die Küste erreicht hatte.

Lawson hockte im ersten Boot. Er tauchte mechanisch sein Paddel ins Wasser und beobachtete scharf das verlassene Ufer und den Bahndamm etwas weiter landeinwärts, während das Boot die Wellenkämme auf- und abglitt. Rasch warf er einen Blick zurück zum Flugboot, das sie von Tunis hierher zur sizilianischen Küste gebracht hatte. Wenigstens hatte sich Petrie bezüglich ihres Transportmittels geirrt.

»Für eine solche Operation ist ein Flugboot einfach zu laut«, hatte er bei der letzten Einsatzbesprechung gewarnt. Doch seine Einwände waren bei Brigadier Dawnay und seinem Stab auf taube Ohren gestoßen.

»Der Feind wird seinen Anflug bemerken – weil es in nächster Nähe der sizilianischen Küste wassern und die Schlauchboote aussetzen muß. Die Küste bei Messina wimmelt nur so von feindlichen Truppen«, hatte Petrie argumentiert.

Ja, es schien ganz so, als ob Petrie sich in diesem Punkt geirrt hätte – und vielleicht auch in den anderen. Doch diese

Hoffnung konnte Lawsons Befürchtungen kaum beschwichtigen. Denn Petrie, ein alter Haudegen, der schon zehn Einsätze hinter den feindlichen Linien erfolgreich zu Ende geführt hatte, irrte sich in solchen Dingen kaum. Brigadier Dawnay dagegen – Petrie nannte ihn ironisch den Mann aus Eisen, doch nur vom Nacken an aufwärts – war erst vor knapp sechs Wochen aus London herübergekommen.

Sie näherten sich dem einsamen Strand. Alles war ruhig, nur das Platschen der Wellen gegen die Boote und das leise Glucksen der Paddel im Wasser war zu hören. Ein Mann räusperte sich nervös. Lawson blickte über die Schulter zurück. Das Flugboot schlingerte leicht hin und her. Lawson konnte Gilbeys schattenhafte Gestalt vor dem schwachen Schimmer der Kontrollinstrumente gerade noch erkennen. Im Boot rechts neben ihm erkannte er Corporal Carpenters geduckte Gestalt. Er trug den Sender, ein ziemlich unförmiges Ding, auf dem Rücken. Bei seinem Anblick fiel Lawson wieder eine Bemerkung von Petrie ein.

»Um Himmels willen, Bill, wirf den Sender in den Bach. Wenn ihr auffliegt und euch durchschlagen müßt, wird euch Carpenter mit diesem Monstrum nur aufhalten. Du kannst jederzeit das Funkgerät der Widerstandsbewegung benutzen, mit dem Gambari direkt aus Messina sendet...«

Doch Dawnay hatte auf den Sender ebenso bestanden wie auf eine umfangreiche Ausrüstung und die Benutzung eines Flugbootes.

»Vor der holländischen Küste haben wir fast jeden Tag solche Unternehmen durchgeführt«, hatte er behauptet.

Das Ufer lag greifbar nah vor ihnen. In weniger als einer Minute würden sie festen Boden unter den Füßen haben, über den schmalen grauen Sandstreifen auf die erste Deckung, den Bahndamm, zulaufen, der sich hinter der Küstenstraße, die Messina im Osten mit dem weit entfernten Palermo im Westen verband, erhob. Lawson ließ das Paddel ruhen und gab den anderen ein Zeichen. Die Boote zogen sich auseinander, um im Fall eines überraschenden Angriffs möglichst wenig Zielfläche zu bieten. Im Flüsterton erteilte der Major dem britischen Sergeant, der mit unbewegter Miene hinter ihm stand, einen Befehl.

»Ich möchte vor den anderen am Bahndamm sein. Also ein bißchen Tempo, Briggs! Das gilt auch für die anderen beiden.«

»Wir bleiben dicht hinter Ihnen, Sir.«

Es war nur eine Kleinigkeit, von der aber unter Umständen ihr Leben abhängen konnte. Lawson wollte mit seinem Trupp vom Bahndamm aus den Besatzungen der anderen Boote Feuerschutz geben, sollte eine feindliche Streife gerade im falschen Moment auftauchen. Er wandte den Kopf, als hinter ihm die Motoren des Flugboots starteten und ihr nervtötendes Brummen die nächtliche Stille über der silbernen See zerriß. Doch sofort lenkte er seine Aufmerksamkeit der unübersichtlichen Landschaft zu, suchte nach dem leisesten Anzeichen einer Bewegung. Vor ihm ragte der Berghang empor, nirgends war ein Haus zu sehen. Die öde Bucht, in der sie gelandet waren, wurde an beiden Enden von zerklüfteten Felsen begrenzt. Sie war zu klein, um eine größere Landeaktion durchzuführen. Es gab auch keine Drahtsperren, die auf eine Verminung hindeuten hätten können.

Eine Woge hob das Boot und schob es auf den Strand. Lawson sprang heraus, dicht gefolgt von den anderen. Der letzte zog das Boot ein Stück weiter hinauf. Geduckt lief der Major durch den Sand, überquerte das verlassene Asphaltband der Straße und kroch den bewachsenen Bahndamm empor. Oben preßte er sich flach auf den Boden und spähte zu dem Berghang hoch, hinter dessen Buckeln und Felserhebungen sich leicht eine ganze feindliche Armee verbergen konnte.

Plötzlich tauchte aus dem Nichts heraus eine Messerschmitt auf und röhrte mit donnernden Motoren dem Punkt entgegen, wo das Flugboot gerade zum Start ansetzte. Lawson verbiß einen Fluch zwischen den Zähnen. Petrie hatte also doch noch recht behalten. Sie hatten ungefähr fünfzehn Minuten gebraucht, um vom Flugboot aus die Küste zu erreichen, lange genug, um per Funk vom nächsten Feldflughafen eine Kampfmaschine in die Luft zu bringen. Lawson gab den folgenden Männern, die gerade den Bahndamm erreichten und sich auf den Boden warfen, ein Zeichen. Drei Mann sprangen auf und liefen zurück, um die Boote weiter landeinwärts in Deckung zu ziehen. Sie erst jetzt zu bergen, schien eine völlig sinnlose Maßnahme zu sein, und doch bestand die Möglichkeit, daß der Kampfflieger sich nur auf einer Patrouille befunden hatte und dabei das feindliche Flugzeug auf der Wasseroberfläche entdeckte. Es gab immer noch ein Quentchen Hoffnung, daß dem Feind das Landeunternehmen entgangen war, daß der Messerschmitt-Pilot, sein Opfer im Visier, als er aus großer Höhe zum Anflug ansetzte, die winzigen Gestalten nicht bemerkt hatte, die die Boote über den Strand in den Schutz des Bahndammes zerrten.

»Wir sollten machen, daß wir weiterkommen, Sir«, mahnte Sergeant Briggs.

Die Motoren von Gilbeys Maschine drehten nun mit beständigem Röhren, doch das Flugboot hatte noch nicht den nötigen Schub zum Start, als die Messerschmitt ihren mörderischen Anflug beendete und mit aufheulendem Motor zum Sturzflug überging. Lawson ignorierte das Geschehen auf See und starrte zu den zahllosen Klippen und Felsvorsprüngen des Berges empor. Zwischen dem Bahndamm und der nächsten Klippe lag ein Stück freies Gelände von etwa hundert Metern Breite, in dem es keinerlei Deckungsmöglichkeiten gab. Wenn da oben Soldaten im Hinterhalt lagen, konnten sie die Männer des Landungstrupps beim Überqueren dieses Streifens wie die Hasen abschießen.

Corporal Carpenter hatte wie befohlen Stellung am äußersten linken Flügel des Trupps bezogen. Er war für die Flankensicherung des im Moment am wenigsten gefährdeten Abschnittes verantwortlich. Er beobachtete, was sich draußen auf See abspielte. Das Flugboot kam in Fahrt, zog mit seinen Schwimmern Gischtfontänen über das Wasser, und das Brummen der Motoren verstärkte sich, als es seine Nase zum

Start von der Küste abdrehte. Mit ohnmächtiger Wut sah Carpenter den Feind auf sein Opfer herabstürzen und hörte das Rattern der Bordwaffen, als er über den Schwanz des Wasserflugzeuges hinwegtauchte. Das Flugboot zog Qualmfahnen hinter sich her, eine riesige Flammenzunge leckte am Rumpf entlang.

Gilbey hatte die Maschine gerade hochgezogen, als er die Treffer erhielt. Er verlor die Kontrolle über das Flugzeug. Der Gegner zog seine Maschine kerzengerade in den Himmel. Das Flugboot taumelte durch die Luft, der rechte Flügel streifte die Wasseroberfläche und wirbelte den Rumpf um fast hundertachtzig Grad um seine Längsachse. Carpenter hörte deutlich den harten Aufschlag, dicht gefolgt von einer dumpfen Explosion. Eine dunkle Rauchwolke rollte träge über die Wogen, noch ein leichtes Krachen – und dann war Stille. Der Feind war nicht mehr zu hören.

Lawson verfolgte das Unglück ohne hinzuschauen. Wieder vernahm er Petries prophetische Worte:

»Ein Flugboot macht zuviel Lärm...«

Er verbannte die Erinnerung aus seinen Gedanken und gab unverzüglich den Befehl zum Vorgehen. Die acht Männer folgten ihm in seitlich versetztem Abstand den Hang hinauf. Die Automatik-Gewehre hielten sie schußbereit vor der Brust. Die Taschen ihrer Mäntel waren gefüllt mit Reservemagazinen und Granaten. Zwei Männer schleppten besonders schwer. Jeder führte dreißig Pfund hochexplosiven Sprengstoff mit sich für den Sabotageakt, den sie hier durchführen sollten. Sie hielten noch größeren Abstand zu den anderen, um ihre Kameraden nicht zu gefährden.

Carpenter, der vorher genaue Instruktionen erhalten hatte, lag immer noch am Bahndamm in Deckung. Er lokkerte ein wenig die Last auf seinen Schultern und bereitete sich darauf vor, den anderen zu folgen. In Gedanken versuchte er, Lawsons Taktik zu ergründen, während er die immer kleiner werdende Gestalt seines kommandierenden Offiziers beobachtete und auf sein Handzeichen wartete.

Plötzlich hallten Schüsse durch die Nacht, aus Gewehren und automatischen Handfeuerwaffen schlug den Männern des Landungstrupps konzentriertes Feuer entgegen. Lawsons Leute schossen zurück, versuchten vergeblich, den Feind hinter seiner Deckung auszumachen. Einige stürmten vorwärts, andere rannten zurück in dem erfolglosen Bemühen, die Deckung des Bahndammes zu erreichen. Doch der feindliche Kommandeur hatte den Zeitpunkt für den Feuerüberfall bestens gewählt. Die Männer des Landungskommandos befanden sich genau im freien Schußfeld, rollten einer nach dem anderen in den Sand und blieben regungslos liegen. Lawson spürte einen fürchterlichen Schlag in der Brust, doch gelang es ihm noch, einen kurzen Feuerstoß abzugeben, ehe er zu Boden stürzte. Er versuchte, sich auf die Seite zu wälzen und sich aufzurichten, schaffte es aber nicht. Mehrere Kugeln streckten ihn nieder.

Nach kaum einer Minute rührte sich nichts mehr auf dem freien Geländestreifen. Vorsichtig kamen die feindlichen Soldaten aus ihrer Deckung.

Kaum eine Minute war verstrichen – doch in dieser kurzen Zeit hatte Carpenter den Sender vom Rücken gestreift, die Klappe geöffnet und die Teleskopantenne herausgezogen. Carpenter war ein waschechter Londoner Cockney, zu Friedenszeiten hatte er seinen Unterhalt als Taxifahrer verdient. Trotz des grausigen Geschehens, dessen Zeuge er eben geworden war, erfüllte er auch jetzt phlegmatisch seine Pflicht. Er verschwendete keinen Blick mehr an die Vorgänge jenseits des Bahndammes, sondern sendete methodisch seine wichtige Botschaft in den Äther.

»Feind durch Flugboot alarmiert. Landetrupp Orpheus ausgelöscht...«

Er gab seine Warnung immer wieder durch, bis ein Gewehrschuß ihm mit grausamer Wucht den Hinterkopf zerriß. Mitten im Satz brach die Botschaft ab.

Zwei Stunden später hielt Major Petrie die traurige Nachricht in Händen.

2.

Mittwochnacht, 7. Juli

Zwei uniformierte Gestalten strebten durch die Dunkelheit der afrikanischen Nacht auf ein großes rechteckiges Zelt zu, dessen Wände der Sandsturm peitschte. In einer Entfernung von etwa zwanzig Metern hatten bewaffnete Posten Stellung bezogen und sorgten dafür, daß kein Unbefugter dem Zelt zu nahe kam. Für 22.00 Uhr war eine dringende Besprechung anberaumt worden. Major James Petrie ging als erster und öffnete seinem Vorgesetzten, Colonel Arthur Parridge, den Eingang.

Mit einem kurzen Blick zum Himmel registrierte Parridge, daß sich der Sturm verstärkte, und trat dann in das Besprechungszelt, dessen einzige Möblierung aus einem langen Tisch und einer Reihe von Stühlen bestand. Eine dünne Schicht Sand bedeckte die Karte, die auf dem Tisch ausgebreitet war. Parridge blieb stehen, klopfte sich den Sand von der Khakiuniform und musterte dabei den öden Raum. Die Flammen der Öllaternen, die an Drähten über dem Tisch baumelten, flackerten unruhig und warfen ruhelose Schatten auf die Zeltwände. Parridge wandte sich an Petrie:

»Halten Sie diesmal gefälligst Ihr verdammtes Maul, Jim!«

»Sie verlangen da sehr viel von mir, Sir – unter den gegebenen Umständen.«

Petrie blickte dem Colonel gerade in die Augen, um seinen Mund lag ein verbitterter Zug. Parridge, schon vorzeitig ergraut, obwohl er erst Ende Vierzig war, brummte unwillig. Unter den gegebenen Umständen! Es stimmte, Lawsons Kommando war ein einziges unsinniges Blutbad gewesen, ein Himmelfahrtskommando, und der Colonel verzichtete darauf, seinen als Bitte gemeinten Rat in einen Befehl umzuwandeln. Statt dessen sagte er:

»Denken Sie daran, morgen früh gehen Sie nach Algier.«

»Zumindest befreit mich das von Dawnays Gegenwart. Das Kommando war ein blutiges Fiasko. Neun gute Männer sind dabei draufgegangen – und wofür? Für nichts...«

»Genau davon sprach ich, als ich Sie bat, sich zurückzuhalten«, antwortete Parridge.

Er durchquerte das Zelt und setzte sich auf den Stuhl, der von Brigadier Dawnays gewohntem Platz am weitesten entfernt war.

»Sie sitzen neben mir!«

Der Colonel deutete auf den Stuhl neben sich, er war offensichtlich bestrebt, Petrie soweit wie möglich vom Brigadier fernzuhalten.

James Petrie war neunundzwanzig Jahre alt, in Friedenszeiten ein Bergwerksingenieur, der für die Dauer des Krieges in die Armee eingetreten war. Seit er Parridges Felucca Boat Squadron im Mittelmeerraum zugeteilt worden war, hatte er zehn Einsätze hinter den feindlichen Linien erfolgreich durchgeführt, eine Aufgabe, bei der die Verlustrate so hoch war, daß nur wenige Offiziere länger als ein paar Monate mit dem Leben davonkamen. Petrie dagegen, seit zwei Jahren bei Parridges Einheit, hatte überlebt, war zum Experten für Aufgaben im Feindesland avanciert. Erst kürzlich war er von Sizilien zurückgekommen, wo er als Verbindungsoffizier den Kontakt zum sizilianischen Untergrund gehalten hatte, einer Bande gefährlicher Mörder und Halsabschneider, wie man sie im gesamten Mittelmeerraum kein zweites Mal fand. Zwei Monate lang hatte er sich auf der Insel darum gekümmert, daß die Sizilianer auch die Informationen, die für einen Invasionsplan der Alliierten von unschätzbarem Wert waren, beschafften und unverzüglich an das Alliierte Hauptquartier weiterleiteten. Bei seiner Rückkehr nach Tunis hatte er seine Meinung über die Sizilianer klar und unmißverständlich zum Ausdruck gebracht:

»Die Deutschen waren es nicht, die mir in Sizilien das Leben schwermachten – unsere sogenannten Verbündeten haben mir ein ums andere Mal den Angstschweiß auf die Stirn getrieben.«

Seltsam, dachte Parridge, daß einige dieser Burschen, die den Krieg verabscheuten, ihn im Grunde ihrer Seele haßten, weil er ihnen ihre besten Jahre raubte, sich bei ihren gefährlichen Aufträgen bestens bewährten und besonders auszeichneten. Vielleicht, weil sie noch frisch und unverdorben waren und ihre Aufgaben mit Elan und klarem Verstand bewältigten, den geistloser militärischer Drill noch nicht abgestumpft hatte – wie etwa den von ›Draufgänger Dawnay‹.

Parridge schob den Gedanken an den cholerischen Brigadier sofort beiseite. Schlimm genug, daß dieser Bastard ihn jedesmal, wenn er das Zelt betrat, geflissentlich übersah. Das größte Problem war Petrie. Es würde schwierig werden, ihn am Reden zu hindern. Dunkelhaarig und glatt rasiert, das Gesicht von der afrikanischen Sonne tief gebräunt, zählte Petrie zu jenen seltenen Individuen, denen sich beim Betreten eines Raumes die Aufmerksamkeit aller zuwendete. Das kräftige Kinn, der strenge Mund, die leicht gebogene Nase und die forschenden Augen, denen anscheinend nichts verborgen blieb, unterstrichen nur den Eindruck eines Menschen mit einer starken Persönlichkeit. Dabei war man leicht geneigt, die ironischen Falten am Mundwinkel zu übersehen, die von seinem Zynismus zeugten.

»Hören Sie, Jim«, sagte Parridge, »ich wollte zwar noch nicht darüber sprechen, bis es ganz offiziell ist, aber ich habe Sie zur Beförderung vorgeschlagen. Wenn Sie von Algier zurückkommen, sind Sie wahrscheinlich schon Oberstleutnant.«

»Vielen Dank, Sir.«

Die gute Nachricht schien Petrie nicht besonders zu beeindrucken. Ein kräftiger Schlag auf den Rücken ließ ihn zusammenzucken. Captain Edward Johnson von der US Army, der gerade das Zelt betreten hatte, ließ sich auf den Stuhl neben ihm nieder.

»Ich dachte, du seist schon auf dem Weg zu den Fleischtöpfen von Algier.«

»Morgen früh, Ed, Schlag sechs. Dies hier ist nun endgültig meine Abschiedsvorstellung.«

»Wie schön für dich! Gib nur acht, daß du bei deiner Jagd nach den verschleierten Mädchen in der Kashbah nicht verlorengehst.«

Captain Johnson, zwei Jahre jünger als Petrie, zündete sich eine Zigarette an. Parridge grinste mürrisch vor sich hin. Brigadier Dawnay war ein eingefleischter Nichtraucher, der erwartete, daß die anderen, besonders die niedrigen Dienstgrade, seine Tugend teilten. Es würde sicher interessant werden zu beobachten, wie der Brigadier diese Schwierigkeit im anglo-amerikanischen Bündnis zu beheben dachte.

Weitere Offiziere betraten das Zelt und ließen sich am Tisch nieder. Einer deutete auf die Karte und seufzte hörbar. »Großer Gott, Sizilien! Bestimmt steht uns wieder ein Lawson-Kommando bevor!«

Während Petrie sich mit Johnson unterhielt, beobachtete Parridge den Amerikaner. Er gefiel ihm gut. Der dunkelhaarige Mann, der wie Petrie fließend Italienisch sprach, wirkte nach außen hin gutmütig und oberflächlich, war ein Mensch, der gerne und oft lachte. Doch der erste Eindruck täuschte, wie Petrie feststellen konnte, als man ihm Ed für seinen Auftrag in Sizilien zugeteilt hatte. Johnson wußte genau, was er wollte. In Friedenszeiten hatte der Amerikaner beim US-Grenzschutz gedient, einer Regierungseinheit, die gegen Schmuggler und andere unerwünschte Elemente eingesetzt wurde. Er hatte seinen Dienst an Amerikas heißer Grenze nach Mexiko versehen, an der ein Messer in der Regel zu anderen Dingen als zum Schneiden von Speckwürfeln benutzt wurde. In wenigen Monaten würde Johnson ein erstklassiger Landungstrupp-Führer sein.

Das Stimmengewirr ringsum verstummte plötzlich. Die warnende Stille konnte nur eines bedeuten: Brigadier Frederick Dawnay war im Anmarsch. Parridges Haltung versteifte sich. Petrie beendete seine Unterhaltung mit Johnson, lehnte sich in seinem Stuhl zurück und starrte zum Zeltdach empor, an dem der Wind zerrte, vielleicht als Vorzeichen dessen, was auf sie zukam. Captain Stoneham, einer der britischen Planungsoffiziere, die auch das Lawson-Unternehmen zu verantworten hatten, betrat das Zelt und setzte sich auf einen Stuhl dicht am oberen Ende des Tisches. Sekundenlang trafen sich seine und Petries Blicke, dann schaute er rasch beiseite. Wenig später erschien Colonel Lemuel Benson, Johnsons direkter Vorgesetzter. Der Amerikaner nahm bei einer Gruppe gleichrangiger Offiziere Platz, die sich schon um den Tisch versammelt hatten. Ähnlich vielen anderen Operationen hatte diese hier einen bilateralen anglo-amerikanischen Charakter, und bei dieser Konferenz besaß Benson den gleichen dienstrangmäßigen Status wie Dawnay.

Im Zelt wurde es jetzt unerträglich warm, einige Männer wischten sich schon den Schweiß von der Stirn. In diesem Moment wurde der Eingang grob beiseite gerissen und ein kleiner, untersetzter Offizier in einer Uniform mit roten Kragenspiegeln betrat das Zelt. Den Stab in seiner Hand knallte er temperamentvoll auf die Tischplatte. Sofort wußten alle Anwesenden, daß Brigadier Dawnay nicht gerade bester Laune war.

»Behalten Sie Platz, Gentlemen«, brummte er. »Für Zeremonien haben wir heute abend keine Zeit.«

Doch gnade Gott dem Mann, der sich bei seinem Eintritt nicht erhoben hätte, dachte Petrie sarkastisch, als er sich wieder setzte.

»Für die, die bei der letzten Besprechung nicht anwesend waren, will ich nochmals kurz die Lage skizzieren«, fuhr Dawnay fort. »Wir stehen vor einem Problem von großer Dringlichkeit. Die deutsch-italienischen Streitkräfte haben wir aus Afrika hinausgeworfen und bereiten jetzt den ersten Angriff auf das europäische Festland vor...«

Er hielt inne und schnupperte.

»Hier raucht jemand!«

Johnson drückte seine Zigarette aus, und Benson räumte mit langem Gesicht seine Zigarrenkiste vom Tisch.

»Lawsons Unternehmen war ein Reinfall«, bellte der Brigadier, »doch möchte ich denen, die es vergessen haben sollten, nochmals ins Gedächtnis rufen, daß wir einen Krieg führen, und da passieren solche Dinge nun mal. Es gilt, diese Schlappe wett zu machen – und das verdammt schnell. Noch vor wenigen Monaten verfügte der Feind über sechs große Eisenbahnfähren im Pendelverkehr zwischen dem italienischen Festland und Sizilien. Mit diesen Fähren konnte er riesige Kontingente Mannschaften und Waffen zur Insel transportieren. Fünf Fähren wurden inzwischen durch Luftangriffe zerstört und sind gesunken. Doch seitdem haben die Deutschen bei Messina starke Streitkräfte zusammengezogen. Wir wissen zum Beispiel, daß über siebenhundert Kanonen die Meerenge sichern. Unsere Kollegen von der Fliegerei behaupten, für sie sei es unmöglich, diesen Riegel zu knacken. Die sechste und letzte Fähre, die ›Carridi‹, schippert immer noch unter dem Feuerschutz der Deutschen auf ihrer Route hin und her und transportiert stetig Mannschaften und Kriegsgerät nach Sizilien.«

Wieder machte er eine Pause.

»Lawson hatte den Auftrag, die ›Carridi‹ zu versenken. Das Unternehmen schlug fehl. Die Fähre muß aber versenkt werden, sonst kostet sie uns möglicherweise den Sieg. Uns bleiben exakt achtundvierzig Stunden, um mit diesem Problem fertig zu werden.«

»Wird diese Sache nicht ein wenig zu dramatisch dargestellt, Sir?« wandte Johnson skeptisch ein.

Dawnay starrte ihn ungläubig an, dann wandte er seinen kurzgeschorenen Kopf Colonel Benson zu. Doch dieser zeigte keine Reaktion. Dawnay nickte und schaute wieder zu Johnson hinüber.

»Es ist verdammt wichtig, daß gerade Sie den Ernst der Lage begreifen«, sagte er barsch. »Denn möglicherweise wird man das nächste Kommando unter Ihrer Führung losschicken, um das Schiff in die Luft zu jagen. Man hat alles mögliche eingesetzt, es zu versenken – Bomber, Torpedoboote und was sonst noch. Noch vor wenigen Stunden hat eine Staffel Torpedo-Bomber versucht, die Fähre zu erwischen. Es ging schief. Unter den Opfern ist auch Staffelführer Weston.«

Petrie zuckte zusammen. Er übersah Parridges warnendes Stirnrunzeln.

»Sir, wollen Sie damit sagen, Weston sei tot?« fragte er.

»Es wurde gemeldet, daß seine Maschine in der Luft explodierte. Die Navy wagt sich wegen der Küstenbatterien und der vielen Schnellboote nicht an die Meerenge, und die R. A. F. kann aus denselben Gründen nicht im Tiefflug an das Zielobjekt heran, wenn es im Hafen von Messina seine Ladung löscht.«

Dawnay ließ seine Blicke grimmig über die braungebrannten Gesichter schweifen.

»Also muß die Armee wieder die Drecksarbeit tun.«

Er hieb mit der Faust krachend auf den Tisch.

»Wir müssen einen zweiten Sabotagetrupp losschicken, und diesmal muß es klappen. Die Männer müssen sich nach Messina durchschlagen und ins Hafengelände einschleichen, das von Nazi-Elitetruppen scharf bewacht wird. Mehr noch, sie müssen an Bord der Eisenbahnfähre gehen, den Sprengstoff in ihrem Bauch anbringen und sie auf den Grund der verdammten Meerenge schicken.«

»Sie sagten, wir hätten achtundvierzig Stunden Zeit, Sir«, unterbrach ihn Parridge. »Wann genau muß alles gelaufen sein?«

»Am Freitag, den 9. Juli, Punkt Mitternacht.«

Einige Offiziere pfiffen verbissen durch die Zähne. Parridge beugte sich vor. Seine Stimme klang rauh und fordernd:

»Dann hat das Sabotage-Team also maximal vierundzwanzig Stunden zur Durchführung seines Auftrages, denn einen Tag und eine Nacht benötigt man für die Vorbereitungen – wenn man damit hinkommt.«

»Daß die Angelegenheit äußerst dringlich sei, erwähnte ich eben bereits.«

»Gibt es Neuigkeiten von Gambari, unserem italienischen Agenten in Messina?«

In Parridges Stimme schwang ein verzweifelter Unterton mit. Zum ersten Mal wurde ihm die Ausweglosigkeit der ganzen Situation richtig bewußt.

»Nur, daß die ›Carridi‹ immer noch schwimmt«, antwortete Dawnay steif. »Und nun möchte ich zu Captain Johnsons besserem Verständnis erklären, warum ich die Situation nicht überdramatisiert habe.

Das Alliierte Hauptquartier hat ausgerechnet, daß wir bei einer Invasion Siziliens den Feind in seiner momentanen Stärke mit unseren Landungstruppen schlagen können. Ich betone, den Feind in seiner momentanen Stärke. Doch liegen uns Meldungen unserer Nachrichtendienste vor, nach denen die 29. Panzerdivision in die Nähe von Neapel verlegt worden ist und jeden Augenblick nach Süden zur Meerenge in Marsch gesetzt werden kann. Wenn die ›Carridi‹ die 29. Panzerdivision auf die Insel übersetzt, nachdem wir gelandet sind, verlieren wir unter Umständen diese Schlacht.«

»Aber doch nicht den ganzen Krieg«, warf Johnson unbeirrt ein.

Colonel Benson ergriff das Wort. »Ed, der Brigadier will doch gerade erklären, wie genau dies geschehen kann.«

»Wenn unser erster Landungsversuch in Europa fehlschlägt«, fuhr Dawnay fort, »werden die Deutschen die freigewordenen Kräfte im Mittelmeerraum an die russische Front werfen. Sie könnten dort den Vormarsch der Roten Armee stoppen und sie weit zurückwerfen. Ganz extrem ausgedrückt, bedeutete dies den Untergang der Roten Armee – und das nur, weil eine einzige Eisenbahnfähre nicht versenkt werden konnte. Die ›Carridi‹ ist das einzige Schiff, mit dem die Deutschen rechtzeitig genügend Truppen und Waffen über die Meerenge transportieren können, um uns zu schlagen.«

»Das leuchtet mir ein«, sagte Benson lakonisch. »Der Brigadier übertreibt nicht, Ed.«

»Es war auch nur eine Frage, Sir«, erwiderte Johnson ebenso lakonisch. »Zusammengefaßt bedeutet das also: Die Eisenbahnfähre muß versenkt werden.«

»Bis Freitag nacht 0.00 Uhr«, wiederholte Dawnay.

Und damit, dachte Petrie, hätten wir auch den genauen Termin für die Invasion auf Sizilien – irgendwann in den frühen Morgenstunden am Samstag, dem 10. Juli.

»Fragt sich nur, wie wir diesmal die Sache angehen«, brummte Benson.

»Captain Stoneham hat einen Plan entwickelt, den ich persönlich voll und ganz billige«, informierte Dawnay seine Zuhörer. Zwar gab es in der Runde keine hörbaren Mißfallensäußerungen, doch die Mienen der Offiziere waren gespannt. Parridge warf Petrie einen warnenden Blick zu. Petrie verschränkte die Arme vor der Brust und ließ keinen Blick von Dawnay, während Stoneham seinen Plan entwickelte: Absetzen des Trupps mit Fallschirmen... sehr nahe bei Messina... die schwer bewaffneten Männer müßten sich ihren Weg gegen jeden Widerstand freischießen...

Bei diesem Punkt nickte Dawnay heftig. Seiner Auffassung nach spielte sich der Krieg nur nach den Regeln eines Hundekampfes ab.

Ein entsprechend großer Trupp müßte abgesetzt werden, um Ausfälle aufzufangen... wenigstens neun Mann... mit einem Sender...

O nein! Petrie hielt sich nur mit Mühe zurück. Die ganze Sache stank, stank noch schlimmer als der Lawson-Plan. Es war eine offene Einladung zum Selbstmord. Parridge mußte die Gedanken Petries gespürt haben, denn er griff nach seinem Arm, warnte vor einer Einmischung. Petrie nickte nur, was alles mögliche bedeuten konnte, während Stoneham fortfuhr.

»An der Nordküste Siziliens wimmelt es nur so vor italienischen MAS-Patrouillenbooten... also keine Möglichkeit, von See aus zu landen... Fallschirmabsprung ist die einzige Möglichkeit...«

Ihr könntet sie ebensogut ohne Fallschirm abwerfen, dachte Petrie bitter. Auf diese Weise ginge das Abschlachten schneller.

Um den Tisch saßen zwanzig Offiziere versammelt, die zur Hälfte zum Stab gehörten. Doch die anderen zehn, die besonders grimmig dreinblickten, schauten immer wieder zu Petrie herüber, der wie versteinert auf seinem Stuhl hockte. Sie warteten darauf, daß er sprach. Parridge spürte es ganz deutlich. Sie erwarteten, daß sich jemand erhob und dem Brigadier sagte, daß dieser Plan reiner Selbstmord, der pure Wahnsinn war. Und sie hatten Petrie, den dienstältesten überlebenden Stoßtrupp-Führer, dazu ausersehen.

»Soweit meine Ausführungen zu diesem Unternehmen, meine Herren«, beendete Stoneham seine Erläuterungen.

»Irgendwelche Fragen? Aber fassen Sie sich bitte kurz«, sagte Dawnay. »Keine? Dann werden wir jetzt das Team zusammenstellen...«

Er nahm einen Bogen Papier zur Hand, doch irgend etwas in der überhitzten Atmosphäre ließ ihn wieder den Kopf heben. Alle Anwesenden schauten zum Ende des Tisches, wo sich Petrie erhoben hatte. Er lächelte entschuldigend zu Parridge hinüber. Als er Dawnay anblickte, verschwand das Lächeln. Mit ruhiger Stimme bat er um Sprecherlaubnis.

»Fassen Sie sich bitte kurz. Der Vollzugszeitpunkt erlaubt uns keine langen Diskussionen«, sagte Dawnay schroff.

»Ich gebe zu bedenken, daß die Zeitspanne auch für einen weiteren Fehlschlag zu knapp ist, Sir. Wir müssen...«

»Was, zum Teufel, wollen Sie damit sagen?«

Der Klang von Petries Stimme war ebenso unschuldig wie sein Gesichtsausdruck.

»Ich war der Ansicht, Sir, daß Sie den Lawson-Plan selbst als völligen Fehlschlag bezeichnet hätten.«

»Sie sprachen von einem ›weiteren‹ Fehlschlag.«

»Stimmt. Ich bezog mich dabei auf Captain Stonehams neuen Plan. Ein Sabotage-Team genau über Messina mit dem Fallschirm abzusetzen, hieße meiner Meinung nach, Männer auf ein Stachelschwein mit Stahlstacheln abzuwerfen. Die Gegend um Messina ist die am stärksten verteidigte auf der ganzen Insel...«

»Dieses Risiko müssen wir eingehen. Bis zur Stunde Null haben wir kaum noch achtundvierzig Stunden Zeit.«

»Um so weniger können wir uns jetzt einen Fehler erlauben, nicht wahr, Sir?«

In genialer Manier hatte Petrie den Brigadier in die Enge getrieben.

»Dieses zweite Team muß unter allen Umständen erfolgreich sein – oder es ist zu spät. Zu spät auch für einen weiteren Versuch. Diesmal müssen wir es schaffen. Die Idee, die Leute abspringen zu lassen, ist ohnehin völlig sinnlos – zum Scheitern verurteilt...«

»Wieso?« schnarrte Dawnay.

»Wegen der Stunde Null, von der dauernd die Rede ist. Die Männer könnten nur bei Nacht abgesetzt werden, und im Mondlicht sind sie leicht auszumachen. Die wichtigste Voraussetzung ist erstens, das Team auf Sizilien abzusetzen, ohne daß der Feind es merkt. Zweitens werden Fallschirmspringer meist weit auseinandergetrieben. Bis sich der Trupp wieder gesammelt hätte, würde wertvolle Zeit verlorengehen. Und auf Sizilien kann man sich ohnehin leicht aus den Augen verlieren. Das Absetzen mit Fallschirm ist also indiskutabel.«

»Sonst noch irgendwelche Einwände?«

Dawnay machte nicht den geringsten Versuch, den beißenden Spott in seiner Stimme zu unterdrücken. Er warf einen Blick auf seine Uhr, als wolle er die Dauer der Unterbrechung festhalten.

»Noch viele, Sir. Ehrlich gesagt, gefällt mir Captain Stonehams Plan ganz und gar nicht. Er hat mindestens neun Männer für den Einsatz vorgesehen – viel zuviele. Selbst als Bauern verkleidet erweckt eine solch große Gruppe immer Verdacht, und im Ernstfall behindern die Männer sich gegenseitig. Außerdem dürfte es schwierig werden, in so kurzer Zeit genügend Leute zu finden, die fließend Italienisch sprechen...«

»Wir müssen halt Ausfälle einkalkulieren«, schnappte Dawnay.

»Wenn nur ein einziger Mann ausfällt, bedeutet dies, das Unternehmen ist entdeckt und damit zum Scheitern verurteilt.«

»Was soll dieser Unsinn, daß alle die italienische Sprache fließend beherrschen müßten?«

»Als Einheimische verkleidet, könnten die Männer sich freier bewegen – und somit schneller. All dies kann entscheidend sein zur Einhaltung der Stunde Null, deren Zeitpunkt Sie selbst vorgegeben haben.«

»Wie groß dürfte denn das Team Ihrer Meinung nach sein, Major Petrie?«

Dawnay beugte sich vor. Die Atmosphäre im Zelt war gespannt. Niemand wagte sich zu rühren, teils, um sich kein Wort entgehen zu lassen, teils, um nicht in das Duell, das sich zwischen den beiden ungleichen Männern entwickelte, hineingezogen zu werden.

»Ich würde nur zwei Männer vorschicken.«

»Ganze zwei Männer!«

Dawnay schien förmlich zu explodieren.

»Auf keinen Fall mehr, Sir. Und noch etwas: Captain Stoneham hat die Ausrüstung aufgelistet, die für ein solches Unternehmen notwendig sei. Das ist viel zuviel. Es handelt sich hier um ein Sabotage- und kein Angriffs-Unternehmen. Das Team muß heimlich durch die feindlichen Linien schlüpfen und an Bord der ›Carridi‹ gehen, ehe die Deutschen überhaupt merken, was gespielt wird...«

Petrie unterbrach sich mitten im Satz, als Dawnay auf seinem Stuhl herumfuhr, auf die Füße sprang und vor dem Mann salutierte, der gerade das Zelt betreten hatte. Alle Anwesenden erhoben sich und salutierten ebenfalls. Der Mann war klein, aber untersetzt und besaß einen drahtigen, durchtrainierten Körper. Seine Uniform zierten die gekreuzten Schwerter eines Generalleutnants. Auf seinem Kopf trug er das Barett des Panzerkorps.

»Ich übernehme, Dawnay«, sagte er knapp. »Nehmen Sie Platz, meine Herren, damit wir fortfahren können. Wie weit sind Sie, Dawnay?«

Der kleine Mann beherrschte die Runde sofort durch seine Persönlichkeit mindestens ebenso wie durch seinen hohen Rang. Petrie verglich ihn insgeheim mit einer gespannten Feder – voll geballter Energie – wie er so neben Dawnay saß und konzentriert dessen Ausführungen lauschte. General Sir Bernard Strickland hatte die Leitung der Konferenz übernommen.

Mit einer ungeduldigen Handbewegung forderte er jetzt von Captain Stoneham den schriftlich fixierten Plan. Rasch überflog er die Notizen, während er Dawnay zuhörte. Einen Augenblick lang starrte er gedankenverloren zu Boden. Parridge rutschte unruhig auf seinem Stuhl hin und her. Ihm wurde klar, wieso auch Petrie an der Besprechung teilnehmen mußte. General Strickland hatte seine Anwesenheit gewünscht und seinen Namen auf die Teilnehmerliste gesetzt. Der kleine Mann erhob sich, zerknüllte das Blatt Papier langsam in seiner Hand und warf es dann auf den Tisch.

»Das nächste Mal bringen Sie gefälligst einen Papierkorb mit, Captain Stoneham – der einzig richtige Ort für einen solchen Schwachsinn. Ihr Plan ist ein kompletter Mist.«

»Jawohl, Sir!«

Stoneham wurde sichtlich nervös.

»Melden Sie sich morgen früh Punkt acht Uhr in meinem

Wohnwagen. Das gilt auch für Sie, Dawnay. Major Petrie, erzählen Sie uns jetzt bitte, wie Sie die ›Carridi‹ versenken würden.«

Petrie trug seinen Plan vor, unentdeckt auf die Insel zu kommen. Der General war quer durch das Zelt zu ihm herübergekommen und lauschte mit hinter dem Rücken verschränkten Händen Petries Erläuterungen. Kein einziges Mal wandte er den Blick vom Gesicht seines Offiziers.

»Wie viele Männer würden Sie für das Unternehmen vorschlagen?« fragte er.

Er lispelte leicht, doch schien dieser Sprachfehler seine fordernde Frage nur zu unterstreichen. Petrie zögerte in Gedanken an Dawnays Reaktion.

»Nun reden Sie schon!« befahl Strickland. »Wenn ich in Sizilien lande, schlage ich den Feind, wo ich ihn finde, doch dazu brauche ich Ihre Hilfe. Denn bis zu meiner Landung muß diese Fähre tief auf Grund liegen.«

»Drei Leute würden genügen«, antwortete Petrie ruhig. »Mehr würden nur den Erfolg des ganzen Unternehmens gefährden.«

»Und Sie meinen, das wären genug?«

»Ich bin sicher. Nummer eins ist der Kommandeur der ganzen Sache. Er muß fließend Italienisch sprechen. Nummer zwei ist der Sprengstoffspezialist – und der ist schon auf Sizilien. Ich spreche von Sergeant Len Fielding, dem Funker, mit dem ich zusammengearbeitet habe, als ich drüben war. Er ist zufällig auch Sprengstoffexperte – und er spricht ausgezeichnet Italienisch. Der dritte im Bunde ist der Stellvertreter des Kommandeurs, und auch er muß die Landessprache gut beherrschen. Einer der beiden Offiziere muß sich ebenfalls im Umgang mit Sprengstoffen auskennen, um die Bomben anzubringen, falls Fielding etwas zustoßen sollte.«

»Ausrüstung?«

»Ein Gewehr für jeden – eines, das man leicht verbergen kann. Dann noch Messer und sechzig Pfund Sprengstoff. Das wär's. Das Team muß im Ernstfall laufen können wie die

Hasen, sich blitzschnell verstecken können und darf dabei nicht durch einen Haufen Blech behindert werden.«

»Ein Sender wäre also ein überflüssiger Blechhaufen?«

»Definitiv ja. Für alle Fälle hat unser Agent Gambari in Messina noch seinen Sender zur Verfügung. Sollten wir eine Nachricht absetzen müssen, könnten wir dieses Gerät benutzen.«

»Und wo geht das Team an Land?«

»In Palermo.«

Ein Seufzen ging durch die Reihen der Anwesenden, als Petrie mit dem Finger die sizilianische Stadt auf der Karte markierte. Zum ersten Mal runzelte Strickland die Stirn.

»Sie liegt über hundert Meilen westlich von Messina.«

»Der Feind wird dort eine Landung nie vermuten – dies ist die eine Voraussetzung für den Plan. Es gibt noch eine zweite«, erklärte Petrie. »Erstens also: dort unbemerkt an Land gehen, wo der Feind es nicht erwartet. – In Messina und der ganzen Umgebung wimmelt es nur so von feindlichen Truppen, Italienern und Deutschen. Seit Lawsons Landeunternehmen ist der Feind an der Nordküste gewarnt und doppelt wachsam. Eine Landung in Messina kommt also nicht in Frage. Außerdem habe ich in Palermo Kontakte, was ebenfalls für eine Landung dort spricht. Doch schwerer wiegt die Tatsache, daß wir von dort aus mit einem Fahrzeug die Insel schnell überqueren können.«

»Auf der Küstenstraße von Palermo nach Messina?«

»Nein, das ist zu gefährlich. Nach unseren Meldungen ist eine halbe Division westlich von Cefalù in Stellung gegangen. Schauen Sie, Sir, man müßte hier diese Route durch das Landesinnere fahren...«

Petries Finger folgte auf der Karte einer gewundenen Linie quer über die Insel. »Dort gibt es nur wenige feindliche Truppen, so daß man sicher schnell vorankäme. Außerdem könnte sich Gambari auf halbem Wege mit dem Team treffen – hier in Scopana. Gambari ist für das Unternehmen sehr wichtig – er kennt den genauen Fahrplan der ›Carridi‹.«

»Hört sich gut an.«

Strickland beugte sich über die Karte. Parridge warf einen Blick auf seine Uhr. Es war jetzt 22.30 Uhr. Der General unterzog sich normalerweise einem strikten Zeitschema: Morgens um sechs Uhr stand er auf und ging am Abend spätestens um 21.30 Uhr schlafen. Der Bruch mit dieser Gewohnheit unterstrich die große Bedeutung, die er dieser Operation beimaß. Strickland brummte zustimmend und blickte zu Petrie hinüber. »Sie erwähnten, daß es von Palermo aus eine Transportmöglichkeit gebe. Wie steht es damit?«

»Ein weiterer Grund, in Palermo an Land zu gehen. Wir brauchen bei dieser Aktion Hilfe.«

Petrie schwieg einen Moment.

»Die Mafia wird uns helfen.«

Strickland rieb sich bedächtig das Kinn. Petrie hatte ihm einen Schock versetzt, doch suchte er dies vor den Anwesenden zu verbergen.

»Sie sprechen von Ihren sizilianischen Freunden im Untergrund?« fragte er.

»Wenn es die einzigen Freunde sind, sollte man sich besser welche beim Feind suchen«, antwortete Petrie.

»Und doch sind Sie der Meinung, wir könnten sie für unseren Zweck einsetzen?«

»Das amerikanische Hauptquartier hat sie monatelang eingesetzt, um an Informationen über die Feindbewegungen auf der Insel zu kommen. Ich selbst habe acht Wochen lang auf Sizilien ihre Aktivitäten koordiniert. Die Amerikaner schickten ihre eigenen Agenten, um mit der Mafia Kontakt aufzunehmen. Sie haben sogar Mafiabosse aus den Staaten aus dem Zuchthaus entlassen, damit sie ihnen behilflich sind.* Mir persönlich gefällt diese Vorstellung auch nicht,

---

* Tatsächlich quartierte man Lucky Luciano, einen notorischen Verbrecher, aus einem Zuchthaus in der Umgebung von New York in ein City-Apartment um. Von dort erteilte er der New Yorker Dock- und Hafenmafia seine Anweisungen. Innerhalb eines Monats war das ganze Gebiet frei von deutschen Saboteuren – durch die Mafia.

doch auf dieser Insel bildet die Mafia das Rückgrat des Widerstandes – eigentlich nur, weil Mussolinis Polizei sie schon vor dem Krieg in den Untergrund getrieben hat. Tatsächlich ist die Ehrenwerte Familie unsere einzige Stütze auf der Insel.«

Colonel Benson meldete sich zu Wort. Strickland wandte dem Amerikaner den Kopf zu.

»Petries Informationen stimmen. Wir haben tatsächlich Leute auf die Insel geschickt, denn wir brauchen dringend die Hilfe einiger Mafiosi bei der späteren Errichtung einer Militärregierung. Sie sprechen den einheimischen Dialekt und sind in der Lage, ihre Leute unter Kontrolle zu halten, wenn wir die Insel als Basis für weitere Operationen benötigen.«

»Das weiß ich alles!« Der General winkte ungeduldig ab. »Major Petrie, ich hatte Sie gefragt, wo Sie in Palermo ein Fahrzeug herbekommen wollen.«

»Von der Mafia. Einen Gemüsetransporter oder einen Pkw. Damit kommen unsere Leute quer über die Insel schnell nach Messina. Ein weiterer Grund spricht für Palermo als Landungsort. Unsere Leute brauchen einen Führer, einen verläßlichen Sizilianer, der dafür sorgt, daß sie nicht verlorengehen.«

»So was gibt es?« wollte Strickland wissen. »Einen verläßlichen Sizilianer? Sie sind eine Bande von Gaunern. Oder sind Sie in Palermo einem begegnet, dem Sie auch nur halbwegs trauen konnten?«

»Ich glaube schon. Nur ein einziger Mann schafft es, das Sabotage-Team in kürzester Zeit über die Insel zu bringen.«

Wieder schwieg Petrie, fragte sich insgeheim, wie Strickland diesmal reagieren mochte.

»Ich spreche von Vito Scelba.«

»Dieser Schurke?« Strickland schien nicht gerade erfreut. »Er ist der größte Halsabschneider im ganzen Mittelmeerraum.«

»Sie unterschätzen Scelba, Sir«, erwiderte Petrie sanft. »Er ist der größte Halsabschneider nördlich des Äquators, schlimmer als jeder kommunistische Widerstandskämpfer, dem ich in Griechenland begegnete. Hauptsächlich seinetwegen habe ich Palermo gewählt. Er ist nicht nur der Boß der Untergrund-Mafia, sondern kontrolliert auch die Hafenmafia in jedem Hafen von Sizilien – einschließlich Messina.«

Petrie schwieg, um seine Worte wirken zu lassen.

»Sie denken dabei an die Docks?«

»Genau daran, Sir. Scelba kann mit Hilfe seiner Leute das Sabotage-Team dort einschleusen – obwohl es mit Sicherheit die am schärfsten bewachte Gegend Europas ist.«

»Und Sie glauben, daß Scelba das alles für uns erledigt?«

»Zur vollsten Zufriedenheit, wenn man seinen Preis bezahlt – der einzige Weg, sich seiner Loyalität zu versichern.«

»Welchen Preis?«

»Ich weiß, daß er ein Amt in der Militärregierung haben möchte, wenn wir Sizilien übernehmen. Er ist ganz versessen darauf. Er wird das Amt des Präfekten über die Provinz Palermo fordern, sich aber auch mit der Position des Bürgermeisters von Palermo zufriedengeben.«

»Das würden dann die Herren mit den Melonenhüten zu entscheiden haben. Haben Sie sich etwa schon mit dem Gedanken angefreundet, ihn für eine solche Position zu empfehlen, als Sie drüben waren?«

Petrie machte mit einer Handbewegung deutlich, daß das nicht mehr seine Sache war.

»Ich würde ihn, wenn es nach mir ginge, nicht einmal als Straßenfeger vorschlagen wollen. Ich glaube, es ist vielleicht ein großer Fehler, die Mafia in unsere Pläne einzubeziehen – auf lange Sicht könnte sich herausstellen, daß wir besser auf die Hilfe dieser Kreise verzichtet hätten. Doch wenn wir dieses Unternehmen durchziehen wollen, brauchen wir Scelba.«

»Das alles ist höhere Politik«, brummte Strickland mißvergnügt. »Mein Job ist es, den Krieg zu gewinnen. Das Sabotage-Team muß morgen nacht an Land gehen. Ich kann dem Sizilianer ja versprechen, daß er Bürgermeister wird, und mir später darüber Gedanken machen. Also bleibt nur noch die Frage, wer geht. Die Voraussetzungen, die der Kommandeur des Trupps erfüllen muß, haben Sie ja schon genannt.«

Strickland zählte sie an seinen Fingern auf.

»Erstens – er muß fließend Italienisch sprechen. Zweitens – er muß sich in Sizilien auskennen. Drittens – er muß etwas von Sprengstoffen verstehen. Und die vierte Voraussetzung haben Sie noch nicht erwähnt, Major. Er muß in der Lage sein, diesen Schurken Scelba zur Zusammenarbeit zu bewegen. Sehe ich das alles richtig?«

»Jawohl, Sir.«

»Ist Ihnen bewußt, Major Petrie, daß nur ein einziger Mann in dieser Runde alle diese Voraussetzungen erfüllt – nämlich Sie?«

»Ich habe mir so etwas schon gedacht«, antwortete Petrie ohne Begeisterung.

Parridge beugte sich vor, damit der General ihn sehen konnte.

»Sie wurden zweifellos noch nicht darüber informiert, Sir, daß Major Petrie beim Morgengrauen seinen längst überfälligen Urlaub antreten soll.«

»Verstehe!«

Strickland musterte Petrie kritisch.

»Dann sollte er sich jetzt schnellstens entscheiden, ob er dringend Urlaub braucht oder sich noch fit genug fühlt, für uns die ›Carridi‹ zu versenken!«

»Ich denke, ich kann den Job erledigen«, antwortete Petrie ruhig. »Ich denke, ich werde Captain Johnson als meinen Stellvertreter mitnehmen.«

»Ihr Denken allein genügt mir nicht!«

Strickland stemmte die Hände in die Seite und blickte dem Offizier hart in die Augen.

»Der Erfolg meiner Invasion kann von der Versenkung der Fähre abhängen.«

»Ich erledige den Auftrag – aber nur nach meinem Plan.«

»Genehmigt. Und jetzt gehe ich schlafen!«

Der General ging zum Ausgang, doch bei Petries Frage wandte er sich noch einmal um.

»Die 29. Panzerdivision, Sir – wie lauten die letzten Positionsmeldungen?«

»Eine gute Frage. Nach dem letzten Bericht liegt sie immer noch bei Neapel.« Strickland runzelte die Stirn. »Doch das war gestern. Mit Luftaufklärern haben wir den Raum regelmäßig fotografiert, doch seit den letzten vierundzwanzig Stunden liegt eine dichte Wolkendecke darüber. Wir vermuten aber, daß die Einheit inzwischen nicht verlegt worden ist.«

Kaum hatte der General das Zelt verlassen, begannen sich die Männer am Tisch leise zu unterhalten. Petrie hatte keinen Blick für sie, er wußte, was ihre Mienen ausdrückten: Sympathie – und Erleichterung darüber, daß sie selbst nicht in die Höhle des Löwen steigen mußten.

Im deutschen Hauptquartier, Abschnitt Europa Süd, saß ein rundgesichtiger, wohlgenährter Mann auf dem Balkon seines neapolitanischen Palazzo und wartete auf das Klingeln des Telefons im Zimmer. Feldmarschall Albert Kesselring war einer der fähigsten Kommandeure der Achsenmächte – vielleicht, weil er sich eine ziemliche Unabhängigkeit bewahrt hatte und weil er, soweit er es verantworten konnte, die dogmatischen Befehle aus dem Führerhauptquartier in Ostpreußen ignorierte. Gerade war er wieder einmal dabei, seine eigene Entscheidung zu treffen, eine Entscheidung, die er auf Grund der Geheimdienstberichte für dringend notwendig hielt. Die nordafrikanischen Häfen quollen über von Kriegsschiffen und Truppentransportern, und von Alexandria aus waren schon starke alliierte Marineeinheiten in See gegangen. In Gibraltar rechnete man stündlich mit dem Auftauchen eines riesigen Konvois direkt aus den USA. Es wurde Zeit zu handeln und Vorkehrungen zu treffen.

Kesselring wartete geduldig in der Dunkelheit der Nacht. Es war etwa 22.00 Uhr. Eine dichte Wolkendecke verbarg den

Mond am Himmel, und der Deutsche betete, sie möge noch eine Weile vorhalten. Endlich läutete das Telefon, das Geräusch mischte sich in den Gleichschritt der Posten vor dem Haus. Kesselring eilte hinein und griff zum Hörer.

»Sind Sie das, Klaus? Wieweit seid ihr?«

»Bereit, Herr Feldmarschall.«

General Rheinhardt, der Kommandeur der 29. Panzergrenadierdivision, machte nie mehr Worte als nötig. Von seinem Zelt aus schaute er auf den Schatten eines Mark IV-Panzers. Die Mannschaft saß in voller Ausrüstung daneben auf dem Boden bereit.

»Klaus, Sie müssen sofort nach Süden vorrücken. Ich weiß, die Brücken sind zerstört, und Sie werden weite Umwege machen müssen, doch beeilen Sie sich um Himmels willen. Gehen Sie so schnell wie möglich auf Position B vor.«

»Sind sie gelandet?«

»Noch nicht, doch sie kommen – bald. Ich habe keine Zweifel daran, wo die Entscheidung fällt, und dann will ich dort sein. Keine Panikstimmung bei euch?«

»Alles normal. Ist das alles, Herr Feldmarschall?«

»Im Moment ja. Auf Wiedersehen, Klaus.«

Am anderen Ende wurde aufgelegt. Kesselring lauschte noch eine Weile den atmosphärischen Störungen in der Leitung. Ob die Gestapo ihn wieder abhörte? Egal – er war vorsichtig genug gewesen, seinen Plan für sich zu behalten, und Klaus würde unverzüglich reagieren.

Mit dieser Vermutung hatte Kesselring völlig recht. Kaum eine Minute nach dem Anruf hatte Rheinhardt seine Befehle erteilt. Innerhalb von dreißig Minuten wälzte sich eine kontrollierte Flut gepanzerter Fahrzeuge im Schutz der Dunkelheit und dichter Bewölkung nach Süden in Richtung Kalabrien auf das Ostufer der Straße von Messina zu.

3.

Donnerstag, 8. Juli, kurz vor Mitternacht

Das Barometer fiel schnell, die See brodelte. Riesige Wellengebirge türmten sich vor dem italienischen Patrouillen-Boot auf, das sich seinen Weg durch die Wasserwüste kämpfte. In den Wellentälern erstarb das Heulen des Sturmes, um dann auf dem nächsten Wogenkamm mit ohrenbetäubendem Lärm über die Männer an Bord herzufallen. Sie waren naß bis auf die Haut, ihre Körper von blauen Flecken übersät, äußere Male ihres Kampfes gegen den Hexentanz des Schiffes auf seinem Kurs zur Nordküste von Sizilien.

»Reichlich ungemütlich«, schrie Petrie dem Kapitänleutnant zur See Vosper am Steuer zu.

»Es kommt noch dicker – schauen Sie mal aufs Barometer«, schrie Vosper zurück.

»Und dabei hätten wir uns gemütlich mit dem Fallschirm absetzen lassen können«, gab Johnson seinen Kommentar dazu.

Der Amerikaner, der wie Petrie auf der Brücke Schutz vor den tobenden Wassermassen gesucht hatte, war von der Aussicht, an Fallschirmleinen baumelnd Siziliens gebirgiger Oberfläche entgegenzuschweben, noch nie sonderlich angetan gewesen. Doch beim Anblick der stürmischen See erschien ihm nun diese Möglichkeit wie ein Sonntagsspaziergang.

Petrie blieb ihm die Antwort schuldig. Er kämpfte eisern gegen den Wunsch an, sich tief hinter die Brückenschanz zu ducken, als ein gläserner Wasserberg den Bug des Schiffes untertauchte und über die Brücke hinwegrollte.

Keiner der Männer an Bord des gegnerischen Patrouillen-Bootes, das den Alliierten in Tunis in die Hände fiel, war korrekt gekleidet. Die britische Crew unter Vospers Kommando trug italienische Marineuniformen. Petrie und Johnson waren in die ärmliche Kleidung von sizilianischen Bauern geschlüpft und trugen abgewetzte Jacken und Hosen unter noch schäbigeren Mänteln. Sie waren unrasiert. In den Manteltaschen steckten die unvermeidlichen Baskenmützen, die sizilianische Bauern tagaus, tagein bei jedem Wetter trugen. Wahrscheinlich wären sie weniger durchnäßt gewesen, hätten sie sich nicht von Zeit zu Zeit auf das Vordeck hinausgewagt, um ja nicht den ersten Blick auf die sizilianische Küste zu versäumen. Vosper hatte sie davor gewarnt, als der Amerikaner dabei beinahe über Bord gegangen wäre.

»Ich habe mir das Boot schließlich nicht für diesen Trip ausgesucht«, sagte er trocken.

Petrie hatte es ausgewählt. Unzählige Schiffe genau dieses Typs patrouillierten vor der sizilianischen Küste, an der der Feind überhaupt nicht mit einer Invasion rechnete, weil sie von den alliierten afrikanischen Stützpunkten am weitesten entfernt lag. Neben Vosper spähte Petrie in den Sturm hinaus. Er schickte ein Stoßgebet zum Himmel, daß ihnen kein anderes Patrouillen-Boot begegnete. Wenn man sie entdeckte, müßten sie das Code-Signal geben, daß der italienische Hafenkommandant von Palermo alle vierundzwanzig Stunden änderte. Wenn man sie erwischte...

»Die Persenning geht baden...«

Johnson hatte die Warnung gerufen und war schon draußen, ehe Petrie ihn daran hindern konnte. Er tanzte über das schlüpfrige Deck zum Heck, wo unter einer riesigen Segeltuchplane ein kleines sizilianisches Fischerboot festgezurrt lag. Die Brecher hatten eine Ecke der Plane losgerissen. Das Schiff erklomm einen Wellenkamm und begann gerade seine Talfahrt, als Johnson das lose Ende des Spannseils packte und es mehrmals um einen Poller wickelte, während er sich mit dem Rücken gegen die Brückenschanz stemmte. Er war kaum damit fertig, als das Boot einen neuen Wellenberg emporglitt. Er taumelte vorwärts und wäre beinahe über Bord gegangen. Gerade noch rechtzeitig umfaßte er den Poller und fühlte, wie sich Petries Hand um seinen Unterarm klammerte.

Seltsam verrenkt hingen beide so sekundenlang auf dem schlüpfrigen Deck, während das Schiff im steilen Winkel den Wasserberg emporschoß. Johnson war überzeugt, daß jetzt alles zu Ende sei. Vosper hatte sich verschätzt, das Schiff mußte jeden Moment kentern, sich rückwärts überschlagen und kieloben absaufen. Er hob den Blick, sah über sich dunkle wirbelnde Wassermassen, sah Petries maskenhaftes Gesicht über sich... und verlor den Halt an dem glitschigen Poller. Nur noch Petries Hand hielt ihn auf dem Schiff fest, dessen Anstieg kein Ende zu nehmen schien. Es war ein Alptraum: Petries linker Arm, mit dem er sich am Handlauf der Brücke festklammerte, wurde unter der Last von zwei Männern rasch taub und verlor schon das Gefühl. Endlich legte sich das Boot waagrecht, Petrie zerrte und schob Johnson in das Brückenhaus. Der Amerikaner sank am Boden zusammen und rang um Atem.

»Fischerboot... beinahe über Bord...«

Petrie sank neben ihm nieder und zog aus seiner Manteltasche eine Flasche mit billigem italienischem Weinbrand hervor. Er öffnete sie und reichte sie dem Amerikaner, der einen tiefen Schluck daraus nahm, das Gesicht verzog und sie zurückgab. Er wischte sich über den Mund und grinste schief.

»Der reinste Fusel – nicht gerade französischer Cognac.«

Der Schnaps schmeckt wirklich wie pures Gift, dachte Petrie, nachdem auch er einen Schluck getrunken hatte. Er reichte Vosper die Flasche. Der schüttelte den Kopf, schrie, er trinke niemals im Dienst, und nahm einen tiefen Schluck.

»Gut gemacht, Ed«, brüllte Petrie dem Freund ins Ohr und schraubte die Flasche wieder zu.

Wie alles, was sie bei sich trugen, war auch die Flasche Brandy in Sizilien erhältlich. Sollte man sie nach ihrer Landung kontrollieren – falls sie jemals die Küste erreichten –, würde man nichts bei ihnen finden, das sie als alliiertes Kommando enttarnen konnte. Einige Dinge würden sie zwar verdächtig machen, doch kaum verdächtiger als gewöhnliche Sizilianer, die alles stahlen, was ihnen zwischen die Finger geriet. Ihre Waffen waren deutscher oder italienischer Herkunft, die aus den Waffendepots des Feindes auf der Insel entwendet worden sein konnten. Sie stammten aus den erbeuteten Beständen der Armee der Achsenmächte, die sich in Tunis den Alliierten ergeben hatte. Selbst die sechzig Pfund Sprengstoff, die in einem Sack verstaut auf der Brücke lagen, waren deutscher Herkunft, und die vier Zeitzünder gehörten zur Standardausrüstung der Wehrmacht.

Obwohl der Sturm mit unverminderter Stärke über sie herfiel und die Wogen von allen Seiten über das Schiff peitschten, wurden die Wellenkämme flacher – und ab und zu brach der Mond durch die Wolkendecke. Das Barometer stieg langsam wieder. Vor ihnen lag die Küste Siziliens als dunkler Streifen. Johnson erhob sich und trat neben Petrie vor das Ruderhaus. Vosper korrigierte den Kurs um einige Grad Steuerbord.

»Da drüben.«

Petrie deutete in die Richtung.

»Sieht aus wie eine flache Wolkendecke, doch ich glaube...«

»Das ist Sizilien. In knapp einer Stunde sind wir da. Pünktlich auf die Minute zur Verabredung mit euren Freunden – wenn sie in einer solchen Nacht überhaupt kommen«, rief Vosper.

»Der Wetterbericht behauptete, der Sturm würde vor der sizilianischen Küste abdrehen«, erinnerte ihn Johnson. »Wenn ich es auch im Moment selbst noch nicht glauben kann.«

In dem unsteten Auf und Ab, aus dem die Welt ringsum zu bestehen schien, hielt Petrie Ausschau nach dem Feind, doch sie hatten das Tyrrhenische Meer mit seinen tanzenden Wogen ganz für sich. Als Vosper das Ruder einem Matrosen übergab und zu ihnen heraustrat, flüchtete sich Johnson in den Eingang des Ruderhauses. Sie hatten die Ausläufer des Sturmtiefs erreicht, das Wetter war trügerisch. Der Wind konnte hier völlig abflauen, um dann plötzlich wieder mit wuchtigen Böen über sie herzufallen.

»Bei diesem Wetter läuft die Fangflotte der Fischer niemals aus«, rief Johnson Petrie zu.

»Kommt ganz darauf an, wie es in Küstennähe aussieht. Vielleicht bläst der Sturm dort nicht so heftig«, schrie Petrie zurück. Dabei beobachtete er mit verkniffenen Augen weiter die See. Vosper wollte gerade ins Ruderhaus zurückkehren, als Petrie ihn am Arm packte und westwärts deutete.

»Was ist das da drüben?«

»Wo? Ich sehe nichts.«

Vospers Stimme klang rauh. Er spähte in die angedeutete Richtung.

»Ich habe einen Schatten gesehen. Da war – da ist es wieder!«

»Ein Schnellboot!«

Vosper stemmte sich gegen den Türrahmen, hob sein Nachtglas an die Augen und spähte sekundenlang in die Finsternis.

»Ja, eine Patrouille. Sie halten genau auf uns zu. Ich glaube, sie haben uns gesichtet. Ihr beiden in eurer Zivilkleidung macht euch jetzt besser unsichtbar.«

Er betrat das Ruderhaus und erteilte seine Befehle durchs Sprachrohr. Schnellboot steuerbord voraus... Geschütze bemannen... Maschinen auf voller Fahrt halten...

Das Patrouillenboot wimmelte plötzlich von Männern. Matrosen in italienischen Uniformen nahmen ihre Posten ein, besetzten auch das 13,2-mm-Maschinengewehr, um den Anschein zu erwecken, das Boot befinde sich auf einer normalen Streife.

Vom hinteren Teil der Brücke aus spähten Petrie und Johnson zu der verschwommenen Silhouette des feindlichen Schiffes hinüber, das gerade wieder in einem Wellental verschwand. Es näherte sich rasch quer zum eigenen Kurs von Steuerbord.

Die Spannung wurde fast unerträglich. Nur Vosper schien davon unberührt. Er nahm ruhig die Signallampe aus ihrer Halterung und öffnete das Fenster.

Petrie betrachtete die Laterne mit gemischten Gefühlen. Dies war genau die Situation, die sie am meisten gefürchtet hatten. Hier lag die Schwachstelle des gesamten Unternehmens. Zu vieles konnte schiefgehen. Die Schiffsgeschütze waren feuerbereit, die zwei 45-cm-Torpedos scharfgemacht, und die britische Besatzung wußte sicherlich ihre Waffen gut zu gebrauchen. Bei einem normalen Seegefecht hätte Vosper unter diesen Umständen eine gute Figur gemacht. Doch hier ging es um mehr als um die Versenkung eines feindlichen Schiffes. Sie durften sich keinen Schnitzer erlauben, nichts durfte geschehen, was den feindlichen Funker veranlassen könnte, eine Warnmeldung an das Marinehauptquartier in Palermo durchzutickern. Selbst wenn sie das feindliche Schiff so schnell versenkten, daß es keinen Funkspruch mehr absetzen konnte, wären die Explosionen an der Küste mit Sicherheit zu hören. Die Operation wäre entdeckt und damit gescheitert. Ihr Rendezvous vor Palermo konnten Petrie und Johnson dann vergessen.

Vosper wartete geduldig am Fenster auf das Erkennungssignal des anderen Schiffes.

»Glaubst du, daß wir es schaffen?« fragte Johnson, als er sich mit Petrie in die Deckung der Brückenschanz duckte.

»Wenn Scelba uns wirklich die für diese Nacht gültige Parole genannt hat, müßte es klappen.« Petrie wandte keinen Blick von Vosper. »Er hat einen guten Mann im italienischen Marinestab sitzen. Die Italiener ändern ihren Signal-Code in der Regel nur alle vierundzwanzig Stunden.«

»In der Regel?«

Johnson schien sich mit dieser Antwort nicht zufriedengeben zu wollen. Vosper gab ihm die genauere Erklärung, während er das gegnerische Schiff nicht aus den Augen ließ.

»Im Normalfall wechselt der Code alle vierundzwanzig Stunden. Doch in schwierigen Situationen wird er auch schon mal als zusätzliche Sicherheitsmaßnahme völlig unerwartet geändert. Unsere Leute machen das auch so.«

»Und jetzt ist eine solch schwierige Situation«, ergänzte Petrie Vospers Worte. »Der Feind weiß, daß die Invasion dicht bevorsteht, daß unsere Truppentransporte schon in See gegangen sind. Ich würde also nicht unbedingt drauf wetten, daß die Parole noch stimmt.«

»Also stecke ich besser mein Geld wieder ein.«

Für Petrie und Johnson, die von ihrem Platz im hinteren Teil des Steuerhauses das weitere Geschehen nicht verfolgen konnten, wurde die Anspannung fast unerträglich. Sie konnten nur Vospers Gesicht beobachten, das aber nach wie vor ausdruckslos blieb und nichts verriet. Jetzt straffte sich seine Gestalt, er gab dem Rudergänger Befehl, den Kurs zu halten. Das feindliche Schnellboot war kaum eine Viertelmeile entfernt, als drüben ein Lichtschein aufblitzte und das Erkennungssignal herübergemorst wurde. Vosper hielt seine Lampe antwortbereit und konzentrierte sich. Für Petrie und Johnson war es wie eine Erlösung, als Vosper ihnen schließlich erklärte, was draußen vorging. An einer Kleinigkeit aber merkte Petrie, daß etwas nicht stimmte. Auf Vospers Stirn zeigte sich plötzlich ein feiner Schweißfilm. Das konnte nur eines bedeuten: das Lichtsignal des Gegners war ihm unbekannt. Seit Scelbas Nachricht mußte das Marinehauptquartier in Palermo den Code geändert haben. Vosper würde nicht wissen, welche Parole er zurückmorsen mußte.

Petrie warf einen Blick zu Johnson hinüber. Auch er schien, nach seinem Gesichtsausdruck zu schließen, das Debakel zu ahnen. In diesem Moment begann Vosper, die Antwort hinüberzusignalisieren. Danach verharrte er unbeweglich an seinem Platz.

»Alles okay?« rief Johnson leise.

»Bis jetzt lief alles programmgemäß. Doch haben sie vielleicht nur das Antwort-Signal geändert. Dann dürften sie uns aber gleich das Ruderhaus unter dem Hintern wegschießen.«

»Na, dann wünsche ich allseits eine gute Himmelfahrt«, brummte der Amerikaner.

Das Warten schien kein Ende zu nehmen. Die Sekunden dehnten sich zur Ewigkeit. Plötzlich drehten die Motoren des Feindschiffes auf.

»In Ordnung«, rief Vosper erleichtert, »sie drehen ab.«

Seine Stimme war brüchig, als er sich an den Rudergänger wandte. »Nach Palermo. Volle Kraft voraus!«

Der meteorologische Offizier in Tunis hatte mit seiner Wettervorhersage recht behalten. Als das Patrouillenboot unter der bergigen Küste auf Parallelkurs ging, hatte sich das Meer beruhigt. Sanft rollten die Wogen im silbernen Schimmer des Mondes, der durch die Wolkendecke gebrochen war. Petrie stand mit Johnson an Deck und schaute zu einem Berg hinüber, der abseits von den anderen Gipfeln aufragte.

»Das ist der Monte Pellegrino, du kennst ihn sicher noch von deinem letzten Aufenthalt in Sizilien.«

»Ich denke, ich suche mir mal meine sieben Sachen zusammen. Palermo liegt gleich östlich davon. He, was sind denn das für Lichter da drüben?«

»Scelba ließ uns wissen, daß die Fangflotte vor dem Hafen von Palermo liegt. Sie fischen hier nachts. Die Lampen am Bug sollen die Fische in ihre Netze locken. Gott gebe, daß Guido dabei ist.«

Beide schwiegen und hingen ihren Gedanken nach. Vosper drosselte die Fahrt, jede Umdrehung der Schrauben brachte sie der Küste näher. Die Silhouette des Berges wuchs stetig, die schwankenden Lichter kamen langsam näher. Die Nerven der beiden Männer auf Deck waren zum Zerreißen gespannt. Vor ihnen lag die gefährlichste Phase eines jeden Landeunternehmens, wenn man sich kaum eine Meile unter der feindlichen Küste entlangschlich und sich der Abstand von Minute zu Minute verringerte. Petrie und Johnson gingen vor dem Ruderhaus in die Hocke, damit man ihre schattenhaften Gestalten nicht sah. Die schwankenden Laternen der Fangflotte trieben langsam auf sie zu, orangefarbene Lichter, die im bleichen Mondlicht seltsam festlich wirkten.

»So weit, so gut!«

Johnson murmelte diese Worte vor sich hin und wischte sich gleichzeitig mit dem Mantelärmel den Schweiß von der Stirn, der ihm schon in die Augen tropfte. Es war kalt an Deck, doch die beiden Männer waren in Schweiß gebadet. Sie waren zwar nur eine Fracht, die Vosper an einem verabredeten Treffpunkt der Mafia zu übergeben hatte, doch trotzdem...

Petrie erwiderte nichts auf Johnsons hoffnungsvolle Bemerkung. Seine Blicke suchten das Meer nach weiteren Patrouillenbooten ab. Wurden sie zum zweiten Male aufgebracht, konnte das ins Auge gehen. Der Gegner konnte sie in dem ruhigeren Küstengewässer näher unter die Lupe nehmen, und die Chance, ihn nochmals zu täuschen, war sehr gering. Es war diese Zeitspanne zwischen dem Erreichen der Küste und der Annäherung an die Fangflotte, die Petrie am meisten gefürchtet hatte. Vosper drosselte die Maschine noch weiter und steuerte das Boot auf die Flotte zu. Dabei bemerkte er einen Kutter, der anscheinend schon seine Netze gefüllt hatte und langsam nach Palermo zurückfuhr.

Keiner der Fischer schien von der Annäherung des Schnellbootes die geringste Notiz zu nehmen, das wie bei einer Routine-Patrouille langsam auf die Fangflotte zulief. Petrie wartete ungeduldig auf das verabredete Signal. Guido sollte mit der orangefarbenen Schiffslaterne vier Blinkzeichen geben, um ihnen die Position seines Schiffes zu markieren. Doch nichts tat sich. Vosper lehnte sich aus dem Fenster des Ruderhauses und rief Petrie leise auf Italienisch zu:

»Kein Willkommenszeichen bis jetzt!«

»Es läuft eben nicht immer alles erwartungsgemäß«, antwortete Petrie und gab Johnson einen Wink. Der Amerikaner folgte ihm zum Heck.

»Wir werden unterhalb des Hafens von Bord gehen.«

Beide arbeiteten rasch und konzentriert. Sie lösten die Taue, mit der die Plane über dem kleinen Fischerboot festgezurrt war. Das Tuckern der Schiffsmaschinen und das Platschen der Wellen gegen den Rumpf wurden übertönt vom Gesang der Fischer, die beim Einholen der Netze ein trauriges Seemannslied angestimmt hatten. Alle Fischer gehörten, wie Petrie wußte, zu Scelbas Cosca, der Mafia-Familie, die trotz vergeblicher Versuche der Carabinieri, sie zu zerschlagen, die Fischerei vor der gesamten sizilianischen Küste kontrollierte. Unter der Leitung von Moro* hatten die Carabinieri sie schon vor dem Krieg in den Untergrund gedrängt, doch wie die Fangarme eines Kraken spann die Ehrenwerte Familie unter der Oberfläche ihre Verbindungen weiter und versuchte ihre Machtstellung bei der hiesigen Bevölkerung zu festigen. Vosper beneidete Petrie keineswegs um seine Aufgabe, mit solchen Leuten zusammenzuarbeiten.

Das Beiboot hing schon im Davit, und auf Vospers Befehl tauchten sofort einige Leute auf, die es ausschwenkten und unter Petries Aufsicht an der dem Hafen abgewandten Seite zur Wasseroberfläche abließen. Es war kein leichtes Unternehmen, denn das Schnellboot machte immer noch leichte Fahrt für den Fall, daß ein feindliches Schiff auftauchte, das Aussetzen des Bootes beobachtete und Palermo über Funk alarmierte. In diesem Fall hätte man das Landeunternehmen abbrechen müssen.

Das kleine Fischerboot glitt sanft ins Wasser, man löste alle Taue außer einem, und Vosper änderte den Kurs, um das Boot näher an die Fangflotte heranzuschleppen. Für einen Augenblick übergab er das Ruder einem Matrosen, trat zu den beiden Männern hinaus und klopfte Petrie aufmunternd auf den Rücken. Johnson warf sich den Sack mit dem Sprengstoff und ihrer sonstigen Ausrüstung über die Schulter.

---

* Polizeichef Moro war von Mussolini, mit besonderen Vollmachten ausgestattet, nach Sizilien entsandt worden, um die Mafia zu zerschlagen.

»Viel Glück, Jim. Bis jetzt hat sich Guido noch nicht gerührt. Aber ich denke, ihr werdet es auch so schaffen.«
»Diesmal muß es einfach klappen«, antwortete Petrie ruhig.
»Vielen Dank für die Überfahrt...«
Er folgte dem Amerikaner in das schwankende Fischerboot, wo Johnson schon den Sack verstaut hatte und an den Schaltern herumhantierte, um den Motor anzulassen. Vosper gab einem Matrosen das Zeichen, die letzte Leine zu lösen. Petrie holte sie ein und wickelte sie locker um die orangefarbene Laterne am Bug. Vorsichtig steuerte Johnson das Boot aus dem schützenden Schatten des Schnellbootes heraus.
Der nächste sizilianische Kutter lag nicht einmal hundert Meter entfernt. Männer beugten sich weit über die Bordwand und holten die Netze ein. Das Boot legte sich unter dem Gewicht des Fanges weit zur Seite, die Laterne am Bug schaukelte bedenklich. Vosper hatte seinen Kurs so gewählt, daß es aussah, als sei er zwischen den zwei Fischerbooten hindurchgefahren. Jetzt erhöhte er die Geschwindigkeit und rauschte mit im Mondlicht silbrig schimmernder Bugwelle davon. Die beiden Männer waren allein, völlig auf sich gestellt – eine halbe Meile von der feindlichen Küste.
Sie schlossen sich der Ostflanke der Fangflotte an.
»Fahr langsamer, Ed«, flüsterte Petrie auf italienisch. »Wir sollten nicht zu nahe herangehen, ehe Guido nicht mit uns Kontakt aufgenommen hat.«
»Wenn er überhaupt kommt.«
»Er kommt, verlaß dich drauf!«
Petrie schwieg und verfolgte das Treiben auf dem nächsten Boot. Die Männer dort mit ihren dunkelhäutigen, knochigen Gesichtern waren sicher nicht die angenehmsten Zeitgenossen, jederzeit bereit, jemanden für weniger als eine Mahlzeit ein Messer in den Rücken zu jagen.
Petrie machte sich Sorgen, daß Guido geschnappt wor-

den war. Ein Geräusch ließ ihn herumfahren. Johnsons Gestalt versteifte sich.

»Was ist los?«

»Wir bekommen Besuch – im falschen Augenblick!«

Das plötzliche Aufheulen von Vospers Schiffsmotoren hatte ihn gewarnt. Der Kommandant des Schnellbootes hielt es anscheinend für notwendig, so rasch wie möglich zu verschwinden. Er drehte eine weite Kurve und hielt Kurs nach Norden, weg von Palermo. Der Grund seiner plötzlichen Eile offenbarte sich im nächsten Moment: Von Osten her näherte sich ein Torpedo-Boot in voller Fahrt der Fangflotte. Petrie beobachtete mit verkniffenen Augen ein Fischerboot, das gerade in diesem Moment auf sie zuhielt. Wenn das Guido war, hatte er den Zeitpunkt für ein Treffen zu spät gewählt.

»Ed, gib mir das Schnellfeuer-Gewehr«, zischte er und ließ das Fischerboot keinen Moment aus den Augen. Johnson hielt mit einer Hand das Ruder, zog mit der anderen die Waffe aus dem Sack und reichte sie Petrie. Das Torpedo-Boot brauste genau auf sie zu.

Das deutsche Schnellfeuer-Gewehr – eine Mauser 7,63-mm-Automatik – ist eine tödliche Waffe, die als Handfeuerwaffe wie als automatische Maschinenpistole benutzt werden kann. Es besitzt ein Zwanziger-Rundmagazin und wird bei Verwendung als Handwaffe in einem hölzernen Holster getragen. Diese seltsame Materialwahl bei einer Pistolentasche hat ihren Grund: Für flächendeckenden weiträumigen Einsatz wird dieses Holster hinten in den Pistolenlauf eingeschoben und bildet so einen Schaft, den der Benutzer der Waffe gegen die Schulter preßt. So kann er jederzeit ein bestimmtes Areal mit mörderischem Feuer belegen. Mit ein wenig Glück und Geschick könnte man damit auch die Besatzung eines Torpedo-Bootes dezimieren.

Petrie sandte ein Stoßgebet zum Himmel, daß ihm ein solcher Einsatz dicht vor der feindlichen Küste erspart bleiben möge.

Das Motorengeräusch des Torpedo-Bootes schwoll an. Zwei Fischerboote trieben langsam auf sie zu. Auf Anweisung von Petrie änderte Johnson ihren Kurs und lenkte das Boot zwischen den beiden Fischerbooten hindurch mitten in die Fangflotte hinein.

Etwas Hartes klapperte gegen ihr Dollbord. Petrie packte die Waffe unter dem Mantel fester, starrte erst auf den Bootshaken zu seinen Füßen und dann auf den Mann, der kaum zwei Meter entfernt die Leine hielt. Die heisere Stimme des Sizilianers klang drängend.

»Ist der Fang heute nacht gut?« fragte er auf Italienisch.

»Für Juli ist der Fang ganz miserabel. Feindliche Unterseeboote machen die Gewässer unsicher«, beantwortete Petrie die Erkennungsparole.

»Ich bin Guido. Kein Wort zur Besatzung des Torpedo-Bootes...«

Petrie mußte das Zeichen übersehen haben, doch plötzlich wimmelte es um sie herum von Fischerbooten. Zwei Männer auf Guidos Boot warfen ein Fischernetz zu ihnen herüber. Johnson hatte den Motor gestoppt und packte sofort zu. Gemeinsam mit Petrie zog er es ins Boot. Das Torpedo-Boot glitt langsam zwischen den Fischkuttern auf sie zu. Hoch ragte sein Bug vor ihnen auf.

Mit einem Megaphon in der Hand trat der Kommandant auf die Brücke. Die Fischer knurrten ärgerlich über die Störung. Petries Hand fuhr wieder unter den Mantel. Die Sache sah nicht gut für sie aus. Das Maschinengewehr auf dem Kriegsschiff war besetzt, und die Matrosen an Deck trugen alle Gewehre. Was, zum Teufel, hatte den Kommandanten argwöhnisch gemacht?

Der Italiener hob das Megaphon.

»Seid ihr heute nacht einem britischen Schnellboot begegnet?«

»Nein, nur einem anderen Patrouillen-Boot«, rief Guido zurück und fuhr fort: »Sie vertreiben uns die Fischschwärme.«

»Und ihr fischt zu weit draußen. Das ist zur Zeit verboten, wie ihr genau wißt.«

»Wir fischen dort, wo die Fische sind. Schließlich wollen Sie ja auch etwas auf den Teller bekommen«, gab Guido verärgert zurück.

»Ich werde diesen Verstoß der Hafenwacht melden«, fauchte der italienische Kommandant.

Die Schrauben drehten auf, und das Kriegsschiff stieß rückwärts aus der Fangflotte, drehte nach Westen ab und schoß auf die offene See hinaus. Petrie entspannte sich ein wenig. Guido hatte also die vorgeschriebene Fangzone verlassen, um sich mit ihnen zu treffen. Dieses kleine Entgegenkommen von Scelba war begrüßenswert.

Der Motor im Boot des Sizilianers sprang an, und Guido deutete zur Küste hinüber. Sie würden jetzt unverzüglich auf Palermo zuhalten. Dort wartete die nächste gefährliche Hürde – ihre Einfahrt in den schwerbewachten Hafen.

Petrie schob die Gedanken daran beiseite, als Johnson die Maschine startete und dem Boot des Sizilianers folgte.

Aus irgendeinem Grund hatte der Kutter, den Vosper nach Palermo fahren sah, dicht unter der Küste die Maschine gedrosselt. Als sich Guidos Boot jetzt nach Süden wandte, nahm auch dieser Kutter wieder Fahrt auf, dicht gefolgt von einer kleinen Flottille anderer Fischerboote. Petrie merkte, daß hier nach einem genauen Plan vorgegangen wurde, einem Plan, der sicherlich Scelbas zwielichtigem Verstand entsprungen war. Die Sizilianer sangen wieder, ihre getragenen Stimmen hallten über die ruhige, ölige See, die jetzt wieder so still und glatt dalag wie eine Weide. Johnson konnte kaum glauben, daß sie noch vor kurzem im heftigen Sturm um ihr Leben kämpfen mußten.

Petrie hatte sich vorne im Bug hingehockt. Sie näherten sich der Hafenmauer. Eine lange, hohe Mole schob sich ostwärts weit ins Meer vor. Wenig später konnte Petrie deutlich die Geschützstellung mit ihrer Sandsackbarriere erkennen, sah die behelmten Gestalten der Soldaten und einen bewaffneten Posten mit geschultertem Gewehr. Johnson folgte Guidos Beispiel und verringerte merklich die Geschwindigkeit. Langsam trieben sie im Schatten der Hafenmauer, die sich hoch über ihnen auftürmte, dahin. Der Amerikaner ließ keinen Blick von dem Sizilianer im Boot vor ihm. Gab es Ärger, würde Guidos Reaktion sie Sekunden vorher warnen.

Petrie verließ seinen Platz am Bug und trat neben Johnson. Um durch die Hafeneinfahrt zu gelangen, mußten sie an einer zweiten, kürzeren Mole weiter landwärts entlangfahren, die sich mit der äußeren Hafenmauer ein wenig überlappte. Es war sehr still, während die Boote an dieser Steinrampe entlangtuckerten. Der Gesang war abrupt verstummt. Vor ihnen stand Guido steif in seinem Boot, als warte er auf etwas Unvorhergesehenes.

»Der Ärger mit dem Burschen ist, daß er anscheinend nie gelernt hat, sich zu entspannen«, flüsterte Petrie.

»Sich entspannen, in einer solchen Situation?«

Johnson fehlten die Worte. Als plötzlich ein schwaches Kreischen über das Wasser zu ihnen herüberdrang, packte er ungewollt das Steuerrad fester.

Langsam schwangen die Hafentore auf, um die Fangflotte einzulassen. Als sie das Ende der äußeren Mauer umrundeten, entdeckte Petrie über sich das lange Rohr einer Flak, das himmelwärts ragte. Sekunden später lag der Hafen vor ihnen, er sah die verdunkelten Kaianlagen und die alten Dächer der Stadt darüber. Der Schlepper, der das Hafentor geöffnet hatte, stieß fauchend Rauchwolken in die Mondnacht.

Langsam folgten sie Guidos Boot und dem anderen Kutter vor ihm. Johnson ging die ganze Sache einfach zu glatt, er wagte nicht, sich zu entspannen aus Furcht, er könne dadurch Unheil heraufbeschwören.

Im nächsten Augenblick flammte ein starker Scheinwerfer auf und tauchte die Hafeneinfahrt in gleißendes Licht. Petrie fluchte lautlos und packte die Mauser fester. Man hatte den Scheinwerfer auf der Spitze der inneren Mole installiert, so daß jedes Boot seinen starken Lichtstrahl passieren mußte.

Und ich möchte wetten, daß die Burschen zählen können, dachte Petrie grimmig. Sie werden schnell feststellen, daß jetzt ein Boot mehr hereinschwimmt, als sie hinausgelassen haben. Vielleicht konnten sie sogar im hellen Scheinwerferlicht die Besatzung der Boote identifizieren.

Das führende Boot vor Guidos Kutter machte kaum Fahrt. Plötzlich durchschaute Petrie das Manöver. Das Führungsboot wartete auf Guido und sie, um als Pulk den Scheinwerfer zu passieren. Er warf einen Blick zurück. Die anderen Boote folgten dichtauf.

Auch bei Johnson war der Groschen gefallen.

»Soll ich ein wenig aufdrehen?«

»Tempo halten«, erwiderte Petrie knapp.

Eine Beschleunigung der Fahrt würde nur unnötig die Aufmerksamkeit auf sie lenken. Petrie ließ seine Blicke über die vertraute Silhouette des Hafens schweifen, suchte nach Kriegsschiffen, nach Truppenstellungen bei den Docks, doch alles schien so, wie er es in Erinnerung hatte. Als ihr Boot neben das Boot des Mafioso glitt, murmelte er leise:

»Hinter dem Scheinwerfer ist eine Maschinengewehr-Stellung. Sollten sie das Feuer eröffnen, halte sofort auf den Kai zu. Ich kümmere mich derweil um den Scheinwerfer...«

Langsam krochen sie vorwärts. Hinter ihnen erhöhten zwei Boote ihre Fahrt und passierten sie an Steuerbord. Vor Guidos Boot schwenkten sie ein und trieben in das Scheinwerferlicht. Deutlich waren die Männer an Bord zu erkennen, wie Petrie grimmig feststellte.

Sie schwammen gerade aus dem Lichtkreis heraus, als etwas geschah, daß wieder nur Scelba geplant haben konnte. Mit lautem Krachen kollidierten die beiden Boote, und die Sizilianer stimmten ein lautes, wütendes Geschrei an, als ob sie miteinander in ein Handgemenge geraten seien.

Der Mann am Scheinwerfer richtete instinktiv den Lichtstrahl nach links auf die kollidierten Boote. Währenddessen glitten Guido und Johnson mit einem Pulk anderer Boote am Ende der Mole vorbei. Dem Italiener wurde klar, daß er die anderen Boote verpaßte, und er schwenkte den Scheinwerfer rasch zurück. Sekundenlang tauchte der starke Strahl Petries Boot in gleißendes Licht, sprang dann aber zum nächsten Kutter hinüber. Und wahrscheinlich haben sie eines der Fischerboote weiter unterhalb der Küste vor Anker gehen lassen, so daß die Zahl stimmt, dachte Petrie. Scelba war ein Mann, der nichts dem Zufall überließ.

»Wir sind am Ziel«, sagte er zu Johnson, als sie in Guidos Kielwasser auf einen verlassenen Pier zuhielten. Johnson brummte nur. Sie befanden sich schließlich immer noch im schwerbewachten Hafengebiet.

Sie hatten den Pier fast erreicht. Das Wasser stank nach Öl und fauligem Fisch. Petrie wußte, was der Amerikaner dachte.

»Ich kenne diesen Pier, Ed. Von ihm aus führt ein unterirdischer Gang aus dem Hafengelände heraus.«

Mit einem unsanften Stoß legte Guidos Kutter am Pier an. Johnson stellte den Motor ab. Sanft stieß das Boot gegen den Rumpf des Kutters.

Sie waren vom Feind unbemerkt auf Sizilien gelandet. Innerhalb einer Stunde würden sie in der Untergrund-Zentrale der Mafia sein, wo dann das Tauziehen mit Vito Scelba begann. Petrie verzog angewidert das Gesicht.

4.

Freitag, 9. Juli – kurz vor Morgengrauen

Don Vito Scelba, die Schlüsselfigur der ganzen Operation, nach Petries Ansicht der einzige Mann auf Sizilien, der die massierten deutsch-italienischen Streitkräfte überlisten konnte, der als einziger – wenn er wollte – ein Sabotage-Team quer über die Insel in die zur Festung verwandelte Stadt Messina einschleusen konnte, wußte innerhalb von fünf Minuten, daß die zwei alliierten Agenten in Palermo angekommen waren. Die telefonische Botschaft eines seiner Leute, der von einem Haus am Hafen das gesamte Gelände beobachten konnte, war kurz und geheimnisvoll.

»Das Korn wurde geliefert.«

»Danke, Nicolo. Bleib auf deinem Posten.«

Scelba legte den Hörer nieder. Nicolo würde wie befohlen sofort das Haus verlassen. Man durfte kein unnötiges Risiko eingehen. Die Carabinieri hatten die Telefone der halben Stadt angezapft, um der Mafia auf die Schliche zu kommen. Scelba zündete sich hinter vorgehaltener Hand eine dunkle Zigarre an und stand dann regungslos in dem großen, unmöblierten Raum. Bis vor drei Tagen hatten in diesem Palazzo, der jetzt vorübergehend sein Hauptquartier war, die Gonzagos, eine der reichsten Familien Siziliens, gewohnt. Sie waren wie viele andere aus der Oberschicht vor den immer zahlreicher vom Himmel regnenden alliierten Bomben auf das italienische Festland geflohen.

Scelba befand sich jedoch nicht allein in dem weitläufigen Zimmer. An den hohen Fenstern beobachteten mit Schrotflinten bewaffnete Mafiosi den Innenhof. Die kleinen, dunkelhäutigen Männer waren jeder mit der wohl teuflischsten Waffe ausgerüstet, die es gab, der Lupara. Der Name stand für drei Dinge: Die Munition, das Gewehr – und die Todesart. Selbst in Sizilien war es streng verboten, Blei zu zerhakken, es in Patronen zu füllen und die Gewehre damit zu laden. Doch diese Waffe gehörte zur Standardausrüstung der Untergrundmafia. Viele Menschen waren schon an der ›Lupara-Krankheit‹ gestorben, einer Krankheit, von der es keine Heilung gab.

Die Gestalten an den Fenstern verharrten ebenso reglos wie der in Gedanken versunkene Scelba. Dies konnte der entscheidende Moment in seiner langen Karriere sein, der Wendepunkt, auf den er so lange, bittere Jahre gewartet hatte. Petrie war zurückgekehrt.

Signor Scelba kannte mehr Einzelheiten aus der militärischen Laufbahn des Majors James Petrie, als der kriegsverpflichtete Soldat ahnte. Er wußte beispielsweise, daß man Petrie normalerweise auf die Zerstörung lebenswichtiger Einrichtungen ansetzte. Sein letzter achtwöchiger Aufenthalt auf der Insel als Verbindungsoffizier zwischen dem Alliierten Hauptquartier und der Mafia fiel gänzlich aus dem gewohnten Rahmen. Scelba vermutete richtig, daß Petrie diesmal wieder einen Sabotage-Auftrag hatte. Das bestätigte auch die dringende Bitte über Funk um Bereitstellung eines vollgetankten Wagens, was auf eine längere Fahrt von Palermo aus schließen ließ. Als Ziel kamen nur zwei Orte und Objekte in Frage: Der Marinestützpunkt Syracus mit seinen Kanonen oder die Eisenbahnfähre ›Carridi‹ in Messina. Seine Agenten auf der ganzen Insel hielten Vito Scelba ständig auf dem laufenden, und so hatte er auch von den verzweifelten, aber bis dato vergeblichen Versuchen der Alliierten, die einzige noch verkehrende Eisenbahnfähre zu versenken, Wind bekommen. Ganz sicher, Petrie wollte in eine dieser beiden Städte – nach Syracus oder Messina. In der Botschaft aus dem Alliierten Hauptquartier, von Petrie selbst unterzeichnet, hatte man um Scelbas persönliche Anwesenheit bei der Ankunft der beiden Agenten aus Tunis gebeten. Die Situation war interessant und versprach enormen Gewinn.

In seiner Kindheit hatte Scelba, kaum des Lesens und Schreibens mächtig, Schafe gehütet. Als Jugendlicher begann er, sich durch Mord und Intrigen in der Mafia hochzuarbeiten. Mit fünfundzwanzig Jahren war er schließlich Capo, Chef einer geheimen Organisation, die noch die Ärmsten der Armen auf Sizilien auspreßte, während sie vorgab, sie zu ›beschützen‹. Als Verwalter eines Großgrundbesitzers kontrollierte Scelba die Arbeiter und half denen, die mit ihm kooperierten, wenn sie in Schwierigkeiten kamen. Die anderen, die sich gegen ihn stellten, starben meist an einem Messer im Rücken, an einem Schluck vergifteten Weines oder an einem Kopfschuß.

Dann war Mussolini an die Macht gekommen, der Faschismus duldete keine andere Machtgröße neben sich. Schlagartig änderten sich die Zeiten für die Mafia. Ende der dreißiger Jahre war Moro mit seiner unbestechlichen Polizei auf der Insel aufgetaucht, einer Einheit, die speziell für den Kampf gegen das organisierte Verbrechen ausgebildet war. Scelba mußte untertauchen.

Er war ein vorausschauender Mann, der genau wußte, daß über kurz oder lang die Alliierten siegen würden, siegen mußten, denn ständig verfolgt von einer faschistischen Polizei, hätte die Mafia keine Zukunft. Scelba sah im Sieg der Alliierten ungeahnte Möglichkeiten – riesigen Machtgewinn für die Mafia, für Vito Scelba. Man konnte die Verbindungen nach Neapel oder Marseille ausbauen – und auch nach New York.

Vito Scelba hatte einen Traum. Er träumte von der Errichtung einer weitverzweigten internationalen Organisation, mächtig genug, Regierungen in den Sattel zu heben oder zu stürzen, ganze Völker durch straff organisierte Verbrecher-Syndikate zu beherrschen. Das Wort ›Verbrechen‹ fehlte natürlich in seinem Sprachschatz. Für Scelba war alles nur Geschäft. Die Tatsache, daß ihm bei der Verwirklichung seiner Ambitionen ein alliierter Offizier helfen würde, entbehrte nicht einer gewissen Ironie. Der Sizilianer wußte genau, daß Petrie ihm nicht über den Weg traute. Beim Gedanken an den Offizier lächelte er grimmig. Es wurde Zeit, daß er sich in den engen Keller begab. Doch er bekam dort unten immer Platzangst.

Scelba warf einen Blick auf seine Uhr. Er rechnete mit Petries Ankunft gegen Mitternacht. Unwillig trat er seine Zigarre unter dem Absatz aus, bückte sich, hob den Stummel auf und steckte ihn in die Tasche. In diesem Raum durften keine Spuren ihrer Anwesenheit zurückbleiben.

Ehe er in den Keller stieg, ließ er seine Blicke nochmals über die von Fresken verzierte Decke, die hohen Spiegel an den Wänden und den kostbaren Marmorfußboden schweifen. Luxus bedeutete Vito Scelba nichts. Sein Lebensstil war bescheiden, und nur zum Schlafen benötigte er ein Dach über dem Kopf.

In scharfem Ton erteilte er jetzt seinen Leuten einen Befehl und stieg dann in den Keller hinab. Der Mafiaboß, der die Unterwelt von Palermo kontrollierte, traf erste Vorbereitungen für einen Anschlag – seinen Anschlag auf die Nachkriegswelt.

»Da drinnen soll er sein? Sind Sie sicher?«

Petrie packte Guido am Arm und zog ihn von der verlassenen Straße in einen dunklen Eingang, während Johnson sich wachsam umschaute. Sie hatten auf vielen Wegen den Hafen verlassen und das Albergheria-Viertel durchquert. Zweimal waren sie beinahe starken Carabinieri-Streifen in die Arme gelaufen. Die ganze Zeit begleitete sie das Motorengebrumm von Armeefahrzeugen.

Petrie starrte auf den Palazzo, eines der größten Häuser in Palermo. Hinter den Einfassungsmauern schwang sich eine elegante Treppenflucht zu einer Terrasse empor, von der eine weitere Treppe zu einer zweiten Terrasse führte. Die Wände des Hauptgebäudes säumten Statuen, verschwommene Figuren, die Petrie im ersten Moment für Wachtposten gehalten hatte.

»Guido«, sagte er jetzt im scharfen Ton, »Scelba kann unmöglich da drin sein.«

Der Sizilianer zuckte bei der lauten Nennung seines Namens erschrocken zusammen.

»Er ist ganz bestimmt hier, Signore. Dies ist die Villa Gonzago. Die Familie ist vor einigen Tagen nach Neapel geflohen. Seitdem steht die Villa leer. Kommen Sie, wir dürfen nicht stehenbleiben. Hier entlang, Signore!«

Guido hatte es sehr eilig, von der Straße zu verschwinden, und Petrie konnte es ihm nicht verdenken. Sie folgten dem Sizilianer über einen Innenhof durch ein zweites Tor zur Rückseite des Palazzo. Man sah in der Finsternis nicht die Hand vor Augen. Guido wühlte in seinen Taschen, zog einen Schlüssel hervor und öffnete eine kleine, hölzerne Pforte. Dahinter flammte eine starke Taschenlampe auf. In ihrem Schein erkannte Petrie eine Schrotflinte, deren Mündung genau auf Guidos Hals zielte. Es folgten ein paar Worte auf Sizilianisch, einem Dialekt, der so sehr vom Italienischen abwich, daß Petrie nur hier und da ein Wort verstand. Der Sizilianer mit dem Gewehr ließ sich von Guido den Schlüssel aushändigen und verriegelte die Pforte im Licht der Taschenlampe, die ein zweiter Mafioso hielt, von innen. Mit einem Handzeichen befahl er den Ankömmlingen, ihm zu folgen, und geleitete sie zu einer Treppenflucht, die in die Tiefe führte.

»Willkommen in Palermo, Major Petrie. Schön, Sie wieder mal bei uns zu sehen.«

»Draußen tut sich einiges, Signor Scelba«, sagte Petrie rasch, während sie sich die Hände schüttelten.

»Was ist los?«

Sie standen sich etwa neunzig Meter unter der Stadt in einem katakombenartigen Weinkeller gegenüber, der von einigen Öllampen am Deckengewölbe spärlich erhellt wurde. Der Geruch von saurem Wein stach Petrie in die Nase, er fühlte die Feuchtigkeit des Gewölbes auf der Haut.

Höflich geleitete ihn der Mafia-Boß zu einem leeren Holztisch in der Mitte des Kellers.

»Sie haben sich für Ihre Ankunft einen gefährlichen Zeitpunkt ausgesucht«, antwortete Scelba. »General Bergoni hält eine Nachtübung ab und hat über die Stadt Ausgangssperre verhängt. Doch das ist nur ein Vorwand für eine Säuberungsaktion in einem bestimmten Viertel. Man holt die Menschen mitten in der Nacht aus den Betten und durchwühlt ihre Häuser vom Keller bis zum Dachboden. Sie sehen, man ist immer noch hinter uns her.«

»Welches Viertel?«

»San Pietro, soviel ich weiß.«

»Nicht die Albergheria?«

»Nein – es sei denn, sie hätten aus Sicherheitsgründen im letzten Moment ihre Pläne geändert.«

Scelba beobachtete seinen Gast amüsiert. Petrie argwöhnte, daß der Capo nur das Risiko seiner Zusammenarbeit mit den Alliierten besonders unterstreichen wollte.

»Trinken wir erst mal ein Glas Wein«, fuhr Scelba fort. »Wie Sie sich vorstellen können, gibt es hier ja genug davon...«

Petrie machte Johnson mit dem Mafioso bekannt. Der Amerikaner ließ sich am Tisch nieder und lauschte dem Gespräch der beiden Männer. Bei seinen früheren Einsätzen war er dem Mafia-Boß nie begegnet, denn Scelba vermied nach Möglichkeit jeden persönlichen Kontakt mit alliierten Agenten.

Johnson betrachtete die anderen Anwesenden. Er konnte sich kaum vorstellen, in einer gemütlichen Runde mit ihnen zu sitzen. Die fünf Sizilianer, die lässig ringsum an den Säulen des Gewölbes lehnten, waren im spärlichen Licht kaum zu erkennen. Doch gehörten sie, wie Johnson an ihren Galgenvogel-Gesichtern ablas, zum Abschaum von Palermo, waren sorgfältig ausgewählt, den Mafia-Boß in seinem Schlupfwinkel zu schützen. Sicher hatte jeder von ihnen schon einige Morde auf dem Gewissen.

Sie standen regungslos im Halbdunkel und hielten die Schrotflinten schußbereit in der Armbeuge. Nur ein Einäugiger vertrieb sich die Zeit damit, mit der Spitze eines breiten Messers in seinen Zähnen herumzustochern. Bei seinem Dienst an der mexikanischen Grenze hatte Johnson so manch gefährlichen Zeitgenossen verhaftet, doch verglichen mit diesem Mob hier waren das die reinsten Heiligen gewesen.

»Auf Ihre Gesundheit – und auf den Erfolg Ihres Unternehmens, Captain Johnson.« Scelba prostete ihm zu.

»Auf Ihre Gesundheit!«

Der Amerikaner hob das Glas und nahm einen vorsichtigen Schluck. Scelba hatte am Kopfende des Tisches Platz genommen. Zum ersten Mal konnte ihn Johnson deutlich erkennen. Der Capo von Palermo, der auf die Sechzig zuging, war auch in Hemdsärmeln und Hosenträgern eine beeindruckende Gestalt mit willensstarkem Kinn und hinter getönten Brillengläsern kaum erkennbaren Augen. Er besaß einen untersetzten, breitschultrigen Körper, war aber einen halben Kopf kleiner als Petrie. Seine ruhige Selbstbeherrschung in einer für ihn so gefährlichen Nacht wie dieser weckte Johnsons Bewunderung. Der Capo hatte die Hände auf die Tischplatte gelegt und zog genüßlich an der dicken Zigarre zwischen seinen wulstigen Lippen. Die Augen hinter den dunklen Gläsern schienen Johnson zu durchleuchten, schienen nach Schwachstellen des Amerikaners zu suchen. Petrie setzte sein Glas ab und sagte mit einem bezeichnenden Blick auf die Mafiosi an den Kellerwänden: »Wir dürfen keine Zeit verlieren, kommen wir zur Sache.«

Scelba sagte ein paar rasche Worte, und die Mafiosi verschwanden über die Teppe, die hinter dem Platz des Capo nach oben führte. Er wartete, bis oben die Tür geschlossen wurde, und schaute dann zu Petrie hinüber.

»Ist es eine wichtige Sache, die Sie so schnell wieder nach Sizilien geführt hat?«

Seine Stimme klang sanft.

»Wie kommen Sie darauf?«

»Die Bitte um ein Fahrzeug...«
»Steht der Wagen bereit?«
Petrie ging ganz bewußt nicht auf die Frage des Sizilianers ein. Er wollte möglichst viele Informationen aus dem Mafioso herausholen, ehe dieser mit seiner umständlichen Feilscherei begann.
»Nein, es hat eine Panne gegeben.«
»Großer Gott! Die Vereinbarung besagte doch, daß ein vollgetanktes Fahrzeug bereitstehen soll.«
»Die Vereinbarung?« Scelba lehnte sich zurück und sprach mit der Zigarre im Mund weiter: »Bis jetzt gibt es noch keine Vereinbarung. Der Funkspruch enthielt die Bitte um ein Fahrzeug. Ich aber habe nur den Erhalt der Nachricht bestätigt. Einen Wagen wollen Sie also – und auch noch mit vollem Tank!«
Die spürbare Ironie in seinen Worten irritierte Johnson, doch Petrie schien davon unbeeindruckt. Ihr Gastgeber fuhr fort: »Wissen eure Kommandeure denn nicht, daß Benzin auf Sizilien streng rationiert ist?«
»Dann besorgen Sie es auf dem Schwarzmarkt!« sagte Petrie brüsk. »Zufällig wissen wir ja genau, wer ihn in Palermo kontrolliert.«
Johnson, der befürchtete, daß Petrie zu weit ging, unterbrach ihn rasch. »Wir müssen Palermo sofort auf dem schnellsten Weg verlassen.«
Der Sizilianer schien erst jetzt wieder seine Anwesenheit zu bemerken. Seine Stimme klang aufgebracht, als er antwortete.
»Captain Johnson, vor knapp fünf Stunden stand ein Fahrzeug für Sie bereit. Doch die Carabinieri stürmten die Garage und konfiszierten den Wagen für ihre Zwecke.«
»Sicher haben Sie einen anderen für uns aufgetrieben«, sagte Petrie bewußt zuversichtlich.
»Sie haben ja sehr großes Vertrauen zu mir – unter den gegebenen Umständen hier. Ich hoffe, das Alliierte Hauptquartier ist sich darüber im klaren, daß wir jede Minute, die wir

mit ihm zusammenarbeiten, unser Leben riskieren, daß die Behörden ihre Bemühungen verstärken, uns zur Strecke zu bringen, daß unsere Familien in ständiger Bedrohung leben...«

Etwas im Tonfall des Sizilianers ließ Petrie aufhorchen.

»Wie geht es eigentlich Signora Scelba?« fragte er.

»Sie hat Palermo verlassen. Ich habe sie mit meinem Sohn nach Catania geschickt.«

Mit einem bedeutungsschweren Schweigen versuchte Scelba, die Schwierigkeit der Lage auf Sizilien noch zu unterstreichen. Doch Petrie ließ nicht locker. Ihn beschäftigte die Frage, ob und wieviel der Sizilianer von ihrem Plan wußte oder ahnte. Hatte er seine Familie weggeschickt, um sie während seiner Abwesenheit in Sicherheit zu wissen?

Die nächsten Worte des Capo machten ihm wieder Mut.

»Mein eigener Wagen steht zu Ihrer Verfügung...«

»Sofort?«

»Sobald er repariert ist. Meine Leute arbeiten schon die ganze Nacht daran...«

»Die ganze Nacht? Wann, zum Teufel, werden sie damit fertig? Wir wollen Palermo innerhalb der nächsten Stunde verlassen.« Petries Stimme klang ungehalten.

»Unmöglich, bis zur Dämmerung ist da nichts zu machen. Der Wagen wird an einer Kreuzung vor der Stadt auf uns warten. Durch die Stadt zu fahren ist zu gefährlich.«

»Das ist zu spät, viel zu spät...«

»Ich fürchte, Sie werden sich damit abfinden müssen, Major Petrie, denn der Wagen wird nicht früher fertig. Haben Sie damit eine längere Fahrt vor?«

»Wie kommen Sie darauf?«

»Weil der Tank voll sein soll.«

Scelba hob entschuldigend die Hände.

»Bedauerlicherweise habe ich noch eine schlimme Nachricht für Sie. Der Funker, Sergeant Fielding, wurde heute morgen auf seinem Weg zum Geheimsender von den Carabinieri erschossen.«

Scelba bemerkte, wie sich Johnsons Augen vor Schreck weiteten.

»Keine Sorge, Captain, er trug Bauernkleidung wie Sie und hatte nichts bei sich, das ihn verraten konnte.«

Das war eine böse Überraschung. Petrie zündete sich eine Zigarette an und dachte nach. Er würde also selbst die Bomben im Innern der Fähre anbringen müssen. Und die Verzögerung ihrer Abfahrt aus Palermo kam fast einer Katastrophe gleich. Die Zeit bis zur vorgegebenen Stunde Null wurde dadurch verdammt knapp. Ihnen blieben insgesamt gerade noch neunzehn Stunden, um von Palermo nach Messina zu fahren, in die streng bewachte Sperrzone einzudringen und an Bord der Fähre zu gelangen. Das bedeutete wiederum, daß Scelba sie begleiten mußte, um sie in Rekordzeit über die Insel zu schaffen.

Petrie beendete mit einer Handbewegung ihr verbales Versteckspiel und kam zur Sache.

»Signor Scelba, wir sind auf ein wichtiges Zielobjekt in Messina angesetzt. Ich möchte, daß Sie uns selbst hinüberfahren – oder uns zumindest als Führer begleiten. Wir fahren über die Inlandroute – über Scopana.«

»Unmöglich!« Scelba tat erstaunt. »Messina liegt am anderen Ende der Insel. Die Inlandstrecke ist schwierig zu fahren. Ich könnte Ihnen höchstens einen meiner Männer als Führer mitgeben...«

»Nein!«

Mit einer heftigen Bewegung stellte Petrie sein leeres Glas auf der Tischplatte ab.

»Nicht einer Ihrer Leute – Sie! Sie sind meiner Meinung nach der einzige Mann auf Sizilien, der uns heil hinüberbringen kann.«

»Das ist völlig unmöglich!« wiederholte Scelba. »Ich muß hier alles für die alliierte Invasion vorbereiten.«

»Das haben Sie schon getan.«

Petries Stimme klang hart.

»Der größte Dienst, den Sie uns jetzt erweisen können, ist

der, uns sicher nach Messina zu bringen. Die gleiche Meinung vertritt auch das Alliierte Oberkommando. Wir müssen morgen vor Mitternacht in den Docks sein.«

Mit unverhohlenem Sarkasmus brummte Scelba: »Das ist ja auch nur die am schärfsten gesicherte Zone auf der Insel.«

Er deutete mit dem Zigarrenstummel auf Petrie.

»Dort liegen nur deutsche Streitkräfte – und die lassen sich nicht so einfach überlisten. Euch dort hindurchzuschleusen, ist schlichtweg unmöglich.«

»Auch für jemanden, der die Hafenmafia kontrolliert?« fragte Petrie ruhig.

»Sie verlangen von mir, mein Leben aufs Spiel zu setzen...«

»Das tun Sie schon, seitdem Sie uns Informationen über feindliche Truppenbewegungen zuspielen.«

»Aber nicht für einen solchen Wahnwitz! Über die Inlandroute sind es mehrere hundert Kilometer nach Messina. Jeder Kilometer kann unser Ende, jede Kreuzung eine tödliche Falle sein.«

»Sie werden uns trotzdem begleiten?«

»Nein!«

Scelba schwieg einen Moment und fixierte Petrie über das Ende seiner Zigarre hinweg.

»Selbst dann nicht, wenn Sie mich nach der alliierten Landung zum Präfekten der Provinz Palermo machen würden.«

Da war es! Das Tauschobjekt lag auf dem Tisch. Aus Vorsicht schwieg Petrie, während der Sizilianer ihre Gläser neu füllte. Der Capo hatte ein wenig seine Trumpfkarte gelüftet: Als Gegenleistung für die Präfektur würde er sie – wenn auch nur zögernd – nach Messina bringen. Aber erst nach einem höllischen Tauziehen. Da das Hauptquartier niemals für dieses Versprechen einstehen würde – was auch Scelba wußte –, war es jetzt Petries Aufgabe, ihm den niedrigeren Bürgermeisterposten in Palermo schmackhaft zu machen. Trotz seiner diesbezüglichen Behauptung bei der letzten Einsatzbesprechung in Tunis war sich der Major keineswegs sicher, ob der Capo sich damit zufrieden geben würde.

»Daß meine Leute Ihnen jemals die Präfektur anbieten würden, ist völlig unmöglich«, sagte er brutal. »Wenn es das ist, was Sie haben wollen, vergessen Sie es.«

»Dann können Sie Ihren Auftrag vergessen.«

»Bei Gott, ich werde auch ohne Sie dorthin kommen«, rief Petrie in gespieltem Zorn. »Geben Sie uns das Auto und das Benzin, dann werden wir es schon schaffen.«

»Jedenfalls nicht vor Mitternacht. Sie kennen den Weg nicht...«

»Ich habe eine Karte«, erwiderte Petrie grob. »Schließlich haben wir mit der Möglichkeit gerechnet, daß Sie nicht mitspielen.«

»Er hat eine Karte!«

Scelba schüttelte sich vor Vergnügen. Mit der Hand hieb er mehrmals auf den Tisch.

»Man sollte Sie tatsächlich versuchen lassen, die Feldwege zu finden, die man im Landesinnern als Straßen bezeichnet. Es würde keine zwei Stunden dauern, dann hätten Sie sich hilflos verirrt...«

Er unterbrach seine Worte und beobachtete mit der Zigarre im Mund Petrie, der jetzt seinen Stuhl zurückstieß und aufsprang. Grimmig schaute er auf den Capo hinab.

»Soll ich, sobald ich zurück bin, dem Alliierten Oberkommando melden, daß Sie nicht mit uns kooperiert haben?«

»Vielleicht sollten Sie besser ›wenn‹ anstatt ›sobald‹ sagen«, erwiderte Scelba dunkel.

»Soll ich melden, daß Sie uns jegliche Hilfe verweigert haben?« wiederholte Petrie unbeirrt.

»Das könnten Sie wohl kaum, wenn ich Ihnen den Wagen und das Benzin beschaffe.«

»Wir brauchen auch Sie selbst – das haben Sie eben zugegeben.«

Petrie schwieg einen Moment.

»Soweit ich das beurteilen kann, haben Sie gerade Ihre Hoffnungen auf einen Posten in einer alliierten Administration auf Sizilien begraben, nicht wahr?«

Johnson wand sich innerlich bei dieser Bemerkung. Von seinen Erfahrungen mit der Mafia an der mexikanischen Grenze wußte er, daß die Organisation bei Verhandlungen großen Wert auf etwas legte, das sie mit dem Wort ›Höflichkeit‹ umschrieb. Petrie hatte bis jetzt diesem Begriff in keiner Weise Rechnung getragen, und Johnson fragte sich langsam, wie groß ihre Chancen waren, den Weinkeller lebend zu verlassen. Scelba beobachtete sie nachdenklich über seine Zigarre hinweg, zeigte sich aber durch Petries Drohung nicht im mindesten beleidigt.

»Es ist immerhin möglich, daß die Deutschen euch ins Meer zurückwerfen«, sagte er mit dem Anflug eines Lächelns. »Und wo bleibe ich dann?«

»Nirgendwo!«

Petrie war in der Wahl seiner Worte nicht gerade zimperlich. »Die Carabinieri suchen Sie fieberhaft. Wenn wir verlieren, Scelba, sind Sie ein toter Mann. Siegen wir, bleiben Sie unserer schönen Welt erhalten. Aus meiner Sicht der Dinge haben Sie keine Wahl – doch das ist Ihre Entscheidung.«

»Das hört sich alles recht gut an, doch Sie haben mir nichts anzubieten.«

»Das habe ich nicht gesagt.«

»Wirklich nicht?«

Scelba stemmte seinen Ellbogen auf die Tischplatte, die dunklen Brillengläser gaben ihm ein drohendes Aussehen. Sie kamen jetzt zum Kern der Sache, doch Petrie wußte, daß er genau den richtigen Zeitpunkt für sein Angebot abwarten mußte, um den Sizilianer tatsächlich davon zu überzeugen, daß er seinen Preis nicht höher treiben konnte.

Das schwach erhellte Gewölbe besaß seitliche Alkoven, in die der Schein der Öllaternen nicht hineinreichte. Dort konnten durchaus einige Mafiosi verborgen sein für den Fall, daß der Capo das gesamte Geschäft mit einer Salve aus den Schrotflinten zu beenden wünschte. Es war zwar unwahrscheinlich, doch eine Organisation wie diese war absolut unberechenbar. Petrie glaubte auf einem Pulverfaß zu sitzen, dessen Lunte schon brannte.

»Sie wollen mir ein endgültiges Angebot machen?« fragte der Capo nach langem Schweigen.

»Ja.«

»Und wenn ich Ihnen jemanden mitgebe, auf den Sie sich völlig verlassen können?«

»Nein, dann können wir die ganze Sache vergessen. Wir würden es dann auf eigene Faust versuchen.«

»Sie erpressen mich«, sagte der Sizilianer betrübt. »Ich habe euch wichtige Informationen beschafft, auf denen eure Invasionspläne basieren...«

»Andere Agenten haben aus den übrigen Teilen der Insel ebenfalls wichtige Informationen geliefert.«

»Ich hatte bisher stets den Eindruck, ich sei mehr als nur ein Agent...«

»Ob dies so bleibt, hängt jetzt nur von Ihrem Verhalten ab.«

»Sie sind ein harter Mann, Major Petrie. Ich verstehe nun, warum man Sie nach Sizilien geschickt hat...«

»Man wußte, daß ich mit Ihnen zu tun haben würde.«

Petrie lächelte zum ersten Mal, seit sie das Gewölbe betreten hatten. Auch über das Gesicht des Capo huschte der Schatten eines Lächelns.

»Bis jetzt habe ich noch kein Angebot gehört.«

»Sie werden Bürgermeister von Palermo, sobald die Alliierten Westsizilien kontrollieren.«

»Das ist gar nichts.«

Petrie explodierte.

»Sie wissen verdammt genau, Scelba, daß das ein Top-Angebot ist. Es gibt Ihnen die Macht in Ihrer Heimatstadt. Es gibt Ihnen die Kontrolle über Palermo...«

»Die habe ich schon. Mir gehört Palermo.«

»Dann fahren Sie uns gefälligst auch mit dem Auto aus Palermo hinaus, anstatt es zu irgendwelchen obskuren Kreuzungen zu beordern.«

Scelba beobachtete Petrie unablässig, der wieder eine freundliche Miene zeigte. Jetzt war der Zeitpunkt, die Atmosphäre ein wenig zu entspannen, die Diskussion wieder freundlicher zu gestalten, denn Stolz war in der Organisation ein heiliges Wort. Petrie spürte, daß er sein Spiel mit dem Gangsterboß nicht zu weit treiben durfte.

Er änderte seine Taktik.

»Sie haben doch jetzt bekommen, was Sie schon haben wollten, als wir das erste Mal nach Sizilien kamen«, fuhr er fort. »Sie haben mit hohem Einsatz gespielt – und gewonnen. Ich persönlich würde mich eher zerreißen lassen, als Ihnen dieses Amt zu geben, Vito, egal wie dringend wir Ihre Hilfe brauchen.«

»Sieh da, ein Geheimagent mit einem Gewissen!«

Der Capo ließ seinen rauhen Humor aufblitzen.

»Ihr Angebot ist wirklich kaum der Rede wert, aber um meine Verbundenheit mit den Alliierten zu unterstreichen, nehme ich es an...«

»Bedingung ist, daß Sie uns persönlich nach Messina bringen.«

»Ich werde mein Bestes tun.«

Scelbas Ton wurde wieder hart und geschäftsmäßig.

»Zwei Stunden vor Sonnenaufgang müssen wir aufbrechen, um rechtzeitig zur Kreuzung zu kommen. Doch jetzt sollten Sie zuerst etwas essen. Es gibt zwar nur Pasta und Wein, doch das füllt den Magen.«

Aus einem anliegenden Gewölbe brachte eine Bäuerin das Essen, und Petrie, schon daran gewöhnt, während seiner Einsätze häufiger bei den Mahlzeiten gestört zu werden, aß rasch. Johnson ließ sich Zeit, zumal die Rückkehr von Scelbas Mafiosi seinen Appetit nicht gerade steigerte. In dem Amerikaner verstärkte sich immer mehr das Gefühl des Gefangenseins in diesen Katakomben tief unter Palermo, der Verdacht, in der Falle zu sitzen, und die dunklen Mördervisagen um sich herum waren nicht gerade dazu angetan, seine Laune zu bessern, während er in der schlecht angerichteten Pasta herumstocherte.

Er hatte seinen Teller erst halb leergegessen, als Carlo, Scelbas Neffe, auftauchte, um sie zu warnen.

Carlo, ein großer Mann in Bauernkleidern, eilte auf seinen Onkel zu. Seine Augen besaßen einen hungrigen, tückischen Glanz, und Petrie mißtraute ihm vom ersten Moment an. Ohne lange Vorrede sprudelte Carlo seine Botschaft hervor. Scelba runzelte die Stirn.

»Signore, die Carabinieri sind im Anmarsch – ganze Hundertschaften. Sie gehen mit Panzern und bewaffneten Fahrzeugen vor. Die Albergheria ist umstellt, sie durchsuchen jedes Haus.«

»Wann hat der Einsatz begonnen?« fragte der Capo ruhig.

»Vor über einer Stunde.«

»Und so lange hast du gebraucht, um herzukommen?«

Der Mafia-Boß nahm einen Schluck aus seinem Glas. Etwas in seinem Verhalten machte Petrie klar, daß er eine starke Abneigung gegen seinen Neffen hegte. Es war nichts Greifbares, denn Scelba hatte sich eisern in der Gewalt. Die gefährliche Nachricht von Carlo schien ihn nicht im mindesten zu beunruhigen. Doch während seines letzten achtwöchigen Aufenthaltes auf der Insel hatte Petrie den Capo sehr gut kennengelernt. Jetzt fragte er sich, ob Scelba seinem Neffen überhaupt glaubte.

»Es war sehr schwierig, Don Scelba«, stieß Carlo hervor. »Beinahe hätte man mich geschnappt. Sie sind sehr zahlreich. Noch nie habe ich so viele Truppen in der Stadt gesehen. Sie haben einen engen Ring um die Albergheria gezogen, durch den niemand entkommen kann.«

»Dann sollten wir es auch nicht versuchen. Wir warten hier, bis sie oben vorbei sind.«

Petrie hatte den Eindruck, daß Carlo mit dieser Entwicklung ganz und gar nicht einverstanden war. Er zerknüllte die Mütze in seinen Händen und warf einen zögernden Blick auf die beiden Fremden, die bei Scelba am Tisch saßen. Petrie, der Carlo scharf beobachtete, wunderte sich über dessen Nervosität, die sich auch auf die anderen Mafiosi zu übertragen schien. Sie schauten Scelba an, als erwarteten sie seine Anweisung zur Räumung des Gewölbes. Wenn wir nicht acht geben, dachte Petrie grimmig, gibt es hier noch eine Panik.

Carlos Körper straffte sich.

»Sie durchsuchen jeden Winkel. In einer halben Stunde sind sie hier, wahrscheinlich sogar früher. Conte Lucillos Palazzo wird schon durchsucht. Also werden sie auch hierher kommen.«

»Beruhige dich, mein Sohn. Ich wundere mich, dich in einer solchen Verfassung zu sehen.«

Scelba schwieg einen Moment. Nachdenklich betrachtete er durch die dunkle Brille seinen Neffen, der unbehaglich von einem Bein auf das andere trat.

»Wirklich, so aufgeregt habe ich dich noch nie gesehen. Bedrückt dich sonst noch etwas, Carlo?« fragte er sanft.

»Was sollte sonst sein, Signore?«

»Das frage ich dich.«

»Ich bin nur um Ihre Sicherheit besorgt, Don Scelba. Wenn Sie hier bleiben, wird man Sie finden.«

»Also hast du deine Freunde mitgebracht, um mich zu beschützen?«

Im Gang hinter Scelba rührte sich etwas. Petrie setzte sich unwillkürlich, als er zwei Dinge gleichzeitig bemerkte. Scelbas rechte Hand tauchte über dem Tischrand auf. Sie hielt einen schweren Revolver. Im gleichen Moment erschienen hinter ihm im Gang einige Sizilianer. Sie hielten Gewehre in ihren Händen. Die Situation wurde brenzlig. Petrie verdeckte mit einer Hand den Mund und flüsterte Johnson zu:

»Wenn's hier losgeht, Ed, sofort unter den Tisch...«

Der Neffe packte seine Mütze fester.

»Sie haben mich begleitet, damit ich Sie auch tatsächlich erreiche, um Sie zu warnen...«

»Ich finde deine Sorge um mein Wohlergehen wirklich rührend. Du bleibst doch ein wenig, Carlo, oder?« fragte Scelba freundlich.

»Ich muß nach Hause. Meine Frau... verstehen Sie?«

»Natürlich, Carlo. Nett von dir, mich zu warnen.«

Scelba war die Liebenswürdigkeit in Person, als er sich jetzt erhob, um seinem Neffen die Hand zu schütteln. Den Revolver hatte er auf den Stuhl gelegt und wiederholte nochmals, daß er im Gewölbe bleiben würde, bis der Alarm vorüber sei. Carlo warf noch einen Blick auf die Fremden, lehnte dankend ein Glas Wein ab und verschwand mit seinen Leuten in dem dunklen Gang. Die Mafiosi im Keller entspannten sich, ließen die Waffen, deren Läufe sie wie zufällig auf den Gang gerichtet hatten, sinken und warteten auf Scelbas Befehle.

»Gehört Ihr Neffe auch zur Organisation?« fragte Petrie schnell.

»Natürlich.«

Scelba war die Ruhe selbst. Genüßlich leerte er sein Glas.

»Also, wir brechen sofort auf zur Kreuzung. Wir müssen sehr vorsichtig sein, daß wir nicht den Suchkommandos in die Arme laufen. Sind Sie fertig?«

Er schaute auf Johnsons halbvollen Teller.

»Irgendwie habe ich heute keinen Hunger«, sagte der Amerikaner leichthin. »Ich bin soweit.«

»Gehen wir durch die Katakomben?« fragte Petrie und erhob sich, während Scelba seinen Revolver einsteckte.

»Nein, die Carabinieri werden sie durchkämmen. Aber keine Sorge. Wir steigen über die Dächer. Dann sind wir rechtzeitig bei Sonnenaufgang an der Kreuzung.«

5.

Freitag, 5.00 Uhr bis 9.30 Uhr

Die Kreuzung war der Knotenpunkt mehrerer Straßen, kaum mehr als Maultierpfade, die zwischen niedrigen Mauern aus unbehauenen Felsen sanft zu dem Knoten abfielen und sich auf der anderen Seite wieder die Hänge emporwanden. Petrie beleuchtete mit seiner Taschenlampe den altersschwachen Wegweiser, der schief an seinem Sockel hing. Südöstlich wies er nach Petralia und Scopana, die Richtung, in die sie fahren mußten, nordwestlich ging es nach Palermo, von wo sie kamen, nordöstlich nach Cefalù, das westlich von der Bucht lag, in der Lawson bei seinem Landungsversuch mit seinen Männern den Tod gefunden hatte. Im Südwesten lag Sciacca an der Südküste Siziliens.

Wo zum Teufel blieb Scelbas Wagen? Petrie löschte die Lampe und lauschte mit schräg gelegtem Kopf. Hinter ihm kam Scelba die Straße herab. Kein Geräusch störte die morgendliche Stille, nicht einmal das Zwitschern eines Vogels war zu hören. Die Wildnis im Innern der Insel bot den gefiederten Sängern kaum genügend Nahrung. Petrie war es fast zu still.

»Das hiesige Taxi-Unternehmen ist wohl in den Streik getreten«, witzelte Johnson leise.

»Der Wagen muß hier irgendwo sein«, knurrte Scelba und schaute sich um. Seinen Revolver hielt er schußbereit in der Hand.

Er zeigt es zwar nicht, doch er ist nervös, dachte Petrie. Der Wagen sollte von der Kreuzung aus zu sehen sein. Ein paar Meter oberhalb der Kreuzung wies die Steinmauer ein breites Loch auf. Dort war die einzige Möglichkeit, ein Fahrzeug zu verstecken. Petrie raunte den anderen zu, er wolle sich etwas umschauen. Scelba folgte ihm auf den Fersen. Ihre schweren Stiefel wirbelten Staub auf der sandigen Straße auf. Petrie näherte sich vorsichtig der Mauerlücke und spähte um die Ecke. Etwas weiter weg, dicht an der Innenseite der Mauer, bemerkte er die dunkle Silhouette eines kleinen Wagens, eines Fiats. Soviel Petrie erkennen konnte, war er leer.

»Vorsicht!« flüsterte Scelba ihm ins Ohr. »Einer meiner Leute sollte beim Wagen auf uns warten.«

»Da ist niemand.«

»Dann äußerste Vorsicht!«

Etwa zwanzig Meter hinter der Mauerlücke stieg der Hang hinter einem Geländeeinschnitt, einer kleinen Schlucht, steil an. Nirgends bemerkte Petrie ein Lebenszeichen, doch im trügerischen Zwielicht der Dämmerung konnte man sich auf seine Augen kaum verlassen. Er bedeutete dem Sizilianer durch eine Handbewegung, sich absolut ruhig zu verhalten, und lauschte wieder. Hier stimmte etwas nicht, das fühlte er ganz deutlich. Der geparkte Wagen diente anscheinend als Köder.

»Warten Sie hier«, flüsterte er dem Capo zu, schob sich durch die Lücke und kroch geduckt an der Mauer entlang. Verkrüppelte Sträucher behinderten sein Vorwärtskommen, verzweifelt bemühte er sich, kein Geräusch zu machen, während er sich dem scheinbar verlassenen Wagen näherte.

Er erreichte den Fiat und zwängte sich in den Spalt zwischen Wagen und Mauer. Langsam richtete er sich auf und schaute durch die Scheiben ins Wageninnere. Der Wagen war leer. Oberflächlich betrachtet war alles in Ordnung. Sie hatten ein Auto, brauchten bloß einzusteigen, den Motor zu starten und die Straße nach Scopana zu nehmen.

Das Ganze war einfach. Eine Spur zu einfach.

Petrie kroch zu Scelba zurück, der sich auf der Straße hinter die Mauer geduckt hatte.

»Haben Sie einen grauen Fiat? Okay, dann ist es der Wagen. Doch der Bursche, der auf uns warten sollte, ist verschwunden. Könnte er sich vielleicht aus Furcht davongemacht haben? Ist ja schließlich nicht gerade gemütlich hier.«

»Pietro hätte auf uns gewartet. Hier ist etwas faul.«

»Sie könnten recht haben. Also stellen wir fest, was los ist.«

Zusammen mit Scelba untersuchte er die Umgebung des Wagens, doch sie fanden nichts. Sogar in Sizilien war es zu dieser Morgenstunde bitter kalt. Petrie fühlte, wie die Kälte in die Kleider kroch. Sie näherten sich jetzt der dunklen Schlucht. Sie war etwa zehn Meter breit und tiefer als erwartet. An einer Stelle stürzte sie etwa neunzig Meter tief fast senkrecht zu einem ausgetrockneten Flußbett ab. Petrie kroch an dem Absturz entlang und spähte immer wieder in die Tiefe hinab.

Langsam schälten sich die entfernten Berggipfel aus der Dunkelheit, ihre scharf gezackten Grate nahmen Konturen an. Die einsetzende Dämmerung erhellte auch die Schlucht.

Petrie war zu dem Felsabsturz zurückgekehrt. Jetzt winkte er Scelba heran.

»Sehen Sie da unten diese dunkle Erhebung? Es könnte der Körper eines Mannes sein.«

»Wir sollten verschwinden«, mahnte Scelba. »Erst kürzlich sind auf dieser Straße eine Menge Militärfahrzeuge von Palermo nach Cefalù gerollt.«

»Das weiß ich aus Ihren letzten Meldungen. Doch ich mag keine Geheimnisse. Etwas weiter unterhalb können wir einigermaßen leicht hinuntersteigen.«

Schon kletterten sie einen steilen, gewundenen Pfad hinab, der selbst eine Bergziege hätte abschrecken können. Doch der schwergewichtige Mafia-Boß sprang mit einer Behendigkeit von einem Felsvorsprung zum anderen, die einem wesentlich jüngeren Mann alle Ehre gemacht hätte. Schon bei ihrem waghalsigen Spaziergang über die Dächer von Palermo, einem Ausflug, den nur ein Mann mit überdurchschnittlichen Reflexen bewältigen konnte, hatte Petrie über die Wendigkeit des Sizilianers gestaunt.

Gemeinsam erreichten sie den Grund der Schlucht. Petrie fürchtete noch immer einen Hinterhalt und zog die Mauser. Langsam ging er vor. An einer Felsnase blieb er stehen und lauschte, dann spähte er um die Ecke. Wenige Schritte vor ihm lag der Körper eines Mannes in Bauernkleidern. Blicklos starrten die gebrochenen Augen in den Himmel. Der Mann war tot, kein Wunder beim Aufprall auf nackten Fels aus solcher Höhe. Petrie trat beiseite. Scelba beugte sich mit verkniffenen Lippen zu dem Leichnam hinab.

»Ja, es ist Pietro. Er hat den Wagen gebracht. Er kannte diese Gegend hier wie seine Westentasche, kann also unmöglich aus Versehen abgestürzt sein.«

Petrie bückte sich und drehte die Leiche auf den Bauch. Dicht unterhalb des Schulterblattes ragte der Griff eines breiten Messers aus dem Rücken.

»Deshalb ist er abgestürzt«, sagte Petrie leise. »Oder man hat ihn nachher über die Klippe geworfen. Kann Ihr Neffe Carlo gut mit Messern umgehen?«

»Carlo?«

Scelba schaute Petrie scharf an. »Wie kommen Sie auf Carlo?«

»Weil ich immerhin schon mal acht Wochen hier verbracht habe und dabei ein wenig die Mentalität Ihrer Landsleute studieren konnte. Wie alt ist Ihr Sohn, den Sie mit der Mutter nach Catania geschickt haben?«

»Siebzehn. Aber ich verstehe nicht...«

»Ich dafür um so besser. Und Sie auch! Carlo ist jetzt schätzungsweise vierundzwanzig Jahre alt, nicht wahr? Und er tauchte im Keller mit seiner eigenen Bande auf. Er rechnete damit, Sie allein vorzufinden. Es hätte einen kleinen Unfall gegeben, dessen Opfer Sie sein sollten. Doch Sie waren nicht allein. Also versuchte er, Sie zur Flucht vor den Carabinieri zu bewegen. Auf der Straße wären Sie den Streifen geradewegs in die Arme gelaufen. Meiner Meinung nach ist dies eine für die Mafia typische Situation. Carlo will Ihren Platz und versucht deshalb, Sie aus dem Weg zu räumen. Da ich

Sie kenne, kann er mir nur leid tun. Worauf warten Sie eigentlich noch, Scelba? Auf eine günstige Gelegenheit, ihn zu beseitigen?«

»Vielleicht gebe ich Ihnen später einmal eine Antwort darauf.«

Der Capo erhob sich und schaute zum Himmel empor, der sich langsam grau färbte.

»Doch jetzt sollten wir schleunigst von hier verschwinden.«

Sie machten sich auf den Rückweg. Als sie aus der Schlucht herauskamen, war es hellichter Tag. Johnson richtete sich aus seiner Deckung hinter der Mauer auf, als er ihre Schritte hörte, und pfiff bei Petries Bericht lautlos durch die Zähne. Nachdenklich schulterte er den Sack mit ihrer Ausrüstung und folgte Petrie zum Wagen, während Scelba an der Mauerlücke die Straße im Auge behielt.

»Jemand bringt den Posten um die Ecke, überläßt uns aber freundlicherweise den Wagen, damit wir einsteigen und losfahren können«, überlegte der Amerikaner laut. »Macht eigentlich wenig Sinn, wenn man bedenkt, daß unser Menschenfreund ohne Mühe auch den Wagen über die Steilwand rollen lassen konnte.«

»Kluges Kerlchen«, brummte Petrie. »Du hast den gleichen Gedanken wie ich. Ich an deiner Stelle würde den Wagen nicht starten, Ed.«

Während Johnson den Sack im Fond verstaute, untersuchte Petrie die Motorhaube gründlich nach verräterischen Spuren. Als er nichts fand, kroch er unter den Wagen und leuchtete das Chassis mit seiner Taschenlampe ab. Er hatte keine Zeit für eine genauere Untersuchung, sie lagen nun schon fast vier volle Stunden hinter ihrem Zeitplan zurück. Brigadier Dawnay stände mit Sicherheit schon der Schaum vorm Mund, könnte er jetzt sehen, was sich hier abspielte. Doch genau diese umständliche Vorsicht war es, die Petrie die letzten drei Jahre am Leben erhalten hatte. Auch diesmal wich er nicht von seiner Gewohnheit ab. Als er unter dem

Wagen hervorkroch, schüttelte er auf Johnsons unausgesprochene Frage nur den Kopf, packte den Griff der Motorhaube und drehte ihn langsam. Die Suche nach Sprengkörpern war immer eine Nervenzerreißprobe. Man mußte ständig damit rechnen, daß irgendeinem Witzbold eine neue Art eingefallen war, jemanden in den Himmel zu blasen, eine Technik, die man erst begriff, wenn man schon auf dem Weg zu seinen Vätern war.

Als Petrie vorsichtig die Motorhaube hob, hätte er beinahe laut aufgelacht, doch sicher nicht aus Belustigung. Sie hatten den ältesten Trick aus dem Lehrbuch für dieses Geschäft angewendet. Die Bombe war mit dem Zündmechanismus des Wagens gekoppelt. Hätten sie den Wagen ohne vorherige Kontrolle gestartet, wären sie jetzt schon tot.

»Ed, gib mir mal eine Flachzange aus dem Werkzeugkasten unter dem Fahrersitz. Dann bring mir Scelba her. Er dürfte uns einiges zu sagen haben, ehe wir hier verschwinden.«

Johnson warf einen kurzen Blick auf den tödlichen Sprengstoffbehälter unter der Haube und machte sich dann auf die Suche nach dem Capo. »Hier leben aber freundliche Zeitgenossen«, brummte er.

Petrie kappte die Verbindungsdrähte, hob den Behälter vorsichtig heraus und deponierte ihn in einiger Entfernung vom Wagen in einem Graben. Das gelatinierte Dynamit ›schwitzte‹ schon, was auf seine beginnende Instabilität schließen ließ. Als Scelba herankam und den Sprengsatz durch seine getönte Brille betrachtete, fragte Petrie zynisch:

»Ein Geburtstagsgruß von Carlo? Oder gibt es sonst noch jemand, der Sie lieber drei Meter unter der Erde sähe? Vergessen Sie nicht, diese Aufmerksamkeit da befand sich in Ihrem Wagen und hätte beim Starten ein nettes Feuerwerk entfacht.«

»Ich fürchte, Carlo macht mit den Carabinieri gemeinsame Sache«, erklärte der Capo mit leiser Stimme. »Er weiß nicht, daß ich darüber informiert bin. Ich habe ihm bis jetzt sein Leben gelassen, weil ein enttarnter Verräter auch nützlich sein kann. Über ihn kann man dem Gegner ganz gezielte Informationen zuspielen...«

Als Petrie ihn mitten im Satz stehen ließ und zum Wagen ging, schwieg er verblüfft. Der alte Bastard lügt das blaue vom Himmel herunter, dachte der Major grimmig. Er will bloß interne Zwistigkeiten in der Organisation vor Außenstehenden kaschieren.

Es war eines der obersten Gebote im Mafia-Kodex, der omertà, daß die Ehrenwerte Gesellschaft der Außenwelt keinen Einblick in interne Vorgänge gewährte, welche ›vendetta‹ die Mitglieder auch gerade untereinander austragen mochten.

Als Petrie sich hinter das Steuer klemmte, nahm Scelba ruhig neben ihm Platz. Wenigstens ist der alte Gauner nicht feige oder furchtsam, dachte der Major, während er den Wagen startete und ihn rückwärts durch die Mauerlücke stieß. Aber er hätte gerne gewußt, wie viele Leute Carlo im Ernstfall aufbieten konnte. Aus dieser Richtung drohte momentan keine unmittelbare Gefahr. Schließlich konnten sie von der Kreuzung aus in drei verschiedene Richtungen gefahren sein.

Er hielt an, ließ Johnson hinter sich einsteigen und fuhr dann zur Kreuzung.

Der Morgennebel begann sich zu heben, als die Sonne hinter den Bergen aufging. Petrie überquerte die Kreuzung, schaltete in den niedrigeren Gang und folgte der gewundenen Straße einen steilen Hügel empor in Richtung Scopana. Auch diese Straße wurde beidseitig von hohen Steinwällen begrenzt.

Zur Hölle mit der Mafia! Die Organisation war in vielen Dingen recht altmodisch. Sogar enge Verwandte waren jederzeit bereit, sich aus purer Machtgier gegenseitig umzubringen.

Johnson saß mit der Waffe in der Hand im Fond des Wagens. Neben ihm lag der Sack mit dem Sprengstoff. Er blickte nach links zum Fenster hinaus. Sie näherten sich gerade wieder einer Lücke in der hohen Steineinfriedung. Die aufgeschichteten Felsen waren nach hinten weggerollt. Der Amerikaner schaute hinüber, um einen Blick auf die Landschaft dahinter zu erhaschen. Er erkannte weiter unten die einsame Kreuzung. Plötzlich setzte er sich auf. Hinter der Mauer an der Straße nach Cefalù entdeckte er einen Reiter auf einem Pferd, der dem Wagen nachschaute. Im nächsten Moment riß er sein Pferd herum und ritt in höchster Eile davon.

»Man hat uns beobachtet«, rief Johnson erregt. »Ein Bauer auf einem Pferd – er ist wie der Teufel in Richtung Cefalù geritten.«

»Das erklärt einiges«, sagte Petrie und warf Scelba einen scharfen Blick zu. »Sie wissen jetzt, wohin wir fahren. Also machen Sie jetzt endlich den Mund auf – wenn Sie unseren gemeinsamen Ausflug überleben wollen.«

»Wir müssen mit einigen unangenehmen Überraschungen rechnen«, murmelte der Capo. »Carlo hat Freunde. Sie könnten irgendwo auf der Strecke einen Hinterhalt legen.«

Er zog seinen Revolver aus der Manteltasche.

»Natürlich ist er nur hinter mir her, um mich zu töten, aber da ihr nun mal dabei seid, wird er auch euch umzubringen versuchen. Ich sollte mich doch wohl besser um diesen kleinen Familienstreit kümmern, bevor ich nach Palermo zurückkehre.«

»Wie viele Freunde?« fragte Petrie knapp.

»Nur eine Handvoll...«

Scelba machte mit der Zigarre, die er gerade aus der Schachtel gezogen hatte, eine unbestimmte Bewegung.

»Stört es Sie, wenn ich rauche, meine Herren?«

Petrie blieb die Antwort schuldig. Sie näherten sich der Kuppel des langgestreckten Hügels. Ihm gingen die Worte des Capo über die Fahrt quer durch Sizilien nicht aus dem Sinn:

»Jeder Kilometer kann der letzte sein, jede Kreuzung eine tödliche Falle...«

Die Sonne kletterte über den Horizont, als sie die Straßengabelung am Fuße des Hügels erreichten. Links ging es nach Scopana, rechts nach Sciacca an der Südküste. Petrie bog links ein. Einen Moment lang blendete ihn die aufgehende Sonne, sein alter Feind, den er respektierte und fürchtete. Auf Kreta, doch vor allem in der libyschen Wüste, wo er die erste Zeit bei der Infanterie diente, hatte er lernen müssen, daß die Sonne der ärgste Todfeind des Menschen sein kann. Jeden Tag aufs neue schraubte sich der Glutball am Himmel empor, verbrannte die gepeinigte Landschaft mit seinen sengenden Strahlen, zog auch noch die letzte Spur Feuchtigkeit aus dem verdorrten Boden, der aufbrach und zu Staub zerkrümelte.

»Was ist, Scelba, wenn wir von den Carabinieri angehalten werden? Wird man Sie erkennen?« fragte Petrie.

»Das glaube ich kaum. Wir sind jetzt schon eine halbe Stunde gefahren, haben die Provinz Palermo verlassen und befinden uns in einer anderen Militärzone.«

»Wenn wir angehalten werden, übernehmen Sie das Reden. Wie wollen Sie unsere Anwesenheit begründen?«

»Das ist einfach. Ich bringe euch zu meinem Vetter nach Scopana. Er hat euch als Arbeiter angeworben. Was für Papiere habt ihr?«

»Den Ausweisen nach kommen wir vom Festland – aus Taranto. Das erklärt auch, warum wir kein Sizilianisch verstehen. Die Ausweise wurden von einem Experten gefälscht und dürften jede Kontrolle anstandslos passieren. Also machen Sie sich deswegen keine Gedanken. Wir sind Maurer von Beruf, und der Sack enthält unser Werkzeug.«

»Hoffen wir, daß sie keinen Blick hineinwerfen wollen. Der Beruf paßt ausgezeichnet. Seit der Bombardierung gibt es hier für Maurer viel Arbeit.«

»Deshalb haben wir ihn auch gewählt. Die verdammte Straße wird immer schlechter.«

»Das ist noch gar nichts«, sagte Scelba tröstend. »Sie werden sich noch wundern. Sie sollten sich langsam mit dem Gedanken vertraut machen, daß wir eine sehr lange Fahrt vor uns haben..."

Sie fuhren jetzt durch eine weite Ebene, die in der Ferne von verschwommenen Hügeln gesäumt wurde. Es wurde spürbar warm im Wagen. Scelba hatte als einziger schon beim Einsteigen den Mantel ausgezogen. Auch die beiden anderen Männer entledigten sich jetzt ihrer Jacken. Es war zwar noch nicht sehr heiß, aber im Gegensatz zu Nordafrika besaß die Luft hier einen hohen Feuchtigkeitsgehalt. Petrie ertappte sich dabei, wie er sich mit der Zunge fortwährend die Lippen leckte. An der Kopfbewegung des Sizilianers erkannte er, daß der Capo ihn beobachtete.

Schon so bald zeigten sich also die ersten Beschwernisse ihrer Fahrt. Sie befanden sich nun auf der Hochebene. Das Land vor ihnen war karg und felsig, nur vereinzelt von verkrüppelten Büschen bewachsen. Eine öde Landschaft ohne Wasservorkommen. Die Straße, fast nur noch ein Pfad, wand sich zwischen riesigen Felsbuckeln hindurch, so daß Petrie alle seine Fahrkünste aufbieten mußte, um den Wagen vorm Absturz über einen Steilhang zu bewahren.

Noch schlimmer war der Staub. Er erwies sich als unlösbares Problem, machte die Fahrt zur Tortur. Er bedeckte die verdammte Straße in solch dicken Schichten, daß die Vorderräder – bei ihrer niedrigen Umdrehung – Wolken des gräulichen Puders aufwirbelten, der sich schließlich auf der Windschutzscheibe ablagerte und dem Fahrer die Sicht nahm. Einmal konnte Petrie den Wagen gerade noch im letzten Moment vor einem fast senkrechten Felsabsturz zum Stehen bringen.

Keinen Kilometer vor ihnen wirbelte eine Horde Reiter eine neue Staubwolke auf. Sie ritten nach Osten, in die Richtung, in die Petrie fuhr.

Der Capo legte seine Hand auf den Griff des Revolvers.

»Hast du sie gesehen, Ed?«

»Rechts reiten auch welche«, antwortete Johnson.

Südlich vor sich, ebenfalls etwa einen knappen Kilometer

entfernt, entdeckte Petrie noch mehr Reiter, die einen Parallelkurs zur anderen Gruppe einhielten. Sie kamen viel schneller voran als die drei Männer mit ihrem Wagen, der nur im Schrittempo die scharfen Kurven der Straße nehmen konnte. Die Gefahr war offensichtlich und entnervend.

Petrie zweifelte nicht daran, daß die Reiter zu Carlos Freunden zählten und jetzt vorausritten, um sich irgendwo zum Angriff auf den Fiat zu vereinigen. Der Überfall war nur noch eine Frage der Zeit, und man konnte sich ausrechnen, daß er am Ende der Hochebene stattfinden würde.

Weniger als eine halbe Meile voraus stieg die Straße an, wand sich unter einer Reihe seltsam gezackter Felsen, deren Spitzen hoch in die vor Hitze flimmernde Luft ragten, und an riesigen, gelbbraunen Klippen vorbei. Irgendwo in dieser Wildnis würde die Falle zuschnappen.

»Ed, hol die Feldflasche aus dem Sack heraus. Wir rationieren unseren Wasservorrat. Jeder darf nur einen Schluck trinken. Diese Reiter sind Carlos Leute, nicht wahr, Scelba?«

»Sieht ganz so aus.«

Der Capo hatte die Brille abgenommen und putzte sie mit einem schmutzigen Taschentuch.

»Doch ich bin sicher, Sie finden einen Weg, um mit dem Problem fertig zu werden.«

»Sie haben nur von einigen wenigen Freunden gesprochen«, fauchte Johnson auf dem Rücksitz. »Bei zwanzig habe ich aufgehört zu zählen.«

»Sie haben doch das deutsche Automatik-Gewehr, Major Petrie«, sagte Scelba unbekümmert. »Die Männer da sind nur mit Schrotflinten, Revolvern und Messern bewaffnet.«

Petrie warf ihm einen schrägen Blick zu.

»Und deshalb sollte uns die Tatsache, daß gegen einen von uns sieben Angreifer stehen, nicht stören? Gibt es da vorne einen günstigen Ort für den Angriff?«

»Ja. Dicht bei den Klippen steigt die Straße steil an und mündet dann in eine Schlucht. Ich an Carlos Stelle würde den Hinterhalt an das Ende der Schlucht legen.«

»Wie lang ist die Schlucht?«
»Etwa knapp zwei Kilometer.«
»Umgehungsmöglichkeiten?«
»Keine.«
Sehr schön, dachte Petrie wütend. Er war darauf vorbereitet gewesen, den Deutschen und Italienern ein Schnippchen zu schlagen, doch hier hatten sie es zuerst einmal mit einer Bande Mafiosi zu tun. Eine verdrehte Welt war das. Scelba hatte ihnen helfen sollen. Jetzt mußten sie zuerst Scelba helfen, wollten sie mit dem Leben davonkommen und ihren Auftrag durchführen. Er nahm die Flasche, die Johnson ihm reichte, trank einen Schluck und gab sie an Scelba weiter. Das Wasser schmeckte abgestanden.

Nach einer knappen Viertelstunde stieg die Straße merklich an. Vor ihnen ragten sandfarbene Klippen empor. Durch die offenen Fenster drangen dichte Staubwolken ins Wageninnere, bedeckten die Sitze und vermengten sich mit dem Schweiß auf Händen und Gesichtern. Johnson schmeckte den Staub schon auf der Zunge, seine Lippen waren trocken und spröde. Angestrengt spähte er zu den Klippen empor und entdeckte als erster den großen Reiter, einen hochgewachsenen Sizilianer mit der unvermeidlichen Baskenmütze auf dem Kopf. Regungslos verharrte der Mann am Klippenrand.

»Jim, da oben ist einer!«
»Das ist Carlo«, sagte Scelba ruhig. »Also gut, Carlo, nur noch ein wenig Geduld. Wir kommen.«

Als sie in die Schlucht einfuhren, verschwand die Sonne hoch über ihnen hinter den Felsen. Die Reiter, mit Gewehren und Schrotflinten bewaffnet, verfolgten von den Graten, wie der Fiat fast vierzig Meter unter ihnen seinen Weg durch die Felswildnis suchte. Acht Männer begleiteten den Wagen auf der Nordseite der Schlucht, über ein Dutzend auf der anderen.

»Carlo hat aber viele Freunde«, stellte Petrie zynisch fest.

»Sie sind alle dort oben«, antwortete der Capo geringschätzig. »Allein in den Docks von Messina habe ich mehr Männer zur Verfügung.«

»Gut zu wissen. Wir werden sie später noch brauchen.«

»Schön, daß jemand noch an ein ›Später‹ glaubt«, warf Johnson in einem Anflug von Pessimismus ein.

Verwundert beobachtete er das Verhalten ihrer Verfolger.

»Warum, zum Teufel, formieren sie sich wie eine Beerdigungs-Prozession?«

»Das ist Carlos Art, eine Exekution vorzubereiten. Er zollt mir seinen Respekt.« Scelba hob seinen Revolver. »Wenn er nahe genug herankommt, werde ich ihm meinen erweisen.«

Die Schlucht schien kein Ende zu nehmen. Über ihnen eskortierten die Reiter in gleichmäßigem Trab den Wagen. Petrie war überzeugt, daß der Überfall am Ende der Schlucht stattfinden würde, wo die Klippen zur Straße hin abflachten, wie die Karte zeigte. Carlo konnte dort von beiden Seiten angreifen.

Petrie blickte immer häufiger zu dem Streifen Himmel über den schroffen Felswänden empor. Verbreiterte er sich, näherten sie sich dem Ausgang der Schlucht. Er warf einen Blick auf den Kilometerzähler. Sie hatten jetzt schon über einen Kilometer zurückgelegt und mußten den Ausgang bald erreichen. In einer Kurve sah er, daß sich die Reiterkette auf der Südklippe auseinandergezogen hatte. Einige Männer mußten schon vorausgeritten sein. Er steckte den Kopf aus dem Fenster und schaute die Felswand empor. Auch auf der Nordklippe waren ein paar Männer verschwunden.

»Ed, ich halte jetzt gleich an und steige aus. Du übernimmst das Steuer. Ich gehe zu Fuß voraus und stelle fest, welches Süppchen sie für uns kochen. Wir müssen wissen, was sie vorhaben, ehe es passiert.«

»Sie werden dich entdecken...«

»Vielleicht auch nicht.«

Petrie hielt den Wagen an und ließ den Motor laufen.

»Gib mir die Mauser, Ed. Ich lasse dir den Glisenti-Revolver hier. Ein paar Reiter sind verschwunden. Ich will nur die anderen davon überzeugen, daß sie besser dem Beispiel ihrer Kumpane folgen. Sobald ich ausgestiegen bin, fährst du mit der gleichen Geschwindigkeit weiter. Fertig?«

Er stieg aus dem Wagen und richtete die Mauser auf einen der Reiter hoch über sich. Er hörte einen entfernten Warnruf, dann waren sie verschwunden. Er schwang herum und zielte auf die Südseite der Schlucht, doch auch da war kein Verfolger mehr zu sehen.

Johnson kletterte rasch nach vorn hinters Lenkrad. Petrie lief auf die nördliche Klippe zu und huschte dicht unter der Felswand entlang vorwärts. In der Mitte der Schlucht steuerte Johnson den Wagen langam um die Felsbrocken und über das Geröll, das die Straße bedeckte. Nach Petries Plan sollte das Motorengeräusch des Fiat die Mafiosi in dem Glauben lassen, daß er wieder den Wagen bestiegen habe. Der Engländer versuchte, schneller voranzukommen, doch lose Steinbrocken und Felsvorsprünge behinderten seinen Lauf.

Mein Gott! Ed hängte ihn ab und merkte es vielleicht nicht, da die aufwirbelnden Staubwolken seine Sicht erheblich einschränkten. Petrie sprang über eine kleine Felserhebung im Boden. Erleichtert hörte er, wie ein anderer Gang eingelegt wurde und der Fiat rückwärts die Strecke zurückstieß, die er vorher genommen hatte. Johnsons Manöver wirkte. Als er wieder vorwärts fuhr, befand sich Petrie vor ihm. Sein Herz schlug wild, vom anstrengenden Lauf bekam er Seitenstechen, doch als er um eine Felsnase spähte, sah er, daß die Klippen sich zu beiden Seiten in Steilabbrüchen zur Straße absenkten und sich dabei stetig zusammenschoben, so daß der Ausgang der Schlucht sich zu einem Trichter von kaum neun Metern Breite verengte. Durch das lichte Dreieck, dessen Schenkel sich nach oben hin weiteten, schimmerte der blaue Himmel hindurch. Sekunden später sah und roch Petrie den Rauch, träge quoll er durch den Ausgang in die Schlucht. Der Engländer kletterte eine Felsleiste empor. Er befand sich jetzt über dem Schluchtausgang, der von oben wie ein Trichter wirkte, und konnte das Gelände davor überblicken.

Ein undurchdringlicher Vorhang aus fettem schwarzen Rauch lag dicht vor dem Flaschenhals. Dahinter erstreckte sich eine weite Hügellandschaft. Vereinzelte größere Felsbrocken säumten die Straße direkt vor der Schlucht. Durch ein Loch in dem Rauchvorhang entdeckte Petrie für einen Moment die Verfolger, die abgestiegen waren und ihre Pferde weiter unterhalb an einigen Sträuchern festgebunden hatten. Dann nahm ihm der dichte Rauch wieder die Sicht.

Es war ein kluger Plan, den sich ihre Gegner da ausgedacht hatten. Die Qualmwand sollte den Wagen zum Halten zwingen, die Insassen würden nachschauen, was da los war, und konnten dann von den Mafiosi aus ihrer Deckung heraus erledigt werden. Doch ließ sich diese Strategie, wenn man sie kannte, auch gegen sie verwenden.

Petrie hastete die Felsleiste hinunter und erreichte den Wagen dicht vor dem engen Schluchtausgang. Johnson hielt an und schob den Kopf aus dem Fenster.

»Jim, was ist los?«

»Geh nach hinten. Ich fahre. Ich weiß, wie wir durchkommen.«

Er schwang sich hinter das Steuer und reichte Johnson die Mauser nach hinten. Schweratmend fuhr er fort:

»Sie warten dort vorne auf uns... verbrennen irgendwas, um die Straße einzunebeln. Sie rechnen damit, daß wir anhalten. Aber den Gefallen tun wir ihnen nicht. Ed, gib mir die Flasche mit dem Chianti...«

Rasch faltete Petrie sein Taschentuch, tränkte es mit dem Wein und band es sich als provisorische Maske über Mund und Nase. Nur die Augen blieben frei.

»Macht's genau wie ich, sonst ersticken wir im Qualm. Wir müssen mit offenen Fenstern fahren, um ungehindert schießen zu können. Sind Sie bereit, Scelba?«

Statt einer Antwort zog der Mafia-Boß eine Handvoll Patronen aus der Manteltasche und ließ sie in seiner Hand hin- und herrollen.

»Auf welcher Straßenseite sind sie?« fragte er nur.

»Auf beiden. Sie nehmen die rechte, du die linke, Ed – mit der Mauser.«

»Damit schaffe ich auch beide Seiten«, brummte der Amerikaner, zog einige Reservemagazine aus dem Sack und legte sie griffbereit neben sich auf den Sitz. Er hatte sich schon sein Taschentuch umgebunden und reichte die Flasche an Scelba weiter.

»Und die Straße ist frei – durch nichts blockiert?«

»Da liegt schon einiges im Weg herum, zum Beispiel Felsbrocken von der Größe eines Hauses. Aber die Straße verläuft schnurgerade. Ich denke, wir werden den Durchbruch schaffen.«

»Trotz des Qualms?«

»Das macht die Sache nur etwas schwieriger.«

Mit einem Seitenlick überzeugte sich Petrie, daß auch Scelba sich seine Maske umgebunden hatte.

»Also los, zeigen wir's ihnen!«

Der Fiat kroch durch den Trichter des Schluchtausganges, als sei der Fahrer sich unschlüssig, ob er stoppen oder weiterfahren solle. Aufgrund des Motorengeräusches konnten die Mafiosi nur vermuten, was der Gegner machte. Dichte schwarze Qualmwolken wälzten sich durch den Flaschenhals und stiegen an den Wänden der Schlucht hoch. Jetzt war der Wagen nur noch hundert Meter von den beißenden Schwaden entfernt, noch fünfundsiebzig Meter...

Petrie stieß den Fuß aufs Gaspedal, der Motor röhrte auf, und der Wagen schoß vorwärts. Wenige Sekunden später verschluckte ihn die Rauchwand.

Unverzüglich griffen die Mafiosi an. Am Fenster auf Scelbas Seite tauchte ein Sizilianer mit angelegter Schrotflinte aus dem Qualm auf. Scelba jagte eine Serie von Schüssen hinaus, feuerte auf einen weiteren Schatten, bis das Magazin leer war. Rasch lud er die Pistole wieder und erledigte einen weiteren Mafioso mit rußgeschwärztem Gesicht. Der Wagen raste durch den schwarzen Vorhang, und Petrie packte das Steuer fester. Hinter ihm feuerte Johnson unablässig. Nach Paraffin stinkender Qualm biß in Petries Augen. Er duckte sich, und während er das Lenkrad starr in der gleichen Lage hielt, schickte er ein Stoßgebet zum Himmel, daß er auch tatsächlich genau geradeaus fuhr. Wenn der Wagen bei dieser Geschwindigkeit gegen einen der massiven Felsen prallte, die hinter dem dichten Rauchvorhang nicht auszumachen waren, wäre er nur noch Schrott. Und sie alle wahrscheinlich tot.

Petries Augen brannten höllisch, er stemmte die Arme in die Seiten, drückte das Rückgrat durch und fing mit verkrampften Schultern die Stöße des Lenkrades auf, die sie, hervorgerufen durch das Hüpfen und Springen der Vorderräder, aus dem geraden Kurs zu werfen und an einem Felsen zu zerschmettern drohten. Jeden Moment rechnete Petrie mit dem todbringenden Aufprall.

Das ununterbrochene Rattern der Mauser, der trockene Knall der Schüsse aus Scelbas Revolver, das Dröhnen des Motors und die gellenden Schreie der Mafiosi zerrten an seinen Nerven.

Scelba schoß in rascher Folge, lud seine Waffe im Eiltempo und feuerte sofort, sobald er im Rauch den Schatten eines Mannes auftauchen sah. Schrotkugeln aus den Waffen der Mafiosi prallten gegen die Karosserie, eine Salve hatte hinter Johnson, der tief geduckt auf dem Rücksitz kauerte und nach beiden Seiten feuerte, das Rückfenster des Wagens zerschmettert. Doch bis jetzt funktionierte Petries Plan und stiftete Verwirrung unter den Angreifern. Sie hatten erwartet, den Gegner spielend in die Tasche zu stecken. Statt dessen raste der Wagen mit höllischer Fahrt mitten durch ihre Reihen, und die Insassen überschütteten sie mit mörderischem Feuer.

Neben Johnson, kaum eine Armlänge vom Trittbrett des Wagens entfernt, tauchte ein dicker Sizilianer auf. Das Gewehr hielt er schußbereit im Anschlag. Mit einer Salve aus der Mauser durchlöcherte Johnson ihm den Hals. Der Mafioso wankte, griff sich mit einer müden Bewegung an die Kehle – und versank hinter dem Fiat in dichtem Qualm.

Um das höllische Inferno noch zu verstärken, preßte Petrie die Hand auf die Hupe, lockerte den Druck und betätigte sie erneut, als sie an dem Platz vorbeischossen, wo seiner Schätzung nach die Mafiosi ihre Pferde angebunden hatten. Der Gestank im Wagen wurde immer schlimmer. Die Augen der drei Männer tränten vom beißenden Qualm. Petrie stemmte den Fuß noch fester gegen das Gaspedal und wußte dabei genau, daß sie dieses höllische Tempo nicht mehr lange beibehalten konnten.

Plötzlich bremste er hart, der Wagen verlor rasch an Geschwindigkeit. Links vor sich sah der Engländer die schattenhaften Umrisse eines Felsens. Er änderte ein wenig die Fahrtrichtung und lenkte den Wagen um den Felsen herum auf den alten Kurs.

Auf dieses Manöver hatte einer der Sizilianer, ein großer, scharfgesichtiger Mann, gewartet. Mit gezogenem Revolver sprang er an Scelbas Seite auf das Trittbrett des langsamer dahinrollenden Fahrzeugs.

Carlo!

Scelba schoß ihm zwei Kugeln mitten ins Gesicht. Im nächsten Moment war sein Neffe verschwunden. Petrie erhöhte wieder das Tempo und preßte seine Finger auf die Hupe. Der Mafia-Boß auf dem Nebensitz hatte gerade seinen kleinen Familienstreit bereinigt.

Einen zweiten Sizilianer, der Carlo gefolgt war, erfaßte der Wagen mit dem Kotflügel und schleuderte ihn beiseite. Im Fond schoß Johnson unablässig auf die schattenhaften Gestalten.

Im nächsten Moment lichtete sich der Rauch. Sie hatten den Hinterhalt durchbrochen. Vor ihnen stoben herrenlose Pferde in alle Himmelsrichtungen davon.

Petrie zog das Tuch vom Gesicht und warf es aus dem Fenster. Mit hohem Tempo steuerte er den Wagen in das Hügelland hinab. Rasch warf er einen Blick auf seine Uhr. 9.30 Uhr. Ihnen blieben kaum noch fünfzehn Stunden, um nach Messina zu gelangen. Und sie hatten nicht einmal die Hälfte der Insel überquert.

Genau um 9.30 Uhr dankte im nördlichen Kalabrien auf dem italienischen Festland General Rheinhardt Gott für die dichte Wolkenbank, die immer noch auf den Berggipfeln lag. Sie hielt die alliierten Bomberverbände fern. Er stand auf einer Bodenwelle über einem Fluß und hatte den Hörer eines Feldtelefons in seiner Hand, während er zuschaute, wie seine Leute eine Notbrücke über den Wasserlauf schlugen. Dieser Zeitverlust war zwar verdammt ärgerlich, doch bald würden sie wieder auf dem Vormarsch sein. Er warf einen Blick zurück auf die Straße, wo sich eine deutsche Panzerkolonne staute. Die Besatzungen saßen am Straßenrand und aßen.
  Die Gestalt des Generals versteifte sich, als die Stimme von Kesselring durch den Draht kam.
  »Warum geht's nicht vorwärts?«
  Die Stimme des Feldmarschalls klang scharf.
  »Die Brücke ist in die Luft geflogen. Zeitzünderbomben, wahrscheinlich von alliierten Saboteuren gelegt. Wir hatten Glück. Die Bomben gingen nur wenige Minuten vor Ankunft der Kolonnenspitze hoch.«
  »Wie lange wird der Vormarsch dadurch verzögert?«
  »In zwei Stunden, vielleicht auch schon etwas früher, sind wir über den Fluß.«
  »Um 21 Uhr ist die 29. Panzerdivision an der Straße von Messina!«
  »Das wird kaum möglich sein, Herr Feldmarschall.«
  »Um 21 Uhr, keine Minute später!«
  Kesselring legte auf.
  Rheinhardt fluchte leise. Er würde genau um 21 Uhr dort sein.

6.
Freitag, 9.30 Uhr bis 12.30 Uhr

Zwei Stunden später stand die Sonne hoch am Himmel und röstete die drei Männer im Wagen, während sie am Rand eines Hochplateaus entlangfuhren, wo sich ihnen ein weiter, grandioser Ausblick über die niedriger gelegenen Teile der Insel bot. Der Anblick verschlug den Männern die Sprache. Die Landschaft ringsum sah aus, als sei sie durch eine gigantische Erdverschiebung geformt worden, die mit ihren ungeheuren Gewalten bizarre Berge mit nadelspitzen Gipfeln aus der Erdoberfläche nach oben geschoben hatte, während in anderen Teilen tiefe Schluchten und steile Felsabstürze entstanden waren. Wohin Petrie auch seinen Blick lenkte, die Felslandschaft war ein einziger Horrorgarten – mit Abgründen, Erdrutschen, Gipfeln und Felstürmen. Er konnte sich nicht erinnern, jemals eine solch wilde Landschaft gesehen zu haben – auch nicht während seiner Arbeit als Bergwerksingenieur. Eine ganze Armee konnte hier verschwinden, ihre Soldaten am Durst krepieren, ohne daß man je wieder eine Spur von ihnen fand. Petrie lenkte den Wagen mit einer Hand und vertrieb mit der anderen eine lästige Fliege. Wenig später fuhren sie am verwesenden Kadaver eines Maultieres vorbei, und plötzlich war das Wageninnere voller Fliegen. Fluchend versuchten die Männer, die lästigen Insekten mit den Händen zu vertreiben.

»Wäre es nicht langsam mal wieder Zeit, unsere Kehlen anzufeuchten?« schlug Scelba vor.*

---

* Eine übliche Redensart der Mafia, nebenbei auch Zeichen der Freundschaft, zumindest einer zeitweiligen Freundschaft.

»Später. Erst vor einer Stunde haben wir jeder unsere Ration Wasser getrunken«, entschied Petrie.

»Wie weit sind wir gekommen?« fragte Johnson rauh.

Petrie warf einen Blick aufs Armaturenbrett und stellte eine kurze Berechnung an. Doch Scelba kam ihm mit der Antwort zuvor.

»Wir sind jetzt etwa achtzig Kilometer gefahren. Ich glaube, ich sollte euch vorwarnen. Bis Scopana wird die Straße noch schlechter.«

»Haben Sie sonst noch irgendwelche netten Überraschungen auf Lager?« fragte Johnson sarkastisch.

Scelba wandte sich auf seinem Sitz um und starrte Johnson durch seine getönten Augengläser an.

»Ich bin nur der Meinung, Sie sollten wissen, was uns noch bevorsteht. Im Moment ist es noch nicht sehr heiß. Warten Sie einmal bis Mittag, dann werden wir in einem Glutofen sitzen. Sie sehen, Sizilien ist in Europa einzigartig. Die Sonne scheint, der eisenharte Boden und die Felsen nehmen die Hitze auf und reflektieren sie, so daß...«

»Sehr interessant«, unterbrach ihn Johnson aufgebracht. »Doch vielleicht könnten Sie Ihren Anschauungsunterricht in Heimatkunde bis nächste Woche verschieben, wenn ich ein eiskaltes Bier vor mir stehen habe...«

Er schwieg abrupt. Die Vorstellung des kühlen Getränks war so intensiv, daß er den Geschmack auf der Zunge zu spüren glaubte. Innerlich verfluchte er Scelba. Der Capo zuckte die Schultern und schaute wieder nach vorn. Petrie wiederholte seine Antwort.

»Achtzig Kilometer also bis jetzt, Ed. Wir machen gleich eine Pause und trinken einen Schluck.«

Bis Scopana hatten sie noch ein gutes Stück zu fahren. Dort sollten sie sich mit Gambari treffen, dem italienischen Agenten, der den Untergrundsender in Messina betrieb. Petrie hatte den Agenten bisher nie persönlich kennengelernt. Bis Messina hatten sie dann weitere zweihundert Kilometer zu fahren. Knapp dreizehn Stunden blieben ihnen noch, um die

Hafenstadt an der Meerenge zu erreichen. Und jede Stunde entfernten sie sich mehr und mehr von ihrem vorgegebenen Zeitplan, denn auf diesem teuflischen Pfad, den die Sizilianer hochtrabend als Straße bezeichneten, kamen sie nur im Schneckentempo voran.

Ihr unfreiwillig langer Zwischenstopp in Palermo, hervorgerufen durch die Konfiszierung des bereitgestellten Wagens durch die Carabinieri, hatte alles durcheinander gebracht. Hinter Scopana würden sie die Küstenstraße nach Norden nehmen, überlegte Petrie. Vielleicht konnten sie so ein wenig von der verlorenen Zeit aufholen. Hinter Scopana...

Aber wie viele quälend lange Stunden waren es noch bis zu ihrem Treffen mit Gambari?

Scelba rutschte unruhig auf seinem Sitz hin und her.

»Wenn Sie Messina noch vor Mitternacht erreichen wollen, müssen wir uns beeilen.«

»Auf dieser Straße, bei dieser Hitze!«

Johnson kochte vor hilflosem Zorn. Scelba warf ihm einen langen Blick zu. Dann wandte er sich an Petrie und machte ihn auf eine Abkürzung aufmerksam. Weit vor ihnen umrundete die Straße eine große Klippe und gabelte sich unterhalb in Richtung Petralia und Scopana. Von diesem Punkt führte eine Nebenstrecke nach Norden zu einem kleinen Dorf namens Puccio. Eine gut ausgebaute Straße verband dieses Dorf mit Scopana.

»Wir sparen Kilometer und Zeit, wenn wir diese Strecke nehmen«, behauptete Scelba.

Petrie zog mit einer Hand eine auf Seide gedruckte Karte von Sizilien aus seiner Tasche und breitete sie auf seinen Oberschenkeln aus. Scelbas Vorschlag war gut: Von der Küste führte eine Überlandstraße dicht an Puccio und Petralia vorbei nach Scopana.

»Glauben Sie, die Nebenstrecke an der Gabelung ist mit dem Fiat befahrbar?« fragte er.

Über seine Schulter hinweg warf Johnson einen Blick auf die Karte – und schauderte. Eine durchgehende Linie markierte auf der Karte die sogenannte Landstraße zweiter Ordnung, auf der sie gerade fuhren. Die Nebenstrecke war aber nur ein Gestückel einzelner Striche. Was dies unter hiesigen Verhältnissen bedeuten mochte, wagte er sich nicht vorzustellen.

»Ich bin diese Strecke nur einmal mit einem Maultier geritten«, gestand Scelba. »Doch ein guter Fahrer wie Sie müßte es schaffen.«

»Okay, an der Gabelung sehen wir weiter«, entschied Petrie.

Schweigend fuhren sie durch das öde, sonnendurchglühte Land. Die einzigen Geräusche waren das einschläfernde Dröhnen des Motors, das lästige Summen der Fliegen und das Knarren der heißen Ledersitze, wenn einer der drei Männer sich bewegte. Unterhalb der Hochebene war die Hitze noch schlimmer, die bizarre Landschaft tanzte in flirrendem Dunst.

Sie aßen lustlos ein wenig von ihrem Reiseproviant – eine Scheibe fettiger Salami, etwas Käse und einige Korinthen – und spülten die Bissen mit dem Rest aus der Chiantiflasche, die während des Überfalls einen Treffer erhalten hatte, hinunter. Nach dem Essen genehmigte Petrie jedem zwei Schluck Wasser, doch zu seinem Erstaunen nahm Scelba nur einen Schluck und reichte die Feldflasche weiter.

»Ich bin dieses Klima hier gewöhnt. Vielleicht werden wir das Wasser noch dringend brauchen«, erklärte er auf Petries erstaunten Blick.

Er hatte vorher also nur nach dem Wasser gefragt, weil er dachte, seine Begleiter würden vom Durst geplagt. Der Mafia-Boß tat dies bestimmt nicht aus reiner Menschenfreundlichkeit. Er wollte nur sichergehen, daß die beiden Männer Messina erreichten, damit er später auch wirklich Bürgermeister von Palermo wurde.

Ich hatte recht mit meiner Einschätzung, dachte Petrie grimmig. Er ist der einzige, der uns weiterhelfen kann.

Fünf Minuten nach ihrem kärglichen Mahl entdeckten sie

das erste Anzeichen einer drohenden Gefahr. Die Straße hatte die Hochebene verlassen und führte nun über einen Paß, der sich immer noch verengte. Zu beiden Seiten stürzten die Hänge steil ab.

Plötzlich war Johnson hellwach. Er hielt seine Hand über die Augen, um sie vor dem grellen Sonnenlicht zu schützen, und spähte angestrengt nach Süden.

»Jim, da draußen ist ein Reiter!« rief er warnend.

Petrie widerstand der Versuchung, den Blick von der Straße zu wenden, und stoppte den Wagen. Den Motor ließ er laufen. Fluchend wandte er sich um.

»Da drüben – auf dem großen Felsen!«

Der Amerikaner wies ihm die Richtung. Petrie konnte nichts entdecken. Vorsichtig kletterte er aus dem Wagen. Dicht vor ihm stürzte die Wand Hunderte von Metern fast senkrecht ins Nichts, er hatte gerade genügend Platz zum Stehen. Der Amerikaner stellte sich zu ihm und deutete über die Motorhaube hinweg.

Ja, Ed hatte sich nicht getäuscht. In der flimmernden Hitze tanzte tatsächlich eine Reitersilhouette auf dem Buckel eines massiven Felsens. Wie zum Teufel hatte der Kerl das Pferd da hinaufbekommen?

Auch Petrie hielt seine Hände über die Augen und starrte angestrengt zu dem Reiter hinüber, einem Mann in Armeeuniform, kaum ein paar hundert Meter von ihnen entfernt. Sekunden später war er plötzlich verschwunden, vergangen wie ein Spuk. Ohne Zweifel hatte er den Fiat gesehen.

»Wer, zum Teufel, war das?«

Johnson wischte sich den Schweiß aus dem Nacken.

»Ein italienischer Soldat. Er hat uns gesehen.«

»Nur einer – hier draußen allein?«

»Genau das macht mir Sorgen. Ich glaube nicht, daß er allein ist.«

Der Reiter war südlich der Straße aufgetaucht. Petrie ließ seine Blicke über die trostlose Landschaft ringsum schweifen, eine Wildnis ohne Wasser, ohne Bäume, ohne Leben. Er entdeckte sie schließlich im Nordosten, wo ferne Berggipfel im Glanz der Sonne verschwammen. Eine Kolonne uniformierter Gestalten wanderte zu Fuß über einen anderen Grat. Sie führte einige Maultiere mit, auf deren Rücken Zylinder festgezurrt waren, die wie Mörserrohre aussahen.

Petrie deutete kurz hinüber.

»Ein paar Dutzend – mindestens. Meiner Meinung nach gehören sie zu einer Einheit italienischer Gebirgsjäger.«

»Himmel, und wir fahren extra diesen Weg, um keinen Soldaten zu begegnen.«

»Nur wenigen Soldaten«, korrigierte ihn Petrie. »Diese Einheit macht sicher nur eine Feldübung. Man rechnet bestimmt nicht mit Saboteuren. Was gäbe es hier auch schon zu sabotieren?«

»Glaubst du, wir werden ihnen begegnen?«

»Schon möglich. Sie haben Leute auf beiden Seiten der Straße. Wir werden versuchen, zwischen ihnen hindurchzuschlüpfen.«

Das war nur ein schwacher Trost, wie sich Petrie insgeheim eingestand, während er sich wieder hinters Steuer schwang. Der Reiter im Süden, die Fußtruppe im Norden konnten Anzeichen dafür sein, daß über das Gebiet Truppen verteilt waren, möglicherweise auch auf der Straße vor ihnen marschierten. Er löste die Handbremse und fuhr langsam weiter. Die Straße stieg jetzt steil an, unter den Rädern spritzte lockeres Gestein zur Seite und verschwand über die Steilwände in der Tiefe. Scelba warf hin und wieder einen Blick durch das Seitenfenster und verzog jedesmal das Gesicht beim Anblick der senkrecht in die Tiefe stürzenden Wände. Johnson ließ keinen Blick von dem immer schmaler werdenden Band der Straße vor ihnen. Sie hatten gerade die Steigung überwunden und rollten wieder bergab, als Petrie hart auf die Bremse trat. Ein primitives Gatter, ein Querbaum auf hölzernen Dreibeinen, versperrte ihnen den Weg.

»Was, zum Teufel, hat das nun wieder zu bedeuten?« fragte er irritiert.

Der Capo zuckte die Schultern. Hier wurde sicher nicht die Straße ausgebessert. Johnson zündete sich eine Zigarette an.

Petrie stieg aus, um die Sache aus der Nähe in Augenschein zu nehmen. Irgend etwas an dem Gatter hatte seine Aufmerksamkeit erregt. Der Engländer warf einen Blick in den Abgrund auf der Nordseite, packte dann den Querbaum und die Dreifüße und stieß sie über den Straßenrand in die Tiefe.

»Da stand etwas auf einem unleserlichen Schild«, sagte er, als er zurückkam. »Ich konnte den Text nicht entziffern. Wir fahren einfach weiter.«

Kaum hundert Meter weiter sollten sie erfahren, warum die Straße gesperrt worden war. Sie rumpelten über die verrottete Fahrbahn durch unzählige Schlaglöcher, als sie eine Explosion vernahmen, deren Knall als rollendes Echo durch die Wildnis hallte. Petrie trat sofort auf die Bremse. Ein Schauer von Felssplittern und Geröll prasselte auf den Fiat herab. Vor ihnen wallte eine dichte sandfarbene Staubwolke empor und nahm ihnen jegliche Sicht. Erst als der Staub langsam zu beiden Seiten in die Tiefe sank, erkannten sie das ganze Ausmaß der Katastrophe. Die Straße wurde wieder sichtbar – zumindest das, was noch davon übrig war. Fast die Hälfte des schmalen Grates war in der Tiefe verschwunden.

»Mein Gott, was war das?« rief Johnson bestürzt.

»Eine Landmine!«

Petrie wischte sich seine verschwitzten Hände an der Hose ab und musterte die Straße. Sie hatte sich ein wenig verbreitert, seit sie die Sperre passiert hatten, doch das Stück, das die Explosion überstanden hatte, war verdammt schmal.

»Die Gebirgsjäger haben dieses Stück hier vermint. Wahrscheinlich enthielt das Schild an der Sperre eine Warnung. Das war verdammt knapp, Gentlemen. Unsere Situation ist, um es deutlich auszudrücken, beschissen. Wir können nicht umkehren und, zumindest theoretisch, auch nicht weiterfahren. Wir stecken ganz schön in der Klemme!«

Petrie untersuchte das restliche Stück der Straße, setzte

vorsichtig Fuß vor Fuß. Er spürte wieder das Kribbeln in den Fußsohlen, die zuerst die fürchterliche Wucht der Explosion zu spüren bekamen, sollte eine Mine unter ihnen detonieren. Es war für ihn ein altvertrautes Gefühl. Links neben ihm lauerte der tiefe Abgrund, doch Petrie hielt seinen Blick starr auf den Boden vor sich gerichtet, untersuchte ihn nach Spuren, die darauf deuteten, daß das Straßenstück vor ihnen auch vermint worden war. Seine Knie schienen ihn kaum zu tragen, seine Nerven waren zum Zerreißen gespannt. Sein Verstand befahl ihm umzukehren. Jeden Augenblick konnte die Wucht einer gewaltigen Explosion seinen Körper zerreißen. Die Angst, nicht die glühende Sonne, trieb ihm den Schweiß aus den Poren. Er ging noch ein paar Schritte weiter und kehrte dann, keineswegs weniger vorsichtig, um. Mit kantigen Gesichtern schauten ihm seine beiden Gefährten entgegen.

Petrie stieg in den Wagen und löste die Handbremse.

»Wir müssen es riskieren.«

»Du bist dir doch im klaren, daß dein Spaziergang keine Garantieerklärung ist?« sagte Johnson leise.

»Ich habe nichts entdeckt, was auf weitere Minen schließen läßt, Ed.«

»Die Dinger, die ganze Felswände aus den Angeln heben, sind ja auch nicht für menschliche Leichtgewichte bestimmt«, beharrte der Amerikaner.

»Nun hör schon mit deiner Unkerei auf. Ich möchte mich auf die Straße konzentrieren.«

Der Amerikaner hatte genau den Punkt angesprochen, der unter Umständen tödliche Folgen haben konnte. Das Gewicht eines Menschen ließ keine Minen hochgehen, die zur Zerstörung von Fahrzeugen bestimmt waren. Panzerbrechende Minen, die ein leichtes Fahrzeug wie den Fiat pulverisieren konnten. Doch ihnen blieb nur die Flucht nach vorn, nach vorn über das verwitterte Straßenstück, dessen Erschütterung durch die Stöße des sich nähernden Wagens schon eine Mine zur Detonation gebracht hatte.

Petrie fuhr so langsam wie möglich, ohne dabei den Motor abzuwürgen. Als sie sich dem gesprengten Straßenstück näherten, schätzte er rasch seine Breite. Es schien gerade breit genug für den Wagen – wenn ihnen nicht noch ein Stück bei der Überfahrt unter den Rädern wegbrach. Langsam krochen sie voran. Scelba preßte seinen schweren Körper fest in den Sitz, hinten war Johnson in die Mitte gerutscht, um die Balance des Fahrzeugs nicht zu gefährden. Petrie steuerte den Wagen ein wenig näher an den Abgrund auf Scelbas Seite heran, um die abbröckelnde Felskante auf seiner Seite möglichst wenig zu belasten.

Vieles konnte jetzt geschehen, dachte Petrie. Die Detonation einer Mine würde den Wagen in den Abgrund schleudern, doch wären sie dann schon tot. Der schmale Grat, über den sie fuhren, konnte weiter einbrechen und sie mit in die Tiefe reißen. Oder er verfehlte mit den Vorderrädern den tragenden Untergrund um wenige Zentimeter und steuerte sie alle drei in die Ewigkeit. Die Tiefe der Schlucht neben der Straße schätzte Petrie auf etwa dreihundert Meter.

Der Motor röhrte, sonst war es entsetzlich still im Wagen. Nur einmal knarrte das Sitzpolster, als Scelba sich bewegte.

Fast gleichzeitig hörten die Männer im Wagen das entfernte Brummen von Flugzeugmotoren. Petrie steckte den Kopf aus dem Wagenfenster, sah unter sich das Trittbrett über die Abbruchkante der Straße schweben, hob den Blick und entdeckte einige Flugzeuge auf Parallelkurs zum Paß. Beaufighters, alliierte Jagdflieger auf der Suche nach Opfern, die auf alles schossen, was sich bewegte. Rasch schaltete er die Zündung aus und brachte den Wagen zum Stehen. Die Flieger drehten nach Osten ab und verschwanden im Dunst.

»Unsere Freunde«, sagte Petrie über die Schulter. »Jagdflieger...«

»Ich wäre jetzt auch lieber da oben als hier unten«, knurrte Johnson.

Petrie startete den Wagen und ließ ihn vorwärtskriechen. Die Straße stieg wieder steiler an, der Wagen hüpfte leicht.

Und da geschah es! Das rechte Vorderrad sackte weg. Petries Körper versteifte sich. Großer Gott, der Wagen rutschte weg...

Mit einem harten Schlag setzte das Chassis auf, der Wagen kam zum Stehen. Das Vorderrad war in ein tiefes Schlagloch geraten. Petrie legte den Rückwärtsgang ein und gab vorsichtig Gas. Die Räder rutschten ein wenig auf dem Geröll, faßten dann und zogen den Wagen aus dem Schlagloch.

Petrie schaltete. Er mußte den Wagen beschleunigen, um ihn mit etwas mehr Tempo über das Loch zu manövrieren – mit kaum ein paar Zentimetern Abstand zum Abgrund auf beiden Seiten. Der Wagen rollte vor, das Vorderrad sackte in das Loch und kam wieder hoch. Petrie drehte das Steuerrad eine Spur nach links, weil der Wagen nach rechts driftete, und zwang ihn sofort durch erneutes leichtes Gegensteuern in die ursprüngliche Fahrtrichtung zurück. Scelba hatte während des Manövers seine ungerauchte Zigarre zwischen den Fingern zerkrümelt, und Johnson starrte unverwandt auf das sich verbreiternde Straßenstück vor ihnen, als könne er den Wagen mit seinem Blick auf dem schmalen Grat festhalten.

Wenig später hatten sie wieder sicheren Grund unter den Rädern, und Petrie erhöhte das Tempo. Sie hatten das verminte Gebiet hinter sich gelassen.

Johnson machte als erster den Mund auf.

»Diese Jäger haben mir den Rest gegeben. Ich dachte, sie würden uns angreifen.«

»Was mit Sicherheit auch passiert wäre, wenn nicht der Staub in der Schlucht den Wagen mit einer solch dicken Schicht überzogen hätte. Sie wirkte wie eine Tarnschicht, die Jäger haben uns nicht gesehen.«

Sie fuhren eine Weile schweigend weiter, bis Scelba erklärte, daß die Paßstraße bald auf eine Hochebene hinunterführen würde.

»Dort können Sie dann wieder schneller fahren«, sagte er mit unbewegtem Gesicht.

Petrie umfuhr zwei vorspringende Klippen und folgte der

Straße über einen sanft abfallenden Hang in eine Talmulde, die ein wasserloses Flußbett in zwei Hälften teilte.

Das trockene Flußbett war nicht leer. Ein Zug von zwanzig oder mehr italienischen Gebirgsjägern kampierte zu beiden Seiten der Straße. Die Soldaten saßen auf dem Boden und aßen oder lagen faul herum. Hinter ihnen, halb verborgen unter einer Zeltplane, stand ein abgeprotzter Mörser.

Petrie fuhr mit gleichbleibender Geschwindigkeit auf die Soldaten zu. Mit einer Hand schützte er die Augen vor den Lichtreflexen der Sonne, die jetzt direkt von vorn auf die Windschutzscheibe fiel. Hastig kamen einige Soldaten, an ihrer Spitze ein Unteroffizier, auf den Wagen zugelaufen. Der Anführer zog beim Laufen seine Pistole und fuchtelte wild damit herum. Petrie ließ den Wagen ausrollen und bremste ihn vor dem Mann ab.

»Ihr verdammten Idioten, seid ihr wahnsinnig geworden?«

Der Unteroffizier war völlig außer Atem und brachte die Worte nur stoßweise hervor. Er zielte mit der Pistole auf Petrie.

»Da oben kurven feindliche Maschinen herum. Die Lichtreflexe auf eurer Scheibe sind meilenweit zu sehen. Ihr habt dadurch meine Leute in Gefahr gebracht. Sie könnten jetzt alle tot sein. Bei Gott, ich werde euch unter Arrest stellen für die Dauer der Übung. Ihr seid festgenommen – alle!«

Sie waren ausgestiegen und standen in der prallen Sonne beim Wagen, während der Unteroffizier ihre Papiere studierte. Die drei Soldaten hinter ihm ließen sie nicht aus den Augen. Ihre Gewehre hielten sie schußbereit im Anschlag.

Der Anführer war offensichtlich mit ihren Ausweisen nicht zufrieden. Mißtrauisch blätterte er darin herum. Scelba musterte inzwischen die Soldaten in der Nähe, als suche er unter ihnen nach einem vertrauten Gesicht. Die Situation war brenzlig. Petrie gab sich keinen Illusionen hin. Der Unteroffizier war so wütend, weil die Lichtreflexe der Scheibe beinahe die alliierten Flieger angelockt hatten. Dafür wollte er sie festnehmen.

»Auch finde ich es merkwürdig, daß ihr über den Grat gefahren seid, obwohl ein Teil der Straße gesprengt worden war. Zudem seid ihr unbefugt in militärisches Sperrgebiet eingedrungen, habt einfach die Straßensperre nicht beachtet. Dies allein ist schon ein schweres Vergehen.«

»Wir wären bei lebendigem Leib da oben auf dem Kamm geröstet worden«, protestierte Petrie.

»Immerhin noch besser als von den Minen in den Himmel geblasen zu werden«, gab der Unteroffizier grob zurück.

»Ich verstehe Ihren Ärger«, meldete sich der Capo zu Wort. »Sie kennen meinen Namen und wissen, wer ich bin. Ich habe Verbindungen in Messina...«

»Zur Hölle mit Ihren Verbindungen. Sie behaupten, ich kenne Ihren Namen. Das wundert mich. Woher soll ich wissen, daß diese Papiere nicht gefälscht sind, können Sie mir das sagen?«

Er wedelte mit den Ausweisen vor Scelbas Nase hin und her.

»Mir gefallen eure Gesichter nicht – und eure Papiere auch nicht.«

»Sie machen da einen schweren Fehler«, sagte Scelba. »Als Sizilianer habe ich das Recht, auf der Insel umherzureisen...«

»Hören Sie eigentlich keine Nachrichten, Mann?«

»Und was sagen die?«

»Daß britische Soldaten heute morgen in dieser Gegend mit dem Fallschirm abgesetzt worden sind. Also – ihr steht alle unter Arrest, bis eure Identität überprüft worden ist. In ein paar Stunden bringt euch ein Lastwagen nach Enna, wo die Abwehr euch sicher ein paar Fragen stellen wird.«

Scelba machte eine wegwerfende Handbewegung.

»Diese Meldungen kursieren doch ständig in ganz Sizilien. Und nie war etwas Konkretes dahinter. Hier grassiert im Moment das Spionage-Fieber.«

»Ihr seid verhaftet!« bellte der Unteroffizier.
»Sind in Ihrer Einheit Sizilianer?« fragte Scelba.
»Natürlich, doch jetzt haben wir genug Zeit mit unnützem Gerede verschwendet. Mitkommen!«
Petrie warf Johnson einen warnenden Blick zu, als sie hinter dem wütenden Unteroffizier den Hang hinunterstolperten. Dicht hinter ihnen folgten die drei Soldaten. Weiteres Argumentieren war hier sinnlos. Daß diese Gerüchte gerade jetzt wieder hochkochten, war verdammtes Pech. Doch zeigten sie, welch extreme Spannung die gesamte Insel erfaßt hatte. Als hinter ihm der Motor des Fiat ansprang, wagte er einen Blick über die Schulter. Ein weiterer Soldat steuerte den Wagen den Abhang hinunter. In seinem Zorn hatte der Unteroffizier vergessen, das Fahrzeug zu durchsuchen, doch würde er dieses Versehen sicher bald bemerken. Auf dem Boden vor den Rücksitzen lag immer noch der Sack mit dem Sprengstoff.

Die Soldaten in der Talmulde warfen ihnen feindselige Blicke zu. Einer entsicherte sogar sein Gewehr, doch auf den scharfen Befehl des Unteroffiziers legte er es wieder zur Seite. Die Sonnenreflexe auf der Windschutzscheibe haben uns hier keinerlei Sympathie eingetragen, dachte Petrie sarkastisch. Sie gingen auf eine Höhle unter einem großen Felsüberhang zu, vor der ein Posten aufgestellt war.

Plötzlich blieb Scelba stehen und schaute einen Mann an, der beim Anblick des Capo seine Mahlzeit unterbrach. Einer der Soldaten drückte dem Capo die Spitze des Bajonetts in den Rücken, doch Scelba rührte sich nicht von der Stelle und warf dem Mann einen solch drohenden Blick zu, daß dieser unsicher zurückwich. Der Capo winkte den Unteroffizier zu sich heran.

»Dieser Mann da kennt mich, Herr Unteroffizier. Er hat meine Papiere nicht gesehen – fragen Sie ihn also, wer ich bin. Vielleicht kann Sie das vor einem sehr schweren Fehler bewahren!«

»Wir werden eure Identität in Enna...«

»Fragen Sie ihn bitte!«

Der Unteroffizier zögerte. Etwas im Verhalten des Capo schien ihn einzuschüchtern. Petrie hielt den Atem an. Alles hing jetzt von der Reaktion dieses Mannes ab, von der Stärke des Zweifels, den Scelba in ihm geweckt hatte. Mit einer ungeduldigen Handbewegung fragte der Unteroffizier den Soldaten, der aufgesprungen war und Haltung annahm: »Sie kennen diesen Mann?«

»Das ist Vito Scelba.«

»Wer ist das?«

»Ich habe für ihn im Hafen von Messina gearbeitet. Er ist ein bedeutender Mann mit weitreichenden Beziehungen.«

Scelba änderte seine Taktik.

»Ich will Ihnen doch nur unnötigen Ärger ersparen, Unteroffizier. Sie tun Ihre Pflicht, was ich durchaus billige. Auch ich tue nur meine Pflicht, wenn auch auf andere Art. Sie haben nun den klaren Beweis für die Echtheit meiner Identität, und für diese beiden Männer da kann ich persönlich bürgen.«

»Sie haben es eilig?«

Der Unteroffizier wurde unsicher. Er haßte es, gegebene Befehle zurückzunehmen, doch seine Furcht vor einflußreichen Leuten war größer. Außerdem hatte Scelba ihm mit seinen Worten den Rückzug erleichtert.

»Da wir jetzt einen Beweis für Ihre Identität haben, sieht die Sache natürlich anders aus...«

»Ich möchte nur so schnell wie möglich weiterfahren. In den Docks von Messina warten dringende Reparaturen auf uns«, erklärte der Capo freundlich. »Klugerweise hat Ihr Gefreiter meinen Wagen hierher gebracht. Mit Ihrer Erlaubnis werden wir jetzt einsteigen und unsere Fahrt fortsetzen.«

Innerhalb von zwei Minuten hatten sie ihre Papiere zurück und fuhren aus der Mulde. Johnson hatte beim Einsteigen den Sack mit dem Sprengstoff zwischen seine Füße genommen und ihn mit den Beinen gegen die Sicht von außen geschützt.

»In der italienischen Armee dienen viele Sizilianer«, sagte Scelba, als das Lager der Soldaten hinter ihnen verschwand.

»Trotzdem haben wir unwahrscheinliches Glück gehabt. Sie hätten mit Sicherheit den Wagen durchsucht.«

»Daran hatte ich auch schon gedacht«, antwortete Petrie trocken und konzentrierte sich ganz aufs Fahren.

Weit vor sich sahen sie die große Klippe, die Scelba in Zusammenhang mit der Abkürzung von Puccio aus erwähnt hatte.

Mit stetiger Geschwindigkeit rollten sie über die schlechte Straße, und hin und wieder reflektierte die Windschutzscheibe die Sonnenstrahlen. Während Petrie wieder mit der einen Hand die Augen schützte, überdachte er Scelbas Vorschlag. Sie würden eine Menge Kilometer sparen, wenn sie die Abkürzung über diesen Maultierpfad nahmen.

Wenig später näherten sie sich der Klippe, als Petrie hoch über sich ein schrilles Heulen vernahm. Er schaute aus dem Fenster, zog rasch den Kopf zurück, brachte den Wagen zum Stehen und drehte die Zündung aus.

»Raus hier, geht in Deckung! Ed, schnapp dir den Sack!«

Er nahm seine Jacke, beugte sich über die Sitzlehne nach hinten und zerrte die Mauser aus dem Wagen. Johnson war schon draußen. Etwas hämmerte in die Wagentür auf Petries Seite. Der Engländer kroch über den Beifahrersitz ins Freie und eilte geduckt hinter den beiden Gefährten her, die von der Straße weg auf einige Felsen zuliefen. Das Heulen des herabstürzenden Flugzeugmotors wurde immer lauter.

Im letzten Moment erreichten die Männer die Deckung der Felsen und warfen sich dahinter flach auf den Bauch. Petrie hob den Kopf und spähte zur Straße hinüber. Im Tiefflug donnerte das Flugzeug heran, deutlich war das RAF-Emblem am Rumpf zu erkennen. Aus allen Bordwaffen eröffnete der Jäger das Feuer. Das Heulen des Motors, das Rattern des Maschinengewehrs und die dumpfen Explosionen der Abschüsse aus der Bordkanone vereinten sich zu einem ohrenbetäubenden, höllischen Crescendo. Gesteinssplitter prasselten gegen die Felsen und schossen als Querschläger durch die Luft. Die Einschläge der Bordwaffen liefen in einer fast schnurgeraden Linie die Straße entlang auf den Fiat zu. Kugeln durchsiebten das Dach und ließen die Windschutzscheibe zerplatzen. Die drei Männer machten sich so klein wie möglich und behielten die Köpfe unten.

Im nächsten Moment war's vorbei, und das Brummen des Flugzeugs verebbte in der Ferne. Petrie richtete den Oberkörper auf. Johnson schüttelte benommen den Kopf. Scelba hielt sich seine linke Hand. Aus einer Wunde tropfte Blut.

»Bleibt weg vom Wagen!« warnte Petrie. »Er brennt.«
»Verdammte Bastarde!«

Johnson starrte dem Flugzeug nach. Er war außer sich vor Wut.

»Und so was gehört zum gleichen Verein!«
»Es war der Wagen. Mit seiner dicken Staubschicht sah er aus wie ein getarntes Feindfahrzeug«, versuchte Petrie ihn zu beruhigen.

Er war aufgestanden und schaute dem Flugzeug nach. Plötzlich runzelte er die Stirn. Der Motor hustete ein paarmal und setzte dann völlig aus. Die plötzliche Stille war erdrückend. Sekundenlang stand die Maschine still in der Luft, dann bewegte sie sich wieder – in rasender Fahrt abwärts.

»Was machen die denn?« fragte Johnson, der neben Petrie stand und den Sturzflug der Maschine verfolgte.

»Motorschaden!«
»Du meinst...?«
»Sie schmieren ab!«

Am Himmel erschienen plötzlich zwei weiße Punkte und blähten sich zu Halbkugeln. Zwei dunkle Schatten baumelten an Fallschirmen der Erde entgegen. Mit einem herzhaften Fluch wandte sich Petrie zu Scelba um, der sich den Staub von den Kleidern klopfte.

»Scelba, kommen diese zwei Flieger irgendwo in der Nähe von Puccio herunter?«

Scelba nahm die Hände über die Augen und beobachtete

eine Weile die Fallschirme. Aus dem Fiat schlugen Flammen hoch.

»Ja, irgendwo bei Puccio«, nickte der Capo.

Petrie fluchte noch heftiger. Johnson schaute ihn erstaunt an.

»Du hast dich doch nicht so aufgeregt, als sie den Fiat zersiebten. Was ist nun schon wieder los?«

»Die zwei da mit ihren weithin sichtbaren Fallschirmen könnten uns Ärger machen. Vergiß nicht, ohne den Wagen müssen wir zu Fuß nach Puccio laufen.«

Petrie drehte sich zu Scelba um.

»Gibt es in diesem Nest ein Telefon? Na, wenigstens etwas. Also Ed, wir müssen so schnell wie möglich nach Puccio. Von dort aus kann ich Gambari in Scopana anrufen. Die Nummer, unter der er dort erreichbar ist, hat er uns nach Tunis durchgegeben. Ich hoffe, daß er uns in Puccio abholen kann.«

»Klingt vernünftig.«

»Doch diese beiden Flieger da können uns ganz schön in die Suppe spucken und uns den einzigen Vorteil, den wir haben, zunichte machen. Bis jetzt weiß der Feind immer noch nichts von unserer Anwesenheit.«

»Verstehe. Sie würden uns zum zweiten Male empfindlich treffen. Beim ersten Mal war's der Wagen.«

»Sieht ganz danach aus.«

Petrie schaute Scelba zu, der sich das Blut von der verletzten Hand schüttelte. Die Verletzung war nur leicht. Petrie hatte für alle Fälle einen kleinen italienischen Verbandskasten mitgenommen und versorgte die Wunde.

»Sie hatten verdammtes Glück, Scelba, der Splitter hat das Handgelenk nur gestreift. Ein paar Zentimeter tiefer, und er hätte die Hand sauber abgetrennt.«

Der Capo streifte ihn mit einem ausdruckslosen Blick und wischte sich den Schweiß von der Stirn.

»Ich habe Freunde in Puccio.«

»Von jetzt an werden wir auch Freunde dringend nötig haben – alle, die wir kriegen können.«

Petrie warf einen Blick auf seine Uhr. 12.30 Uhr. Die Sonne stand hoch im Zenit und verbrannte Sizilien mit ihrer mörderischen Glut. Und in dieser Hitze mußten sie nach Puccio laufen.

Hinter sich vernahm der Engländer eine leichte Detonation. Der Tank war explodiert, eine schwarze Qualmwolke stieg wie ein Signal senkrecht in den Himmel und verriet dem Feind deutlich ihren Standort.

»Wir müssen verschwinden«, stieß Petrie hervor. »Denn hier dürfte es bald von Carabinieri nur so wimmeln.«

7.
Freitag, 14.00 Uhr bis 15.30 Uhr

Um 14.00 Uhr, gerade noch zehn Stunden bis zur Stunde Null, stolperten drei Männer einen Hügel empor. Sie verschnauften oben einen Augenblick und sahen hinab. Etwa dreihundert Meter unter ihnen lag das kleine Dorf Puccio. Die Häuser standen auf einer niedrigen Hügelkuppe, aus ihrer Mitte ragte wie ein Monument die Kirchturmspitze in den Himmel. Nicht weit von den drei Männern ritt ein schwarz gekleideter Priester auf einem Esel auf das Dorf zu. Sonst war weit und breit keine Menschenseele zu sehen.

Erschöpft sanken die drei Wanderer zu Boden, mit ihren Blicken verfolgten sie die kleiner werdende Gestalt des Geistlichen, des einzigen sich bewegenden Objekts in einer sonst toten Welt. Eineinhalb Stunden lang hatten sie die Sonne bei ihrem Marsch über das Land ertragen müssen. Ihre Strahlen brannten auf ihre schweißnassen Rücken, und der Boden reflektierte die Hitze.

Petrie hatte sich als Schrittmacher betätigt. Die beiden anderen waren ihm mit schmerzenden Beinen und schleppenden Schritten gefolgt. Nur ihrem eisernen Willen hatten sie es zu verdanken, daß sie schließlich die Hügelkuppe über dem Dorf erreichten. Ihre Zungen klebten am Gaumen, ihre Körper schienen völlig ausgedorrt. Nur das monotone Knirschen von Geröll unter ihren Stiefeln war noch bis zu ihrem Verstand vorgedrungen. Es war eine solch gnadenlose Tortur, daß Scelba sogar seine unvermeidliche Zigarre weggeworfen hatte.

»Das muß die Straße nach Scopana sein«, krächzte Johnson nach längerem Schweigen.

Er deutete auf ein blasses Band, das etwa einen halben Kilometer unterhalb von Puccio in östlicher Richtung verlief.

»Mir gefällt das Dorf nicht, es ist mir zu ruhig. Warum marschieren wir nicht gleich zur Straße und halten einen Wagen an?«

»Weil vielleicht keiner kommt.«

Petrie beobachtete die verlassene Straße.

»Ich gehe allein ins Dorf«, sagte er und fuhr sich mit der Zunge über die aufgesprungenen Lippen.

»Du bist verrückt!«

»Allein, Ed! Dies ist unsere einzige Chance. Das Dorf wirkt recht verlassen. Zu dritt würden wir soviel Aufsehen erregen wie eine Gesandtschaft des Völkerbundes.«

»Bald werden die Carabinieri nach den Fallschirmspringern suchen...«

»Sie können auch schon da sein«, warnte Scelba. »Von hier aus können wir den Marktplatz nicht einsehen.«

»Da hat ein einzelner Mann erst recht größere Chancen, ihnen zu entkommen«, entgegnete Petrie. »Seht ihr den kleinen Hügel hier auf unserer Straßenseite? In genau einer Stunde treffen wir uns dort. Wenn ich nicht da bin, wartet nicht auf mich. Beschafft euch ein Fahrzeug – mit Waffengewalt, wenn nötig, und fahrt nach Scopana. Ed, du hast Gambaris Telefonnummer im Kopf. Ruft ihn an, sobald ihr angekommen seid. Das ganze Unternehmen steht und fällt dann mit dir, Ed.«

»Was ist, wenn du es nicht rechtzeitig schaffst? Angenommen, wir sind dann schon weg?«

Petrie lächelte matt.

»Dann versuche ich, euch nachzukommen. Hör zu, Ed. Bis jetzt haben wir schon geschafft, was der arme Lawson nicht überlebt hat. Wir sind auf Sizilien. Uns bleibt noch ein wenig Zeit, Messina zu erreichen. Und der wichtigste Punkt: Keiner weiß, daß wir hier sind. Das sind die Fakten. Und darauf sollten wir aufbauen. Solange ich über Gambari eine Transportmöglichkeit auftreiben kann, sind wir noch im Geschäft. Allerdings, mit einem gestohlenen Wagen können wir Ärger kriegen.«

»Ist der Mann, dieser Gambari, Italiener?« fragte Scelba.

»Italo-Amerikaner«, log Petrie. »Ich mache mich jetzt auf den Weg. Wer sind Ihre Freunde in Puccio?«

Der Capo zog einen schweren Siegelring vom Finger und gab ihn Petrie. Er brauchte dafür ein paar Minuten, denn seine Finger waren von der Hitze geschwollen.

»Tragen Sie ihn, er könnte Ihnen nützlich sein. Meine Freunde werden ihn erkennen und wissen, daß wir einander eng verbunden sind. Ach ja, meine Freunde: Der Kolonialwarenhändler, der Sattler, der Leichenbestatter...«

Der Capo machte eine vage Handbewegung. Johnson lächelte säuerlich. Der Leichenbestatter. Das paßte: Scelba, der für Leichen sorgte, und der Bestatter, der sie begrub. Eine perfekte Partnerschaft.

Mit seinem feuchten Taschentuch wischte sich der Amerikaner den Schweiß aus dem Nacken. Petrie erhob sich und tauschte mit ihm die Mauser gegen den Glisenti-Revolver. Bei dieser Hitze wäre es verdächtig gewesen, die Jacke zu tragen, um die Mauser zu verbergen. Man sollte das Mißtrauen der Leute nicht grundlos schüren.

»Gib auf dich acht, Jim«, sagte Johnson. »Das Nest ist mir etwas zu friedlich.«

»Ich passe schon auf. Wir treffen uns in einer Stunde.«

Während er mit der Jacke überm Arm den Hang hinunterging, bemerkte Petrie, daß das Dorf ähnlich vielen anderen Dörfern auf Sizilien in einem desolaten Zustand war. Die Häuser waren verfallen, die Schindeln teilweise von den Dächern gerutscht. Das Dorf machte den Anschein, als sei es erst kürzlich Ziel eines schweren Luftangriffs gewesen, doch Petrie bezweifelte, daß hier auch nur eine einzige Bombe heruntergekommen war. Armut war die Visitenkarte dieser trostlosen Insel, und man tat gut daran, überall sonst auf der Welt geboren zu werden als in diesem von der Mafia beherrschten Höllenloch.

Die Häuser schienen noch enger zusammenzurücken, je näher er dem Ort kam. Das Dorf machte den Eindruck eines Weilers, in dem man nie jemanden sehen kann, aber selbst ständig das Gefühl hat, beobachtet zu werden.

Selbst bei Nacht hätte Petrie sofort bemerkt, daß er sich einem sizilianischen Dorf näherte. Der Gestank von Tierdung und häuslichem Unrat war unverkennbar. Ganze Fliegenschwärme fielen über ihn her, mit müden Handbewegungen versuchte er, sie zu verscheuchen. Mit der rechten Hand umklammerte er den Griff des Revolvers in der Jackentasche.

Im Dorf verengte sich die Hauptstraße zu einer schmalen, ansteigenden Gasse, deren Decke aus festgetretener Erde bestand. Zwischen den Häusern waren Leinen gespannt, auf denen Wäsche trocknete. Petrie kam an einem Haus vorbei, dessen Eingang weit offen stand. Auf dem Steinboden lagen Sättel und Zugtier-Geschirre. Hier wohnte also der Sattler, einer von Scelbas Freunden. Petrie ging weiter. Er hatte an dem Haus des Sattlers keine Telefonzuleitung entdecken können.

Petrie verlangsamte seine Schritte und betrachtete den kleinen Marktplatz von Puccio, der am Ende der Gasse auf der Hügelkuppe sichtbar wurde. Wie das ganze Dorf wirkte er zur Mittagszeit öde und verlassen. Nur ein paar Maultiere waren im Schatten einer Mauer angebunden.

Die Tiere wandten die Köpfe und äugten zu ihm herüber. Nichts rührte sich. Petries Blick blieb an einer Telefonleitung hängen, die auf eine kleine Taverne links von ihm zulief. Der Lebensmittelladen war geschlossen, doch die Tür der Bar stand einladend weit offen. Petrie wischte sich die schweißnassen Hände an der Hose ab, umfaßte mit festem Griff den Knauf der Pistole in der Jackentasche und ging entschlossen auf den Eingang der Taverne zu.

›Bei Mario‹.

Die ausgebleichten Buchstaben über einem offenen Fenster mit schmutzigen Vorhängen konnte man gerade noch entziffern. Petrie trat durch die offene Tür. Der Anblick der

Flaschen hinter dem Bartresen, einer grob geschnittenen Holzbohle, die den hinteren Bereich des Raumes abteilte, machte seinen Durst fast unerträglich. Die Taverne war klein und niedrig, es roch nach saurem Wein, die Luft war trotz der geöffneten Fenster stickig.

Die Maultiere schienen ihn neugierig zu beobachten, jede seiner Bewegungen zu verfolgen. Ein Dutzend Tische waren vor der Theke aufgestellt. An einigen saßen ein paar Sizilianer und würfelten. Sonnengebräunte Gesichter unter Baskenmützen hoben sich bei seinem Eintritt, scharfe Augen musterten Petrie, dann wandte sich die Aufmerksamkeit der Gäste wieder ihrem Spiel und ihrem Wein zu. Petrie ging zum Tresen und bestellte bei dem dunkelhaarigen jungen Mädchen dahinter einen Wein.

»Einen Wein, und eine Flasche Mineralwasser.«

Das Mädchen besaß flinke, kluge Augen, die Petrie rasch musterten. Einen Augenblick lang blieben sie an Scelbas Ring hängen, als Petrie beiläufig seine rechte Hand auf den Tresen legte. Sie zögerte, nahm eine Flasche und entkorkte sie. Ihre Blicke begegneten sich für den Bruchteil einer Sekunde, dann rief sie mit scharfer Stimme einen Namen.

»Arturo!«

Einer der Spieler erhob sich und schlenderte heran. Die Hände hatte er in die Taschen geschoben. Mit einer heftigen Bewegung stellte das Mädchen die Flasche neben Petries rechte Hand mit dem Ring. Der Bauer wartete gleichmütig, bis das Mädchen ein zweites Glas füllte und es ihm zuschob. Petrie bezähmte seine erwachende Ungeduld und hob sein Glas.

Das Telefon, ein uraltes Monstrum, hing dicht neben ihm an der Wand, von der der Verputz abblätterte. Der Engländer wartete erst einmal die Entwicklung der Dinge ab, ehe er sich an das umständliche Zeremoniell wagte, ohne das kein Telefongespräch auf Sizilien zustande kam.

Der Bauer, ein kleiner, untersetzter Mann mit einem Galgenvogelgesicht, hob ebenfalls sein Glas.

»Salute!«

Mit diesem einen Wort gab er Petrie, ehe er zu seinem Tisch zurückkehrte, zu verstehen, daß er den Ring gesehen hatte. Petrie ließ nochmals seine Blicke durch den Schankraum schweifen und reichte dann dem Mädchen einen Fünfzig-Lire-Schein.

»Ich hätte gerne eine Telefonverbindung mit Scopana«, sagte er mit gedämpfter Stimme. »Behalten Sie den Rest, bis Sie wissen, was es kostet.«

Er nannte die Nummer, die er sich eingeprägt hatte, und trank ein zweites Glas Wein. Das Mädchen drehte an der Kurbel des Telefons und wartete, wobei sie die Hand in die Hüfte stützte. Ja, es würde ein umständliches Zeremoniell werden. Zu den vielen Dingen, die Petrie während seiner Dienstzeit bei der Felucca Boat Squadron gelernt hatte, gehörte die Erfahrung, daß man sich im Feindesland nie länger als unbedingt nötig unter fremden Dächern aufhalten sollte. Aus einem unerfindlichen Grund gefiel ihm die Atmosphäre in der Taverne nicht. Das Klicken der Würfel, die Bauern, die gemächlich ihren Wein tranken und gelegentlich mit einer Handbewegung die Fliegen verscheuchten – all dies erschien ihm seltsam unwirklich. Und doch war dies das wirkliche, echte Sizilien, in dem Tag um Tag auf die gleiche Weise verrann. Abgesehen von der Rationierung merkten diese Menschen hier kaum, daß da ein Krieg geführt wurde.

»Es dauert nicht lange«, versicherte ihm das Mädchen und wechselte ein paar Worte mit den anderen Gästen in ihrem eigenen Dialekt. Nicht lange – das konnte auf dieser Insel eine Ewigkeit bedeuten, dachte Petrie.

Das monotone Klicken der Würfel ging weiter. Das Geräusch ließ Petries ohnehin angespannte Nerven vibrieren. Er unterdrückte das Verlangen, die Taverne sofort zu verlassen und aus dem Dorf zu verschwinden. Statt dessen beobachtete er die Männer an den Tischen. Arturo und drei oder vier andere Bauern waren ganz in ihr Spiel vertieft, der Sizilianer hatte Petries Anwesenheit anscheinend völlig vergessen. Dafür musterte ihn der Mann am Nebentisch, ein schlanker Einheimischer mit einigen Narben im Gesicht, um so intensiver. Für einen Sekundenbruchteil kreuzten sich ihre Blicke. Sofort senkte der Mann den Kopf und beschäftigte sich wieder mit den Würfeln.

In Petries Innerem schrillten die Alarmglocken. Der Ausdruck im Gesicht des Mannes gefiel ihm ganz und gar nicht. Petrie zwang sich zur Ruhe und versuchte, seine Gedanken zu ordnen. Ich sehe fast wie ein Einheimischer aus, überlegte er, was also hat des Mannes Aufmerksamkeit erregt? Das Verhalten von Arturo, als er neben ihm stand?

Als Petrie zufällig den Blick zur Theke wandte, entdeckte er, wonach er schon seit dem Betreten der Taverne Ausschau gehalten hatte: den Hinterausgang in dem kleinen Zimmer hinter dem Tresen. Die Tür stand halb offen. Im Ernstfall hatte er also einen zweiten Fluchtweg. Er nahm noch einen Schluck Wein. Im gleichen Augenblick hob das Mädchen eine Augenbraue.

»Die Verbindung!«

Sie drehte wild an der Kurbel und hob einen Finger.

»Ah ja, Scopana!«

Mit einem schwachen Lächeln hielt sie ihm den Hörer hin. Petrie nahm ihn und lehnte sich mit dem Rücken gegen die Wand, so daß er die Gaststube überblicken konnte. Das Ganze entwickelte sich zu einer verdammt verzwickten Angelegenheit.

»Ich möchte gerne Signor Gambari sprechen«, sagte er mit leiser Stimme. »Es ist dringend.«

»Es tut mir leid, aber er ist nicht hier. Wer spricht da?«

Es war eine sonor klingende, beherrschte Männerstimme, die Petrie die schlechteste Nachricht mitteilte, die es in seiner Situation gab. Einer der Bauern an Arturos Tisch stand auf und verließ die Taverne. Petrie überlegte einen Moment, ob die Stimme am anderen Ende der Leitung tatsächlich bei der Antwort gezögert hatte.

»Wer ist denn da?«

Der Tonfall der Stimme klang schärfer.

Petrie holte tief Atem. Er mußte es einfach riskieren!

»Ich bringe die Ladung Orangen aus Palermo.«

Das war die Erkennungsparole. Diesmal zögerte der Mann am anderen Ende tatsächlich mit der Antwort.

»Der Preis ist zur Zeit nicht sehr hoch. Wie groß ist die Ladung?«

Petrie versuchte, sich seine Erleichterung nicht anmerken zu lassen. Der Mann hatte die vereinbarte Antwort gegeben, also sprach er mit Gambari.

»Neunzig Kilo, Signore. Leider haben wir Probleme, sie nach Scopana zu schaffen.«

»Wo ist die Ladung jetzt?«

»In Puccio, einem Dorf am...«

»Ich kenne den Ort. Ich könnte hinüberfahren und die Ladung abholen. Das Problem wäre also nur der Wagen. Habe ich das richtig verstanden?« Gambaris Worte waren knapp und präzise. Er sagte nur das Nötigste. Eine Welle der Erleichterung erfaßte Petrie.

»Ja, wir haben keinen. Doch sollten Sie mich und meine beiden Begleiter besser außerhalb des Dorfes einsteigen lassen...«

»Auf der Straße nach Scopana?« fragte Gambari.

»Nicht zu weit vom Ort entfernt jedenfalls.«

»In einer Stunde bin ich da. Ich fahre einen grauen Mercedes. Das amtliche Kennzeichen ist ML 4820. Ich komme allein. Wir treffen uns an der Abzweigung nach Cefalù. Wenn Sie von Puccio kommen, ist es die Straße links. Geradeaus geht es nach Scopana. Alles klar?«

»Ja, vielen Dank. Wie weit ist...«

»Die Abzweigung liegt etwa einen Kilometer östlich von Puccio«, sagte Gambari. Seine folgende Bemerkung klang beiläufig. »Sie sind spät dran mit der Lieferung, Signore.«

Sehr vorsichtig, der Signor Gambari, dachte Petrie. Ja, sie waren verdammt spät dran. Laut Plan hätten sie schon um zehn Uhr morgens in Scopana sein sollen.

»Etwas mehr als vier Stunden, Signore.«
»Ich werde an der Abzweigung auf euch warten.«
Die Leitung war tot. Keine überflüssigen Worte, nur das bedeutsame Klicken am anderen Ende. Petrie reichte dem Mädchen den Hörer. In diesem Augenblick betraten drei Männer den Schankraum und nahmen am Tisch direkt neben der Tür Platz. Der eine hatte am Tisch neben Arturo gesessen, der andere trug eine mehlbestäubte Lederschürze. Der Kolonialwaren-Händler. Scelbas Freunde sammelten sich, um sich den Mann näher anzusehen, der den Ring des Mafia-Bosses trug.
Petrie steckte sein Wechselgeld ein und ging auf die Tür zu. Plötzlich blieb er wie angewurzelt stehen.
Draußen zerrissen das Knattern von Motorrädern und das tiefe Brummen von Lastwagen-Motoren die Stille. Bremsen kreischten auf der Piazza, schwere Schritte näherten sich im Laufschritt dem Eingang. Petrie wich zurück und wollte sich gerade am Tresen vorbeidrücken, um durch die Hintertür zu verschwinden, als eine Handvoll Carabinieri mit aufgepflanztem Bajonett in die Schenke stürmte. Ein Unteroffizier befahl mit barscher Stimme allen Anwesenden, sich nicht vom Fleck zu rühren. Geistesgegenwärtig füllte das Mädchen Petries Glas nach. Der Engländer lehnte sich ruhig gegen den Tresen, nahm einen Schluck und wartete ab.

Die Uniformierten stellten sich in eine Reihe entlang der Seitenwand auf und richteten ihre Gewehre auf die Anwesenden. Der Unteroffizier sah Petrie allein an der Bar stehen und fuhr ihn grob an:
»Du da, setz sich zu den anderen! Los, beweg dich!«
Petrie ging langsam durch den Raum und setzte sich an Arturos Nebentisch. Er wählte seinen Platz bewußt so, daß er dem Sizilianer zwei Tische weiter, der ihn zuvor so aufdringlich gemustert hatte, genau gegenüber saß.
Der Unteroffizier schien gern seine eigene Stimme zu hören, denn er stieß wilde Drohungen aus gegen jeden, der sich

zu rühren wagte. Plötzlich nahm er Haltung an und salutierte stramm. Ein Offizier in gut sitzender Uniform hatte die Schenke betreten.

»Dies ist Hauptmann Soldano«, verkündete der Unteroffizier. »Und jetzt haltet gefälligst die Klappe, Herrschaften!«

Niemand hatte etwas gesagt. Der barsche Nachsatz war völlig überflüssig.

Petrie beobachtete den narbengesichtigen Sizilianer scharf. Der Mann schien einen inneren Kampf mit sich auszufechten. Er hatte sich schon halb erhoben, als wolle er etwas sagen, setzte sich aber rasch wieder, als er Arturos drohenden Blick bemerkte. Im gleichen Moment sagte Hauptmann Soldano, ein Italiener vom Festland: »In der Nähe von Puccio wurden zwei britische Spione gesichtet. Sie könnten sich im Dorf versteckt haben. Sind euch in den letzten zwei Stunden irgendwelche Fremden begegnet? Leute, die ihr noch nie in Puccio gesehen habt?«

Erwartungsvoll musterte der Offizier jeden einzelnen der Männer in der Taverne. Sein Blick blieb einen Moment lang an dem narbengesichtigen Sizilianer hängen, ehe er weiterwanderte. Die Bauern an den Tischen sahen sich ausdruckslos an und zuckten die Schultern. Petrie fiel auf, daß keiner von ihnen in seine Richtung schaute. Er war der einzige, der allein am Tisch saß, und obwohl er sich auf Anweisung des Unteroffiziers dorthin gesetzt hatte, fühlte er sich wie auf dem Präsentierteller. Das Mädchen hinter dem Tresen polierte mechanisch die Gläser, schaute dabei zur Decke, aus dem Fenster, zu den Soldaten hinüber – aber nicht zu ihm.

»Für ihre Ergreifung wird es vielleicht eine Belohnung geben«, sagte Soldano und rieb unmißverständlich Daumen und Zeigefinger gegeneinander. Wieder musterte er die Männer. Petrie fluchte innerlich auf das zweifache Mißgeschick, verursacht durch das Auftauchen der Jagdflieger. Zwei britische Spione! Soldano meinte ohne Zweifel die zwei Flieger, die mit dem Fallschirm abgesprungen waren. Die Bauern schüttelten nur die Köpfe. Die Spannung im Raum war fast greifbar. Jeder der Zivilisten in der Schenke wußte, daß er hier fremd war. Trotzdem gab es nur einen, dessen Reaktion sich Petrie nicht sicher war: der Sizilianer mit dem Narbengesicht. Die Art, wie Soldano den Mann ansah, überzeugte Petrie davon, daß der Sizilianer ein gekaufter Informant, ein Verräter war – genau das, was Scelba fälschlicherweise von seinem Neffen Carlo behauptet hatte. Der Engländer war sicher, daß nur die Anwesenheit von Arturo und seinen Mafiosi dem Mann den Mund verschloß. Doch es konnte nur eine Frage der Zeit sein, bis das im Moment ungleich stärkere Argument der schußbereiten Gewehre der Soldaten dem Mann seine Sprache wiedergeben würde.

»Nun, da also keiner etwas weiß und da wir gerade hier sind, sollten wir wenigstens etwas trinken«, entschied Soldano weise.

Das war Musik in den Ohren der Soldaten. Sie drängten sich zum Tresen, machten aber respektvoll Platz, als der Hauptmann herantrat und mit vollendeter Höflichkeit seine Mütze vor dem Mädchen zog, das ihm sofort mit ausdruckslosem Gesicht ein Glas Wein einschenkte.

Die Spannung unter der Oberfläche wuchs. Der Eingang wurde von Posten bewacht, und keiner der Zivilisten machte Anstalten, die Taverne zu verlassen. Das Mädchen ging herum und versorgte die Carabinieri mit Getränken. Petrie nippte ab und zu an seinem Glas und ließ den Sizilianer nicht aus den Augen. Der Mann erhob sich, um zum Tresen zu gehen. Das Manöver war leicht zu durchschauen, von Soldano so geplant, um dem Bauern die Möglichkeit zu bieten, sich ihm zu nähern und ihm seine Information zuzuflüstern. Und diese Information würde Petrie betreffen, würde ihn innerhalb weniger Minuten zum Gefangenen der Carabinieri machen.

Arturo raunte einem Mann an seinem Tisch ein paar Worte zu. Der Mann stand auf und prallte mit dem Narbengesicht zusammen. Er nahm ihm das Glas aus der Hand und sagte etwas auf sizilianisch. Dann wandte er sich ab und ging zum

Tresen, ehe der Verräter etwas erwidern konnte. Zögernd setzte sich das Narbengesicht wieder auf seinen Stuhl. Petrie rieb sich über sein stoppliges Kinn. Das war gerade noch mal gutgegangen, dachte er erleichtert. Doch für wie lange?

Eine Hand berührte ihn an der Schulter und deutete zur Bar hinüber, wo das Mädchen ihm mit der Flasche zuwinkte.

Was, zum Teufel, hatten sie vor?

Er erhob sich und bahnte sich zwischen den laut redenden Soldaten einen Weg zum Tresen. Dort nahm Arturos Freund gerade zwei gefüllte Gläser entgegen und trug sie zum Tisch zurück. Der leutselige Soldano wandte sich um und wunderte sich, daß sein Informant noch immer am Tisch saß. Petrie preßte seine Jacke gegen den Körper und versuchte, den Soldaten aus dem Weg zu gehen aus Furcht, jemand könnte die versteckte Waffe in der Jackentasche fühlen. Das Mädchen deutete mit einem Kopfnicken zum Ende des Tresens. Vorsichtig arbeitete Petrie sich dorthin vor.

Das Versteckspiel näherte sich seinem Ende. Soldano wurde die Sache zu dumm. Er ging auf den Tisch des Sizilianers zu. Wenn der Berg nicht zum Propheten kam...

Petrie nahm das Glas, das ihm das Mädchen reichte und lehnte sich an die Wand neben dem Telefon. Arturos Freund reichte dem Sizilianer das gefüllte Glas. Doch der Bauer war vorsichtig. Mit einer raschen Bewegung nahm er dem Mann das andere Glas aus der Hand und prostete ihm damit zu. Salute!

Soldano unterhielt sich mit dem Kolonialwarenhändler. Petrie lief der Schweiß in Strömen den Rücken hinab. Auch diesmal hatte er die Taktik des Carabinieri-Hauptmannes rasch durchschaut. Der Italiener hatte schon mehrere Bauern angesprochen. Wenn er also auch mit dem Narbengesicht ein paar Worte wechselte, konnte niemand daraus schließen, daß der Mann ein Informant war. Jetzt erhob sich der Bauer, der mit dem Lebensmittelhändler an einem Tisch saß, beugte sich vor und berührte das Narbengesicht an der Schulter. Nervös wandte sich der Sizilianer um und lauschte den Worten des Händlers. Blitzschnell schob sich Arturo vor und kippte den Inhalt einer Phiole in das Glas des Sizilianers.

Petrie warf dem Mädchen einen Blick zu. Mit einer versteckten Drehung des Kopfes deutete sie auf die Hintertür. Doch noch war nicht der richtige Zeitpunkt für seine Flucht. Etwas mußte geschehen, etwas, das die Aufmerksamkeit der anderen von ihm ablenkte. Vielleicht sorgte gar der Sizilianer für diese Ablenkung, wenn er die K.-o.-Tropfen in seinem Wein schluckte.

»Du gehst immer noch mit Maria?« fragte das Mädchen leichthin.

Es versuchte, den Engländer in ein Gespräch zu verwickeln. Vielleicht dachte es, es könne dem Hauptmann auffallen, daß er die ganze Zeit mit niemandem sprach.

»Natürlich.«

Petrie nahm einen Schluck und beobachtete über den Glasrand hinweg das Narbengesicht. »Sie ist das hübscheste Mädchen in Puccio.«

»Und du wirst Maria heiraten?«

»Ich denke schon.«

Narbengesicht wurde ungeduldig oder nervös. Er stand auf und ging mit dem Glas in der Hand auf Soldano zu.

»Es ist noch zu früh, um jetzt schon ans Heiraten zu denken.«

»Das sagen die Männer immer!« rief das Mädchen. »Die Kerle sind alle Schufte!«

Sie polierte immer noch das Glas mit ihrem Tuch und vermied es bewußt, in Arturos Richtung zu schauen.

Der Plan ging nicht auf. Narbengesicht trank nicht, sondern wollte offensichtlich erst mit Soldano sprechen. Der Hauptmann stand wenige Meter von Petrie entfernt und unterhielt sich mit einem Bauern. Ein stämmiger Soldat mit geschultertem Gewehr lehnte neben Petrie am Tresen und spielte mit seinem Glas.

Du hast es versucht, Arturo, doch es nützt nichts, dachte Petrie. Von den Mafiosi war keine Hilfe zu erwarten, wenn er mit den Carabinieri in einen Schußwechsel geriet. Petrie bat das Mädchen um einen Weinbrand und hielt das Glas in der Hand, um seinen Inhalt dem Soldaten neben ihm sofort ins Gesicht und in die Augen zu schütten, sollten sich die Ereignisse zuspitzen.

Das Narbengesicht stand jetzt vor Soldano. Der Offizier hob sein Glas und trank dem Sizilianer zu.

»Salute.«

Das Narbengesicht hob automatisch sein Glas und nahm einen großen Schluck. Im nächsten Moment schrie er gellend auf und faßte sich mit der Hand an die Kehle. Der Schrei verebbte in einem schrecklichen Gurgeln. Der Bauer taumelte gegen Soldano, krümmte sich und sank vor der Bar zu Boden. Der Körper zuckte noch einige Male, dann rührte er sich nicht mehr. Die Lippen im Gesicht des Mannes hatten sich purpurn verfärbt.

Einen Augenblick war es totenstill in der Bar, dann brach ein höllischer Tumult los. Die Bauern sprangen auf und schrien wild durcheinander.

»Dottore, dottore!«

Der Lebensmittelhändler stürzte an dem wie zu Stein erstarrten Posten vorbei ins Freie. Die Soldaten brüllten laute Kommandos, versuchten die Ordnung wiederherzustellen und erhöhten das Durcheinander nur noch. Der stämmige Soldat und der Hauptmann beugten sich über den leblosen Körper des Sizilianers. Petrie blickte sich noch einmal hastig um und schlüpfte dann um den Tresen. Niemand beachtete ihn. Rasch eilte er an dem Mädchen vorbei zur Hintertür und drückte sie von außen leise ins Schloß. Er huschte durch einen engen Gang, dessen Steinboden mit Stroh bedeckt war, und öffnete vorsichtig die Tür am anderen Ende. Sonnenstrahlen fielen auf Pflastersteine, Petrie fühlte die Hitze auf seinem Gesicht. Er überquerte einen umfriedeten Platz und kletterte über die niedrige Mauer. Dahinter erstreckte sich offenes Land, ein nackter Hügelrücken fiel sanft zu einem ausgetrockneten Flußbett ab. In der Ferne konnte Petrie den abgeflachten Hügel erkennen, wo er sich mit Scelba und Johnson verabredet hatte.

Zuerst stolperte er unbeholfen den Hang hinunter, doch bald ließ seine innere Anspannung nach und seine Muskeln lockerten sich. Als er sich nach einer Weile umschaute, lagen die Häuser von Puccio schon über einen halben Kilometer hinter ihm, und nichts rührte sich dort. Er eilte weiter, um eine Deckung zu erreichen, ehe die Carabinieri auftauchten. Der Anblick des zusammengesunkenen Sizilianers ging ihm nicht aus dem Sinn. Arturo hatte ihm keine K.-o.-Tropfen in den Wein gekippt, sondern Blausäure, eine scheußliche Flüssigkeit, die die inneren Organe des Informanten in Sekundenschnelle lahmgelegt hatte. Und die Aktion war reibungslos über die Bühne gegangen. Wenn die Mafia, von der faschistischen Polizei gejagt, selbst aus dem Untergrund heraus noch so mächtig und zu solchen Aktionen fähig war, was mochte dann erst geschehen, wenn man dieses Monstrum aus seinem Zwinger befreite?

Die motorisierte Einheit der Wehrmacht rollte, eine riesige Staubwolke nach sich ziehend, in Richtung Westen auf Puccio zu, als ein grauer Mercedes sich von Osten her der Abzweigung nach Cefalù näherte. Petrie und Scelba hielten sich etwa fünfzig Meter über der Straßenbiegung in einer Schäferhütte verborgen. Das Dach der Hütte fehlte völlig, ein Loch in der hinteren Mauer diente als Eingang. Wie bei den Begrenzungsmauern der Straßen hatte man auch hier unbehauene Felsbrocken lose aufeinander geschichtet. Große Zwischenräume gewährten einen ungehinderten Blick auf die Straße und auf das Gelände ringsum, das etwa einen Kilometer jenseits der Überlandstraße langsam zu einem Vorgebirge anstieg. Auch die Abzweigung nach Cefalù und zur Küste war von hier aus gut einzusehen. Die Straßengabelung war ein idealer Treffpunkt, einsam und unbeobachtet. Seit die deutsche Einheit verschwunden war, hatte sich nichts mehr gerührt.

Der Wagen näherte sich in rascher Fahrt. Petrie versuchte, das Nummernschild zu entziffern, doch der Mercedes fuhr zu schnell, hielt mit unverändertem Tempo auf die Abzweigung zu.

»Das ist nicht Gambari«, flüsterte der Engländer dem Capo zu, der mit ihm in der verfallenen Hütte auf die Ankunft des Agenten wartete.

»Dann verspätet er sich«, murmelte Scelba, und an seinem Tonfall merkte Petrie, daß der Mafioso einen Grund suchte, an dem Italiener, der für die Alliierten arbeitete, herumzumäkeln.

»Er wird schon noch kommen. Gambari ist nicht dumm und sehr zuverlässig. Und da wir gerade beim Thema sind, Scelba – ich wünsche keine Auseinandersetzung zwischen euch beiden. Denken Sie daran, wir ziehen alle an einem Strang, arbeiten für das gleiche Ziel.«

»Kummer gehört halt zu unserem Leben«, antwortete der Mafia-Boß zweideutig.

Petrie sparte sich die Antwort und beobachtete durch eine andere Mauerlücke die Straße. Sein Gesichtsausdruck verriet deutlich seine Enttäuschung, als der Wagen mit unverminderter Geschwindigkeit an der Abzweigung vorbeifuhr. Doch hundert Meter weiter trat der Fahrer plötzlich hart auf die Bremse, der schwere Wagen kam mit blockierenden Rädern zum Stehen. Der Fahrer, der allein im Wagen saß, drehte sich um und fuhr rückwärts bis zur Abzweigung zurück. Dort schob er den Kopf aus dem Fenster, schaute sich unauffällig um, lehnte sich im Sitz zurück und warf einen Blick auf seine Straßenkarte.

Die Autonummer des Wagens war ML 4820.

»Kennen Sie diesen Gambari?« wandte sich Scelba an Petrie.

»Ich habe ihn noch nie gesehen.«

»Dann müssen wir sehr vorsichtig sein.«

Der Sizilianer, der geduckt hinter der Mauer hockte, überprüfte seinen Revolver und wischte sich mit dem Taschentuch vorsorglich den Schweiß von der Stirn, damit er ihm nicht im falschen Moment in die Augen lief. Der erhöhte Standort erlaubte Petrie einen ungehinderten Blick ins Wageninnere, das außer dem Fahrer, einem glatzköpfigen Mann in einem dunklen Geschäftsanzug, leer war. War dies tatsächlich Gambari? Der Wagen trug die genannte Zulassungsnummer. Auch war der Fahrer allein, doch bewies sein seltsames Fahrverhalten eindeutig, daß er die Gegend hier nicht sehr gut kannte. Oder sollte dies nur ein Täuschungsmanöver für ungebetene Beobachter gewesen sein?

»Wir werden uns die Sache mal aus der Nähe betrachten«, entschied Petrie. »Halten Sie sich dicht hinter mir und achten Sie darauf, daß er Ihre Waffe nicht sieht.«

Petrie schob die Mauser, die er schußbereit in der Hand gehalten hatte, in das Holster an seiner Hüfte, schlüpfte in seine Jacke und zwängte sich durch den Eingang ins Freie. Der Fahrer des Wagens reagierte sofort, als er die Männer den steilen Hügelhang herunterkommen sah. Er stieg aus dem Wagen, schützte seine Augen mit der Hand vor der Sonne und schaute ihnen entgegen. Dann öffnete er die Fondtür des Wagens.

Dieses sorglose Verhalten machte Petrie mißtrauisch. Der Mann war unvorsichtig. Er sollte drei Männer an der Gabelung aufnehmen, doch nur zwei stiegen jetzt zum Wagen hinunter. Wenn er diese Sache schon so nachlässig anging, war er auch in anderen Dingen zu unvorsichtig – zum Beispiel bei seiner Abfahrt in Scopana?

Petrie unterdrückte seinen Unmut und sein Mißtrauen. Er blieb stehen und schaute in die Richtung, aus der der Mann gekommen war. Doch weit und breit war keine Menschenseele zu sehen. Die Sonne brannte ihm auf den Rücken. Petrie setzte sich wieder in Bewegung. Er hielt sich mit einer Hand am Gestrüpp und am Felsen fest, um bei dem steilen Abstieg nicht das Gleichgewicht zu verlieren. Plötzlich blieb er erneut stehen.

Der Mann unten auf der Straße hatte sich nun ganz zu ihnen herumgedreht. Seine Hände waren nicht mehr leer, als er ihnen jetzt auf italienisch einen scharfen Befehl zurief.

»Keinen Schritt weiter! Bleibt beide schön, wo ihr seid!«

In den Händen hielt er eine deutsche Maschinenpistole. Ihre Mündung deutete genau auf sie.

»Wir hofften, Sie könnten uns ein Stück mitnehmen«, rief Petrie rasch.

»Hebt die Hände über den Kopf. Du da vorne – komm herunter, aber allein!«

Petrie hielt die Hände brav in Schulterhöhe, während er vorsichtig das letzte Hangstück zur Straße hinabstieg. Scelba blieb ruhig an seinem Platz stehen. Der Fahrer des Mercedes war Anfang Vierzig, etwa einen Meter siebzig groß und breitschultrig. Die dichten Augenbrauen unter der hohen Stirn und die dunklen Haaransätze über den Ohren verliehen ihm nicht gerade ein engelhaftes Aussehen. Und doch strahlte der Mann mit der leicht gekrümmten Nase und den flinken Augen unter den schweren Lidern Vitalität und Tatkraft aus, auch einen Hauch von Kälte und Erbarmungslosigkeit. Der schwarze Schnurrbart war sauber gestutzt, der dunkle Geschäftsanzug maßgeschneidert und teuer. Neben ihm kam sich Petrie wie ein heruntergekommener Landstreicher vor. Ein schwaches, kaltes Lächeln umspielte die Lippen des Italieners, als er mit der Maschinenpistole auf Petries Brust zielte.

»Sind Sie der Überbringer der Ladung Orangen aus Palermo?« stellte er leise die Erkennungsfrage.

»Ja, aber der Preis ist zur Zeit nicht sehr hoch...«

»Ich bin Angelo Gambari.«

»James Petrie.«

Der Engländer ließ die Hände sinken, doch die Mündung der Maschinenpistole zeigte unverändert auf seine Brust. Rasch nahm Petrie die Hände wieder hoch.

»Major Petrie, ich habe da nur noch ein kleines Problem. Ich erwartete drei Männer, sehe aber nur zwei. Wo ist der dritte?«

»Direkt hinter Ihnen.«

Petrie sprach jetzt lauter.

»Und ich an Ihrer Stelle wäre hübsch vorsichtig mit der Spritze da, Angelo, denn er hat Sie schon seit Ihrer Ankunft im Visier.«

Hinter einem Felsen auf der anderen Staßenseite erhob sich Johnson und kam heran. Sein Revolver zielte auf den Rücken des Italieners. Gambari warf einen kurzen Blick über die Schulter, lächelte wieder und legte die Maschinenpistole auf den Kotflügel des Mercedes.

»So, so, Sie treffen also auch Ihre Vorkehrungen? Das ist beruhigend.«

Er wischte sich mit einem Seidentaschentuch über die Stirn und schaute zum Hang hinauf, wo Scelba mit erhobenen Händen wartete.

»Und der da ist sicher Don Vito Scelba, fürchte ich. Ich hoffe nur, Sie werden es nicht bereuen müssen, bei dieser Operation die Hilfe des Mafia-Bastards in Anspruch genommen zu haben.«

»Ohne ihn wären wir nie bis hierher gekommen«, erwiderte Petrie knapp. Dann machte er Johnson mit dem Agenten bekannt und winkte Scelba heran. »Und wir brauchen seine Hilfe dringend, um in den Hafen von Messina zu gelangen«, erinnerte er Gambari.

»Schon gut. Aber verlangen Sie nicht von mir, ihm die Hand zu schütteln. Außerdem möchte ich mit Ihnen kurz unter vier Augen reden.«

Seine Sorge erwies sich als überflüssig. Als Scelba zu ihnen trat und Petrie ihm den Italiener vorstellte, nickte er nur und begann umständlich, seine Brillengläser zu putzen.

Sie haben sich nie gesehen, überlegte Petrie, und doch merkte man sofort an ihrem Verhalten, daß sie sich zutiefst verabscheuten. Zweifellos befürchtete Scelba durch das Auftauchen des Agenten eine Schmälerung seiner Verdienste am Gelingen der Operation. Und was Gambari betraf, hatte Parridge Petrie schon in Tunis gewarnt, daß der Agent die

Mafia im Grunde seiner Seele haßte. Es war vielleicht ganz gut, sich mal anzuhören, was der Mann aus Messina zu sagen hatte.

»Die Zeit läuft uns davon«, sagte er nur und zog den Italiener mit sich zur anderen Straßenseite hinüber. Johnson und Scelba kletterten in den Fond des Mercedes. Den Sack mit dem Sprengstoff deponierte der Amerikaner auf dem Wagenboden zwischen seinen Füßen.

Außer Hörweite des Wagens blieb Petrie stehen. Der Italiener legte seine Waffe in den Graben am Straßenrand.

»Zufällige Beobachter in vorbeifahrenden Autos könnten sich darüber wundern, wenn ich sie in der Hand behalte«, erklärte er lächelnd. Dann wurde er unvermittelt ernst.

»Es hat da eine Panne gegeben. Ich glaube, Sie sollten das wissen.«

»Was für eine Panne?«

»Wir haben jegliche Verbindung nach Afrika verloren. Die Deutschen ließen vor acht Stunden meinen Sender und meine Agenten hochgehen. Sie haben ein Funkgerät mit?«

»Nein, ich habe mit eurem Gerät gerechnet. Wie zum Teufel konnte das geschehen?«

»Ich weiß es nicht. Meine Leute haben während des Funkbetriebs immer ganz besonders auf feindliche Peilwagen in der Umgebung geachtet. Ich frage mich ernsthaft, ob der Feind inzwischen nach einer neuen Taktik vorgeht.«

Gambari bot Petrie eine Zigarette an.

»Doch viel mehr Sorgen macht mir, daß Scelba mit von der Partie ist.«

»Wir brauchen seine Beziehungen.«

»Ein Vetter von mir ist ein Mafioso«, sagte Gambari heftig. »Ich zeige ihm meine Abneigung nur aus dem Grunde nicht, weil er mir manchmal nützlich sein kann. In diesem Verein sammelt sich der schlimmste Abschaum der Menschheit.«

»Wir brauchen Scelba«, wiederholte Petrie barsch.

»Es kann lebensgefährlich sein, sich mit dem Mafia-Boß einzulassen.« Gambari ließ nicht locker. »Ich habe gehört, die

Alliierten hätten ihm nach ihrer Landung in Sizilien ein offizielles Regierungsamt versprochen. Das wäre der pure Wahnsinn. Mit den damit verbundenen Vollmachten würde er nur...«

»Angelo!«

Petries Stimme klang gefährlich ruhig.

»Meine Aufgabe ist es, diese verdammte Eisenbahnfähre zu versenken. Solange sie schwimmt, kann sie jede Menge Truppen und Nachschub auf die Insel schaffen. Das könnte Tausenden unserer Jungs das Leben kosten. Noch eins: Nur Scelba verdanken wir es, daß wir es überhaupt bis hierher geschafft haben. Und nur er kann uns in den Hafen von Messina einschleusen. Die Kooperation mit der Mafia behagt mir ebensowenig wie Ihnen, doch Scelba ist für unsere Operation eminent wichtig. Er kommt mit, und damit Schluß! Von jetzt an werden Sie nur für ein Ziel leben, atmen und denken – die ›Carridi‹ zu versenken! Habe ich mich klar und deutlich ausgedrückt?«

»Ich unterstehe Ihrem Kommando«, sagte der Italiener rubig. »Gehen Sie jetzt noch nicht zum Wagen. Das könnte uns verdächtig machen. Warten Sie, bis der andere Wagen vorbei ist.«

»Ein Volkswagen!«

»Ich weiß, deshalb meine Bitte um Vorsicht.«

Der Volkswagen näherte sich in rascher Fahrt der Abzweigung. Angelo zog eine Straßenkarte aus der Tasche, entfaltete sie und tat so, als studiere er sie eingehend. Sie standen beide in der prallen Nachmittagssonne. Petrie fühlte sich entsetzlich müde. Aus den Augenwinkeln beobachtete er den näherkommenden Wagen. Auf der tief gebräunten Stirn des Italieners standen dicke Schweißtropfen, doch sonst schien ihm die Hitze nichts auszumachen. Er warf einen raschen Blick auf die Maschinenpistole im Graben. Der Volkswagen verlangsamte die Fahrt. Petrie erriet die Gedanken des Italieners. Mit leiser Stimme warnte er den Agenten:

»Keinerlei Mätzchen, wenn sie anhalten. Ich will keinen

Ärger. Wenn wir durchkommen wollen, darf der Feind nichts von unserer Anwesenheit erfahren.«

»Das kommt immer noch darauf an, wie gefährlich unsere Gegner sind«, bemerkte Angelo abfällig. »Der Wagen hält. Überlassen Sie das Reden mir, denn die Deutschen haben für die Bauern hier nur Verachtung übrig.«

Petrie warf einen Blick auf seine Uhr. Fast 15.30 Uhr. Ihnen blieben kaum neun Stunden, um Messina zu erreichen. Und jetzt stand ihnen eine weitere Verzögerung bevor.

Der Volkswagen rollte langsam heran, der Mann auf dem Beifahrersitz schaute interessiert aus dem Fenster. Hinter dem Mercedes kam der Wagen zum Stehen. Petrie fühlte sein Herz rascher schlagen. Angelo hatte sich gründlich verschätzt – zumindest, was die Gefährlichkeit dieser Gegner betraf. Die beiden Insassen des Wagens trugen schwarze Uniformen, und der Mann auf dem Beifahrersitz war Offizier. Er öffnete den Schlag und sagte etwas über die Schulter zu dem Fahrer. Dann stieg er aus, streckte sich und hakte die Daumen hinter sein Koppel. Dabei fixierte er Angelo und Petrie scharf.

Sie hatten Gesellschaft bekommen – von der SS.

8.
Freitag, 15.30 Uhr bis 19.30 Uhr

Der SS-Offizier war großgewachsen und breitschultrig. Seine Uniform saß wie angegossen. Sein Gesicht und die Haut seiner Hände waren noch blaß. Petrie vermutete daher, daß er erst in den letzten Tagen auf der Insel eingetroffen war. Wahrscheinlich war er bisher nördlich der Alpen im Einsatz gewesen.

Offensichtlich war der Mann auch ein ausgefuchster Taktiker. Er hatte kaum den Wagen verlassen, als der Fahrer, ebenfalls ein SS-Soldat, ausstieg, seine Maschinenpistole im Anschlag. Die Waffe war das gleiche Modell wie Angelos Maschinenpistole im Graben. Wie zufällig lehnte sich der Soldat gegen den Kotflügel des Volkswagens. Die Mündung seiner Waffe zielte auf die Rücken der im Fond des Mercedes sitzenden Männer.

Der Offizier hatte die Klappe seiner Pistolentasche geöffnet, seine rechte Hand hielt er dicht daneben in das Koppel gehakt.

»Wie heißen Sie?« rief er auf Italienisch zu Angelo hinüber.

»Wen interessiert das?« fragte der Italiener zurück.

Der Deutsche starrte Angelo verblüfft an, dann zog er aus der Hosentasche ein Päckchen Zigaretten hervor, steckte sich eine zwischen die schmalen Lippen und schob die Packung in die Tasche zurück. Als die Hand wieder hoch kam, hielt sie die Pistole, deren Mündung auf einen Punkt zwischen den beiden Männern deutete. Ein paar heftige Fingerbewegungen, und wir wären jetzt beide tot, dachte Petrie wütend. Das Täuschungsmanöver ließ auf einen Experten schließen, war so gekonnt und blitzschnell durchgeführt worden, wie Petrie es noch nie erlebt hatte.

»Leutnant Hauptmann von der Wehrmacht wüßte ihn gern«, entgegnete der SS-Offizier sanft. »Und Sie haben genau zehn Sekunden Zeit, meine Frage zu beantworten.«

»Ich heiße Angelo Gambari. Man merkt, daß Sie noch fremd sind auf Sizilien...«

»Ist das Ihr Wagen?« unterbrach ihn der Deutsche grob.

Angelo hatte sich wieder in seine Karte vertieft, hob erst nach einer Weile langsam den Kopf und tat erstaunt, als wundere er sich, daß der Offizier immer noch da war. Dabei schaute er den Deutschen so unfreundlich an, daß dieser die Pistole eine Spur herumschwenkte und auf Gambaris Brust zielte. Um Gottes willen, Angelo, dachte Petrie, sei bloß vorsichtig. Vielleicht kam dieser junge Bursche geradewegs aus Rußland, wo die Deutschen zuerst schossen und dann nach dem Namen fragten. Angelos Antwort konnte ihn kaum beruhigen.

»Warum?« fragte der Italiener gedehnt.

Hauptmann schien sich nur schwer beherrschen zu können. Er warf einen Blick über die Schulter zum Mercedes. Johnson hatte den Kopf gedreht und beobachtete ihn durch die Rückscheibe. Von Scelba war nur der Nacken zu sehen.

Der Deutsche schaute wieder zu Angelo hinüber.

»Ich hatte Sie etwas gefragt!«

»Ich Sie auch!«

Angelo stand lässig mit der aufgeschlagenen Karte da und starrte Hauptmann an, als habe er bei einer Gerichtsverhandlung einen Zeugen der Gegenpartei im Kreuzverhör. Seine Überlegenheit und sein beinahe arrogantes Selbstvertrauen verschlugen Petrie fast den Atem. Die Spannung steigerte sich ins Unerträgliche. Der Deutsche betrachtete abschätzend sein Gegenüber, der fast zwanzig Zentimeter kleiner war als er. Petrie ahnte, daß ihr Leben nur noch an einem seidenen Faden hing, daß der Finger am Abzug schon gespannt war. Was zur Hölle bezweckte Angelo eigentlich mit seinem Spielchen?

»Es ist ein deutscher Wagen«, sagte Hauptmann.

»Gut beobachtet!«

Ohne Vorwarnung war der Italiener in die deutsche Sprache übergewechselt, die er anscheinend fließend beherrschte. Sein Ton klang aufreizend. Hauptmanns glattes Gesicht zeigte Verblüffung und den Schatten eines Zweifels.

»Sie sprechen Deutsch?« fragte er scharf.

»Sie haben eine schnelle Auffassungsgabe«, lobte Angelo und fuhr in der Muttersprache des Offiziers fort: »Vielleicht haben Sie auch außerdem schon festgestellt, daß der Wagen ein italienisches Kennzeichen trägt.«

Angelo ließ seine Karte fallen. Sie landete genau auf der Maschinenpistole im Graben. Er bückte sich, als wolle er sie aufheben, ließ sie aber dann doch liegen. Petrie war klar, daß sich der Italiener, wenn er sich das nächste Mal bückte, mit der Waffe in der Hand aufrichten würde. Was ihnen nichts mehr nutzte, denn Hauptmann hätte sie beide schon erschossen, ehe Angelo überhaupt die Pistole in Anschlag brachte. Und sein Fahrer würde nicht zögern, Johnson und Scelba noch im Wagen zu erledigen.

Angelo hatte über sechs Monate als Spion hinter den feindlichen Linien überlebt, doch jetzt schienen seine Nerven in einem solch zerrüttetem Zustand, daß er selbstmörderische Risiken einging. Der Italiener hatte den Bogen zweifellos überspannt.

»Was ist mit den Nummerschildern?« wollte Hauptmann wissen.

»Es mag spaßig klingen«, fuhr Angelo in Deutsch fort, »aber manchmal überwinden wir Italiener tatsächlich unseren Nationalstolz und kaufen ausländische Wagen. Sie sollten froh darüber sein, denn als ich den Wagen kaufte, brauchte Deutschland dringend Geld.«

Hauptmanns blasses Gesicht wurde eine Spur dunkler, als er auf Angelo und Petrie zuging. Wenn er noch näher kam, mußte er die Maschinenpistole entdecken, die von der Karte nur zur Hälfte verdeckt wurde. Angelo machte eine rasche Kopfbewegung und schaute zu seinem Wagen hinüber. Der

SS-Offizier fuhr herum und folgte seinem Blick. Die beiden Insassen saßen immer noch regungslos im Fond.

»Was gibt's da zu sehen?« schnappte der Deutsche.

»Eine Eidechse«, erklärte Angelo unschuldig. »Eine Seltenheit hierzulande. Sie lief unter den Wagen. Was sagten Sie eben?«

Die kurze Ablenkung tat ihre Wirkung. Der Deutsche war stehengeblieben und musterte Petrie lange, ehe er sich wieder Angelo zuwandte.

»Ich möchte Sie nur daran erinnern, daß Krieg ist. Sizilien ist einer der Hauptschauplätze. Hier in der Gegend sind zwei englische Agenten abgesetzt worden. Wo sind die Wagenpapiere?«

»Im Handschuhfach des Mercedes.«

Hauptmann wollte seinem Fahrer gerade über die Schulter einen Befehl zurufen, doch Angelo unterbrach ihn.

»Einen Augenblick! Um Ihnen zu beweisen, daß ich der Besitzer bin, könnte ich selbst die Papiere holen. Doch warum sollte ich das? Sie überschreiten eindeutig Ihre Befugnisse. Weiterhin...«

»Meine Befugnisse!«

Hauptmann konnte seinen Zorn nicht länger verbergen. Die Situation wurde kritisch. Petrie war auf der Hut, verstohlen tastete er nach der Mauser unter seiner Jacke. Er registrierte die kleinsten Einzelheiten: Das Beben von Hauptmanns Nasenflügeln, die angespannte Haltung seines Fahrers, der seine Waffe fester packte, den roten Punkt auf Hauptmanns Kragen, der von Rotwein oder von Blut herrühren mochte.

»Hol die beiden da aus dem Wagen«, rief der Deutsche seinem Fahrer zu. »Sie sollen sich lang auf den Boden legen. Dann durchsuchst du den Wagen!«

Petrie überlegte, ob er schnell genug die Mauser aus dem Holster ziehen konnte, um den Offizier zu erschießen. Doch Hauptmann hielt sie mit seiner Pistole in Schach, während der Fahrer auf den Mercedes zuging und den Insassen auf deutsch etwas sagte. Gleich mußte er den Sack mit dem Sprengstoff finden, den Ed auf dem Boden zwischen den Sitzen verstaut hatte.

Angelo hob bedauernd die Hände:

»Keiner dieser beiden Männer versteht auch nur ein Wort Deutsch – und sollte Ihr Fahrer einen von ihnen behelligen, werde ich den Vorfall General Guzzoni melden.«

»Hans, laß sie in Ruhe. Sie verstehen kein Deutsch.«

»So ist's schon besser.« Angelo nickte zufrieden mit dem Kopf.

»Ich fürchte, man wird Sie innerhalb von vierundzwanzig Stunden wieder an die russische Front schicken, wenn ich über Ihre Eigenmächtigkeit Bericht erstatte.«

»Sie unverschämter Bastard!«

Hauptmann hob die Pistole und zielte genau auf Angelos Herz. Der Italiener breitete zum Zeichen seiner Wehrlosigkeit weit die Arme aus.

»Das war eine Drohung gegen einen Offizier der Wehrmacht. Ist Ihnen das klar?«

»Das war nur eine Warnung. Die Meldung geht über den Schreibtisch von General Hübner.«

»Sie kennen ihn?«

»Sie haben zwar nach meinem Namen gefragt, aber nicht nach meinem Beruf. Ich bin Rechtsanwalt. Ihre eigenen Leute haben schon häufiger meine Dienste in Anspruch genommen. General Hübner ist einer meiner Klienten. Ich habe für ihn einen kleinen Rechtsstreit bezüglich einer Einquartierung erledigt, und seitdem kennen wir uns recht gut.«

Hauptmanns Verhalten änderte sich umgehend, doch konnte man ihm seine Verärgerung und sein Mißtrauen gegenüber Gambari immer noch deutlich anmerken. Er suchte sich ein anderes Ziel – Petrie.

»He du, was hast du da in der Hand?« fuhr er ihn auf italienisch an.

»Nur das!«

Petrie hielt ihm ein Päckchen Zigaretten entgegen und grinste einfältig. »Sie möchten eine Zigarette, Signore?«

Zwei italienische Wagen näherten sich, fuhren aber mit unverminderter Geschwindigkeit an ihnen vorbei.

»Pietro! Der Herr Offizier raucht keine Zigaretten aus Stroh. Halt deinen Mund und misch dich nicht in unser Gespräch.«

Angelo wählte seine Worte so, als spräche er mit einem Idioten.

»Warum fährt ein Mann Ihres Standes mit Bauern durch die Gegend?« fragte Hauptmann. Sein Mißtrauen hatte sich verstärkt.

»Ich brauche Arbeiter, die meine Büros in Messina wieder instandsetzen. Die Engländer haben ein paar Bomben darauf abgeladen.« Angelos Stimme klang aufgebracht.

»Und jetzt kommen Sie daher, haben keinerlei Vorstellung über die Zustände hier, schwingen aber große Reden und machen alles noch schwieriger. Die Bombenangriffe der Alliierten haben halb Messina in Schutt und Asche gelegt, und seitdem sind Arbeiter dort Mangelware. Wir müssen sie uns schon vom Land holen und ihnen Wahnsinnslöhne zahlen.« Er wurde immer lauter. »Aber Sie wissen natürlich von nichts, weil Sie hier neu sind. Sonst hätten Sie es nicht seltsam gefunden, daß ein Italiener einen deutschen Wagen fährt. Und jetzt will ich Ihnen noch eine strikte Order Ihres Generalstabs in Enna unter die Nase reiben.« Angelo tobte. »Die Wehrmacht ist gehalten, im guten Einvernehmen mit den italienischen Verbündeten zu kooperieren. Im guten Einvernehmen bedeutet meiner Meinung nach aber nicht mit vorgehaltener Pistole.«

Hauptmann ließ die Waffe sinken, steckte sie aber nicht weg. »Mir kam es seltsam vor, daß Sie da so in der prallen Sonne herumstehen. Was tun Sie eigentlich hier?«

»Ich habe mich verfahren und versuche mich zu orientieren. Was meinen Sie, warum, zum Teufel, ich sonst meine Karte studiere? Hier steht nirgendwo ein Wegweiser.«

»Wohin wollen Sie?«

»Nach Scapona.«

»Dort komme ich gerade her.«

Des Deutschen Haltung war zwar immer noch steif und wachsam, doch weniger aggressiv.

»Es liegt in dieser Richtung. Doch sollten Sie wissen, daß wir befugt sind, jeden zu überprüfen, wenn uns in der Gegend Spione gemeldet worden sind.«

»Das kann man auch auf andere Art«, fauchte Angelo.

Er bückte sich schnell, hob die Karte auf und ging auf den Mercedes zu. Auf Italienisch forderte er Petrie auf, sich zu beeilen. Aus den Augenwinkeln beobachtete der Engländer den SS-Offizier. Hauptmann hatte sich nicht von der Stelle gerührt. Dabei hätte er nur zwei, drei Schritte nach vorn tun müssen, um die deutsche Maschinenpistole im Graben zu sehen.

Angelo setzte sich hinters Steuer und winkte Petrie ungeduldig zu. Der Major schob sich auf den Beifahrersitz. Angelo schloß die Tür, zog gleichzeitig einen kleinen Werkzeugkasten unter dem Sitz hervor und hob ihn auf Petries Schoß.

»Vielleicht brauchen wir das noch«, brummte er und wartete ungeduldig, bis ein Lastwagen mit italienischen Soldaten sie in Richtung Puccio passiert hatte. Petrie lüftete den Deckel des Kastens ein wenig – und schloß ihn gleich wieder. In dem Werkzeugkasten lagen drei deutsche Stielhandgranaten.

»Sie warten«, murmelte er nur, als der Italiener den Mercedes in Richtung Scopana wendete. »Der Fahrer ist schon eingestiegen.«

»Ich wünschte, daß sie in den nächsten Abgrund stürzten«, brummte Angelo und erhöhte das Tempo. »Ihr beiden da hinten – nicht umdrehen!«

Petrie warf einen Blick auf seine Uhr. Sie fuhren jetzt durch eine karge Ebene. Es war genau 15.45 Uhr. Nur acht Stunden noch bis Mitternacht, bis zur Stunde Null.

»Fahren Sie schneller«, drängte der Engländer.

Wieder donnerte ein italienischer Lastwagen in Richtung Puccio an ihnen vorbei.

»Auf der Straße ist verdammt viel Verkehr.

»Stimmt, das ist ungewöhnlich. Sonst begegnet man hier selbst jetzt im Krieg meilenweit keinem Fahrzeug. In den beiden Wagen, die an uns vorbeifuhren, als wir mit Hauptmann dort standen, saßen Offiziere. Da ist irgend etwas im Gange.«

»Hinter uns auch«, warnte sie Johnson vom Rücksitz. »Unsere Freunde folgen uns.«

Petrie fuhr herum und sah in einiger Entfernung hinter ihnen einen Volkswagen. Er schützte mit seiner Hand die Augen gegen das grelle Licht, konnte aber die Insassen nicht erkennen.

»Bist du sicher, daß es Hauptmann ist?«

»Hundertprozentig. Ich sah, wie sie auf der Straße wendeten. Sie fahren uns nach!«

Sie waren etwa vierzehn Kilometer von der Abzweigung nach Cefalù in östlicher Richtung gefahren. Rechts und links dehnte sich die völlig unbewohnte Ebene zu beiden Seiten der endlosen Straße wie ein sandiges, ockerfarbenes Meer.

»Wir nennen die Landschaft hier die Staubschüssel«, klärte Angelo sie auf und warf einen Blick in den Rückspiegel.

»Früher gab es hier mal Höfe und Felder. Doch die Sizilianer sind schlechte Bauern – sie pflanzen keine Bäume. Den Rest erledigt die Sonne. Da draußen, wo die Knochen von verendeten Mulis in der Sonne bleichen, hat sich die Natur selbst beerdigt. – Sie folgen uns immer noch. Ich beginne mich ernsthaft zu fragen, was Hauptmann vorhat.«

»Ihr Auftreten hat ihn verunsichert«, vermutete Petrie. »Doch er ist ein intelligenter Bursche – und ganz besonders vorsichtig, weil er neu hier ist. Meiner Ansicht nach wartet er nur darauf, bis wir einem Wehrmachtskonvoi begegnen, um einen neuen Versuch zu starten. Oder er folgt uns, um zu sehen, wohin wir ihn führen.«

»Beides wäre gleich schlimm«, bemerkte Angelo nachdenklich.

Wieder stob ein italienischer Laster an ihnen vorbei. »Mein Gott, ist das heute ein Verkehr hier!«

Die Straße vor ihnen war leer.

»Will er sich denn tatsächlich bis Scopana an unsere Hinterreifen klemmen?«

»Von da kam er jedenfalls. Ich glaube, in dem Dorf liegt seine Einheit. Dort kann er sich auch bei seinen Vorgesetzten die nötige Rückendeckung holen.«

»Wir verlangsamen die Fahrt, lassen sie näher herankommen und erschießen sie«, schlug Scelba vor.

»Das dürfte nicht funktionieren«, sagte Petrie. »Dafür ist er zu schlau. Außerdem müssen wir Messina erreichen, ohne einen Großalarm auszulösen.«

»Wir töten sie und lassen sie einfach liegen«, beharrte Scelba.

»Was, hier im freien Gelände? Damit der Fahrer des nächsten Armeewagens sie findet und Alarm schlägt? Nein, hier ist einfach zuviel Verkehr.«

»In Scopana kann Hauptmann uns erledigen«, sagte Angelo. »Da hat er genügend Leute.«

»Ich weiß.«

Petrie deutete mit der Hand aus dem Fenster in die Einöde.

»Bleibt die Gegend noch lange so?«

Nicht einmal einen toten Hund konnte man hier verstecken, viel weniger die Leichen von zwei ausgewachsenen Männern. In gleichmäßigem Abstand folgte ihnen der Volkswagen.

»Ja, noch kilometerweit.«

»Fahren Sie mal etwas langsamer, Angelo. Vielleicht wollen sie nur nach Scopana zurück und fahren vorbei.«

»Wollen wir wetten?« fragte Johnson.

Die Hitze im Wagen war unerträglich, doch verschwendete keiner der Insassan auch nur einen Gedanken daran, als Angelo das Tempo drosselte und Petrie sich umdrehte, um zu sehen, was die Verfolger taten. Der Volkswagen kam rasch näher, und Petrie überlegte, ob er vielleicht doch einen Fehler begangen hatte. Würden die SS-Männer nur überholen und sie dann wieder anhalten? Er warf einen Blick durch die Windschutzscheibe. Die Straße vor ihnen war immer noch leer. Der Volkswagen verringerte seine Geschwindigkeit und fuhr im gleichen Tempo hinter dem Mercedes her.

»Unsere Freunde wollen uns anscheinend noch ein Stück begleiten. Sie können wieder aufdrehen, Angelo«, sagte Petrie rauh.

»Wir sitzen also in der Falle«, bemerkte der Italiener. »Wir können sie nicht beseitigen, weil es hier kein Versteck für ihre Leichen gibt. Sie auf der Straße zu erledigen, ist wegen des Verkehrs zu gefährlich. Fahren wir aber weiter, werden wir bald noch mehr Deutschen begegnen, und dann schlägt Herr Hauptmann zu.«

»Ja, wir sitzen in der Falle«, pflichtete Petrie bei. »Wir sollten uns etwas einfallen lassen.«

Angelo erhöhte die Geschwindigkeit.

»Dabei ist das Problem verdammt einfach. Wir müssen die beiden hinter uns still und unauffällig töten und dann die Leichen und den Wagen so verstecken, daß man sie mindestens acht Stunden lang nicht findet. Sie müssen sich in Luft auflösen. Hat jemand eine Idee?«

Das Schweigen im Wagen war fast spürbar, während sie weiter durch die weite Öde auf Scopana zurollten, wo sich die SS-Leute hinter ihnen Verstärkung holen konnten. Der Volkswagen folgte ihnen im gleichbleibenden Abstand. Hin und wieder begegneten sie italienischen Lastwagen, die in entgegengesetzter Richtung fuhren und die Männer im Mercedes davon abhielten, sich hier auf der Straße ihrer Verfolger zu entledigen. Mit jeder Umdrehung der schnell rotierenden Räder schrumpfte die Entfernung nach Scopana.

»Da gibt es ein verlassenes Gehöft etwas abseits von der Straße«, meldete sich Scelba wenig später zu Wort. »Es liegt von der Straße weit genug entfernt, um unser kleines Geschäft unbemerkt erledigen zu können.«

»Und dort wohnt wirklich niemand mehr?« fragte Petrie.

»Es liegt mitten in dieser Einöde. Seit Generationen steht es leer. Die Gebäude sind verfallen. Dort kommt kaum jemand hin.«

»Wie weit ist es von der Straße entfernt?«

»Einen Kilometer.«

»Und die Zufahrtsstraße – wohin geht die?«

»Sie geht nur bis zu dem Gehöft und endet dort.«

»Sie meinen, es gibt keinen anderen Weg zurück?« fragte Angelo. »Eine Sackgasse in der Wildnis also?«

»Ja. Und buchstäblich auch eine Sackgasse für unsere beiden Freunde da – sollten sie uns folgen.«

Angelo konnte sich für diesen Plan nicht erwärmen.

»Das ist zu gefährlich. Wenn die beiden SS-Leute einfach auf der Straße warten, bis deutsche Soldaten vorbei kommen, sitzen wir in der Patsche.«

»Der SS-Offizier ist noch neu auf der Insel«, erklärte Scelba geduldig. »Er dürfte die Gegend hier kaum kennen. Sie selbst sind schon länger auf Sizilien und wußten auch nichts von der Existenz dieses Hofes.«

»Mir gefällt die Sache trotzdem nicht.«

Angelo versuchte nicht, seine Abneigung gegen den Capo zu verbergen. »Das Risiko ist viel zu groß...«

»Schluß jetzt! Wir haben den Auftrag, die Deutschen zu bekämpfen. Also hört mit den Kindereien auf. Wie weit ist es noch bis zu dieser Nebenstraße, Scelba?«

»Sie müßte gleich kommen. In etwa fünf Minuten.«

»Und wo verstecken wir den Volkswagen, wenn der Hof wirklich verlassen ist? Er darf auf keinen Fall vor Ablauf von acht Stunden gefunden werden.«

»Der Hof hat auch eine alte Scheune. Dort könnten wir den Volkswagen unterstellen.«

Johnson drehte sich um. Die Verfolger waren etwa zweihundert Meter hinter ihnen.

»Ich hoffe, die beiden sind nicht auf einer regulären Streifenfahrt«, brummte er.

»Und wenn doch?«

»Dann erwartet man sie um eine bestimmte Zeit am Standort zurück. Sind sie überfällig, wird man Suchkommandos losschicken. Und sehr viele Stellen, wo man suchen könnte, gibt es hier nicht.«

»Ed hat recht«, sagte Petrie. »Kann man den Hof von der Straße aus sehen?«

»Ja. Im weiten Umkreis ist das Land hier völlig eben. Der Hof liegt nur einen Kilometer von der Straße entfernt.«

»Und wäre somit der erste Ort, wo man suchen würde«, ergänzte Johnson Scelbas Antwort trocken. »Ich stimme mit Angelo – die Sache ist verdammt gefährlich.«

»Wir stimmen aber nicht ab, denn hier gibt's nichts zu wählen«, wies Petrie ihn zurecht. »Wir kämpfen zwar für die Demokratie, doch bei diesem Unternehmen treffe ich die Entscheidungen. Sagen Sie mir rechtzeitig vor der Abbiegung Bescheid, Scelba.«

»Sie werden selbst den Hof früh genug sehen können.«

Bleiben also gerade drei Minuten, dachte Petrie. Drei Minuten, um eine Entscheidung zu treffen, die sich in jeder Hinsicht fatal auswirken konnte. Es würde eine Todesfalle für sie sein, wenn die SS-Leute tatsächlich auf der Straße warteten, bis ein Lastwagen mit Soldaten vorbeikam. Doch auch Scelbas Plan hatte etwas für sich. Woher sollte Hauptmann wissen, daß zum Hof nur eine Stichstraße führte? Es sei denn, er besaß eine genaue Karte von der Gegend. Petrie zog seine Karte hervor und studierte sie eingehend. Dann reichte er sie Scelba über die Schulter nach hinten.

»Hier ist kein Weg, kein Hof eingetragen. Schauen Sie nochmals genau nach!«

Wenig später bestätigte Scelba Petries Worte.

»Das ist kaum verwunderlich«, sagte er. »Die Farm ist seit

über dreißig Jahren verlassen. Sie können sie dort drüben schon sehen.«

Im Süden zeigte sich eine verschwommene Silhouette, die inmitten der braunen Öde ebensogut ein Steinhaufen wie ein Haus sein konnte, verwittert und verfallen wie ein altersschwaches Mausoleum. Durch den Hitzedunst spähte Petrie hinüber, suchte nach einem Anzeichen von Leben. Angelo verlangsamte die Fahrt und hielt nach der Einmündung der Stichstraße Ausschau. Offensichtlich wartete er auf Petries Entscheidung. Bogen sie ab, würde Hauptmann sofort wissen, daß da etwas nicht stimmte. Sein Verdacht hätte sich bestätigt, denn in dieser Richtung kamen sie nicht nach Scopana, das Angelo als Ziel angegeben hatte.

Wie würde der SS-Mann reagieren? Würde er auf der Straße warten oder ihnen in der Gewißheit folgen, daß sich sein Verdacht bestätigt hatte?

Petrie wußte keine Antwort auf diese Fragen. Und zwei der vier Männer im Wagen waren davon überzeugt, daß er einen fatalen Fehler beging, wenn er von der Hauptstraße abbog. Petrie war sich immer noch unschlüssig, als in der Ferne wieder ein Lastwagen auftauchte. Wenn das ein deutsches Fahrzeug war...

»Da vorn ist die Abzweigung«, brummte Angelo. »Soll ich abbiegen oder geradeaus weiterfahren?«

»Fahren Sie langsamer. Ich möchte sehen, ob das da vorn ein deutsches Fahrzeug ist.«

»Die Farm ist zu gut einzusehen«, sagte Johnson.

Angelos Worte klangen fast flehend. »Wenn wir jetzt abbiegen, kommen wir nie nach Messina.«

Scelba schwieg und schaute zum Hof hinüber.

Der Lastwagen rumpelte auf sie zu. Der Volkswagen hatte ebenfalls die Fahrt verlangsamt, wie Johnson von hinten meldete. Sie hatten fast die Einmündung der Seitenstraße erreicht. Der Staub begrub sie beinahe unter sich. Der Lastwagen donnerte an ihnen vorbei. Es waren Italiener.

»Abbiegen«, rief Petrie. »Wir versuchen es!«

»Hauptmann hat an der Abzweigung angehalten«, rief Johnson erregt. »Er fährt nicht hinter uns her.«

Angelos Lippen wurden schmal. Er warf Petrie einen langen Blick zu. Der Engländer schwieg. Sie fuhren durch die Staubschüssel – und bekamen auch die Auswirkungen zu spüren. Die Räder des Mercedes wirbelten eine meterhohe Staubwolke auf, ein dichter Film legte sich über Motorhaube und Windschutzscheibe und verdunkelte die Nachmittagssonne. Der Wagen holperte über die mit Schlaglöchern übersäte Straße und schaukelte so wild, daß Angelo den Motor abwürgte. Während er den Anlasser betätigte, warf Petrie einen Blick zurück – und sah nichts als Staub. Der Motor sprang wieder an. Wenig später beschrieb die Straße einen Bogen, und an der Staubwolke vorbei konnte Petrie die Hauptstraße einsehen. Hauptmann bog gerade auf den Seitenweg ab. Eine Staubwolke verschluckte den Volkswagen.

»Es hat geklappt«, rief Petrie erleichtert. »Sie folgen uns. Wir müssen uns schnell überlegen, wie wir vorgehen sollen. Es darf auf keinen Fall geschossen werden, man könnte die Schüsse auf der Straße hören. Wir dürfen nur die Messer und unsere Hände benutzen. Gebt acht, daß keiner verletzt wird.«

»Außer den Krauts!« unterbrach ihn Johnson.

»Halt's Maul, Ed, und hör mir zu. Wir müssen diesen Job hier lautlos erledigen. Keiner von euch sollte dabei ein unnötiges Risiko eingehen. Ich mag keine Helden auf unserem Ausflug. Also denkt daran – der Fahrer hat eine Maschinenpistole, und Hauptmann ist verdammt flink mit seiner Waffe. Ich möchte sie nach Möglichkeit einzeln erledigen. Jeweils zwei von uns übernehmen einen von ihnen.«

»Das dürfte schwierig werden«, wandte Scelba ein. »Die Farm ist ziemlich klein.«

»Die ganze Operation ist verdammt schwierig. Das solltet ihr euch stets vor Augen halten. Also los. Ich will rechtzeitig vor ihnen auf dem Hof sein.«

Der Mercedes rumpelte durch die Schlaglöcher vorwärts. Wenig später konnte Petrie durch den Staub schon die Gebäude ausmachen. Der Dachstock des Hauses war zur Hälfte eingestürzt und verlieh dem Gebäude das Aussehen eines Kadavers, dem Geier säuberlich das Fleisch von den Knochen gerissen hatten.

Eine hohe Mauer aus aufgeschichteten Felsen umgab das ganze Anwesen. Darüber ragte das unbeschädigte Dach einer langgestreckten Scheune auf.

Johnson zog ein Messer hervor, Scelba warf einen kalten Zigarrenstummel aus dem Fenster. Niemand sprach ein Wort.

Sie fuhren durch eine Einfahrt auf den weiten Hof und hielten vor dem Wohnhaus. Die Mitte des Hofes markierte ein rechteckiger Brunnen. Die Gebäude waren zu Ruinen verfallen. Die Außenwand der Scheune war zur Hälfte eingestürzt und gab den Blick auf die Staubschüssel frei. Sie eignete sich kaum als Versteck für den Mercedes.

»Fahren Sie den Wagen hinter das Haus, damit man ihn nicht gleich sieht«, wandte sich Petrie an Angelo.

Der Italiener fuhr an der zerstörten Scheune vorbei um das Farmhaus herum, dessen Wände noch standen.

»Dies ist nicht der richtige Ort für unser Vorhaben«, begann er.

Petrie unterbrach ihn. »Uns bleibt jetzt keine andere Wahl mehr. Stellen Sie den Motor ab, vergessen Sie nicht, die Schlüssel mitzunehmen. Nun kommen Sie schon! Ed, versteck dich mit Scelba in der Scheune.«

Petrie lief um das Haus herum zur Vorderseite und ließ seine Blicke suchend über den Hof schweifen. Außer einem Mauerstreifen gab es nirgends ein Versteck, und dort würde Hauptmann zuerst nachschauen. Während Angelo ihm folgte, kam Scelba aus der Scheune gelaufen.

»Der Brunnen...«, rief der Capo.

»Zum Teufel, Sie sollen in der Scheune bleiben!« fauchte Petrie.

Der Sizilianer verschwand. Petrie lief zu dem Brunnen und leuchtete kurz mit der Taschenlampe hinein. Der Brunnen bestand aus einem gut zwanzig Meter tiefen ausgemauerten zylindrischen Schacht. Kein Lichtreflex schimmerte von unten herauf. Der Brunnen war so trocken wie ein verdörrter Knochen und kam als Versteck nicht in Frage, weil er keine Mauervorsprünge besaß, unter denen sich jemand verbergen konnte. Das Motorgeräusch des Volkswagens näherte sich – ein Umstand, für den Petrie Gott dankte. Hauptmann folgte ihnen immer noch.

»Das Farmhaus, Angelo...«

Es war der einzige Ort, wo sie sich verstecken konnten. Petrie rannte hinüber. Die Haustür war verschlossen, doch als Petrie dagegenstieß, löste sie sich aus ihren verrosteten Angeln und krachte auf die Steinfliesen des Fußbodens. Petrie ließ seine Taschenlampe aufflammen. Draußen hörte er den Volkswagen an der Mauer entlangkeuchen.

Die Luft im Haus roch dumpf und abgestanden, es roch nach Verfall. Die Möbel waren alle verschwunden, ebenso die Türen. Das Haus war leer, nur noch eine tote Hülle. In einem der Hinterzimmer fand Petrie das Skelett eines großen Vogels – und eine Hintertür, die noch intakt war. Er öffnete sie. Draußen stand der Mercedes verlassen im Sonnenschein. Petrie ließ die Tür weit offen, um den Wagen im Blick behalten zu können. Wenn die Deutschen den Mercedes unbrauchbar machten, waren sie geliefert.

Jetzt konnten sie nur noch warten, warten und darauf zählen, daß sich die Augen der beiden SS-Leute, sollten sie das Haus betreten, erst an das Halbdunkel gewöhnen mußten.

»Halt an, Hans. Mir gefällt die Sache nicht.«

Der Fahrer hielt den Wagen kurz vor der Maueröffnung an und stellte den Motor ab. Hauptmann steckte den Kopf aus dem Fenster und lauschte. Nichts, kein Motorengeräusch. Sie mußten irgendwo in der Nähe der Farm angehalten haben. Er öffnete leise die Beifahrertür, zog seine Pistole und stieg aus. Durch eine Handbewegung deutete er dem Fahrer an, ebenfalls auf der Beifahrerseite auszusteigen.

Der SS-Offizier ließ seine Blicke über die Mauer wandern. Nirgends eine Bewegung. Der Italiener hatte gelogen, als er als Ziel Scopana genannt hatte. Statt dessen fuhr er auf irgendwelchen Nebenstrecken in südlicher Richtung statt nach Osten. Oder war diese verlassene Farm hier etwa ein Treffpunkt für Spione?

»Soll ich mal die Mauer entlangschleichen?« fragte Hans und packte seine Maschinenpistole fester.

»Bist du wahnsinnig? Wir bleiben zusammen. Halte dich etwa fünf Schritte seitlich von mir. Wir gehen bis zur Mauer vor.«

Sie gingen geduckt auf die Hofeinfahrt zu. Hauptmann war mißtrauisch. Die Mauer eignete sich bestens für einen Hinterhalt. Er hob einen Stein und schleuderte ihn in hohem Bogen in den Innenhof. Der Stein prallte genau in dem Moment gegen den Brunnen, als der Deutsche um die Mauer herum in den Hof spähte. Das riesige Loch in der Scheunenwand und der leere Hauseingang gähnten ihm entgegen.

»Hier sind sie nicht«, flüsterte Hans.

Einen Augenblick lang war Hauptmann geneigt, ihm beizupflichten: Die Farm wirkte so verlassen und öde. Hauptmann erkannte, daß die Straße hier endete. Er machte eine Handbewegung. Gemeinsam huschten sie an der Außenmauer entlang. Wenig später fanden sie den verlassenen Mercedes. Hauptmann nickte.

»Als sie merkten, daß wir ihnen folgten, gerieten sie in Panik. Schau mal in der Scheune nach und komm dann zum Haus hinüber. Sie hocken sicher zitternd vor Furcht in irgendeinem Winkel.«

Hauptmann überzeugte sich davon, daß der Wagen leer war, und betrat durch die offene Hintertür das Haus. Er blieb einen Moment lang stehen, damit sich seine Augen an das Halbdunkel gewöhnen konnten, und durchsuchte dann systematisch die Räume im Erdgeschoß. Sie waren leer. Nur das Skelett des toten Vogels lag auf dem Boden.

Hauptmann war vorsichtig. Er würde warten, bis Hans die Scheune überprüft hatte. Der Fahrer konnte ihm dann Rückendeckung geben.

Der SS-Offizier trat wieder vor das Haus. Ihm kamen Zweifel. Seit ihrer Ankunft hatte sich hier nichts gerührt. Vielleicht war diesen Italienern der Schreck doch tiefer in die Glieder gefahren, als er es für möglich gehalten hatte, und sie versuchten jetzt, zu Fuß in die Wildnis hinter der Farm zu entkommen. Langsam ging er um das Haus herum. Seine Gestalt warf einen langen Schatten in den Staub. Mit gezogener Pistole näherte er sich wieder dem Mercedes. Den Blick hielt er dabei starr auf eines der Fenster im Obergeschoß gerichtet. An der Ecke des Gebäudes fühlte Hauptmann im Rücken plötzlich einen stechenden Schmerz. Petrie sprang ihn von vorne an und schmetterte den Lauf seiner Mauser brutal gegen die rechte Hand des Deutschen. Die Pistole entglitt den tauben Fingern des Offiziers. Doch der SS-Mann war schnell. Er jagte seinem Angreifer die linke Faust ins Gesicht und umklammerte Petrie, der zurücktaumelte, mit seinen langen Armen. Er hatte einen Fuß hinter Petries Ferse gestellt. Petrie stolperte und stürzte zu Boden. Der Deutsche ließ sich mit seinem ganzen Gewicht auf ihn fallen. Zum zweiten Mal traf seine Faust Petries Gesicht. Der Engländer versuchte, seine Benommenheit abzuschütteln und umklammerte den Hals seines Gegners. Hauptmann rang immer noch mit Petrie, als Angelo sich über ihn beugte, mit seinem Stilett kurz ausholte und es dem Deutschen schräg nach oben bis zum Heft in den Rücken jagte.

Der Körper des Deutschen erschlaffte. Mühsam kroch Petrie unter der Leiche hervor und richtete sich auf. Angelo starrte verwundert auf den toten Deutschen.

»Er hatte doch schon mein Messer im Rücken.«

»Es sind schon Männer mit einem Messer im Rücken noch

Hunderte von Metern gelaufen«, sagte Petrie schwer atmend. »Los, schnell zur Scheune!«

Als sie das verlassene Gebäude betraten, lag der Fahrer mit ausgestreckten Armen auf dem Boden. In seinem Nacken steckte ein Messer.

»Wir sind hier oben«, rief Johnson. »Ich wollte mich auf ihn werfen, doch Scelba war schneller.«

Die zwei Männer hockten auf einem Heuboden. Johnson kletterte die Leiter herunter.

»Scelba hat ihn mit einem Wurf erledigt – und das aus einer Entfernung von fast fünf Metern.«

»Er hätte auf den Rücken zielen sollen«, sagte Petrie nur.

»Wir hatten eben Glück.«

»Hauptmann ist auch tot. Wir müssen die Leichen verstekken.«

»Der Brunnen! Das wollte ich Ihnen doch vorhin schon sagen«, erklärte Scelba, während er die Leiter herabstieg. »Dort wird sie niemand finden. Ich kümmere mich um die Leichen, während ihr den Wagen versteckt.«

»Hier drinnen?« fragte Johnson zweifelnd.

»Nein, ich habe eine bessere Idee«, sagte Petrie. »Die Suchtrupps sollen weder die Leichen noch den Wagen finden. Schnell, Ed, fahr den Volkswagen auf den Hof.«

Scelba kümmerte sich derweil um die Beseitigung der Toten. Er packte die Leichen bei den Beinen und schleifte sie über den Hof zum Brunnenrand. Hans fiel als erster in den zwanzig Meter tiefen Schacht. Mit der Leiche des Offiziers hatte der Capo mehr Schwierigkeiten. Mit seinen breiten Schultern blieb der Körper in der engen Brunnenöffnung stecken. Scelba schob und drückte den verkrümmten Leichnam tiefer, der Schweiß lief ihm in Strömen übers Gesicht. Laut fluchend ging er schließlich zur Mauer hinüber, holte sich einen schweren Felsbrocken, hob ihn hoch über seinen Kopf und schleuderte ihn mit aller Kraft in den Brunnen. Der Brocken traf das Hindernis mit großer Wucht und riß es mit sich in die Tiefe. Scelba schleppte unermüdlich Felsen von der Mauer heran und warf sie hinunter, bis sie den Grund des Schachtes mit den beiden Leichen völlig bedeckten. Wer auch immer jetzt in den Brunnen schaute, er sah nur Steine.

Als der Capo sein grausiges Werk vollendet hatte, war auch der Volkswagen verschwunden. Johnson hatte den Wagen auf den Hof gefahren und ihn gemäß Petries Anweisungen dicht unter der baufälligen Begrenzungsmauer abgestellt. Angelo holte den Wagenheber aus dem Mercedes und benutzte ihn als Brechstange, indem er den Hebearm in eine Spalte am unteren Rand schob und ihn hochdrehte, bis die Mauer einstürzte und mit lautem Krachen den Wagen unter ihren Trümmern begrub. Zehn Minuten lang arbeiteten die drei Männer wie verrückt und schichteten Felsen über die noch sichtbaren Wagenteile, bis das Fahrzeug völlig unter den Trümmern begraben war und alles so aussah, als sei die Mauer im Lauf der Zeit von selbst eingestürzt.

»Wir haben uns zu lange mit der Beseitigung der Spuren aufgehalten«, sagte der Italiener, während er sich die schmutzigen Hände mit dem Taschentuch abwischte und ihre Arbeit begutachtete.

»Da irren Sie sich«, erwiderte Petrie. »Bis jetzt sind die beiden Toten und der Wagen die einzigen Beweise für unsere Anwesenheit auf der Insel. Sollte man sie tatsächlich finden, wird ganz Mittelsizilien in Alarmbereitschaft versetzt. Doch glaube ich kaum, daß man sie so schnell finden wird.«

Die Hauptstraße war verlassen, als sie von dem Seitenweg auf sie einbogen. Erst jetzt, während sie wieder in östlicher Richtung rollten, gestattete Petrie sich ein schwaches Gefühl der Erleichterung. Er warf noch einmal einen langen Blick zurück auf die verlassene Farm. Acht Stunden Vorsprung brauchten sie, ehe man die toten Deutschen finden durfte. Doch eher würden acht Jahre vergehen, dachte er, bis jemand das makabre Geheimnis der Staubschüssel lüftete.

Feldmarschall Kesselring kaute schlechtgelaunt auf einer Orangenscheibe herum und schaute durch das offene Fenster auf den vom Sonnenlicht beschienenen Innenhof herab. Den Hörer des Feldtelefons hielt er ans Ohr gepreßt. Die Wolkendecke über Neapel hatte sich aufgelöst, und sicherlich waren die alliierten Aufklärer schon in der Luft. In der Leitung knackte es. Kesselring preßte den Hörer fester ans Ohr. Am anderen Ende meldete sich der Kommandeur des Luftwaffenstützpunktes.

»Sie wollen die genaue Position der 29. Panzerdivision wissen, Herr Feldmarschall?«

»Ja, ich bekomme keine Verbindung zu General Rheinhardt. Konnten Ihre Flieger Kontakt aufnehmen?«

»Jawohl, ungefähr vor einer halben Stunde. Einer meiner Jäger entdeckte die Panzerkolonne südlich von Formio.«

»Soll das heißen, die Wolkendecke hat sich auch bei euch aufgelöst?« fragte Kesselring nervös.

»Nein, der Pilot sah sie nur zufällig durch ein Wolkenloch, das sich sofort wieder schloß. Ich glaube kaum, daß Feindaufklärer die Kolonne entdecken werden.«

»Wie ist die Wettervorhersage für dieses Gebiet?«

»Bis zum Abend dichte Bewölkung. Wünschen Sie benachrichtigt zu werden, wenn wir Rheinhardt nochmals sehen?«

»Ja, Honneger. Halten Sie mich auf dem laufenden. Formio, sagten Sie?«

»Ja, ein kleines Dorf im südlichen Kalabrien.«

»Ich kenne es. Wiedersehen!«

Kesselring hängte ein, trat zum Kartentisch und studierte die Karte. Ja, Formio lag weit unten im Süden, wo er es auch vermutet hatte. Die gesprengte Brücke mußte in Rekordzeit repariert worden sein. Wieder einmal schien Klaus Rheinhardt seinen Ruf als der am schnellsten vorrückende Divisionskommandeur der Wehrmacht bestätigen zu wollen. Doch diesmal hatte er sich selbst übertroffen. Bei diesem Marschtempo konnte die 29. Panzerdivision die Meerenge gegen zwanzig Uhr erreicht haben. Blieb nur noch die Frage, ob er Klaus sofort nach Einbruch der Dunkelheit nach Messina übersetzen lassen sollte.

In Gedanken versunken wanderte Kesselring durch den weitläufigen Raum. Er war davon überzeugt, daß das nächste Angriffsziel der Alliierten Sizilien hieß, was immer diese Schlafmützen im Führerhauptquartier in Ostpreußen denken mochten. Am liebsten hätte er sofort Order gegeben, daß die ›Carridi‹ von Messina nach Giovanni, dem Festlandhafen, auslief, um dort auf Rheinhardt zu warten und ihn aufzunehmen. Doch das konnte gefährlich sein. Wenn die Gestapo dahinterkam, was sich dort unten tat, meldete sie es sofort dem Führerhauptquartier. Nein, er würde noch ein paar Stunden warten, bis Rheinhardt fast an die Meerenge vorgerückt war. Bis 19.30 Uhr also.

»Das Zielobjekt wartet immer noch in Messina auf Sie«, beantwortete Angelo Petries Frage. »Mit ganzen viertausend Bruttoregistertonnen. Wie Sie ja wissen, haben Ihre Bomber fünf unserer sechs Eisenbahnfähren versenkt, ehe die Deutschen zur Verteidigung der Meerenge siebenhundert Flak- und Geschützstellen errichteten. Jetzt käme dort nicht einmal ein Vogel mehr unentdeckt hindurch.«

»Aber wir«, behauptete Petrie zuversichtlich.

Nach dem nervtötenden Dahinkriechen in Scelbas Fiat und dem Fußmarsch durch die Sonnenglut nach Puccio war es ein gutes Gefühl, auf der gut ausgebauten Straße in rascher Fahrt das Land zu durchqueren. Zwischen Angelo und Scelba herrschte Waffenstillstand. Der Mafia-Boß saß in sich gekehrt auf dem Rücksitz des Mercedes und rauchte seine unvermeidliche Zigarre. Johnson neben ihm war erschöpft in einen Halbschlaf versunken. Der Wagen rollte unablässig weiter ostwärts. Auch die Eintönigkeit der Landschaft und das gleichmäßige Brummen des Motors lullten die Sinne des Amerikaners ein. Doch schon veränderte sich in der Ferne die Szenerie. Weit vor ihnen ragten die hohen Gipfel des Nebrodi-Gebirges in den Sonnenglast, ihre gezackten Grate schwammen wie Inseln in einer dampfenden See.

»Major Petrie!«

Scelba beugte sich vor. Das Lederpolster unter seinem massigen Körper knarrte. Angelo verzog unmerklich das Gesicht. Johnson, der gerade in den Schlaf hinübergedämmert war, öffnete mühsam die Augen.

»Ich müßte mal dringend telefonieren. Vielleicht könnten wir in Scopana kurz anhalten.«

»Keine Telefonate!« Angelos Stimme klang ruhig. »Wir dürfen bis Messina mit niemandem mehr Kontakt aufnehmen.«

»Und der Sprit?« fragte Johnson. »Mit dem Rest im Tank kommen wir doch nie bis nach Messina.«

»Ich weiß. Nach Major Petries Anruf bin ich sofort losgefahren, ohne zu tanken. Doch das ist kein Problem. Ich weiß, wo ich Benzin herkriege. Wir können in Scopana nachtanken.«

»Dann könnte ich doch in der Zeit meinen Anruf erledigen«, meinte Scelba gleichmütig.

»Ich sagte doch schon – keine Anrufe. Es ist ein offenes Geheimnis, daß die Carabinieri die Leitungen anzapfen. Der Anruf von Puccio aus war notwendig – und auch der einzige!«

Petrie lauschte dem Wortgefecht der beiden, ohne einzugreifen. Sollten sie doch ruhig etwas Dampf ablassen, solange keiner von beiden zu weit ging. Aber er wußte, daß der Ursprung der gegenseitigen Abneigung tiefer saß. So trugen auch Scelba's weitere Worte gewiß nicht zu einer Entkrampfung der angespannten Situation bei.

»Sie scheinen sich ja recht sicher zu sein, unsere Freunde hier allein in den Hafen von Messina einschleusen zu können«, bemerkte der Capo spitz.

»Alles ist dafür bereit.«

»Sicher auf der Basis, daß nur die Carabinieri die Zugänge zur Anlegestelle der ›Carridi‹ bewachen?«

»Das trifft ja auch zu«, fauchte Angelo. »Die ›Carridi‹ ist ein italienisches Schiff, und die einheimischen Behörden werden den Deutschen nicht gestatten, sich in ihre Aufgabenbereiche einzumischen. Kommandant Baade hat dies einmal versucht und sich dabei eine kalte Dusche geholt.«

»Von Stunde zu Stunde wird die Lage kritischer«, sagte Scelba hartnäckig. »Jeden Moment könnte der Notstand ausgerufen werden. Die Deutschen werden dann sofort die Sicherheitskräfte im Hafen verstärken.«

»Das erfahren wir, sobald wir da sind«, gab Angelo stur zurück. »Und jetzt benutzen Sie Ihren Mund besser zum Rauchen Ihrer Zigarre. Ich möchte mich aufs Fahren konzentrieren.«

»Vielleicht ist es bei unserer Ankunft schon zu spät...«

»Major Petrie!«

Angelo wandte sich auf englisch an den Major, damit der Capo seine Worte nicht verstand.

»Ich glaube, es wäre sehr unklug, diesen Mann telefonieren zu lassen.«

»Vielleicht sollten wir erst einmal fragen, wen er anrufen möchte, und weshalb«, schlug der Engländer auf italienisch vor.

»Scelba, was haben Sie vor?«

»Es wird eine gefährliche Sache werden, Sie zu dem Pier zu bringen, an dem die ›Carridi‹ liegt«, begann der Capo wieder, seinen Anteil am Gelingen des ganzen Planes herauszustreichen. »Ihr liegt schon Stunden hinter eurem Zeitplan zurück. Deshalb muß bei eurer Ankunft alles vorbereitet sein, es darf keine weiteren Verzögerungen mehr geben. Ist das soweit alles richtig?«

»Ja«, bestätigte Petrie.

»Also muß ich unbedingt einen meiner Leute anrufen, damit er die nötigen Maßnahmen trifft.«

»Welche Maßnahmen?«

»Es gäbe drei Möglichkeiten, wie man da vorgehen könnte«, erklärte Scelba unbestimmt. »Doch nur meine Leute in Messina kennen die momentane Lage. Sie sollten daher entscheiden können, wie es weitergehen muß.«

»Das ist doch alles Blödsinn!« brummte Angelo aufgebracht, während er das Tempo drosselte, um einen Eselskarren zu überholen.

»Augenblick!« rief Petrie scharf. »Ich werde darüber nachdenken und meine Entscheidung treffen, wenn wir Scopana erreichen. Eines ist richtig, Angelo. In Messina können wir uns nicht den geringsten Schnitzer, nicht mehr den geringsten Zeitverlust leisten.«

Damit ließ er die Sache vorläufig auf sich beruhen. Es lag auf der Hand, daß Scelba bestrebt war, seine Verdienste am Gelingen der Operation zu vergrößern. Doch Petrie konnte, wollte er keine unnötigen Risiken eingehen, auf die Hilfe des Capo nicht verzichten. Andererseits war es ebenso offensichtlich, daß Angelo dem Mafioso von Grund auf mißtraute und ihn am liebsten sofort aus dem Wagen geworfen hätte. Um seinen Ärger loszuwerden, drückte der Italiener den Fuß aufs Gaspedal. Die Tachometernadel stieg zitternd an. Auf dem Rücksitz wunderte sich Johnson, als eine lange Felswand wie ein Schleier an dem Seitenfenster vorbeiflog. Petrie wischte die feuchten Hände an seiner Jacke trocken, was wenig nutzte, wenn Angelo dieses mörderische Tempo beibehielt.

»Dieser Vetter, den Sie vorhin erwähnten, lebt nicht zufällig in Scopana?« wandte er sich an Angelo.

Er wählte seine Worte bewußt vorsichtig, damit Scelba nicht merke, daß er von einem Mafioso sprach.

»Doch. Von ihm bekomme ich das Benzin. Macht Ihnen das Kopfzerbrechen?«

»Hat Ihr Vetter noch mehr Freunde in Scopana?« fragte Petrie.

»Ja, ein paar.«

Angelo sprach wieder englisch. »Der Ort ist die Mafia-Zentrale für die Provinz. Ist das wichtig?«

»Hoffentlich nicht.«

Es konnte schon wichtig sein. Petrie dachte angestrengt nach, versuchte, den nächsten Gefahrenpunkt schon vorauszuahnen. Es war diese Eigenschaft an Petrie, die Colonel Parridge vor langer Zeit sofort erkannt hatte, eine Eigenart, die ihn aus der Gruppe der anderen Offiziere in der Felucca Boat Squadron hervorhob – die Fähigkeit, aus dem einen Auge die Gegenwart nicht zu verlieren und mit dem anderen schon in die unmittelbare Zukunft zu schauen. Aus dem, was Scelba ihm in Palermo erzählt hatte, schloß der Engländer, daß die Fahndung nach Mitgliedern der Mafia im Untergrund verschärft wurde, und da Scopana als eine der Schaltzentralen der Mafia galt, würden die Carabinieri den Ort ganz besonders scharf beobachten. Trotzdem – sie brauchten Sprit, und den bekamen sie nur in dem Ort. Petrie faltete seine farbige Karte auseinander, breitete sie über seinen Knien aus und studierte sie eine Weile. Dann fragte er Angelo:

»Was ist das für eine Eisenbahnlinie da in den Bergen unterhalb von Scopana?«

»Das ist nur eine eingleisige, selbst für sizilianische Verhältnisse sehr alte Bahn.«

Angelo runzelte die Stirn und starrte durch die Windschutzscheibe auf etwas weit vor ihnen. »Sie geht über Sala bis nach Enna, wo sich das deutsche Hauptquartier befindet. In Sala liegt eine große deutsche Transporteinheit mit einem riesigen Wagenpark. All diese Fakten habe ich nach Tunis gemeldet.«

»Wir haben die Bahn bombardiert?«

»Nein, sie verkehrt noch. Die Deutschen verlegen damit ununterbrochen Truppen von Enna in das Gebiet von Scopana. Auch das habe ich gemeldet, doch anscheinend waren eure Flieger zu beschäftigt. Der Wagen da vor uns ist ein deutscher Kommando-Wagen.«

»Mit einer Motorrad-Eskorte.«

Mit einem Schlag schien alle Müdigkeit von den Männern im Wagen gewichen. Johnson überprüfte seinen Revolver, Petrie langte nach dem Werkzeugkasten unter seinem Sitz und zog eine Stielhandgranate heraus. Dann reichte er Johnson die Mauser nach hinten.

»Nimm die erst mal, Ed, wenn du aus dem Rückfenster

schießen mußt. Zuerst die Männer auf den Motorrädern, dann den Wagenfahrer.«

Er wandte den Kopf, um seinen Worten Nachdruck zu verleihen.

»Doch vergiß nicht – nur im äußersten Notfall schießen! Wir wollen jedes Aufsehen möglichst vermeiden.«

»Verstanden!« Johnson überprüfte auch das Magazin der Mauser. »Vielleicht sollten wir einfach hinter den Deutschen bleiben.«

»Ed, die Zeit wird knapp. Wir müssen so schnell wie möglich vorwärtskommen.«

Petrie schaute wieder nach vorn.

»Okay, Angelo – überholen!«

Sie hatten sich dem Kommandowagen inzwischen auf etwa hundert Meter genähert. Zu beiden Seiten flankierten Motorradfahrer das Fahrzeug. Der Konvoi beanspruchte die ganze Breite der Straße für sich. Einer der Motorradfahrer hatte anscheinend den schnellen Wagen hinter sich bemerkt, drehte den Kopf und winkte den Mercedes zurück.

»Zum Teufel mit ihm«, rief Petrie. »Die Hupe, Angelo!«

Angelo bremste den Wagen ab und drückte in regelmäßigen Intervallen auf die Hupe. Der Motorradfahrer schaute sich nochmals um, zeigte auf den Kommandowagen und bedeutete ihnen durch heftige Armbewegungen, zurückzubleiben.

»Halten Sie den Daumen drauf, Angelo! Sie müssen uns Platz machen.«

Angelo warf Petrie einen zweifelnden Blick zu, folgte aber seiner Anweisung. Kein Mensch würde in einem Wagen, der mit gellender Hupe einem deutschen Kommandowagen hinterherfuhr, ausgerechnet ein alliiertes Sabotageteam vermuten. Außerdem waren sie verdammt spät dran.

Die Motorradfahrer und der Militärwagen wichen keinen Zentimeter zur Seite, und Angelo hielt den Finger auf der Hupe. So rasten die Fahrzeuge eine ganze Weile hintereinander her. Petrie kniff die Augen zu schmalen Schlitzen zusammen, als der Motorradfahrer auf der linken Seite mit einer Hand seine Pistolentasche öffnete. Doch im nächsten Moment tauchte aus dem Wagenfenster neben ihm eine Hand auf und machte eine kurze Bewegung.

Petrie fragte sich, wer wohl in dem Wagen saß. Der Motorradfahrer erhöhte sein Tempo und gab die linke Straßenhälfte frei. Die Hand aus dem Kommandowagen gab Winkzeichen. Endlich! Sie sollten überholen. Angelo fuhr sich mit dem Handrücken über die Stirn und begann den Überholvorgang. Zentimeter für Zentimeter schob sich der Mercedes neben das Feindfahrzeug.

Was war das? Der Fond war leer, neben dem Fahrer saß ein deutscher Offizier in Uniform, der bei ihrem Anblick salutierte. Angelo erwiderte automatisch den Gruß. Petrie fragte mit verkniffenen Lippen: »Was soll das?«

»Das ist General Ganzl, Chef des deutschen Stabes in Enna. Er ist der Kopf der gesamten Inselverteidigung.«

Petrie berührte den Stiel der Handgranate in seinem Schoß. Nur eine kleine Armbewegung...

»Weiter!« sagte er mit zusammengebissenen Zähnen.

Der Mercedes überholte den Motorradfahrer und zog auf der leeren Straße davon. Im Fond spannte sich Johnsons Hand um den Schaft der Mauser, die Muskeln seines Körpers zitterten vor Anspannung.

»Solch eine Chance bekommen wir nie wieder«, rief er.

Petrie gab keine Antwort. Bei der Erwähnung des Namens Ganzl hatte es auch ihn in den Fingern gejuckt, doch nur für den Bruchteil einer Sekunde. Sie waren nach Sizilien gekommen, um eine Eisenbahnfähre zu versenken, nicht, um einen General zu töten.

»Höflicher Bursche.« Er drehte sich kurz um. Der Kommandowagen verschwand im Dunst hinter ihnen. »Er wußte sicher von dem Befehl aus Enna, die Verbündeten freundlich zu behandeln.«

»Wir sitzen in einem deutschen Wagen«, erinnerte ihn Angelo.

»Mit italienischen Nummernschildern. Und Ganzl ist ein smarter Bursche. Er registriert solche Details.«

Sie fuhren noch eine ganze Weile. Dann zwang eine Armeekolonne sie zum Anhalten. Schon von weitem sahen sie sie über die gesamte Straßenbreite auf sich zurollen, eine endlose Schlange von Panzern, Kanonen und Lastwagen. Nur durch Angelo's schnelle Reaktion vermieden sie einen direkten Kontakt. In einer Bodenwelle riß er das Lenkrad herum und rollte von der Straße weg in ein ausgetrocknetes Flußbett. Ein kleiner Hügel schützte sie gegen die Sicht von der Straße. Dort warteten sie eine ganze Weile schweigend in der brütenden Hitze, in der keiner die nötige Energie für ein Gespräch aufbrachte.

Endlich verklangen die Motorengeräusche der Kolonne in der Ferne. Petrie ging zur Straße hinauf. Sie war leer. Wenig später fuhren sie mit hohem Tempo weiter nach Osten.

Sie näherten sich Scopana. Petrie studierte nachdenklich seine Karte, als Angelo in ein langgestrecktes Tal hinunterfuhr. An beiden Seiten wurde es von steilen Bergen gesäumt, auf deren Wipfeln und Graten kleine Dörfer so dicht am Fels klebten, daß man sich fragen mußte, wie man je dorthin kommen sollte. Petrie hatte keinen Blick für die melancholische Schönheit der Landschaft.

»Transportiert diese eingleisige Bahn auch Truppen von Scopana nach Enna?« fragte er.

»Nein, sie fährt leer zurück.«

»Ganz sicher?«

»Ja, man transportiert Truppen nur aus Richtung Enna. Noch vor wenigen Stunden habe ich mit meinem Vetter in Scopana über die Bahn gesprochen.«

Der Mercedes schoß an zwei Ziegenhirten vorbei, die mit ihrer kleinen Herde an der Straße entlangwanderten. Ihnen schien die Hitze nichts auszumachen. Petrie hörte das leise Bimmeln der Glocken an den Hälsen der Tiere.

»Bei der Rückfahrt nach Sala und Enna ist also nur das Zugpersonal an Bord?«

»Nur ein einziger Mann. Der Lokomotivführer. Im Krieg macht er auch gleichzeitig den Heizer.«

Angelo warf seinem Nachbarn einen kurzen Seitenblick zu.

»Warum interessiert Sie die Bahn so sehr?«

Petrie überhörte seine Frage. »Wie oft verkehrt der Zug?«

»Einmal in der Stunde. Man hat einen Pendelverkehr eingerichtet, der auch nachts aufrechterhalten wird. Sie haben zwei Züge auf der Strecke. Der Zug von Scopana wartet auf einem Ausweichgleis auf halber Strecke nach Enna, bis der andere durch ist. Warum interessieren sie sich so für die Bahn, wenn wir doch in Scopana tanken und dann bis Messina durchfahren können?«

»Ich denke nur etwas weiter.«

Petrie gab sich zugeknöpft. Wenig später bequemte er sich aber dann doch zu ein paar Einzelheiten.

»Zum ersten könnten sich in Scopana Probleme ergeben, wo doch die Behörden auf der Suche nach Ihren Freunden sind. Und was ist, wenn der Gegner einen Ihrer gefangenen Agenten im Verhör zum Reden bringt, und er verrät Einzelheiten über Sie und diesen Wagen? Halten Sie mal kurz an, Angelo, ich möchte etwas nachprüfen.«

Als der Wagen neben einem verdorrten Baum hielt, deutete Petrie mit dem Finger auf einen Punkt der Karte.

»Mit dem restlichen Sprit kämen wir jedenfalls noch bis dorthin, stimmt's?«

»Sie meinen die Scopana-Blockstelle, den Endpunkt der Bahnlinie. Wir haben doch den Wagen. Ich denke...«

»Beantworten Sie meine Frage, Angelo. Vielleicht können wir tatsächlich mit dem Mercedes weiterfahren. Doch ich habe so ein Gefühl, daß wir bald in Schwierigkeiten geraten.«

»Bis zur Blockstelle reicht der Sprit. Ihnen geht die deutsche Transporteinheit in Sala nicht aus dem Kopf, nicht wahr?«

»So ähnlich.«

Johnson beugte sich vor, um einen Blick auf die Karte zu werfen.

»Du willst tatsächlich ein deutsches Militärfahrzeug klauen?«

»Also gut, Ed.« Petrie drehte sich zu den beiden Männern im Fond um. »Wir liegen verdammt weit hinter unserem Zeitplan zurück, so daß wir sehr wahrscheinlich doch den direkten Weg über die Küstenstraße nehmen müssen. Ich weiß, das ist sehr gefährlich, aber nur so können wir ein wenig Zeit aufholen. Jetzt fahren wir erst mal nach Scopana.«

»In zehn Minuten sind wir dort«, bemerkte Angelo und startete den Motor.

In einem kleinen Dorf mit dem Namen Pollaza hielten sie kurz an. In einer Bar telefonierte Scelba mit Messina. Angelo trommelte mit seinen Fingern ungeduldig gegen das Lenkrad, während sie auf den Capo warteten.

»Wir verlieren kostbare Zeit«, knurrte er. »Sie hätten mich wenigstens mitschicken sollen, um zu hören, was er alles sagt.«

»Und ihm damit gleichzeitig gezeigt, daß wir ihm nicht trauen.«

»Ich traue ihm auch nicht! Er ist der mächtigste Mafioso auf der Insel.«

»Genau aus diesem Grund habe ich ihn ausgewählt, weil er der einzige ist, der uns weiterhelfen kann«, erklärte Petrie geduldig. »Still, da kommt er!«

Der Capo stieg in den Wagen. Er mied absichtlich Angelos Blick, als er ihnen mitteilte, daß in Messina alles bereit sein würde.

Angelo brummelte vor sich hin, legte den Gang ein und jagte mit aufheulendem Motor aus Pollaza. Wenig später verließen sie das Tal.

Vor ihnen lag Scopana, ein größerer Ort, in halber Höhe an einem Berghang. Sie hatten ihr Ziel fast erreicht, als Petrie sich plötzlich vorbeugte. Angelo ging sofort mit der Geschwindigkeit herab. Seine Hände krampften sich um das Lenkrad.

Das Ende einer langen Carabinieri-Kolonne verschwand gerade auf einer Seitenstraße, die von der Schnellstraße abzweigte. Petrie zögerte keinen Moment.

»Fahren Sie weiter – zur Scopana-Blockstelle!«

9.
Freitag, 19.30 Uhr bis 20.30 Uhr

Die Dämmerung senkte sich über die Insel, warmes, purpurdunkles Zwielicht umhüllte die Konturen der Landschaft. Wie ein übergroßer Glühwurm kroch der kleine Zug durch die einsetzende Dämmerung. Die Lokomotive keuchte schwer und stieß dicke, schwarze Rauchwolken in die Luft.

Aus ihrer Deckung hinter einigen Felsen, wo sie den Mercedes versteckt hatten, sahen sie den Zug schon von weitem den Hügel herunterrollen. Das Gleis führte in eine Schlucht, wo es in einem Lokomotiv-Schuppen endete. Der ganze Zug bestand aus zwei kleinen Personenwagen, die die Lokomotive hinter sich herzog, und einer langen offenen Lore davor. Die Personenwagen waren hell erleuchtet – im Krieg eine verdammt gefährliche Nachlässigkeit – und vollgestopft mit Carabinieri. Petrie vermutete, daß auf der offenen Lore noch mehr Männer saßen, konnte das aber im schwindenden Licht nicht genau erkennen.

Die Lokomotive hatte ihre besten Tage schon hinter sich. Sie besaß einen schmalen, hohen Schornstein. Von seinem erhöhten Standpunkt aus konnte Petrie den Schatten des Lokführers vor der Feuerung des Kessels erkennen, als der Zug unter ihnen vorbeirollte und dicht vor dem Schuppen mit kreischenden Rädern und einer beeindruckenden Dampfwolke zum Stehen kam.

Plötzlich versteifte sich die Haltung des Engländers.

»Das erste Problem«, flüsterte er Johnson zu. »Diesmal ist ein Heizer dabei.«

Türen flogen auf, und Männer in Uniform verließen die Waggons, kletterten von der Lore, nahmen ihr Gepäck auf und stellten sich unter den lauten Kommandos ihrer Anführer in Marschformationen auf. Innerhalb weniger Minuten marschierten sie in langen Kolonnen mit umgehängtem Gewehr auf einen Hohlweg zu.

»Die Schlucht führt zu ihrem Feldlager außerhalb von Scopana«, flüsterte Angelo. »Am besten warten wir, bis sie verschwunden sind. Hoffentlicht spielt der Lokführer mit.«

»Und der Heizer. Haben Sie den zweiten Mann auf dem Führerstand nicht bemerkt?« fragte Petrie.

Johnson meldete sich zu Wort.

»Wenn die beiden nicht mitspielen, könnte ich dieses kleine Monstrum da unten auch selbst fahren.«

»Soll das ein Witz sein?« Petries Stimme klang scharf.

»Durchaus nicht. Während meiner Tätigkeit bei der Grenzpolizei habe ich manchmal einen meiner Kollegen von der anderen Seite in Mexico besucht. Sie hatten da einen kleinen Zug, der dicht an der Grenze entlangfuhr. Ich habe ihn manchmal gefahren, wenn wir gemeinsam die Grenzübergänge kontrollierten. Von meinem mexikanischen Freund habe ich gelernt, wie man so ein Feuerroß bedienen muß.« Johnson lächelte in der Dunkelheit. »Doch ein Diplom als perfekter Lokführer habe ich nie erhalten.«

Ungeduldig warteten sie hinter ihrer Deckung darauf, daß die letzten Carabinieri in der Schlucht verschwanden. Es wäre Wahnsinn gewesen, etwas zu unternehmen, ehe die Kolonne außer Hörweite war. Petrie betete, daß das Zugpersonal nicht nach Sala abfuhr, ehe sie sich aus ihrer Deckung herauswagen konnten.

Der Heizer war im Lokschuppen verschwunden, doch der Lokführer stand unter ihnen und wischte sich mit einem Taschentuch den Schweiß von Stirn und Händen. Er hatte keinen Dampf vom Kessel abgelassen, offensichtlich legte er vor der Rückfahrt nur eine kurze Pause ein. Der Glutschein der Feuerung beleuchtete jede seiner Bewegungen. Der Mann stampfte mehrmals heftig mit den Füßen auf, putzte sich die Nase und streckte sich genüßlich.

»Ich steige mal besser hinunter und kaufe ihn mir«, schlug

Johnson vor. »Er wird jeden Moment losfahren, das fühle ich.«

»Wir gehen zusammen«, entschied Petrie. »Was auch immer passiert – es darf kein Schuß fallen. An solch einem Abend trägt die Luft den Hall eines Schusses meilenweit.«

»Laßt mich vorgehen«, sagte Angelo. »Ihr tragt Bauernkleidung. Vielleicht mag der Lokführer keine Bauern. Hier ist es ziemlich einsam. In meinem Anzug wirke ich vertrauenerweckender.«

Unerwartet meldete sich Scelba zu Wort.

»Ich gehe mit Gambari, denn einer muß den Heizer übernehmen. Ich spreche ihre Sprache.«

Er langte in seine Jackentasche, holte ein Messer in einer Scheide hervor, entfernte den Schutz und ließ die Waffe mit der kurzen Klinge im Ärmel verschwinden.

»In Ordnung, gehen wir«, sagte Angelo knapp.

»Was werden Sie ihm sagen?« fragte Petrie.

»Die Wahrheit – zumindest teilweise. Meistens wirkt sie am überzeugendsten. Ich bin ein Anwalt aus Messina, dem in Scopana der Sprit ausgegangen ist. Deshalb hoffte ich hier einen Zug nach Enna zu kriegen, wo ich einen dringenden Termin wahrnehmen muß. Würden Sie mir Ihren Revolver borgen, Captain Johnson? Er ist kleiner als meine Luger. Ich lasse sie Ihnen da. Vielen Dank!«

»Wir brauchen die beiden noch«, mahnte Petrie. »Also behandelt sie dementsprechend.«

»Wenn es sich machen läßt«, entgegnete Angelo. »Ich hoffe nur, daß kein Soldat etwas im Zug vergessen hat und zurückkommt.«

»Wir geben euch von hier oben Deckung. Viel Glück!«

Der Italiener zuckte die Achseln. »Es sind doch nur zwei Mann.«

Mit Scelba im Schlepptau kletterte er vorsichtig den steilen Abhang hinunter. Dabei achtete er darauf, daß sie ständig in Deckung größerer Felsen blieben.

Unten spazierte der sizilianische Lokführer rauchend am

Zug auf und ab. Angelo vermutete, daß er den Heizer rufen und die Rückfahrt nach Sala antreten würde, sobald er seine Zigarette aufgeraucht hatte.

Die beiden ungleichen Männer erreichten den flacheren Teil des Abhanges. In dem unwirklichen Dämmerlicht schienen die Hügel zu leuchten. Sich ständig daran erinnernd, wie weit Geräusche in dieser Abendluft fortgetragen wurden, setzten der Italiener und der Capo behutsam Fuß vor Fuß. Nur das Zirpen von Zikaden durchdrang die laue Nacht.

Als sie das Gleis erreichten, zog Scelba Angelo am Ärmel und flüsterte: »Ich gehe auf der anderen Seite des Zuges entlang zum Lokschuppen und hole mir den Heizer.«

Angelo nickte nur. Der Mafia-Boß verschwand. Jetzt wurde die Sache knifflig.

Dummerweise hatte der Lokführer in den Waggons die Beleuchtung brennen lassen, die die Soldaten eingeschaltet hatten, um sich während der langwierigen Fahrt die Zeit mit Kartenspielen zu vertreiben. Typisch sizilianische Sorglosigkeit, dachte Angelo. Er spürte das beruhigende Gewicht des Glisenti-Revolvers in seiner Tasche. Leise ging er am Gleis entlang. Er hatte den Lokführer fast erreicht, als dieser sich umwandte und ihn entdeckte. Er trat seine Zigarette auf dem Boden aus und setzte den Fuß auf die erste Leitersprosse zum Führerstand. Angelo sprach ihn an. »Einen Augenblick, bitte.«

Der Sizilianer zog mit einer Hand ein schweres Brecheisen vom Führerstand. Vor der Feuerung des Kessels tanzten Funken in der lauen Luft. Angelo blieb wenige Schritte vor dem Mann stehen.

»Das da brauchen Sie nicht«, sagte er rasch. »Ich muß dringend nach Enna. Kann ich mit Ihnen fahren? Ich zahle natürlich das Fahrgeld.«

Das der Lokführer mit Sicherheit in die eigene Tasche stecken würde, dachte der Italiener. Doch der Sizilianer, ein gedrungener Mann mit einem unfreundlichen Gesicht, schüttelte den Kopf und packte die Brechstange fester.

»Dieser Zug darf laut Order des deutschen Hauptquartiers in Enna nur von Militärs benutzt werden. Außerdem fahre ich nur bis Sala.«

»Sala wäre mir auch recht«, sagte Angelo. »Vielleicht nimmt mich von dort ein Wagen mit nach Enna. Es ist wirklich sehr dringend, verstehen Sie? Mein Wagen hat in Scopana den Geist aufgegeben, und man sagte mir, ich solle hier bei Ihnen mein Glück versuchen.«

»Da hat man Ihnen was Falsches gesagt.«

»Ein leerer Zug mit einem einzigen Fahrgast. Sicher...« Angelo zog seine Geldbörse aus der linken Tasche.

»Stecken Sie sich Ihr Geld sonst wo hin«, brummte der Lokführer unwirsch. »Sie können nicht mitfahren. Der Zug ist nur für Militärtransporte bestimmt. Und jetzt werde ich losfahren.«

Er wandte sich ab, um auf den Führerstand zu klettern, und rief mit lauter Stimme zum Lokschuppen hinüber: »Enrico!«

Es war zwecklos. Der Mann hatte gemerkt, daß Angelo kein Einheimischer war. Viele Sizilianer verabscheuten die Italiener vom Festland. Angelo zog den Revolver aus der Tasche. Der Sizilianer sah aus den Augenwinkeln diese Bewegung, sprang zu Boden und schwang das Brecheisen. Angelo wich zurück, packte den Revolver am Lauf und traf den Sizilianer mit dem Kolben am Kinn. Der Mann ließ das Brecheisen fallen und stürzte rückwärts zu Boden. Dabei schlug er mit dem Hinterkopf hart gegen die Leiter.

Zu spät hörte Angelo das Schleifen von Stiefelsohlen auf Metall. Er sah gerade in dem Moment hoch, als der Heizer auf dem Lokstand gerade die Kohlenschaufel hob, um sie ihm auf den Kopf zu schmettern. Ein schreckliches Gurgeln drang aus dem Mund des Mannes, er schwankte, als sei er nicht sicher, ob er sein Vorhaben ausführen solle oder nicht, dann sank er plötzlich in sich zusammen. Die Schaufel polterte harmlos auf das Gleis.

Hinter dem Toten tauchte Scelba auf, kniete nieder und

zog mit beiden Händen sein Messer aus dem Rücken des Mannes. Er wischte das Blatt an Enricos Jacke sauber und schob die Waffe wieder in die Scheide.

»Was ist mit dem Lokführer? Lebt er noch?«

Angelo beugte sich über den reglosen Körper neben der Lok, fühlte den Puls und schüttelte den Kopf. Dann erhob er sich und winkte vor dem rötlich glühenden Hintergrund der Feuerung den beiden anderen auf dem Hügel zu. Doch sie waren schon unterwegs.

»Es tut mir sehr leid«, sagte Angelo, gab Johnson den Revolver zurück und nahm die Luger wieder an sich. »Wir haben beide getötet. Sie waren dumm genug, mich anzugreifen.«

»Wir haben es gesehen«, entgegnete Petrie. »Hauptsache, ihr habt keinen Lärm gemacht.«

Er schaute Johnson an.

»Jetzt bist du dran, Ed. Wenigstens steht der Kessel unter Dampf. Also sieh zu, wie du das Monstrum zum Laufen bringst. Scelba, würden Sie bitte zusammen mit Angelo die Leichen in den Schuppen schaffen? Ich werfe mal einen Blick in die Waggons.«

Johnson war schon auf den Führerstand geturnt und betrachtete nachdenklich die Armaturen. Petrie wanderte langsam am Zug entlang. Die zwei Personenwagen waren uralt. Sie besaßen an den Enden Aussichtsplattformen mit Metallgeländern. Petrie kletterte auf die hintere Plattform des zweiten Wagens, stieß die Tür auf und trat ins hellerleuchtete Innere. Er fühlte sich wie auf dem Präsentierteller. Trotzdem widerstand er der Regung, die Beleuchtung auszuschalten. Vielleicht konnten die abmarschierenden Soldaten die Lichter der Waggons noch sehen.

Ein schmaler Mittelgang trennte jeweils zwei Sitze auf beiden Fensterseiten. In der Mitte des ersten Waggons, die für die erste Klasse reserviert war, entdeckte Petrie einen kleinen Waschraum. Als er auf die vordere Aussichtsplattform hinter dem Kohlentender hinaustrat, setzte sich der Zug plötzlich in

Bewegung, rollte ein paar Meter vorwärts und kam dann mit einem heftigen Ruck zum Stehen. Petrie wäre beinahe von der Plattform gestürzt.

Das konnte ja heiter werden! Ein vielversprechender Anfang: Ed freundete sich mit der Maschine an. Petrie sprang auf den Bahndamm und ging wortlos am Führerstand vorbei.

»Was, zum Teufel, hast du denn erwartet? Ich bin schließlich nicht Casey Jones!« rief Ed hinter ihm her.

Die Lore hinter der Lokomotive besaß hohe Seitenwände. Petrie kletterte auf einen Puffer und schaute hinein. Der Boden war bedeckt mit Kohlenstaub. Stellenweise schimmerte ihm etwas Weißes entgegen. Wahrscheinlich Zementstaub, dachte der Engländer. Das erklärte auch, warum einige der Soldaten sich ihre Uniformen abgeklopft hatten, ehe sie sich in die Formation einreihten. Als er wieder zu Boden sprang, eilten Angelo und Scelba vom Lokschuppen herüber.

»Ich hörte doch eben die Lokomotive losfahren!« rief der Italiener aus.

»Stimmt, leider aber in die falsche Richtung.«

Petrie stieg auf den Lokstand, wo Johnson an den Armaturen herumhantierte.

»Ich will mich zwar nicht selbst loben, Jim, aber ich glaube, ich komme mit diesem Ding hier klar. Das hier ist der Regulator, und da das Dampfablaß-Ventil. Diese Maschine hier ähnelt in vielem dem mexikanischen Klapperkasten, den ich mal gefahren habe.«

»Stammt vielleicht von der selben Firma – der Museumsstücke AG.«

Mit der Schaufel grub Petrie eine Kuhle in den Kohlenberg, legte den Sack mit dem Sprengstoff hinein und bedeckte ihn mit Kohle. Denn ohne den Sack hätten sie gleich zu Hause bleiben können. Der Werkzeugkasten mit den deutschen Stielhandgranaten stand immer noch neben den Gleisen, wo Johnson ihn abgesetzt hatte. Angelo nahm ihn mit.

Petrie erteilte seine Anweisungen. »Ed, wir fahren jetzt sofort los!«

Er lehnte sich aus dem Führerstand und rief den beiden anderen zu:

»Einsteigen, meine Herren! Der Santa Fé-Spezial fährt sofort ab. Diesmal könnt ihr nach Belieben wählen – von der ersten bis zur dritten Klasse. Bauern reisen in der Lore hinter der Lok!«

Wie er vermutet hatte, zeigte sich der Mafia-Boß, sich seiner Macht völlig bewußt, keineswegs beleidigt. Doch Angelo zuckte unter seinen Worten zusammen.

»Ich reise nur erster Klasse – als Geschäftsmann!«

Die beiden Männer bestiegen eilig den ersten Wagen vor der Lok. Angelo kam auf die Plattform hinaus.

»Was soll diese verdammte Festbeleuchtung? Für die Jagdflieger sind wir ein gefundenes Fressen. Der Zug ist meilenweit zu sehen.«

»Laßt sie brennen, bis Ed euch mit der Dampfpfeife ein Zeichen gibt. Dann löscht das Licht in jedem Wagen. Die Carabinieri könnten oberhalb des Hohlweges einen Posten aufgestellt haben, der vielleicht Verdacht schöpft, wenn der Zug nicht hell erleuchtet zurückfährt. Alles in Ordnung?«

»Wollen es hoffen.«

Angelo verschwand im Wagen. Die Tür fiel hinter ihm ins Schloß.

Petrie beobachtete Johnson.

»Ich nehme an, du weißt inzwischen, daß wir rückwärts fahren müssen. Schaffst du das?«

Johnson warf ihm einen belustigten Blick zu und betätigte wortlos einige Hebel. Der Zug setzte sich rückwärts in Bewegung, auf Sala zu, rollte etwa hundert Meter und kam dann mit kreischenden Rädern zum Stehen. Petrie wurde gegen die Seitenwand des Führerstandes geschleudert.

Johnson winkte ihm fröhlich zu. »Tut mir leid, mein Freund. Ich habe nur mal die Bremsen getestet.«

Der Zug setzte sich wieder rückwärts in Bewegung, vor der

Lokomotive die beiden Reisewagen, dahinter die Lore. Petrie lehnte sich aus dem Führerstand und ließ die warme Nachtluft über sein Gesicht streifen. Hinter sich sah er den großen Lokschuppen, jetzt für kurze Zeit Grabstätte des Zugpersonals, in der Dunkelheit verschwinden. Mit ihm versanken Palermo, Puccio, Scopana und all die Ängste und Gefahren, die hinter ihnen lagen, in der Nacht.

Petrie warf einen Blick auf seine Uhr. Genau 19.30 Uhr. Noch viereinhalb Stunden bis zur Stunde Null. Und sie hatten gerade die Hälfte der Strecke bis nach Messina geschafft.

Um 19.30 Uhr wurde Oberst Ernst-Günther Baade der verschlüsselte Funkspruch von Feldmarschall Kesselring aus dem Hauptquartier in Neapel übergeben. Baade war Kommandeur der gesamten Militärzone an der Straße von Messina. Der hochtrabende Titel besagte eigentlich nur, daß dem Deutschen alle militärischen Anlagen in dieser Region unterstanden – mit Ausnahme des ›Carridi‹-Piers. Und diese Ausnahmeregelung ließ ihn die Stirn runzeln, als er in seinem Büro die Nachricht entschlüsselte und anschließend gedankenverloren durch das breite Fenster auf die Meerenge hinausblickte, über der starke Scheinwerfer den nächtlichen Himmel absuchten.

»›Carridi‹ sofort zum Ablegen klarmachen. Bei Erhalt des nächsten Funkspruches umgehend nach Giovanni auslaufen lassen. Wenn nötig, bei Generalstab in Enna Befehlserlaubnis anfordern. Erbitte Bestätigung nach Eingang des Funkspruchs. Kesselring.«

Die Glut der Feuerung tauchte Petries Rücken in rötliches Licht, als er sich aus dem Führerstand beugte. Vor ihm war nichts als Finsternis, nur die Schatten der erleuchteten Waggons tanzten neben dem Gleis her. Am Himmel glitzerten die ersten Sterne. Bald würde der Mond aufgehen, doch das löste sein Problem auch nicht. War der Schienenstrang vor ihnen durch irgend etwas blockiert oder der Bahndamm durch einen Erdrutsch beschädigt, würden sie dies erst merken, wenn der erste Waggon entgleiste. Es war ein großes Risiko, den Zug blind durch die Nacht zu steuern, ohne die Strecke zu kennen, doch das nahm Petrie gern für das Gefühl in Kauf, mit jeder Radumdrehung dem Ziel im Osten näherzukommen.

Das Gleis war uneben – oder die Federung der Waggons ausgeschlagen – jedenfalls schwankte der Zug von einer Seite zur anderen, als Johnson jetzt das Tempo erhöhte. Die Räder hämmerten gegen die Schienen, die Wagenkupplungen ächzten, der hohe Schornstein der Lokomotive stieß dicke schwarze Wolken in die Nacht. Etwa zwei Kilometer vom Schuppen entfernt gab Petrie dem Amerikaner ein Zeichen. Johnson betätigte die Dampfpfeife. Ihr schriller Ton hallte klagend durch das Dunkel. Nach und nach erloschen die tanzenden beleuchteten Rechtecke auf dem Bahndamm, als die beiden ›Fahrgäste‹ in den Waggons das Licht ausschalteten. Nur das orangefarbene Glühen der Feuerung warf seinen Schimmer in die Landschaft und auf Johnsons Gesicht, der sich mit einer Hand auf dem schwankenden Führerstand festhielt und mit der anderen die Hebel und Armaturen bediente.

Die Fahrt in der Lok wurde langsam unbequem. Der Boden vibrierte unter den Füßen, jeder unerwartete Stoß der schwankenden Maschine gegen die Puffer der beiden geschobenen Waggons drohte die Männer von den Beinen zu heben. Mal röstete sie die Gluthitze der Feuerung, mal froren sie im kühlen Fahrtwind.

Johnson deutete auf den Kohlenberg. Das Feuer unterm Kessel brauchte Nahrung. Petrie griff zur Schaufel und begann, mit gespreizten Beinen genau in der Mitte zwischen Feuerung und Tender stehend, den glühenden Schlund mit Bergen von Kohlen zu füttern. Schließlich stoppte ihn Johnson, der nicht wußte, bei welcher Hitze der Kessel bersten konnte. »Wir wollen doch nicht gleich bis Messina durchfahren«, rief er laut.

»Schade, ich würde am liebsten damit gleich an Bord der Fähre dampfen.«

Sie waren eine Zeitlang bergab gerollt. Jetzt stieg das Gelände wieder an, und der Zug wurde langsamer. Sie schoben sich mühsam ins Gebirge hinauf. Zu beiden Seiten rückten steile Abhänge und Felsgipfel näher an den Schienenstrang heran. Die Lokomotive ächzte aus allen Fugen. Inzwischen war der Mond aufgegangen, eine schmale Sichel, die ihren bleichen Schimmer auf schroffe Gipfel, Bergsättel und Grate ergoß. Bis in die Täler und Schluchten reichte das fade Licht nicht. Petrie beugte sich wieder aus dem Führerstand. Hinter der Lore verschwand der Bahnkörper im Dunkeln, vor den beiden Waggons sah er, wie das Gleis einen Felsvorsprung umfuhr. Er zog seinen Kopf zurück und studierte im Schein der Feuerung seine zerknitterte Karte.

»Vor Sala kommt keine Station mehr, und die deutsche Transporteinheit liegt auf dieser Seite der Stadt«, sagte er.

»Wie bequem!«

»Das wurde auch langsam mal Zeit. Doch fürchte ich, sie haben nicht das, was wir brauchen.«

»Trotzdem, wir können doch nicht einfach mit diesem Ungetüm hier weiterfahren, bis wir im deutschen Hauptquartier in Enna landen. Ich dachte, du hättest es auf einen deutschen Lastwagen abgesehen.«

»Ehrlich gesagt, wäre mir ein italienischer lieber. Die Italiener sind die Eigentümer dieser Insel, und sie können anhalten, wen sie wollen. Ihre Verbundenheit mit der Wehrmacht ist so groß, daß sie gerne deutsche Lastwagen anhalten und überprüfen, um den Verbündeten zu zeigen, wer hier Herr im Haus ist. Jedenfalls habe ich das gehört. Ihre eigenen Fahrzeuge dagegen kontrollieren sie nur gelegentlich. Ja, ein italienischer wäre besser«, schloß Petrie. »Aber Bettler haben keine Wahl.«

»Genauso sehen wir auch bald aus.«

Johnson drehte sich um und schaute den Berghang empor.

»Wir nähern uns einem Tunnel.«

»Wo?«

Petrie steckte die Karte weg und schaute hinaus. Etwa einen halben Kilometer oberhalb der Bahnlinie entdeckte er das dunkle Loch des Tunnels, einen flachen Bogen unter einer fast senkrechten, Hunderte von Metern aufragenden Wand, bis zu deren Fuß das Mondlicht nicht vordrang. Petrie wies Johnson an, mit der Geschwindigkeit herunterzugehen. Johnson protestierte, sie führen ohnehin nur noch mit halber Kraft. Petrie wiederholte seinen Befehl.

»Ich überlege, was uns auf der anderen Seite erwarten mag. Entlang des Bahndammes könnte ohne weiteres eine ganze Division Gebirgsjäger biwakieren.«

Der Zug verlangsamte das Tempo, rückwärts stieß die Lokomotive auf den Tunneleingang zu.

»Halt kurz vorm Tunnelende an. Ich werde dann zu Fuß mal die Lage sondieren.«

Die Steigung verflachte, langsam rollten die Waggons aus dem Mondlicht in den Schatten der hohen Felswand. Vor ihnen ragte drohend der dunkle Tunnelschlund auf. Petrie sah vorne auf der Plattform des ersten Wagens einen Kopf auftauchen, sich in beide Richtungen wenden und wieder verschwinden. Angelo schien sich zu wundern, warum sie so langsam fuhren. Die Lok schnaufte rückwärts in das Loch hinein. Dunkelheit umgab die beiden Männer auf dem Führerstand, sie wurde nur schwach erhellt von der Glut der Feuerung.

»Wir müssen mehr Fahrt haben, wenn wir am anderen Ende herauskommen«, rief Johnson gereizt.

Es war ein langer Tunnel mit vielen Windungen. Das langsame Hämmern der Kolbenstangen dröhnte den Männern in den Ohren, und die niedrige Tunnelwölbung drückte den Dampf in den Führerstand.

»Ich kann den Ausgang sehen!« rief Petrie nach einer Weile. »Fahr weiter, bis ich meine Hand senke.«

Der Zug kam fast ohne Rucken etwa zwanzig Meter vorm

Ausgang zum Stehen. Petrie sprang auf den Bahndamm und zog die Mauser aus dem Holster. Auf der der Lok zugewandten Plattform tauchte Angelo auf. Er hielt die Luger schußbereit in der Hand.

»Sie kommen besser mit«, rief Petrie ihm zu.

Sie gingen an den dunklen Waggons vorbei. Von Scelba war nichts zu sehen. Petrie fragte nach dem Mafia-Boß.

»Er sitzt auf der anderen Seite. Wir pokern, und ich glaube, er zinkt gerade die Karten für das nächste Spiel.«

Petrie grinste in das Dunkel. Unter seinen Stiefeln kollerte loses Gestein. Noch vor einer Stunde im Mercedes hätte Angelo den Capo am liebsten erwürgt, doch hatte er schnell begriffen, daß bei ihrer Operation jeder Mann zählte. Besonders ein Mann von Scelbas Kaliber. Sicher mochte es auch ein wenig damit zu tun haben, daß Scelba ihm das Leben gerettet hatte, als die Eisenbahner ihn angriffen.

»Ihr werdet noch dicke Freunde«, scherzte Petrie.

»Mit einem Mafioso – nie! Doch in diesen Zeiten muß man sich manchmal auch solcher Elemente bedienen.«

»Das versuchte ich Ihnen schon die ganze Zeit beizubringen.«

Sie spähten am Tunnelausgang ins Freie und gingen dann noch ein Stück über das Gleis. Nichts deutete darauf hin, daß hier jemals Menschen gelebt hatten. Nur eine schmale Straße, die weiter unten die Bahnlinie kreuzte, ließ vermuten, daß tatsächlich manchmal Menschen durch diese öde Wildnis reisten.

Der Gleiskörper beschrieb dicht hinter dem Tunnel eine langgezogene Kurve und fiel stetig ab, verschwand hier und da in einer Schlucht, wurde weiter unten wieder sichtbar und überquerte auf einer Bockbrücke einen ausgetrockneten Fluß im Tal. Von hier oben sah die Brücke winzig aus, wie ein Spielzeug, doch hatte sie in Wirklichkeit eine beachtliche Länge. In einem sanft geschwungenen Bogen führte sie das Gleis über das Tal und endete auf der anderen Seite an einem ansteigenden Berghang.

»Wir sollten den anderen Zug nicht vergessen, der uns von Enna entgegenkommt«, erinnerte Petrie den Italiener. »Haben Sie eine Ahnung, wo die Ausweichstelle ist, an der wir ihn abwarten müssen?«

»Mein Vetter sagte, sie sei auf dieser Seite von Sala.« Angelo machte ein vage Handbewegung. »Ich habe nicht so genau hingehört, weil es mir nicht wichtig erschien.«

»Jetzt ist es verdammt wichtig, wenn wir einen Zusammenstoß vermeiden wollen«, brummte Petrie. »Hat er sonst noch etwas gesagt?«

»Ja, er erwähnte einen See.« Angelo schabte mit dem Daumennagel über die dunklen Bartstoppeln an seinem Kinn. »Ja, ich erinnere mich. Die Ausweichstelle liegt in der Nähe eines Sees. Es gibt nicht viele Seen auf Sizilien. Wir müßten sie rechtzeitig bemerken.«

»Das sagen Sie! Steigen wir wieder ein. Ed soll das letzte aus dem alten Stahlroß herausholen, damit wir rechtzeitig die Ausweichstelle erreichen.«

Die Erwähnung des anderen Zuges, die Furcht vor einer Kollision wirkte auf Johnson wie eine Ernüchterung – obwohl man die Art, wie er weiterfuhr, keineswegs als nüchtern bezeichnen konnte. Sie verließen den Tunnel in langsamer Fahrt, doch als sie die lange Abfahrt unter die Räder nahmen, begann der Amerikaner wild an den Armaturen herumzuhantieren. Bald donnerte der Zug rumpelnd und von einer Seite auf die andere schaukelnd über das Gleis, die Räder der Wagen ratterten, stießen und sprangen bei der immer schneller werdenden Fahrt. Das Gefälle der Strecke war sehr stark. Petrie vermutete, daß ein echter Lokführer hier besonders vorsichtig fuhr, doch die Zeit arbeitete gegen sie, und sie erreichten das unvermeidliche Stadium einer Operation, das ihm so sehr vertraut war – das Stadium, in dem man bereitwillig immer größere Risiken auf sich nahm.

Petrie ging auf die andere Seite des Führerstandes. Unter sich erhaschte er einen Blick auf die hölzerne Brückenkonstruktion. Sie war viel höher, als er geglaubt hatte. Sekunden später verschwand sie hinter einer Bergflanke. Petrie hangelte sich auf der schwankenden Plattform an die Seite des Amerikaners, um sicher zu sein, daß Johnson ihn auch verstand.

»Ed, wenn wir zur Brücke kommen, mußt du mit dem Tempo herunter. Ich werde dich rechtzeitig warnen.«

Johnson nickte und beobachtete die Kontrollinstrumente, deren Zeiger unsicher auf und ab tanzten. Bei dieser Geschwindigkeit mußten sie von der Brücke stürzen, daran gab's keinen Zweifel.

Der Zug setzte seine stürmische Abfahrt fort, donnerte durch eine tiefe Schlucht, deren hohe Wände das Mondlicht ausschlossen und das Stampfen der Räder als ohrenbetäubendes Echo zurückwarfen. Sekunden später schossen sie wieder in den Mondschein hinaus.

Jetzt war die Brücke deutlich zu sehen, eine riesige Balkenkonstruktion, viel höher und länger als erwartet. Ihre schlanken Stützen reckten sich weit über das trockene Flußbett hinauf, in dem riesige Felsen von der Größe eines Wohnhauses herumlagen.

»Bremsen, Ed!« rief Petrie, so laut er konnte.

Die Brücke kam rasch näher. Sie fuhren immer noch zu schnell, viel zu schnell, als Petrie eine Bewegung am Himmel mehr ahnte als sah. Er riß den Kopf hoch und erkannte die silbrigen Silhouetten im Mondschein.

Einer der Bomber scherte aus der Rotte aus, der Pilot drückte die Nase nach unten und begann seinen Anflug. Die Maschine wurde sehr rasch größer. Ein amerikanischer B 17-Bomber beim Zielanflug! Sein Ziel war die Bockbrücke. Wieder einmal wurde ihr Unternehmen nicht vom Feind, sondern von den eigenen Luftstreitkräften attackiert. Angelos letzte Meldung nach Tunis hatte also doch bei den Taktikern am grünen Tisch Beachtung gefunden. Die Brücke mußte zerstört werden, um die feindlichen Truppenbewegungen zu unterbinden.

»Halt das verdammte Ding an!« schrie Petrie.

Johnson zögerte einen Moment und verstärkte dann den Bremsdruck. Mit schrillem Kreischen und stiebenden Funken kamen die Räder zum Stehen. Puffer donnerten gegeneinander, stießen sich voneinander ab und prallten wieder zusammen. Als die erste Bombe fiel, stand der Zug.

Der Zug war halb in einer Schlucht zum Stehen gekommen. Nur der vordere Teil der Lok und die Lore standen noch in freiem Gelände. Das Heulen der ersten Fliegerbombe zerrte an den Nerven der beiden Männer auf dem Lokstand. Sie detonierte mit dumpfem Knall, dem das Aufheulen der Flugzeugmotoren folgte, als der Bomber wieder Höhe gewann. Kurze Zeit war nur das Brummen der Flugzeuge hoch oben am Himmel zu hören.

»Wir verziehen uns besser tiefer in die Schlucht«, rief Petrie und sprang auf den Schienenstrang herab.

Im gleichen Moment tauchten Scelba und Angelo auf der Wagenplattform auf. Petrie führte sie zwischen dem Zug und der Felswand weiter in die Schlucht hinein. Gegenüber dem zweiten Waggon waren Buchten in die Felswand gesprengt, in denen verrostetes Werkzeug für Gleisbauarbeiten herumlag. Die Männer duckten sich in die Buchten.

»Wenn sie die Lok treffen, geht auch der Sprengstoff hoch«, bemerkte Petrie mit verkniffenem Mund.

»Und wir gleich mit!« murmelte Johnson.

Er wußte nicht, welches der beiden Gefühle – seine Furcht oder seine Wut – größer war.

Seine Bemerkung war nur zu wahr, das wußte Petrie. Die Druckwelle in der engen Schlucht würde sie zerreißen. Vielleicht konnten die Felsbuchten sie schützen, doch er glaubte nicht daran. Angelo und Scelba teilten sich den nähsten Alkoven miteinander. Petrie sah die Stiefelspitzen des Capo aus der Deckung hervorragen.

Über ihnen ertönte wieder dieses fürchterliche Heulen, ein Laut, an den man sich niemals gewöhnen konnte, wie oft man ihn auch gehört haben mochte. Und wie immer schien die Bombe geradewegs auf die Männer herabzustürzen, mitten hinein in die Schlucht. Unbewußt hoben sie ihre Köpfe dem todbringenden Geräusch entgegen. Sein Heulen wurde immer schriller, Hunderte Pfund Sprengkraft in einer dünnen Metallhülle fielen waagerecht aus dem Bombentrichter des Flugzeugs, drehten sich langsam in die Vertikale und sausten mit unglaublicher Geschwindigkeit auf das Ziel herab. Muskeln verkrampften sich, die Bombe detonierte, die Nerven flatterten und entspannten sich wenig. Dieses Mal noch nicht!

»Jetzt sind es deine Freunde, mein Freund«, sagte Petrie zu Johnson. »B 17-Bomber, insgesamt vier.«

»Wie nett!« Johnson fluchte ausgiebig. »Und der Feind hat noch keinen einzigen Schuß auf uns abgegeben...«

»Wie wir es auch geplant haben.«

»Dafür schmeißt uns unsere eigene Airforce schon zum zweiten Mal die Brocken aufs Haupt. Das war bestimmt nicht eingeplant, oder?«

»Sie haben es auf die Brücke abgesehen«, antwortete Petrie ruhig.

»Aber sie haben uns doch gesehen!«

»Natürlich haben sie uns gesehen. Doch dürften sie uns wohl kaum vorrangig behandeln.«

»Sie dürften...«

Der Amerikaner war vor Zorn über die Bombardierung durch seine eigenen Leute außer sich.

»Deinen frommen Glauben möchte ich haben«, rief er rauh und preßte seinen Körper tiefer in den Alkoven, als er die dritte Bombe fallen hörte, preßte sich gegen den Felsen, als wolle er sich in ihm verkriechen. Dieses Mal war die Detonation ohrenbetäubend, ihr donnerndes Grollen schien die Trommelfelle zu sprengen. Eine Wolke von Gesteinssplittern regnete auf die Waggons herab.

Petrie preßte die Hand gegen sein Ohr, um die Taubheit loszuwerden. Dieses Ei war verdammt nahe heruntergekommen.

»Sie bombardieren den Zug«, sagte Johnson laut und schüttelte sich den Staub aus dem Haar.

Petrie war anderer Meinung. Sie würden zuerst die Brücke zerstören und den Zug nur mit den restlichen Eiern bepflastern, die dann noch übrig waren. Die letzte Bombe war mit Sicherheit ein Fehlwurf, doch befanden sich die vier Männer ziemlich dicht bei der Brücke und somit mitten im Zielgebiet. Kein schöner Gedanke, nicht gerade rosige Aussichten für sie. Inzwischen kamen die nächsten Bomben herunter, Flugzeugmotoren dröhnten über sie hinweg. Insgesamt zählte Petrie zwanzig Detonationen, und einmal donnerte eine B 17 so dicht über sie hinweg, daß der Engländer deutlich den fünfzackigen Stern am Rumpf erkennen konnte.

Dann war es plötzlich sehr still. Die Männer lauschten eine Weile, ehe Petrie aus seiner Deckung heraustrat und an den Schienen entlang auf die Brücke zuging. Die anderen folgten ihm.

Der Schreck fuhr ihnen noch nachträglich in die Glieder, als sie sahen, wie nah die Brücke wirklich war. Weniger als hundert Meter hinter der Schlucht führte der Gleisstrang auf die hölzerne Konstruktion hinaus.

»Sie steht noch!« rief Johnson erleichtert. »Diese Vollidioten würden nicht mal das Weiße Haus treffen, wenn sie direkt davor ständen.«

Und einen Moment später fügte er hinzu: »Gott sei Dank!«

»Wartet hier«, befahl Petrie. »Ich werde mal ein Stück auf die Brücke hinaus gehen. Angelo, bleiben Sie bitte bei der Lokomotive. Unter den Kohlen liegt der Sack mit dem Sprengstoff.«

»Ich komme mit«, sagte Johnson entschieden. »Wenn dir schwindlig wird, kann ich dich wenigstens bei der Hand nehmen.«

Der Spaziergang über die Brücke war nicht gerade ein Sonntagsausflug. Der tiefe Abgrund zu beiden Seiten des Schienenstranges lockte verführerisch im Mondlicht, zog Petrie mit magnetischer Anziehungskraft auf sich zu. Der

Engländer schaute starr geradeaus, doch die vor ihm liegende Linkskurve wirkte gleichermaßen beunruhigend auf ihn. Er konnte sich nicht schlüssig werden, ob die Konstruktion unter ihm leicht schwankte oder nicht, als er langsam weiterging.

»Mir gefällt das da unten nicht«, sagte Johnson hinter ihm und deutete in die Schlucht.

Ein tiefer Krater hatte das Flußbett in der Nähe eines Stützpfeilers ausgehöhlt. Petrie konnte nicht begreifen, warum der Pfeiler selbst nichts abbekommen hatte. Er fror, als er sich jetzt bückte, um besser hinabschauen zu können, denn in Sizilien sanken in der Nacht sogar im Sommer die Temperaturen drastisch. Doch seine Hände waren feucht von Schweiß, er versuchte etwas zu erkennen, gab es aber bald auf. Man konnte nicht einmal sicher sein, daß der Pfeiler nicht doch beschädigt worden war.

»Wir kehren um«, sagte er leise.

Scelba erwartete sie am Eingang der Schlucht. Mit gespannter Miene stellte er die Frage, die ihn anscheinend stark beschäftigte.

»Trägt sie den Zug?«

»Das wissen wir erst, wenn wir es ausprobieren«, antwortete Petrie ausweichend.

Keiner sagte ein Wort, während sie den Zug bestiegen. Der Amerikaner wischte sich sorgfältig die Hände ab, ehe er die Armaturen berührte.

»Also hübsch langsam und vorsichtig?« fragte er überflüssigerweise.

Petrie nickte und postierte sich neben dem Ausstieg.

Zögernd setzte sich die Lok in Bewegung, blieb aber gleich wieder stehen, als weigere sie sich, auf die Brücke hinauszurollen. Johnson fluchte ausgiebig und startete einen neuen Versuch. Der Zug setzte sich in Bewegung und dampfte aus der Schlucht. Im Schneckentempo kroch er die letzten hundert Meter hinunter zur Brücke. Johnson ertappte sich dabei, wie er auf den felsigen Boden neben den Schienen starrte, als wolle er sich diesen Anblick für alle Ewigkeit einprägen. Petrie lehnte auf der linken Seite am Einstieg, von wo er die linksgezogene Gleiskurve vor dem Zug gut überblicken konnte. Im Erster-Klasse-Waggon steckten Angelo und Scelba die Köpfe aus dem Fenster.

Das Rollen der Räder klang plötzlich hohl. Sie fuhren auf die Brücke hinaus.

Die beiden Männer in dem Waggon schauten nach unten in den tiefen Abgrund. Scelba bekreuzigte sich. Es ist das erste Mal, dachte Petrie, daß der Capo seine Furcht offen zeigt. Der Engländer wunderte sich über seine eigenen Empfindungen. Seine Beinmuskeln waren hart vor Anspannung, seine Knie aber weich wie Pudding. Dieses seltsame Empfinden verstärkte sich noch, als der Zug in seiner ganzen Länge auf die Brücke hinausrollte. Sofort begann die zerbrechlich wirkende Konstruktion zu zittern und zu beben. Die Vibration war im Lokstand wie in den Waggons deutlich unter den Fußsohlen zu spüren. Das Zittern verstärkte sich, je weiter sie auf den Brückenbogen hinausdampften. Der Zug kroch langsam in die Kurve hinein und näherte sich der Stelle, an der Johnson Petrie auf den Bombentrichter im Flußbett aufmerksam gemacht hatte. Dies war der kritische Augenblick. Wenn eine der Bomben nahe genug detoniert war, um den Pfeiler zu beschädigen, dann bedurfte es nur noch eines bestimmten Drucks, um die Stütze wie ein Streichholz zu knicken. Und der Zug war, weiß Gott, schwer genug. Die beiden Männer vorne im Wagen starrten wie hypnotisiert in die Tiefe. Zitternd und stoßend rollte der Zug vorwärts.

Vielleicht ist diese Vibration ganz natürlich, versuchte sich Petrie zu beruhigen. Vor dem Krieg war er einmal in der Schweiz mit der Bahn über eine ähnliche Brücke gefahren. Auch diese Konstruktion hatte unter dem Gewicht des Zuges stark vibriert. Doch das Können der Schweizer Ingenieure durfte man mit Sicherheit höher einstufen als das von Sizilianern.

»Wie sieht's aus?« Johnson räusperte sich umständlich. »Wie weit sind wir schon?«

Seine Stimme klang gewollt zuversichtlich.

»Ein Viertel der Brücke haben wir hinter uns«, erklärte Petrie.

Er brauchte Johnson nicht anzuschauen, um seine Enttäuschung zu bemerken. Der Amerikaner hatte gedacht, daß sie den Brückenbogen mindestens schon zur Hälfte passiert hätten. Das Beben unter ihren Füßen verstärkte sich. Sie mußten genau über dem riesigen Bombentrichter sein. Ein solches Fahrgefühl wie jetzt war Petrie völlig neu. Anstatt von Seite zu Seite zu schwanken, tanzte der Zug auf den Schienen auf und ab, als habe er keinen ebenen Gleisstrang unter den Rädern. Sie näherten sich unendlich langsam der Mitte der Brücke. Der Blick zum Flußbett weitete sich. Es war kein schöner Blick für Petrie.

Im Mondlicht warfen die Stützpfeiler lange Schatten, die im schrägen Winkel abfielen, als böge sich die Brücke unter der Last des Zuges, ehe sie zusammenstürzte. Und dann entdeckte Petrie etwas, das ihm sofort den Schweiß über das Gesicht strömen ließ. Er fuhr sich mit der Handfläche über die Stirn. In der zweiten Brückenhälfte war ein Teil des Bauwerks unter dem Gleisstrang in die Tiefe gestürzt, als sei es von einem Geschoß weggerissen worden. Petrie wußte genau, was diese Beschädigung verursacht hatte. Die Bombe mußte unten im Flußbett dicht bei einem der Stützpfeiler liegen. Er hatte zwanzig Detonationen gezählt, doch woher sollte er wissen, ob ihre alliierten Fliegerfreunde nicht einundzwanzig oder fünfundzwanzig abgeworfen hatten. Die Furcht konnte einem da beim Zählen schon einen bösen Streich spielen. Doch zumindest eine Bombe lag da unten, Petrie konnte sie sehen, das Mondlicht spiegelte sich auf ihrer Metallhülle. Trotz der unheimlichen Drohung und Gefahr, die von ihr ausging, wirkte sie irgendwie jungfräulich. Vielleicht war es ein Blindgänger, vielleicht aber besaß sie auch einen Zeitzünder, der jeden Moment auf Null springen konnte.

Petrie fuhr sich mit der Zunge über die Lippen und drehte sich um. Johnson beobachtete ihn. Wortlos winkte der Amerikaner ihm zu und wandte sich ab.

Die Bombe lag dicht bei der Brücke. Detonierte sie, würde sie mindestens zwei der Stützpfeiler, eher aber drei oder vier, mit ihrer ungeheuren Explosivkraft wegpusten. Verwunderlicherweise hatten Angelo und Scelba die Bombe nicht einmal entdeckt. Wahrscheinlich konnten sie von da vorne das Flußbett nicht mehr einsehen. Vielleicht aber hatte auch die Furcht ihre Beobachtungsgabe getrübt.

Langsam schob sich der Zug vorwärts, aus dem Schornstein quollen kleine Rauchwolken. Wie hypnotisiert starrte Petrie auf die Bombe. Der erste Waggon mußte jetzt über dem Stützpfeiler herrollen, in dessen nächster Nähe sie aufgeschlagen war. Es war zwar nicht sehr wahrscheinlich, doch technisch durchaus möglich: Die Vibration der Räder konnte sich auf den Stützpfeiler übertragen, der sie wiederum an den felsigen Untergrund weitergab, auf dem er ruhte, und so den Zündmechanismus des bis dahin defekten Sprengkörpers auslösen – wenn es wirklich nur ein Blindgänger und keine Zeitbombe war. Petrie beobachtete, wie das wurstförmige Stahlgebilde unter ihnen vorbeiglitt, und als er kurz den Blick hob, bemerkte er, daß Angelo und Scelba zu ihm herüberschauten. Auch sie hatten die Bombe entdeckt! Nur Johnson fuhr bis jetzt noch in gesegneter Ahnungslosigkeit über das Teufelsei, das ihnen zum Verhängnis werden konnte.

Der Zug rollte langsam voran, die Sekunden erschienen ihnen wie Stunden. Erst nach einer kleinen Ewigkeit klang das Rollen der Räder nicht mehr so hohl. Sie hatten die Brücke hinter sich und wieder festen Grund unter den Schienen.

Petrie schwenkte mehrmals seinen Arm, der infolge der Anspannung eingeschlafen war. Er holte tief Luft und rief Johnson erleichtert zu:

»Mach dem alten Roß Feuer unterm Hintern, Ed. Vor uns liegt eine lange Steigung. Wenn wir nicht rechtzeitig vor dem anderen Zug zur Ausweichstelle kommen, sind wir bald so platt wie Sardinen in der Dose.«

Der Zug rumpelte die Steigung empor. Petrie hielt nach dem See Ausschau, der ihnen die Nähe der Ausweichstelle verraten sollte. Er vermutete ihn hinter der Bergkehre, auf die der Zug zurollte. Seine Landkarte zeigte dahinter eine kleine Hochebene unterhalb einer hohen Bergkette. Doch ein See oder gar die Ausweichstelle waren nicht eingezeichnet.

Die Zeit lief ihnen davon. Petrie befürchtete, daß sie nicht rechtzeitig die Ausweichstelle erreichen würden. Die Bombardierung in der Schlucht vor der Brücke hatte sie mehr Zeit gekostet, als sie durch die rasende Abfahrt vom Tunnel gewonnen hatten. Sie mußten unbedingt die verlorene Zeit gutmachen, sonst kam ihnen der Zug von Enna auf der eingleisigen Strecke entgegen.

Die langsame Fahrt bergauf führte durch unberührte mondbeschienene Wildnis, die so weit vom Kriegsgeschehen entfernt schien, daß man beinahe geneigt war, die Bombardierung der Brücke als bösen Traum abzutun. Auch wurde es immer kälter, je höher sie kamen. Die Jacken der Männer waren kaum geeignet, sie zu wärmen. Die Mäntel, die sie im Mercedes zurückgelassen hatten, hätten ihnen jetzt gute Dienste getan.

Wenig später merkte Petrie, daß die Steigung verflachte. Die Lok fuhr schneller, der steile Abhang zu ihrer Rechten blieb zurück. Es fiel schwer zu glauben, daß sie durch ein Hochtal fuhren, so eben war das Land ringsum. Der Zug rumpelte über ein felsenübersätes Plateau – und hier ging Petrie ein kalkuliertes Risiko ein. Ihre hohe Geschwindigkeit würde sie in einem Minimum an Zeit zur Ausweichstelle bringen, doch wuchs auch damit die Gefahr, daß sie an dieser so wichtigen Stelle vorbeidonnerten und so den See und das Ausweichgleis in ihrem Übereifer verpaßten.

Die Felsen blieben zurück, gaben den Blick frei auf eine weite, von der Sonne hartgebackene Lehmpfanne – und plötzlich sah Petrie das verdorrte Schilf. Großer Gott! Dies war der See! Die Sonne hatte das Wasser verdunstet.

»Fahr langsamer«, rief er Johnson zu.

Sekunden später entdeckte er den Weichenbock.

»Stopp!« schrie er.

Und während Johnson den Bremshebel herunterriß, sprang er ab und lief zu der Weiche zurück. In der Ferne erscholl ein langgezogener Pfiff. Der Gegenzug! Petrie zog an dem Weichenhebel. Das Ding rührte sich nicht. Seine Hände waren feucht, in seinen Muskeln spürte er kaum noch Kraft. Wieder ertönte der Pfiff, diesmal schon viel näher. Petrie packte den Weichengriff, stemmte die Füße in den Boden und zog mit aller Kraft daran. Der Hebel gab nach, und Petrie zog ihn auf sich zu, bis er sich nicht mehr weiter bewegen ließ.

»Fahr zurück, Ed!«

Der Zug hatte sich schon in entgegengesetzter Richtung in Bewegung gesetzt, schob die Lore und zog die beiden Waggons vom Hauptgleis weg auf das Ausweichgleis. Kaum war der zweite Waggon vom Hauptgleis gerollt, warf sich Petrie mit aller Kraft gegen den Weichenhebel. Diesmal ging es leichter, die Weichenzunge glitt in ihre ursprüngliche Position. Petrie hastete an den Schienen entlang zum ersten Waggon. Dicht hinter ihm ertönte jetzt der klagende Pfiff des Gegenzuges. Rasch zog sich der Engländer auf die Aussichtsplattform hoch, stieß die Tür auf und fiel fast ins Wageninnere. Mit den Füßen stieß er die Tür zu, öffnete sie jedoch wieder ein paar Zentimeter und spähte schweratmend hinaus.

Mit hoher Geschwindigkeit schoß der Gegenzug aus einer Kurve vor der Ausweichstelle heraus, eine lange Rauchfahne hinter sich herziehend. Auf dem Lokstand bückte sich Johnson zur Feuerung hinab, um nicht gesehen zu werden. Doch erwies sich seine Vorsicht als überflüssig, denn der andere Zug mit seinen vier verdunkelten Waggons brauste mit unverminderter Geschwindigkeit an ihnen vorbei. Das Stoßen seiner Räder ließ die Wagen des wartenden Zuges erzittern. Als er sich wiederaufrichtete, sah Johnson gerade noch den Schatten des letzten Wagens im Dunkel verschwinden.

Petrie war schon zur Weiche gelaufen und legte sie um. Johnson bot ihm eine Zigarette an, als er wieder auf den Führerstand kletterte, doch der Engländer schüttelte den Kopf, während er sich keuchend an den Einstieg lehnte. Das war verdammt knapp gewesen.

»Ed, du hast jetzt freie Fahrt. Also los, nach Sala, zu der Transporteinheit. Aber mit Volldampf!«

10.
Freitag, 20.30 Uhr bis 21.00 Uhr

Die Waggons zerrten aneinander, ein Beben durchlief den Zug, als Johnson ihn auf Petries Anweisung auf einem verlassenen Bahnübergang stoppte. Die Straße, die hier den Schienenstrang kreuzte, führte zum Standort der Transporteinheit. Zehn kostbare Minuten hatten sie schon in einer kleinen Schlucht in der Nähe des Überganges darauf gewartet, daß ein einzelner Armeelastwagen vom etwa vierhundert Meter entfernten Standort herüberfuhr. Doch statt dessen kam ein anderes Fahrzeug.

Von der Aussichtsplattform des ersten Waggons schaute Petrie auf einen Wehrmachts-LKW, der seine Nase an einem Felsen nahe der Eisenbahnlinie plattgedrückt hatte.

»Der arme Hund muß ins Schleudern geraten sein. Der Fahrer ist voll gegen die Windschutzscheibe gesegelt. Also – wenn außer dieser Ambulanz kein Wagen kommt...«

Der italienische Sanka fuhr mit mäßigem Tempo auf den Übergang zu. Der Fahrer erwartete offensichtlich, daß der Zug sich wieder in Bewegung setzte, ehe er auf die Bremse treten mußte. Das Fahrzeug war immer noch ein gutes Stück entfernt. Auf seinem hellen Anstrich reflektierte das Mondlicht. Die Sirene des Wagens war abgeschaltet. Also konnte es die Besatzung nicht allzu eilig haben.

Petrie erteilte rasch seine Anweisungen. Scelba beorderte er hinter die stehenden Waggons, Angelo befahl er, sich weiter oberhalb der Straße hinter einer Felsnase zu verstecken. Ed schickte er zu dem verunglückten Lastwagen hinüber, doch der Amerikaner protestierte.

»Die Ambulanz könnte Verletzte transportieren, Opfer eines Luftangriffs...«

»Okay, Ed, wenn wirklich welche drin sind, lassen wir sie weiterfahren. Doch ich glaube nicht daran. Die Sirene ist nicht eingeschaltet. Sollten sie wirklich Verwundete transportieren, tun wir so, als seien wir Banditen und hinter ihrem Geld her. Dann lassen wir sie fahren. Wir sehen ohnehin wie Strolche aus.«

»Und wenn keine drin sind?«

»Dann nehmen wir uns den Wagen.«

Johnson schüttelte ablehnend den Kopf.

»Hör zu, Ed. Während der Fahrt hierher habe ich mal überlegt, was wir brauchen, um nach Messina zu gelangen. Wir brauchen ein schnelles Fahrzeug, das uns sicher durch alle Sperren auf dieser verdammten Küstenstraße bringt.«

»Dieses Vorhaben ist ein schwerer Verstoß gegen geltendes Kriegsrecht!« beharrte Johnson.

Petries Haltung versteifte sich.

»Auch die Versenkung eines Hospitalschiffes mit verwundeten Soldaten an Bord verstößt gegen das Kriegsrecht. Trotzdem haben die Deutschen in Griechenland das Schiff mit ihren Stukas angegriffen. Glaub mir, ich weiß, wovon ich rede, denn ich war dabei, habe es mit eigenen Augen gesehen. Außerdem brauchen wir diesen Wagen doch nur dazu, um durch den Gürtel zu schlüpfen, den die Deutschen um Messina gelegt haben. Wir benutzen die Ambulanz sozusagen als Taxi.«

Er schaute zu Scelba hinüber.

»Und es wird auf keinen Fall geschossen, wenn es nicht unbedingt nötig ist.«

»Sie sind sicher nicht einmal bewaffnet«, zischte Johnson.

»Also wird es auch keine Schießerei geben«, wiederholte Petrie. »Doch sieh dich vor, Ed, vielleicht ist dieser Sanka doch nicht so harmlos, wie er aussieht.«

Der Fahrer der Ambulanz schien sich jetzt nicht mehr so sicher, daß das Hindernis rechtzeitig aus dem Weg rollen würde. Etwa zweihundert Meter vor dem Bahnübergang bemerkte er den zertrümmerten Armeelastwagen, verlangsamte die Fahrt, lenkte den Wagen auf das Wrack zu, kehrte dann aber doch auf die Straße zurück. Petrie beobachtete diese plötzliche Richtungsänderung mit zusammengekniffenen Augen, schaute nach links, wo Scelba sich hinter den Zug geduckt hatte, und dann zu Johnson hinter dem beschädigten Lastwagen hinüber.

Der Unfall wirkte irgendwie gestellt, als gäbe es da einen Zusammenhang zwischen dem haltenden Zug und dem Wrack. Petrie konnte sich die Verwunderung des Sanka-Fahrers vorstellen. Trotzdem war eine solche Reaktion recht seltsam.

Die Ambulanz rollte langsam auf den Übergang zu, das Scheinwerferlicht fiel durch die Fenster in die leeren Waggons. Etwa zwanzig Meter vor dem Zug hielt der Wagen mit laufendem Motor, was Petrie überhaupt nicht gefiel. Wenn der Fahrer jetzt wendete und denselben Weg zurückfuhr, waren sie gezwungen zu schießen. Petrie bemerkte aus seiner Deckung hinter der Aussichtsplattform, daß die Ambulanz auf dem Dach einen sehr großen Ventilator besaß, neben dem eine Antenne emporragte. Irgend etwas war seltsam an dem Fahrzeug.

Der Fahrer im weißen Kittel wendete den Kopf nach hinten und sprach mit jemandem im Inneren. Sie mußten abwarten, bis er ausstieg, um sich das verunglückte Fahrzeug näher zu betrachten. Wenn er überhaupt ausstieg!

Minuten verrannen, und Petrie fühlte ganz deutlich, daß da etwas nicht stimmte. Von seinem Platz aus konnte der Fahrer den verunglückten Armeelaster gut erkennen. Es wäre nur normal gewesen, wenn er sofort ausgestiegen wäre und den Unfallort näher inspiziert hätte.

Das ungute Gefühl in ihm wuchs, und Petrie beglückwünschte sich insgeheim, daß er den Überfall wie eine militärische Operation geplant hatte. Neben ihm legte Scelba seinen Revolver auf den Boden, wischte sich die Hände an seiner Hose trocken und nahm die Waffe wieder auf. Das Gesicht des Sizilianers blieb selbst in diesem Augenblick höchster Spannung völlig ausdruckslos – wie das Gesicht eines professionellen Killers, der schon häufig solche Situationen erlebt hatte. Petrie zuckte leicht zusammen, als der Fahrer der Ambulanz die Wagentür öffnete, ausstieg und vorsichtig auf das Wrack zuging. Dabei hielt er seinen Blick über die Schulter auf den scheinbar leeren Zug gerichtet.

An einem Punkt, von dem aus er in das Führerhaus sehen konnte, wo der Körper des Fahrers zusammengekrümmt über dem Lenkrad hing, blieb er stehen. Wieder eine falsche Reaktion! Jeder echte Sanitäter wäre beim Anblick des regungslosen Fahrers sofort losgelaufen. Doch diesem kleinen, gedrungenen Mann in der Uniform des italienischen Sanitätskorps schien der leere Zug mehr Kopfzerbrechen zu bereiten. Schon wieder warf er einen Blick zu den Waggons hinüber.

Petrie erhob sich und ging um die Plattform herum nach vorne. Die Mauser hielt er schußbereit in der Hand. Der Fahrer wirbelte herum, seine Hand fuhr unter den Kittel, doch als er die Waffe in Petries Hand sah, zog er sie rasch wieder hervor.

»Habt ihr Geld in dem Krankenwagen«, rief Petrie ihm auf deutsch zu.

»Nein...«

Der Fahrer unterbrach sich rasch. Er war Petrie in die Falle getappt, hatte auf deutsch geantwortet. Petrie hielt den Mann mit der Mauser in Schach. Plötzlich wurde die hintere Tür des Krankenwagens aufgestoßen, und ein Zivilist in einem Trenchcoat, auf dem Kopf einen weichen Hut, kletterte heraus. Mit beiden Händen hielt er eine Maschinenpistole umklammert und feuerte auf Petrie. Die Kugeln schlugen wenige Zentimeter neben dem Engländer in den Boden. Scelba zog zweimal den Abzug durch. Der Zivilist ließ die Waffe fallen und brach zusammen. Angelo kam die Straße heruntergelaufen, bückte sich blitzschnell nach der Waffe und richtete den Lauf ins Wageninnere, ohne jedoch zu schießen.

Hinter dem Fahrer tauchte Johnson auf, zog eine Luger unter dem Kittel des Mannes hervor und tastete ihn nach weiteren verborgenen Waffen ab.

»Das wäre es dann«, rief er Petrie zu. »Dieser Bursche hier ist der lebensgefährlichste Doktor, der mir je untergekommen ist. Was hat dich stutzig gemacht, Jim?«

»Sie kamen aus der Richtung des Standortes, was nichts besagen muß. Doch der Kerl da verhielt sich ziemlich seltsam. Und jetzt wollen wir uns diesen merkwürdigen Krankenwagen mal ein wenig näher anschauen. Scelba, behalten Sie diesen schießenden Medizinmann im Auge.«

Der Zivilist war tot. Petrie schenkte dem Leichnam keine Beachtung. Angelo deutete mit einer Bewegung des Pistolenlaufs in das Wageninnere. Ein kräftig aussehender Jüngling saß an einem schmalen Tisch zwischen den Liegen und hielt die Hände über dem Kopf, während er ihnen mißmutig entgegenschaute. Auch er trug die Uniform des italienischen Sanitätskorps. Auf dem Tisch lag ein Kopfhörer, daneben stand ein rechteckiges Gerät, das wie ein Funkgerät aussah. Es gehörte sicher nicht zur Standardausrüstung einer italienischen Ambulanz. Als Petrie ihn auf deutsch ansprach, schüttelte er den Kopf und sagte, er verstehe nur Italienisch.

»Na schön«, fuhr Petrie unbeirrt auf deutsch fort, »ich nehme an, dieses Gerät da vor dir ist der neueste Blutplasma-Spender, nicht wahr? Steig aus – oder wir schießen!«

Eine solche Sprache verstand der Deutsche plötzlich sehr gut, denn er kletterte hastig aus dem Wagen. Angelo ließ keinen Blick von ihm. Petrie bückte sich und zog eine Brieftasche aus der Jacke des toten Zivilisten. Die Ausweispapiere überraschten ihn nicht sonderlich. Wortlos reichte er sie an Johnson weiter.

Der Amerikaner warf einen Blick darauf und las dann laut: »Oskar Schliemann, Beamter der Geheimen Staatspolizei. Was, zum Teufel, hat das zu bedeuten?«

»Bestimmt etwas, für das sich das Alliierte Oberkommando sicher sehr interessieren wird. Schauen wir uns doch mal dieses neueste Krankenwagen-Modell näher an.«

Er bückte sich und kletterte hinein, gefolgt von Johnson. An einer Wand, wo man es vom Tisch aus bequem erreichen konnte, befand sich ein kleines Kontrollpult. Der Motor des Wagens lief immer noch im Leerlauf. Petrie spielte an den Schaltern herum. Über ihnen ertönte plötzlich ein sirrendes Geräusch. Petrie schaute nach oben. Unter dem Dach war ein großer Metallkasten angebracht. Aus diesem Kasten kam das Geräusch. Der Engländer kroch an Johnson vorbei aus dem Wagen.

Angelo zitterte vor Wut. Blitzschnell drehte er seine Waffe um und zog dem Deutschen den Kolben über den Kopf. Der Mann brach bewußtlos zusammen.

»Diese verdammten Schweine!« Der Stimme des Italieners war deutlich seine Befriedigung anzuhören.

»Was hat er denn?« fragte Johnson erstaunt und folgte Petrie.

Der Engländer deutete auf das Dach des Wagens. Der Motor unter dem Wagendach hatte den ›Ventilator‹ zu einer Metallsäule mit zwei Flügeln ausgefahren, die wie Peilantennen aussahen.

»Eine teuflische Idee«, bemerkte Petrie. »Das ist ein Funkpeilwagen, getarnt als italienische Ambulanz. Und ich bin fast sicher, daß die Italiener nichts davon wissen. Begreifst du den Zweck?«

»Nicht ganz«, gab Johnson zögernd zu.

Angelo klärte ihn auf. In seiner Stimme schwang ein bitterer Unterton mit. »Ich dafür um so besser, Major. Auf diese Weise dürften die Deutschen auch meinen Sender Orange 1 entdeckt haben. Einer meiner Leute, der in der Nähe unseres Versteckes wohnt, erzählte mir, daß er am Tag, bevor wir aufflogen, eine italienische Ambulanz in der Nähe gesehen hat. Und ich Trottel habe mir nichts dabei gedacht. Auch ich bin Ihrer Ansicht, daß die italienische Armee nichts von dieser Sache weiß...«

»Und selbst, wenn sie es wüßte, könnte sie nichts dagegen tun, stimmt's?« Petrie deutete auf den Wagen.

»Das Ding da auf dem Tisch ist ein Peilgerät. Ich glaube, wir können dieses Fahrzeug unbesorgt als Taxi benutzen.«

Er kletterte wieder hinein und legte einen Schalter auf dem Kontrollpult um. Die Detektor-Säule versank wieder unter der Ventilator-Kappe. Mit dem Messer durchtrennte Petrie die Kabel und verbarg das Horchgerät und die Kopfhörer in einem Schrank. Auch den zusammenklappbaren Tisch ließ er in einem Fach der Seitenwand verschwinden. Mit den zwei Ledertragen an beiden Wänden sah der Wagen jetzt wieder aus wie jede Ambulanz, die Verletzte transportieren soll – und Verletzte konnte es noch geben bei ihrer Operation.

Hastig folgten die Männer Petries Anweisungen und zogen den zwei bewußtlosen Deutschen die Uniformen vom Körper. Angelo bereute schon seine Unbeherrschtheit: Einem Bewußtlosen die Kleider auszuziehen war viel mühsamer, als wenn der Mann sich selbst auszog. Mit Heftpflaster, das sie in einem der Wandschränke fanden, fesselten sie die beiden Gefangenen. Mit Watte verstopften sie ihnen die Ohren, um zu verhindern, daß die Deutschen, sobald sie ihr Bewußtsein wiedererlangten, ihre Gespräche belauschten. Sie hatten die zwei Gefangenen und den Toten in den Wagen gelegt für den Fall, daß sie schnell verschwinden mußten, und während sie die Deutschen ›versorgten‹, war Johnson auf den Lokstand gestiegen und holte den Sack mit dem Sprengstoff unter den Kohlen hervor. Als er zurückkam, schlüpften Petrie und Angelo gerade in die Uniformen des Sanitätskorps. Angelo paßte die Uniform des Fahrers wie angegossen, doch Petrie hatte Probleme. Die Jacke saß einigermaßen, doch die Hose war zu kurz.

»Wenn ich auf diese Weise meinen Lebensunterhalt in Friedenszeiten verdienen sollte, würde ich mich freiwillig zur Armee melden«, maulte Johnson und ließ den Sack auf den Wagenboden fallen. Er warf einen angeekelten Blick auf den Gestapo-Beamten.

»Brauchen Sie Herrn Schliemann eigentlich noch? Mir behagt seine Gesellschaft absolut nicht.«

»Er bleibt im Moment, wo er ist, Ed«, knurrte Petrie ungehalten, während er seinen Kittel zuknöpfte. »Der leere Zug wird den Deutschen sicherlich einige Rätsel aufgeben, sobald wir verschwunden sind. Der Armeelastwagen ist ganz offensichtlich verunglückt, und das Zugpersonal könnte aus Furcht, für den Unfall verantwortlich gemacht zu werden, davongelaufen sein.«

Johnson musterte Petrie kritisch. »Haben Sanitäter immer einen zwei Tage alten Bart?« fragte er.

»Sicher, wenn sie achtzehn Stunden durchgehend Dienst tun müssen. Die Italiener sind dafür bekannt, mit ihren Soldaten nicht gerade zimperlich umzuspringen. Jedenfalls gibt uns das einen guten Vorwand, schnell die Sperren zu passieren – wir wollen möglichst rasch zurück ins Depot.«

»Verlieren wir die Kerle unterwegs irgendwo?« Scelba deutete auf die Gefangenen. »Vielleicht mit einem Loch im Kopf. Dann können sie uns nicht mehr verraten.«

Sein Vorschlag schien keine Begeisterung auszulösen, und als er die Mienen der anderen sah, ließ der Capo das Thema schnell fallen und zuckte die Schultern. Petrie kletterte hinter das Steuer, Angelo in seiner gutsitzenden Uniform rutschte auf den Beifahrersitz. Der Tank war voll. Sicherlich war der Wagen im Wehrmacht-Transportdepot gerade aufgetankt worden.

»Ich fahre«, erklärte Petrie dem Italiener. »Sollten wir angehalten werden, und jemand muß aussteigen, dann wirkt Ihre elegante Uniform besser als meine. Mit anderen Worten – Sie steigen aus und besorgen das Reden.«

»Das ist sinnvoll«, nickte Angelo. »Sie sind der Fahrer und müssen hinterm Steuer bleiben.«

»Es sei denn, es gibt wirklich irgendwo Verletzte zu versorgen. Dann müssen wir beide aussteigen.«

Petrie startete den Motor, den er kurz zuvor abgestellt hatte. Vor ihnen stand der leere Zug verlassen auf dem Bahnübergang. Petrie hatte das seltsame Gefühl, daß er da noch stehen würde, wenn die Alliierten anrückten – sollten sie je bis zu diesem Ort kommen. Was nicht zuletzt von den vier Männern in der italienischen Ambulanz abhing.

Der Engländer schaute auf seine Uhr. Genau 21 Uhr. Wie gut, daß Parridge nicht wußte, wo sie waren. Er vermutete sie sicher schon am Ziel – in Messina.

Petrie wendete den Wagen und fuhr in Richtung Norden.

»Theoretisch sind wir schon viel zu spät dran. Sobald wir zur Küste kommen, brauchen wir jede Menge Glück«, sagte er zu Angelo.

Der Schmiß auf der rechten Wange, das Überbleibsel eines Duells aus General Klaus Rheinhardts Mitgliedszeit in einer schlagenden Verbindung, war deutlich zu sehen im Schein der Öllampe in seinem Zelt, als er sich vorbeugte, um einen Blick auf seine Armbanduhr zu werfen. Es war genau 20.30 Uhr. Durch einen Spalt des Zelteingangs konnte er auf der gegenüberliegenden Seite der im Mondlicht silbern schimmernden Meerenge von Messina das Küstengebirge der Insel erkennen. Dort lag das Ziel – Sizilien.

Der Vormarsch war im Gange. Vor dem Zelt rollte seine gewaltige Einheit durch die Olivenhaine Kalabriens zur Küste: Zwei Panzer-Regimenter mit zusammen über dreihundert Mark IV-Panzern, ein Grenadier-Regiment mit drei motorisierten Bataillonen, eine Motorrad-Einheit, ein Artillerie-Regiment mit vierundzwanzig Geschützen, ein Panzerabwehr-Bataillon und ein Pionier-Bataillon.

Der General hörte das Rattern der Panzerketten auf dem hartgebackenen Boden, hörte die Befehle der Unteroffiziere, die die Kolonnen einwiesen. Gott sei Dank war Kesselring seinem Rat gefolgt und hatte den Befehl gegeben: sofort übersetzen nach Sizilien!

»Was gibt's, Wengel?«

Oberst Wengel nahm vor dem Zelteingang Haltung an und salutierte. »Der Munitionszug ist gerade in Giovanni eingetroffen, Herr General.«

»Einschiffen lassen, sobald die Fähre angelegt hat! Ich werde auch an Bord gehen.«

Wengel salutierte und verschwand. Der Blick auf die Wasserstraße war wieder frei. Und diese Aussicht interessierte Rheinhardt ganz besonders. Denn von diesem Punkt aus, etwa zweihundertfünfzig Meter oberhalb der Meerenge gelegen, konnte er die ›Carridi‹ aus dem Hafen von Messina auslaufen sehen. Erst dann wollte er nach Giovanni aufbrechen.

11.
Freitag, 21.00 Uhr bis 22.30 Uhr

Die Scheinwerfer tasteten sich durch das nächtliche Dunkel. Petrie drückte den Fuß aufs Gaspedal, überquerte einen Paß und jagte einen langgezogenen Berghang hinunter. Rechts und links reckten sich die mondbeschienenen Gipfel majestätisch in den nachtdunklen Himmel. Auf der Paßhöhe hatten sie einen Moment lang in der Ferne das Meer sehen können, das wie Quecksilber glänzte, dann versperrte eine Felswand den Blick.

Die Straße vor ihnen verlief über eine lange Strecke völlig eben und führte mitten zwischen zwei parallel verlaufenden Bergketten hindurch. In anderen europäischen Ländern hätte man sie als Landstraße dritter Ordnung eingestuft, doch bei den hiesigen Verhältnissen war sie die beste Straße, die Petrie und seine Leute auf dieser Insel bis jetzt unter die Räder bekommen hatten. Petrie riskierte es und jagte mit Höchstgeschwindigkeit auf die Küste zu.

Neben ihm auf dem Beifahrersitz war Angelo in Schlaf gesunken, das Kinn ruhte auf seiner Brust. Durch das kleine Rückfenster des Führerhauses warf Petrie einen Blick ins Wageninnere. Johnson saß dicht hinter ihm. Scelba hatte sich auf einer der Tragen ausgestreckt und schlief ebenfalls. Sonst gab es keine Mitfahrer mehr. Die zwei deutschen Gefangenen und den toten Gestapo-Beamten hatten sie in einer leeren Scheune an der Straße zurückgelassen.

»Nimm auch eine Mütze voll Schlaf, Ed«, sagte Petrie zu Johnson. »Du wirst später kaum noch Gelegenheit dazu haben.«

»Und was ist mit dir? Du fährst jetzt schon fast den halben Tag. Ich könnte dich doch am Steuer ablösen – auch ohne

Uniform, denn hier begegnen wir ohnehin keiner Menschenseele.«

»Das kommt schneller, als uns lieb ist«, versicherte ihm Petrie. »Wie du selbst schon erwähntest, trägst du nicht das richtige Kostüm für die Rolle. Es geht schon, ich bin hellwach und bleibe auf meinem Platz, bis die Operation durchgeführt ist.«

»Du glaubst, wir schaffen es noch. Es ist schon verdammt spät.«

»Ja, solange Kesselring nicht die 29. Panzerdivision herüberschickt. Und das wird er kaum, bis man ihm alliierte Fallschirmspringer über Sizilien meldet.«

»Und wann sollen die abgesetzt werden?«

»Wenn überhaupt in dieser Nacht, dann gegen Mitternacht – bevor der Mond untergeht. Kesselring wird diese Meldung erst eine gute Stunde später in Händen halten.«

»Und wann erreichen wir Messina, wenn wir Glück haben und gut durchkommen?«

»Kurz vor Mitternacht, schätze ich.«

»Das wird verdammt knapp«, brummte Johnson.

»Ich hoffe, nicht zu knapp.«

Dieser niederdrückende Gedanke beschäftigte Petrie schon die ganze Zeit, während sie den Abhang zwischen hohen Feigendistelhecken hinabjagten. Sie erinnerten Johnson an Neu-Mexico. Der Amerikaner streckte sich auf der zweiten Trage aus, lauschte eine Zeitlang Scelbas gleichmäßigem Schnarchen und schlief dann selbst ein.

Petrie spürte keine Müdigkeit. Er hatte sein Schlafbedürfnis überwunden. In dieser entscheidenden Phase des Unternehmens waren seine Nerven so angespannt, daß er wohl kaum Schlaf gefunden hätte. Irgendwann, wenn der Auftrag erledigt war und er alle Kraftreserven ausgeschöpft hatte, würde er zusammenklappen und dann mindestens sechsunddreißig Stunden durchschlafen. Aber erst, wenn der Auftrag ausgeführt war.

Wenig später öffnete Angelo die Augen. Um sein Gedächtnis aufzufrischen, befragte ihn Petrie ausführlich über die Eisenbahnfähre.

»...sie lief vor elf Jahren in Genua vom Stapel«, erzählte der Italiener. »Sie hat eine Ladekapazität von über viertausend Tonnen und ist die größte verkehrende Eisenbahnfähre in ganz Westeuropa. Sie ist etwa hundertzwanzig Meter lang und wird von drei Achtzylinder-Burmeister & Wain-Dieselmotoren angetrieben...«

»Geschwindigkeit?«

»Sie macht Spitze 17 Knoten, doch läuft sie meistens nur mit 15,5 Knoten.«

»Wie lange braucht sie für die Überfahrt von Messina zum Festland nach Giovanni – nur für den Fall, daß wir unseren Job nicht schaffen, solange sie im Hafen liegt?«

»Die Entfernung beträgt etwa acht Kilometer. Ohne An- und Ablegezeiten braucht sie fünfundzwanzig bis dreißig Minuten.«

»Dreißig Minuten sind ziemlich wenig«, überlegte Petrie.

Das Wetter schien sich zu ändern, es wurde anscheinend schlechter. Schwere Wolkenbänke zogen von Nordwesten heran, und es kam Wind auf.

»Könnten wir es schaffen, solange die Fähre im Hafen liegt?«

»Schon möglich.« Angelo hob die Schultern.

»Doch sind während der Fahrt weniger Wachen an Bord als im Hafen am Pier.«

»Also müssen wir's erledigen, wenn sie auf See ist. Dort sinkt sie auch tiefer.«

Petrie steuerte den Krankenwagen über eine alte Brücke, die ein wasserloses Flußbett überspannte. Danach lief die Straße wieder schnurgerade zwischen den Feigendistelhecken dahin. Im Mondlicht wirkten die Kakteenarme wie verschlungene Hände, die sich zum Himmel reckten.

Hinter Petrie knallten Stiefel hart auf den Wagenboden, als Scelba sich aufsetzte, sich genüßlich reckte und dann den Ellbogen auf den Rand des offenen Schiebefensters zum Führerhaus stützte. Seine sarkastische Frage bewies, daß er die ganze Zeit ihrem Gespräch zugehört hatte.

»Und wenn der Job erledigt ist, wollt ihr sicher nach Hause schwimmen, wie? Das Wasser hat eine ganz nette Strömung in der Meerenge, Signor Gambari.«

»So weit haben wir auch schon gedacht«, fauchte Angelo. »Einer meiner zuverlässigsten Leute wird uns mit seinem Boot folgen, sobald die Fähre ablegt, und uns aus dem Wasser fischen.«

»Wir müssen etwas haben, womit wir ihm ein Zeichen geben können.«

»Ich habe eine Signalpistole in meiner Wohnung.«

»Und wohin bringt uns Ihr Mann?«

»Durch die Straße nach Malta hinüber. Doch werden wir dafür eine gute Portion Glück brauchen, denn die Meerenge wird von deutschen Schnellbooten bewacht.«

Hinter ihnen zündete Scelba ein Streichholz an und steckte seine neue Zigarre damit an. Er machte ein paar heftige Züge und fragte dann ganz beiläufig:

»Welche Farbe hat das vereinbarte Signal?«

»Grün.«

Angelo drehte sich um und schaute den Mafia-Boß scharf an.

»Warum wollen Sie das so genau wissen?«

»Weil ich meinerseits schon Vorkehrungen getroffen habe, um euch drei sicher aus der Gefahrenzone zu bringen, sobald ihr euren Job erledigt habt.«

Scelbas Miene blieb ausdruckslos. »Genauer gesagt veranlaßt Giacomo für mich alles Notwendige...«

»Wer ist Giacomo?« wollte Petrie wissen.

»Einer meiner Leute, dem ich vorhin eine Botschaft übermitteln ließ.«

»Wir brauchen ihn nicht«, sagte Angelo heftig. »Ich habe jeden einzelnen Schritt – das Eindringen in den Hafen, die Versenkung der Fähre und die anschließende Flucht – bestens...«

»Trotzdem möchte ich auch Scelbas Plan hören«, fiel ihm Petrie ins Wort. »Damit hätten wir eine Ausweichmöglichkeit, sollte Ihrem Mann etwas zustoßen, Angelo. Ist ein Spionagering erst einmal durchlöchert, kann der Gegner eine Menge Informationen sammeln.«

»Das ist wahr«, gab Angelo zu.

»Wie ist das, Scelba, können Sie uns auch mitten in der Meerenge von der Fähre holen?«

»Natürlich, sogar auf ähnliche Weise wie Angelo. Giacomo macht für alle Fälle ein Boot zum Auslaufen klar – einen Schwertfisch-Fänger.«

»Was ist das?« fragte Petrie.

»Die Schwertfisch-Angler an der Meerenge sind meine Freunde«, begann Scelba. »Sie benutzen für ihre Arbeit einen besonderen Bootstyp. Eines dieser Boote ist ein wenig frisiert und kann ein hohes Tempo laufen. Es hat den neuesten deutschen Außenbord-Motor...«

»Woher habt ihr ihn?«

»Die Docks in Messina sind vollgestopft mit Nachschubgütern vom Festland – alles mit der ›Carridi‹ transportiert. Ich habe im Hafen viele Freunde, und da erfährt man schon mal dies und das...«

Der Mafia-Boß zuckte bedeutungsvoll die Schultern.

»Wenn es soweit ist, werde ich Giacomo mit dem Schwertfisch-Fänger hinausschicken. Er wird eine Lampe am Topmast anbringen, um sich in der Dunkelheit zu identifizieren. Eine rote Lampe. Leider ist Giacomo, der Mann, der euch nach Malta bringen soll, taubstumm. Ich hoffe, daß Sie ihn wohlbehalten zurückbringen werden.«

»Unversehrt, soweit das möglich ist«, sagte Petrie kurz.

Taubstumm! Die Vorsicht des Sizilianers war schon fast teuflisch. Man konnte Giacomo später nicht ausfragen und aus ihm Informationen über die Mafia herausholen. Dieser Hundesohn hinter ihm war wirklich mit allen Wassern gewaschen. Er nötigte Petrie, wenn auch widerstrebend, Bewunderung ab.

»Da ist ein Problem, das Sie nicht bedacht haben, Angelo«, wandte er sich an den Agenten. »Ich muß, damit auch nicht das geringste schiefläuft, in den Maschinenraum der Fähre. Wir hatten Ihnen das auch von Tunis aus durchgegeben. Ist das machbar?«

»Es ist schwirig, aber nicht unmöglich. Um an genaue Informationen über die ›Carridi‹ zu kommen, sozusagen aus erster Hand, bin ich in den letzten drei Wochen bestimmt achtmal mit der Fähre hin und her gefahren.«

»Und niemand hat Verdacht geschöpft?« fragte Petrie scharf.

»Kein Mensch! Ich bin Rechtsanwalt, habe hüben und drüben Klienten. Jedenfalls habe ich ihnen das weisgemacht. Auch im Krieg kämpfen noch Leute nach den Buchstaben des Gesetzes vor Gericht gegeneinander. Während der Überfahrten habe ich mich ein wenig mit dem Chefingenieur angefreundet, einem zwielichtigen Burschen namens Volpe.«

»Zwielichtig?«

»Ja, er ist ein großer Frauenheld, der gern mit seinen Eroberungen prahlt – und Angelo Gambari ist ein angenehmer Zuhörer.« Der Italiener grinste. »Volpe hat zwei Schwächen: Frauen und Motoren. Auch trinkt er gerne einen guten Weinbrand, und durch einen Zufall, auf den ich nicht näher eingehen möchte, bin ich in den Besitz einiger Flaschen französischen Cognacs gekommen.«

»Er läßt Sie so einfach in den Maschinenraum?«

»Eher meine Flasche. Doch da ich ihm schon einige zugesteckt habe, darf ich während der Überfahrt zu ihm hinunter.«

Angelo strich sich über die Stirn. Er dachte offensichtlich angestrengt nach.

»Ja, jetzt habe ich's. Ich weiß, wie ich Sie und Johnson mitnehmen kann. Ihr müßt nur sagen, ihr hättet schon immer Maschinisten wie Volpe werden wollen. Nur seien eure Familien zu arm gewesen, um die Ausbildung bezahlen zu können. Trotzdem würden euch Maschinen faszinieren...

Volpe hört sich selbst sehr gerne reden, am liebsten vor möglichst vielen Leuten.«

Sie überquerten wieder eine Brücke und fuhren einen steilen Hügel empor. In einer Reihe aufeinander folgender Kurven mußten sie das Tempo erheblich drosseln. Bis jetzt war ihnen auf dieser Straße, die durch eine der ödesten Landstriche Siziliens führte, kein einziges Fahrzeug begegnet. Bald mußten sie auf die Straße stoßen, die Petrie zuerst von Scopana aus nehmen wollte. Er hatte diese Stecke nach intensivem Studium der Luftaufklärer-Berichte ausgewählt. Danach wurde die Straße kaum benutzt. Der Hauptverkehr rollte weiter östlich und westlich von ihr, wo zwei Überlandstraßen die Insel durchquerten.

»Und wie wollen Sie uns zum ›Carridi‹-Pier durchschleusen?« fragte der Engländer.

»Wir gehen ganz normal zum Anleger, wie die anderen Bauern.«

»Einfach so – in einem von Truppen abgeriegelten Bereich?«

Petrie warf Angelo einen kritischen Blick zu. Angelo wurde ärgerlich. Er unterstrich seine Worte mit heftigen Armbewegungen.

»Sie kennen die Umstände hier nicht. Seit Jahren benutzen die Einheimischen diese Fähren wie Autobusse. Bei jeder meiner kürzlichen Überfahrten waren auch einfache Leute, die ihr Leben lang auf dem Feld arbeiten, an Bord. Man braucht nur ein Ticket. Und Ausweispapiere natürlich. Die haben Sie!«

»Und die Deutschen lassen das zu?«

»Ihnen bleibt nichts anderes übrig.« Angelo ereiferte sich immer mehr. »Die ›Carridi‹ ist ein italienisches Schiff. Offensichtlich wissen Sie nichts über die Einstellung der Italiener zu den Deutschen. Sie mögen es seltsam finden, aber die Sizilianer haben nun mal ihre eigene Art zu leben, und um sie zu ändern, bedarf es mehr als ein paar hergelaufener Deutscher.«

»Schon gut, Angelo.«

Petries Stimme klang besänftigend. »Ich habe schon verstanden. Wir gehen also zusammen mit den anderen Bauern an Bord. Nur den Carabinieri sollten wir also möglichst aus dem Weg gehen.«

Wenig später kamen sie zu einer Abzweigung. Die Straße, die links in die Berge führte, war mit einem Wegweiser ausgeschildert: Scopana/Petralia. Das war die Straße, die Petrie ursprünglich nehmen wollte, als er in Tunis ihre Route ausgearbeitet hatte. Jetzt kannte er sich wieder aus. Sie hatten etwa dreiviertel des Nebrodi-Gebirges durchquert, und auf der mondhellen Straße waren ihnen bislang nur ein paar Eselskarren begegnet. Petrie machte sich keine Illusionen, daß dies so bleiben würde. Bald würden sie auf die strategisch wichtige Küstenstraße einbiegen, die Palermo mit Messina verband. Dort waren Straßensperren und Kontrollen – und die Deutschen.

Petrie warf einen Blick über die Schulter, als Johnson erwachte, sich gähnend reckte und ihm zuwinkte. Seine drei Begleiter zeigten deutliche Spuren von Erschöpfung. Zu wenig Nahrung und Schlaf sowie die ständige Anspannung hatten ihre Spuren in die stoppelbärtigen Gesichter gegraben. Sie sahen aus wie Soldaten, die nach schweren Gefechten in der vordersten Linie dringend eine Ruhepause brauchten. Doch leider hatten sie die schwierigsten Stunden noch vor sich. Wenn sie in Messina ankamen, würden sie ihre Kraftreserven zum größten Teil aufgebraucht haben – was nicht gerade für einen Erfolg ihrer Aktion sprach.

»Ich könnte jetzt einen Schluck vertragen«, schlug der Amerikaner vor.

Petrie nickte nur, und sie leerten gemeinsam die Flasche Mineralwasser, die er in Puccio gekauft hatte. Wenig später spürte der Engländer, daß Angelo ihn beobachtete, und aus seinem Gesichtsausdruck entnahm Petrie, daß es mit seinem eigenen körperlichen und geistigen Zustand nicht zum besten stand. Ich sehe bestimmt nicht anders aus als die anderen, dachte er grimmig. Johnson hatte Scelbas Platz an dem kleinen Schiebefenster eingenommen und fächelte sich Luft zu, um schneller munter zu werden.

»Sieht so aus, als gebe es Sturm«, brummte er.

»Das geschieht um diese Jahreszeit manchmal sehr schnell ohne jede Vorwarnung«, klärte ihn Angelo auf. »Eben war die See noch spiegelglatt, und im nächsten Moment fragt man sich schon, ob man den Sturm heil überstehen wird.«

»Wieviel Ladung kann die ›Carridi‹ bei einer Überfahrt transportieren?« fragte der Amerikaner.

»Einen kompletten Expresszug. Die Lokomotive und zehn Waggons. Oder fünfundzwanzig große Güterwagen. Und eintausendvierhundert Passagiere.«

»Eintausendvierhundert!«

Johnson pfiff lautlos durch die Zähne. Wenn man sie ein wenig zusammenpferchte, konnten bei einer Überfahrt fast doppelt so viele Menschen, also fast dreitausend Soldaten, übergesetzt werden. Mit ein paar Fahrten ließ sich schnell eine komplette Division vom Festland auf die Insel verlegen. Kein Wunder, daß die großen Tiere im Alliierten Hauptquartier so scharf darauf waren, die Fähre zu versenken.

Der Krankenwagen jagte weiter durch die Nacht. Langsam blieben die Berge zurück, sie näherten sich der Küste. Ganz plötzlich brach der Sturm los. Gerade noch fuhren sie durch die stille, kühle Nacht, doch dann versteifte sich die Brise zum Sturm, der sich mit heftigen Windböen gegen das Fahrzeug warf. Über ihnen türmten sich drohende Wolkengebirge auf und verdeckten den Mond. Im Nu hatten die Windböen eine Geschwindigkeit von fast siebzig Stundenkilometern erreicht.

Die Landschaft schien ihr Gesicht zu verändern, wenn vereinzelte Mondstrahlen zwischen den Wolkenbänken sie erhellten. Der Wind brauste immer stärker, vor den Scheinwerfern tanzten dichte Staubwirbel auf und ab. Durch eine Lücke in den Feigendistelhecken erhaschte Johnson einen Blick auf ein paar Schafe, die verängstigt in einem Pferch Schutz suchten. Ein Reiter trieb sie eilig vor sich her. Wenn die alliierte Invasion in dieser Nacht anlaufen sollte, hatten die Fallschirmspringer mit diesem Sturm sicher ihre arge Not, ganz zu schweigen von den Landungsbooten, die bei immer stärker werdendem Seegang Truppen an Land setzen sollten.

Sie näherten sich der gefährlichen Küstenstraße. Die Anspannung wuchs. Die Männer saßen kerzengerade, überprüften zum wiederholten Male ihre Waffen oder starrten angestrengt durch die Windschutzscheibe nach vorn.

Petrie fuhr langsamer. Sie mußten jetzt schon dicht bei der Küste sein, denn die Sturmböen, die vom Tyrrhenischen Meer hereinbliesen, trugen den Geruch nach Salz und Tang mit sich.

Petrie hielt an, stellte den Motor ab und steckte den Kopf aus dem Seitenfenster. Ja, sie waren am Meer. Der Salzgeruch war unverkennbar. Petrie verharrte einige Sekunden in dieser Stellung und lauschte auf Motorengeräusche von der Küstenstraße. Der kalte Wind biß auf der Haut, doch Petrie empfand seine Kühle nach der unerträglichen Hitze am Tag als angenehm. Außer dem Rauschen von Seegras, dem Heulen des Windes und dem Donnern der aufgepeitschten Wassermassen gegen die Steilfelsen der Küste hörte er keinen Laut.

»Scheint so, als wären wir immer noch allein auf der Welt«, raunte Johnson ihm zu.

»Schon möglich.« Petries Stimme klang zweifelnd. »Trotzdem müssen wir von jetzt an jeden Moment mit Problemen rechnen – schließlich befahren wir eine der Hauptnachschublinien in Sizilien.«

»Ich protestiere!«

Feldmarschall Kesselrings Stimme überschlug sich, er konnte seinen Zorn nicht länger verhehlen. »Es wäre ein ungeheurer strategischer Fehler, die 29. Panzerdivision auf dem Festland zurückzuhalten.«

Seine Hand umklammerte den Telefonhörer, als sei es Generaloberst Jodls Hals. Der hohe Offizier bat ihn, einen Moment in der Leitung zu bleiben. Die Tischuhr unter der Lampe auf Kesselrings Schreibtisch zeigte 21.15 Uhr. Der Anruf aus dem Führerhauptquartier in Ostpreußen hätte kaum zu einem ungünstigeren Zeitpunkt kommen können. Die Nachricht an Oberst Baade in Messina, unverzüglich die ›Carridi‹ zum Festland hinüberzuschicken, lag auf Kesselrings Schreibtisch, und in Giovanni wartete Rheinhardt auf die Verschiffung seiner Division. Trotzdem war es sicher klug gewesen, die Fähre nicht schon früher in Marsch zu setzen, dachte Kesselring, denn dann hätten ihm die Schreibtischstrategen im obersten Hauptquartier sicher ein paar peinliche Fragen gestellt.

Die Gestapo hatte also tatsächlich seine Leitung angezapft und das Führerhauptquartier am anderen Ende von Europa über seine Pläne informiert.

Jodls Stimme drang wieder über den Draht, kalt, unpersönlich und präzise wie immer.

»Rheinhardt bleibt in Süditalien, bis wir genau wissen, wo die Invasion stattfinden soll.«

»In Sizilien, nur in Sizilien! Strickland geht immer schrittweise vor, und der nächste Schritt von Afrika aus ist Sizilien. Dann kommt Italien. Wenn wir diesmal die Alliierten schlagen und in die See zurückwerfen, brauchen sie mindestens sechs Monate, um einen erneuten Versuch zu starten.«

»Das wissen wir alles.«

Jodls Stimme blieb ruhig.

»Eben deshalb müssen wir erst genau wissen, wo sie landen wollen.«

»Etwas genau wissen bedeutet im Krieg immer, es zu spät wissen«, schrie Kesselring ins Telefon.

Er konnte seine Wut nicht mehr zügeln. Der verdammte Gefreite mit dem Oberlippenbärtchen stand bestimmt neben Jodl und hörte das Gespräch mit, doch kam der Hund nie selbst an den Apparat. Kesselring holte tief Luft. Er war nicht bereit nachzugeben. Dieses Mal nicht!

»Ich möchte mit dem Führer persönlich sprechen, ehe ich diesen Befehl akzeptiere.«

»Eine Sekunde – hier geht's im Moment drunter und drüber.«

Also war der kleine Gefreite anwesend. Doch würde Jodl niemals zugeben, daß er Handlangerdienste leistete und die wahnsinnigen Befehle seines Führers nur weitergab. Während der Wartezeit überlegte sich Kesselring den nächsten Zug. Er durfte diesmal nicht der Verlierer sein. Rheinhardt mußte unbedingt nach Sizilien übersetzen, mochten die Verrückten in Ostpreußen befehlen, was sie wollten. Vom anderen Ende Europas hörte Kesselring, wie der Generaloberst hüstelte. Das tat er immer, wenn er aufgeregt war.

»Kesselring, der Führer ist im Moment unabkömmlich. Der Befehl bleibt bestehen. Die ›Carridi‹ ist noch in Messina, wie ich vermute?«

»Ja. Das heißt also, daß Rheinhardt unter keinen Umständen übersetzen soll?« fragte Kesselring listig. »Auch wenn definitive Meldungen vorliegen, daß der Gegner Fallschirmspringer absetzt?«

Wieder folgte ein längeres Schweigen. Kesselring grinste vor sich hin. Nun, wie schmeckt dir diese Zutat zu deinem Vegetarier-Süppchen? dachte er sarkastisch. Er hatte die hohen Herren in der Zwickmühle, das bewies die lange Pause. Wieder räusperte sich Jodl, ehe er sich meldete.

»Rheinhardt darf übersetzen, sobald Meldungen vorliegen, daß der Gegner von See her Truppen in Sizlien an Land setzt. Aber nur dann! Haben Sie verstanden?«

»Definitive Meldungen über Fallschirmspringer-Einsatz...«

Kesselring dehnte absichtlich seine Worte.

»Nur von See her!« Jodls Stimme klang scharf. »Ich wiederhole, nur bei einer Landung gegnerischer Streitkräfte von See her! Ich hoffe, Sie haben mich genau verstanden.«

»Jawohl.« Kesselring vermied es absichtlich, Jodls Worte

zu wiederholen. »Da sind sehr starke Störungen in der Leitung«, fügte er maliziös hinzu und läutete das Gespräch ab.

Zwischen den beiden Arten, Truppen anzulanden, konnte es kaum einen größeren Unterschied geben. Der erste feindliche Angriff erfolgte aus der Luft, wahrscheinlich kurz vor Mitternacht, solange der Mond am Himmel stand. Die Anlandung von See her war erst Stunden später zu erwarten. Durch sein kleines Manöver hatte Kesselring zumindest ein paar Stunden herausgeschunden. Wenn seine Ahnung ihn nicht trog und noch vor Mitternacht Fallschirmspringer gemeldet wurden, konnte die ›Carridi‹ sofort auslaufen. Er bestellte sich telefonisch Kaffee und begann seinen Befehl an Oberst Baade in Messina umzuformulieren. Es würde eine lange Nacht werden.

Es war ziemlich dunkel, als Petrie den Motor anließ und langsam weiterfuhr. Sobald sie die Küste erreichten, wurde es kritisch. Er lenkte den Wagen durch eine Kurve und gab an der folgenden Steigung mehr Gas, um das Tempo zu halten. Doch kaum hatte er die Hügelkette erreicht, bremste er ab.

Der Sturm fiel mit voller Wucht über den Wagen her. Den Männern im Fahrzeug bot sich ein dramatisches Bild. Der Blick weitete sich nach drei Richtungen, als das Licht des Mondes durch die niedrigen Wolken brach. Im Osten lief die Küstenstraße als schmales Band neben der eingleisigen Bahnspur von Palermo nach Messina, verschwand zeitweilig hinter einigen Hügeln und tauchte in der Ferne bei Milazzo wieder auf. Nach Westen zu führte sie nach Palermo. Vor ihnen im Norden lag die offene See, eine dunkle, unruhige Fläche mit weißen Schaumkronen, die gegen die verlassene Küste anstürmten und mit heftigem Donnern an dem Felsen zerrannen.

Petrie atmete tief durch. Ihre Furcht vor Militärkolonnen, Panzern und Truppen erwies sich als grundlos. Nichts und niemand war zu sehen, die tobende See schien das einzig Lebende in dieser toten Landschaft zu sein.

»Wir sind die reinsten Sonntagskinder.«

Johnson sagte diese Worte halblaut zu sich selbst. Dann bemerkte er, daß Petrie geduckt hinter dem Lenkrad saß und die Ambulanz im Schneckentempo den Abhang zur Einmündung der Seitenstraße auf die Küstenstraße hintersteuerte. Was, zum Teufel, hatte der Engländer jetzt schon wieder?

Im Schrittempo rollte der Wagen auf die Einmündung zu. Petrie hielt seinen Blick nach rechts gerichtet, wo der Hügel ein Stück der Küstenstraße verbarg. Unterhalb der Straße dehnte sich eine Bucht mit einem Kiesstrand, der an einem vorspringenden Hochplateau endete. Nirgendwo eine Spur von Drahtgeflechten, die auf eine Verminung schließen ließen. Nur einige Fischerboote lagen sicher vor den Wellen weit oberhalb der Wasserlinie auf dem Strand.

Petrie überquerte einen Bahnübergang und fuhr auf die Küstenstraße. Er wollte gerade nach rechts einbiegen, als er das Straßenstück, das der Hügel bis jetzt vor seinen Blicken verborgen hatte, einsehen konnte. In einem Sekundenbruchteil, wie vom Blitz einer Kamera erhellt, nahm er die Szenerie dort unten in sich auf – die Schlange ineinander verkeilter Armeelastwagen, die anscheinend zu schnell und zu dicht aufgefahren waren, die blockierte Straße, den Krankenwagen mit weit geöffneten Rücktüren...

Petrie überquerte die Schnellstraße mit aufheulendem Motor und lenkte den Wagen auf den Kiesstrand zwischen dem Kap und der Bucht zu. Das Krachen der Federung dröhnte ihm in den Ohren. Angelo starrte ihn nur überrascht an.

Johnson sprach als erster. »Was soll das, Jim?«

»Ich versuche nur, Ärger aus dem Weg zu gehen. Ein paar hundert Meter weiter unterhalb der Einmündung hat es einen Unfall gegeben. Die Straße ist blockiert, auch ein Krankenwagen ist schon da. Kannst du mir sagen, wie wir da vorbeikommen sollen – in einer Ambulanz? Da unten standen auch deutsche Lastwagen.«

»Und du willst hier abwarten, bis der ganze Spuk vorbei ist?«

Johnsons Stimme klang nicht gerade glücklich. Ungläubig beobachtete er Petrie, der ungerührt auf dem schmalen Strandstreifen unterhalb der Tafelebene weiterfuhr, wo die ausrollenden Wogen nach den Rädern des Wagens zu greifen schienen.

»Wir warten nirgendwo«, sagte Petrie schroff. »Dafür haben wir keine Zeit mehr. Wir fahren jetzt genau die Route, die ich ausgetüfelt habe. Vor unserer Abfahrt aus Tunis hatte ich mir die Luftaufnahmen dieses Küstenstrichs genau angesehen. An dieses Tafelland kann ich mich erinnern. Es ragt etwa achthundert Meter in die See vor und weicht dann genau unterhalb der Unfallstelle wieder bis hinter die Küstenstraße zurück...«

»Du willst doch nicht etwa um dieses Kap herumfahren?« fuhr Johnson auf.

»Genau das habe ich vor. Die Luftaufnahmen zeigten einen durchgehenden Strandstreifen rund um das Kap. Also, Herrschaften, betet mal schön, daß ich die Fotos richtig gedeutet habe.«

Der Sturm wurde immer stärker, türmte riesige Wogen auf und jagte sie mit enormer Wucht gegen das Kap. Der Strandstreifen zwischen dem Tafelland und der Wasserlinie war sehr schmal, kaum breiter als die Spur ihres Krankenwagens, und vor ihnen rollten die Brecher an einigen Stellen bis zum Fuß der Felsklippen. Es war nicht einfach, den Wagen hier entlangzusteuern. Häufig rutschten lockere Steine unter den Rädern weg und brachten den Wagen aus der Spur. Der Abstand zwischen dem rechten Kotflügel und der Felswand betrug oft nur Zentimeter. Wenn jetzt noch eine Stelle kommt, dachte Johnson, wo die Wogen den Kiesstreifen überspült haben, können wir zu Fuß weitergehen.

Der gleiche Gedanke war auch Petrie schon gekommen, doch die Zeit drängte jetzt so sehr, daß sie jedes Risiko in Kauf nehmen mußten. Erreichten sie Messina nicht rechtzeitig, und die Deutschen brachten neue Truppen über die Meerenge, hätten sie sich all die Mühen und Gefahren sparen können. Dann wäre alles vergebens gewesen. Es würde schwierig, die Ambulanz um das Kap zu fahren, denn eines hatten die Luftaufnahmen, aufgenommen an einem Tag mit ruhigem Wetter, nicht berücksichtigen können: den Auslauf der Brecher einer vom starken Sturm gepeitschten See.

Auf den Fotografien war der Strand nur ein schmaler Streifen gewesen, der sich am Kap stark verengte. Petrie vermutete, daß sie einen Teil der Strecke durchs Wasser fahren mußten. Einen Punkt hatte er bewußt vor seinen Gefährten zu verbergen versucht. Was war, wenn der Strand plötzlich in ein tiefes Wasserloch absackte, das man durch die anrollenden Brecher nicht sehen konnte?

Petrie schob den Gedanken beiseite und konzentrierte sich wieder aufs Fahren. Wenig später verengte sich der Strand noch weiter, rechts schimmerte die senkrechte Felswand, naß von der Gischt, im Mondlicht, links tosten die Wellenberge, deren Schaumkronen immer höher wogten, heran, brachen sich an dem Felssockel unter der Wasseroberfläche und schoben einen schäumenden Teppich unter den Wagen.

Das Grollen und Donnern der riesigen Wasserberge, die unablässig gegen das Kap anstürmten, war nervenzermürbend. Petrie fühlte etwas Feuchtes leicht gegen seine Wange klatschen und langsam hinabrinnen. Die Brandungslinie rückte immer näher, der Wind trieb die Gischt heran.

»Ed, behalte durch das Rückfenster die Schnellstraße im Auge.«

Petrie befürchtete, daß sich von Westen ein anderer Wagen näherte. Der Fahrer könnte sie sehen und annehmen, sie wollten Selbstmord begehen. Doch war die Straße nach beiden Richtungen verlassen gewesen, als sie sie überquerten. Wenn nichts dazwischenkam, konnten sie es schaffen.

Der Sturm trieb die Gischt der Wellen gegen die Windschutzscheibe. Petrie schaltete die Scheibenwischer ein. Einen Augenblick später beugte er sich vor und starrte stirnrunzelnd hinaus.

Ein Stück weiter oberhalb schien die See den Strandstreifen verschluckt zu haben, die Wogen brandeten gegen den Fuß des Kaps. Doch konnte dies bei dem diffusen Licht durchaus eine optische Täuschung sein.

Er hörte, wie Scelba sich hinter ihm räusperte, und warf rasch einen Blick zu Angelo hinüber, der sich eine Zigarette angezündet hatte und mit zusammengekniffenen Augen auf das Meer hinausschaute, als rechne er sich ihre Überlebenschancen aus. Hinter ihm sagte Johnson mit ruhiger Stimme: »Jim, ich steige aus und gehe vor dem Wagen her. Es hält uns zwar etwas auf, doch wir sollten wissen, was da vorne auf uns wartet, ehe es zu spät ist. Scelba kann die Straße im Auge behalten.«

»Gut, Ed. Schau dir den Strand in Wassernähe besonders genau an. Er könnte weggespült sein.«

Der Amerikaner öffnete die Rücktür und stieg aus. Sofort packte ihn der Wind mit enormer Wucht und schleuderte ihn fast gegen die Steilwand. Johnson zwängte sich zwischen dem Wagen und der Wand nach vorn. Seine Füße rutschten über nasses Gestein, taumelnd stemmte er sich gegen den tosenden Sturm, der sich noch zu verstärken schien. Die Gischt der Brandung näßte sein Gesicht und seine Kleider.

Trotz des Heulens des Sturmes vernahm er vor sich ein Geräusch, das keineswegs verheißungsvoll klang. Dort donnerten die riesigen Wellenberge direkt gegen die Felsen, als wollten sie das Kap zermalmen. Vornübergebeugt taumelte, stolperte und rutschte der Amerikaner vorwärts und hob nur gelegentlich den Kopf, um den weiteren Verlauf des Strandes zu erkunden. Wenig später watete er knietief in der schäumenden Brandung, um sich zu vergewissern, daß auch genügend fester Untergrund für den Wagen vorhanden war. An einigen Stellen würde Petrie eben mit den Außenrädern durchs Wasser fahren müssen.

Als er sich der Spitze des Tafellandes näherte, veränderte

das Kap seine Form. Die Steilwand wich zurück und öffnete sich zu schmalen Schluchten, die sich tief in den Fels fraßen und statt mit Kies mit Sand angefüllt waren. Sie endeten jeweils unter einer Felswand.

Das Donnern der Brandung vor der Landzunge schwoll an. Johnson hörte es deutlich über dem Brausen des Sturmes und dem Motorengeräusch des Krankenwagens, der ihm in etwa zwanzig Meter Abstand folgte. Er fragte sich, ob letztendlich die Natur mit ihrem verrückten Spiel doch Sieger über sie bleiben sollte. Immer noch stand der Mond am Himmel und schickte seine Strahlen durch ein Loch in der niedrigen Wolkendecke. In seinem bleichen Licht sah Johnson, wie sich vor ihm die Brecher an riesigen Felsen zerschlugen und eine Wolke von Gischt hoch in die Luft sprühten, die der Sturmwind zerriß und gegen die Klippen blies.

Der Amerikaner blieb stehen, um sich das Wasser vom Gesicht zu wischen. Er drehte sich um und sah hinter sich die Scheinwerfer des Wagens in einer Wolke sprühender Wassertröpfchen verschwimmen.

Sie würden nie an der Landzunge des Tafellandes vorbeikommen. Petrie mußte einen Fehler bei der Deutung der Luftaufnahmen gemacht haben, als er annahm, daß der Strandstreifen um die Landzunge herumführte. Es war auch völlig unwahrscheinlich. Ein Kap, das so weit in die See hinausragt, hatte in der Regel keinen Strand.

Johnson hob die Hand und winkte die Ambulanz näher an die Felswand heran, dann wandte er sich wieder um und stolperte vorwärts.

Die Stimmung im Wagen war gedrückt, die Insassen fühlten sich wie in einer engen Zelle gefangen. Es war kalt, doch die Männer schwitzten vor Furcht. Der Wagen schwankte, wenn die Räder über lockeres Gestein glitten, das von der auslaufenden Brandung hin und her geschoben wurde. Petrie hielt das Lenkrad fest gepackt und steuerte den Wagen mal zur Wasserseite, mal auf die Felswand zu, um sein Schwanken auszugleichen. Gerade passierte er wieder eine dieser seltsamen Sandschluchten, und Angelo warf einen sehnsüchtigen Blick in diesen Einschnitt im Fels, der zumindest Schutz von den tobenden Elementen versprach. Petrie schaute konzentriert geradeaus und versuchte, das Inselchen vor der Spitze der Landzunge auszumachen, das er auf einer der Aufnahmen gesehen hatte. Doch sie befanden sich schon in unmittelbarer Nähe der Kapspitze, und nirgends war eine Insel zu erkennen. Hatte er etwa einen Schatten auf dem Bild falsch interpretiert? Dann war es aus mit ihrem Plan, das Kap auf dem Strand zu umfahren. Er schaute nach links aus dem geöffneten Fenster. Sein Jackenärmel war schon von der Gischt völlig durchnäßt. Erschrocken blinzelte er, als er sah, was da auf sie zukam.

Eine riesige graue Wasserwand rollte heran, brach in sich zusammen und baute sich wieder auf, jagte, sich immer höher schraubend, auf den Wagen zu und drohte ihn unter sich zu begraben. Petrie stoppte und begann in höchster Eile das Fenster hochzudrehen. Angelo duckte sich instinktiv gegen die andere Tür. Die Woge würde sie zerschmettern, und der kräftige Sog eines solchen Brechers konnte den Wagen mit Leichtigkeit umwerfen und in die See spülen. Die Wand fiel erneut in sich zusammen, hüfthoch schossen ihre Ausläufer auf den Wagen zu und donnerten dagegen. Die Männer fühlten die Wucht des Stoßes, fühlten, wie der Wagen schwankte. Wasser quirlte auf allen Seiten um sie herum, lief zurück und brach sich an der nächsten anrollenden Welle. Hoch spritzte die Gischt in die Luft. Petrie versuchte, den Motor wieder zu starten. Er kam nicht. Eine Sekunde später bemerkte er, daß Johnson verschwunden war.

Johnson hatte den Brecher herandonnern sehen und sich eiligst in der letzten kleinen Schlucht in Sicherheit gebracht, einem breiten sandigen Einschnitt, der nach etwa dreißig Metern abknickte und verschwand. Das Wasser rollte hinter ihm hinein, überschwemmte den Sandboden und schwappte wieder zurück. Johnson folgte dem Wasser und verließ den

Felseinschnitt. Er gab Petrie ein Zeichen, hörte das Starten des Motors, hörte, wie er erstarb. Ein eisiger Schreck durchfuhr ihn. In die Maschine war Wasser eingedrungen.

Wieder wurde der Motor gestartet, doch erst beim dritten Versuch sprang er an, und die Ambulanz rollte weiter. Wolken verdeckten den Mond, die Scheinwerfer tasteten sich wie Lichtfinger durch das Dunkel.

Zögernd verließ Johnson den sicheren Sanduntergrund und ging weiter auf die Landspitze zu. Seine Stiefel schlitterten über nasses Gestein. Ja, Petrie hatte sich geirrt. Er konnte jetzt deutlich die riesigen Felsbrocken vor der Spitze des Kaps erkennen. Wasser umspülte sie, gegen die äußeren Felsen tobte die Brandung mit voller Wucht. Es gab keinen Strandstreifen mehr. Riesige Felsen blockierten ihren Weg.

Johnson schaute zurück – und erstarrte. Der Wagen hatte jetzt den sich stark verengenden Strandstreifen erreicht, und die äußeren Räder befanden sich bis zur halben Höhe schon im Wasser.

Die Schieflage des Wagens war es, was Johnson so erschreckte. Die Ambulanz neigte sich stark zur See hin, wo der Strand steil zur Wasserlinie hin abfiel. Nur noch ein paar Grad weiter von der Felswand weg, und der Wagen mußte seitlich umkippen. Für ein paar lange Sekunden vergaß Johnson das Donnern der Brecher, das Heulen des Windes, sogar die Tatsache, daß riesige Felsen ihnen den Weg versperrten. Er sah nur noch die gefährliche Neigung des Wagens, sah, daß Petrie nicht aufgab und den Wagen über eine trügerische Sandbank steuerte, daß die Scheinwerfer gefährlich hin- und herschwankten. Sie kamen näher, richteten sich wieder in die Waagerechte, als die Ambulanz über einen ebenen Felskeil rollte und sich der Sandschlucht näherte, in der Johnson Schutz vor der herantosenden Flutwelle gefunden hatte.

Erst jetzt ging der Amerikaner weiter auf die Landspitze zu. Dabei hoffte er inbrünstig, daß seine Augen ihm einen Streich gespielt hatten, daß es einen durchlaufenden Strand um das Kap gab. Er erreichte den ersten großen Felsen, die

Gischt der Brecher sprühte über ihn hinweg und durchnäßte ihn. Das Tosen der Wassermassen war ohrenbetäubend.

Johnson gab Petrie ein Zeichen zu warten und kletterte auf den schlüpfrigen Felsen, um zu sehen, ob sie wenigstens zu Fuß weiter kamen. Etwa zwanzig Meter oberhalb der Stelle, wo der Wagen wartete, weitete sich der Blick. Johnson sah über die Landzunge hinweg auf das offene Meer hinaus – und erkannte den vertrauten Umriß eines italienischen Schnellbootes, das auf das Kap zuhielt. Kaum dreihundert Meter vor der Landspitze, im bleichen Mondlicht deutlich zu erkennen, wendete es, um den Küstenstreifen auf dieser Seite abzusuchen.

Der Amerikaner sprang die Felsen hinunter, stolperte über gefährliche Kanten und wäre beinahe auf dem schlüpfrigen Gestein gestürzt. Er lief auf den Wagen zu und deutete dabei mit den Armen immer wieder auf die Sandschlucht. Doch entweder sahen ihn seine Gefährten nicht, oder sie konnten seine Gesten nicht deuten. Der Wagen rollte weiter auf ihn zu und war schon fast am Eingang der Schlucht vorbei. Johnson, der wie durch ein Wunder nicht stürzte, rannte weiter voran, blieb wieder stehen und winkte erneut.

Der Krankenwagen drehte in die Schlucht ab und verschwand hinter der vorspringenden Felsnase. Johnson spurtete wieder los, versuchte verzweifelt, den Schluchteingang zu erreichen, ehe das Patrouillen-Boot um die Landzunge bog. Einmal glitt er auf nassem Geröll aus und fiel hart auf die Knie. Vom Schmerz betäubt blieb er einen Moment in dieser gebeugten Haltung, dann rollte eine hohe Wogen über ihn hinweg und brachte ihn zur Besinnung. Er zog sich auf die Füße und taumelte weiter. Seine Mütze, seine Jacke und seine Hosen trieften vor Nässe. Endlich spürte er den weichen Sand unter den Stiefeln und begann schwerfällig zu laufen.

Die Ambulanz war hinter der Kehre der Schlucht verschwunden. Die Reifenspuren am Schluchteingang hatte das hereinströmende Wasser fast verwischt. Johnson hastete vorwärts, frierend, mit triefenden Kleidern. Jeden Augenblick glaubte er das Tuckern des Bootsmotors hinter sich zu hören. Aus irgendeinem Grund suchten die verdammten Hunde die Landspitze mit ihren starken Scheinwerfern ab, und Johnson befürchtete, noch in der Schlucht vom Lichtstrahl erfaßt zu werden.

Hielten sie etwa Ausschau nach Landungstruppen? Er wußte es nicht. Endlich erreichte er die Felsnase, hinter der die Schlucht abknickte. Petrie war ihm entgegengeeilt und zog ihn am Arm hinter die schützende Deckung.

»Bist du okay, Ed? Was ist los?«

Johnson blieb ihm die Antwort schuldig, er war völlig außer Atem. Statt dessen deutete er zurück zum Strand. Vorsichtig spähte Petrie um den Felsvorsprung. Im gleichen Moment tauchte das Patrouillen-Boot um die Landspitze auf und nahm Kurs auf die offene See. An Bord blitzte in Abständen eine Morselampe auf.

Petrie erschrak. Im ersten Augenblick dachte er, man übermittelte ihre Entdeckung an eine Streife auf der Küstenstraße. Doch rasch erkannte er, daß sich das Boot nur bei einer Station der Küstenwacht oben auf dem Tafelland identifizierte.

»Alles in Ordnung, Ed«, beruhigte er den Amerikaner. »Es hat uns nicht entdeckt und nimmt Kurs auf die offene See.«

»Patrouillen-Boot...«

Johnson rang nach Luft.

»Suchten mit Scheinwerfern die Küste ab... können nicht weiter... große Felsen im Weg...«

»Mach dir keine Sorgen. Es war nur ein Erkennungssignal – wahrscheinlich an die Wachstation da oben. Komm erst mal zu Atem. Du hast unsere Haut gerettet. Zieh die nassen Klamotten vom Leib und wickle dich in eine Decke. In den Schränken im Wagen gibt's genug davon.«

Er führte Johnson zum Wagen, der ohne Licht einige Meter entfernt stand. Scelba öffnete die Türen an der Rückseite, half dem Amerikaner hinauf und nickte Petrie zu, der zum

Führerhaus ging. Als er sich hinter das Steuer schwang, ging der Mond unter. In der Schlucht herrschte jetzt völlige Dunkelheit.

Der Amerikaner wollte mit Petrie sprechen, ehe er sich umzog. Er beugte sich durch das Schiebefenster.

»Jim, wir können das Kap nicht umfahren. Da liegen riesige Felsbrocken im Weg. Der Strand hört hier auf.«

Angelo drehte sich um und gab ihm eine Zigarette. Beim Aufflammen des Streichholzes sah ihn der Amerikaner lächeln. Diese Reaktion überraschte ihn.

»Es ist alles bestens, Ed«, beruhigte ihn Petrie. »Ich war mir ziemlich sicher, daß ich auf der Luftaufnahme eine kleine Insel vor der Kapspitze gesehen hatte, und doch konnten wir sie nicht entdecken. Das da ist die Insel.«

Er deutete nach links aus dem Fenster.

»Was wir immer für die Landzunge gehalten haben, ist die Insel. Sie ist vom Tafelland nur durch diese Schlucht getrennt, die zum Strand auf der anderen Seite führt. Von dort kommen wir wieder auf die Straße.«

»Du machst wohl Witze«, krächzte Johnson.

»Ich habe mich eben davon überzeugt. Wir folgen dieser Kurve, und nach ein paar Metern sind wir auf der anderen Seite des Tafellandes. Wir warten ein paar Minuten, bis das Patrouillen-Boot weg ist, dann können wir fahren. Ich will vorher nur noch mal den Strand und die Straße überprüfen.«

»Und was ist mit der Wachstation da oben?«

»Sie liegt mitten auf dem Hochplateau, genau zwischen uns und der Straße. Ich weiß das noch von der Luftaufnahme. Wir fahren wie bisher dicht unterhalb der Steilwand entlang, dann können sie uns nicht entdecken.«

Sie warteten einige Minuten. Petrie überzeugte sich, daß die Luft rein war, dann fuhren sie durch die Schlucht auf den Kiesstrand auf der anderen Seite hinaus. Der Uferstreifen war hier breiter, weil das Kap ihn vor dem starken Wind schützte. Auch die See tobte hier weit weniger heftig.

Als der Wagen sich der Böschung der Straße näherte, hielt

Petrie an und stieg aus. Er mußte eine höchstgefährliche Frage klären: Konnte man diesen Punkt der Straße, an dem sie sich jetzt befanden, vom Unfallort aus einsehen?

Vorsichtig kletterte Petrie den sandigen Hang hinauf. Hätte er es doch riskieren und einfach auf die Straße hinausfahren sollen? Jedenfalls mußte die mitten auf dem Strand geparkte Ambulanz auf jeden vorbeikommenden Fahrer seltsam wirken.

Petrie erreichte die Straße und richtete sich auf. Verlassen breitete sich ihr Band in westlicher Richtung aus und verschwand in dem Tal, wo die Unfallstelle lag. Petrie rannte zur Ambulanz zurück, fuhr den Hang hinauf und lenkte den Wagen auf der Straße in Richtung Osten. Rasch warf er einen Blick auf seine Uhr. 22.25 Uhr. Noch fünfundneunzig Minuten bis zur Stunde Null. Er drückte seinen Fuß auf das Gaspedal.

12.
Freitag, 22.30 Uhr bis 23.30 Uhr

Mit hundert Stundenkilometern jagte die Ambulanz über die Schnellstraße an der nordsizilianischen Küste entlang. Die Scheinwerfer schossen durch die Dunkelheit. Die Tachonadel zitterte. Der Wind drückte heftig gegen den Wagen.

Scelba hielt sich krampfhaft am Sitz fest, um sein Gleichgewicht zu bewahren, als der Wagen in eine langgezogene Kurve schoß. Johnson lehnte den Körper gegen die Wagenwand. Sie näherten sich Messina. Es war genau 23 Uhr. Drei Straßensperren hatten sie schon unbehelligt passiert. Wenn Petrie mit dieser Geschwindigkeit weiterfuhr, würden sie in einer Viertelstunde die Meerenge erreichen.

»Da ist schon wieder eine Sperre«, sagte Angelo knapp.

»Wir werden sie ebenso passieren wie die anderen«, bemerkte Petrie optimistisch.

»Irgendwann kommen wir damit nicht mehr durch«, unkte Johnson durch das Verbindungsfenster.

Die roten Lichter in der Ferne signalisierten schon weithin, daß sie sich einer Kontrollstelle näherten. Der Schlagbaum oder die Posten waren im Scheinwerferlicht noch nicht zu erkennen. Petrie schaltete die Sirene ein. Ein unheimlicher, Todesgefahr andeutender Heulton drang in die Nacht hinaus, warnte die Posten an der Sperre, daß dieser Wagen nicht anhalten würde, veranlaßte sie zum Öffnen des Schlagbaumes. Die Scheinwerfer erfaßten die Sperre, erfaßten Männer in Carabinieri-Uniformen, die hastig den Baum hoben und zur Seite sprangen. Der Krankenwagen schoß durch die Sperre. Angelo sah die weißen Gesichter der Posten schemenhaft vorbeihuschen. Dann stachen die Scheinwerfer wieder ins Dunkel, schwenkten in eine Kurve, ließen kurz die Schienen zu ihrer Rechten aufblitzen, zwei bedeutungslose Stahlstränge, die nach nirgendwo führten, da hier keine Züge mehr verkehrten. Zu ihrer Linken schimmerte die unruhige See silbern auf, als der Mond wieder hinter einigen Wolken hervorkam. Immer noch tobte der Sturm und trieb die Wolken wie eine dunkle Geisterflotte am Himmel vor sich her. Doch bei der hohen Geschwindigkeit schien die Wasseroberfläche nur leicht gekräuselt, ein Tanz von silbernen Wogenkämmen, die sich an der leeren, einsamen Küste totliefen.

Die vier Männer jagten an Buchten, Schluchten und Klippen vorbei, und häufig bemerkten sie draußen auf See die dunklen Umrisse von Patrouillen-Booten, die die heimischen Gewässer nach feindlichen Eindringlingen absuchten – während der Feind kaum einen Kilometer südlich von ihnen in einem Ambulanzwagen auf Messina zujagte.

»In der Nähe der Stadt haben auch die Deutschen einige Sperren errichtet«, warnte Angelo.

»Halten sie auch italienische Armeefahrzeuge an?« fragte Petrie.

»Nur selten, aber es kommt vor.«

Und im Moment, vor einer drohenden Invasion, dürften sie besonders mißtrauisch sein, dachte der Engländer und steuerte den Wagen in das Peloritanische Gebirge hinauf.

Die See wich nach Norden zurück. Die Bahnlinie wechselte über eine Brücke auf die linke Straßenseite hinüber und führte auf einer eigenen Spur durch die Berge hindurch in östlicher Richtung nach Messina. Die Straße kletterte immer höher hinauf, die Temperatur sank um einige Grade. Zum ersten Mal seit ihrer Landung auf der Insel fuhren die vier Männer durch bewaldetes Gebiet, sahen Bäume an den Berghängen.

Vor ihnen in der Nacht tauchten wieder die Lichter eines Kontrollpunktes auf. Petrie betätigte erneut die Sirene und beschleunigte.

»Seien Sie vorsichtig!« warnte ihn Angelo.

Im Mondlicht war das Rohr der Panzerabwehr-Kanone

deutlich zu erkennen, die Mündung deutete drohend in ihre Richtung. Deutsche Uniformen wurden sichtbar, über ein Dutzend Soldaten standen am Schlagbaum. Unter ein paar Bäumen auf der anderen Straßenseite hatten zwei Motorradfahrer einen italienischen Lastwagen gestoppt und prüften die Papiere. Um den Lastwagen herum vertraten sich ein paar italienische Soldaten die Beine.

Der Schlagbaum blieb unten. Petrie packte das Lenkrad fester. Seine Augen wurden schmal, als er sich der Sperre näherte. Und dann geschah etwas, das alle überraschte. Es begann zu regnen.

»Ich halte an«, sagte Petrie warnend und trat auf die Bremse. Wenige Meter vor dem Schlagbaum brachte er den Wagen zum Stehen. Für einen Durchbruch standen ihre Chancen zu schlecht. Die Kanone mit ihrer gefährlichen Reichweite wie auch die Motorradfahrer, die innerhalb von Sekunden die Verfolgung aufnehmen konnten, machten das Risiko zu groß.

Als das Motorgeräusch des Sanka zu einem gleichmäßigen Brummen erstarb, hörten die vier Männer den Regen laut gegen das Blech der Karosserie trommeln. Durch das geöffnete Seitenfenster sah Petrie einen deutschen Unteroffizier auf die Ambulanz zukommen. Die Maschinenpistole hielt er in der Hand. Völlig durchnäßt erreichte er den italienischen Sanka.

»Sie wollten wohl nicht anhalten, wie?«

Innerlich verfluchte Petrie das fließende Italienisch des Deutschen, doch schaute er dem Unteroffizier nur verwundert ins Gesicht.

»Wir sind auf dem Weg ins Hospital. Ein dringender Notfall.«

»Kein Grund, am Schlagbaum nicht zu halten. Sehen Sie die Kanone da?«

Der Deutsche wischte sich die Regentropfen vom Gesicht und deutete mit einer Hand zu dem Geschütz hinüber. Die andere hielt die Maschinenpistole schußbereit.

»Ihr Patient könnte jetzt schon ein toter Mann sein – und Sie auch!«

Der Deutsche mochte Ende Zwanzig sein. Er war ein kräftiger, etwa 1,85 Meter großer Mann, ein arroganter Bursche, ein typisches Produkt des Nazi-Regimes.

»Ihre Papiere!« bellte er und zielte mit der Pistole auf Petries Kopf.

Er war glatt rasiert, hatte wohl gerade seinen Dienst angetreten, und der Regen schien ihm nichts auszumachen. Hinter ihm waren mehrere italienische Soldaten unter den Bäumen hervorgekommen und blieben am Straßenrand stehen. Sie hatten sich offensichtlich vor dem strömenden Regen in Sicherheit gebracht, der rasch die Mulde füllte, in der die Bäume wuchsen. Dem Sanka am nächsten stand ein Unteroffizier, ein kleiner, entschlossen aussehender Mann, der die Szene neugierig beobachtete.

»Papiere!« schnarrte der Deutsche nochmals.

Irgend etwas in Petrie rastete aus. Sie waren jetzt seit fast vierundzwanzig Stunden unterwegs, hatten den Mafia-Überfall, den Jagdflieger-Angriff, die Fahrt durch die Wildnis, die Verfolgung durch die Carabinieri, die Bombardierung durch das B 17-Geschwader und einige andere Gefahren heil überstanden. Und dann wollte so ein bulliges Schwein von einem Deutschen sie kurz vorm Ziel, wo Messina schon greifbar vor ihnen lag, aufhalten?

Der Engländer sprang in den strömenden Regen hinaus, warf die Tür hinter sich heftig ins Schloß, stemmte die Arme in die Hüften und baute sich vor den Deutschen auf.

»Sie hätten tatsächlich eine italienische Ambulanz unter Feuer genommen?«

Absichtlich hatte er seine Stimme erhoben, um das Rauschen des Regens zu übertönen. Der italienische Unteroffizier trat einen Schritt näher, seine Soldaten hoben die Köpfe.

»Dies hier ist eine Straßensperre«, bellte der Deutsche. »An einer Sperre habt ihr zu halten, verdammt noch mal!«

»Und mir juckt's verdammt in den Fingern, wenn ich so etwas wie dich sehe, Freundchen. Du denkst wohl, euch gehört hier die ganze Insel, was? Wir Italiener haben hier wohl gar nichts mehr zu sagen, sind nur Dreck, wie?«

Der italienische Unteroffizier kam auf die beiden zu, blieb aber dann wieder stehen. Unmerklich schlug die Stimmung um. Auf der einen Seite der Straße sammelten sich die italienischen Infanteristen. Sie hatten die Gewehre in die Hand genommen und schauten an der Ambulanz vorbei zu der Geschützstellung, wo die deutschen Soldaten standen. Dann lenkten sie ihre Aufmerksamkeit wieder auf die beiden Akteure auf der Straße. Der deutsche Unteroffizier musterte Petrie argwöhnisch.

»Was ist mit Ihrer Uniform los?« fauchte er. »Außerdem haben Sie sich seit mindestens zwei Tagen nicht mehr rasiert. Sie sehen aus wie ein Strolch.«

Petrie deutete provokativ auf die Wehrmacht-Uniform seines Gegenübers. Zu den Italienern gewandt rief er:

»So, so, weil wir also keine hübschen neuen Uniformen haben wie dieser Angeber hier, sind wir gleich Strolche. Jetzt wissen wir, wie unsere netten Verbündeten über uns denken. Strolche hat er uns genannt. Ich helfe Verletzten, beschmiere dabei meine Uniform mit Blut und leihe mir eine andere, um weiterhelfen zu können – und dann bin ich unvorschriftsmäßig gekleidet. Zweiundzwanzig Stunden Dienst ohne Pause – und dann ist es ein Verbrechen, daß ich unrasiert bin. Ich wünschte, ich hätte es so gut wie der Herr General hier, dessen Haut so glatt ist wie der Arsch eines Chorknaben!«

Voller Absicht spuckte Petrie dem Deutschen dicht vor die Füße.

Im Wagen setzte sich Angelo vor Schreck kerzengerade auf. Seiner Meinung nach war Petrie zu weit gegangen. Auch der Deutsche versteifte sich. Unbeherrscht hob er die Waffe, um ihren Kolben Petrie über den Schädel zu ziehen. Der italienische Unteroffizier sprang vor und packte die Waffe. Einige Augenblicke rangen die beiden Verbündeten miteinander.

Unablässig strömte der Regen herab und verwandelte den Boden neben der Straße in einen schlammigen Morast. Die italienischen Soldaten sahen ihren Anführer im Handgemenge mit dem Deutschen an der Geschützstellung zu. Ein Wehrmachtsgefreiter gab einen scharfen Befehl, und alle deutschen Soldaten außer den beiden am Geschütz verteilten sich am Straßenrand.

Mein Gott, dachte Angelo, und wir sitzen mitten im Kreuzfeuer. So etwas hatte es schon einmal gegeben bei einer Auseinandersetzung zwischen Italienern und Deutschen in der Nähe von Catania. Der Vorfall wurde sorgfältig vertuscht, und die beiden Einheiten an entgegengesetze Enden der Insel verlegt.

Der Italiener stemmte seinen Stiefel hinter dem Bein des Deutschen in den Boden. Der Deutsche taumelte und löste den Griff um die Waffe. Mit einem Ruck riß der Italiener sie ihm aus der Hand, senkte sofort die Mündung und rief seinen Leuten über die Schulter zu: »Sofort die Gewehre herunter, ihr Idioten!«

Seine Männer folgten unverzüglich seinem Befehl. Der Unteroffizier fuhr schnell herum und zischte dem Deutschen zu: »Ich werde diesen Vorfall sofort bei meiner Ablösung melden.«

»Ihre Leute hätten beinahe auf meine Kameraden das Feuer eröffnet«, tobte der Deutsche.

»Dann schauen Sie mal kurz zu ihnen hinüber«, sagte der Unteroffizier.

Die Deutschen hielten noch ihre Gewehre schußbereit.

Der Italiener drehte sich um und ging ruhig davon, die Waffe des Deutschen nahm er mit. Der Mann konnte ihm nichts anhaben, er hatte nur den Angriff auf einen italienischen Sanitäter verhindert.

Der Nazisoldat fluchte laut hinter ihm her, dann schickte er seine Leute zum Geschütz zurück. Dabei vermieden es die Männer, zu ihren Verbündeten auf der anderen Straßenseite hinüberzuschauen.

Der Italiener drehte sich noch einmal um und rief dem Deutschen zu:

»Von nun an kontrollieren wir allein die italienischen Fahrzeuge.«

»Auch ich werde den Vorfall melden«, gab der Deutsche zurück.

»Das steht Ihnen frei. Vergessen Sie aber nicht zu erwähnen, daß Sie auf eine italienische Ambulanz schießen wollten.«

»Das ist eine verdammte Lüge...«

»Ich habe ganz deutlich gehört, wie Sie zu dem Fahrer sagten, er und sein Patient könnten jetzt schon tot sein.«

Der Unteroffizier ging zu Petrie hinüber, der abwartend im strömenden Regen stehengeblieben war. »Ihr Patient ist schwer krank?« fragte er.

»Er könnte sterben, wenn ich ihn nicht bald ins Krankenhaus nach Messina schaffe. Er ist Unteroffizier bei einer technischen Einheit, die Bunker baut. Ein Zementmischer ist auf ihn gestürzt. Er hat eine Chance zu überleben, wenn er bald in ärztliche Behandlung kommt. Deshalb habe ich auch die Sirene eingeschaltet. Das ist jetzt schon das zweite Mal innerhalb einer halben Stunde, daß die ›tedesci‹ uns anhalten.«

Petrie benutzte absichtlich den italienischen Ausdruck für die deutschen Alliierten. »Wenn ich noch einmal anhalten muß, kann das den Tod des Patienten bedeuten.«

Er warf einen bezeichnenden Blick zu den beiden Motorradfahrern hinüber, die auf den Sätteln ihrer Maschinen saßen.

»Sie meinen...?«

Der Unteroffizier zögerte, und Petrie drängte ihn nicht.

»Er schwebt tatsächlich in Lebensgefahr?«

»Ja. Er muß dringend operiert werden. Das ist aber nur in Messina möglich. Das Operationsteam wartet schon auf uns.«

»Sie befürchten, daß Ihnen so etwas wie eben noch einmal passiert?« fragte der Unteroffizier mit leiser Stimme.

»Es gibt zu viele Deutsche in Sizilien.«

Der Unteroffizier, der eine gewisse Ähnlichkeit mit Angelo hatte, zögerte immer noch. Der Regen prasselte nun stärker auf die Straße, und diese Tatsache schien seinen Entschluß zu beschleunigen.

»Ich gebe Ihnen die Motorrad-Streifen als Eskorte mit«, sagte er rasch. »Sie bringen Sie ohne Verzögerung durch alle Sperren. Um so schneller sind sie dann zurück.«

»Sagen Sie ihnen, sie sollen uns bis zur letzten Sperre begleiten, dann können sie sofort umkehren. Der Bursche da drinnen wird's Ihnen danken. Ich werde ihm alles nach der Operation erzählen.«

»Ich hoffe, sie verläuft gut.«

Der Unteroffizier ging schnell zu den Motorrad-Streifen hinüber. Petrie bestieg wieder die Ambulanz. Er war völlig durchnäßt. Mit dem Taschentuch trocknete er sich das Gesicht und rieb sich die Nässe aus dem Haar, während er darauf wartete, daß der Schlagbaum hochging. Im Wagen war es plötzlich sehr still, nur der Motor brummte leise, der Regen trommelte aufs Dach, und die Scheibenwischer tickten gleichmäßig hin und her.

»Es hört gleich auf zu regnen«, sagte Angelo schließlich. »Und beinahe hätten Sie wirklich einen Patienten im Wagen gehabt. Mich! Mit einem Schock, hervorgerufen durch Überstrapazierung meiner Nerven.«

Der Schlagbaum ging hoch. Einer der Motorradfahrer fuhr voraus in die Nacht, der zweite brauste neben der Ambulanz her. Sie fuhren ständig bergauf in das Peloritanische Gebirge, und die Eskorte brachte sie ohne weiteren Aufenthalt durch die restlichen Sperren. Der Fahrer vor ihnen sorgte dafür, daß die Schlagbäume oben waren, sobald die Ambulanz sich der Sperre näherte.

Wenig später hörte der Regen auf, die Wolkendecke riß auf, und der Mond ergoß sein Licht auf baumbewachsene Berghänge.

An der letzten Sperre vor dem Gipfel drehten die Motorradfahrer, salutierten kurz und verschwanden in der Nacht. Angelo wischte sich mit seinem seidenen Taschentuch den Schweiß vom Gesicht. Sie waren nun wieder auf sich selbst angewiesen. Johnson schob seinen Kopf durch das Verbindungsfenster.

»Großer Gott, Jim, du hast uns einen schönen Schrecken eingejagt. Sind wir durch?«

»Wir haben eben die letzte Sperre passiert«, antwortete Petrie knapp.

Seine Nerven waren immer noch zum Zerreißen gespannt. Während der Auseinandersetzung mit dem Deutschen war er eiskalt geblieben und hatte jede Kleinigkeit, die ihnen dienlich sein konnte, ausgenutzt. Doch wie die Dinge nun lagen, blieb keine Zeit, sich zu entspannen. Sie hatten noch viele Schwierigkeiten vor sich.

Als sie den Paß erreichten, wurde der Verkehr auf der Straße lebhafter. Deutsche Lastwagen kamen ihnen entgegen und rollten auf einer Nebenstraße nach Norden. Wenig später mußte Petrie das Tempo drosseln, weil vor ihnen ein Militärkonvoi in die gleiche Richtung fuhr. Ein Motorradfahrer donnerte auf seiner Maschine nach Westen an ihnen vorbei, gefolgt von einer Kolonne Panzerfahrzeugen. Ehe die vier Männer richtig begriffen, was los war, fuhr die Ambulanz inmitten eines Pulks von Wehrmachtsfahrzeugen, und die Nacht war voller Motorengebrumm. Das alles sah verdammt nach Mobilmachung aus.

Petrie bemerkte die Anspannung, mit der die Deutschen hinter ihren Lenkrädern saßen. Sie starrten stur geradeaus. Mein Gott, war die Invasion schon angelaufen? Die Konvois fuhren alle mit hoher Geschwindigkeit, viel zu schnell in einer solchen Nacht. Petrie betete, daß es keinen Unfall gab, denn dann hätte man die Ambulanz mit Sicherheit zur Hilfeleistung angehalten. Er fuhr nun mitten in einer Wehrmachtskolonne, vor sich einen Lastwagen, dicht hinter sich ein Panzerfahrzeug. Jemand brauchte nur überraschend zu bremsen, dann gab es eine Massenkarambolage wie in dem Tal vor der Landzunge, nur in viel größerem Ausmaß.

Sie rollten den Kamm des Passes entlang. Um sie herum dröhnten die Motoren der Wehrmachtsfahrzeuge, es schien fast, als habe der Gegner alle seine Divisionen auf Sizilien in Marsch gesetzt.

»Der Hafen!«

Angelo sagte nur diese beiden Worte. Weit unter ihnen lag Messina im Schimmer des untergehenden Mondes – der Stadtkern, der sichelförmige Hafen, die Meerenge in nördlicher und südlicher Richtung und dahinter, als dunkle Linie, die Berge Kalabriens auf dem Festland, wo der deutsche Nachschub lag. Während Petrie den Wagen zur Stadt hinuntersteuerte, rollte ein Luftangriff über die Meerenge. Lichtstrahler tasteten sich von beiden Küsten in den Himmel, und deutlich war das Grollen der Flak zu hören.

Sie hatten den ganzen Weg von Palermo bis hierher zurückgelegt, und der Feind wußte immer noch nichts von ihrer Anwesenheit. Es war genau 23.30 Uhr, als die vier Männer in der Ambulanz die Außenbezirke von Messina erreichten.

13.
Freitag, 23.30 Uhr bis 23.55 Uhr

Inmitten eines Wehrmachtskonvois rollten sie in die Stadt mit den soliden, dreistöckigen Gebäuden. Am Fuße des Abhanges bogen sie in eine breite Straße ein. Hier war ein Donnern der Flak an der Meerenge deutlicher zu hören, ihre hohlen Abschüsse vermischten sich mit dem Heulen der fallenden Fliegerbomben. Die alliierten Luftstreitkräfte bombardierten pausenlos die Küstenstreifen.

Petrie rieb sich mit der Hand über die feuchte Stirn.

»Angelo, ich möchte aus dieser Kolonne heraus. Wenn da was passiert, stecken wir mittendrin.«

»Biegen Sie die nächste Straße rechts ab.«

Petrie verlangsamte die Geschwindigkeit und vergrößerte so den Abstand zu dem vor ihm fahrenden Lastwagen. Dann betätigte er den Blinker und bog in die Straße, die Angelo ihm zeigte. Die Seitenstraße war leer, allein fuhren sie zwischen den aufragenden Häusern hindurch. Nirgendwo war ein Licht zu sehen. Es war zwar schon spät, doch Petrie wunderte sich über die absolute Verdunkelung. Hatten die alliierten Bomben die Stromversorgung der Stadt lahmgelegt? Auf Angelos Anweisung bog er nach links wieder auf eine breite Straße ein, doch auch diese war verlassen. Keine Menschenseele war zu sehen, die Häuser zu beiden Seiten erinnerten Petrie stark an die Bürogebäude in seiner Heimat. Scelba, der durch das Rückfenster schaute, wandte sich um und berührte den Engländer sanft an der Schulter.

»Halten Sie bitte an der nächsten Kreuzung an. Ich muß Sie hier leider verlassen.«

»Sie bleiben bei uns, bis wir am Pier sind!«

Es war Angelo, der antwortete, und seiner Stimme war

deutlich sein Mißtrauen anzuhören. Petrie trat auf die Bremse und hielt an.

»Wir sollten zusammenbleiben!« rief der Italiener. »Wir müssen nur kurz bei meiner Wohnung halten, dann fahren wir sofort zum Pier hinunter...«

»Was haben Sie vor, Scelba?« fragte Petrie und musterte gleichzeitig intensiv die Umgebung. Niemand war zu sehen. An der Ecke der nächsten Kreuzung war ein Café mit einer verschlossenen Garage.

Der Gefechtslärm über der Stadt verebbte einen Moment, so daß die Männer in der Ambulanz leise miteinander reden konnten. Das Brummen des Motors tönte in der Stille ungewohnt laut. Der Capo warf Angelo einen gleichmütigen Blick zu. Dann sagte er zu Petrie:

»In der Garage da steht ein Wagen. Ich muß zur Küste hinunter, Giacomo Bescheid sagen, daß Sie kommen, und mich davon überzeugen, daß alles bereit ist. Ihre Wohnung liegt in der Nähe, Signor Gambari? Das ist gut.«

Er reichte Petrie einen gefalteten Stadtplan mit einigen eingezeichneten Markierungen.

»Kommen Sie zu diesem Punkt an der Küste. Gambari kennt den Weg. Es ist nicht weit von hier. Ich warte an dieser Kreuzung auf euch.«

Petrie reichte die Karte an den Italiener weiter.

»Wie lange brauchen wir bis dort hin, Angelo?«

»Mit der Ambulanz?«

»Nein, zu Fuß. Wir müssen den Wagen loswerden, sonst fallen wir noch auf. In Ihrer Wohnung könnte ich meine alten Kleider wieder anziehen.«

»Etwa fünf Minuten. Ich wohne in der Nähe des ›Carridi‹-Piers.«

»Wir treffen Sie dann etwa um 23.50 Uhr, Scelba«, sagte Petrie nach einem Blick auf seine Uhr.

Jede Minute war jetzt kostbar, doch er war vorsichtig genug, seine Ungeduld zu verbergen, als Scelba unbeholfen aus der Rücktür stieg und dann rasch auf die Garage zuschritt. Gemäß Angelos Anweisung bog Petrie nach links in die nächste Straße. Angelo bat ihn zu halten.

»Warum hier?« fragte der Engländer und steuerte den Wagen an den Straßenrand.

Angelo sprang hinaus und rannte zur Kreuzung zurück. Johnson steckte den Kopf durch das Zwischenfenster.

»Etwas unheimlich hier. Angelo könnte nicht doch recht haben mit seinem Verdacht gegen Scelba?«

»Nein.« Petries Stimme klang bestimmt. Er warf nochmals einen Blick auf seine Uhr. »Er scheint zu vergessen, daß Scelba uns den ganzen Weg von Palermo bis hierher begleitet hat. Er wird uns jetzt bestimmt nicht mehr aufs Kreuz legen. Angelo weiß ja nicht, daß wir den Capo mit dem Bürgermeisteramt von Palermo geködert haben...«

»Warum läßt du dann Angelo zurücklaufen, wo wir doch ohnehin schon viel zu spät dran sind?«

»Nur um absolut sicherzugehen.«

Hinter ihnen wurde Motorengeräusch laut, und ein Wagen rollte über die Kreuzung. Wenig später kam Angelo zurückgelaufen und sprang in die Ambulanz.

»In diese Seitenstraße da und dann geradeaus bis zum Ende«, stieß der Italiener keuchend hervor. »Mir kam das Ganze etwas merkwürdig vor«, fuhr er wenig später fort. »Scelba hielt den Garagenschlüssel schon in der Hand, als er ausstieg. Das paßte alles zu gut.«

»Er hat eben ausgezeichnete Verbindungen«, antwortete Petrie und fuhr in eine Gasse hinein, die so eng war, daß die Ambulanz beinahe an den Häuserwänden entlangschrammte. Der ihnen bekannte Gestank nach faulendem Abfall drang durch das offene Wagenfenster. Die Straße vor ihnen war eine stockfinstere Häuserschlucht.

»Also – er stieg in den Wagen und fuhr davon. Richtig?«

»Ja, er verlor keine Sekunde. Ich fand es merkwürdig, daß da ein Wagen für ihn bereitstand.«

Der Italiener zögerte immer noch, sein Mißtrauen gegen den Mafia-Boß aufzugeben.

»Er kontrolliert die Hafenarbeiter hier«, erklärte Petrie. »Dadurch kommt er sicher von Zeit zu Zeit hierher.«

Gemäß Angelos Anweisung bog er nach rechts und dann nach links. Sie befanden sich jetzt wieder auf derselben Straße ein Stück unterhalb der Ecke, an der Scelba ausgestiegen war.

»Wir werden so weit wie möglich die Hauptstraßen meiden«, sagte Angelo und lauschte dem Geschützdonner an der Küste. Ganz schwach glaubte er auch das Brummen der Bomber zu hören.

Petrie bemerkte, daß Johnson schon seit einiger Zeit durch das Rückfenster hinausschaute. Der Amerikaner kam zum Zwischenfenster. »Ich glaube, wir kriegen Ärger. Ein deutscher Panzerspähwagen folgt uns schon die ganze Zeit im gleichen Abstand.«

»Kannst du erkennen, wie viele Männer drin sitzen?«

»Nur undeutlich. Ich glaube, es sind vier.«

»Angelo, wie weit ist es noch bis zu Ihrer Wohnung?« fragte Petrie schnell.

»Wir sind gleich da.«

Petrie fluchte laut. Im letzten Moment hatte man sie also doch noch entdeckt. Er stellte seinen Rückspiegel so ein, daß er die Scheinwerferschlitze des Spähwagens sehen konnte.

Sie näherten sich einer Kreuzung. Petrie mußte feststellen, ob die Deutschen ihnen nur zufällig bei ihrer Patrouillenfahrt durch Messina folgten. Nach dreimaligem Abbiegen würde er mehr wissen – wenn der Spähwagen dann immer noch an ihren Hinterrädern klebte. Doch es kam anders.

Mit zusammengekniffenen Augen sah Petrie, daß die Scheinwerfer hinter ihnen sich plötzlich rasch näherten. Entweder würde man sie anhalten oder nur die Ambulanz überholen.

Der Spähwagen rollte rechts neben die Ambulanz. Der Beifahrer gab Petrie mit der Hand ein Zeichen.

Kurz vor einer Ecke mit einem geschlossenen Café, dessen Tische und Stühle noch im Freien standen, stoppte Petrie den

Krankenwagen. Der Fahrer des Spähwagens rief ihm auf deutsch durch Angelos geöffnetes Seitenfenster zu:

»Stellen Sie den Motor ab. Wir möchten mal einen Blick ins Wageninnere werfen.«

»Wir sind auf dem Weg zum Krankenhaus. Ich spreche nur Italienisch«, gab Petrie zurück.

Es war zwecklos, das bewies schon die Forderung der Deutschen, das Wageninnere zu kontrollieren. Die ehemalige Besatzung der Ambulanz, die sie gefesselt in der Scheune zurückgelassen hatten, war sicher gefunden worden und hatte das Kennzeichen des Wagens weitergeleitet. Dies war die einzige Erklärung.

Der Fahrer des Spähwagens wiederholte seinen Befehl, doch diesmal in gebrochenem Italienisch.

»Ich sagte, Sie sollen den Motor abstellen. Und Sie beide steigen aus!«

Petrie nickte, ließ die Bremse los und fuhr an. Wie er erwartet hatte, blieb der Spähwagen neben ihm, doch kam die Ambulanz schneller auf Touren. Petrie nutzte diesen Zeitvorteil, preßte den Fuß aufs Gaspedal und schoß an dem Spähwagen vorbei auf die Kreuzung zu. Mit einer heftigen Drehung schlug er das Lenkrad nach rechts ein und blockierte das Fahrzeug der Deutschen.

Es kam, was kommen mußte. Angelo konnte es genau verfolgen. Der deutsche Fahrer versuchte dem Zusammenstoß auszuweichen und verriß das Lenkrad. Der Spähwagen fuhr den Bordstein hinauf, prallte gegen die Tische und krachte in das Schaufenster des Cafés. Glas klirrte, und ein Tisch fiel an den Vorderrädern der Ambulanz vorbei, die Petrie mit Vollgas die Seitenstraße hinablenkte. Johnson hatte am Rückfenster Stellung bezogen und rief jetzt: »Sie stoßen zurück – sie folgen uns.«

Ohne auf Angelos Anweisung zu warten, riß Petrie den Wagen nach links und bog aus der Seitenstraße auf eine breite, leere Allee. Die Flakgeschütze feuerten wieder, der Mond war verschwunden, doch die Lichtstrahlen der Suchscheinwerfer erhellten sekundenlang überhängende Dächer, Balkone und den Schatten einer großen Kirche.

Die Ambulanz raste die Allee hinunter. Johnson rief von hinten: »Sie sind dicht hinter uns.«

Petrie schrie, er solle sich flach auf den Boden werfen, und erhöhte das Tempo. Jede Sekunde erwartete er das tödliche Rattern der Maschinenpistole, die der deutsche Beifahrer in der Hand gehalten hatte. Der Geschützdonner steigerte sich zu einem unaufhörlichen Grollen, das über das Röhren des Motors hinweg ihre Trommelfelle beben ließ. Die Scheinwerfer tanzten nur noch gelegentlich über den Himmel. In der Ferne sah Petrie nach einer Detonation Flammen auflodern. Sie hielten genau auf dieses Inferno zu, und weiter unten erkannte der Engländer im Mündungsfeuer der Flak gerade noch rechtzeitig eine Kolonne von Lastwagen quer zu seiner Fahrtrichtung. Er bog links ein und folgte der Seitenstraße parallel zu der Allee, auf der sie nach Messina hereingefahren waren. Wieder riß er das Steuer nach links, nahm die Kurve mit hartem Bremsen und quietschenden Reifen.

Für Angelo kam dieses Manöver überraschend, und er fiel gegen Petrie. Sie erreichten einen großen Platz mit Bäumen in der Mitte und hatten ihn zur Hälfte überquert, als der Spähwagen aus einer anderen Seitenstraße herausschoß und ihnen den Weg abschnitt. Petrie umrundete die Bauminsel und fuhr auf die Straße zu, aus der sie gekommen waren. Zumindest hatte es in diesem Teil der Stadt keinen Verkehr gegeben.

Sie hörten das Heulen der Bombe. Wenige Sekunden lang lähmte es die Nerven der Männer, dann ließ eine ohrenbetäubende Detonation die Erde erbeben. Ein Gebäude am Rand des Platzes schien sich plötzlich in die Luft heben zu wollen, dann senkten sich die Mauern nach außen, brachen auseinander und stürzten mit tödlicher Wucht über dem Panzerspähwagen zusammen, der gerade gewendet hatte. Petrie hielt an und schaute zu der Staubwolke und dem

Trümmerhaufen hinüber, unter dem der Spähwagen begraben lag.

»Wie weit ist es noch zur Wohnung?« fragte er schließlich mit rauher Stimme.

Angelo schüttelte benommen den Kopf, und Petrie mußte seine Frage wiederholen, ehe der Italiener antwortete.

»Drüben, hinter dem Platz – kaum eine Minute von hier«, murmelte er.

»Wir nehmen unsere alten Kleider mit und ziehen uns dort um. Ed, vergiß den Sack nicht. Also los! Wir steigen hier aus.«

An seinem Schreibtisch im Stabsquartier in Enna legte General Guzzoni, der italienische Oberkommandierende in Sizilien, den Telefonhörer nieder und schaute Kesselring an, der gerade von Neapel herübergeflogen war.

»Es gibt unbestätigte, aber glaubhafte Meldungen, daß der Feind starke Fallschirmjäger-Kontingente in der Nähe von Piano Lupo und Syracus abgesetzt hat.« Er erhob sich, nahm einen Zeigestock von seinem Schreibtisch und deutete auf zwei Punkte der großen Wandkarte. »Hier und dort...«

»Geben Sie der ›Carridi‹ den Befehl zum sofortigen Auslaufen nach Giovanni. Ich hole Rheinhardt herüber.«

»Sie wollen nicht auf die Bestätigung warten?«

»Nein. Geben Sie die Order zum Auslaufen per Funk an Baade durch«, ordnete Kesselring an und tat so, als studiere er intensiv die Karte, um Guzzoni von weiteren Fragen abzuhalten. Er konnte es niemandem erklären, aber seit er erfahren hatte, daß Strickland die britischen Streitkräfte befehligte, wußte er, daß sein Gegenspieler als nächstes Sizilien angreifen würde. Jetzt hatte er endlich Gewißheit, jetzt konnte er die 29. Panzerdivision herüberbringen. Der Gegner hatte Fallschirmjäger abgesetzt. Die Bestätigung kam zwar erst später, doch er hatte jetzt endlich handfeste Beweise, um die Herren vom Generalstab einmal kleinlaut werden zu lassen. Was sicher auch ohne sein Zutun geschehen würde, denn nichts konnte die hohen Herrschaften in Ostpreußen mehr mundtot machen als eine richtige Entscheidung, mit der ein kleiner Armeekommandeur ihnen zuvor gekommen war. Er warf einen Blick auf die Wanduhr über der Karte. Es war 23.52 Uhr.

Angelos Wohnung lag im ersten Stock eines verdunkelten Hauses. Im Lichtkegel von Petries Taschenlampe stolperten sie die Treppe nach oben. Der Italiener zog seinen Schlüssel hervor und schloß auf. Während Petrie und Johnson draußen mit gezogenen Waffen warteten, überprüfte er rasch die zwei Zimmer und zog die Verdunkelungsvorhänge zu.

»Es ist alles in Ordnung!«

Das elektrische Licht funktionierte nicht. Die Männer handelten rasch und konzentriert, ohne Zeit zu vergeuden. Angelo entledigte sich seiner Uniform und holte eine Flasche französischen Cognac. Petrie zog seine Bauernkleidung über.

Im Licht der Taschenlampe wählte der Italiener die Nummer des Mannes, der sie mit seinem Boot aus dem Wasser fischen sollte.

»Ist da Alfredo?«

Petrie bemerkte, wie sich der Italiener starr aufrichtete und sofort den Hörer auf die Gabel legte.

»Da war ein Mann am Apparat, der Italienisch mit deutschem Akzent sprach.«

»Dann muß uns Scelba von der Eisenbahnfähre holen, oder wir gehen mit ihr hoch«, rief Petrie. »Machen wir, daß wir hier wegkommen.«

Er warf sich den Sack mit dem Sprengstoff über die Schulter. Rasch verließen sie das Haus. Angelo führte sie an zerstörten Gebäuden vorbei in eine dunkle Gasse, in der immer noch ein Rest der Tageshitze und der typische Geruch sizilianischer Seitenstraßen hing. An ihrem Ende blieb Angelo stehen, spähte um die Ecke und gab den beiden Gefährten ein Zeichen, ihm zu folgen. Petrie trat auf einen großen Platz –

und verzog das Gesicht, als er mehrere Geschützstellungen mit 88-mm-Kanonen in der Grünanlage inmitten des Platzes entdeckte. Im Mündungsfeuer der Schüsse sah er eine Menge Soldaten bei den Geschützen.

»Wie weit ist es noch?« zischte er Angelo zu.

»Wir sind in einer Minute da.«

»Das glauben Sie!« keuchte Johnson außer Atem.

Das Donnern der Geschütze schwieg einen Augenblick, und deutlich waren hinter den drei Männern die raschen Schritte einer Fußstreife zu hören. Kaum eine Minute bis zum Kai, und dann werden wir angehalten, dachte Petrie grimmig. Mit einer Hand tastete er nach der Mauser unter seiner Jacke, in der anderen hielt er den Sack. Sie konnten sich hier keine Schießerei erlauben. Die Wehrmachtssoldaten waren nur ein paar Meter entfernt.

Die Fußschritte hinter ihnen wurden lauter, doch Angelo, der immer noch vorausging, behielt seinen ruhigen Schritt bei.

Der große Platz hatte noch keinen Bombentreffer abbekommen, die Steinhäuser waren unversehrt. Nur die Äste der Bäume in der Platzmitte hatte man abgesägt, um Raum für die Geschützbatterie zu schaffen.

Die Uniformierten schauten interessiert zu den Zivilisten hinüber. Die drei Männer hatten den Platz fast überquert, als über ihnen wieder das Dröhnen anfliegender Bomber ertönte. Hinter ihnen rief jemand auf deutsch einen scharfen Befehl. Im gleichen Moment erwachte der Platz aus seiner Schläfrigkeit. Drei Suchscheinwerfer flammten auf und schweiften über den Himmel, schälten ein Flugzeug aus der Nacht und bissen sich an ihm fest. Die Geschütze begannen zu feuern.

»Laufen!« schrie Petrie, der sofort ihre Chance erkannte.

Jetzt hatten sie zumindest eine gute Entschuldigung für ihr Weglaufen, sollte die Fußstreife sie doch noch stellen. Angelo lief in eine Seitenstraße und durch mehrere Gassen. Die beiden anderen hätten ihn beinahe umgerannt, als er schließlich schwer atmend stehenblieb. Sie waren im Hafen.

»Wir haben sie abgehängt. Es gibt sechs verschiedene Wege aus diesem Gassengewirr. Da wären wir.«

»Und was haben wir da Schönes?«

Grimmig deutete Petrie nach vorn.

Das Hafengebiet erstreckte sich über eine weite, freie Fläche. Im Widerschein des Geschützfeuers reckten Löschkräne ihre Ausleger in den Nachthimmel. Eine Menschenschlange schob sich langsam auf ein Tor vor einem Lagerhaus zu, über dessen Dach ein schlanker Schiffsschornstein aufragte. Es waren sizilianische Bauern, die an Bord gehen wollten, Männer mit Baskenmützen und Frauen mit dunklen Kopftüchern. Bei ihrer Flucht aus der schwer bombardierten Stadt schleppten sie ihre armselige Habe in Taschen und Tragen mit sich. Weil sie auf dem Festland etwas mehr Ruhe zu finden hofften, gaben sie sich in dem offenen Hafengelände schutzlos den alliierten Bomberverbänden preis.

»Ist das die ›Carridi‹?« fragte Petrie.

Angelo nickte.

»Sie wird wohl bald nach Giovanni auslaufen. Irgendwie haben die Leute davon Wind bekommen – wie immer.«

»Allem Anschein nach können wir heute nacht nicht so einfach durch das Tor an Bord spazieren.«

Da die Italiener ihren Verbündeten nicht den gesamten Pier überlassen wollten, sicherten die Deutschen die Anlegestelle mit eigenen Einheiten. In Linie standen Wehrmachtssoldaten entlang der Menschenschlange aufgereiht, und auf halbem Weg zum Tor kontrollierten drei SS-Offiziere die Papiere. Der Sizilianer am Haupttor dagegen warf nur hin und wieder einen Blick darauf, er schien eher eifrig bemüht, die Leute so schnell wie möglich durchzuwinken. Dafür prüfte die SS die Papiere um so genauer. Nicht alle Wartenden würden an Bord gehen können, ehe das Schiff ablegte, schätzte Petrie. Doch das kümmerte die SS-Leute kaum.

Aus dem Schornstein der Fähre quoll Rauch empor. Petrie wandte sich an Angelo.

»Wir müssen Scelba finden – schnell!«

»Hier entlang. Wenn ich nicht irre, wartet unser Gangster-Freund schon auf uns.«

Sie liefen an den Häusern entlang und blieben kurz vor einer Toreinfahrt stehen, in der ein massiger Mann vor den niedergehenden Bomben Deckung gesucht hatte.

Am Himmel drehten die Flugzeuge riesige Schleifen, kippten seitlich weg oder drehten sich im Steilflug nach oben in dem verzweifelten Versuch, dem heftigen Sperrfeuer, das ihnen von den Küstenstreifen diesseits und jenseits der Meerenge entgegenschlug, zu entgehen. Schwieg eine Batterie beim Nachladen, feuerte sofort eine andere. Durch dieses massierte Feuer gab es für keinen der alliierten Bomber ein Durchkommen.

Scelba trat erschöpft unter dem Torbogen hervor. Um den Gefechtslärm zu übertönen, ging er zu Petrie und schrie ihm ins Ohr:

»Sie können nicht durch die Hauptsperre an Bord. Aus irgendeinem Grund wird jeder scharf kontrolliert. Folgen Sie mir...«

Der Mafia-Boß führte sie etwa hundert Meter unterhalb der Menschenschlange zum Hafenbecken hinunter. Trotz des schweren Luftangriffs verlud einer der Kräne große Kisten vom Pier aufs Schiff. Scelba schaute sich rasch nach allen Seiten um, öffnete den linken Flügel eines Doppeltores einen Spalt und ließ die Männer hindurchschlüpfen, ehe er das Tor hinter sich sorgfältig verriegelte. Sie befanden sich auf einem verlassenen hölzernen Pier. Petrie rief ihm zu:

»Ist das schon der ›Carridi‹-Pier?«

»Bei Gott – nein!« Scelbas Stimme klang mürrisch. »Dieser Pier hier wird nicht mehr benutzt, man hat ihn vom Hauptkai abgetrennt.«

»Was zum Teufel wollen...«

»Kommen Sie. Das Schiff wird gleich ablegen.«

Der Capo ging vor ihnen her durch einen langen Schuppen zum Kai auf der anderen Seite, und plötzlich wimmelte es um sie herum von Männern in Arbeitskleidung. Jeder war mit einer Schrotflinte bewaffnet.

Es roch stark nach faulendem Fisch. Das Holzgerüst des Piers war morsch und verfallen.

»Halten Sie sich im Hintergrund«, warnte Scelba, dann traten sie aus dem Schuppen ins Freie hinaus.

Von der Meerenge wehte eine steife Brise herein. Das Geschützfeuer erstarb und machte einer lastenden Stille Platz. Sie hörten Wasser gegen das Stützgerüst des Piers schwappen, hörten das Brummen der abdrehenden Flugzeuge.

Am Ende des Piers unterhielten sich einige Sizilianer bei zwei großen Kisten. Sie schwiegen, als der Capo auf sie zuging. Scelba zog eine Taschenlampe hervor und schaute nach oben.

»Ihr werdet in diesen Kisten an Bord gehen«, sagte er rasch zu Petrie. Dabei ließ er die Kabine des Krans auf dem nächsten Kai nicht aus dem Auge.

»Seid ihr bereit? Zwei von euch steigen in die größere Kiste, einer hier in die kleinere. An Bord wird einer meiner Männer dreimal gegen den Deckel klopfen. Dann ist die Luft rein, und ihr könnt heraus...«

»Und wie? Liegt der Deckel nur lose auf?«

»Nein, Sie müssen nur den Schnäpper von innen öffnen.«

Scelba hob den Deckel und zeigte Petrie, wie die Verriegelung funktionierte.

»Giacomo folgt euch mit dem Boot auf die Meerenge hinaus. Alles ist bereit. Vergessen Sie nicht – er hat eine rote Laterne am Mast. Sie schießen eine grüne Leuchtkugel ab, sobald Sie von Bord gehen. Das stimmt doch, oder?«

»Ja.«

Petrie ließ sich von der nervösen Eile des Capo anstecken und fuhr ebenso schnell fort: »Doch sind jetzt Zivilisten an Bord, so daß ich den Sprengstoff vielleicht erst bei der Rückfahrt anbringen kann. Wird Giacomo uns dann auch folgen?

Er muß es, denn Angelos Mann ist aufgeflogen.«

»Er wird so oft hin und her fahren, bis er Sie aufgefischt hat.«

Der Capo ließ die Lampe viermal kurz aufblitzen. Sofort schwenkte das Seil vom Schiff herüber.

»Sie müssen jetzt in die Kisten steigen – wer reist allein?«

Angelo kletterte in die kleinere Kiste und zog den Deckel zu.

Scelba nahm Petrie ein Stück zur Seite.

»Sie werden hoffentlich dem Alliierten Oberkommando von unserer Abmachung berichten?«

»Wird gemacht, keine Sorge. Und vielen Dank für's Herbringen.«

Er schaute nach oben, wo das Rattern des Krans sich verstärkte. Hinter der hohen Mauer, die den aufgelassenen Pier vom ›Carridi‹-Dock trennte, ertönte plötzlich eine dumpfe Explosion.

»Verdammt, was war das?« fragte Petrie scharf.

»Ein kleines Manöver, um die Aufmerksamkeit der Wachen da drüben ein wenig abzulenken.«

Scelba deutete auf einen seiner Männer, der im Schuppen am Telefon saß.

»Als ich dem Kranführer das Zeichen gab, hat er meine Leute im ›Carridi‹-Dock in Aktion treten lassen.«

Hoch über ihren Köpfen schwenkte der Kranausleger über die Mauer des verlassenen Piers, und das Seil senkte sich herab.

»Steigen Sie rasch hinein«, rief Scelba hastig. »Die beiden Kisten werden gleichzeitig an Bord gehoben.«

Petrie kletterte zu Johnson. Ehe er den Deckel schloß, sah er den großen Haken dicht über den Kisten schweben – und hörte eine zweite Explosion jenseits der Mauer.

Großer Gott, war diese Bande gut organisiert, dachte er mit widerwilliger Bewunderung und verriegelte den Deckel von innen.

Von draußen klangen dumpf die eiligen Schritte der

Männer und die gedämpfte Stimme des Capo in ihr Versteck. »Beeilt euch!«

Scelba beobachtete ungeduldig, wie seine Leute geschickt Angelos Kiste näher zum Kranhaken schoben, den einige andere schon in den Tragring an Petries Kiste eingehängt hatten. Scelba gab dem Kranführer ein Lichtzeichen, der Kran hob die größere Kiste einen halben Meter an, und Scelbas Männer hängten Angelos Kiste an einen Haken an der Unterseite des größeren Behälters. Wieder gab Scelba ein Lichtzeichen, und beide Kisten mit den drei Männern schwebten am Kranhaken in die Dunkelheit. Die ganze Operation hatte kaum zwei Minuten gedauert.

Für zwei ausgewachsene Männer wie Johnson und Petrie bot die große Kiste sehr wenig Platz. Petrie hockte zusammengekrümmt auf seinen Fersen. Der Deckel drückte gegen seinen Hinterkopf. Über sich hörte er das Quietschen der Kranräder und fühlte sich plötzlich emporgehoben. Johnson hatte sich so klein wie möglich gemacht. Er kniete auf dem Sack mit dem Sprengstoff. Ihre Körperwärme ließ die Temperatur in ihrem Versteck rasch ansteigen. Das Kranseil hob sie immer höher in die Luft. Die Kisten schwankten bedenklich hin und her. »Meine Güte, bin ich froh, daß Scelba uns davon nicht schon früher erzählt hat«, murmelte Johnson.

Infolge seiner gekrümmten Haltung, seiner beißenden Furcht, der bis zur Unerträglichkeit steigenden Temperatur in der Kiste und der aufkeimenden Übelkeit durch ihr ständiges Schaukeln produzierten seine Drüsen Bäche von Schweiß.

Petrie war noch schlechter dran. Er kämpfte gegen die Erschöpfung an, die ihn in dieser engen Holzzelle plötzlich zu übermannen drohte. Er war müde, unsäglich müde. Die Lider fielen ihm zu. Ein heftiger Schmerz rumorte plötzlich hinter seiner Stirn. Er merkte, daß er die Besinnung verlor. Er grub die Fingernägel in seine bärtige Haut und bohrte sie tief ins Fleisch. Der heftige Schmerz vertrieb die Erschöpfung und machte ihn wieder etwas munter.

Die Aufwärtsbewegung stoppte, der Kran schwenkte die Kisten mit ihrer lebenden Ladung seitwärts zu der unsichtbaren Eisenbahnfähre hinüber.

Petrie hatte diese Bewegungsänderung gerade registriert, als die Kiste mit einem heftigen Ruck zur Seite kippte.

Da hingen sie nun in einer Schräglage von dreißig Grad. Ihr ganzes Gewicht lastete auf dem Schnäpper am Deckel. Entweder brach der Haltering auf der Kiste aus seiner Halterung, oder der Schnäpper verbog sich – jede Sekunde mußten sie in die Tiefe stürzen, auf das Deck der ›Carridi‹, auf den Pier aufschlagen, auf den Grund der Meerenge sinken...

Den Männern in der Kiste stand das nackte Entsetzen im Gesicht geschrieben, eine Angst, die das Herz hätte stillstehen lassen können. Zum Glück war es dunkel.

»Der Riegel hält unser Gewicht nicht aus«, preßte Johnson zwischen den Zähnen hervor. Die Furcht verstärkte seinen Brechreiz noch, schüttelte seinen Körper, kroch wie eisige Kälte in die Glieder.

»Ganz ruhig, Ed«, sagte Petrie. »Gleich geht's abwärts.«

Der Amerikaner glaubte, an seinen eigenen Worten zu ersticken. »Genau das macht mir verdammt Sorgen.«

Petries rechter Arm schlief ein, doch der Engländer rührte sich nicht aus Furcht, jede Bewegung könne die Kiste zum Abstürzen bringen.

»In dreißig Sekunden sind wir heil wieder unten«, versuchte er seinen Gefährten zu beruhigen. »Fang an zu zählen.« Johnson begann zu zählen, als das Kranseil sie herabsenkte. Petrie zählte leise mit. Ihre Körper waren so steif, als ob sie in einem Starrkrampf lägen. Doch ohne ein Wort der Verständigung wußten beide Männer, daß selbst die geringste Bewegung fatale Folgen haben konnte.

Der Kranfahrer behielt die Nerven. Sehr langsam und mit größter Vorsicht ließ er das Kranseil ablaufen. Seine Hand am Hebel war ebenso feucht wie die Hände der Männer in den Kisten, die langsam Zentimeter für Zentimeter auf das Deck der ›Carridi‹ herabsanken.

Johnson und Petrie hatten bis fünfzehn gezählt, als die Kiste ein wenig tiefer sackte – mit einem kleinen Ruck, der beiden Männern fast das Blut in den Adern gerinnen ließ. Der Tragring war wieder ein Stück weiter aus seiner Halterung gebrochen. Oder der Riegel.

Petrie verbannte die Frage nach der Ursache aus seinen Gedanken. Einen Augenblick lang wußte er nicht mehr, wie weit sie beim Zählen gekommen waren.

»Sechzehn...« fuhr er mit trockenen Lippen fort, und Johnson zählte mit.

Das Herunterleiern der Zahlen gab ihnen etwas Mut und Sicherheit. Langsam wurde der Sauerstoff knapp.

Der Stoß kam bei vierundzwanzig, als Angelos Kiste das Deck berührte und die größere Kiste darüberkippte. Hände packten zu und stellten die Kisten wieder aufrecht. Irgend etwas Hartes hämmerte dreimal auf den Deckel. Petrie öffnete den Riegel und tastete mit den Fingern nach dem Haltehaken. Sekundenlang blieben die Männer unbeweglich liegen, als der Deckel endlich aufschwang und kalte Nachtluft hereinströmte. Endlich richtete sich Petrie auf, zwang seine Beine, den Körper zu tragen, zwang seine Arme, ihn zu stützen, zwang sich, aus der Kiste zu klettern.

Eine Reihe von Kisten und Behältern um sie herum schützte sie gegen zufällige Beobachter. Nur Scelbas Mann hielt sich als einziger in der Nähe auf, als Petrie den Kopf aus der Kiste hob. Der Sizilianer führte ihn zu einem Stapel mit Säcken und half Johnson gerade aus seinem Gefängnis, als auch Angelos Kopf aus der kleineren Kiste auftauchte. Petrie warf einen Blick auf seine Uhr. Das verdammte Ding mußte den Geist aufgegeben haben. Sie zeigte eine Minute vor Mitternacht.

14.

Freitag, 0.00 Uhr

Der Kran hatte das Frachtgut am Kopfende des Eisenbahndecks gestapelt, das auf dem Kai auflag. Über den Köpfen der Männer dehnte sich der mondhelle Nachthimmel. Petrie schaute sich um. Dies war der ideale Ort, den Sack mit dem Sprengstoff zu verstecken.

»Ed, du bleibst hier. Angelo und ich werden uns ein wenig umschauen...«

Er zwängte sich zwischen der Ladung und dem Schott hindurch, warf einen Blick in die Runde und winkte den Italiener heran. Der hohe Bug des Schiffes war hochgefahren, von der Landseite führte eine Rampe mit einem einzelnen Gleis zum Anleger und verband es mit dem Schienenstrang auf der Fähre. Die riesige Halle im Bauch des Schiffes wurde nur spärlich von blauen Notlichtern erhellt. Sie war leer, auf dieser Fahrt wurden keine Waggons übergesetzt.

Das Eisenbahndeck besaß drei Gleise, die sich hinter einer Weiche am Bug teilten und durch das ganze Schiff bis zum Heck liefen.

Petrie lehnte sich an das Schott und zündete sich eine Zigarette an, wobei er vorsichtig die Zündholzflamme mit der hohlen Hand abschirmte.

»Kann man von hier in den Maschinenraum?« fragte er.

»Nein, wir müssen zum nächsten Deck hinauf.«

»Noch eine Minute. Ich will mich hier erst mal umschauen.« Auch wenn die Zeit drängte, mußte er sich eine grobe Übersicht über den Aufbau des Schiffes verschaffen. Solche Kenntnisse konnten später einmal ausschlaggebend sein für den Erfolg oder Mißerfolg ihres Unternehmens.

Er schaute zur Brücke des Schiffes hinauf. Aus dem schlanken Schornstein hinter ihr quoll dicker Rauch. Die ›Carridi‹ machte Dampf zum Auslaufen.

Petrie ging auf das Waggondeck hinaus. Er kam sich vor, wie in einer großen schwimmenden Wagenhalle. Unter seinen Füßen vibrierte der Boden vom Stampfen der kraftvollen Schiffsmaschinen. Er blieb einen Moment stehen, um seine Augen an das diffuse Licht zu gewöhnen. Erst jetzt bemerkte er, daß sich eine große Anzahl Menschen in der Wagenhalle drängte. Sie hatten sich auf und entlang den Gleisen niedergelassen. Viele von ihnen waren vor Erschöpfung eingeschlafen. Die unerwartet große Zahl von Menschen zwang Petrie zu einer Entscheidung. Die Sprengsätze durften erst auf der Rückfahrt hochgehen, wenn diese armen Geschöpfe von Bord waren.

Als er sich dem Bug zuwendete, sah er zwei Zivilisten den Kai entlanglaufen. Ruhig ging er zu Angelo zurück, der in der Nähe der aufgestapelten Ladung wartete. Er lehnte sich neben ihn an eine Kiste.

»Sehen Sie, wer da kommt?«

»Gestapo!«

Es stand diesen Hunden im Gesicht geschrieben. Die Standarduniform aus gegurtetem Ledermantel und weichem Schlapphut verriet sie. Einer von ihnen war lang und dünn, der andere klein und dick.

»Laurel und Hardy«, murmelte Petrie, ehe ihm klar wurde, daß der Italiener sicher nicht wußte, was er meinte.

Die beiden Männer liefen die Rampe hinauf, blieben in der Nähe von Petrie stehen und schauten auf das Eisenbahndeck. Der eine holte eine Taschenlampe hervor und betrat die Halle. Der Lichtkegel der Lampe tanzte über die ausgemergelten Gesichter von Männern und Frauen, die sich auf dem Boden ausgebreitet hatten, verweilte bei jedem Passagier einige Sekunden lang und wanderte dann weiter.

Schließlich blieb der Lichtstrahl an Petrie hängen. Der Engländer nahm gelassen einen Zug aus seiner Zigarette und blinzelte in die Lampe. Der Gestapo-Mann ging weiter. Am

Kai hatte die SS jeden Passagier kontrolliert. An Bord machte die Gestapo eine zweite Kontrolle.

Aus dem Mundwinkel flüsterte Petrie Angelo zu: »Gehen Sie rasch zu Ed und sagen sie ihm, er soll sich in der größeren Kiste verkriechen, bis wir zurückkommen. Wir klopfen viermal – mit zwei kurzen und zwei langen Pausen.«

Während Angelo verschwand, beobachtete Petrie den kleinen dicken Gestapo-Mann bei seiner Kontrolle. Mit diesen zwei Spürhunden an Bord wurde die ganze Sache natürlich komplizierter.

Als der Italiener zurückkam, machte Petrie ihn auf eine weitere unangenehme Überraschung aufmerksam.

»Wir kriegen noch mehr nette Gesellschaft – die Sie auch nicht unbedingt zum Essen einladen würden. Schauen Sie!«

Vier SS-Männer liefen die Rampe zum Deck hinauf und stiegen hinter Petrie die Treppe zum Oberdeck empor.

»Das ist höchst ungewöhnlich«, murmelte Angelo besorgt. »Auf meinen Überfahrten war das nie der Fall.«

»Dann wird's diesmal eine besondere Fahrt. Wo ist der Maschinenraum?«

Sie stiegen die Treppe zum Oberdeck unter der Brücke hinauf, die auch die SS-Leute genommen hatten. Das Schiff schwankte auf den Wogen, als der Wind auffrischte und in der Meerenge eine schwere Dünung hervorrief. Das offene Oberdeck lag parallel zur hohen Steinmauer des Hafens, die im Norden zur Hafenausfahrt abknickte.

Der Italiener öffnete eine Metalltür unter der Brücke und betrat, gefolgt von Petrie, einen Kabinengang. Der lange Korridor lag verlassen, die Kabinentüren auf der linken Seite waren alle geschlossen.

Vor der dritten Kabine blieb Angelo stehen, öffnete die Tür und schaltete das Licht ein. »Das ist die Kabine des Zweiten Ingenieurs. Hier könnten wir uns einquartieren. Ich weiß von Volpe, daß sein Stellvertreter zu Verwandten gefahren ist. Hier wird uns also niemand stören.«

Petrie trat ein. Angelo verriegelte hinter ihm die Tür. Die

Einzelkabine war sehr schmal. An der einen Längswand befand sich die Schlafkoje, in der Ecke gegenüber war ein kleines Waschbecken installiert. In dem Wandschrank der Kabine entdeckte Petrie die Uniform des Zweiten Ingenieurs mit Goldknöpfen und Litzen. Mütze, Jacke und Hose, alles war da.
»Wie groß ist der Mann?« fragte er Angelo.
»Er hat etwa meine Figur. Warum?«
»Ich wollte es nur wissen. Ist das der Türschlüssel?«
Petrie deutete auf den Schlüssel an einem Haken über dem Waschbecken.
»Ja, wir können die Kabine abschließen, wenn wir hinausgehen.«
»Seltsam, daß der Mann sie nicht verschlossen hat, als er von Bord ging.«
»Er ist eben Sizilianer.« Angelo zuckte die Schultern. »Kommen Sie, ich zeige Ihnen den Maschinenraum.«
»Sagen Sie mir nur, wie ich dahinkomme«, antwortete Petrie drängend. »Sie gehen zum Eisenbahndeck zurück und bringen Ed und den Sack hierher, ehe die Gestapo überall herumschnüffelt. Werden diese Hunde Verdacht schöpfen, wenn die Tür hier abgeschlossen ist?«
»Wieso sollten sie? Bei meinen früheren Fahrten war nie jemand von diesem Verein an Bord.«
Rasch verließen sie die Kabine. Angelo zeigte Petrie den Kabinengang eine Treppe weiter unten, der zum Unterdeck hinunterführte.
»Unten müssen Sie sich rechts halten. Nach ein paar Metern sehen Sie dann schon die Tür zum Maschinenraum. Ich zeige Ihnen den Weg...«
»Nein. Holen Sie Ed. Wir treffen uns dann in der Kabine. Ich klopfe viermal, zweimal lang, zweimal kurz...«
Vorsichtig stieg Petrie die steile Treppe hinab, blieb auf der letzten Stufe einen Augenblick lang stehen und spähte rechts um die Ecke. Vor ihm lag ein weiterer Gang, doch der war nicht leer. Ein italienischer Posten mit einem Gewehr lehnte weiter unten an der Wand.

Petrie betrat den Gang und ging auf den Posten zu. Die Luft war hier stickiger, das Stampfen der Maschinen lauter und rhythmischer.

Der Posten stand neben einem geöffneten Schott. Das Dröhnen der Maschinen wurde sehr laut. Der Soldat warf Petrie einen gelangweilten Blick zu und ließ ihn vorbei. Offensichtlich behagte ihm das Wacheschieben um diese Uhrzeit nicht besonders. Der kurze Blick von der Seite, den Petrie durch das Schott in den Maschinenraum werfen konnte, war nicht sehr aufschlußreich. Er sah das Auf und Ab der riesigen Kolben, sah Männer in fleckigen weißen Overalls unterhalb eines Metallpodestes dicht hinter dem Schott.

Petrie verzichtete darauf, dem Gang bis zum Ende zu folgen, und stieg die nächste Treppe zum Kabinengang empor.

Wieder begegnete ihm keine Menschenseele. Als er durch die Tür auf das offene Achterdeck hinaustrat, wurde das Schwanken des Schiffes stärker. Wahrscheinlich war ein neuer Sturm im Anzug.

Unter sich auf dem Eisenbahndeck sah Petrie die Dächer von Lastwagen. Der heftige Wind ließ seine Augen tränen, und beinahe hätte er hinter der Hafenmauer etwas übersehen, das lebenswichtig für sie war. Ein einzelnes Boot mit einer roten Lampe am Mast kämpfte sich in die Meerenge hinaus. Giacomo würde also zur Stelle sein, wenn sie über Bord sprangen.

Auf der Steuerbordseite des Schiffes ging Petrie zurück. Auch hier zeigte sich niemand. Angelo hatte recht. Das Schiff war kaum bewacht. Seine Verteidigungseinrichtungen, hauptsächlich gegen Luftangriffe, bestanden aus jeweils einer zwanzig Millimeter-Vierlingsflak am Bug und am Heck sowie einigen kleineren Geschützen hinter der Brücke. Petrie wollte seinen Rundgang gerade fortsetzen, als sich neben ihm eine Tür öffnete und ein Carabiniere hinaustrat. Seine Taschenlampe flammte auf und blendete Petrie. Dann verlosch sie wieder.

»Was tun Sie hier oben?«

»Ich bin wohl die falsche Treppe hinaufgestiegen. Jetzt suche ich den Weg zum Eisenbahndeck.«

»Den Gang geradeaus und die Treppe hinab.«

Der Soldat verschwand wieder in seiner Kabine, und der Geruch nach Zigarettenrauch und Wein verwehte im Wind.

Petrie ging weiter. Er erreichte den Treppenabgang – und blieb wie angewurzelt stehen.

Laurel und Hardy kamen von unten herauf. Unter der breiten Hutkrempe starrte Petrie das brutale Gesicht des kleinen Dicken entgegen.

Die kleinen Schweinsaugen über der verknorpelten Nase und der schmale Spitzmund verliehen dem Mann ein unangenehmes, tückisches Aussehen. Er zwängte sich an Petrie vorbei, ohne ihn weiter zu beachten, blieb aber hinter ihm plötzlich stehen.

»Papiere!«

Entgegen allen Verhaltensregeln im Krieg schaltete er auf dem offenen Deck die Taschenlampe ein und ließ sie langsam über Petries Gesicht wandern. Sein hagerer Begleiter war mit verschränkten Armen vor dem Engländer stehengeblieben. Vor dem kleinen Dicken mußte man sich hüten, dachte Petrie. Er beherrschte sein Geschäft, kannte die Tricks, mit denen man Menschen überrumpelte.

Petrie zog mit der linken Hand seinen Ausweis aus der Brusttasche seiner Jacke. Die rechte behielt er in der Nähe der Mauser.

Der dicke Gestapo-Mann öffnete provozierend langsam den Ausweis und blätterte darin herum.

Aus den Augenwinkeln beobachtete Petrie seinen dünnen Begleiter. Der Mann schaute über die Reling zur Hafenmauer hinüber. Er hatte ein blutleeres Gesicht und tote Augen. Er war genau der Typ des kaltblütigen Mörders, einer der Handlanger des Dritten Reiches, die unbequeme und störende Zeitgenossen ohne Skrupel beseitigten, egal, ob sie ehrenhafte Patrioten oder Regimegegner waren, die sich weigerten, mit den Wölfen zu heulen.

Ein hübsches Gespann hatten sie sich da als Reisebegleitung ausgesucht. Dabei war der Knochige der gefährlichere der beiden. Wie Petrie ihn einschätzte, würde er pausenlos durch das Schiff streifen, sich die Leute ansehen und die Papiere wie auch die Kabinen überprüfen.

Wortlos gab ihm der Dicke seine Papiere zurück und ging mit dem Dünnen im Schlepptau den Gang hinunter.

Als Petrie die Treppe hinabsprang, legte die ›Carridi‹ gerade ab. Über ihm am Kai löste ein Mann das Halteau vom Poller. Die Vibration der Motoren wurde stärker, das Schiff schwankte heftig.

Petrie durchquerte das Waggondeck und stieg wieder die Treppe zum Oberdeck hinauf, um festzustellen, ob der Feind nicht in letzter Minute noch Verstärkung an Bord brachte.

Die Taue klatschten ins Wasser, der Bug sank herab und verankerte sich in schmalen Schlitzen zwischen den Schienen. Langsam entfernte sich die Fähre vom Kai und steuerte rückwärts die Hafenausfahrt an.

Vom Zugdeck kamen einige Sizilianer herauf und beobachteten das Auslaufmanöver.

Eine Frage war noch offen. Wo war Giacomo jetzt?

Petrie entdeckte das rote Positionslicht steuerbord voraus auf der offenen See, als die Fähre die Hafenausfahrt erreichte. Das große Monument auf der Steinmauer schwebte wie ein dunkler Schatten vorbei und blieb hinter dem Schiff zurück.

Als die Fähre den Bug um 180 Grad nordöstlich auf Giovanni zudrehte und auf das Festland zuhielt, war Petrie schon wieder in der Kabine.

Für drei ausgewachsene Männer war die kleine Kabine zu eng.

»Ist fast so wie in der verdammten Kiste«, murrte Johnson.

»Wann legen wir endlich los?«

»Sofort«, antwortete Petrie und leerte den Sack auf der Koje aus.

Johnson und Angelo nahmen sich jeder eine Luger und einige Reservemagazine. Petrie untersuchte rasch den Sprengstoff, eine weiche kittartige Masse in zylindrischer Form, betrachtete sich flüchtig die vier Zeitzünder, wickelte sie wieder in das Zeitungspapier und legte alles in den Sack zurück.

»Das ganze Zeugs hier muß ich also mit mir herumschleppen. Es ist verdammt schwer.«

Er schaute zu Angelo hinüber.

»Was sagen wir Volpe, wenn wir damit im Maschinenraum auftauchen?«

»Sie sind von Beruf Steinmetz, und in dem Sack befindet sich Ihr Werkzeug«, schlug der Italiener vor. »Bei der momentanen Rationierung ist es fast unmöglich, an neue Werkzeuge heranzukommen. Volpe dürfte sich deshalb kaum wundern, daß Sie sie ständig mit sich herumtragen. Wahrscheinlich aber wird er sich keine Gedanken darüber machen. Er ist ein sehr oberflächlicher, egoistischer Mensch.«

Er nahm eine große Pistole aus der Koje.

»Die hier ist zwar lebenswichtig, um Giacomo ein Zeichen zu geben, doch können wir sie nicht mitnehmen. Ich schlage vor, wir lassen sie erst einmal hier.«

»In Ordnung«, stimmte Petrie zu. »Diese Kabine dient uns ab sofort als Operationsbasis. Sie liegt dicht beim Oberdeck, so daß man jederzeit die Signalpistole schnell holen kann. Angelo, wie lange dauert es normalerweise, bis Passagiere und Ladung an Land sind? Wie schnell kann die Fähre in Giovanni wieder auslaufen?«

»Gewöhnlich dauert das etwa eine halbe Stunde. Doch so genau läßt sich das nie sagen.«

»Dann müssen wir es auf gut Glück versuchen, denn ich weiß nicht, wieviel Zeit ich zum Legen der Sprengsätze brauche.«

Petrie nahm den Sack und schob ihn sich vorsichtig unter den Arm.

»Unglücklicherweise hat man eine italienische Wache vor dem Maschinenraum postiert.«

Angelo fuhr hoch.

»Das ist ebenfalls neu. Doch vielleicht wirkt mein französischer Cognac auch hier Wunder.«

Er sprach von dem Schnaps, als sei es seine Geheimwaffe.

»Wir sollten wirklich jeden Ärger vermeiden, bis Sie die Sprengsätze gelegt haben.«

»Wenn's menschenmöglich ist«, unterstrich Petrie die Worte des Italieners. »Sie gehen besser voraus. Man könnte Verdacht schöpfen, wenn man zwei sizilianische Bauern aus dieser Kabine herauskommen sieht.«

Der Italiener löschte das Licht und trat auf den Gang hinaus. Er erstarrte, als er am anderen Ende die Uniform eines SS-Mannes entdeckte. Der Deutsche öffnete die Tür zum Achterdeck und verschwand nach draußen. Angelo wartete einen Moment, ob er zurückkam, und gab den anderen ein Zeichen. Rasch verschloß er die Kabinentür und ging vor ihnen her.

Am Fuß der Treppe zum Unterdeck spähte er um die Ecke und schaute dann verwundert zu Petrie empor.

»Da ist kein Posten.«

Petrie stieg zu Angelo hinab. Der Kajütgang war tatsächlich leer, das Schott zum Maschinenraum stand offen.

»Schnell, bevor er zurückkommt«, zischte der Engländer den anderen zu.

Der Gang kam ihm diesmal viel länger vor. Jeden Moment konnten auf einer der beiden Treppen die Gestapo-Leute auftauchen.

Seine Füße waren schwer wie Blei, und der Sack mit dem Sprengstoff schien ihn fast zu erdrücken. Die Luft war stickig und roch nach Öl, es war warm auf dem Gang. Wie heiß mochte es erst unten im Maschinenraum sein?

Als der Italiener warnend die Hand hob, blieben die beiden Männer sofort stehen. Angelo stand vor dem ovalen Schott. Das Dröhnen der Schiffsmotoren hallte tausendfach in Petries Kopf wider.

»Ich möchte zu Chefingenieur Volpe«, rief der Agent laut.

Der Posten stand auf der Plattform über dem Maschinenraum. »Hier darf niemand hinein«, antwortete der Soldat müde.

»Aber ich bin ein Freund des Ingenieurs.«

»Laut Befehl darf außer dem Personal niemand den Maschinenraum betreten.«

Mit einer trägen Bewegung richtete der Soldat das Gewehr auf Angelo. Jedes Aufsehen vermeiden, hatte Petrie gesagt. Angelo holte die Flasche Cognac aus seiner Tasche und schwenkte sie über dem Kopf hin und her, als er Volpe unten erkannte. Der Chefingenieur kam näher zur Plattform und versuchte, mit seiner Stimme den Maschinenlärm zu übertönen. Der Soldat verstand ihn nicht. Mit wütenden Gesten machte ihm Volpe klar, daß Angelo herunterkommen durfte. Der Soldat seufzte, schaute verblüfft die beiden anderen Männer an, die Angelo auf dessen Zeichen auf die Plattform folgten, und stieg über die Schwelle des Schotts auf den Gang hinaus, um Platz zu machen.

Wenn der Chefingenieur die Männer kannte, war alles in Ordnung. Was kümmerte es ihn? Er konnte sich vor Müdigkeit ohnehin kaum auf den Beinen halten.

Angelo stieg als erster die Eisenleiter zum Maschinenraum hinab. Petrie hielt sich am Handlauf fest und betrachtete das Herz des Schiffes tief unter sich, ein Gewirr von stampfenden Kurbeln und Hebeln. Dazwischen arbeiteten Männer mit nacktem Oberkörper.

Jeder Kolbenhub brachte sie Giovanni näher. Die Hitze traf den Engländer wie ein Schlag, eine feuchte Schwüle, die alles übertraf, was er an Strapazen bei ihrer Fahrt über die Insel ertragen hatte.

Angelo winkte ihnen vom Fuß der Leiter zu und ging zwischen den Maschinen hindurch zu Volpe hinüber, der ihnen den Rücken zuwandte und gerade mit einem seiner Leute sprach. Petrie schob sich den Sack unter den Arm, drehte sich um und begann die Leiter hinunterzuklettern.

Es war ein Alptraum.

Alle drei Männer hatten ihre letzten Reserven mobilisiert.

Petrie hatte sich am meisten verausgaben müssen. Seit vierundzwanzig Stunden ohne Schlaf, war er bei brütender Hitze quer durch Sizilien gefahren und hatte von dem Bahnübergang, wo sie den kleinen Zug verließen, den Krankenwagen nach Messina gesteuert. Gar nicht zu reden von ihrer Eisenbahnfahrt und dem langen Fußmarsch nach Puccio, nachdem die eigenen Jagdflieger den Fiat des Mafia-Bosses in Brand schossen.

Gegessen hatte er kaum etwas, und seine Nerven vibrierten unter der übermäßigen Anspannung. Er besaß kaum noch Kraft, als er jetzt die Leiter hinunterkletterte, unter einem Arm den Sack, unter sich gut sechs Meter Leere bis zum Deck des Maschinenraums.

Er hatte Schwierigkeiten, kaum daß er den Fuß auf die Leiter setzte. Die starke Hitze trieb ihm den Schweiß aus den Poren und ließ die eine Hand feucht werden, mit der er sich an den Metallsprossen festhalten mußte. Der Sack versperrte ihm den Blick nach unten, er konnte nicht sehen, wohin er seine Füße setzte, und so tastete er sich abwärts.

Er hatte gerade drei Sprossen geschafft, als ihn die Erschöpfung zu überwältigen drohte. Er fühlte sich schwindlig, die Beine wollten ihn nicht mehr tragen. Petrie biß die Zähne zusammen. Schweiß strömte ihm in die Augen, als er nach oben schaute, wo Johnson von der Plattform aus besorgt seinen Abstieg verfolgte. Diese Leiter war das reinste Folterinstrument. Petrie blieb stehen und holte tief Luft – schwüle, feuchte Luft. Danach ging es ihm eher noch schlechter, und er beschloß, langsam und gleichmäßig weiterzumachen, egal, was kam.

Da er sich nur mit einer Hand festhalten konnte, mußte er bei jeder Sprosse einen kurzen Moment seinen Halt loslassen, um mit der verschwitzten Hand die nächst tiefere Sprosse zu packen. Bruchteile von Sekunden konnte er sich nur auf seine Füße stützen, und in diesem Moment war die Gefahr am größten, daß er den Halt verlieren und auf den Metallboden des Maschinendecks stürzen könnte.

Langsam wurden seine Finger taub von der übermäßigen Kraftanstrengung. Auch seine Beine wollten nicht mehr. Senkte er einen Fuß zur nächsten Sprosse, dehnten sich die Muskeln im anderen Bein unter seinem Körpergewicht so stark, als wollten sie jeden Moment reißen. Auch der Sack wurde unerträglich schwer, als sei er mit Blei gefüllt. Petrie merkte, daß er seiner gefühllosen Hand entgleiten würde, wenn er nicht bald den Boden erreichte. Er senkte wieder einen Fuß, ließ die Sprosse los, an der er sich festgehalten hatte, und packte die nächste.

Um seine Balance zu halten und jegliches Pendeln seines Körpers zu vermeiden, mußte er den Haltearm ganz ausstrecken. Seine Unterarmmuskeln schmerzten höllisch, und er konnte schon den beginnenden Krampf spüren, als er wieder einen Fuß senkte und nach der nächsten Sprosse griff.

Großer Gott, er verfehlte sie.

Sein Körper gab nach. Der rechte Fuß stieß gegen etwas Flaches. Sein Herz schien auszusetzen vor Schreck. Erst langsam dämmerte ihm, daß er auf dem Deck stand. Er war unten.

Die Beine zitterten vor Anstrengung, als Petrie den Sack mit beiden Händen umfaßte. Er wartete, bis Johnson unten war, und ließ den Amerikaner vorausgehen.

Johnson bahnte sich vorsichtig seinen Weg durch die Maschinen und konzentrierte sich darauf, wohin er seine Hände legte. Das Dröhnen der Schiffsmotoren war ohrenbetäubend, war ein hämmernder Angriff auf seine erschöpften Nerven. Das Deck vibrierte heftig unter den Stößen der Kolben. Johnson umrundete einen hohen Metallbock und rannte gegen Angelo. Laut schreiend machte der Italiener ihn mit einem großen dicken Mann bekannt. Der Mittvierziger trug dunkle Hosen und eine fleckige Weste. Chefingenieur Volpe hatte ein fleischiges Gesicht mit der Andeutung eines Schnurrbartes unter der Nase und gierigen kleinen Augen.

»Dies ist mein Vetter Paolo«, schrie Angelo, plötzlich sehr

redefreudig. »Er wollte schon als kleines Kind Ingenieur werden, doch fehlte seiner Familie das nötige Geld...«

»Wir hier unten fahren das Schiff«, begann Volpe mit einer weit ausholenden Handbewegung unverzüglich seine Erklärungen. »Die da oben auf der Brücke meinen zwar, sie steuern die ›Carridi‹, doch die Passage dauert nur dreißig Minuten. Was kann da schon schiefgehen? Hier unten dagegen haben wir nicht Augen genug, um auf alles zu achten. Sehen Sie den Anzeiger da...?«

»Und das ist Petrie, noch ein Vetter...«

Volpe streifte Petrie nur mit einem flüchtigen Blick und ließ sich weiter über die Probleme eines Chefingenieurs an Bord eines solchen Schiffes aus.

Johnson bemerkte sofort, daß Petrie den Sack nicht mehr mir sich herumtrug. Wahrscheinlich hatte er ihn schon irgendwo gut versteckt.

Angelo öffnete die Flasche Cognac und reichte sie Volpe, der sofort einen langen Schluck auf ihre Gesundheit nahm. Johnson produzierte gespielte Bewunderung auf sein Gesicht. Als der Ingenieur ihnen kurz den Rücken zuwandte, blinzelte Petrie dem Amerikaner zu. Volpe wendete sich wieder seinen Besuchern zu.

Petrie hielt sich mit der Hand den Kopf und tat so, als würde die Hitze zu viel für ihn. Johnson rief sofort:

»Petrie ist ein wenig seekrank, doch das geht bald vorbei.«

Volpe zuckte die Schultern, bekundete damit seine Verachtung für alle Weichlinge dieser Welt und erklärte ihnen weiter die Wunder im Bauch seines Schiffes. Er unterbrach sich nur, um gelegentlich einem seiner Leute einen Befehl zuzurufen.

Bei ihrem Rundgang zählte der Amerikaner sechs andere Männer im Maschinenraum. Mit so vielen Leuten hatten sie nicht gerechnet. Es würde eine verdammt schwierige Sache für Petrie werden, unter ihren Augen die Sprengsätze zu legen. Mindestens zwei arbeiteten ständig in der Nähe der

Kolbenschächte. Johnson wußte, daß Petrie es hauptsächlich auf sie abgesehen hatte.

Wenig später bemerkte der Amerikaner zwei Dinge. Petrie war verschwunden, und oben auf der Plattform stand der Soldat und schaute in den Maschinenraum hinunter.

Johnson verschränkte die Arme vor der Brust und wanderte hinter Volpe und Angelo her in einen anderen Teil des Maschinenraums. Dabei warf er rasch einen Blick auf die Uhr. Großer Gott – nur noch acht Minuten bis Giovanni. In dieser Zeit konnte Petrie unmöglich die Sprengsätze legen und den Maschinenraum verlassen, bevor sie anlegten, zumal der Posten ihn jede Sekunde entdecken konnte.

Johnson schwitzte Blut und Wasser, während er so tat, als lausche er interessiert den Ausführungen des Ingenieurs, in Wirklichkeit aber zu dem Posten hochschielte.

Um Himmels willen, Mann, verschwinde endlich! Am besten direkt über Bord!

»Noch einen Schluck Cognac?« fragte Angelo den Maschinisten, und Johnson vertiefte sich sofort in die Anzeigeskala an einem Maschinenteil.

Volpe nahm wieder drei große Schlucke. Der Chefingenieur hatte seine Aufgaben wohl auf seine Leute verteilt. Die Männer überwachten die Kontrollinstrumente und riefen sich kurze Anweisungen zu.

Johnson spähte wieder zur Plattform hinauf. Sein Stoßgebet war erhört worden. Der Soldat war verschwunden.

»Wir befördern bei den nächsten Fahrten eine sehr wichtige Fracht, Angelo«, erzählte Volpe großspurig. »Damit dürften wir Stunden beschäftigt sein. Wir transportieren Deutsche.«

»Tatsächlich?«

Angelo tat nicht sonderlich beeindruckt und rief laut über das Stampfen der Kolben hinweg: »Ich dachte, die Deutschen benutzten ständig die Fähre.«

»Doch diesmal ist es ihre starke Panzereinheit...« gab

Volpe laut zurück – und unterbrach sich mitten im Satz, als habe er schon zu viel verraten.

»Ich mag Ihren Cognac«, schwenkte er zu einem anderen Thema über. »An diesem Anzeiger hier kann man ablesen...«

Johnson blieb äußerlich völlig ruhig. Sein Gesicht zeigte den gleichen interessierten Ausdruck wie zuvor, verriet nichts von dem Schock, den ihm die Mitteilung des Maschinisten versetzt hatte.

Ihre starke Panzereinheit...

Die 29. Panzergrenadier Division wurde nach Sizilien übergesetzt. Also mußten die Alliierten Fallschirmspringer-Einheiten auf der Insel abgesetzt haben. Kesselring reagierte sofort und ließ die 29. Panzerdivision über die Meerenge bringen. Und die ›Carridi‹ schwamm immer noch, stampfte durch die rauhe See nach Giovanni, um dort die Deutschen an Bord zu nehmen.

Der Amerikaner bemerkte schon, wie das Schiff Fahrt verlor und die Maschinen langsamer arbeiteten. Er kämpfte gegen seine aufsteigende Übelkeit an. Petrie konnte unmöglich in dieser kurzen Zeit die Sprengsätze angebracht haben.

Volpe gab Angelo die halbleere Flasche zurück. Der Agent schraubte den Verschluß zu und steckte sie wieder in die Tasche. Er wußte, daß sie jetzt den Maschinenraum verlassen sollten.

»Wenn wir in Giovanni keine Fahrgelegenheit auftreiben, fahren wir vielleicht wieder mit Ihnen zurück«, sagte er freundlich.

Volpe kratzte sich bei dem Gedanken an die halbvolle Flasche enttäuscht am Hinterkopf. »Es tut mir leid, aber Zivilisten dürfen ab sofort nicht mehr an Bord...«

Unvermittelt begann er, seinen Leuten mit lauter Stimme Anweisungen zu geben.

Verunsichert drehte sich Angelo nach Johnson um. Die Maschinen liefen nur noch auf halber Kraft. Der Amerikaner ging auf die Leiter zu. Er wußte, was Petrie vorhatte. Der

Engländer hatte erkannt, daß es wegen der Mannschaft keine Möglichkeit gab, die Sprengsätze während der Überfahrt zu legen. Deshalb hielt er sich irgendwo versteckt in der Hoffnung, daß sich der Maschinenraum vor der Rückfahrt nach Messina für eine Zeitlang leerte. Dieser Entschluß war wieder typisch für Petrie, obwohl er genau wissen mußte, daß er dann völlig auf sich selbst gestellt war.

Johnson vermied es daher, sich nach ihm umzuschauen, als er vor Angelo die Leiter emporstieg. Außerdem gab es da noch ein Problem. Der Posten hatte drei Männer in den Maschinenraum steigen sehen, doch nur zwei kamen zurück. Als der Amerikaner durch das Schott auf den Gang trat, lehnte der Soldat mit geschlossenen Augen daneben. Erst als Angelo an ihm vorbeiging, öffnete er die Augen und schaute sich blinzelnd um.

»He, wo ist der dritte Mann?«

Johnson ging zurück und schaute ihn scharf an.

»Er war vor uns. Sie müssen ihn doch gesehen haben.«

»Ja, richtig. Jetzt fällt es mir wieder ein«, log der Posten eingeschüchtert.

Sie gingen den gleichen Weg zurück – den Gang entlang die Treppe nach oben zum Kabinentrakt. Johnson schlenderte an ihrer Kabine vorbei nach draußen auf das offene Deck. Es war leer.

Nach der Hitze im Maschinenraum empfand er die Morgenkälte besonders stark. Der Wind pfiff durch seine schäbigen Kleider und ließ ihn frösteln. Im Schatten der Brücke wagte der Amerikaner einen Blick in die Tiefe. Der Anblick, der sich ihm bot, jagte ihm einen heftigen Schrecken ein.

Unten auf dem Eisenbahndeck hatten sich die Passagiere am Bug versammelt, um möglichst rasch vom Schiff herunterzukommen. Die Fähre passierte gerade die Hafeneinfahrt von Giovanni. Sie stampfte nicht mehr so stark und glitt langsam auf den Kai zu, wo unter abgedunkelten Laternen die Wehrmacht wartete: Last- und Tankwagen, dahinter in ordentlichen Formationen Soldaten in ihren typischen Panzeruniformen, ein Zug mit zahlreichen Waggons, anscheinend ein Güterzug. Die Vorhut der 29. Panzerdivision stand zur Einschiffung bereit. Für den Amerikaner ein entsetzlicher Anblick. Hier hatte er die Ursache für das Scheitern einer Invasion vor Augen. Einer alliierten Invasion.

Das Schiff stieß gegen den Kai und kam schaukelnd zum Stillstand. Taue flogen herüber, und der Bug hob sich langsam. Alles deutete darauf hin, daß die Fähre im Eiltempo geräumt und wieder beladen wurde.

»Das macht die ganze Sache wesentlich schwieriger, nicht wahr?« flüsterte Angelo hinter ihm.

Johnson drehte sich um und ging mit dem Agenten zur Kabine zurück, verriegelte sie von innen und schaltete das Licht ein.

»Jim kann die Eier nicht legen, solange die Maschinisten ständig unten herumhängen«, sagte Johnson verzweifelt.

»Sie gehen immer nach oben«, versuchte Angelo ihn zu beruhigen. »Ich habe es selbst gesehen, als ich bei meiner letzten Fahrt mit Volpe noch einen Drink nahm. Sie glauben doch wohl nicht, daß die Männer freiwillig stundenlang da unten in der Hitze bleiben, wenn sie zwischendurch im Hafen mal frische Luft schnappen können.«

»Wenn Petrie nicht innerhalb von einer halben Stunde zurück ist, machen wir noch einmal einen Ausflug in den Maschinenraum. Was dann aber nicht so leicht werden dürfte!«

Johnson schob die Zigarette wieder in die zerknüllte Packung zurück. Er lechzte nach dem Tabakrauch auf seiner Zunge, doch die Luft in der Kabine war schon schlecht genug.

»Und das aus verschiedenen Gründen«, fuhr er fort und schaute dem Italiener hart in die Augen. »Auf dem Schiff sind dann viel mehr Menschen. Volpe erwähnte, daß keine Zivilisten mitfahren dürfen. Wir fliegen also sofort auf, wenn uns jemand sieht. Außerdem werden Sicherheitskräfte verstärkt werden.«

»Sonst noch etwas?« fragte Angelo ironisch.

»Das dürfte reichen, um uns aus dem Verkehr zu ziehen.«

Johnson zog die drei Stielgranaten hervor, die sie unter dem Kopfkissen in der Koje versteckt hatten, und wickelte sie säuberlich in eine Decke. Etwas hatte er Angelo verschwiegen. Wenn Petrie seine Sprengpakete gelegt hatte, mußte er nur die Zeitzünder einstellen, und der ganze teuflische Mechanismus tickte dann auf Null herunter. Johnson war überzeugt, daß die Güterwaggons auf dem Kai unten Munition transportierten. Die Deutschen waren dabei, die ›Carridi‹ in ein schwimmendes Pulverfaß zu verwandeln.

Vierzig Minuten später war es ihnen immer noch nicht gelungen, die Kabine zu verlassen. Ständig stampften schwere Stiefel draußen über den Gang. Sie saßen im Dunkeln, und die Zeit schien sich zu Stunden zu dehnen. Unter sich hörten sie das metallische Stoßen der Puffer, als eine Lokomotive den Munitionszug die Rampe hinauf auf das Waggon-Deck schob. Deutsche Stimmen brüllten Befehle. Es dauerte eine kleine Ewigkeit, bis die Schritte der deutschen Panzersoldaten draußen nicht mehr so häufig zu hören waren.

Zum drittenmal faßte eine unbekannte Hand von außen an den Türgriff und drückte ihn nieder, doch diesmal war ihr Besitzer hartnäckiger. Er rüttelte an der Tür, lehnte sich mit seinem ganzen Gewicht dagegen und versuchte sie aufzustoßen.

Angelo, der auf der Koje neben Johnson saß, hatte das Messer gezogen. Sein Herz schlug in rasendem Takt. Das Türschloß war nicht besonders stabil, und mit genügend Druck konnte man es leicht sprengen. Auch Johnson hielt sein Messer in der Hand. Wenn jetzt Schüsse fielen, wenn jetzt der Feind Alarm auslöste, wo Petrie unten im Maschinenraum saß, war alles aus.

Die Klinke bewegte sich wieder, die Tür erbebte unter stärkerem Druck. Irgendein Bastard, der Erster Klasse reisen möchte, dachte der Amerikaner. Nun, Erster Klasse reisen auf dieser Fahrt hieß mit einem Messer im Bauch reisen.

Das heftige Rütteln an der Tür brach plötzlich ab. Die beiden Männer auf der Koje waren schweißgebadet. Und noch ein anderer Geruch hing deutlich in der Luft: der Geruch von Angst.

Draußen entfernten sich Schritte. Die Schiffsmotoren sangen lauter, deutlich klang das Summen der Hydraulik in die Kabine, als der Bug herabgelassen wurde. Sekunden später setzte sich das Schiff in Bewegung und stieß rückwärts aus dem Hafen von Giovanni.

»Wir holen ihn jetzt«, sagte Johnson rauh.

Angelo tastete nach dem Lichtschalter und blinzelte in der plötzlichen Helle

»In Ihrer Bauernkleidung können Sie mich unmöglich begleiten. Das ist zu gefährlich. In dieser Uniform wird man mich kaum beachten.«

Der Italiener erhob sich und musterte sich kurz im Spiegel über dem Waschbecken. Die Uniform des Zweiten Ingenieurs paßte ihm wie angegossen. Tatsächlich gefiel er sich in dieser Aufmachung recht gut. Er nahm die Mütze, die Johnson ihm reichte, und setzte sie auf.

»Ein wenig zu klein, doch es muß genügen. Wir müssen es auf diese Weise versuchen. An Land schenkt kaum jemand dem Postboten Beachtung. Die Leute akzeptieren ihn einfach. An Bord ist es ebenso – ein Mann in Marineuniform ist unsichtbar, besser gesagt, unauffällig. Ich muß mich vergewissern, wie die Lage ist.«

»In Ordnung, doch kommen Sie um Gottes willen in fünf Minuten zurück. Wir müssen Jim aus dem Maschinenraum holen, ehe der Sprengstoff hochgeht.«

Johnson steckte das Messer weg und wischte sich mit dem Taschentuch über Gesicht und Stirn.

Angelo löschte das Licht und öffnete die Tür. Er schaute sich nach beiden Seiten um. Der Gang war leer. Er trat hinaus und schloß die Tür hinter sich. Im gleichen Augenblick kam der fette Gestapo-Mann, dem Petrie den Spitznamen Hardy gegeben hatte, aus einer Nische unter der Brücke heraus. Er schaute den Italiener scharf an und kam näher. Er mußte gesehen haben, wie Angelo aus der Kabine kam. Aus dem Stirnrunzeln des Deutschen schloß Angelo, daß es nur Sekunden dauern konnte, bis der Gestapo-Mann ihn erkannte. Die Marine-Uniform schien ihn zu irritieren. Glücklicherweise war der Deutsche allein.

»Sie habe ich doch schon früher auf dem Schiff gesehen«, bellte er. »Was ist in dieser Kabine?«

»Schmutzige Overalls und Arbeitskleidung«, antwortete Angelo dreist. »Nichts, was Leute Ihres Schlages und Ihres Berufes interessieren könnte.«

Er hatte die Stimme erhoben, damit Johnson ihn hörte, und antwortete in möglichst provokativem Ton. Der Gestapo-Mann musterte ihn nochmals, ohne ihn zu erkennen, murmelte eine Verwünschung und griff nach der Klinke.

Drinnen blieb Johnson keine Zeit mehr, sein Messer zu ziehen, und er änderte blitzschnell seine Taktik.

Die Tür flog auf. Von draußen fiel ein rechteckiges Lichtfeld in das Dunkel. Der Deutsche trat ein. Johnson umklammerte mit beiden Händen den Hals des Gestapo-Mannes und zerrte ihn tiefer in die Kabine. Angelo drückte von hinten mit der Schulter nach, zwängte sich durch die Tür und warf sie hinter sich ins Schloß. Dann schaltete er das Licht ein. Johnson hatte den Deutschen auf die Koje geworfen, lag halb über ihm und hielt immer noch seinen dicken Hals umschlungen, preßte die Daumen hart gegen seine Luftröhre.

Der Deutsche erholte sich schnell von seiner Überraschung und setzte sich heftig zur Wehr. Mit der linken Faust schlug er nach dem Gesicht des Amerikaners und schob gleichzeitig seine rechte Hand unter den Mantel. Angelo packte sie, entriß ihr mit einer heftigen Drehung die Luger und griff nach der anderen Hand des Deutschen. Langsam zog er sie nach oben über den Kopf des sich heftig sträubenden Mannes und hielt sie dort fest. Johnson versuchte, den Druck seiner Hände zu verstärken. Der Deutsche öffnete den Mund und versuchte zu schreien, doch er brachte nur ein gurgelndes Keuchen heraus.

Es konnte verdammt schwer sein, einen Menschen zu töten, und der Deutsche besaß erstaunlich viel Körperkraft. Er riß seine rechte Hand aus Angelos Griff, streckte zwei Finger aus und stieß sie nach Johnsons Augen. Der Amerikaner beugte den Kopf weit zurück und hielt den Hals des Gegners eisern umklammert. Angelo packte das Gelenk der freien Hand und zwang den Arm wieder auf die Koje. Mit den Fersen hämmerte der Gestapo-Mann unaufhörlich gegen die Wand. Johnson legte all seine restliche Kraft in den Druck seiner Hände. Der Deutsche bäumte sich unter ihm auf, noch einmal zuckte er heftig mit den Beinen und lag dann still.

Erst Sekunden später löste Johnson seinen Griff und wischte sich mit der Hand über die schweißnasse Stirn. Blutverschmiert zog er sie zurück. Die Kratzer an Wange und Hals, die ihm der Deutsche mit den Fingernägeln gerissen hatte, brannten höllisch.

»Mein Gott, das war hart.«

»Wir müssen ihn hier herausschaffen«, keuchte Angelo. »Ihn über Bord werfen... es ist nicht weit...«

Johnson überlegte fieberhaft und schüttelte dann den Kopf. »Zu gefährlich – uns könnte jemand begegnen. Wir lassen ihn hier. Schauen Sie sich mal draußen um. Aber beeilen Sie sich. Und lassen Sie mir den Schlüssel hier, damit ich mich einschließen kann. Viermal klopfen, wenn Sie zurückkommen, zweimal lang, zweimal kurz...«

Angelo verließ die Kabine, hörte das Schloß einrasten und ging trotz Johnsons Aufforderung, sich zu beeilen, ohne Hast den leeren Gang hinunter. Leute, die es eilig hatten, waren immer auffällig. Er stieg sachte die Treppe zum unteren Deck hinab und spähte um die Ecke zum Maschinenraum hinüber. Man hatte den italienischen Posten durch einen deutschen Soldaten ersetzt, der eine Maschinenpistole über der Schulter trug. Wie Johnson vorausgesehen hatte, wurde die Situation immer schwieriger und gefährlicher.

Der Italiener zog sein Messer heraus, schob es hinter das Schweißband seiner Schirmmütze und ging ruhig auf den

Posten zu. Dabei wedelte er mit der Mütze, als wolle er sich Kühlung zufächeln. Ihm war klar, daß innerhalb von Minuten Alarm ausgelöst werden würde – sobald er mit dem Posten fertig war. Er mußte schnell sein, verdammt schnell. Und der erste Stoß mußte sitzen.

Der Soldat beobachtete ihn gelangweilt. Wie Angelo vermutet hatte, machte ihn die Uniform völlig unverdächtig. Doch vielleicht war da noch ein zweiter Posten auf der Plattform?

Als er sich dem Schott zum Maschinenraum näherte, drehte der Posten den Kopf und schaute hinunter. Erst als Angelo bei ihm stehen blieb und ihn auf italienisch ansprach, widmete der Mann ihm wieder seine Aufmerksamkeit.

»Ich glaube, Ingenieur Volpe ist da unten. Es gibt ein paar Fragen wegen neuer Landebestimmungen für Messina. Ich möchte ihn sprechen.«

Angelo sprach sehr abgehackt und schnell, doch der Deutsche verstand kein Italienisch. Als er die Hände hob, um sein Nichtverstehen deutlich zu machen, ließ Angelo seine Mütze fallen, griff nach dem Messer und rammte es dem Mann in die Brust. Der Soldat röchelte kurz und sackte zusammen. Angelo fing ihn auf und versuchte, ihn vom Gang zu ziehen, doch der Mann war schwer, und sein Fuß verhakte sich an der Schwelle des Schotts. Angelo hievte den Leichnam halb über seine Schulter und zerrte ihn auf die Plattform. Dort ließ er ihn zu Boden gleiten und zog ihm das Messer aus der Brust. Gleichzeitig warf er einen Blick in die Tiefe.

Volpe stand mit dem Rücken zu ihm und beobachtete seine Leute, die gerade den Bug des Schiffes um 180 Grad auf Messina zudrehten. Aus der Deckung eines Maschinenblocks erhob sich Petrie, huschte zum Fuß der Leiter und kletterte hastig hinauf.

»Sprengsätze gelegt, die ganzen Eier«, stieß er hervor, als er oben ankam. »Die Mannschaft ging an Deck, kaum daß das Schiff angelegt hatte. Ich war gerade fertig, als die Männer zurückkamen.«

Petrie schwitzte stark, er sah erschöpft aus, seine Augen lagen tief in ihren Höhlen. Unten im Maschinenraum drehte Volpe sich um, schaute verblüfft zu ihnen hoch und eilte zum Sprechrohr. Petrie zog die Mauser. Rückwärts ging der Ingenieur langsam zu seinem alten Platz zurück. Jetzt wurden auch seine Leute aufmerksam und schauten in ihre Richtung.

Volpe wird die Brücke alarmieren, sobald wir hier raus sind, dachte Petrie grimmig.

»Werfen Sie ihn herunter«, sagte er zu Angelo.

Der Italiener gab der Leiche einen leichten Stoß, und Sekundenbruchteile später schlug sie sieben Meter tiefer auf den Metallboden auf.

»Wir müssen uns beeilen«, rief Petrie und trat auf den Gang. »Wo ist Ed?«

»In der Kabine.«

»Gehen Sie vor – Sie sind in Uniform. Wenn es Probleme gibt, nehmen Sie die Mütze ab. Dann weiß ich Bescheid.«

Angelo bückte sich nach der Mütze und setzte sie auf. Rasch ging er zur Treppe und stieg, dicht gefolgt von Petrie, nach oben. Dort blieb er kurz stehen, nahm die Mütze ab und hastete den gegenüberliegenden Treppenaufgang empor.

Petrie sah das Warnsignal. Irgend jemand war da auf dem Kabinengang. Er schaute um die Ecke und sah kurz vor ihrer Kabine einen SS-Mann, der ein Knie gebeugt hatte und sich seinen Schnürstiefel zuband, eine Beschäftigung, die seine ganze Aufmerksamkeit beanspruchte.

Petrie huschte über den Gang und folgte Angelo. Der Italiener stieß die Tür zum Oberdeck auf. Der kalte Wind fuhr durch seine Kleider. Ringsum war nur Finsternis, denn der Mond war, wie von den Meteorologen im Hauptquartier vorausgesagt, in dieser Nacht um 0.30 Uhr untergegangen.

Angelo wartete auf Petrie und versuchte, seine Augen an die undurchdringliche Finsternis zu gewöhnen. In der hohen Dünung heftig stampfend vollendete das Schiff seine

Drehung. »Wir gehen über dieses Deck, dann die Treppe hinunter zur Brücke«, flüsterte Angelo dem Engländer zu. »Gehen Sie vor – und halten Sie die Augen offen!«

Angelo ging zum Bug vor. Das Schiff nahm Fahrt auf. In Richtung Messina. Es war so dunkel, daß der Italiener den Mann in dem offenen Türgang erst bemerkte, als er schon vorbei war. Er nahm rasch die Mütze ab und betete zu Gott, daß Petrie die warnende Geste sah. Der Mann im Türgang war der dünne Gestapo-Mensch, den Petrie Laurel getauft hatte. Vielleicht suchte er seinen Gefährten Hardy.

»Sie da – einen Augenblick! Kommen Sie her!«

Sein fließendes Italienisch überraschte Angelo, aber er fing sich schnell. Er drehte sich auf dem Absatz herum, machte einen großen Schritt auf den Mann zu, der auf das Deck hinausgetreten war, und rammte ihm das Messer tief in den Bauch. Gleichzeitig, als hätten sie sich abgesprochen, stieß Petrie dem Gestapo-Mann sein Messer in den Rücken. Aufstöhnend brach der Deutsche zusammen. »Über Bord mit ihm«, zischte Petrie. »Niemand darf ihn jetzt finden.«

Sie schleiften den leblosen Körper zwischen sich zur Reling und warfen ihn hinüber. Das Aufklatschen der Leiche ging im Rauschen der Wellen unter, die gegen den Schiffsleib brandeten. Sie trieb zum Heck auf die rotierenden Zwillingsschrauben des Schiffes zu. Angelo beugte sich über die Reling, doch außer der wogenden See war nichts zu erkennen.

»Hackfleisch für die Fische«, brummte er kalt und ging weiter.

Der Zwischenfall hatte sie keine zwanzig Sekunden lang aufgehalten.

In der Nähe der Treppe verlangsamte der Italiener seine Schritte und blieb schließlich stehen. Vom Deck neben der Brücke drangen Gesprächsfetzen zu ihm herauf. Da unten sprachen Leute auf Deutsch miteinander. Auf Zehenspitzen schlich der Italiener zur Reling. Über ein halbes Dutzend Panzersoldaten hatte sich neben der Brücke eingefunden und vertrieb sich die Zeit mit einem Schwätzchen.

Angelo ging zu Petrie zurück. »Deutsche Soldaten direkt unter der Brücke. Wir können da nicht hinunter. Sie stehen in der Nähe unserer Kabine.«

»Wir nehmen die andere Treppe. Haben Sie das da draußen schon gesehen? Giacomo ist Gott sei Dank zur Stelle.« Sie gingen über das Deck zurück. Steuerbord in einiger Entfernung tanzte ein rotes Licht in der Nacht. Der Mafioso hielt sein Boot auf Parallelkurs zur ›Carridi‹. Es waren auch Positionslichter anderer Boote zu sehen, so daß Giacomo nur durch sein rotes Licht auffiel.

Angelo setzte seine Mütze wieder auf und stieg die Treppe zum Kabinengang hinunter. Zu seiner Erleichterung war der Gang leer.

»Laufen!« flüsterte Petrie ihm zu.

Gemeinsam huschten sie den Gang hinunter und erreichten unbemerkt ihre Kabine. Angelo gab leise das vereinbarte Klopfzeichen und betete, daß die Panzersoldaten es nicht hörten. Sofort drehte sich der Schlüssel im Schloß, die Tür flog auf, und der Amerikaner stand mit gezücktem Messer vor ihnen. Angelo schob ihn beiseite, ging zur Koje und zog die Signalpistole unter dem Kopfkissen hervor, auf dem Hardys Kopf ruhte.

Johnson griff sich die Decke mit den Granaten. Petrie sah über seine Schulter hinweg den toten Gestapo-Mann, verlor jedoch keine Zeit mit unnützen Fragen.

»Inzwischen dürfte Volpe Alarm geschlagen haben, Ed. Also mach dich auf Ärger gefaßt – eine Menge Ärger...« Bei diesen Worten löste Petrie das hölzerne Holster von seiner Hüfte, schob es in den Schaft der Mauser und stellte die Waffe auf Dauerfeuer ein. Sperrfeuer.

Johnson zog eine der Stielhandgranaten aus seiner Decke und schob sie sich unter den Gürtel. Er steckte den Kopf aus der Tür, schaute in beide Richtungen und lief durch den Gang zum Heck. Sie mußten die Treppe hinauf zum Achterdeck, wo sie über Bord springen wollten, sobald Angelo die Signalpistole abgefeuert hatte.

Petrie war fast bei der Treppe, als zwei SS-Männer mit gezückten Pistolen auf ihn zustürmten. Im Laufen feuerte der Engländer eine kurze Salve. Die Deutschen stürzten zu Boden und rührten sich nicht mehr. Petrie erreichte die Treppe. Er betrat gerade die unterste Stufe, als oben die Tür aufflog und zwei weitere SS-Soldaten auftauchten. Petrie feuerte hinauf, sah die beiden fallen und gab zur Abschreckung noch eine Salve ab.

Eine Gestalt zeigte sich über ihm, sprang aber sofort zurück, als Petrie die Waffe hob.

»Zwecklos«, flüsterte der Mann seinen Gefährten zu, stieg über die verkrümmten Körper der beiden SS-Leute und rannte, so schnell er konnte, zum Heck.

Die Situation für Petrie und seine Kameraden wurde zusehends schwieriger. Sie hätten schon längst vom Schiff sein sollen, als der Alarm gegeben wurde.

Der Engländer lief zum Ende des Kabinenganges und stieß mit der Pistolenmündung die Tür auf. Auf dem Oberdeck hörte er Schritte von rechts in seine Richtung laufen. An dieser Stelle des Schiffes konnten sie nicht mehr über Bord springen. Man würde sie wie die Hasen abknallen.

Petrie nahm den einzigen Weg, der noch offen war – die Treppe hinab zum Eisenbahndeck. Angelo folgte ihm dicht auf, und Johnson sicherte nach hinten ihren Rückzug.

Als sie sich der Tür zur Treppe näherten, warf der Amerikaner einen Blick zurück. Am anderen Ende des Ganges hob ein Soldat gerade sein Gewehr und zielte in aller Ruhe wie auf dem Schießstand, denn das Ziel war in dem engen Gang überhaupt nicht zu verfehlen.

Mit der aufgerollten Decke unterm Arm fuhr der Amerikaner herum und zog den Stecher der Luger einmal durch. Er hatte schon etliche Preise beim Schießen auf bewegliche Ziele gewonnen. Diesmal war es der umgekehrte Vorgang: der Schütze schoß aus der Bewegung auf ein bewegungsloses Ziel.

Der Soldat taumelte nach vorn. Johnson drehte sich um

und hechtete durch die Tür. Als sie hinter ihm zurückschwang, ließ eine Kugel die Holzfüllung splittern. Johnson sprang, drei Stufen auf einmal nehmend, die Treppe zum Eisenbahndeck hinunter.

Auf allen drei Gleisen standen die Güterwaggons des Munitionszuges.

»Hier entlang!«

Petrie hatte den Amerikaner noch rechtzeitig in der anderen Waggonreihe gesehen. Johnson kletterte über die Puffer zu den beiden hinüber und folgte ihnen in einen schmalen Durchlaß entlang der Wagen, der nur spärlich von den blauen Notlichtern erhellt wurde.

Im Laufen hatte Petrie ein neues Magazin eingeschoben und hielt die Mauser schußbereit in beiden Händen, während er nach Gegnern Ausschau hielt.

Es mußte doch Wachtposten hier unten geben, zum Teufel. Dies waren doch Wehrmachts-Truppen!

Seine Müdigkeit war verflogen, seine Sinne wach und angespannt, und seine Augen hatten sich rasch an das Zwielicht hier unten gewöhnt. Mit ruhigen, gleichmäßigen Schritten ging er vor den anderen her. Irgendwo über ihnen hörte er lautes Geschrei, doch auf dem Eisenbahndeck war es überraschend ruhig, so still, daß er das Wasser gegen die Bordwände des Schiffes schwappen hörte.

Ihnen blieb nur eine Möglichkeit, das Schiff lebend zu verlassen. Sie mußten weiter nach vorn zum Bug, wo die Suchkommandos sie nicht vermuten würden.

Petrie ging gerade an einem Waggon mit halb geöffneter Tür vorbei, als ein Uniformierter ihm in den Weg trat und ihn auf Deutsch ansprach. Der Mann ahnte offensichtlich nichts Böses, und Petrie wollte jeglichen Lärm vermeiden. Der Soldat machte einen Schritt auf ihn zu. Blitzschnell hob Petrie den Pistolenlauf und zog ihn dem Deutschen über den Kopf. Sein Arm schmerzte von der Wucht des Schlages.

Lautlos brach der Deutsche zusammen. Petrie stieg über ihn hinweg, passierte drei weitere Waggons und war fast am

Bug, als er trampelnde Schritte eine Treppe herunterkommen hörte. Eine laute Stimme erteilte auf Deutsch Befehle.

»Hans, nimm dir ein paar Männer und such mit ihnen das Deck ab. Schaut zwischen und unter jeden Wagen. Leuchtet mit den Lampen die Dächer ab...«

Petrie machte kehrt und schob seine beiden Gefährten vor sich her den Weg zurück zu dem Waggon mit der offenen Tür. Dort deutete er nach oben, und sie kletterten geräuschlos hinein. Viel Platz hatten sie nicht gerade – dieser Trip schien für sie immer nur Räumlichkeiten mit verdammt wenig Platz wie Kisten oder Einmann-Kabinen bereitzuhalten.

Petrie fluchte lautlos. Jetzt sollte er auch noch das fast Unmögliche möglich machen: die Tür geräuschlos schließen.

Sein Herz schlug so laut, daß er glaubte, die anderen müßten es hören, als er die Tür Millimeter für Millimeter ins Schloß schob.

Er vernahm das harte Klappern der Stiefel auf dem Metallboden, während die Panzersoldaten das Eisenbahndeck absuchten.

Auf ihrer gut geölten Schiene glitt die Tür geräuschlos zu. Die vielgepriesene deutsche Gründlichkeit!

Petrie schaltete seine Taschenlampe ein und ließ vorsichtig den Verriegelungsbügel einrasten. Dann schaute er sich die Kisten näher an, die, jeweils drei aufeinandergestapelt, den Waggon bis unters Dach füllten. Auf einer Kiste konnte er die Aufschrift 7,5 cm-LK 70 PK 41 entziffern.

Es war also tatsächlich ein Munitionszug.

»Wie lange wollen die denn noch suchen?« flüsterte Johnson nervös.

Keiner wußte eine Antwort.

Sie hockten in ihrem Versteck und lauschten auf die Schritte der Suchtrupps, die jeden einzelnen Waggon absuchten und an den Türen rüttelten.

Die Suche war schneller beendet, als Petrie erwartete. Nachdem sich die Schritte der Soldaten von ihrem Waggon entfernt hatten, wartete er noch einen Augenblick und öffnete dann die Tür einen Spalt. Er hörte noch schwache Geräusche wie Stimmen, das Klirren von Metall gegen Metall und das Platschen der Wellen gegen den Schiffsleib.

Sie durften auf keinen Fall noch länger an Bord bleiben. Jeden Moment konnten die Sprengsätze hochgehen.

Der Engländer sprang aus dem Güterwagen und schaute sich um. Niemand war zu sehen. Er winkte den beiden anderen und ging auf den Bug zu. In diesem Teil des Schiffes durften sie sich jetzt eigentlich sicher fühlen, denn er war gerade durchsucht worden.

Der Schiffsbug hob sich als dunkle Silhouette gegen den Sternenhimmel ab. Hier standen mehrere Tanklastzüge, die man hinter dem Zug aufs Schiff gefahren hatte, dicht nebeneinander.

Stufe um Stufe nahm Petrie die Treppe zum Oberdeck. Als er unter der Brücke an die Reling trat, sah er in einiger Entfernung ein schwankendes rotes Licht in der Nacht.

Giacomo war also zur Stelle und lief auf Parallelkurs zur Fähre, die sich rasch Sizilien näherte. Die beiden Gefährten traten hinter ihn.

Plötzlich zuckte Petrie zusammen. Hatte sich da eine schattenhafte Gestalt bewegt, oder spielten ihm seine Nerven einen Streich?

»Gib das Signal!« flüsterte er.

Angelo beugte sich vor, hob die Signalpistole über seinen Kopf und feuerte sie ab.

Hoch über der Meerenge leuchtete plötzlich ein grellgrünes Licht auf.

»Los, springt – beide!« stieß Petrie hervor. »Haltet auf das rote Licht zu!«

Ein deutscher Soldat kam aus dem Schatten der Treppe gerannt, blieb mit gespreizten Beinen stehen und legte das Gewehr an.

Petrie gab einen kurzen Feuerstoß ab. Als der Deutsche zusammensank, sprang Angelo. Über ihm brach die Hölle los.

Von See her näherte sich das Geräusch eines mit voller Kraft laufenden Schiffsmotors.

Johnson ließ die Decke fallen und entrollte sie.

»Hier – Granaten!«

Petrie fluchte laut.

»Spring endlich, verdammt noch mal!«

Johnson balancierte gerade auf der Reling, als der Zauber losging. Schüsse peitschten auf, Kugeln klatschten gegen Metall und Holz und jaulten als Querschläger davon.

Ein Holzsplitter traf den Amerikaner an der Stirn. Johnson stürzte in die Tiefe.

Petrie riß den Abzug der Mauser durch und gab Sperrfeuer. Dabei schwenkte er die Mündung der Waffe leicht von Seite zu Seite. Er glaubte das dumpfe Fallen von Körpern zu hören und lud rasch seine Waffe nach. Dann ergriff er eine der Stielhandgranaten, die Johnson ihm zugeschoben hatte, schlich sich zum Kajütgang neben der Brücke und warf den Sprengkörper mit aller Kraft ins Dunkle.

Diese Aktion dürfte ihm einige Zeit den Rücken freihalten. Das Röhren des Schiffsmotors kam näher, wurde immer lauter, bis es dem Engländer in den Ohren dröhnte. Ein Scheinwerfer flammte auf, blendete ihn für den Bruchteil einer Sekunde und sank dann zur Wasseroberfläche hinab.

Ein Patrouillen-Boot kam, angelockt durch die grüne Leuchtkugel, längsseits und fuhr dicht neben der Fähre her. Der Scheinwerfer tanzte über die Wellen, glitt über Angelos Kopf hinweg, kehrte zurück und hielt ihn fest.

Das Maschinengewehr ratterte los.

Der Italiener holte tief Luft und tauchte weg. Petrie lief zur Reling, schätzte die Entfernung, schleuderte die zweite Granate und warf sich flach zu Boden. Dicht neben ihm lag die letzte Granate.

Der Engländer konnte nicht sehen, was geschah. Der Sprengkörper landete mitten auf dem Schiff und detonierte, ehe die Besatzung überhaupt wußte, was los war.

Die Explosion zerriß die Treibstoff-Tanks, die mit dumpfem Knall in die Luft gingen. Sofort stand das Boot in Flammen, Splitter und Metallteile prasselten auf das Deck der ›Carridi‹ nieder. Etwas Heißes streifte Petries Nacken. Dann herrschte Stille.

Deutlich hörte der Engländer das Poltern von Stiefeln auf der Treppe, die vom Eisenbahndeck nach oben führte. Petrie lag immer noch flach auf dem Boden, als er an der Treppe eine schattenhafte Gestalt auftauchen sah. Er zog die Granate ab, rollte sie auf den Mann zu und preßte den Kopf hart gegen das Deck.

Krachend detonierte der Sprengkörper, und als Petrie den Kopf hob, war die Treppe leer.

Der Geruch von Feuer drang ihm in die Nase. Petrie sprang auf und feuerte aufs Geratewohl ein ganzes Magazin über das Deck. Wenn er über Bord sprang, durfte niemand der Reling zu nahe kommen, sonst wäre sein Leben keinen Pfifferling mehr wert.

Der Engländer schwang ein Bein auf die Reling, stemmte sich mit dem anderen vom Boden ab und sprang. Ein dunkler Wellenberg kam ihm entgegen, Wasser spritzte auf und schlug über ihm zusammen.

Petrie tauchte auf und schwamm schnell von der Fähre weg, um dem Sog der Zwillingsschrauben zu entgehen. Das eiskalte Wasser war ein Schock. Die Stiefel behinderten Petrie beim Schwimmen, ringsum war es entsetzlich dunkel, und die Wellen rollten in einer langen Dünung.

Einmal glaubte der Engländer Schüsse zu hören, doch als eine Welle ihn hochhob, sah er nur das Heck der Fähre, die mit voller Kraft auf Sizilien zulief und Petrie durch ihre eigene Vorwärtsbewegung aus der Schußlinie brachte.

Er sah auch das rote Licht, doch ständig schien es seine Position zu ändern. Petrie hoffte, daß Giacomo nicht auf den Gedanken verfiel, die See nach ihnen abzusuchen. Der Sizilianer brauchte nur an Ort und Stelle auf sie zu warten, und sie würden kommen. Mit Glück und genügend Kraft, um das Boot zu erreichen!

Die Wellen klatschten gegen sein Gesicht, schaukelten ihn, und ihm schien es, als schwimme er auf einem Meer aus Gummi. Er empfand ein seltsam leichtes, schwebendes Gefühl im Kopf. Es war alles nur Einbildung, das wußte er, dieses Tanzen und Taumeln auf den Wogen, dieses herrliche Schweben. Daß er dabei war, das Bewußtsein zu verlieren, war keine Einbildung.

Das Tuckern der ›Carridi‹ verklang in der Ferne, und er hörte nur noch das Glucksen der Wellen, wenn er seine müden Arme und Beine zu gleichmäßigen Schwimmbewegungen eintauchte – auf das rote Licht zu, das jetzt nicht mehr wanderte.

Seine Kleider sogen sich voll Wasser, ihr Gewicht zog seinen Körper tiefer hinunter.

Mit quälender Langsamkeit näherte er sich dem roten Licht. Petries Schwindelgefühl wurde stärker, und plötzlich zerrte eine heftige Strömung an ihm, wollte seinen erschöpften Körper von der roten Lampe wegtragen, die in der Dunkelheit einen tröstlichen Schein verbreitete.

Petrie lehnte sich noch einmal gegen seinen letzten Feind, die Strömung, auf, atmete die kalte Nachtluft tief ein und warf sich mit aller Kraft gegen den Sog der Wogen.

Irgend etwas streifte seine Schulter und verfing sich in seinen nassen Kleidern, zerkratzte die Haut unter seinem Hemd.

Er hing an einem Bootshaken, der sein Gewicht nur hielt, weil seine Kleider durchnäßt waren und nicht rissen. Giacomo zog ihn sanft ans Boot heran. Petrie fühlte Hände, die ihn packten, ins Boot zogen und auf den Boden legten. Johnson und Angelo beugten sich über ihn.

»Bist du in Ordnung?« fragte der Amerikaner besorgt.

»Ich fühle mich wunderbar«, stieß der Engländer keuchend hervor und schaute in ihre Gesichter, ins Licht der roten Lampe und zu den Sternen empor.

Die Ohnmacht drohte ihn wieder zu übermannen.

»Setzt mich aufrecht...«

Sie trugen ihn zum Mast, einem großen Baum mit seitlichen Sprossen, und lehnten seinen Oberkörper dagegen.

Irgendwo hatte Petrie schon einmal etwas über diese seltsamen Boote gehört: der Bootsführer stieg auf den Sprossen zur Mastspitze empor und lenkte von diesem erhöhten Standpunkt aus die Fangoperation, sobald er einen Schwertfisch ausgemacht hatte.

Petrie wandte sich an Giacomo.

»Vielen Dank!« sagte er, dann fiel ihm ein, daß der Mann taubstumm war.

Der Sizilianer war klein und gedrungen und besaß einen beachtlichen Bauch. Er deutete auf die rote Lampe am Mast, nahm eine Schrotflinte und winkte ihnen, die Köpfe herunterzunehmen. Dann zielte er kurz, die Schrotflinte bellte trocken auf, und die Lampe zersplitterte in tausend Stücke. Glas regnete herab. Giacomo hatte nur auf die am schnellsten wirksame Weise die rote Lampe gelöscht, die weithin ihre Position verriet.

»Was ist mit den Sprengsätzen?« rief Johnson mit rauher Stimme vom Außenbordmotor am Heck herüber. »Hast du sie auch an den richtigen Stellen angebracht?«

»Genau da, wo sie hingehören – alle«, versicherte Petrie. »Zwei Zehnpfünder in die Schraubentunnel. Sie gehen gleichzeitig hoch. Den großen Brocken – den Vierzigpfünder – habe ich in einem Treibstoff-Tank an der Steuerbordseite angebracht.«

»Und sie gehen alle gleichzeitig hoch?«

»So habe ich jedenfalls die Zeitzünder eingestellt. Möglich, daß trotzdem vierzig oder fünfzig Sekunden zwischen den einzelnen Detonationen liegen.«

»Was passiert, wenn sie hochgehen?«

Johnson legte seine nackten Füße auf eine Taurolle und tupfte sich mit einem Lappen, den der taubstumme Giacomo ihm reichte, das Blut von der Stirn.

»Vermutlich wird der Maschinenraum innerhalb von dreißig Sekunden unter Wasser stehen. Ich denke, die

Fähre wird bereits fünf Minuten nach der ersten Explosion sinken.«

»Die Deutschen werden den ganzen Maschinenraum auf den Kopf stellen.«

»Sicherlich. Eigentlich müßten die Sprengsätze auch schon längst hochgegangen sein. Doch keine Sorge, der Maschinenraum ist sehr unübersichtlich, dort werden sie so leicht nichts finden.«

Giacomo ging zum Heck und bat Johnson durch eine Geste, zur Seite zu rücken.

Der Sizilianer beugte sich zum Motor und zog den Startzug. Grollend erwachte der Motor zum Leben. Besorgt schaute Petrie sich um. Nirgendwo war ein anderes Boot zu sehen, doch in der Meerenge wimmelte es von Patrouillen-Booten. Er hoffte, daß die Explosionen auf der Fähre die feindlichen Schiffe von ihnen ablenken würden.

Der Motor brummte lauter, und das Boot nahm Kurs nach Süden auf Malta zu.

Vier Augenpaare starrten angestrengt in die Richtung, in der die Fähre in der Dunkelheit verschwunden war.

Und dann hörten sie, worauf sie warteten.

Die erste Detonation hallte als rollender Donner über die See zu ihnen herüber, als hätte jemand einen einzigen Schlag auf eine gigantische Trommel getan. Kein Blitz zuckte auf, auch war kein Rauch zu sehen, als drei Patrouillen-Boote die Fähre ansteuerten und sie mit ihren Suchscheinwerfern in gleißendes Licht tauchten.

Die Detonation schien die Fahrt des Schiffes in keiner Weise zu beeinträchtigen. Doch Petrie merkte sofort, als Schornstein und Aufbauten plötzlich kleiner wurden, daß die Fähre beigedreht hatte.

»Sie ändert den Kurs«, rief er laut.

»Sie läuft auf die Paradies-Bucht zu«, sagte Angelo.

»Ihre Ruderanlage ist beschädigt.« Petrie blinzelte, um besser sehen zu können. »Das nächste Ei wird ihr den Rest geben.«

Die Scheinwerfer der Schnellboote wanderten mit der Fähre auf ihrem Kreiskurs. Ihre Ruderanlage mußte schwer angeschlagen sein. Weitere Patrouillen-Boote schossen auf das manövrierunfähige Schiff zu.

Der zweite Sprengsatz, der Vierzig-Pfünder, übertraf den ersten bei weitem. Die Meerenge schien bei seiner Detonation zu erbeben, der Donner rollte über das Wasser und hallte in den Bergen wider.

In Messina und Giovanni mußten sie glauben, eine ganze Batterie von 15 cm-Schiffsgeschützen habe gleichzeitig das Feuer eröffnet.

Sekundenbruchteile später zuckte ein riesiger Blitz auf, der die Nacht taghell erleuchtete. Kurz hintereinander erfolgten weitere Detonationen.

Vom Heck des Bootes beobachtete Johnson voller Ehrfurcht das Schauspiel. Der Munitionszug flog in die Luft. Die Explosivkraft der Ladung auf dem Zugdeck war unvollstellbar.

Wieder erklang eine schwere Detonation, gefolgt von zwei weiteren. Die vier Männer fühlten ihre Druckwellen.

Die Fähre brannte. Johnson hatte ein solches Flammenmeer nie zuvor gesehen. Riesige Flammenzungen schossen aus dem Wrack empor und erhellten die Meerenge, ließen die graugrünen Wogen rötlich aufglühen.

Die nächste Explosion, deren Donnerschlag klang, als sprenge ein kleiner Ätna seine Kuppe in den Himmel, verwandelte die Fähre in eine lodernde Fackel.

Dicke schwarze Rauchwolken, aus denen hellrot die Flammenzungen emporschossen, hüllten das Schiff völlig ein. Es brannte bis zur Wasserlinie. Treibstoff floß über die Decks, Menschen und Ladung verbrannten in der höllischen Glut dieses Infernos.

Patrouillen-Boote rasten wie aufgescheuchte Hühner hin und her, wagten sich aber nicht zu nahe an die Feuerhölle heran.

Einer nach dem anderen explodierten die Munitionswaggons auf dem Zugdeck und schleuderten Trümmer durch die Luft. Ein Teil der Schiffsaufbauten war verschwunden, und man konnte vor dem Hintergrund der Flammen die Silhouette der Fähre deutlich erkennen – das jetzt völlig offene Eisenbahndeck, einen Tanklastwagen, die zerstörte Brücke und den intakten Schornstein dahinter.

Der Tankwagen verschwand in einer heftigen Explosion, die auch die Reste der Brücke und den Schornstein mit sich riß.

Weißglühende Metalltrümmer flogen weit durch die Luft und prasselten auf die Patrouillen-Boote nieder, die panikartig das Weite suchten.

Langsam sackte das Heck der Fähre ab, der Bug richtete sich kerzengerade in den Himmel. Seine Metallteile leuchteten rot, und trotz der Entfernung glaubte Petrie, das leise Zischen zu hören, als das glühendheiße Wrack in der Tiefe versank.

Keiner der Männer sprach ein Wort, sie waren wie betäubt von den Ereignissen, deren Zeugen sie eben geworden waren. Schließlich erhob sich Petrie und ging zum Bug, um die erste Wache zu übernehmen.

Dort fand ihn Johnson eine Stunde später, während sie stetig durch die Meerenge nach Süden fuhren.

Der Engländer lag zusammengerollt auf dem Boden und schlief fest.

»Daran soll er noch lange denken, dafür werde ich schon sorgen«, sagte der Amerikaner mit müdem Grinsen zu Angelo. »Auf Wache einfach zu schlafen...«

Als am Morgen die glühende Sonne über den östlichen Horizont kletterte, um Sizilien aufs neue in ihren Strahlen zu rösten, trieb das Boot ohne Treibstoff geräuschlos weitab von jeder Küste auf der langen Dünung der blaßblauen See, die silbrig im Sonnenlicht aufschimmerte.

Nur Johnson und Giacomo waren wach. Und natürlich war es der Amerikaner, der den Mast des Bootes hochkletterte und wie verrückt sein Hemd schwenkte.

Natürlich deshalb, weil vom Heck des Torpedobootes, das durch die friedliche See auf sie zuhielt, die amerikanische Flagge wehte. Das Boot würde sie aufnehmen und nach Malta bringen, weg von der sizilianischen Küste, wo alliierte Truppen in den Buchten landeten und ins Innere der Insel vorstießen – der Insel, die sie in dreiunddreißig Tagen erobern sollten.

Epilog

Manchmal gewinnen Dinge, die jetzt geschehen, erst viel später an Bedeutung.

Nach der Invasion erhielt Don Vito Scelba tatsächlich aufgrund des knappen, aber genauen Berichtes, den Petrie dem Alliierten Oberkommando gab, seine Belohnung.

Er wurde zwar nicht Bürgermeister von Palermo, aber man gab ihm statt dessen einen viel einflußreicheren und lukrativeren Posten in der alliierten Administration der eroberten Insel.

Scelba benutzte sein Amt, um seinen Einflußbereich zu erweitern, und organisierte im stillen großangelegte Raubüberfälle auf alliierte Nachschubdepots.

Die Beute warf er auf den schwarzen Markt, der erst auf Sizilien und später in ganz Italien florierte.

Eins führte zum andern. Die riesigen Gewinne seiner Schwarzmarkt-Aktivitäten halfen dem Capo entscheidend dabei, seine politische Macht auszubauen.

Gegen Kriegsende hatte er sich mit der neapolitanischen Mafia verbündet und pflegte enge Kontakte mit der Unterwelt von Marseille sowie mit der mächtigsten der fünf Familien, die die New Yorker Mafia kontrollierten.

Durch ihn erwachte die internationale Mafia wieder zu neuem Leben. Nach und nach weitete sie ihre Aktivitäten, zu denen auch Prostitution und Devisenschmuggel gehörten, über den halben Globus aus. Wenig später kam der Drogenhandel dazu.

Und speziell diese Organisation, die Scelba aufgebaut hatte, kontrollierte in der Folgezeit den Drogenhandel, der noch heute die Vitalität mancher westlicher Nationen untergräbt.

Eine Organisation, die nur ins Leben gerufen werden konnte, weil die Alliierten im Krieg die Hilfe der Mafia in Anspruch genommen hatten.

Der Anschlag gegen fast die halbe westliche Welt wurde also schon im Jahr 1943 vorbereitet.

Der Tod von Don Vito Scelba war eine Ironie des Schicksals. Er starb an der gefürchteten Lupara-Krankheit.

Der alte Mann, der wie immer in Hemdsärmeln und Hosenträgern durch Sizilien zu reisen pflegte und die Welt durch seine getönten Brillengläser betrachtete, trat an einem heißen Julimorgen aus einem Hotel in Palermo und hielt vergeblich nach seinem Wagen Ausschau.

Zehn Jahre zuvor hätte diese Tatsache ihn noch argwöhnisch gemacht, doch Scelba war nicht mehr der Mafioso, der einmal den Heizer an der Blockstelle in Scopana erstach. Ahnungslos blieb er an der Ecke stehen und wunderte sich, wo der Wagen blieb.

Ein Wagen mit vier jungen Männern, die alle Sonnenbrillen trugen, raste auf ihn zu. Aus ihren Schrotflinten eröffneten sie im Vorbeifahren das Feuer auf ihn.

Niemand eilte dem Capo zu Hilfe, als er mitten auf der Straße zusammenbrach.

Don Vito Scelbas Zeit war abgelaufen.

Der Überläufer

ERSTER TEIL

London:
Adam Procane?

PROLOG

»Reicht es nicht endlich?« fragte Howard in die Dunkelheit des privaten Vorführraumes. »Eine scheußliche Geschichte – und wir sehen sie schon zum dritten Mal...«
»Halten Sie bitte den Mund. Schließlich ist sie meine Frau...«
Newman saß wie erstarrt, während der Mann am Projektor den Film von neuem anlaufen ließ. Sein Gesicht war ausdruckslos, wie gebannt starrte er auf die Leinwand.
Der Mann, der die Szene gefilmt hatte, war ein Profi gewesen. Die erste Einstellung zeigte Alexis, die im Mondlicht auf der unbekannten Straße stand. Sie warf die Arme hoch, als das Licht der Scheinwerfer sie traf. Hinter ihr ragten undeutlich die Konturen eines unheimlichen Schlosses empor. Der Wagen, der mit hoher Geschwindigkeit heranraste, erfaßte sie zum ersten Mal, schleuderte den schmalen Körper wie eine Stoffpuppe in die Höhe und überrollte ihn.
Newmans Bauchmuskeln spannten sich. Er glaubte zu spüren, wie die Räder den Körper zermalmten, Knochen splitterten, die Hirnschale zertrümmerten. Der Wagen kam mit einem Ruck zum Stehen. Hinter seinem Heck lag Alexis reglos auf der Fahrbahn. Newman hörte förmlich, wie der Fahrer den Rückwärtsgang einlegte. Der Film lief ohne Ton, nur das Rattern des Vorführapparates war zu hören. Die Zigarette, die er zwischen den Fingern hielt, war erloschen. Sein Blick wanderte von der verkrümmten Gestalt auf dem Boden zu dem hoch aufragenden Schloß, einer dunklen Silhouette, wie die Illustration eines Andersen-Märchens. Und da begann es wieder.
Der Wagen fuhr an, rückwärts jetzt. Der Fahrer hatte das Lenkrad keinen Millimeter bewegt. Er überfuhr den auf der Straße liegenden Körper. Newman hörte weitere Knochen krachen. Ihr schönes Gesicht mußte jetzt zu Brei zerquetscht sein. Der Wagen blieb

wenige Meter von Alexis entfernt stehen, fuhr noch einmal vorwärts.
Das Bild geriet ins Flackern, Lichter tanzten vor Newmans Augen. Dann nur noch weiße Leinwand. Er stand auf, trat in den Mittelgang und verließ den kleinen, beengenden Vorführraum. Howard eilte ihm nach, holte ihn draußen in der Halle ein und ergriff seinen Arm. Newman schüttelte die Hand ab, als ekle ihn vor jeder menschlichen Berührung.
»Es war also Ihre Frau?« fragte Howard.
»Ich sagte es Ihnen schon. Es war Alexis.«
Er sprach von ihr bereits in der Vergangenheit. Wie ein Roboter marschierte er den öden Korridor hinunter. Den Blick geradeaus, immer einen Fuß vor den anderen setzend, links, rechts, links.
»Es tut mir sehr leid«, begann Howard wieder. »War sie hinter einer Sache her...«
»Ich sagte, Sie sollen den Mund halten. Ich habe sie identifiziert. Und damit genug.«
»Der Film wurde in einem Blechbehälter aufgegeben. Von einem Postamt ganz in der Nähe Ihrer Wohnung. Auf dem Poststempel steht ›London SW5‹...«
Newman ging weiter, zwischen den Fingern immer noch die erloschene Zigarette. Erloschen wie Alexis. Sein Gesicht zeigte keinerlei Regung. Er ging mit ausgreifenden Schritten. Howard mußte laufen, um mit ihm auf gleicher Höhe zu bleiben. Er versuchte es mit einer anderen Taktik.
»Da war eine Nachricht in plumpen Blockbuchstaben. ›*An alle: Laßt die Finger von Procane.*‹ Die Tat geschah...« Howard zögerte. Newman begann ihm unheimlich zu werden. »Wir glauben, sie geschah zur Abschreckung. Kommen Sie doch auf ein paar Minuten in mein Büro. Trinken Sie einen Kaffee. Oder vielleicht etwas Stärkeres? Wir haben einige unserer Leute den Film ansehen lassen und versucht, das Land zu bestimmen. Dieses Schloß...«
»Ich habe es schon irgendwo gesehen«, sagte Newman mit derselben tonlosen Stimme.
»Wo?«
Er merkte sogleich, daß er zu hastig gefragt hatte. Newman wandte sich schon zur Eingangstür. Im Gehen gab er Antwort.
»Auf einem Bild. Ich weiß nicht, wo. Wird Tweed mit der Sache beauftragt? Und wer ist Procane?«

»Wir haben nicht die leiseste Ahnung.«
»Meinetwegen, lügen Sie nur.«
Die kurze Pause vor Howards Antwort war Newman nicht entgangen. Er erreichte jetzt das Empfangspult, und der Beamte in Zivil erhob sich, um ihm den Passierschein abzuverlangen. Howard schüttelte den Kopf, und der Wächter setzte sich wieder, während Newman die Tür öffnete und die Stufen zum Park Crescent hinunterstieg, ohne etwas zu sagen oder sich umzuwenden.

Dies war das erste Ereignis, das die Menschenjagd des Jahres 1984 in Gang brachte – und zwar nur, weil am 7. November in den USA die Präsidentenwahl stattfinden sollte. Doch an jenem kühlen Morgen, noch vor dem Einsetzen der flimmernden Hitze einer zwei Monate andauernden Schönwetterperiode, als Newman ein Taxi aufhielt, um zu seiner Wohnung zurückzufahren, war erst Donnerstag, der 30. August.

1

Das zweite Ereignis folgte zwanzig Minuten später und war reiner Zufall. Als Newman im Taxi saß, das sich eben seiner Wohnung in der Beresforde Road in South Kensington näherte, wurde ihm klar, daß er es jetzt nicht schaffen würde, sich selber ein Frühstück zu machen.

Er sagte dem Fahrer, er solle an der Grünfläche, die die St. Mark's Church umgab, anhalten. Dann stieg er aus, bezahlte und ging zum Forum-Hotel hinüber. Deshalb sah er auch den blauen Cortina nicht, der gegenüber von Chasemore House, wo er wohnte, im Parkverbot stand. Zwei Männer saßen auf den Vordersitzen. Später sagte ein Zeuge, sie hätten dunkle Anzüge angehabt, wie sie von Geschäftsleuten getragen werden, konnte aber sonst keine nähere Beschreibung liefern.

Dafür traf Newman auf dem Gehsteig den Briefträger, der einen Stoß auszutragender Briefe durchsah. Der Mann blickte auf und grinste. »Morgen, Mr. Newman. Schöner Tag wieder. Glauben Sie, die Hitze hält bis Weihnachten?«

»Wenn wir Glück haben.«

Newman antwortete mit derselben monotonen Stimme, die Howard so irritiert hatte. Der Briefträger zog drei Briefe aus dem Stapel und sah Newman wieder an. Der Mann, den er betrachtete, war um die Vierzig, gut aussehend, glattrasiert, mit buschigem rotblondem Haar, und schaute zumeist so drein, als fände er das ganze Leben spaßig. Diesmal jedoch war sein Gesicht wie aus Stein. Ein weiterer Umstand, der der Polizei später berichtet wurde.

»Drei für Sie heute«, sagte der Briefträger. »Und nur einer aus dem Ausland. Keine großen Geschäfte.«

»Danke.« Newman ignorierte den Hinweis auf seine berufliche Tätigkeit als Auslandskorrespondent und ging zum Forum-Hotel hinüber, einem sechzehn Stockwerke hohen Betonturm, der diesen Teil Londons überragt. Zwei Rechnungen in den üblichen braunen Umschlägen. Als er einen Blick auf den dritten Umschlag warf, blieb er wie angewurzelt stehen.

Er erkannte ihre langen, krakeligen Schriftzüge. Ein Schauer überlief ihn. Der Brief einer Toten. Ein blauer Aufkleber, hastig in schiefem Winkel angebracht, trug die Aufschrift: *Par Avion – Lentoposti – Flygpost*. Französisch, Finnisch, Schwedisch. Der

Stempel war klar erkennbar. Im roten Kreis »Helsinki«, dann »25. 8. 84«, dann »Helsingfors«, der schwedische Name für Helsinki.
Eigenartiges Gefühl. Heute war Donnerstag. Alexis war am vergangenen Samstag, als sie diesen Brief per Luftpost aufgegeben hatte, noch am Leben gewesen. Trotz der Betäubung aller seiner Lebensgeister begann sein Auslandskorrespondentengehirn zu arbeiten.
Der Blechbehälter mit dem schrecklichen Film, den Howard ihm vorgeführt hatte, mußte nach England gebracht und hier von jemandem aufgegeben worden sein, der eigens deswegen von Helsinki nach Heathrow geflogen war. All das war während der letzten vier oder fünf Tage geschehen.
Nur von seinem inneren Sinn gelenkt, ging er zum *Forum* weiter, den ungeöffneten Brief in der Tasche. Er stieg die Treppe zur Cafeteria hoch, setzte sich an einen Tisch abseits der anderen Gäste, bestellte Kaffee und Toast. Er trank zwei Tassen schwarzen Kaffee und starrte dabei auf den Umschlag, der in blauer Schrift in der linken oberen Ecke Name und Anschrift eines Hotels trug.
Hotelli Kalastajatorppa, Kalastajatorpantie 1, 00 33 00, Helsinki 33. Er war einmal beruflich in Helsinki gewesen, hatte damals aber im *Marski* im Stadtzentrum gewohnt. Ein Hotel dieses Namens war ihm unbekannt. Mit Entschlossenheit strich er Butter auf den Toast, nahm Marmelade und zwang sich zu essen, während er den Umschlag öffnete.
Er enthielt ein Blatt mit dem Hotelaufdruck. Seine blauen Augen überflogen die kurze Nachricht in der so charakteristischen Handschrift, die ihn immer an die Wogen des Meeres erinnerte, ohne dabei auch den Inhalt des Geschriebenen aufzunehmen. Er begann ein zweites Mal.
»Lieber Bob, in höchster Eile, um das Schiff zu erreichen – es fährt um 10.30 ab. Adam Procane muß aufgehalten werden. Mein heißer Tip ist der Archipel. Fahre jetzt los. Werde den Brief auf dem Weg zum Hafen aufgeben. Alexis.«
Nur »Alexis«. Nicht »In Liebe, Alexis«. Also hatte sich nichts geändert. Der Bruch zwischen ihnen war ein vollständiger und bleibender gewesen. Das hier war eine rein berufliche Mitteilung. Doch einen letzten, bitteren Trost hatte sie ihm zukommen lassen. Einerlei welch dringender Fall es gewesen sein mochte, den sie für *»Le Monde«* recherchierte, sie hatte fest daran geglaubt, daß er der

Mann war, der weitermachen konnte, falls das Ärgste passierte. Und dieses Ärgste war passiert.
Procane.
Howard hatte den Namen erwähnt, dann aber mit wenig Überzeugungskraft geleugnet, etwas über Procane zu wissen. Newman goß sich schwarzen Kaffee nach, zündete sich eine Zigarette an und ging durch, was er wußte. Verdammt wenig.
Adam Procane, wer immer das war. Ein Schiff, das von irgendwo – wahrscheinlich vom Hafen von Helsinki – um 10.30 Uhr abfuhr. Das bedeutete 10.30 Uhr morgens. Alexis hätte sonst »22.30« geschrieben. Ein Schiff mit welchem Ziel? Doch um Gottes willen nicht Leningrad.
Archipel. Welcher? Es gab den Schwedischen Archipel, also die Inselkette, die sich von Stockholm bis zum Archipel von Abo – oder Turku, wie die Finnen Abo nannten – erstreckte. Und dieser Archipel von Turku war der zweitgrößte der Welt, ein Labyrinth von Inseln und Inselchen, manche wenig mehr als ein aus dem Meer herausragender Felsen. Warum war ein Archipel so wichtig? Und welchen hatte sie gemeint?
Und schließlich waren da noch zwei Dinge. Der Name eines Hotels in Helsinki, wo Alexis gewohnt haben mußte. Und dieses unheimliche Schloß im Hintergrund, als dieses Schwein von einem Fahrer sie überfuhr. Es würde ihm wieder einfallen, wo er dieses eigenartige Bauwerk gesehen hatte, an erhöhter Stelle über einer Stadt.
Er beglich seine Rechnung und ging zu seiner Wohnung zurück. Inzwischen war es 8.30 Uhr, und London rüstete sich zu einem neuen Tag voll Plage, Streit und Hader. Etliche Fußgänger strebten eiligst irgendwelchen Zielen zu. Daß etwas passiert war, ahnte er sofort, als er den Wagen mit dem Blaulicht auf dem Dach vor Chasemore House stehen sah.

Tweed war selten wütender als jetzt. Etwas später als sonst in der Zentrale des SIS – des Secret Intelligence Service – eingelangt, war er von Howard soeben über Newmans Besuch am frühen Morgen informiert worden. Jetzt stand der etwas füllige Mann mittleren Alters hinter dem Schreibtisch seines Büros in der ersten Etage, von dem aus man den Park Crescent überblicken konnte. Die beiden Männer waren allein im Zimmer.
»Ich fand, er hätte ein Recht darauf, den Film zu sehen«, sagte Howard zu seinem Stellvertreter. »Falls Sie es vergessen haben«,

fügte er mit einem Anflug von Sarkasmus hinzu, »Alexis war seine Frau.«
Tweed nahm seine Hornbrille ab und begann, die Brillengläser mit dem Zipfel seines Taschentuches sauberzureiben. Dabei starrte er Howard an, der, ihn mit seinen 1,85 Metern weit überragend, vor ihm stand, wie immer tadellos gekleidet, in einem dunkelblauen Chester-Barrie-Anzug. Howard, bartlos und glattrasiert, wurde unter dem Blick seines Gegenübers nervös und begann mit dem Kleingeld in der Hosentasche zu klimpern. Mit betonter Sorgfalt hakte Tweed die Bügel seiner Brille hinter den Ohren ein. Dann zog er einen Briefumschlag aus der verknüllten Jackettasche und legte ihn langsam auf den Schreibtisch.
»Ich weiß, daß Alexis seine Frau war«, begann er. »Und ich halte es für einen Akt äußerster Brutalität, daß man ihm den Film zeigte.«
»Ich habe hier die Entscheidungen zu fällen«, entgegnete Howard steif.
»Nicht im Falle Procane«, korrigierte ihn Tweed, immer noch in gewohnt sanftem Ton. »Ich wurde heute morgen zur Premierministerin beordert. Sie lesen am besten einmal den Brief in diesem Umschlag hier.«
»Nicht schon wieder so eine verdammte Weisung, Sie hätten uneingeschränkte Befugnis, hoffe ich«, schnarrte Howard.
Er riß das gefaltete Blatt aus dem Umschlag, las es schnell und warf es auf den Tisch zurück. »Das ist schon die zweite. Ich werde Protest einlegen.«
»Sie kennen den Beschwerdeweg.«
Das klang so unbekümmert und interessenlos, daß Howard Tweed genauer ins Auge faßte. Er fuhr sich mit seiner manikürten Hand durchs Haar, das silbrige Strähnen aufwies. Dann ging er zu einer Landkarte hinüber, die Monica, Tweeds Assistentin, am Morgen an der Wand befestigt hatte. Die Karte zeigte Skandinavien von der Westküste Dänemarks bis Finnland mit seiner Grenze gegen die Sowjetunion im Osten.
»Wofür ist das?« wollte er wissen.
»Das ist wahrscheinlich das Schlachtfeld.«
»Schlachtfeld?«
Howard schwang auf den Absätzen herum, fuhr mit der rechten Hand in die Jackentasche, wobei der Daumen herausragte und nach vorn gerichtet war. Es war eine seiner charakteristischen

Posen. Ein zweites Mal hatte Tweed ihn überrascht. Er bediente sich kaum je solch dramatischer Phrasen. Tweed stand noch immer mit verschränkten Armen da und wartete. Genau diesen Augenblick wählte Monica, eine Frau von angenehmem Äußeren, mit dunkelbraunen Haaren und lebhaften Augen, um durch die Tür hereinzuschlüpfen. Sie blieb stehen, bis Tweed ihr durch ein Nicken zu verstehen gab, es sei in Ordnung, woraufhin sie unauffällig hinter ihrem Schreibtisch Platz nahm.
»Gerüchten, die nach und nach aus Europa hereinkommen«, erklärte Tweed, »ist zu entnehmen, daß der amerikanische Staatsbürger Adam Procane möglicherweise auf dem Weg über Skandinavien überlaufen wird...«
»Und wer zum Teufel ist dieser Procane?«
»Ich habe keine Ahnung. Die Gerüchte sprechen von einer hochrangigen Person im amerikanischen Sicherheitsbereich, die im Begriff ist, zu den Russen überzulaufen. Sie können sich vorstellen, welche Folgen es in den Staaten hätte, wenn da einer in Moskau ankäme, der ein größeres Tier ist als seinerzeit Kim Philby – um so mehr, als Reagan am 7. November zur Wiederwahl antritt.«
»O mein Gott!« Howard ließ sich in den einzigen ledernen Armsessel sinken, der im Raum stand. Tweed bot ihn gewöhnlich Besuchern an, die sich darin wohlfühlen und dabei alle Vorsicht fallenlassen sollten. »Ich dachte mir, daß es um so etwas geht, aber ich wußte nicht, daß es sich um einen so großen Fisch handelt.«
»Groß wie ein Hai.«
Das war schon wieder nicht Tweeds normale Ausdrucksweise. Monica war überrascht und hob den Blick, um Tweed prüfend anzusehen. Sein Gesichtsausdruck verriet nichts, und sie nahm an, er hoffte, Howard würde bald den Raum verlassen.
»Und warum Skandinavien«, fragte Howard schließlich.
»Es ist der einfachste Weg nach Rußland. Procane wird kaum beim Checkpoint Charlie in Berlin auftauchen. Und jetzt möchte ich wissen, warum Sie Newman den Film gezeigt haben.«
»Nachdem er ihn gesehen hatte, habe ich so nebenbei den Namen Procane fallenlassen...«
Tweed kniff die Augen zusammen. »Sie schicken ihn ins Feuer, weil Sie hoffen, daß er, mit seiner riesigen Erfahrung als Auslandskorrespondent, Sie zu Procane führen wird. Das war's doch, oder?«

»Eine Feder, die wir uns an den Hut stecken könnten...« Howard machte eine resignierende Geste. »... falls wir den Amerikanern helfen, ihre Haut zu retten. Ein bißchen Ansehen und Glaubwürdigkeit in Washington könnte uns nicht schaden.«
»Und wie wollten Sie das bewerkstelligen – wenn wir jetzt einmal den gefühlsrohen Aspekt dessen, was Sie soeben getan haben, beiseite lassen?«
»Leadbury folgte ihm, als er das Gebäude verließ...«
»Leadbury!« Tweed gab sich keine Mühe, seine Verachtung und seinen Abscheu zu verbergen. »Und Sie glauben wirklich, Newman wird ihn nicht spätestens nach einer Stunde entdecken? Wahrscheinlich hat er ihn bereits entdeckt.« Beide Hände weit voneinander entfernt auf die Schreibtischplatte legend, beugte er sich zu Howard vor. »Sie wissen, was Sie gemacht haben? Sie haben das falsche Ding am falschen Ort plaziert. Er wird nur ein einziges Ziel haben: den Mörder seiner Frau zu finden...«
»Sie kamen gar nicht gut aus miteinander«, warf Howard ein. »Alexis war Auslandskorrespondentin für ›Le Monde‹. Sie und Newman gerieten sich dauernd in die Haare, weil sie denselben Beruf hatten. Ihre Ehe trieb schon nach einem halben Jahr dem Untergang zu.«
»Und Sie denken, das macht für Newman einen Unterschied? Wir haben es mit einem wildgewordenen Einzelgänger zu tun. Von jetzt an, Howard«, Tweed tippte mit dem Finger auf das Schreiben der Premierministerin, »gehe ich allein vor. Dieses Dokument will es nach seinem Wortlaut so. Ich glaube nicht, daß es für uns noch etwas zu besprechen gibt.«
Eine halbe Stunde später erhielt Tweed den ersten Bericht über den Vorfall im Chasemore House.

Als Newman den vor dem Hauseingang geparkten Polizeiwagen sah, überquerte er nicht sogleich die Beresforde Road. Statt dessen schlenderte er durch die Grünanlage rund um St. Mark's Church. Er blieb vor der Kirche stehen, um sich eine Zigarette anzuzünden, und hörte den dringlichen Heulton eines weiteren Wagens. Eine Ambulanz näherte sich auf der Fulham Road und blieb neben dem Polizeiwagen stehen. Zwei Krankenpfleger stiegen aus, gingen zum Wagenheck, öffneten die hinteren Türen, stiegen dann mit einer Tragbahre die Stufen zum Chasemore House hoch und gingen hinein.

Newman blieb, wo er war, und rauchte. Er wußte, daß er jetzt niemandem mehr auffiel. Auch bloß einer von den Aasfressern, die immer zur Stelle sind, wo es Anzeichen für ein Unglück gibt. Einige Minuten darauf erschienen die beiden Ambulanzhelfer mit einem Mann auf ihrer Bahre. Sein Kopf war einbandagiert, aber Newman erkannte den Briefträger, der ihm vorhin auf seinem Weg zur Cafeteria des *Forum* die Post ausgehändigt hatte. Er wartete, bis der Ambulanzwagen abfuhr, warf dann die Zigarette weg und ging über die Straße.

Die Tür zur Eingangshalle war offen, und ein Mann in Zivil, dem man den Polizisten von Kopf bis Fuß ansah, hielt ihn auf. Er war kaum älter als dreißig, höflich, aber bestimmt.

»Sie wohnen hier, Sir?«

»Ja. Was geht hier vor?«

»Darf ich die Nummer ihrer Wohnung wissen?«

»Warum?«

»Ist es diese?«

Der Polizist trat zur Seite und deutete durch die Halle. Eine Wohnungstür hing windschief in den Angeln. Auf dem Teppichboden am gegenüberliegenden Ende der Halle war ein dunkler Fleck, der von Blut herrühren konnte.

»Himmel! Das hat mir noch gefehlt. Ein Einbruch...«

»Können Sie sich ausweisen, Sir?«

Newman gab ihm seinen Presseausweis und warf einen Blick auf die Straße hinaus. Exakt an der Stelle vor der Kirche, wo er gewartet hatte, stand ein Mann mit zerknülltem Schlapphut und verschmutztem Regenmantel und blickte interessiert zum Himmel hinauf. Leadbury. Aber kein Jumbo-Jet war dort oben im Azurblau zu sehen.

»Danke, Sir. Ich bin Sergeant Peacock.«

»Zeigen Sie mir Ihren Dienstausweis.«

»Sehr weise, Sir. Nicht viele Leute denken daran, danach zu fragen. Sind Sie Robert Newman, der Auslandskorrespondent, der...«

»Ja! Kann ich mir jetzt die Schweinerei ansehen? Und ist das dort auf dem Teppich Blut?«

»Ich fürchte, ja, Sir. Man hat den Briefträger überfallen. Sie sind ihm gefolgt, wie wir glauben, und haben wahrscheinlich so getan, als wohnten sie hier. Darf ich mit Ihnen hineinkommen? Danke. Haben Sie wichtige oder wertvolle Post erwartet?«

Newman trat durchs Vorzimmer in den großen Wohnraum mit den auf die Beresforde Road hinausgehenden Erkerfenstern. Er antwortete über die Schulter hinweg.
»Nein. Warum fragen Sie?«
Alle Schubladen der Regency-Kommode an der Wand waren herausgezogen, ihr Inhalt auf dem Fußboden verstreut. Newman stieg die zwei Stufen hoch, die in die offene Einbauküche führten. Er füllte Wasser in die elektrische Kanne und drückte auf den Schaltknopf. Er drehte die Deckenleuchten an und sah sich im Raum um. Dabei fiel sein Blick auf die große, silbergerahmte Fotografie von Alexis, die immer noch auf der Anrichte stand.
Es war ein Brustbild. Das lange schwarze Haar fiel ihr bis über die Schultern herab, das spitze Kinn war leicht geneigt, genau die Trotz und Herausforderung signalisierende Haltung, die er so gut an ihr kannte. Sein Mund wurde trocken. Peacock, schmalgesichtig, mit stechenden Augen, war seinem Blick gefolgt.
»Gut, daß die Dame nicht da war, als es geschah.«
»Ja. Dort drüben die Postmappe, die Briefe. Haben Sie mich nicht etwas gefragt, als wir hereinkamen?«
»Erwarten Sie wichtige oder wertvolle Post?« Peacock wiederholte seine Frage im ruhigen Ton des Beamten, der einen angesehenen Bürger verhören hat. »Sie sagten ›Nein‹ und wollten hierauf wissen, warum ich diese Frage stellte.«
»Also, warum zum Teufel stellten Sie sie?«
Newman drehte Peacock den Rücken zu und löffelte Pulverkaffee in eine braune Schale. Das Hauptproblem war jetzt, Peacock loszuwerden. Er hatte wenig Zeit und eine Menge zu tun.
»Weil die Rekonstruktion des Geschehens in diese Richtung führt, Sir. Zuerst wird dem Briefträger eins über den Schädel gegeben, wahrscheinlich mit einem ledernen Totschläger. Man durchsucht schnell seine Poststücke, findet nicht, was man sucht. Daraufhin bricht man bei Ihnen ein und durchsucht die Wohnung... Ich fürchte, im Schlafzimmer ist es noch ärger. Laken von den Betten gerissen und so weiter.«
»Wie geht es dem Briefträger?«
»Der kommt in Ordnung, Sir. Als wir von hier anriefen, erwischten wir zum Glück einen Ambulanzwagen auf dem Weg zum St.-Thomas-Hospital. Eine Nacht im Krankenhaus und arge Kopfschmerzen werden so ziemlich das Schlimmste sein, worüber er sich zu beklagen haben wird. Aber ich erkläre Ihnen gerade...«

»Und ich habe Ihre Frage beantwortet. Jetzt aber, Sergeant Peacock, möchte ich nicht unhöflich wirken, aber ich habe eine dringende Sache zu bearbeiten, muß einen Zug erreichen, den Koffer packen...«
Newman wußte, wie entnervend Schweigen sein konnte. Er machte den Kaffee fertig und begann ihn zu schlürfen. Er mußte diesen verdammten Bullen aus dem Raum hinausbringen, damit er telefonieren konnte. Er schaute überall hin, nur nicht auf die Fotografie. Alexis wirkte so lebendig.
»Die Leute von der Spurensicherung werden gleich da sein, Sir.«
»Ich hätte gern ein paar Minuten für mich allein. Falls es Ihnen nichts ausmacht, Sergeant Peacock...«
»Selbstverständlich, Sir. Solche Dinge sind immer ein Schock.«
Sobald Peacock den Raum verlassen hatte, bewegte Newman den Holzriegel, der die schwere Tür offen hielt, und schloß die Tür. Er zündete sich eine Zigarette an und ging zum Telefon, das auf einem kleinen Tischchen neben der Couch stand.
Er suchte sich aus dem Vorwahlverzeichnis die Nummer für Finnland. 010 358. Für Helsinki war 0 anzufügen. Die Nummer der Fernsprechauskunft von Helsinki war 155. Als nächstes suchte er sich aus dem Londoner Telefonbuch die Nummer des Büros der British Airways in der Cromwell Road, gleich neben dem Geschäft der Sainsbury-Ladenkette.
Auf der gegenüberliegenden Straßenseite stand Leadbury immer noch da und betrachtete mit großem Interesse die Fingernägel seiner linken Hand. Er war das geringste aller Probleme. Newman wählte 155, gab Namen und Adresse des *Hotelli Kalastajatorppa* an, wie es auf dem Umschlag stand, der Alexis' Brief erhielt, den letzten, den er von ihr bekommen würde. Das Mädchen gab ihm die Nummer. Er rief an.
Der Empfangschef des Hotels sprach ausgezeichnet Englisch. Es tue ihm leid, aber für die nächsten drei Tage habe man nur eine Suite zu vergeben. Preis eintausend Markka für die Nacht. Dann folgte noch etwas von einem Länderspiel Finnland gegen Schweden. Newman sagte, er nehme die Suite.
Er wählte eben die Nummer des British-Airways-Büros, als er das Taxi sah, das wenige Meter von Leadbury entfernt anhielt. Das Taxi wartete, während die füllige Frau mittleren Alters auf Leadbury zuging, dabei in ihrer Handtasche nach etwas suchend. New-

man erstarrte. Monica, Tweeds Assistentin. Sie war eine Gefahr.
Er beobachtete weiterhin die Szene durch die schweren Netzvorhänge. Sie blieb bei Leadbury stehen und begann zu sprechen. Er griff in die Hosentasche, während sie ihm eine Banknote hinhielt. O ja, sie war eine Gefahr! Tat so, als brauche sie Kleingeld. Hätte Newman nicht durchs Fenster geschaut, wäre ihm das wartende Taxi entgangen.
Nach etwa vierzig Sekunden Gespräch mit Leadbury überquerte sie die Straße und begann eine Unterhaltung mit Sergeant Peacock, der am oberen Stufenabsatz stand. Dabei schaute sie kein einziges Mal zu den Fenstern von Newmans Parterrewohnung hinauf. Sie lächelte wieder, wie zum Dank für Peacocks Ausführungen. Ging zum Taxi zurück, stieg ein und fuhr davon. Newman hinter seinem Vorhang fluchte. Wenn Tweed hinter ihm her war, blieb ihm weniger Zeit, als er gehofft hatte. Tweeds Spürhunden war weit schwerer zu entkommen als Leadbury.
Newman wählte die Nummer der British Airways, und eine junge Dame meldete sich. Ja, sie könne ihm weiterhelfen. Es gäbe den Flug BA 668, nonstop nach Helsinki, Abflug 11.15 Uhr, Landung 16.10 Uhr Ortszeit.
»Sie sind uns dort jetzt zwei Stunden voraus«, fuhr sie fort.
»Geben Sie mir Club-Klasse, wenn's geht. Von mir ist es zu Fuß zehn Minuten bis zu Ihnen. Was kostet es? Ich zahle bar.«
Er sah sie vor sich, wie sie von ihrem Computer alle Daten über Flug BA 668 abrief. Er schaute auf die Uhr. Er mußte sich schleunigst in Bewegung setzen – um Tweed zu entkommen und das verdammte Flugzeug zu erwischen. Sie meldete sich wieder.
»Sie haben ihre Buchung, Sir.«
Er nannte ihr seinen Namen, sagte, er werde in dreißig Minuten bei ihr sein, und legte auf.
Um ins Ausland zu reisen, braucht man viererlei Dinge: Erstens einen Paß. Zweitens eine Flugkarte. Drittens ein Hotelzimmer, das auf einen wartet – es ist erstaunlich, wie viele Hauptstädte ausgebucht sein können wegen einer Modemesse, einer Industrieausstellung oder einem Fußballspiel. Und viertens Geld.
Als Korrespondent trug Newman stets seinen Paß bei sich. Er hatte sein Flugticket gebucht, ein Hotelzimmer reservieren lassen. Und er war eine lebende Bank. In seiner Brieftasche hatte er Schweizer Franken in großen Scheinen, D-Mark, Travellerschecks

und Dollars. Die drei Hartwährungen dieser Welt im August 1984. Er hatte französische Francs, die ihm von seiner letzten Paris-Reise übriggeblieben waren. Und er hatte sogar etwas englisches Geld.
Leise öffnete er die Wohnzimmertür. Das Vorzimmer war leer. Peacock hielt vermutlich an der Treppe Wache und wartete auf die Spurensicherung. Das Schlafzimmer im hinteren Teil der Wohnung war ebenfalls leer – und ein Chaos.
Newman hielt für plötzlich nötige Reisen stets einen gepackten Koffer bereit. Er packte ihn jeden Abend neu, um den Inhalt frisch und in unzerknittertem Zustand zu halten. Der Koffer lag mit geöffnetem Deckel auf dem Ankleidetisch. Sein Inhalt war nicht berührt worden. Die Eindringlinge mußten gestört worden und zur Flucht gezwungen gewesen sein, bevor sie Zeit gehabt hatten, den Koffer zu untersuchen. Er drückte die Schließen zu, versperrte sie, trug den Koffer hinaus und ans Ende der Eingangshalle und rannte hinunter zu einer Wohnungstür im Tiefparterre.
Julia, eine dreißigjährige Frau mit dichtem blonden Haar, die in der Unterhaltungsbranche arbeitete, erkannte sein Klopfzeichen und öffnete die Tür.
»Ich muß Sie um einen Gefallen bitten«, begann Newman. »Ich bin in höllischer Eile, damit ich meinen Zug nach dem Norden erreiche...«
»Ich habe von der Sache mit Ihrer Wohnung gehört.«
»Deshalb brauche ich Ihre Hilfe.« Sie hatte ihn hereingebeten und die Tür zugemacht. Er zog eine Karte aus der Tasche. »Sie kennen diesen Menschen. Wilde heißt er und ist so ziemlich alles, vom Tischler bis zum Schlosser. Würden Sie ihn anrufen und ihm sagen, er soll die Wohnung in Ordnung bringen und Ihnen die neuen Schlüssel geben? Und Sie heben sie dann auf, bis ich wiederkomme.«
»Mit Vergnügen. Eine Tasse Kaffee? Nein? Alexis wird zurückkommen, während Sie weg sind, nehme ich an? Weiß Sie...«
Sein Gesicht wurde zur Maske, dann zwang er sich zu einem Lächeln. Sie schob sich ihren Haarvorhang auf beiden Seiten aus dem Gesicht und sah ihn genauer an. Männliche Reaktionen wußte sie auf der Stelle zu deuten.
»Läuft was schief, Bob? Einen Augenblick lang sah es so aus, als ob...«
»Natürlich läuft was schief! Ich komme vom Frühstück nach

Hause und finde diesen Saustall vor – gerade dann, wenn ich schnellstens weg muß.«
»Tut mir leid. Ich bin ziemlich schwer von Begriff, damit fängt's schon an.«
»Sie sind's nicht. Alexis wird nicht vor mir zurück sein, sie hat im Ausland zu tun.«
»Hören Sie, Bob, Sie machen sich jetzt auf die Socken. Ich erledige alles. Kann'ich in Ihre Wohnung gehen und ein wenig aufräumen?«
»Hat Ihnen schon einmal jemand gesagt, daß Sie ein Engel sind?«
»Natürlich. Dutzende von Männern. Aber damit verbinden sie dann immer einen Vorschlag, für den Engel normalerweise nicht zuständig sind. Machen Sie, daß Sie wegkommen. Julia schafft alles.«
Während er die Stufen zur Halle hochrannte, konzentrierte sich Newman auf das nächste Problem. Leadbury. Ehemaliger Streifenpolizist, dessen einziger Vorzug seine absolute Treue zu Howard war, dem er jeden Bürotratsch hinterbrachte, wozu auch gehörte, länger im Büro zu bleiben und die Nase in anderer Leute Schreibtische zu stecken, stets in der Hoffnung, einen Zipfel Information für den Chef zu fassen zu kriegen. Solche Typen gibt es in jeder Firma.
Peacock, der breitbeinig am Ende der Halle stand, die Hände in den Taschen seines Jacketts vergraben, war auch keine Hilfe. Er drehte sich um, starrte auf Newmans Koffer und machte eine beißende Bemerkung.
»Großer Koffer für 'nen kleinen Trip nach dem Norden.«
»Haben Sie schon einmal von dem Mann gehört, der dreimal am Tag die Hemden wechselt?«
»Wo können wir Sie erreichen? Und was ist mit der Tür dort?«
»Das blonde Mädchen eine Treppe tiefer bringt das in Ordnung. Sie hat Zutritt zur Wohnung, bis die Arbeit fertig ist.«
»Nicht bevor unser Fingerabdruck-Fred hier ist. Und wir brauchen Ihre Abdrücke – zum Aussortieren, Sie verstehen?«
»Ich lasse mir meine Fingerabdrücke unter keinen Umständen abnehmen – und Sie haben dazu auch keinerlei Handhabe. Außerdem können Sie mich nicht erreichen – ich muß mir erst ein Hotel suchen. Morgen bin ich zurück und werde dann die zuständige Polizeidienststelle anrufen.«

»Finde ich nicht ganz befriedigend, Sir.«
»So geht's mir auch oft. Das blonde Mädchen heißt Julia. Und jetzt, wenn Sie nichts dagegen haben, habe ich einen Zug zu versäumen.«
Während er die drei abgetretenen Steinstufen zur Straße hinunterstieg, fragte er sich, wie er es fertigbrachte, so normal zu erscheinen und in so beiläufiger Weise zu reden. Er schob den Gedanken an das Schreckliche, der sich im hintersten Winkel seines Gehirns eingenistet hatte, von sich und wandte seine Aufmerksamkeit Leadbury zu und dem Problem, ihn so rasch wie möglich loszuwerden.
Newman rief einem Taxi zu, das aus Richtung Fulham Road über die Kreuzung fuhr, und stellte verärgert fest, daß ein anderes, ebenfalls freies Taxi dem ersten folgte. Die große Gelegenheit, seine Absicht erfolgreich in die Tat umzusetzen, schien bereits versäumt. Er winkte dem ersten Taxi, dabei darauf bedacht, nicht auf die andere Straßenseite zu blicken, wo Leadbury alles beobachtete.
»Zu Harrod's, bitte«, sagte er dem Fahrer.
Er schaute durchs Rückfenster, während der Wagen anfuhr und seinen Weg durch die Beresforde Road nahm. Leadbury stieg soeben ins andere Taxi, das sich in Bewegung setzte und Newmans Wagen folgte. Zufrieden darüber, daß seine Strategie funktionierte, lehnte sich Newman im Sitz zurück und zog eine Banknote aus der Brieftasche.
Bei der Kreuzung an der Cromwell Road zeigte die Ampel Rot, und das Taxi hielt an. Newman blickte wieder zurück. Zwischen seinem und Leadburys Taxi befanden sich zwei Wagen. Er beugte sich vor, schob die Trennscheibe zur Seite und hielt dem Fahrer die Banknote hin.
»Da haben Sie einen Fünfer. Meine Frau läßt mich von einem Privatdetektiv verfolgen. Er sitzt im Taxi hinter uns. Sobald wir in einem Stau sind, steige ich aus. Das Restgeld können Sie behalten, okay?«
»Okay, Sir.«
Der Fahrer fixierte Newman im Rückspiegel und blinzelte ihm zu. Solche Situationen kannte er. Die Ampel wechselte auf Grün, und er bog in die stark befahrene Cromwell Road ein. Sie fuhren mäßig schnell, bis sie nahe bei Harrod's waren. Newman schaute ein drittes Mal zurück. Das andere Taxi war noch immer zwei Wagen

hinter ihnen. Der Wagen kam in einem Gewirr von Autos zum Stehen. Newman öffnete die Wagentür, stieg geduckt aus, schlug die Tür zu, wand sich zwischen den haltenden Fahrzeugen hindurch und ging rasch den Beauchamp Place hinunter.
Vor ihm ließ ein Taxifahrer eine Frau aussteigen, die offenbar vorhatte, bei Harrod's auf Einkaufstour zu gehen. Er wartete, während sie bezahlte, und warf einen Blick zurück. Von Leadbury keine Spur. Der überlegte jetzt wahrscheinlich seinen nächsten Schritt.
»Wohin wollen Sie, Sir?« fragte der Taxifahrer.
»Sainsbury's in der Cromwell Road. Fahren Sie durch die Walton Street und dann an der Station South Kensington vorbei. Ich hab's eilig.«
»Das sagen alle.«
Doch dabei beließ er es, als Newman ihm im Wagen eine Fünfpfundnote in die Hand drückte. Ohne weitere Worte setzte sich der Wagen in Bewegung. Hinter Ihnen, auf dem Beauchamp Place: nichts von einem Taxi, nichts von Leadbury zu sehen.
Die Route, die Newman gewählt hatte, führte ihn annähernd im Kreisbogen dorthin zurück, wo er gestartet war. Das war das Allerletzte, was dieser Wirrkopf von Verfolger von ihm erwarten mochte. Mit Tweed auf Newmans Fersen wäre die Sache ganz anders ausgegangen. Und alles, was danach geschah, hätte sich wahrscheinlich nie ereignet.

2

Tweed legte den Hörer in die Gabel und schaute Monica mit grimmigem Gesicht an. Er stand hinter seinem Schreibtisch auf, ging quer durch den Raum zum Schrank, in dem er seinen Regenmantel hängen hatte, nahm ihn vom Haken, faltete ihn über dem Arm zusammen und sagte:
»Das war Howards Sekretärin. Howard tobt, und daher reden wir zwei jetzt am besten nicht miteinander, denke ich. Es ist natürlich wegen dieser neuen Direktive vom Premier.«
»Wenn Sie das jetzt schaffen« – Monikas graue Augen begannen bei diesem Gedanken zu glitzern –, »dann ist Ihnen Howards Sessel sicher. Das ist das zweite Mal, daß die Premierministerin ihn übergeht und Ihnen ihr volles Vertrauen schenkt.«

»Den Sessel will ich gar nicht«, antwortete Tweed und blinzelte nervös hinter seinen Brillengläsern. »Und ich bin ganz und gar nicht selig über diesen Auftrag. Aber ich habe ihn nun mal. Leadbury hat Newman aus den Augen verloren. Natürlich. – Taxiwechsel – in der Nähe von Harrod's. Berichten Sie mir jetzt noch einmal von dem Polizeisergeanten, den Sie vor Newmans Wohnung auf den Arm genommen haben.«
»Er erzählte mir, man habe den dortigen Briefträger überfallen. Ich gab mich als die Schwester des Briefträgers aus, woraufhin ich ihm entlocken konnte, daß man den Briefträger ins St.-Thomas-Krankenhaus gebracht habe. Mit einer leichten Kopfverletzung. Gehen Sie in Newmans Wohnung?«
»Nein. Ins St.-Thomas-Krankenhaus. Der Briefträger ist unser einziger Anhaltspunkt. Ich mache mir große Sorgen um Newman. Leadbury hat gesehen, daß er Chasemore House mit einem Koffer verlassen hat. Ich wette, er fährt außer Landes. Die Frage ist: wohin? Gott weiß, in welche Gefahren Howard ihn da hineingehetzt hat.«
Ihre Blicke trafen sich, und Tweed wußte, daß sie dasselbe dachte wie er. Das geschah oft. Sie waren so lange zusammen, daß ihre Denkprozesse in denselben Bahnen verliefen.
»Heathrow?« fragte Monica.
»Es ist unsere einzige Hoffnung. Setzen Sie sich mit der Flughafenpolizei in Verbindung. Sie sollen alle Flüge durchchecken.«
»Das wird dauern«, warnte Monica. »Es ist noch immer Urlaubszeit...«
»Zeit ist genau das, was wir nicht haben. Wir können es nur versuchen. Ich muß jetzt schnell hinüber ins St. Thomas.«
»Können Sie mir einen Hinweis geben, in wessen Dienst wir uns mit dieser Procane-Sache befassen?«
»Tut mir leid, nein.«

Im St.-Thomas-Krankenhaus zeigte Tweed seinen Dienstausweis einem Oberarzt, der ihm hierauf sofort die Abteilung nannte, auf die man den Postbeamten, einen gewissen George Young, gebracht hatte.
»Könnte man ihn in ein Einzelzimmer verlegen, damit ich ihn ungestört befragen kann?« erkundigte sich Tweed. »Es wäre dringend – wir fürchten, dieser Fall steht in Zusammenhang mit einer weit größeren Sache.«

Fünf Minuten später nahm Tweed neben Youngs Bett in einem Zimmer für Privatpatienten Platz. Der Mann war bleich, verstört und hatte Schmerzen. Man hatte ihn geröntgt und keine Schädelfraktur festgestellt. Er war dünn und knochig. Tweed ging sehr vorsichtig zu Werke.
»Wie fühlen Sie sich? Das war ein schlimmes Erlebnis, nehme ich an?«
»Als ob mir das Haus auf den Kopf fiele. Ein Glück, daß es nicht das Empire State Building war. Wer sind Sie?«
»Ich gehöre zu einer Sondereinheit. Können Sie mir einige Fragen beantworten?«
»Schießen Sie los, Mann. Sondereinheit? Was läuft da wirklich?«
»Es besteht die Möglichkeit – nichts als die Möglichkeit –, daß die Leute, die Sie überfallen haben, in Verbindung mit einer Terroristengruppe stehen, hinter der wir her sind. Im Chasemore House wurde in eine Wohnung eingebrochen.«
»Mr. Robert Newmans Wohnung. In dieser Wohnung erwachte ich und sah die beiden Sanitäter über mich gebeugt dastehen. Ein echter Schatz, dieser Newman. Schenkt mir jedes Jahr was zu Weihnachten. Tun heutzutage nicht viele. Wohnte früher mal gleich um die Ecke. Ein Gentleman. Und komisch, ich traf ihn, nur eine Minute, bevor diese Saukerle mich vermöbelten.«
»Sie haben die Angreifer gesehen?«
»Nein, aber der Polizist hat mir gesagt, eine Reinemachefrau hat beobachtet, wie zwei Männer aus einem Wagen stiegen und mir über die Straße nachgingen. Konnte sie natürlich nicht beschreiben. Ich könnte sie beschreiben, wenn sie nicht von hinten über mich hergefallen wären. Die Tür war nicht ordentlich versperrt, deshalb schafften sie mich rein. Die Leute sind so unvorsichtig. Heutzutage muß man sich vorsehen...«
Er geriet ins Schwatzen. Der Schock klang ab, nahm Tweed an. Er unterbrach ihn sanft, ließ seine Frage harmlos klingen.
»Sie sagten, Sie hätten Mr. Newman auf der Straße getroffen. Auf dem Weg nach Hause?«
»Nein. Er ging weg, zum Forum-Hotel hinüber. Ich gab ihm seine Post.«
»Das haben Sie also getan?« Tweed unterdrückte seine Erregung.
»Briefträger haben ein gutes Gedächtnis. Erinnern Sie sich vielleicht an die Post, die sie ihm gaben?«

»Drei Briefumschläge«, sagte Young sofort.
»Und können Sie mir etwas über diese Briefumschläge sagen?«
»Glaube nicht. Briefe halt. Zwei in braunen Umschlägen, die wie Rechnungen aussahen. Warten Sie.« Unter dem Verband legte Young seine Stirn in Falten. »Das dritte war ein länglicher weißer Umschlag, aus dem Ausland, mit einem blauen Luftpost-Aufkleber. Und sie hatte die Adresse in Eile geschrieben, meine ich.«
»Warum meinen Sie das?«
Tweed lehnte sich zurück und verschränkte die Hände im Schoß, äußerlich die Ruhe in Person; dabei saß er in ängstlicher Anspannung, den Zauber ja nicht zu brechen. Aus seiner Erfahrung mit Verunglückten wußte er, daß Young jeden Augenblick müde werden, den Erzählfaden verlieren konnte.
»Die Art, wie sie's geschrieben hatte, ein richtiges Gekritzel.«
»Sie sagen immer ›sie‹.«
»Die Schrift lief schräg nach hinten. Ich habe viele Frauen gesehen, die so schreiben. Die Männer schreiben zumeist schräg nach vorne.«
»Stimmt genau. Die ausländischen Briefmarken haben Ihnen wahrscheinlich gesagt, von welchem Land der Brief abgeschickt worden war?«
Stelle eine Frage immer so, als erwartest du eine positive Antwort. Stellst du eine verneinende Frage, kriegst du eine verneinende Antwort.
»Da waren keine Briefmarken. Der Brief war freigestempelt. Das weiß ich genau. Und in der linken oberen Ecke stand der Name eines Hotels.«
»War der Freistempel – der ja den Namen des Aufgabeorts zeigt – leserlich?«
»Ja. Fragen Sie mich nicht nach dem Namen. Wissen Sie, wie viele Briefe ich täglich zustelle?«
»Viele, da bin ich sicher.« Tweed beugte sich vor. »Sie haben ein ganz außerordentliches Gedächtnis. Sie würden einen wunderbaren Zeugen abgeben. Einen aus einer Million. Also, der Freistempel war leserlich. Ich nenne Ihnen jetzt die Namen einiger Städte – hören Sie zu, ob einer paßt. Fangen wir mit irgendeinem an: Kopenhagen?«
»Nein, er war kürzer – wenigstens der obere.«
»Der obere?«
»Da waren zwei Namen im Stempelkreis, einer oben, einer unten,

dazwischen das Aufgabedatum. Aber nach dem dürfen Sie mich nicht fragen – ich bin kein Superhirn.«
»Helsinki?«
»Ja!« Die Farbe kehrte in Youngs Gesicht zurück. Die Dinge des Lebens begannen ihn wieder zu interessieren. »Es war Helsinki.«
»Und der Name unten war Helsingfors.« Laut für Laut sprach Tweed es aus. »Wissen Sie, zehn Prozent der Bevölkerung Finnlands sprechen Schwedisch – also erweist man Ihnen den Gefallen und bringt Namen zuerst auf finnisch, dann auf schwedisch.«
»Etwas in der Art war's, aber ich kann mich nicht genau erinnern.«
»Gut. Und jetzt probieren wir noch was. Der Name des Hotels stand in der linken oberen Ecke. Können Sie sich erinnern?«
»Überhaupt nicht.« Young änderte seine Lage im Bett. Es war seit Tweeds Eintreten die erste Bewegung, die er machte. »Ich weiß, es war ein langer Name«, fuhr er fort, dabei die Augen halb schließend, als versuche er, sich den Briefumschlag vorzustellen. »Ich sag Ihnen was ... ich bin ziemlich sicher, daß er mit K anfing. Es war so ein richtiger Zungenbrecher, soviel weiß ich.«
»Ich glaube, ich habe Sie lange genug in Beschlag genommen.« Tweed erhob sich. »Sie haben mir sehr geholfen, und ich bin Ihnen dankbar. Ich hoffe, Sie kommen bald wieder auf die Beine und diese lästige Sache bleibt eine Erinnerung, die sich in Luft auflöst. Nach dem, was der Arzt mir gesagt hat, wird das der Fall sein.«
»Sie haben nicht zufällig eine Zigarette bei sich?«
»Der Doktor bringt mich um.« Tweed griff in die Tasche und zog eine Packung Silk Cut heraus. Er war Nichtraucher, trug aber stets eine Packung bei sich – sie konnte während eines Verhörs zu einer wirksamen Überredungswaffe werden. Er gab Young die Zigaretten, zündete eine mit einem Streichholz an und ließ das Streichholzheft auf dem Bett liegen. »Sie können die Untertasse auf dem Nachttisch als Aschbecher benützen. Und die Zigaretten haben *Sie* hierher mitgebracht!«
»Ist sogar meine Marke. Hoffentlich erwischen Sie die verdammten Terroristen. Sollten alle gehängt werden.«
»Wenn Sie dafür sorgen, daß dieses Gespräch völlig unter uns bleibt, dann erhöhen Sie meine Chancen, sie aufzustöbern, um hundert Prozent«, versicherte ihm Tweed. »Und jetzt muß ich dringend telefonieren.«

Der Oberarzt überließ ihm sein Zimmer und entfernte sich diskret, damit er allein telefonieren konnte. Während er die Lochscheibe drehte, um Monica anzurufen, ging er im Geist durch, was Young ihm gesagt hatte. Ein Hotel mit dem Anfangsbuchstaben K. Das ergab einen Sinn. Und der Hinweis auf den »Zungenbrecher« unterstrich nur noch, daß es sich um Finnland handelte, wo der Brief aufgegeben worden war.
»Monica«, begann er, »ich spreche auf offener Leitung direkt vom St. Thomas. Haben wir Glück mit Heathrow?«
»Sie haben gerade angerufen. Die betreffende Person nimmt den Flug BA 668 nach Sibeliusland.«
»Können wir ihn aufhalten, wegen irgendeiner technischen Panne den Abflug verschieben lassen?«
»Die Maschine startet um elf Uhr fünfzehn.«
Tweed, der nicht mehr wußte, wie spät es war, schaute auf die Uhr und fluchte innerlich. Verdammtes Pech. Es war 11.25 Uhr, Newman bereits in den Wolken. Monica meldete sich wieder.
»Ich habe gerade auf die Uhr gesehen.«
»Ich weiß. Er ist weg. Wo machen sie Zwischenlandung, bevor sie ihr Ziel erreichen?«
»Sie machen keine. Es ist ein Nonstopflug. Landung um sechzehn Uhr zehn Ortszeit. Das ist gegenwärtig zwei Stunden unserer Zeit voraus.«
»Warten Sie einen Augenblick. Lassen Sie mich nachdenken.«
Tweed war entsetzt. Das falsche Ding am falschen Ort, wie er Howard gesagt hatte. »Monica, nach meiner Rechnung habe ich weniger als drei Stunden, bis er landet?«
»Das ist richtig.«
»Ich komme auf geradem Weg ins Büro. Suchen Sie die Nummer dieses Mädchens in Sibeliusstadt heraus, das uns vor ein paar Jahren geholfen hat. Sehen Sie zu, daß Sie sie haben, bis ich zurück bin. Nein, das werde ich selber erledigen. Es ist meine einzige Chance, diesen Menschen im Flugzeug vor Gott weiß was zu bewahren.«

3

Die Maschine hatte die Reiseflughöhe von 10 000 Metern und die Reisegeschwindigkeit von 700 Stundenkilometern erreicht und befand sich über der Nordsee mit Kurs auf das Baltikum. In der Club-Klasse wurden Drinks serviert, aber Newman bat nur um ein Glas Orangensaft und ein Glas Wasser. Er trank nie Alkohol, wenn er flog – es beschleunigte den Dehydrierprozeß, der in den großen Höhen, in denen moderne Düsenflugzeuge sich bewegten, trotz der Druckkabine in Gang kam.

Er hatte einen Fensterplatz auf der Steuerbordseite, nahm jedoch nicht wahr, daß die Boeing Super 737 über einen Ozean aus Wolken dahinflog, der es einem unmöglich machte, einen Blick auf das Meer tief unten zu werfen. Seit er an Bord gegangen war, hatte er nicht aus dem Fenster gesehen. Als die Stewardess betonte, alkoholische Getränke wären frei, hatte es ihm einen Stich versetzt. Deswegen hatte es immer Streit mit Alexis gegeben.

»Alkohol entzieht Flüssigkeit...«

»So, und was macht das schon?« brauste sie dann auf. »Du mußt doch sicherlich inzwischen begriffen haben, daß ich Angst vorm Fliegen habe. Nur ein Drink kann diese Angst halbwegs dämpfen.«

»Tu, was du willst.«

»Das habe ich auch vor! Weil wir verheiratet sind, glaubst du wohl, ich gehöre dir? *Comprené?*«

»Ja, *comprené*«, antwortete er dann.

»Also trinke und trinke und trinke ich, bis ich schwebe wie dieses verdammte Flugzeug. Und wenn wir dann landen – falls wir landen –, trägst du mich wie einen Vuitton-Koffer davon. Ist das okay?«

»Trink, soviel du willst.«

»Das tue ich. Ich trinke, soviel ich will, *chéri!*«

Sie war sehr französisch, er sehr englisch. Feuer und Wasser, nicht gerade die beste Kombination. Hatten sie in einem Anfall böser Leidenschaft geheiratet? Fing es mit den meisten Ehen so an? Außerdem war sie vom Wettbewerbseifer besessen. Noch dazu wetteiferten sie auf demselben Gebiet. Sie war Auslandskorrespondentin von *Le Monde*. Aber ihr Name stand in kleineren Lettern unter ihren Beiträgen als seiner unter den seinen. Das war eine ewig schwärende Wunde.

Eine schnelle Bewegung jenseits des Mittelganges zog seine Aufmerksamkeit auf sich. Ein dunkelhaariges Mädchen stürzte seinen Drink in einem Zug hinunter. Wieder ein Erinnerungsbild. Alexis, die nach der Auseinandersetzung wild ihre schwarze Mähne schüttelte und mit herausfordernder Geste ihr Glas in einem Zug leerte. Ein Segen – der Sitz neben ihm war leer. Auf dieser Reise konnte er gut ohne Gesellschaft auskommen.
Er griff nach der Aktentasche, die er stets mit an Bord nahm, die Aktentasche mit den wenigen Dingen, die er nicht verlieren wollte. Eine handlich gebaute Voigtländer-Kamera. Ersatzfilme. Sein Notizbuch. Sein Adressenverzeichnis. Einem großen Umschlag mit Papprücken entnahm er das Foto von Alexis, das er aus dem Rahmen auf der Anrichte in der Wohnung gezogen hatte. Ihr Gesicht war ihm direkt zugewendet.
Er würde das Bild zur Identifizierung brauchen, wenn er ihre letzten Schritte in Helsinki zurückzuverfolgen versuchte. Dazu auch ihren Mädchennamen. Alexis Bouvet. Er schob das Foto in den Umschlag zurück, den Umschlag wieder in die Tasche. Er schaute auf die Uhr. Noch zwei Stunden, dann landeten sie auf dem Flughafen Vantaa im Norden Helsinkis. Hatte die Stadt sich seit seinem letzten Besuch vor zwei Jahren verändert? Er bezweifelte es. Nervös rutschte er auf seinem Sitz vor und zurück, als sie mit dem Essen kamen. Er schaute noch immer nicht aus dem Fenster.

»Das Mädchen in Helsinki heißt Laila Sarin«, sagte Monica und nahm Tweed den Mantel ab und hängte ihn über den Kleiderbügel. Die Hitze trieb ihm den Schweiß aus den Poren. Schon jetzt waren es 28 Grad. Der einzige Grund, warum er den Burberry-Trenchcoat mitnahm, war der, sein Äußeres verändern zu können, wenn es es wollte. Wenn er ihn zusammengefaltet trug, ließ er damit auch das auffällige Muster des Mantelfutters sehen; zog er ihn an, verwandelte er sich in einen Dutzendmenschen in abgetragenem blauem Regenmantel.
»Ja, ich kann mich gut an sie erinnern. Ich brauche nur ihre Telefonnummer, anrufen kann ich sie selber.«
»Steht auf dem Zettel auf Ihrem Schreibtisch. Dazu der Name der Zeitung, für die sie arbeitet – für mich unaussprechbar.«
Tweed setzte sich hinter seinen Schreibtisch, blickte auf die Notiz und griff nach dem Hörer. Daß er selbst die Nummer wählen

wollte, war für Monica ein Zeichen, daß er unter nervlicher Anspannung stand. Der Name der Zeitung war »*Iltalehti*«.
»Wieviel Zeit haben wir?« fragte Tweed.
»Newman landet in zwei Stunden. Ist der Flughafen weit draußen?«
»Nur zwanzig Minuten Fahrt vom Stadtzentrum.«
Er wählte die lange Nummer. Als sich die Vermittlung meldete, gab er die Klappennummer bekannt und verlangte Laila Sarin zu sprechen. Sie würde natürlich mit einem Auftrag unterwegs sein. Nervös trommelten die Finger seiner Linken auf die Tischplatte und hielten plötzlich still. Die Verbindung war ausgezeichnet, und er erkannte ihre weiche, unverwechselbare Stimme.
»Laila, hier Tweed aus London. Könnten Sie mir jetzt gleich einen Riesengefallen erweisen?«
»Wie schön, von Ihnen zu hören. Mein Notizblock liegt bereit. Was kann ich tun?«
Er faßte sich so kurz wie möglich. Sie sagte immer nur: »Ja, verstehe. Kein Problem.«
Er beschrieb ihr Newman, nannte ihr die Daten des Fluges, warnte sie vor Newmans Schläue, und daß er einen Verfolger sehr bald entdecken würde. Sie machte einen ungewöhnlichen Vorschlag.
»Könnte ich mich ihm nicht vorstellen, indem ich Ihren Namen dabei indirekt ins Gspräch bringe? Arbeitet er gern allein – oder wäre ihm unter den gegebenen Umständen nicht jede Hilfe willkommen? Er muß doch durch den Tod seiner Frau unter der Einwirkung eines Schocks stehen. Wir haben die Story in unserer heutigen Ausgabe.«
»So?« Tweeds Hand krampfte sich um den Hörer. »Darf ich wissen, woher Sie die Information haben?«
»Ein Foto wurde in unserer Redaktion abgegeben. Wir haben genug Fotos von Alexis Bouvet gesehen, so daß wir sie gleich erkannten. Und es war auch noch ein Text dabei. Also: kann ich Newman ansprechen, wenn er aus dem Flugzeug steigt?«
»Können Sie rechtzeitig in Vantaa sein?«
»Kein Problem. Ich brauche meinem Chefredakteur gegenüber bloß den Namen Robert Newman zu erwähnen, und er wittert sofort eine gute Story.«
»Newman jagt Sie vielleicht zum Teufel«, warnte Tweed.
»Oh, darauf bin ich vorbereitet. Ich kenne da einen netten Taxi-

fahrer, der draußen wartet und ihm folgen wird, falls das passieren sollte.«
»Laila, ich glaube, ich überlasse alles am besten Ihnen.«
»Ich bin beim Flugzeug, Mr. Tweed. Sie können sich auf mich verlassen. Wie erreiche ich Sie?«
Tweed gab ihr eine Nummer, nicht seine eigene, sondern eine, die laut Telefonbuch zu einer im Hause befindlichen Versicherungsgesellschaft gehörte. Er dankte ihr, legte den Hörer auf und schaute zu Monica hinüber.
»Ihr Englisch ist also gut?« fragte Monica.
»Viele Finnen sprechen ausgezeichnetes Englisch. Ein Volk von Realisten. Wer auf der Welt versteht schon ihre Sprache? Eine Form des Finno-Ugrischen, mit dem Ungarischen verwandt. Keiner weiß wirklich, woher diese beiden Völker kommen. Da gibt's eine Menge Theorien. Nun, mein nächster Weg führt mich in Newmans Wohnung. Da muß doch irgendwas zu finden sein.«
»Ich habe Ihnen Flugkarten nach Paris, Frankfurt, Genf und Brüssel besorgt. Viel Zeit bleibt Ihnen nicht, um die Nachmittagsmaschine nach Paris zu erreichen.«
»Die Procane-Sache läßt mir für nichts mehr Zeit...«

Als er Newmans Wohnung betrat, reparierte ein Mann gerade die Wohnungstür. Tweed ging weiter bis zum Eingang ins Wohnzimmer und verhielt den Schritt. Howard stand in der Mitte des Raumes, schlürfte Kaffee und schaute eher planlos um sich. Er hob grüßend die Tasse.
»Das Mädchen im Tiefparterre hat das für mich bewerkstelligt. Sehr nettes Ding.«
In Tweeds Gesicht regte sich kein Muskel. Howards Public-School-Akzent, dessen er sich gewöhnlich befleißigte, hatte fast schmachtende Weichheit angenommen. Es war allgemein bekannt, daß er mit der reichen Adligen, die er geheiratet hatte, keine allzu gute Ehe führte.
»Warum sind Sie hergekommen?« fragte Tweed. »Da Sie nun aber schon einmal da sind: haben Sie etwas gefunden?«
»Nichts zu finden. Newman ist ein geriebener Hund. Nicht ein Notizbuch oder Stück Papier in der ganzen Wohnung, das einen Hinweis liefern würde. Und daß ich hier bin – was das betrifft?« – der Akzent der Oberschicht brach sich mit Vehemenz Bahn –, »Newman hat Leadbury abgehängt.«

»Damit war zu rechnen.« Tweed ging langsam durch das große Zimmer, nichts berührend, alles in sich aufnehmend. »Warum steht der Kerl in Zivil noch immer beim Eingang herum?«
»Peacock? Nicht besonders helle, wie so viele. Die Leute von der Spurensicherung müssen noch kommen. Offenbar gab's letzte Nacht eine ganze Serie von Einbrüchen. Haben Sie irgendwas bemerkt?«
»Ich sehe mich bloß um.«
Tweed starrte auf die Deckplatte der Regency-Kommode an der Wand. Sie war von einer dünnen Staubschicht bedeckt. Hausfrauenarbeit war nie Alexis' Stärke gewesen. Zwei Linien, eine hinter der anderen, zogen sich klar durch den Staub. Tweed öffnete die Lade in Höhe der Linien, dabei den metallenen Handgriff anfassend, der Fingerabdrücke nicht annahm.
»Da drin werden Sie nichts finden«, versicherte Howard. »Ich habe alles durchgesehen.«
Tweed starrte den leeren Silberrahmen an, der noch vor kurzem auf der Kommode gestanden haben mußte. Er schloß die Lade, ging durch den Raum und stieg die zwei Stufen zur Kochnische hoch. Er sah sich um, verließ den Raum und ging nach hinten ins Schlafzimmer. Den kleinen Raum, in dem man vorn vom Vorzimmer aus gelangte, benützte Newman als Arbeitszimmer. Dort würde nichts zu finden sein.
Er durchsuchte das Schlafzimmer genau, schaute sogar unter die beiden Betten. Verdammt heiß war es hier drin. Er tupfte sich die Stirn ab und fragte sich, welch phantastische Höhen die Quecksilbersäule inzwischen erklommen haben mochte. Würde diese Hitzewelle ewig dauern? Tweed haßte Hitze. Tagtäglich richtig beißende Kälte, welch belebende Wirkung hätte das auf ihn!
»Nichts?« fragte Howard von der Türöffnung aus.
»Nichts.« Komisch, aber es war die Wahrheit. »Ich gehe jetzt am besten«, entschloß er sich. »Ich muß eine Maschine erreichen.«
»Nach Paris? Sie glauben, ›Le Monde‹ kann Ihnen etwas über Alexis sagen?«
»Kaum. Ich muß mich beeilen. Entschuldigen Sie mich.«
»Und Sie sagen mir nichts über diesen Procane?«
»Ich wünschte, ich hätte etwas zu sagen. Es ist bloß ein Name. In Washington gibt es niemanden in einer Schlüsselposition, der so heißt. Seltsam, nicht?«

»Ihr Koffer steht im Kleiderschrank, Flugtickets, Reiseschecks plus etwa hundert Pfund in französischer Währung stecken im Briefumschlag auf ihrem Schreibtisch«, kündigte Monica an, als Tweed das Büro betrat. »Haben Sie Ihren Paß?«
»Hören Sie um Gottes willen auf, die Pferde scheu zu machen. Sie wissen, daß ich meinen Paß immer bei mir habe.«
Tweed bedauerte seinen Ausbruch, kaum daß er hinterm Schreibtisch saß. Monica schien gekränkt, öffnete eine Akte und beugte sich darüber. Er atmete tief durch, legte beide Hände auf die Tischplatte und preßte den Rücken gegen die Lehne seines Drehsessels.
»Es tut mir unendlich leid. Das war unverzeihlich. Ich sollte dankbar dafür sein, wie Sie sich ständig um mich kümmern.«
»Irgendwas an diesem Auftrag macht Ihnen Sorgen?«
»Mir mißfällt dieser ganze Auftrag. Aber er muß erledigt werden.«
»Haben Sie etwas in Newmans Wohnung gefunden?«
»Ja, Howard, der wie Gottvater dastand. Er hatte dort nichts zu suchen, aber ich hielt den Mund.«
»Gut für Sie. Und was haben Sie gefunden?«
»Das, was ich nicht mehr fand, ist so beunruhigend. Zwei Dinge fehlten. Howard hatte es ebenfalls nicht bemerkt. Die Leute sehen nie etwas, das *fehlt*.«
»Was fehlte?«
»Ein Foto von Alexis. Ich fand den leeren Rahmen in einer Kommodenschublade. Newman hat das Foto mitgenommen, um es Leuten in Finnland zu zeigen. Er versucht ihre letzten Schritte zurückzuverfolgen. Und der Koffer, den er für rasche Abreisen ständig gepackt bereithält, war weg. Es gibt keinen Zweifel mehr – er ist abgereist, um die Mörder seiner Frau aufzuspüren.«
»Und das könnte gefährlich werden?«
»Sehr. Finnland ist ein faszinierendes Land, aber es liegt im Schatten der Sowjetunion. Die Finnen spielen das politische Spiel mit außerordentlichem Geschick – einerseits gut Freund mit dem Kreml, anderseits entschlossen, sich ihre Unabhängigkeit zu erhalten. Ein wahrer Drahtseilakt. Dafür bewundere ich sie. Aber ich fürchte, Newman unterschätzt in seiner Trauer und seinem Zorn, wohin er sich da begibt.«
»Und das wäre?«
»Das große Niemandsland Westeuropas.«

4

Das große Niemandsland Westeuropas.
Flug BA 668 verlor rasch an Höhe, schwenkte in einen Kreisbogen ein. Zum ersten Mal schaute Newman aus dem Fenster, riß sich aus der Betäubung, in die ihn das monotone Dröhnen der Triebwerke versetzt hatte. Plötzlich stieß das Flugzeug durch die dicke Wolkendecke, und da lag es unter ihm. Finnland!
Offenes Land, eine Handvoll netter Häuser mit roten Dächern inmitten großer Inseln dichten, dunklen Waldes. Während der langen Winter konnte man in diesen einsamen Behausungen wohl Platzangst bekommen. Viele lebten so, isoliert inmitten von Kiefern und Föhren, mit nichts als einem schmalen Karrenweg, der sie mit der nächsten Straße verband. Kleine, metallisch glitzernde Seen waren über die Ebene verstreut.
Dann landeten sie. Der undurchdringliche Kiefernwald wischte am Fenster vorüber. Mit einem sanften Ruck setzten die Räder auf der Landepiste auf. Dann das plötzliche Langsamerwerden, als die Landeklappen nach unten fielen und die Triebwerke mit Gegenschub arbeiteten. Sie glitten nur noch dahin, mit jeder Sekunde an Geschwindigkeit verlierend. Was er durchs Fenster sah, erinnerte Newman an Arlanda, den wesentlich größeren Flughafen von Stockholm, der ebenfalls von dichtem Kiefernwald umgeben war.
Als die Maschine zum Stehen kam, löste er den Sicherheitsgurt, dankte der Stewardess, die ihm den Mantel reichte, zwängte sich hinein, trat in den Mittelgang, seine Aktentasche umklammernd. Die gleiche pulsierende Nervosität hatte er auch bei seinem ersten Besuch Finnlands empfunden. Hier war er weit im Osten, so weit im Osten, als es möglich war, ohne russischen Boden zu betreten.
In seiner Ungeduld erreichte er als erster den Ausgang. Keine gedeckte Fluggastbrücke, nur eine bewegliche Treppe, die man herangefahren hatte und auf die er hinaustrat. Das Flughafengebäude war gleich vor ihnen, klein und deswegen anheimelnd wirkend; in schmucken Lettern trug es die Aufschrift: HELSINKI – VANTAA.
Während er die kurze Distanz zwischen Flugzeug und Flughafengebäude zurücklegte, atmete er die kalte, frische Luft ein. In London hatte er eine Hitzewelle hinter sich gelassen; jetzt

befand er sich in einer anderen Welt. Eigenartigerweise war er dankbar und zugleich erleichtert, weg zu sein von allem Vertrauten. Eine dunkle Wolkendecke bedeckte den Himmel, schien aber da und dort in Auflösung begriffen. Die Sonne kam durch, eine verschwommene, neblige Scheibe, nicht größer als eine 5-Markkaa-Münze. Und überall diese Ks, dachte er mit schiefem Lächeln, während er das Gebäude betrat. Davon würde er noch etliche zu sehen bekommen.
Vantaa ähnelt Cointrin in Genf und Kastrup in Kopenhagen. Klein, behaglich. Welten enfernt von der Ausgedehntheit und dem Getöse von Heathrow. Und noch ein Unterschied – Newman merkte ihn gleich wieder, nachdem er die Paßkontrolle hinter sich hatte und beim Gepäckkarussell auf seinen Koffer wartete. In Vantaa gibt es nicht die endlosen Flächen von Kunststoffbelag, die anderen Flughafengebäuden einen so unpersönlichen Charakter verleihen. In Vantaa ist der Boden mit Brettern belegt. Holz gibt es genug in Finnland.
Das Mädchen trat auf ihn zu, als er die Ankunftshalle durchquerte, um zum Taxistand zu gelangen. Das flachsblonde Haar, das ihm hier wieder oft begegnen würde. Schlank, einsfundsiebzig groß, saubere blaue Jeans, die in kniehohen Stiefeln steckten. Der Oberkörper in einer weißen Strickjacke mit Rhombenmuster. Später erfuhr er, daß das neueste Mode war. Sie hielt sich sehr aufrecht und blickte ihn durch ihre Brillengläser direkt an.
»Mr. Robert Newman?«
Sofort wurde er wachsam und feindselig. Verdammt, er wollte in Ruhe gelassen werden. Er ging ohne Antwort weiter, beschloß jedoch, als er fast an ihr vorüber war, es wäre besser, zu erfahren, was sie wollte.
»Ich kenne Sie nicht«, sagte er kurz, »und ich bin in Eile. Reden Sie öfter fremde Männer an?«
»Nur wenn Sie Anzüge aus Tweed tragen.« Ihre rechte Hand befingerte kurz unter dem offenen Mantel das Revers seines blauen Anzuges. Sie hatte das Wort *Tweed* betont. Er zögerte, überlegte rasch. Wie zum Teufel hatte Tweed ihn so schnell aufgespürt? Er mußte sichergehen.
»Nur daß ich einen solchen Anzug nicht anhabe.«
»Ich weiß. Aber Tweed stimmt doch, oder?«
»Wer sind Sie also? Ich bin müde und habe wenig Zeit.«
»Laila Sarin. Ich bin Reporterin der Zeitung *Iltalehti*.«

»Verschwinden Sie.«
»Ich bitte um Verzeihung. Tut mir leid.«
Er zögerte noch immer. Was war nur los mit ihm? Er konnte nicht einmal eine einfache Entscheidung treffen. Dabei war das, was er tun mußte, klar: er hatte herauszubekommen, was das Mädchen vorhatte. Danach konnte er sie besser mattsetzen – oder sie loswerden.
»Das war grob von mir«, sagte er. »Ich entschuldige mich. Ich muß in dieses Hotel.« Er zeigte ihr den Umschlag von Alexis' Brief. »Ich wollte es dem Taxifahrer zeigen. Ich kann das Wort nicht aussprechen. Kommen Sie mit.«
»Ich sag es ihm.« Sie schlug sich den langen Riemen ihrer großen Tasche fester um die Schulter. Ihre Enttäuschung war ihr so deutlich vom Gesicht abzulesen gewesen, daß er Mitleid mit ihr gehabt hatte. Er muße in Hinkunft besser achtgeben. Vielleicht wußte sie besser mit Männern umzugehen, als er annahm.
Sie traten aus dem Eingang, und sie redete finnisch mit dem Fahrer, der Newmans Koffer im Kofferraum verstaute, während sie hinten einstiegen. Er merkte, daß sie ihn aus dem Augenwinkel beobachtete, als der Wagen anfuhr.
»Lassen Sie mich nur eines sagen«, bemerkte sie. »Es ist ein wirklich schönes Hotel, das Sie sich ausgesucht haben. Etwas außerhalb gelegen, sehr ruhig und erholsam. Guter Platz zum Nachdenken und Entspannen.«
Dabei beließ sie es, als sie mit hoher Geschwindigkeit auf einer vierbahnigen Schnellstraße dahinfuhren, zwischen Kieferngehölz und hier und da einem aus dem Boden ragenden verwitterten Granitblock. Keinerlei Anzeichen einer Stadt. Jetzt fiel ihm ein – Granit, die Seele von Helsinki. Harte Burschen, diese Finnen. Hatten ihre Hauptstadt buchstäblich aus dem Granit gehauen.
Es war noch Tag, aber alle aus der Gegenrichtung kommenden Wagen hatten die Scheinwerfer eingeschaltet. Ein weiterer interessanter Aspekt Finnlands, wie ihm wieder einfiel. Es war gesetzlich vorgeschrieben, stets mit eingeschalteten Scheinwerfern zu fahren, außer man befand sich im Stadtgebiet, wo es dem Gutdünken des Fahrers überlassen blieb. Dadurch entstand der geisterhafte Eindruck, es sei, egal zu welcher Tageszeit, kurz vor Einbruch der Dunkelheit.
»Sie sollten einen Blick darauf werfen«, sagte sie und drückte ihm etwas in die Hand.

Es war ihr Presseausweis. Sie legte ihre Identität offen, in einem weiteren Versuch, ihn zu beruhigen. Er hätte ihn ihr natürlich schon auf dem Flughafen abverlangen sollen. Himmel, er brauchte jetzt ein paar Tage zum Nachdenken und Entspannen. War das nicht genau das, was auch sie gesagt hatte? Schien sehr intuitiv zu sein, dieses Mädchen. Wußte sie von Alexis und hatte es sorgfältig vermieden, darüber zu reden?
»Wir fahren nicht in die Stadt, sondern gleich in Ihr Hotel«, sagte sie, aus dem Fenster starrend und ohne ihn anzusehen. »Hoffentlich haben Sie ein nettes Zimmer mit Blick übers Meer.«
»Sie hatten nur noch eine Suite, also nahm ich die. Das Hotel ist an der Küste?«
»Ja, aber Sie werden gar nicht den Eindruck haben, es wäre so. Dieser Teil des Meeres wirkt mehr wie einer unserer finnischen Seen. Von einer Suite aus werden Sie auch guten Ausblick haben. Ich möchte gerne mit Ihnen reden, Mr. Newman. Wäre es möglich, daß wir heute abend zusammen essen?«
»Ich weiß es nicht. Vielleicht möchte ich gleich zu Bett gehen.«
»Daran hätte ich denken sollen – Sie haben einen langen, ermüdenden Flug hinter sich. Entschuldigen Sie.«
»Sie müssen sich nicht entschuldigen.« Er stockte. »Wir werden sehen, wie's mir geht, wenn wir da sind. Ich meine...«
»Verstehe«, antwortete sie ruhig und ohne Ungeduld zu zeigen. Newman erkannte, daß er sie seine Gereiztheit fühlen ließ und nicht sehr freundlich zu ihr war. Er warf ihr einen Blick zu. Laila Sarin schaute immer noch aus dem Fenster. Sie mochte siebenundzwanzig sein, schätzte er. Kein Ring am linken Ringfinger. Sie war in keiner Weise attraktiv nach den üblichen Kriterien, aber ihr Wesen hatte eine besänftigende Wirkung auf ihn, trotz seiner üblen Laune.
Sie wandte sich langsam um, und hinter den Brillengläsern fixierten ihn ihre blauen Augen. Er erwiderte den Blick ohne besonderen Gesichtsausdruck und wandte sich dann wieder seinem Fenster zu. Sie erreichten die Peripherie der Stadt. Unpersönliche Wohnblöcke standen da, so als ob man erst vor ein paar Monaten mit der Erbauung Helsinkis fertig geworden wäre.
Dann fuhren sie durch Parklandschaft. Da und dort erhob sich inmitten der Bäume eine fremdartige Plastik. Der Wagen fuhr um eine Kurve, Laila legte sich den Tragriemen ihrer Tasche um die Schulter.

»Wir sind da.«
Mit den Hotels im Zentrum von Helsinki durchaus vertraut, nahm Newman das *Kalastajatorppa* mit schockartigem Erstaunen zur Kenntnis. Auf der Kuppe eines Hügels errichtet, der vom Meerufer anstieg, bestand der Hotelkomplex aus einer Reihe von drei- und vierstöckigen Betonblöcken von bemerkenswerten Ausmaßen, deren einer sich in langem Bogen dehnte. Die Dächer waren flach.
Bewegungslos starrte Newman aus dem Fenster. Die finnischen Architekten sind fähig, wenn nicht genial. Dieser hier hatte den Beton mit dem Granit des gewaltigen Massivs förmlich verschmolzen, so daß es aussah, als wüchse er aus dem Granit in die Höhe.
Das Hotel lag zu beiden Seiten der Fahrstraße, die durch das Kiefernwäldchen führte. Zur Rechten sah er das ruhige, bleifarbene Grau des Meeres und dahinter, in einiger Entfernung, wonach man in Finnland nie lange zu suchen braucht: das dunkle, endlos scheinende Band des Waldes, das die Bucht wie mit riesigen Polypenarmen umschlang.
»Ist es anders? Ja?« wollte das Mädchen wissen.
»Es ist ganz ungewöhnlich«, pflichtete Newman ihr bei.
Er entlohnte den Taxifahrer, und sie gingen in die weiträumige Empfangshalle. In Finnland machte sich keiner Gedanken über die Wirkung kubischer Räume. Es war ruhig hier; nur eine Handvoll Leute saß in bequemen Sesseln vor dem Empfangspult.
Newman trug sich ein, und ein Träger fuhr mit ihnen im Lift hinauf zur Suite in der zweiten Etage. Es schien ganz natürlich, daß Laila ihn begleitete. Die Suite bestand aus einem großen Schlafzimmer mit zwei Betten, dem Bad und einer Tür, die ins angrenzende Wohnzimmer führte. Als sie allein waren, ließ Newman sich auf eines der Betten fallen. Er war unsagbar müde.
Von dem Moment an, als er mit Howard in dem Vorführraum auf dem Park Crescent den Schreckensfilm von Alexis' Ermordung gesehen hatte, hatte er sich weiter und weiter getrieben. Wie lange war das her? Himmel! Es war am Morgen dieses heutigen Tages gewesen. Und jetzt war er im weitentfernten Finnland. Laila Sarin lief zum Panoramafenster und rief in fast kindlichem Entzücken:
»Mr. Newman! Sie haben die Aussicht! Kommen Sie und sehen Sie sich das an!«

»Okay, ich komme.«
Etwas in seiner Stimme ließ sie herumfahren, als er kam und sich neben sie stellte. Sie fragte ihn, ob er Kaffee wolle, und er nickte. Er stand da und blickte über das Flachdach der vorspringenden Empfangshalle hinweg, während sie den Zimmerservice anrief und etwas in schnellem Finnisch sagte.
Ja, sie hatte recht: das war Finnland. Dadurch, daß sein Blickpunkt über dem Niveau der Gebäude jenseits der Straße lag, hatte er eine großartige Rundsicht auf die Bucht, die wie ein See aussah. Ein Wind kräuselte das Meer, das mit einer ganzen Armee von kleinen Wellen auf die einsame Küste zukroch.
In Finnland wird einem stets die Weite des Himmels bewußt, eines Himmels, wie man ihn nirgendwo in Europa in solcher Klarheit und Größe erleben kann, eines Himmels, der ohne Ende ist. Gleich einem trüben Suchscheinwerfer brach das Sonnenlicht durch und beleuchtete einen winzigen Flecken Meer. Der Wind legte sich, die Wasseroberfläche kam zur Ruhe.
Er stand und betrachtete dieses Bild der Stille, menschenlos, so weit das Auge reichte. Nur Meer, dunkelnder Himmel und Wald. Seine Beine wurden gallertig weich. Doch das Bild hielt ihn fest, bis Laila zurückkam und sich neben ihn stellte. Er legte den Arm um ihre Schultern und spürte, wie sich ihr Körper entspannt gegen seinen lehnte.
»Der Kaffee kommt gleich«, sagte sie, während sie im Halbdunkel standen. »Und Sie können Laila zu mir sagen, wenn Sie wollen.«
»Ich heiße Bob. Ab jetzt können Sie sich das Mr. Newman schenken. Laila, ich falle um.«
»Legen Sie sich hin, bis der Kaffee kommt. Es dauert nicht mehr lange.«
Er ging zum Bett gleich neben der Tür, sank darauf, zog die Schuhe aus, schwang die Beine hoch und ließ sich zurückfallen. Sie schob ihm ein Kissen unter den Kopf, öffnete ihm Krawatte und Hemdkragen. Er schlief sofort ein.
Sie weckte ihn nicht, als der Kaffee kam. Sie schenkte sich selber eine Tasse ein, stellte sich einen Stuhl zum Fenster, setzte sich darauf und beobachtete das Hereinbrechen der Nacht, während sie Schluck um Schluck ihren Kaffee trank. Nach einer Stunde war die Kaffeekanne leer, und Newman schlief noch immer. Sein Atem ging ruhig. Sie schaltete auf der anderen Seite die Nachttischlam-

pe ein, stellte das Kissen hoch, zog die Stiefel aus und streckte ihre langen, schlanken Beine auf dem zweiten Bett aus.
Durch ihre Gläser beobachtete sie den Fremden von jenseits des Meeres, diesen Engländer, der sie, als sie ihn am Flugplatz zum erstenmal sah, sofort an eine einsame, verirrte Seele erinnert hatte.

5

Kurz nach 17.30 Uhr verließ Tweed die Halle des Flughafens Charles de Gaulle, ein Bauwerk im Stil des einundzwanzigsten Jahrhunderts. Nachdem er aus der Air-France-Maschine ausgestiegen war, brauchte er keine Zeit mit dem Warten beim Gepäckskarussell zu verschwenden. Er reiste mit leichtem Gepäck, nahm das, was er hatte, eine kleine Reisetasche, stets als Handgepäck mit ins Flugzeug.
Dadurch war er in großem Vorteil. Jeder, der ihm folgte, blieb zurück, weil er auf sein Gepäck warten mußte. Auf französisch instruierte er den Taxifahrer.
»Hotel ›Bristol‹, bitte.«
Häufig wird die Meinung vertreten, daß es, wenn man unbeobachtet Paris besuchen will, am besten sei, in einem obskuren Hotel am linken Seineufer abzusteigen. Das ist ein Fehler, den selbst erfahrene Reisende begehen.
Die Concierge in solch kleinen, meist schäbigen Etablissements hat es sich zur Gewohnheit werden lassen, ihre Gäste zu bespitzeln. Für eine vergleichsweise bescheidene Summe ist sie bereit, die Anwesenheit eines Fremden jedem zu melden, der daran Interesse zeigt. Eine weitere Gefahr stellt das unterirdische Netzwerk von Kontakten dar, das alle diese Conciergen untereinander unterhalten.
Ganz anders sieht die Sache in den großen Hotels am rechten Ufer der Seine aus, zu denen auch das *Bristol* gehört. Hier verdient der Chefportier nicht wenig Geld damit, den Launen seiner betuchten Klientel dienlich zu sein – darunter an oberster Stelle den Amerikanern, was hieß, daß 1984, angesichts des hohen Dollarkurses, die »Yankees« für ein Butterbrot alles haben konnten.
Kein Chefconcierge eines Luxushotels hätte im Traum daran gdacht, dieses lukrative Geschäft dadurch zu gefährden, daß er

Informationen über seine Gäste verhökerte, wie hoch die Bestechungssumme auch sein mochte. Tweed war mit diesen Realitäten des Lebens nur zu wohl vertraut.
In der Rue du Faubourg St.-Honoré entlohnte er den Taxifahrer, ließ den Träger die Reisetasche aufnehmen und betrat das *Bristol*, das nur einen Steinwurf vom Elysée-Palast und vom Ministerium des Inneren auf der Place Beauvau entfernt ist.
Jeder, der Tweed folgte – und das war noch keinem gelungen, ohne daß Tweed es bemerkt hätte –, wäre über Tweeds Wahl des Ortes für ein Abendessen an diesem 30. August überrascht gewesen. Während sechzehnhundert Kilometer entfernt Newman, von Laila Sarin behütet, in Helsinki in tiefem Schlaf lag, packte Tweed eilig seine Reisetasche aus. Er wusch sich und trat, nachdem er ein Ortsgespräch geführt hatte, auf den Hotelkorridor hinaus.
An die Türklinke hängte er das Schild »Bitte nicht stören« und nahm den Zimmerschlüssel in der Hosentasche mit. Es war schwül und stickig, als er auf der Rue du Faubourg St.-Honoré dahinschlenderte. Er überquerte die Place Beauvau, ging am Ministerium des Inneren vorbei, wo Polizisten mit Pistolen im Halfter vor den geschlossenen Gittertoren Wache standen, und setzte seinen Weg vorbei am Elysée-Palast fort.
Paris hatte sich seit seinem letzten Besuch verändert – und nicht zu seinem Vorteil. Selbst vor dem Präsidentenpalast war das Gehsteigpflaster nach allen Seiten schief, und alles sah nach Verfall und Vernachlässigung aus. Von den Mauern blätterte der Verputz, die Stadt wirkte schäbig und ungepflegt.
Gelegentlich stehenbleibend und einen Blick in ein Schaufenster werfend, nahm er sich erst ein Taxi, als er sicher war, daß keine Spürhunde ihn begleiteten. Er wies den Fahrer an, ihn in die Rue des Pyramides zu fahren, eine Querstraße der Rue St.-Honoré, die diese mit der Rue de Rivoli verbindet. Es war nur eine kurze Fahrstrecke, und er entschädigte den Fahrer durch ein großzügiges Trinkgeld, das dieser wortlos einsteckte.
Mit schwerfälligen Schritten bewegte er sich auf der Straße fort, blieb wieder stehen, aber nichts deutete darauf hin, daß ein Fußgänger oder ein Fahrzeug ihm folgten. Er ging ins Restaurant *Aux Pyramides* hinein, bestellte sich am Tresen einen Pernod und bat, telefonieren zu dürfen. Es war sein zweiter Anruf in Paris, es war dieselbe Nummer, und diesmal traf er eine Verabredung, nachdem er auf seine Uhr geschaut hatte. Pro forma nippte

er an seinem Pernod und ging, das Glas nahezu voll zurücklassend.
Vom zweiten Taxifahrer ließ er sich vor der Métrostation »Bastille« absetzen. Er ging nun wieder zu Fuß, ein kleiner, ganz gewöhnlich aussehender Herr ohne Hut, mit raschen Schritten die Rue St.-Antoine hinunter und dann rechts durch eine Seitenstraße zur berühmten, einstmals eleganten Place des Vosges. Der Platz, noch vor wenigen Jahren Wohnviertel der Superreichen, versetzte ihm einen Schock.
Die Fenster der Luxusappartements über den Arkaden waren mit Rolläden verschlossen, dahinter schien niemand zu wohnen. Die Reichen sind mobil. Sie hatten vor Mitterand die Flucht ergriffen und wohnten jetzt in New York oder in der Schweiz. Die Tresore der Banken in Basel waren bis obenhin voll mit Billionen französischer Francs, von jenen übervorsichtigen noch am Abend desselben Tages außer Landes gebracht, an dem bei der Präsidentenwahl Giscard von Mitterand geschlagen worden war.
Ihre Abwesenheit merkte man sogar im *La Chope*, dem Restaurant, zu dem Tweed seine Schritte lenkte. Immer noch standen die Tische vor dem Restaurant auf dem Gehsteig in der Nordostecke des großen Platzes, aber der Kundenkreis war ein anderer. Tweed nahm es mit einem Blick in sich auf.
Die schickgekleideten Frauen, Kundinnen der führenden Couturiers von Paris, ihre Freunde, die riesige Vermögen geerbt hatten, der Neureiche und seine Frau, die normalerweise kein Wort miteinander redeten – wo waren sie alle? Fort.
Die Leute, die jetzt hier aßen und tranken, gehörten der unteren Mittelklasse oder der gehobenen Unterschicht an (Tweed hätte nicht zu sagen gewußt, wo die eine endete und die andere anfing). Er schaute auf die Uhr. Es war genau 19.30 Uhr. An einem Tisch für zwei Personen in der Ecke saß ein Mann mit Hängebauch, etwa fünfzig Jahre alt. Mit enttäuschter Miene blickte Tweed im Kreis auf die vollbesetzten Tische.
»Entschuldigen Sie«, sagte er auf französisch, »darf ich mich hierhersetzen? Scheint nicht viel Platz zu sein heute abend.«
»Nehmen Sie nur Platz«, lud André Moutet ihn ein.
Die Sonne warf ihre Strahlen schräg über die Dächer auf der gegenüberliegenden Seite des Platzes. Tweed beschattete seine Augen gegen das grelle Licht und drehte seinen Stuhl näher dem Mann zu, als der Kellner ihm die Speisekarte offerierte.

»Sie haben noch Rindfleisch?« wollte Tweed wissen.
»Natürlich, Monsieur. Etwas zu trinken?«
Tweed bestellte eine Karaffe Wein, Hausmarke, und sie waren wieder allein. Moutet hatte noch mehr Gewicht zugelegt. Als Tweed ihm zusah, wie er Kartoffeln in seine riesige Mundhöhle schaufelte, wußte er warum. Ein braver Esser, dieser André Moutet. Sie begannen sich in leisem Ton zu unterhalten. Nicht daß Tweed Sorge gehabt hätte, man könnte ihnen zuhören – die anderen Esser waren ganz mit sich selbst und dem, was auf ihren Tellern und in ihren Flaschen war, beschäftigt.
André Moutet war Schwergewicht in jeder Region seiner ausladenden Anatomie. Das schwarze Haar auf seinem riesigen Schädel trug er im Bürstenschnitt, vom Unterkiefer hing ein mächtiges Doppelkinn, und die vollen Lippen waren täuschend weich und schlaff. Offiziell war seine Profession die des Buchmachers, eine Beschäftigung, die es ihm erlaubte, sich unentdeckt in den niedersten Regionen des Großstadtdschungels zu bewegen. Nur vereinzelt ergab sich die Gelegenheit, mit Leuten, die gut bei Kasse waren und riesige Summen in Longchamps verwetteten, kurz ins Gespräch zu kommen. Zu seinen Kundschaften zählte er auch gewisse *Comtes*, um nicht zu sagen *Comtessen*.
»Comtessen«, hatte er einmal Tweed anvertraut, »sind überhaupt die Ärgsten. Wenn sie aus ihren Ehemännern nichts mehr rausholen, dann verdienen sie sich die Scheine, die sie brauchen – natürlich nur, weil sie ihre riesigen Verluste wettmachen müssen –, dadurch, daß sie sich an etwas exklusivere Salons verdingen. Sie wissen, was ich meine.« Und er hatte Tweed zugezwinkert.
Und Tweed wußte, was er meinte.
Aber das war nur die Oberfläche des Monsieur Moutet. Seine eigentliche Einkommensquelle lag ganz woanders – auch wenn es dabei ebenfalls um die Annahme und Weitergabe von Informationen ging.
Moutet war gut Freund mit den Portiers und Reinemachefrauen aller ausländischen Botschaften in Paris. Es war erstaunlich, was man von so niederer Quelle für vergleichsweise wenig Geld an Informationen höchsten Geheimhaltungsgrades beziehen konnte. Seine Gewinnspanne beim Verkauf solcher Informationen an interessierte Kunden lag bei zehntausend Prozent. In bar natürlich. Wovon die Steuer keinen Sou zu sehen bekam.
Während Tweed sein Rindsschnitzel verzehrte, hörte er Moutet

zu. Danach hörte Moutet ihm zu. Beim Kaffee holte Tweed aus seiner Jackentasche ein Exemplar von *Le Monde* heraus, das er von einem der Tische im Restaurant *Aux Pyramides* genommen hatte, wo es von jemandem liegengelassen worden war. Tweed zeigte Moutet auf der noch immer gefalteten Zeitung einen Abschnitt, den der Franzose in Augenschein nahm, dann nickte und die Zeitung in die eigene Tasche steckte, als habe er vor, die Stelle später genauer zu lesen. Der Umschlag, zweitausend Francs enthaltend, war in der gefalteten Zeitung verborgen. Moutet beugte sich vor und flüsterte etwas, während er sich einen Zahnstocher nahm.

»Die Bars. Das sind die besten Kanäle. Barkeeper mögen's gern ein wenig schmutzig für ihre Kunden. Sie können mitunter sehr nützlich sein. Ich bin die ganze nächste Woche für Sie tätig. Aber vielleicht wollen Sie noch heute abend anfangen. Welchen Weg nehmen Sie nach Hause?«

»Richtung Elysée«, antwortete Tweed vorsichtig.

»Könnte besser nicht sein. Die höheren Gesellschaftsschichten, wollen wir's so nennen? Ich gebe Ihnen ein kleine Liste. Einverstanden? Gut. Dann begebe ich mich mal runter in die Gosse.« Der Anflug eines grimmigen Lächelns huschte über das Gesicht des Dicken. »Wohl kaum Ihr Milieu? Obwohl – mißverstehen Sie mich jetzt nicht – Sie sich da ganz gut zurechtfinden würden, wenn Sie müßten. Ein Chamäleon wie Sie!«

Das Chamäleon nickte zustimmend, blinzelte einmal und warf einen Blick auf den Tisch zu seiner Linken. Ein neues Pärchen war eben gekommen, das Mädchen um die Zwanzig, der Mann in den Vierzigern. Sie sah Tweed an, während sie und der Mann einander umarmten, nahm mit einer Hand die vom Kellner hingehaltenen Speisekarten in Empfang und schloß dabei ein Auge. Tweed lächelte zurück. Ein Abend voller Augenzwinkern. Mußte an der Luft liegen – sie war weich und richtig erholsam.

Moutet kritzelte die Namen von Bars und deren Adressen auf ein Papier. Tweed fing den Kellner ab und bezahlte für beide. Solche freiwilligen Sozialleistungen wußte Moutet zu schätzen. Der Dikke faltete den fettigen Papierfetzen zusammen und reichte ihn Tweed. Dabei starrte er die Karaffe mit Wein an, die noch fast voll war.

»Sie lassen das übrig?« fragte er mit gallischer Verwunderung.

»Sie wissen, ich trinke nicht viel. Schenken Sie sich ein. Und jetzt

gehe ich. Vielleicht wird es nötig, daß Sie in ein oder zwei Wochen auf einen Tag zu mir kommen. Ich werde es Sie wissen lassen.«
»Stets zu Ihren Diensten.«
Moutet hob das Glas, das er aus Tweeds Karaffe neu gefüllt hatte. Tweed schaute wieder nach links, als er sich von seinem Stuhl erhob. Er schien das Paar am Nebentisch anzusehen, das sich noch immer umarmte. Tatsächlich aber schaute er auf einen braunhäutigen Typ, der einen Stumpen rauchte und seit Tweed gekommen war, an einem Tisch an der Wand saß. Moutet hatte also noch denselben Leibwächter, den Mann, den er »den Korsen« nannte.

Tweed verbrachte nach dem Verlassen der Place des Vosges einen arbeitsreichen Abend, ein richtiges Strafkommando. Er besuchte jede der Bars auf Moutets Liste. Die meisten befanden sich in Seitenstraßen der Rue du Faubourg St.-Honoré, einige auf der Hauptstraße selbst.
Der Vorgang war immer der gleiche. Er kam herein, blieb beim Eingang stehen, klopfte auf seine Jackettasche, als suche er etwas, dabei die Leute im Raum musternd. Dann ging er an die plastikverkleidete Bartheke – die verzinkten von einst, denen die Pariser Nachtlokale ihren speziellen Charakter verdankten, hatten lange schon dem wissenschaftlichen Fortschritt und ökonomischen Prinzipien weichen müssen.
»Einen Pernod«, sagte er zum Barkeeper und lehnte sich gegen die Theke.
Hierauf plauderte er ein paar Minuten lang, hörte sich dann irgendeine Geschichte von Hoffnungslosigkeit und baldigem Untergang an – »La belle France ist nicht mehr belle«, wie es ein Barkeeper ausdrückte.
Dann begann Tweed wieder draufloszuschwatzen, und es dauerte nicht lange, bis der Barkeeper beim Polieren der Theke oder der Gläser innehielt und mit großem Interesse zuhörte. Trotz seines flüssigen Französisch war zweifelhaft, ob es Tweed gelang, für einen Einheimischen gehalten zu werden. Gelegentlich tat er daher so, als spiele seine Zunge ihm einen Streich, und ließ in seine Rede ein spanisches Wort einfließen.
Es war nah an Mitternacht, als er ins *Bristol* zurückkehrte, wo er sofort in sein Zimmer hinaufging. Er entkleidete sich rasch, legte sich für den Morgen frische Wäsche zurecht, stellte seinen Wecker auf sechs Uhr und schlüpfte unter die Decke.

Am folgenden Tag stand Frankfurt auf seinem Programm.

Frankfurt ist der ideale Ort, die deutsche Industriemaschinerie auf höchsten Touren zu sehen. Der Kontrast gegenüber dem der Verwahrlosung anheimgegebenen Frankreich war bestürzend. Statt müder Gesichter, herabhängender Schultern und der Neigung, der Vergangenheit nachzutrauern, sah man hier forsch dahinschreitende Deutsche, die in Gegenwart und Zukunft ihr festes Vertrauen setzten. Außerdem kann man in jeder Straße dieses Machtzentrums dahinwandern, ohne wie Tweed in der Rue du Faubourg St.-Honoré in Gefahr zu kommen, sich auf dem schiefen Gehsteinpflaster den Knöchel zu brechen.

Das Taxi setzte ihn, vom Flughafen kommend, gerade rechtzeitig zum Lunch vor dem *Intercontinental* ab. Ähnlich dem *Kalastajatorppa* im fernen Helsinki hat das Frankfurter *Intercontinental* getrennte Gebäudekomplexe zu beiden Seiten der Straße. Doch mit den unterirdischen Tunnels, die die Häuser hier wie dort miteinander verbinden, enden die Gemeinsamkeiten.

Das *Intercontinental* besteht aus zwei Wolkenkratzern. Tweed wurde mit dem Schnellift zu Zimmer 1467 hinaufgeleitet. Nachdem er dem Träger, der darauf bestanden hatte, die kleine Reisetasche zu tragen, ein Trinkgeld gegeben hatte, verbrachte Tweed einige Minuten damit, die Sicht aus dem riesigen Fenster zu genießen, das die gesamte Zimmerwand einnahm.

Der Blick erinnerte an Los Angeles. Es war Mittag, und die Stadt lag in grauen Dunst gehüllt. Aus dem Dunst traten die Konturen weiterer Wolkenkratzer hervor, und er konnte gerade noch den pfostenartigen Turm ausnehmen, der, das wußte er von einem seiner früheren Aufenthalte, unterhalb seiner Spitze ein drehbares Restaurant trug – eines der ersten dieser Art in Europa.

Er ließ sich Zeit mit dem Auspacken und den Verrichtungen im Bad, verwandte einige Mühe auf sein Äußeres, bürstete sorgfältig sein dunkles Haar, um vor seinem Mittagsgast in präsentabler Form erscheinen zu können. Er hatte die Dame vor der Abreise aus Paris vom *Bristol* aus angerufen, und sie hatte sofort mit Begeisterung einem Treffen zugestimmt.

»Es ist für mich die ruhigste Zeit des Tages, wie Sie wissen«, hatte sie erklärt. »Dinner ist immer schwierig – am Abend hat das Geschäft Vorrang.«

»Natürlich«, stimmte Tweed taktvoll bei.

Um 12.45 Uhr, fünfzehn Minuten vor der vereinbarten Zeit, machte Tweed sich auf den Weg zu jenem Untergeschoß, von dem aus ein Tunnel zum Hauptgebäude führt. Während er auf den Aufzug wartete, schaute er aus dem Fenster. Zwischen zwei Gebäuden konnte man ein Stück vom träge dahinfließenden Main sehen und Leute, die an den Ufern entlangspazierten.
Unten angekommen, trottete er durch den Tunnel und fuhr mit der Rolltreppe zur riesigen Empfangshalle hinauf. Sie war voll Leben. Ankommende Gäste, andere, ihr teures Gepäck auf Wägelchen gestapelt, die abreisten.
Er ging durch zur »Rotisserie« und prüfte beim Oberkellner nach, ob man ihm den Ecktisch gegeben hatte, den er bei seiner Ankunft hatte reservieren lassen. Der Tisch war ganz nach Wunsch. Natürlich! Er ging zurück in die Halle, um zu warten.
Pünktlich um eins erschien Lisa Brandt, sah Tweed, flog förmlich durch die Halle und schlang die Arme um ihn. Niemand hätte Tweed als hochgewachsen bezeichnet, doch selbst er überragte Lisa, die nur einen Meter dreiundsechzig maß. Sie war Anfang der Vierzig, schlank, lebhaft, braunäugig, mit ätzendem Humor. Ihr kastanienbraunes Haar war tadellos frisiert – Tweed mutmaßte, sie käme direkt vom Friseur. Sie begrüßten einander auf deutsch.
»Liebster! Es ist eine Ewigkeit her!« Sie schob mit echt empfundener Zärtlichkeit ihren Arm unter den seinen. »Du hast doch Zeit für ein bißchen Vergnügen in Frankfurt?« schlug sie vor. »Machen wir uns doch einen Tag, den man nicht so leicht wieder vergißt.«
»Aber, aber«, sagte er tadelnd. »Du weißt doch, daß ich mich den Genüssen, die du anzubieten hast, nie hingebe.«
»Aber Tweed!« Sie tat beleidigt. »Ich spreche von mir!« Sie strich ihm über die Wange. »Es gab einmal eine Zeit, da... Oder hast du es schon vergessen?«
»Unser Lunch wartet.« Er führte sie an den Tisch, und sie blieb plötzlich stehen.
»Champagner! Du weißt, ich liebe ihn so!«
Der Oberkellner, der sich diskret im Hintergrund gehalten hatte, trat vor. Er rückte ihr den Stuhl zurecht, verbeugte sich, behandelte sie wie eine Hoheit. Er ahnte nicht, daß die Dame eines der exklusivsten Bordelle Frankfurts führte.

»Am späten Nachmittag muß ich ein anderes Flugzeug mit neuem Bestimmungsort besteigen«, berichtete Tweed, als sie mit den Gläsern anstießen. »Es tut mir leid, wirklich. Ich muß dich um einen Gefallen bitten.«
»Alles, was ich tu', tu' ich dir zu Gefallen«, sagte sie schelmisch.
Tweed verwöhnte sie, behandelte sie mit spielerischer Heiterkeit, wie sie es so sehr an ihm mochte. Wäre Howard, der sich brüstete, etwas von einem Verführer an sich zu haben, Zeuge dieses Lunchs gewesen, er hätte sich gewundert. Das hier war ein Tweed, wie man ihn selten sah. Er sparte nicht mit Komplimenten, und sie genoß jedes bis zum letzten Tropfen, dabei wissend, was er tat.
Ebenso wie bei seinem Treffen mit André Moutet hörte Tweed ihr zu, dann sie ihm, während sie einen ganz exzellenten Lachs verspeisten. »Direkt von Schottland eingeflogen«, teilte ihnen der Kellner mit.
»Ich bin sicher, daß ich dir helfen kann, Tweed«, sagte Lisa an einem bestimmten Punkt seiner Ausführungen; dabei hielt sie das Glas in ihrer schmalen kleinen Hand und beobachtete, wie die Kohlensäureperlen nach oben stiegen. »Ich habe sehr einflußreiche Klienten – Minister, Bundestagsabgeordnete und sogar Leute vom Bundesnachrichtendienst. Das bleibt aber unter uns.«
Tweed nickte bei der Nennung so erhabener Kundschaft, die ihrem Etablissement die Ehre gab, zustimmend. Und dann, wie bei Moutet, erörterte er beim Kaffee dasselbe Thema.
»In ein, zwei Wochen brauche ich dich vielleicht in London, zu dem Zweck, den ich vorher erwähnt habe. Du kannst an einem Tag hinüber- und wieder zurückfliegen.«
»Natürlich – du brauchst mich nur anzurufen.« Sie starrte in ihre Tasse, während sie umrührte. »Wie geht es deiner Frau?«
»Ich habe keine Ahnung, wo sie ist ...«
»... oder bei wem?«
»Das interessiert mich nicht. Es ist vorüber. Lisa, bist du jemals durch die Straßen eines noblen Vororts gegangen, irgendeines Vorortes, es paßt für jeden? Wenn ja, hast du dir je die Frage gestellt, wie viele Männer und Frauen hinter diesen vorgezogenen Vorhängen sich Tag für Tag gegenseitig langsam umbringen?«
»Und warum glaubst du wohl, bin ich immer noch allein, du dummer Mensch?« fragte sie und schaute ihn an. »Weiß Gott, es hat genug Anträge gegeben. In meinem Geschäft – hast du eine Vorstellung, was die Mädchen mir über die Gespräche berichten,

die sie mit den Klienten führen? Die Heirat ist eine Tölpelfalle, Tweed, ein Minenfeld, das du täglich zu durchqueren hast. Für den Mann, für die Frau. Wenn ich nach London komme, willst du dann, daß ich über Nacht bleibe?«
»Nein! Das mag jetzt grausam klingen – aber bei der Sache, mit der ich befaßt bin, brauche ich jedes Quentchen Energie und Konzentration. Ich würde es nicht jedem gegenüber eingestehen – aber ich bin nicht sicher, ob ich es schaffe.«
»Es klingt gefährlich. Sieh dich vor, mein lieber Tweed.«
»Genau die Art von Tätigkeit, in der ich genug Erfahrungen habe sammeln können.«

In Frankfurt war es Freitag, der 31. August gewesen. Am Samstag, dem 1. September, fand Tweed sich in Genf ein. Er übernachtete im *Richmond*, einem der exklusivsten Hotels der Stadt. Bevor er sich von Lisa Brandt trennte, hatte er sich des finanziellen Teils der Sache mit äußerstem Takt entledigt. Ganz offen händigte er ihr einen Briefumschlag aus, der Deutsche Mark in großen Scheinen enthielt. Vorher hatte er in seinem Zimmer leserlich ihren Namen und ihre Adresse auf den Umschlag geschrieben. Die Briefmarken, die in der rechten oberen Ecke klebten, hatte er sich beim Hotelportier besorgt. Jeder, der die Transaktion sah, würde annehmen, er habe ihr den Brief mit der Bitte überreicht, ihn aufzugeben.
In Genf, um vier Uhr nachmittags an einem Ecktisch in der Brasserie Hollandaise auf der Place Bel-Air sitzend, war er viel direkter. Sein Gefährte war diesmal ein schmalgesichtiger Mann in den Vierzigern. Alain Charvet war ehemaliger Polizist, der aus dem Polizeidienst ausgetreten war, weil ein eifersüchtiger Vorgesetzter ihn bei einer Beförderung übergangen hatte. Charvet hatte sich sofort eine Privatauskunftei eingerichtet.
»Da ist das Geld«, sagte Tweed auf französisch und schob einen Umschlag über den Tisch. »Tausend Schweizer Franken.«
Charvet ließ den Umschlag mit einer raschen Bewegung in seine Jackentasche gleiten und verschränkte seine langen, knochigen Finger über der Tischplatte. Tweed erklärte, was er wünschte, Charvet nickte und nippte an seinem Kaffee. Ihr Gespräch dauerte nicht länger als zehn Minuten, dann erhob sich Tweed und blickte sich im Raum um, diesem merkwürdigen Relikt aus früheren Zeiten.

Sehr holländisch war dieses Café, so gar nicht nach Genf passend. Längs der Wände Bänke aus dunkelbraunem Leder, mit Arm- und Rückenstützen aus Messing, als Beleuchtungskörper Milchglaskugeln auf Messingständern.
Tweed trat hinaus auf den Platz, der Himmel war trübe, und überquerte eine der Rhône-Brücken.
Charvets Haupteinnahmequelle war ungewöhnlich. Er »vertrat« ausländische Agenten, von denen man erwartete, daß sie alle Schritte und gesellschaftlichen Kontaktnahmen bestimmter Personen überwachten. Da das eine ungemein langweilige Aufgabe war, durfte es nicht überraschen, wenn einige dieser Agenten es vorzogen, die Zeit mit ihrer Geliebten zu verbringen.
Also »übertrugen« sie ihre Pflichten an Alain Charvet, der die Stadt ohnedies besser kannte, als sie sie je kennen würden. Charvet spannte dann gewöhnlich mit behandschuhten Händen ein Blatt Papier in eine alte Olivetti Lettera 22, die er allein zu diesem Zweck benützte. Hierauf tippte er einen detaillierten Bericht über die Schritte und Kontakte der Person, die er zu überwachen gehabt hatte. Für solche Dienste zahlte man ihm erstaunlicherweise hohe Geldsummen. Handschuhe benützte er, um sicherzugehen, daß auf den Blättern, die er übergab, niemals seine Fingerabdrücke zurückblieben.
Charvet war ein überaus vorsichtiger Mann. Da er wußte, daß einige dieser Aufträge sich als gefährlich erweisen konnten, traf er sogar die Vorkehrung, seine Reiseschreibmaschine in einem Bankschließfach aufzubewahren.
Er arbeitete nicht nur für sowjetische und amerikanische Agenten. Das war eine weitere Vorsichtsmaßnahme. Gelegentlich, wenn seine Erfahrung als Polizist ihm sagte, eine Information sei für die Sicherheit der Schweiz von Bedeutung, spannte er noch ein Blatt in die Maschine. Dieses gab er an den Schweizer Abwehrdienst weiter – honorarfrei.
Theoretisch war er also nach allen Seiten abgesichert. Für Tweed hingegen war er wegen seiner Kontakte zu ausländischen Agenten eine wahre Fundgrube. Der Tag darauf war ein Sonntag, der 2. September. Noch vor dem Mittag war Tweed in sein Zimmer im Brüsseler *Hilton* auf dem Boulevard Waterloo eingezogen.

»Sie verstehen, wie Sie vorgehen sollen, Julius?« fragte Tweed, um sicherzugehen, und sah sich dabei im Büffet des Brüsseler Nordbahnhofs um.

»Alles völlig klar«, antwortete Julius Ravenstein auf englisch. »Und ich halte mich für einen eintägigen Besuch Londons zur Verfügung, wenn Sie mich anrufen.«

»Gut. Dann denke ich, daß ich Sie nicht mehr länger aufhalten werde.«

Während er seinen Stuhl zurückschob, betrachtete er den wohlbeleibten, zweiundfünfzig Jahre alten Belgier. Ravenstein hatte ganz das gepflegte, gutgenährte Äußere des Mannes, der zu Wohlstand gekommen ist. Er hatte sich zu den besten Diamantenschleifern der Welt zählen dürfen, bis er das Pech hatte, sich eine besonders arge Arthritis zuzuziehen. Damit war die einträgliche Zeit als Diamantenschleifer zu Ende.

Wenn ein Mann in einer verzweifelten Lage ist, macht sein Gehirn Überstunden. Julius brütete eine Idee aus, die seinen Brotgebern in Antwerpen gefiel. Er schlug vor, sich in der Unterwelt als Berater für Hehlergeschäfte niederzulassen, wodurch sich die Möglichkeit ergab, an Kriminelle heranzukommen, die einen Diamantenraub planten – das also, wovor man sich in Antwerpener Diamantenkreisen ständig fürchtete.

Sein Deckmantel wurde sehr sorgfältig aufgebaut. Seine Schwester, die in einem Brüsseler Nachtklub sang, beklagte sich jedem gegenüber, der ihr Gehör schenkte, daß man von seiten der Diamantenbranche ihren Bruder recht dreckig behandelt habe. »Diese Schweine haben ihn auf den Müllhaufen geworfen«, lautete ihr ständiger Kehrreim. »Und das, nachdem er ein Leben lang alles über Diamanten, deren Käufer und Verkäufer studiert hat – *und dazu* alle verwendeten Sicherheitsmaßnahmen...«

Die letzten Worte folgten als Nachsatz – und es dauerte nicht lange, bis sich interessierte Leute fanden, die auf den ausgelegten Köder der im Nachsatz schlummernden Möglichkeiten anbissen. Julius wurde von Menschen verschiedenster Nationalität aufgesucht, die er nie im Leben zuvor gesehen hatte. Er hörte ihnen zu und sagte dann: »Danke, aber ich bin nicht interessiert. In so etwas sehe ich keine Zukunft.«

Es dauerte nicht lange, bis ein Holländer aus Amsterdam Julius die Zukunft in den profitabelsten Farben schilderte. Die Hehler, die den Banden gestohlene Diamanten abnahmen, zahlten Preise für

die »Ware«, die weit von deren wahrem Wert entfernt waren. Es war unter den Antwerpener Händlern kein Geheimnis, wer die Hehler waren, aber etwas zu wissen und es der Polizei auch beweisen zu können, das sind zwei verschiedene Dinge.
Julius Ravenstein jedenfalls, der eine Frau und deren betagte Verwandte zu erhalten hatte, stieg in einer Doppelfunktion ins Geschäft ein. Einerseits gab er unbekannten Personen, die ihn *vor* einem Raubüberfall aufsuchten, Ratschläge bezüglich des günstigsten Hehlers im Falle einer ganz bestimmten »Ware«.
Hierauf schlug er unverzüglich in Antwerpen Alarm, daß irgendwo ein Überfall geplant sei. Die Sicherheitsmaßnahmen in den Erzeugungsstätten wurden vervielfacht. Manchmal erwischte man die Räuber und lochte sie für lange Zeit ein. Manchmal entkamen sie.
Der Ausgang blieb ohne Einfluß auf Julius. Er verdiente mehr, als er je zuvor in seinem Leben in bar vor sich gesehen hatte. Die Räuber zahlten ihm für seinen Rat, an welchen Hehler man sich am besten wenden könne, ein hübsches Sümmchen – stets bar und im vorhinein. Und zu dieser dicken »Creme« aufs Brot kam noch der regelmäßige Brotverdienst, den die Diamantenhändler dem »Weißen Stern« – das war sein Code-Name – zahlten. Er war die beste Versicherung, die sie je abgeschlossen hatten.
Ravenstein war Tweeds letzter Kunde, mit dem er konferierte, bevor er in das Brüsseler *Hilton* zurückkehrte, um anschließend die Maschine zum Rückflug nach London zu besteigen. Er ließ sich vom Zimmerservice den Lunch bringen und aß allein, während er überschlagsmäßig feststellte, was er erreicht hatte. Seit Jahren hatte er sich nicht mehr in solch wilde Aktivitäten gestürzt.
Bei jedem dieser Gespräche war der Name Adam Procane mehrmals gefallen. Während er seine Seezunge *meunière* verspeiste – Tweed liebte Fisch über alles –, kam er zu dem Schluß, daß Lisa Brandt in Frankfurt sein bestes Pferd im Stall war. Ravenstein war eine reine Spekulation. In außergewöhnlichen Fällen bezahlten sowohl amerikanische als auch sowjetische Agenten hochrangige Informanten mit gestohlenen Diamanten, die dann das auf unrechte Weise Erworbene in Bankschließfächern aufbewahrten. Auf diese Weise tauchten auf ihren Konten niemals Einzahlungen höherer Beträge auf.
Die einzige Figur auf dem Spielbrett, die in diesem riesigen Spiel Anlaß zur Sorge gab, war Bob Newman, der in die empfindlichste

Region geflogen war – nach Finnland. Er konnte sich als Joker im Kartenpaket erweisen – und Tweed war echt besorgt um Newmans Sicherheit.
Er schenkte sich Perier-Wasser nach und ging im Geist seine vier Informanten durch. Ironischerweise schenkte Tweed jenem der vier am wenigsten Beachtung, der das meiste Geschick in der Sache zeigte. Als Ergebnis der Bemühungen André Moutets machten in Paris Gerüchte die Runde. Gerüchte, die, während Tweed seinen Lunch beendete, dem Militärattaché an der Sowjetbotschaft in Paris bereits zu Ohren gekommen waren.
Aber noch hatte niemand eine Ahnung von dem, was Tweed hier auf raffinierte Weise gelungen war. Er hatte eine Zündschnur in Brand gesetzt. Sie führte zu zwei Pulverfässern, die nun drauf und dran waren, in die Luft zu fliegen.

6

»Die Information kommt aus Paris«, teilte General Wassili Lysenko seinem Untergebenen mit. »Wenn dieser Adam Procane noch vor den amerikanischen Präsidentenwahlen im November zu uns überläuft, können Sie sich den Effekt vorstellen, den das hätte? Es könnte verhindern, daß dieser sture Reagan ein zweites Mal an die Macht kommt. Sehen Sie also, warum das zum Ereignis des Jahrhunderts werden kann?«
Lysenko war soeben mit dem Flugzeug von Moskau nach Tallinn gekommen, um sicherzugehen, daß Oberst Karlow die Bedeutung der Nachricht richtig begriff.
Tallinn ist ein Ort, dessen genaue Lage wohl nur wenige Menschen im Westen angeben könnten. Als einstige Hauptstadt der Republik Estland liegt es am Finnischen Meerbusen, nur etwa sechzig Kilometer gegenüber von Helsinki. Für Moskau ist diese kleine baltische Sowjetrepublik eine Art Pulverfaß. Die Esten mögen die Russen nicht und betrachten sie als eine Art Besatzungsmacht.
Das Fernsehen vermag dem nicht abzuhelfen. Die Esten wohnen nahe genug den Finnen, um deren Fernsehprogramm zu empfangen. Und das Leben, das auf den finnischen Bildschirmen erscheint, ist ein völlig anderes, reicheres, freieres.
Diese Tatsache hatte im laufenden Jahr 1984, während der Olym-

pischen Spiele in Los Angeles, ironischerweise zur Folge, daß sich in Tallinn massenweise Leute vom KGB und aus hohen Parteigremien aufhielten, weil sie von da aus die Spiele im finnischen Fernsehen mitverfolgen konnten. Aus diesem Grund und aus anderen, naheliegenderen und gefährlicheren Anlässen war Oberst Karlow von der militärischen Abwehr (GRU) von seinem Chef General Lysenko schon einige Zeit vorher nach Tallinn beordert worden.

Der General ähnelte in der Statur dem während des Zweiten Weltkrieges berühmt gewordenen Marschall Shukow. Er war klein und gedrungen. Auch die brutale Selbstsicherheit, die er an den Tag legte, ebenso wie der plumpe Sinn für Humor, den er oft auf Kosten seiner Untergebenen einsetzte, waren Eigenschaften, die man Shukow nachgesagt hatte. Er war siebenundsechzig Jahre alt.

Da war der erst zweiundvierzig Jahre alte Andrei Karlow ein Mann von ganz anderem Kaliber – ein Mann der neuen Generation, der insgeheim die Alten als Fossilien betrachtete.

Karlows Erscheinung war ebenfalls eine völlig andere. Groß und schlank, mit einem langen, schmalen, glattrasierten Gesicht, in dem ein vortretendes Kinn und wachsame Fuchsaugen auffielen. Wenn Lysenko seinen Untergebenen ärgern wollte, dann nahm er auf diese Augen Bezug und nannte ihn »Fuchs«.

Beide Männer gehörten dem GRU – auf russisch *Glawnoje Radswedjwatelnoje Uprawlenije* – an, also dem obersten Direktorium der militärischen Abwehr des Sowjetischen Generalstabes. In England wären sie die Chefs der militärischen Abwehr gewesen.

Die beiden starrten einander über den Tisch des Büros hinweg an, das Karlow bei seiner Ankunft vor mehreren Monaten im ersten Stock eines Gebäudes in der Pikk-Straße mit Beschlag genommen hatte. Beide trugen aus Sicherheitsgründen anstelle der GRU-Uniform Zivilkleidung.

Lysenko gab sich arrogant, wenn nicht überheblich. Demgegenüber wahrte Karlow äußerlich seine respektvolle Haltung, sehr darauf bedacht, seinem Vorgesetzten keinen Anlaß zur Rüge zu geben. Innerlich kochte er vor Wut. Zuneigung gab es in der Beziehung der beiden Männer, die gerade in einer aufkommenden Krise ein harmonisches Gespann hätten bilden sollen, nicht. Es war Lysenko, der schließlich wieder das Wort ergriff.

»Ich habe Ihnen eine Frage gestellt, Genosse.«

»Ich ging gerade alle Zusammenhänge durch – um eine korrekte Antwort zu geben. Als ich an der Botschaft in London war, erhielt ich – aus unbekannter Quelle – eine Reihe von Informationen, das amerikanische MX-Programm – auch »Star-Wars«-Programm genannt – betreffend. Von diesem Mann, der sich Adam Procane nennt. Ich gab alle diese Informationen an Moskau weiter, wo sie, soviel ich weiß, als wertvoll eingestuft wurden. Solche Informationen konnten nur von jemandem kommen, der an sehr hoher Stelle im Nationalen Sicherheitsrat oder in der CIA saß.«
»Und dennoch«, wandte Lysenko ein, »haben wir, nachdem wir das gesamte Personal nicht nur des Nationalen Sicherheitsrates und der CIA, sondern auch des Pentagon durchleuchtet haben, herausgefunden, daß eine Person dieses Namens nicht existiert.«
»Procane ist daher, das ist klar, ein Code-Name«, bemerkte Karlow. »Mich würde diese letzte Nachricht interessieren, die Sie aus Paris erhalten haben.«
»Nichts als ein Gerücht – aber ein starkes Gerücht. Adam Procane trifft Vorbereitungen, zusammen mit einer ganzen Wagenladung von Material über die neuesten amerikanischen militärischen Projekte zu uns überzulaufen.« Der stämmige Lysenko stützte die kurzen, dicken Arme auf den Tisch und breitete die haarigen Hände aus. »Man hat beschlossen, daß Sie die Operation leiten, um sicherzustellen, daß Procane sicher herüberkommt.«
»Und warum ich, um Gottes willen?«
»Um der *Partei* willen – Gott ist uns längst abhanden gekommen!« Lysenko ließ über seinen Scherz ein tiefes, dröhnendes Lachen hören. »Ihnen ist jetzt das letzte Restchen Farbe verlorengegangen, Genosse. Es ist eine Ehre, die man Ihnen damit erwiesen hat.«
»Noch einmal, bitte: warum ich?« ließ Karlow nicht locker.
»Liegt auf der Hand, würde ich meinen. Sie hatten den ersten Kontakt mit diesem Procane, wer immer das ist. Wenn er hier eintrifft, wird es in Moskau eine große Pressekonferenz geben – für die gesamte imperialistische Presse. Stellen Sie sich die Aufregung in Washington vor! Ein Überläufer bläst Reagan vom Podest...«
»Ich kehre also nach Moskau zurück?«
»Nein!« Lysenko schlug mit seiner Faust auf den Tisch. »Sie bleiben hier und erfüllen Ihre Pflichten wie bisher.«

»Darf ich noch einmal fragen, warum?«
»Der Bericht aus Paris enthielt auch eine Andeutung über die Route, die Procane nehmen will – über Skandinavien! Also werden Sie ihn hier erwarten. An der Türschwelle!«
»Das hier ist nicht Skandinavien«, betonte Karlow.
»Aber es ist nah genug.« Lysenko wechselte das Thema, eine seiner beliebten Methoden, seine Untergebenen aus der Balance zu werfen. »Sehen Sie noch diesen Mann von der Spionageabwehr der Finnen in Helsinki? Ihrer sogenannten Schutzpolizei?«
»Wir halten Kontakt«, antwortete Karlow vorsichtig. »Wir haben eine freundschaftliche Beziehung zueinander. Aber Sie kennen die Finnen. Sie bleiben immer auf Distanz.«
»Sein Name?« Lysenko schnippte mit den Fingern, als rufe er einen Kellner herbei.
»Mauno Sarin. Chef der Schutzpolizei – ein äußerst gerissener Kerl. Wir müssen vorsichtig sein...«
»Wie und wo treffen Sie sich mit ihm?« unterbrach Lysenko.
»Touristenschiffe überqueren den Meerbusen...«
»Das weiß ich! Die Passagierlisten landen auf meinem Schreibtisch.«
»Ich wollte eben erklären«, fuhr Karlow geduldig fort, »daß er anonym als Tourist von Helsinki herüberkommt. Er stiehlt sich vor der geführten Stadtrundfahrt – die zwei Stunden dauert – heimlich davon, und für etwa eine Stunde unterhalten wir uns hier. Dann stößt er, auf dem Rückweg, unauffällig wieder zur Gruppe.«
»Sagen Sie ihm nichts von Procane! Es könnte der Moment kommen, daß Sie ihm einen Gegenbesuch machen müssen. Aber finden Sie heraus, was sich jetzt in dem Spionagenest auf der anderen Seite des Meerbusens tut.«
»Verstanden.« Karlow schwieg, genoß im voraus den Augenblick, da er seine Bombe fallen lassen würde. »Ein weiterer Mord an einem GRU-Offizier ist verübt worden. Ich war eben dabei, Ihnen Meldung zu machen, als ich erfuhr, Sie seien auf dem Weg hierher.«
»Noch einer! Das sind jetzt zwei Majore und ein Hauptmann.«
»Zwei Majore und zwei Hauptleute«, korrigierte Karlow.
»Mein Gott, dieser Ort gerät außer Kontrolle! Warum ist es immer GRU-Personal? Warum niemand vom KGB? Verdammt nochmal, deswegen sind Sie in erster Linie hierherbeordert. Der

erste Mord geschah, während Sie in Urlaub waren. Wie starb der Mann?«
»Dieselbe Zeit – Mitternacht, nach Aussage des Arztes. Dieselbe Tötungsart – garottiert, von hinten mit einem Draht«, fügte Karlow düster hinzu. »Diesmal war der Hals fast ganz durchgeschnitten.«
»Und er war betrunken, nehme ich an?« forschte Lysenko grimmig weiter.
»Er stank nach Wodka.« Karlow zögerte. »Die Autopsie ergab, daß eine kleine Menge davon kurz vor dem Mord konsumiert worden war. Aber die kriminalpolizeiliche Untersuchungsgruppe, die von Moskau zu meiner Unterstützung anreiste, ist zu der Überzeugung gelangt, daß er nicht betrunken war. Sie sagen, man hat ihm nach seinem Tod Wodka in den Mund und über die Uniform gegossen.«
»Wirklich?« Lysenko sprang auf und ging zum Fenster, wo er, die Hände auf dem Rücken verschränkt, auf die alte Straße hinunterstarrte. »Daran erscheint mir etwas höchst bemerkenswert – ich kann, verdammt, den Finger nicht daraufzulegen. Später wird es mir wieder einfallen. Die Leute nehmen also nach wie vor an, die Morde seien das Werk irgendeines estnischen Banditen – aus der sogenannten Protestbewegung?«
»Ich glaube nicht, daß sie wissen, wo sie mit ihren Ermittlungen stehen.« Karlow ging zu einem anderen Thema über. »Diese sogenannte Exekutierung der französischen Journalistin Alexis Bouvet, die Hauptmann Poluschkin ausführte, war eine verdammte Dummheit.«
»Aber er ist doch Ihr Stellvertreter, Ihr Untergebener!« Lysenko trat vom Fenster weg und legte Karlow die Hand auf die rechte Schulter, eine Geste, die diesem sehr zuwider war. Sie bedeutete alles andere als Freundschaft. »Sollte es da unangenehme Folgen geben, fällt das in Ihre Verantwortung.«
Er nahm die Hand von der Schulter und steckte sich eine Zigarette mit Pappfilter zwischen die wulstigen Lippen. Er setzte sich wieder auf seinen Stuhl, faßte seinen Untergebenen ins Auge und wartete auf dessen Reaktion – die auch kam, wenn auch in überraschender Weise.
»Das stimmt einfach nicht, General, und Sie wissen das nicht nur genau, sondern die Fakten sind auch zu Protokoll genommen. Poluschkin handelte, ohne mich zu fragen. Er hat den ganzen

makabren Unfall ohne mein Wissen inszeniert. Und er hätte mit der Einheit, die den Mord gefilmt hat, ohne besondere Rückendekkung von seiten des Politbüros gar nicht ausfliegen können. Mein Bericht, der sich von diesem Akt gröbster Insubordination distanziert, ist bei den Akten. Es war Wahnsinn – der noch dadurch eine Steigerung erfuhr, daß man eine Kopie nach London schickte.«
»Sie stellen die Entscheidung des Politbüros in Frage?« fragte Lysenko leise.
»Ich zähle bloß die Fakten auf. Welchen Vorteil darf man sich durch eine solche Greueltat erwarten?«
»Daß sie abschreckend wirkt, Genosse. Glauben Sie wirklich, wir wollen, daß Reporter ihre Nase in unseren Hinterhof stecken? Es kann kein Zweifel darüber bestehen, daß die Gerüchte von der Ermordung von GRU-Offizieren dieser französischen Kuh zu Ohren gekommen waren. Sie kam auf einem Touristenschiff von Helsinki herüber, um der Sache auf den Grund zu gehen.«
»Hätte Poluschkin mich von ihrer Anwesenheit informiert, dann hätte ich sie unter Eskorte zum Schiff zurückbringen lassen.« Karlow blieb hartnäckig auf seinem Standpunkt. »Wir hätten sie durchsucht, hätten irgendein belastendes Dokument bei ihr gefunden – das man ihr vorher untergeschoben hätte. Das wäre wohl Abschreckung genug gewesen.«
»Ich muß jetzt gehen.« Lysenko erhob sich und redete mit der Zigarette im Mundwinkel weiter. »An dem, was Sie eben gesagt haben, mag Wahres sein. Wie werden Sie Ihre Bemühungen fortsetzen, den oder die Banditen, die unsere Leute bisher ungestraft umbringen, auszuforschen?«
»Indem ich ihnen in der Nacht Fallen stelle.« Karlow hatte sich ebenfalls erhoben. »Jede Nacht dient uns ein GRU-Offizier als Köder – auf einer vorher vereinbarten Route. Er geht durch Tallinn, tut, als wäre er betrunken. In bestimmten Abständen habe ich schwerbewaffnete Beamte in Zivil postiert, als Einheimische verkleidet. Bis jetzt ist noch keine der angebundenen Ziegen angegriffen worden. Ich mache weiter. Bald müssen wir Erfolg haben.«
»Je früher, desto besser.« Lysenko zog ein gefaltetes Blatt aus der Jackentasche und warf es auf den Tisch. »Hier ist Ihre Direktive, von mir unterzeichnet, die Ihnen bis auf weiteres die Leitung der Operation mit dem Ziel, Adam Procane sicher und lebend herüberzubringen, überträgt.«

»Ich habe keine Ahnung, wer dieser Amerikaner ist.«
»Bleiben Sie mit Mauno Sarin in Helsinki in Verbindung. Er weiß alles, was in Skandinavien vorgeht. Der Mann, der mit höchster Wahrscheinlichkeit hören wird, wann Procane auf dem Weg ist. Der Fuchs wird den großen Coup gewinnen!«
Mit diesem abschließenden Seitenhieb verließ Lysenko den Raum, und Karlow knirschte mit den Zähnen. Als man ihn aus dem Westen nach Moskau zurückberief, hatte er sich eine direkte Beförderung steil nach oben erwartet – hinauf auf den Stuhl in Moskau, auf dem jetzt dieser politische Antichambreur Lysenko saß.
Und Karlow hatte guten Grund, eine solche Beförderung zu erwarten. Als brillanter Mathematiker verstand er sich hervorragend auf militärische Analyse und war wahrscheinlich einer der besten strategischen Geister der Roten Armee, der auch intime Kenntnis des letzten technischen Fortschritts besaß. Statt dessen durfte Lysenko jetzt seinen einstigen Rivalen mit dem Etikett »Fuchs« verunglimpfen.
Karlow ein fähiger Mann? Natürlich. Ja sogar in höchstem Maße. Vertrauenswürdig? Loyal der Partei gegenüber? Das war eine andere Frage. Also hatte man Lysenko den Lorbeerkranz aufs Haupt gesetzt. Ein Grund für Karlow, den Mann bis ins Innerste zu verabscheuen.

Lysenko kletterte in den Fond der Limousine, und der Mann in Chauffeursuniform, ein Leutnant vom GRU, rannte um die Motorhaube herum und setzte sich ans Lenkrad. Mit hoher Geschwindigkeit fuhr er zum Flughafen.
Der Chauffeur war höchst amüsiert über die ganze Maskerade. In Moskau hatte Lysenko die Maschine in voller Uniform bestiegen und erst Zivilkleidung angezogen, als die Maschine gestartet war. Der Chauffeur wußte, daß sein wichtiger Passagier wegen der Mordserie in Estland komplett die Hosen voll hatte, weil er der Überzeugung war, daß ein Mensch im Generalsrang für die unbekannten Attentäter ein vorrangiges Ziel darstellte.
Kaum würde die Maschine vom Boden abgehoben haben, auf ihrem Flug zurück nach Moskau, würde Lysenko in die Uniform zurückschlüpfen. Aber es hatte keinen Sinn, dem Politbüro zu stecken, daß ein GRU-General nicht den Mut hatte, in Uniform durch Tallinn zu spazieren.

Lysenko auf dem Rücksitz des Wagens tätschelte befriedigt seinen Bauch. Er hatte die ganze Procane-Affäre Karlow in den Schoß fallen lassen. Des schließlich erfolgreichen Ausgangs der Sache gewiß, war er doch vorsichtig genug, seinen Untergebenen die ersten Schritte tun zu lassen. Und er war ebenfalls überzeugt davon, daß Karlow die Falle, die in die Direktive eingebaut war, nicht bemerkt hatte. Doch hierin irrte General Lysenko gewaltig.
»... die Ihnen bis auf weiteres die Leitung der Operation mit dem Ziel, Adam Procane sicher und lebend herüberzubringen, überträgt.«
Karlow saß an seinem Tisch und las diesen Abschnitt von Punkt acht der Direktive, die Lysenko ihm übergeben hatte. Das genau waren die Worte gewesen, die Lysenko im Gespräch so nebenbei verwendet hatte. Dieses Schwein!
Karlow stieß den Stuhl zurück und kräuselte die Lippen. Sein kalter, analytischer Verstand hatte sich sofort auf diesen Satz konzentriert. Er war die Schlüsselstelle des Dokuments. Die Formulierung, auf die es dabei ankam, war »bis auf weiteres«. Sie, das war Karlow nur zu klar, würde es Lysenko ermöglichen, in letzter Minute – vermutlich dann, wenn Procane sicher in die Sowjetunion herübergewechselt war – die Leitung der Operation zu übernehmen und alle Lorbeeren für den gewaltigen Coup einzuheimsen. Nun, Genosse, die Sache geht vielleicht anders aus, als du es erwartest. Als ersten Schritt nahm Karlow sich vor, zum frühestmöglichen Zeitpunkt mit Mauno Sarin, dem Chef der Schutzpolizei in Helsinki, in Verbindung zu treten.
In der Zwischenzeit konnte ein Bericht, in dem er seine Zweifel über den Wert der Informationen, die Procane bisher geliefert hatte, neuerlich zum Ausdruck brachte, nicht schaden. Er ging zum Schrank, holte seine Schreibmaschine heraus und setzte sich damit an den Schreibtisch. Seine früheren Berichte, nach denselben Grundsätzen abgefaßt, hatten denen in Moskau nur den Mund wäßrig gemacht. Er zweifelte nicht daran, daß der neue Bericht die gleiche Reaktion hervorrufen würde.

7

Während Tweed durch Westeuropa reiste und seinen Informanten Fragen stellte und Instruktionen erteilte, verbrachte Bob Newman im Hotel *Kalastajatorppa* am Stadtrand von Helsinki drei geruhsame Tage mit Laila Sarin. Am ersten Morgen, als Laila zurückkam, um mit ihm gemeinsam zu frühstücken, hatte er eine böse Überraschung erlebt.

Er trat aus dem Fahrstuhl und sein Blick fiel auf eine finnische Zeitung, die jemand auf einem der Glastische liegengelassen hatte. Ein Exemplar des Blattes *Iltalehti*. Von der Titelseite starrte Alexis ihn an.

Er nahm die Zeitung auf, immer noch stumpf und gefühllos, blickte auf das Bild und stutzte. Es stammte aus dem scheußlichen Film, den Howard ihm im Kellerraum am Park Crescent vorgeführt hatte. Aber dieses Bild hier war beschnitten worden, es zeigte nur Alexis, die die Hand zum Schutz gegen das blendende Licht der Autoscheinwerfer hochhielt. Keinerlei Hintergrund, nichts von einer Burg auf hohem Hügel. Er suchte das Ende des Artikels, der mit der Schlagzeile überschrieben war: »Bekannte französische Journalistin bei Autounfall getötet?«

Da er des Finnischen nicht mächtig war, konnte er die Schlagzeile nicht lesen, sehr wohl aber den Namen des Reporters, der den Artikel verfaßt hatte: Laila Sarin.

»Guten Morgen, Mr. Newman. Wie fühlen Sie sich?«

Er blickte auf und sah Laila Sarin vor sich stehen. Trotz seiner Müdigkeit hatte er bemerkt, wie lautlos sie sich bewegte. Man hörte sie nie kommen. Mit grimmigem Gesichtsausdruck hielt er ihr die Zeitung hin.

»Ja, es tut mir leid«, fuhr sie leise fort, »aber gestern abend dachte ich, Sie würden das nicht sehen wollen. Ich ließ den Buchhändler auf dem Vantaa-Flughafen sogar alle Exemplare des Blattes forträumen, bis wir in sicherer Entfernung waren.«

»Ich muß Ihnen beim Frühstück einige Fragen stellen«, sagte er und schwieg dann, bis sie im Restaurant saßen und man ihnen Kaffee und Gebäck serviert hatte.

»Haben Sie gut geschlafen?« wagte sie schließlich zu fragen. »Daß ich Sie nach dem Abendessen verließ, hat mir Kopfzerbrechen bereitet.«

Er nickte. Es brachte nichts, wenn er ihr jetzt sagte, er sei mitten in der Nacht mit einem Schrei aufgewacht. Im Traum hatte er wieder jenen Film gesehen, hatte Alexis' Schreie gehört, gefolgt vom dumpfen Anprall des Wagens, der ihren auf dem Boden liegenden Körper überrollte. In knappem Ton stellte er seine Frage.

»Von wo bekamen Sie das Material für Ihren Artikel? Und wie kamen Sie in den Besitz des Bildes? Was bedeutet die Schlagzeile?«

Sie übersetzte ihm den Wortlaut und erklärte hierzu: »Ein Bote gab den an mich adressierten Umschlag in der Redaktion ab. Er enthielt diese eine Fotografie.«

»Haben Sie sie beschnitten, bevor Sie sie in Druck gaben?«

»Nein. Genau diese Hochglanzkopie war im Briefumschlag. Warum fragen Sie?«

»Nur, weil das oft geschieht. Fahren Sie fort.«

»Da war auch ein Blatt mit einer kurzen Darstellung der Story, wie ich sie dann berichtet habe.«

»Dieser Text – war er mit Maschine oder mit der Hand geschrieben?«

»Mit Maschine – aber von jemandem, der nicht gewohnt ist, mit Maschine zu schreiben, glaube ich. Es gab eine Menge Tippfehler. Und die Maschine muß recht alt gewesen sein.«

»In welcher Sprache?«

»Finnisch. Jetzt essen Sie Ihr Frühstück und hören Sie mir zu. Ich will Ihnen folgendes sagen: Ihre Frau trat in einer einsamen Straße außerhalb Helsinki vom Gehsteigrand. Der Fahrer konnte nicht mehr bremsen, und sie wurde überfahren. Das muß sehr schmerzlich für Sie sein.«

»Kümmern Sie sich nicht darum. Berichten Sie weiter.«

»Das war alles, was der Text sagte. Mein Bericht bringt eine Darstellung des Unfalls, die sich genau an diesen Text hält. Natürlich habe ich die Sache ein wenig ausgewalzt – mein Chefredakteur wollte es als Aufmacher haben. Aber es war die einzige Information; auf die mußte ich mich stützen. Hören Sie, Alexis Bouvet suchte mich auf, als sie vor einer Woche hier ankam.«

»Hat man die Leiche gefunden? Sie erwähnen eine einsame Straße außerhalb von Helsinki.«

»Nein, man hat nicht, und das bereitet der Polizei Kopfzerbrechen. Man nimmt an, der Autorowdy habe sie von der Fahrbahn geschleift und im Wald liegengelassen.« Sie machte eine Pause. »Es kann Monate dauern, bis man sie findet.«

»Und bei so fadenscheinigem Beweisstand – keine Leiche, kein feststellbarer Tatort – bringen Sie das als Aufmacher? Ist das die Art Journalismus, wie man ihn in Finnland betreibt?«
Sie errötete, bezwang aber den aufsteigenden Ärger. Newman stand unter enormem psychischem Druck, sagte sie sich. Sie betupfte die Lippen mit der Serviette, bevor sie antwortete, im Ton ruhig und distanziert.
»Erstens: am Ende der Schlagzeile steht ein Fragezeichen. Es wird also eine Frage gestellt, kein Statement abgegeben. Zweitens: wenn Sie den Text lesen könnten, würden Sie merken, daß ich die Sache als mysteriösen Vorfall darstelle. Ich nehme es nicht als gegeben hin, daß ihre Frau tot ist. Drittens: außer dem Foto und dem getippten Bericht war noch etwas in dem Briefumschlag.«
Sie griff in ihre Schultertasche und nahm etwas heraus, das sie vorerst in ihrer Hand verbarg. Newman setzte die Tasse an den Mund, und Laila beobachtete ihn mitfühlend.
»Bevor ich es Ihnen zeige, bereiten Sie sich auf einen Schock vor.«
»Ich bin vorbereitet. Machen Sie weiter.«
Sie öffnete die Hand und hielt ihm etwas hin, Modeschmuck, eine Brosche in der Form des Lothringer Kreuzes. Newman griff zu und starrte das Ding auf seiner Handfläche mit ausdruckslosem Gesicht an. Ein stechender Schmerz überfiel ihn.
»Sie sagen, das sei in dem Umschlag gewesen, der die Redaktion erreichte? Was beweist es?«
»Als Alexis Bouvet mich aufsuchte, trug sie diese Brosche. Ich habe sie in meinem Artikel absichtlich nicht erwähnt. Erkennen Sie die Brosche?«
»Ja«, gab Newman zu. »Sie war überzeugte Gaullistin. Sie bewunderte Jacques Chirac. Es ist wohl Sitte in Finnland, daß Autorowdys ihr Verbrechen den Zeitungen berichten? Es gilt doch als Verbrechen in Finnland, nehme ich an?«
»Sie sind ein unmöglicher Mensch!« Jetzt hatte er ihren Geduldsfaden zum Reißen gebracht. Sie ließ die angebissene Semmel auf den Teller fallen und griff nach ihrer Tasche, um zu gehen.
Newman beugte sich über den Tisch und ergriff ihre Hand. Außer dem Brief von Alexis hatte er nur dieses Mädchen, das ihm weiterhelfen konnte. Er lächelte und entschuldigte sich in wohlgesetzten Worten.
»Es tut mir leid. Sie sind so nett zu mir, seit ich hier bin. Sie haben sogar im Schlafzimmer meinen Schlaf bewacht, bis ich aufwachte

und wir zum Dinner herunterkamen. Aber als Journalist weiß ich, daß Sie genug Erfahrung haben, um alles, was man Ihnen sagt, mit Skepsis aufzunehmen ...«
»Jetzt schmeichelt er mir auch noch!«
»Bitte! Hören Sie mich zu Ende an! Sie sagten doch, Sie wollten mir helfen. Ich glaube, daß Sie das vielleicht tun – aber ich weiß nichts über Sie.«
»Ich sagte Ihnen doch, daß mich Tweed, der Versicherungsfachmann aus London, angerufen hat.«
»Ja, das haben Sie.«
Newman schwieg und überlegte, was er als nächstes sagen sollte. Es war doch interessant, daß sie Tweed für den Chef einer exklusiven Versicherungsgesellschaft hielt, die sich für hohe Prämien und mit Hilfe eines entsprechenden Sicherheitsapparates um Männer und Frauen kümmerte, die als Opfer von Kidnappern in Frage kamen. Ein überzeugender Deckmantel. Unter anderem erklärte das, warum er so weitreichende internationale Beziehungen hatte und warum er gelegentlich im Ausland herumreiste. Und schließlich, warum seine Tätigkeit im geheimen und unter Geheimhaltung vor sich ging.
»Wenn ich Ihnen vertrauen soll, möchte ich gerne etwas mehr über Sie wissen«, sagte er sanft, immer noch ihre Hand haltend.
»Sie glauben, ich möchte Ihnen nur die Story stehlen, an der Sie arbeiten?« sagte sie herausfordernd. »Sie sind der große Bob Newman, der berühmte Auslandskorrespondent, der den internationalen Bestseller ›Kruger: Der Computer, der irrte‹ geschrieben hat. Glauben Sie das von mir?«
»Wenn bei euch finnischen Mädchen einmal die Sicherung durchbrennt, dann geht ihr gleich durchs Dach, nicht wahr?«
»Durchs Dach?«
»Ihr explodiert! Wie eine Bombe. Krach!«
Er grinste, und ihre Hand wurde in seinem Griff schlaff und weich. Er lachte. Sie entspannte sich in ihrem Stuhl, streifte mit ihrer freien Hand die Tasche ab. Hinter den Brillengläsern musterten ihn ihre tiefblauen Augen.
»Darf ich meine Hand wiederhaben, damit ich zu Ende frühstücken kann? Ich habe nur zwei. Und Sie haben recht. Was die Finnen betrifft, meine ich. Gilt für Männer ebenso wie für Frauen. Es braucht einiges, um uns zornig zu machen – aber wenn wir zornig sind – dann krach!«

Newman ließ ihre Hand los und nahm einen Schluck Orangensaft. Er hatte schon gedacht, er habe sie verloren – und wußte, das wäre dumm von ihm gewesen. Er fühlte, daß sie langsam zu einem Entschluß kam, und blieb still und frühstückte weiter, bis sie plötzlich den Blick direkt auf ihn richtete.
»Ich verstehe schon, daß Sie mehr über mich wissen sollten. Und ich bin sicher, Sie würden es selber herausbekommen, mit Ihren Fähigkeiten. Ich bin die Tochter eines Mannes, der einen hohen Rang in der Schutzpolizei einnimmt.«
»Wie hoch?«
»Er ist Chef dieser Einheit. Mauno Sarin.«

»Mein Chefredakteur sagte mir, ich könne mehrere Tage mit Ihnen zusammen verbringen – er hofft, ich würde Ihnen eine Geschichte entlocken«, sagte Laila mit boshaftem Lächeln.
»Das hoffen alle Chefredakteure«, erwiderte Newman gedankenabwesend.
Sie hatten Regenmäntel angezogen, und Laila war mit ihm über die leere Straße zum anderen Gebäude des *Kalastajatorppa* gegangen. Wieder war Newman gefesselt von den riesigen Betonblökken, die aus den Granitklippen herauszuwachsen schienen. Sie betraten das Gebäude, und es war verlassen.
Newman folgte ihr auf gewundenen Wegen hinunter in einen kreisrunden, schwach erleuchteten Raum. »Der Nachtklub«, erklärte Laila. Über eine Wendeltreppe erreichten sie das Bodenniveau, und sie öffnete eine Tür, die auf ein parkähnliches Grundstück hinausführte, das zum Wasserrand hin abfiel.
Über eine breite Treppe aus niedrigen Steinstufen stiegen sie den Park, der ebenfalls verlassen war, hinab. Ein feiner Nieselregen, gleich einem feuchten Nebel über dem Meer, näßte ihre Gesichter. Die graue, bleifarbene Wasserfläche, die sich zu einem fernen Ufer hin erstreckte, wirkte wie die eines der typischen finnischen Binnengewässer, und Newman mußte sich erst bewußt machen, das das vor ihm ein Meerbusen war.
»Als Alexis Sie in Ihrem Büro aufsuchte«, begann er, »hatten Sie da eine Idee, was sie hier suchte?«
»Das wollte ich Ihnen sagen. Sie suchte einen Amerikaner, einen Mann namens Adam Procane. Sie hatte die US-Botschaft besucht und irgendwie herausgefunden, daß es unter ihrem zahlreichen Personal niemanden dieses Namens gab.«

»Warum zahlreich?«
»Weil wir hier in Finnland sind. Auch die Russen haben eine große Botschaft. Das ist das Spiel, das sie spielen. Bedenken Sie: die russische Grenze befindet sich nur zweihundert Kilometer östlich von Helsinki.«
»Dieser Amerikaner – wie heißt er, sagen Sie?«
»Adam Procane. Nach den Worten von Alexis ist er ein sehr wichtiger Mann – hoch oben. Sie sagte es nicht direkt, aber ich hatte den Eindruck, daß er nicht dem Botschaftspersonal angehört, sondern jemand ist, der in Bälde nach Helsinki kommen wird.«
»Ich glaube mich von meinem letzten Besuch zu erinnern, daß es eine Menge großer Passagierschiffe gibt, die von Helsinki auslaufen.«
»Das ist so. Sie fahren nach vielen Orten. Stockholm, Leningrad. Alles finnische Schiffe. Dann gibt es die estnische Schiffahrtslinie, die für Touristen regelmäßig Fahrten nach Tallinn unternimmt.«
»Wenn Sie das Wort Archipel hören, woran denken Sie zuerst?«
»An zwei Inselgruppen«, antwortete Laila prompt. »Zuerst den von Turku – das ist der Hafen westlich von Helsinki, wo die Küste nordwärts in den Bottnischen Meerbusen einschwenkt. Es ist der zweitgrößte Archipel der Welt. Der größte ist die griechische Inselwelt. Geographie war eines meiner besseren Fächer in der Schule«, fügte sie bescheiden hinzu.
»Und der andere? Sie sagten *zwei*.«
»Der schwedische Archipel, der sich von Stockholm aus ins Meer erstreckt – wie ein großer Arm greift er nach Osten, um dem Archipel von Turku die Hand zu reichen; aber es bleibt ein Streifen Meer dazwischen, der die beiden voneinander trennt.«
»Wie ist es im Archipel von Turku? Sind Sie je dort gewesen?«
»O ja. Ein Freund von mir war ganz verrückt nach Segeln. Etwas Ähnliches habe ich nie erlebt, Tausende von Inseln, manche ziemlich groß. Auf einer liegt die Hauptstadt des Archipels – Maarianhamina. Genau gesagt ist es die Hauptstadt der Ahvenanmaa-Inseln – auf schwedisch die Åland-Inseln.«
»Ich finde das Schwedische leichter – aber ich beherrsche es auch nicht.«
»Daher sprechen wir englisch und verstehen einander! Hier ist die Stelle, wo die Helikopter – Hubschrauber, ja? – landen.«
Sie waren auf einem breiten Pfad bis zu zwei Landeplattformen

hinuntergewandert, von denen die eine, ein aus Holzplanken errichtetes Gerüst, in die andere, eine schwimmende Plattform, überging. Newman betrat sie. Sie schlingerte leicht. Links war ein Gewirr aus Schilfrohr, das hier gleich einem Dschungel wuchs.
Der feine Regen war abgetrieben. Er stand auf den Planken, spürte an ihrem Schwanken den Wellengang und starrte auf die Wasserfläche hinaus, wo sich in der Ferne etwas Weißes rasch vorbeibewegte, einen Streifen weißen Sogs hinter sich zurücklassend. Ein großes Motorboot fuhr Richtung Süd.
»Setzen wir uns hierher«, schlug Laila vor, die hinter ihn getreten war.
Als sie sich gesetzt hatten, brachte sie aus ihrer Tasche eine dicke, zusammengefaltete Landkarte zum Vorschein und breitete sie über ihrem Schoß aus.
»Ich dachte, das könnte nützlich sein. Wie Sie sehen, ist es ein Stadtplan von Helsinki. Sie können ihn behalten, Bob.«
»Danke.« Newman studierte die Karte mit Interesse. »Helsinki ist eine der merkwürdigsten Städte Europas.«
»Ich mag es! Ich bin hier geboren.«
»Seien Sie nicht so empfindlich. Ich meinte es im Sinne von faszinierend. Seine Topographie – Sie sagten doch, Geographie sei ihre Stärke...«
»Also, warum ist es merkwürdig – faszinierend?«
»Nun, einmal deswegen, weil es auf einer langen Halbinsel erbaut ist – was bedeutet, daß es auf drei Seiten von Wasser umgeben ist. Zum anderen, weil es mehr als einen Hafen hat – Nord-Hafen, Süd-Hafen...«
»Vom Süd-Hafen fahren die Schiffe ab, von denen ich gesprochen habe. Je nach Bestimmungsort von einem anderen Pier...«
»Dieses hier, Laila?«
»Die Estnische Schiffahrtslinie.«
»Wenn ich also zum Hafen gehe, kann ich sämtliche Auslaufzeiten in Erfahrung bringen? Eine Frage, die sich von selbst ergibt.«
»Ich könnte das für Sie erledigen. Ich glaube, Sie sind recht müde – warum bleiben Sie nicht einige Tage weg von Helsinki und ruhen sich aus? Es ist sehr friedlich hier.«
Es war sehr friedlich. Das einzige Geräusch war das leise Plätschern winziger Wellen, die gegen vereinzelte Zungen schmutziggrauen Landes schlugen, das in den See – nein, das Meer –

hineinragte. Da und dort waren weitere Anlegestege ins Wasser gebaut. An eine davon war ein Ruderboot mit hellrotem Innenverbau angebunden, das leicht auf den Wellen schaukelte.

»Hat Alexis außer von diesem Adam Procane noch von etwas geredet?« fragte er.

»Ja.« Laila dachte konzentriert nach, dabei verdrehte sie die Augen hinter den Brillengläsern. »Das Gespräch war komisch, sie sprang vor und zurück, sagte, sie habe Gerüchte gehört, daß einige russische Offiziere vom militärischen Abwehrdienst ermordet worden wären – erwürgt, jenseits des Wassers.«

»Was meinte sie damit?«

»Das sagte sie nicht – bloß: jenseits des Wassers. Das wäre dann Estland. Wir haben auch diese Gerüchte gehört. Ich versuchte der Sache nachzugehen, witterte eine Story. Ich versuchte jemanden von der Mannschaft eines estnischen Schiffes auszufragen, aber er wurde ängstlich und wollte nichts darüber sagen.«

»Militärische Abwehr? Sie meinen den GRU?«

»Richtig. Dann änderte Alexis wieder das Thema und stellte mir über die Inseln fast dieselben Fragen, die Sie mir gestellt haben.«

»Sie sagen, es seien Tausende von Inseln.«

»Ja. Viele davon sind kaum mehr als abgeflachte runde Felsen, die aus dem Wasser ragen. Das Segeln durch die Meerengen kann gefährlich werden, und man kann sich leicht verirren, wenn man nicht einen Fischer mithat, der den Weg um die Felseneilande kennt.«

»Sie kennen einen solchen Mann?«

»Ja. Ein guter Freund. Warum?«

»Sie könnten ihn mir vorstellen, falls ich ihm ein paar Fragen stellen möchte?«

»Kein Problem. Aber ich glaube immer noch, Sie sollten sich ein ruhiges Wochenende gönnen. Sie sehen erschöpft aus.«

»Ich glaube, dem muß ich beistimmen. Eine letzte Frage noch. Man nimmt an, daß Alexis auf einer einsamen Straße außerhalb Helsinkis von einem Wagen überfahren worden ist. Kennen sie eine Art Geisterburg oder Geisterschloß, sehr alt, mit Türmen, hoch auf einem Hügel stehend – irgendwo außerhalb von Helsinki?«

»Eine Burg? Sie meinen, in der Art wie eure englischen Burgen und Schlösser? Ich war einmal in England und habe Windsor

Castle und Warwick Castle gesehen. Wunderbar – aber so etwas haben wir nicht in Finnland. Ich glaube, Sie würden lachen, wenn Sie wüßten, was wir Schloß nennen.« Sie drehte sich auf ihrem Sitz um, und ihre Schulter preßte sich gegen die von Newman.
»Eigenartig – aber dieses Gespräch erinnert mich so sehr an das mit Alexis Bouvet.«
»Weil wir natürlich in ähnlicher Weise miteinander reden«, sagte er leichthin, um weitere Fragen abzuwehren.
Er dachte an einen Satz von Laila – »...sie sprang vor und zurück«. Er glaubte mit ziemlicher Sicherheit zu wissen, was Alexis da inszeniert hatte. Sie hatte mit Themen um sich geworfen, so daß Laila nicht durchschauen konnte, hinter welcher Sache sie wirklich her war. Er schaute aufs Meer hinaus und versuchte die Bruchstücke zusammenzusetzen.
Morde an GRU-Offizieren in Estland. Die Erwähnung von Adam Procane. Die Fragen nach den Inseln. Nichts davon schien zusammenzugehören. Jedes ein Thema für sich, zufällig zur Sprache gebracht, mit nichts zu verbinden.
»Es wird gleich stark regnen«, bemerkte Laila. »Vielleicht gehen wir besser zum Hotel zurück.«
»Von mir aus. Wieso wissen Sie das?«
»Schauen Sie über die Bucht – man sieht es kommen.«
»Das Wetter ändert sich hier schnell.«
»Das ist Finnland. Wir haben starken Regen, aber wenn er aufhört, wird es wieder schön.«
Die niederen Wolkenbänke in einiger Entfernung, schwarz wie die Pinienwälder, die die Bucht wallartig umgaben, bewegten sich rasch auf Helsinki und das Hotel zu. Ein dunkler, seidiger Vorhang vor der jenseitigen Küste zeigte bereits den Regen an. Sie eilten auf dem breiten Pfad unter Pinien dahin, und Laila deutete auf ein eigenartiges, vieleckiges Gebäude mit pagodenartigem Runddach.
»Das ist das Runde Restaurant. Wäre nett für Sie, heute abend hier das Dinner einzunehmen.«
»Nur wenn Sie mit mir essen.«
»Würde ich gerne. Ich glaube, ich nehme jetzt die Tram Nummer vier nach Helsinki hinein und erkundige mich nach den Auslaufzeiten. Sie bleiben hier und ruhen sich aus?« fragte sie besorgt.
»Ich tu alles, was Sie sagen.«
»Sie sehen das Gebäude hinter dem Runden Restaurant?«

Sie zeigte auf ein altes, einstöckiges Bauwerk, das Newman an eine riesige Hütte erinnerte. Es war der älteste Teil des Hotels.
»Das ist das alte Fischerhaus«, erklärte Laila. »Es stand hier lange vor dem Hotel. Der Architekt war so vernünftig, es stehenzulassen – er hat es einfach innen modernisiert.«
Sie liefen die breite Stiege hoch, die zum Hotel führte, als die ersten dicken Tropfen fielen. Drinnen zeigte Laila Newman den Weg zum Tunnel, der die beiden Hotelgebäude miteinander verband, und sie trennten sich.
Der unterirdische Tunnel, der unter der Straße hindurchführte, war zu beiden Seiten mit gerundetem, täuschend nachgemachtem Kalkstein ausgekleidet, so daß der eigenartige Eindruck entstand, man gehe in einem Gletscher. Im Hauptgebäude holte er aus seinem Zimmer das Foto von Alexis und ging zur Hotelrezeption zurück.
»Eine Verwandte von mir hat hier kürzlich gewohnt«, erklärte er dem Mann hinter dem Pult. »Ihr Name ist Alexis Bouvet. Hat sie eine neue Adresse hinterlassen?«
Der Gesichtsausdruck des Mannes wurde steif. Er war in keiner Weise begeistert darüber, Informationen über Gäste preisgeben zu sollen. Er schaute im Register nach, erinnerte sich möglicherweise daran, daß Newman eine ganze Suite belegte, und schüttelte dann den Kopf.
»Unter diesem Namen ist hier niemand vermerkt, Sir.«
Jetzt konnte Newman nur noch mit der Wahrheit herausrücken. Er zog Lailas Zeitung heraus und legte sie mit der Titelseite nach oben aufs Pult. Daneben legte er das Foto aus dem Silberrahmen in seiner Londoner Wohnung.
»Ich spreche von meiner Frau«, sagte er ruhig.
»Tut mir leid, Mr. Newman.« Der Mann schaute kurz auf das Bild. »Ja, diese Dame wohnte hier in der Woche, bevor Sie ankamen. Ich erinnere mich gut an sie – eine sehr gutaussehende Frau, wenn ich so sagen darf. Sie bezahlte für eine Woche im voraus und kehrte eines Abends nicht mehr zurück – zwei Tage vor Ablauf ihrer Reservierung. Sie ließ einige Gegenstände in ihrem Zimmer zurück.«
»Darf ich sie sehen? Es handelt sich um meine Frau.«
»Das ist mir bewußt, Sir. Ich habe den Namen nicht erkannt, den Sie mir zuerst nannten. Sehen Sie, sie trug sich als Mrs. Alexis Newman ein.«

»Und diese Habseligkeiten?«
Der Hotelangestellte wurde verlegen. »Sie wurden einige Stunden vor Ihrer Ankunft von zwei Amtspersonen abgeholt.«
»Polizei? Vom Präsidium in Pasila?«
»Nein, Sir.« Die Verlegenheit des Mannes wurde größer. »Es waren zwei Beamte, die eine schriftliche Vollmacht vorlegten, wonach sie berechtigt waren, Mrs. Newmans Besitztümer mitzunehmen.«
Jetzt erriet Newman, was der Mann meinte, ohne es beim Wort nennen zu wollen. Zwei Beamte. Von der Geheimpolizei, der Schutzpolizei. Natürlich. In Ratakatu. Er ließ das Thema fallen und forschte in anderer Richtung weiter.
»Hat sie irgend etwas Besonderes getan oder unternommen, während sie hier wohnte? Etwas, was ein wenig aus dem Rahmen fiel?«
»Eines Morgens, bald nach ihrem Eintreffen, machte sie Gebrauch von dem Hubschrauber-Transportunternehmen. Es gibt einen Hubschrauber, der bei der Anlegestelle am Meer, auf der anderen Seite des Hotels, startet.«
»Ja, ich weiß. Ist das der Laden dort drüben?«
Newman deutete auf einen geschlossenen, kojenartigen Schalter in der Empfangshalle. Der Hotelangestellte nickte, und Newman nahm Zeitung und Foto und ging hinüber. Ein dunkelhaariges Mädchen blickte von ihrem Pult hoch, als er durch den offenen Türrahmen trat. Er legte Zeitung und Foto vor sie auf das Pult und redete in bestimmtem Ton, eher mit Behauptungen als mit Fragen operierend.
»Der Mann am Empfang sagt mir eben, daß Alexis Newman, meine Frau, einen ihrer Hubschrauber gemietet hat. Ich muß wissen, wohin der Pilot sie geflogen hat.«
»Ja, das ist richtig, Mr. Newman. Aber sie wollte keinen der üblichen Rundflüge unternehmen. Sie mietete den Hubschrauber für eine ganz bestimmte Route. Es war diese Maschine.«
Sie reichte ihm das Farbfoto einer Hughes 500 D, eines sehr kleinen Typs. Das Innere wirkte beengt, und das Bild zeigte den Hubschrauber nach dem Abheben, während der Pilot mit einer Kamera hantierte.
»Wohin flog sie?« fragte Newman.
»Ich weiß es nicht. Ich buchte den Flug, sie leistete eine Anzahlung, der Rest sollte nach der Rückkehr ausbezahlt werden.«

»Könnte ich dieselbe Maschine buchen – mit demselben Piloten?«
»Kein Problem, Sir. Aber er steht erst am Montag wieder zur Verfügung.«
Newman zahlte einen Betrag im voraus, und sie schrieb ihre Telefonnummer auf den Prospekt. 72 72 57. Als er hinausging, drehte er sich im Türrahmen noch einmal um und fragte, ob sie eine Ahnung habe, was das Flugziel gewesen sei.
»Sie sagte etwas vom Süd-Hafen, Sir.«

Laila stieg an der Endstelle der Linie 4 in die Straßenbahn. Vom *Kalastajatorppa* waren es 5 Minuten flotten Fußmarsches bis dorthin. Sie war der einzige Passagier. Die Strecke führte durch ein vornehmes Wohnviertel, bestehend aus kleinen Wohnblocks, die man vor vielen Jahren in die Baumgruppen gesetzt hatte.
Sie fuhr bis zur Mannerheimintie, der in die Innenstadt führenden Hauptstraße, und stieg in der Nähe des Hotels *Hesperia* aus, einem gekurvten, vielstöckigen Bau, dessen Front einer modernen Metallskulptur zugewendet war, deren Einzelteile sich im Wind wie ein riesiges Glockenspiel bewegten.
Bergauf gehend, drang sie in das Gewirr von Hinterstraßen ein, wo es alte, weniger exklusive Miethäuser gab, betrat ihre im ersten Stock gelegene Wohnung und hob den Telefonhörer ab, kaum daß sie ihre Hängetasche von der Schulter gestreift hatte. Sie rief die Nummer an, die Tweed ihr von der »London and Cumbria Versicherungsges. Co.« gegeben hatte.
»Leider ist er heute nicht erreichbar«, teilte Monica ihr mit. »Wessen Anruf kann ich ihm melden?«
»Ich bin nur eine Bekannte«, antwortete Laila und legte auf.
Sie verließ ihre Wohnung wieder, ging weiter in Richtung Zentrum, vorbei an den beiden aus Stein gehauenen Platten, die an den Präsidenten Kekkonen erinnern sollen. Im Ageba-Reisebüro ließ sie sich eine Liste der Auslaufzeiten aller Schiffe nach Leningrad, Tallinn, Stockholm und – der Gedanke kam ihr zuletzt noch – Turku geben.
Dann setzte sie sich im nahegelegenen Hotel *Marski* in die Bar und trank eine Schale schwarzen Kaffee. Sie machte sich Sorgen. Irgendwie hatte sie das Gefühl, sie müsse Bob Newman so lange aus dem Verkehr ziehen, bis sie mit Tweed gesprochen hatte. Der Jammer war, daß anhand der Fragen, die er ihr gestellt hatte,

bereits feststand, daß der energische Engländer schon mitten dabei war, über den Tod seiner Frau und des oder der daran Schuldigen Nachforschungen anzustellen.

8

Wie ein Tiger in seinem Käfig wanderte Newman im Wohnzimmer seiner Hotelsuite auf und ab. Der Raum ähnelte eher einem Konferenzzimmer. Ein rechteckiger Tisch mit Stühlen rundum stand in der Mitte. Wieder die Form des Rechtecks, das die finnischen Innenarchitekten ebenso wie ihre Architekturkollegen so sehr liebten. Die Schränke im Schlafzimmer waren ebenfalls rechteckig. Und dieses Formprinzip wiederholte sich hier im Wohnzimmer. Auf dem Tisch lag sein Notizblock, darauf sein Kugelschreiber.
Das finnische Wetter hatte sich schon wieder geändert. Er blieb einen Augenblick lang stehen und starrte auf das flache Vordach hinunter, auf dem noch kleine Regenpfützen standen. Die Wolken hatten sich offenbar in Nichts aufgelöst. Der weite blaue Himmel war klar, die Bucht zeigte sich als ein glattes Laken ohne die kleinsten Falten. Er trat wieder an den Tisch und starrte auf den Block, auf den er die Fakten gekritzelt hatte, die von ihm zusammengetragen worden waren.
Ein Schiff, das von irgendwo um 10.30 Uhr abfuhr. Süd-Hafen? Ein Amerikaner namens Procane – der offenbar gar nicht existierte, aber »aufgehalten werden« mußte. Inwiefern aufgehalten? Nur Alexis hatte das gewußt. Eine Art Märchenschloß hoch auf einem Berg. Und Alexis, die, wie es hieß, auf einer einsamen Straße außerhalb von Helsinki zu Tode gekommen war.
»Ein Schloß ... aber so etwas haben wir nicht in Finnland ...« So oder ähnlich hatte Laila gesagt. Sie mußte es wissen. Newman betrachtete seine Skizze des Schlosses, die er aus der Erinnerung an jenen scheußlichen Film angefertigt hatte. Die Skizze hatte er ebenso wie die anderen Hinweise mit dem Stift eingekreist.
Er suchte nach dem Muster des Ganzen – nach einer Möglichkeit, von einem der Kreise eine Verbindungslinie zu einem anderen ziehen zu können. Doch es gab keinerlei Verbindungsglied. Er zündete sich eine Zigarette an. In einem Kreis hatte er notiert: »Morde an GRU-Offizieren in Estland?« Konnte sich um ein

reines Gerücht handeln. Weiß Gott, Finnland war voll von Gerüchten, oft vom Personal der amerikanischen und sowjetischen Botschaft in Umlauf gesetzt. Soviel wußte er von seinem letzten Aufenthalt.
»Schutzpolizei.« In einem anderen Kreis auf dem Notizblatt. Ein ganz neues Faktum. Warum waren die so interessiert an Alexis? Newman hegte den starken Verdacht, daß sie die Dinge, die Alexis im Hotelzimmer zurückgelassen hatte, abgeholt hatten, um alle Spuren ihres Aufenthaltes in Helsinki zu beseitigen. Wenn das der Fall war, dann hatten sie Pfuscharbeit geleistet – selbst wenn nicht vorauszusehen gewesen war, daß er so schnell im Hotel auftauchen würde, in dem sie gewohnt hatte.
Die Finnen waren – international gesehen – in einer schwierigen Position. Auf ihre Ostgrenze fiel riesenhaft und drohend der Schatten Rußlands. Die Sowjets versorgten die Finnen mit dem nötigen Öl, im Austausch für finnische Industriegüter. Theoretisch konnte der Kreml Helsinki in den Würgegriff nehmen.
Aber die Finnen vollführten ihren Seiltanz zwischen Ost und West mit größtem Geschick. Sie bewahrten sich ihre labile Unabhängigkeit, indem sie es einerseits ablehnten, zu einem Satelliten der Sowjets zu werden, und andererseits durch den Handel mit dem Westen ein Gegengewicht zum Bären im Osten schafften.
Newman setzte sich an den Tisch und nahm zwei weitere Kreise auf dem Blatt in Augenschein. »Ratakatu«. Das Hauptquartier der Schutzpolizei, in einem ganz anderen Stadtteil Helsinkis gelegen als das Polizeipräsidium in Pasila.
Dieser Punkt beunruhigte ihn. Laila hatte ihm eingestanden, daß ihr Vater Chef dieser Polizeieinheit war. Berichtete sie ihm vielleicht in diesem Augenblick von ihren Gesprächen mit Newman? Doch etwas sprach dagegen. Laila hatte den Artikel über Alexis' tödlichen Unfall geschrieben. Mauno Sarin war bestimmt nicht besonders erbaut darüber. Womit auszuschließen war, daß Mauno seine Tochter an der Kandare hatte.
»Hubschrauber«. Ein neues Faktum, über das Newman gestolpert war. Wohin hatte sie sich mit der Hughes 500 D fliegen lassen? Er mußte alle Einzelheiten dieses Fluges in Erfahrung bringen. Newman war überzeugt, daß jedes neue Wissen über Alexis' letzten Schritte ihn der Wahrheit näher brachte. Geduld. Sie war bei allem, was Auslandskorrespondenten anstellten, um eine Story auszugraben, der Schlüssel zum Erfolg.

»Hier ist eine Liste aller aus Helsinki auslaufenden Schiffe und ihrer Abfahrtszeiten«, sagte Laila und reichte Newman ein Blatt Papier über den Tisch.
Sie saßen im Obergeschoß des Runden Restaurants, das man über eine Wendeltreppe erreichte, und aßen zu Abend. Sie hatten einen Tisch an der Innenbrüstung und konnten auf die Tische im Erdgeschoß hinunterblicken. Newman nahm das Blatt und überflog die in säuberlicher Schrift notierten Auslaufzeiten.
»Sie vergeuden Ihre Zeit nie, oder?« kommentierte er.
»In meinem Beruf muß man sofort die Dinge weiterzubringen suchen.« Sie errötete, als ihr ihre Worte bewußt wurden. »Aber natürlich wissen Sie das seit Jahren.«
»Ich gratuliere Ihnen.«
»Ist was darunter, was Ihnen weiterhilft?« fragte sie, bevor sie weiteraß.
»Sogar eine negative Information kann nützlich sein«, erwiderte er.
»Also ist das, was Sie gesucht haben, nicht dabei?«
»Schauen Sie, Laila, Sie wissen ebensogut wie ich, die Eliminierung von Anhaltspunkten lenkt die Aufmerksamkeit auf jene Anhaltspunkte, denen man nachgehen soll.«
Newman schenkte Chablis nach, um seine Erregung zu verbergen. Unter den zahlreichen angeführten Schiffen war nur eines, die *Georg Ots*, die um 10.30 Uhr auslief. Nach Tallinn, Estland.
Es sah ganz nach Ausflugsschiff für Touristen aus: Ankunft in Tallinn um 15 Uhr, Abfahrt von Tallinn um 19.30 Uhr, Rückkehr nach Helsinki um 22.30 Uhr. Was Newman verwirrte, war, daß Laila den Namen der Linie mit »Oy Saimaa Lines Ltd.« angegeben hatte – was ermutigend finnisch klang. In Klammern aber hatte sie »Estnische Schiffahrtslinie« hinzugefügt, was bedeutete, daß die *Georg Ots* wahrscheinlich ein sowjetischer Kahn war.
»Wo haben Sie sich diese Liste beschafft?« wollte er wissen.
»Im Ageba-Reisebüro. Sie haben nahe beim Hotel ›Marski‹ eine Filiale – das ist nur wenige Meter die Hauptstraße hinunter.«
Sie griff nach dem Blatt und schrieb etwas an den Rand. Er las das Hinzugefügte: »Ageba Travel Service, Pohjoisranta 4.« Gott sei Dank, wieder einmal etwas in Englisch.
»Brauchen Sie noch irgendeine Information?« fragte sie.
»Ich glaube nicht.« Er schaute sie über den Tisch hinweg an. Sie hatte sich offensichtlich für dieses Abendessen mit besonderer

Sorgfalt angezogen. Sie trug ein enganliegendes schwarzes Kleid mit goldenem Drachenmuster. Der Mandarinkragen betonte das feste, wohlgeformte Kinn.
»Sie sind wirklich eine hübsche junge Dame«, sagte er.
»Danke, Bob.« Sie schien erfreut und zugleich befangen.
»Haben Sie in letzter Zeit Ihren Vater gesehen? Oder Kontakt mit ihm gehabt?«
»Warum fragen Sie das?«
Sie ließ Messer und Gabel auf den Teller fallen, ihr Gesicht wurde zu Stein. Freude und Wohlbefinden waren Ärger und Abscheu gewichen, und der Stimmungsumschwung war schon aus der Art, wie sie ihre Frage stellte, erkennbar.
»Ich nehme einfach an, daß Sie regelmäßig Kontakt mit Ihrem Vater haben.«
»Mit ihm in seiner Eigenschaft als Chef der Schutzpolizei?«
Sie beugte sich über den Tisch und hatte die Stimme gesenkt, der Ton war kalt wie das Eis in den Gläsern des Paares am Nebentisch. Newman erkannte, daß eine weitere finnische Explosion bevorstand. Ihr Gesichtsausdruck spiegelte wider, was ihre Stimme hören ließ.
»Nur in seiner Eigenschaft als Vater einer Tochter«, erwiderte er.
»Das glaube ich nicht! Sie meinen, ich berichte ihm alles, was wir miteinander reden! Sie glauben, das allein war der Grund, warum ich Sie auf dem Flughafen Vantaa traf, als Sie aus Ihrem Flugzeug stiegen? Nun, Mr. Newman, ich habe Neuigkeiten für Sie. Ich komme mit meinem Vater nicht allzu gut aus. Ich wurde Journalistin gegen seinen Willen. Ich habe ihn seit mehr als zwei Monaten weder gesehen noch gesprochen. Und – mir ist der Hunger vergangen. Nur noch Kaffee, wenn ich bitten dürfte – dann gehe ich!«
Newman machte keinen Versuch, Laila umzustimmen. Er war selbst in grimmiger Laune, doch sein Verstand gewann die Oberhand über seine Gefühle. Entweder log sie – dann hatte sie den Beruf der Schauspielerin verfehlt –, oder sie war echt aufgebracht.
Er mußte sichergehen, daß das letztere der Fall war. War es der Fall, dann würde sie jetzt gehen. Sie tranken schweigend den Kaffee, er unterschrieb die Rechnung, und Laila stand auf und schlüpfte in ihren Mantel, bevor er ihr helfen konnte.

Die Paare an den anderen Tischen waren jetzt in heiterster Laune, schwatzten angeregt und tranken große Mengen Alkohol. Er begleitete sie hinaus, wo mehrere Taxis warteten. Bei einem leuchtete das Zeichen »Taksi«, also Finnisch, die anderen Schilder zeigten einfach die Aufschrift »Taxi«.
Sie dankte ihm höflich, jedoch förmlich für das Abendessen, sagte gute Nacht und fuhr davon. Newman hob bedauernd die Schultern, überquerte langsam die Straße und kehrte in sein Zimmer zurück. Er war schon von Natur ein Einzelgänger, um so mehr in der Ausübung seines Berufes. Und das hier war der bitterste Job seines bisherigen Lebens. Besser allein.

Am Samstag, dem 1. September – es war der Tag, an dem Tweed sich in Genf mit Alain Charvet traf, dem Expolizisten, der jetzt eine Privatauskunftei führte –, flog General Lysenko von Moskau nach Leningrad, das er immer seine »vorgeschobene Basis« nannte.
Lysenko liebte es, seine Reden mit militärischen Fachausdrücken zu verbrämen. Leningrad schien ihm die ideale Basis für die »Operation Procane«, wie er sie nun nannte. Zusammen mit ihm reiste sein Stabsoffizier, Hauptmann Valentin Rebet, in Moskauer Kreisen »Lysenkos Schatten« genannt.
Rebet war fünfunddreißig, groß, dunkelhaarig, mit Kurzhaarschnitt und einem enzyklopädischen Gedächtnis. Er war außerdem ein erstklassiger Administrator und bildete damit eine großartige Ergänzung zu seinem Chef, der als lärmender Tatmensch Schreibtischarbeit verabscheute.
Sobald sie in seinem Büro waren, das sich im zweiten Stock eines grauen Blocks über der Newa am Arsenal-Kai befand, stellte Lysenko Rebet auch schon die Frage.
»Also, Rebet, was haben wir?«
Rebet schob sich die randlose Brille den langen Nasenrücken bis zur Nasenwurzel hoch und öffnete den Ordner.
Lysenko war eine ausgesprochen physische Natur, am glücklichsten, wenn er zu einem neuen Bestimmungsort unterwegs war und seine Untergebenen mit Fragen bombardieren konnte. Er trank riesige Mengen von Wodka und Lakka, dem Likör, den die Finnen aus Schellbeeren machten. Ebenso groß war sein Appetit auf Frauen. Rebet hatte diesbezüglich einem Kollegen gegenüber geäußert: »Wenn du seine Frau siehst, dann weißt du, warum.«

Valentin Rebet war der Verstandesmensch in diesem Duo, ein Mann, der nächtelang am Schreibtisch sitzen und Akten und Agentenberichte studieren konnte. Wenn jemand unzusammenhängende Fakten in logischen Zusammenhang bringen konnte, dann war er es.
»Erstens haben wir die mysteriöse Mordserie an GRU-Offizieren in Tallinn«, begann er, »Morde, die, oberflächlich besehen, kein Motiv erkennen lassen.«
»Sie sind ganz offensichtlich das Werk der estnischen Widerstandsbewegung.«
Lysenko sprang auf und stampfte mit seinen dicken Beinen quer durchs Zimmer, um aus dem Fenster zu starren. Rebet hob den Blick und verengte die Augen, bevor er weiterredete.
»Es gibt keinen Beweis für eine solche Annahme. Diese scheußlichen Morde haben doch etwas Merkwürdiges an sich. Vier Männer werden mit der Garotte erdrosselt, und alle vier sind GRU-Offiziere. Warum vom GRU? Und jetzt sitzt der hervorragende Oberst Andrei Karlow in Tallinn und hat sich mit zwei Problemen herumzuschlagen.«
»Hervorragend?« Lysenko brüllte fast. »Ein Speichellecker ist er, der auf dem Bauch zu seinen Vorgesetzten gekrochen kam in der Hoffnung auf Beförderung.«
»Karlow ist einer der hervorragendsten Militäranalytiker in der Roten Armee«, beharrte Rebet auf seiner Meinung. »Haben Sie seinen letzten Bericht gelesen, er ist eben erst hereingekommen, in dem er Zweifel am Wert der Informationen äußert, die uns der geheimnisvolle Procane geliefert hat?«
»Er sichert sich ab – denn er war derjenige in London, der diese Informationen weitergegeben hat. Moskau ist davon überzeugt, daß Procane der bedeutendste Fang werden könnte, den wir seit dem Ende des Zweiten Weltkrieges gemacht haben.«
»Ich glaube, es war ein Fehler, ihn mit der Nachforschung im Falle der Mordanschläge zu betrauen. Er sollte sich besser ganz darauf konzentrieren, dem unbekannten Adam Procane beim Überlaufen behilflich zu sein. Übrigens ist auch schon ein zweiter Bericht unseres Militärattachés in Paris eingetroffen – des Inhalts, daß Procane bereits unterwegs ist.«
»Was ist also unser nächster Schritt, Genosse?« schoß Lysenko die nächste Frage ab.
»Wir geben an alle unsere Botschaften in Westeuropa – und

natürlich an alle inoffiziellen Kontaktpersonen – die Weisung aus, uns unverzüglich vom Eintreffen jedes höheren amerikanischen Diplomaten, Abwehrmannes oder Armeeangehörigen in Kenntnis zu setzen. Procane muß sich einen überzeugenden Grund ausdenken, weswegen er den Atlantik überquert – die erste Etappe auf seinem Weg hierher. Die erste Zwischenstation, die er macht, könnte uns Aufschluß darüber geben, welche Route er quer durch Europa zu nehmen gedenkt.«
»Ich werde sofort den Bereitschaftsbefehl hinausgehen lassen«, stimmte Lysenko zu. Er zündete sich eine seiner Zigaretten mit Pappefilter an, was hieß, daß die Idee ihm gefiel. Aktion! Das war seine Stärke.
»Inzwischen gibt es einen dritten Faktor – den ich schon erwähnt habe. Die Ermordung der französischen Journalistin Alexis Bouvet durch diesen irren Sadisten Poluschkin. Dazu der nächste Irrsinn, einen Film der Ermordung nach London und ein Foto mit Bericht an eine Zeitung in Helsinki zu schicken. Ein Irrsinn nach dem anderen.«
»Überlassen Sie die hohe Politik denen, die was davon verstehen. Noch etwas? Wenn nicht, dann müssen wir wegen dieses Amerikaners allgemeinen Alarm schlagen. Eine gute Idee, Genosse.«
Lysenko war sich sehr wohl bewußt, daß Rebet für ihn unentbehrlich war, daß er die Ideen hatte. Er war der einzige Untergebene, dem er gelegentlich auf die Schulter klopfte. Nicht zu oft, Gott bewahre! – es führte zu nichts, wenn man einen Menschen seine Unentbehrlichkeit fühlen ließ.
»Diese ganze Serie von Vorfällen in Estland macht mir Sorgen«, wiederholte Rebet. »Denn ich kann sie nicht miteinander in Zusammenhang bringen.«
»Und ein Zusammenhang muß sein?« fragte Lysenko schroff.
»Ich glaube nun einmal nicht an Zufälle«, sagte Rebet.

Das war am Samstag. Am Sonntag flog Tweed nach seinem Treffen mit Julius Ravenstein, dem Mann mit dem Codenamen »Weißer Stern«, den ihm Antwerpener Diamantenhändler gegeben hatten, von Brüssel nach London zurück.
Am Montag, dem 3. September, traf er am späten Vormittag am Park Crescent ein und spürte, kaum daß er das Gebäude betreten hatte, daß etwas passiert sein mußte. Monica saß ungeduldig hinter ihrem Schreibtisch und sah ihm zu, wie er seinen Burberry

auszog. Die zwei Monate dauernde Hitzewelle war gebrochen, es regnete leicht, und die Temperatur war erheblich zurückgegangen.
»Dringende Anrufe für Sie aus Paris, Frankfurt und Genf«, berichtete sie.
»Das Wasser im Teekessel beginnt zu sieden.«
»Was für ein Teekessel? Was geht hier vor?«
»Ich kann es Ihnen nicht sagen. Tut mir leid. Ab jetzt werden Sie, ich muß es bedauerlicherweise sagen, völlig im Dunkeln arbeiten.«
»Fein. Ist eben eine neue Erfahrung für mich«, sagte sie herb.
»Es ist wegen dieser Direktive«, tröstete er sie. »Ich muß in dieser Sache ganz auf mich allein gestellt arbeiten. Am Ende werden Sie verstehen warum.«
»Ich kann's kaum erwarten.«
Sie tat so, als müsse sie intensiv eine Akte studieren. Tweed fluchte innerlich. In all den Jahren hatte sie immer jedes Detail seiner Unternehmungen gekannt, ungeachtet der damit verbundenen Gefahren. Er begann diesen Fall Procane noch mehr zu hassen. Monica sprach hastig, ohne dabei ihren Chef anzusehen.
»Alle Daten bezüglich der Anrufe liegen auf Ihrem Tisch. Der Anrufer aus Frankfurt war eine Frau, die beiden anderen waren Männer. Sie erbaten dringend Ihren Rückruf.«
»Ich erledige das jetzt gleich.«
»Soll ich hinausgehen?«
Er warf ihr über den Rand der Brille einen Blick zu und schüttelte dann den Kopf. Es brach neuerlich aus ihr heraus.
»Ich hasse es, wenn Sie mich so ansehen.«
Er rief Frankfurt zuerst an. Nachdem er die Nummer gewählt hatte, folgte eine kurze Pause, dann war Lisa Brandts Stimme zu hören. Sie mußte neben dem Telefon auf den Anruf gewartet haben.
»Ich nehme das Gespräch auf Band auf«, warnte er sie und drückte auf einen Knopf, wodurch der in der dritten Lade seines Schreibtisches verborgene Kassettenrecorder in Gang gesetzt wurde.
Es war ein sehr einseitiges Gespräch. Lisa redete, und Tweed hörte zu. Gelegentlich stellte er eine kurze Frage. Ihr Bericht war knapp und geschäftsmäßig – ganz anders als ihr wortreiches Schwatzen

beim Lunch im *Intercontinental*. Er bedankte sich und legte den Hörer auf.

»Wer schreibt das Aufgenommene?« fragte Monica, jetzt etwas ruhiger geworden.

»Das mache ich«, sagte Tweed und beließ es dabei.

Die Prozedur wiederholte sich mit André Moutet in Paris und mit Alain Charvet in Genf. Auch diese beiden hatten auf den Anruf gewartet. Als die Gespräche beendet waren, holte er seine alte Remington aus dem Schrank, spannte ein Blatt ein, nahm die Kopfhörer des Bandgerätes und tippte ein Protokoll aller drei Gespräche. Ohne Durchschlag. Die drei Blätter, die er als Unterlage verwendet hatte, zerriß er, dabei wohl gewahrend, daß Monica absichtlich nicht herschaute.

Danach steckte er jedes Blatt in eine verschließbare Mappe, legte die drei sauber übereinander auf den Tisch, nahm die Brille ab und begann sie zu putzen. Das war das Signal für Monica, die ihren Aktenordner schloß und wartete. Er räusperte sich und begann zu sprechen.

»Ich halte Sie aus dieser Sache raus, weil es die delikateste Angelegenheit ist, mit der ich zu tun hatte, seit ich hier bin. Wenn sie nach hinten losgeht, möchte ich nicht, daß Sie darin verwickelt sind.«

»Nach hinten losgeht?«

Monicas Ärger und Enttäuschung lösten sich in Nichts auf. Statt dessen zeigte sie Angst und echte Besorgnis. Sie starrte ihren Chef an.

»Sie könnte sehr leicht nach hinten losgehen«, sagte Tweed. »Wenn das Ding mir ins Gesicht krepiert, will ich nicht, daß die Trümmer auch Ihnen um die Ohren fliegen. Howard mag Sie nicht allzu sehr – aber er ist fair.«

»Aber ich habe erwartet – erhofft –, das hier könnte zu Ihrer Beförderung führen...«

»Ich wandle auf dem Drahtseil über einem Abgrund. Das sollte man besser nicht vergessen...«

Ihre Angst wuchs. In diesem Augenblick kam Howard ins Zimmer und sagte genau das Falsche. Sein glattes Gesicht war gerötet, er schien aufgeregt und in einer seiner wichtigtuerischen Phasen.

»Ich möchte mit Ihnen allein reden.« Er warf einen Blick zu Monica. »Ich sagte allein.«

»Wenn Sie sie nett darum bitten, wird sie dem entsprechen.

Vergessen Sie bitte nicht, daß sie ein vertrauenswürdiges Mitglied unseres Mitarbeiterstabes ist«, sagte Tweed giftig.
»Das war vielleicht ein bißchen hart formuliert.« Es war das Äußerste an Entschuldigung, wozu Howard sich hergab. »Etwas Ernstes – sehr Ernstes – ist passiert. Ich muß Tweeds Rat zu dem Stand der Dinge einholen. Danke, Monica.«
»... Tweeds Rat einholen.« Innerlich sträubte sich alles bei Tweed, wenn er diese für Howard typische Rede hörte. Das klang, als konsultierte er seinen verdammten Arzt. Er saß bewegungslos da, während Howard loslegte.
»Über Geheimtelefon habe ich mit einer Person geredet, von der ich zu allerletzt etwas hören möchte. Er muß mitten in der Nacht aufgestanden sein, um mich anzurufen. Manchmal glaube ich, er geht überhaupt nie zu Bett. Da ist wirklich die sprichwörtliche Katze mitten unter die Tauben geraten. Wenn man ihm zuhört, könnte man glauben, der Dritte Weltkrieg sei ausgebrochen...«
»Von wem reden Sie eigentlich«, unterbrach Tweed.
»Von Cord Dillon. Höchstpersönlich. Er fliegt tatsächlich heute herüber. Sie werden ihn natürlich in Heathrow abholen. Ich gebe Ihnen die genauen Flugdaten.«
»Nein«, sagte Tweed.
»Wie bitte?«
»Ich hole ihn nicht in Heathrow ab.«
»Jemand muß es tun.« Howard war offensichtlich tief bestürzt. Er ließ sich in Tweeds bequemen ledernen Armsessel fallen und fuhr sich mit den Händen durchs Haar. »Warum wollen Sie ihm nicht die Ehre erweisen?«
»Schlechte Taktik.«
Cord Dillon. Vizedirektor der CIA. Howard haßte den Mann – aus tiefster Seele, nach Tweeds Ansicht, weil er mit dem hitzigen Amerikaner nicht zurechtkam. Er erinnerte sich an eine Auseinandersetzung, die beide in seiner Gegenwart gehabt hatten.
»Ihr Briten solltet wieder einmal euren Arsch vom Sitz kriegen und Wellen machen. Wir können nicht den ganzen verdammten Kram allein erledigen – aber ich schätze, so wie die Dinge hier laufen, werden wir nicht anders können. Warum könnt ihr keine Wellen machen?«
»Weil wir kein Ruderverein sind«, war Howards steife Entgegnung gewesen.

»Und ich habe geglaubt, dieser Mensch ist dazu da, keine Wellen reinkommen zu lassen«, hatte Dillon zurückgefaucht.
Das war also der Amerikaner, der den Atlantik überquerte, um sie mit seiner höchst unwillkommenen Gegenwart zu beglücken. Neuerlich fragte Howard, ob Tweed Dillon abholen werde, und wieder lehnte Tweed ab. Etwas an Tweeds Verhalten nährte in Howard den Verdacht, daß Tweed insgeheim über den Gang der Dinge erbaut war.
»Was«, frage Tweed, »verschafft uns denn die Ehre?«
»Er hat Berichte aus Paris erhalten, wonach ein Amerikaner namens Adam Procane zu den Sowjets überlaufen will. Sie wissen, wie er ist. Ich bin kaum zu Wort gekommen.« Howard stand auf, zog sein Jackett glatt. »Dann werde ich ihn wohl selber abholen müssen.«
»Liegt ganz bei Ihnen.«
»*Sie* sind mit dem Procane-Fall betraut«, klagte Howard irgendwie verdrießlich.
»Weshalb ich auch für Dillon keinen roten Teppich ausrolle.«
»Und es gibt nichts, was Sie mir über das, was vorgeht, mitteilen wollen? Wie ich höre, laufen die Drähte heiß, über die Nachrichten vom Kontinent hier ankommen.«
»Wollen Sie sich der Mühe unterziehen, diese Berichte zu lesen.«
Tweed reichte seinem Chef die drei Mappen und lehnte sich zurück, während Howard im Stehen las. Sein Ausdruck von Düsterkeit und Ärger verstärkte sich, als er die Blätter studierte und hernach auf den Tisch fallen ließ.
»Herrgott, Tweed: Paris, Frankfurt und Genf melden alle dasselbe – Procane wird auf seinem Weg nach Rußland in Europa erwartet.« Er ließ sich wieder in den Armsessel fallen und hob mit verzweifelter Geste die Hände. »Sie sehen die Implikationen dahinter? Angesichts Reagans Kandidatur im November? Können Sie sich die Folgen vorstellen, die ein großer Spionageskandal hätte? So etwas kann ihn die Wahl kosten! Sieht ganz so aus, als hätten die Amerikaner ein faules Ei, das viel größer ist als Philby.«
»Genau. Ich bin soeben aus allen diesen Städten zurückgekehrt, auch von Brüssel. Ich habe meine Hauptinformanten aufgesucht, die jetzt allen Gerüchten in Sachen Procane nachgehen. Das Ergebnis – viel schneller, als erwartet, wie ich zugeben muß – liegt in Form dieser Berichte vor.«

»Wer sind aber A, B und C?«
»Meine Informanten. Sie müssen total abgeschirmt bleiben. Wenn die Russen Wind von der Sache bekommen – und das werden sie –, dann könnten sie versuchen, einen oder mehrere meiner Leute zu kidnappen, um ihnen Informationen abzupressen. Von D erwarte ich noch einen Bericht. Dieser Informant sitzt in Brüssel.«
»Und das Ziel des Ganzen?«
Tweed drückte einen Knopf seiner internen Telefonanlage. »Monica, Sie können jetzt wieder kommen. Keinerlei Gefahr mehr.«
Er wartete, bis Monica hereingekommen war und hinter ihrem Schreibtisch Platz genommen hatte. Howard runzelte die Stirn, sagte aber nichts. Da Tweed erwartete, wieder außer Landes gehen zu müssen, hatte er beschlossen, sie doch in groben Umrissen von den Vorgängen zu informieren. Und Howard sollte jetzt sicher sein, daß sie nur gewisse Aspekte des Unternehmens kannte.
»Ziel des Ganzen«, erklärte Tweed, »ist – und die Hoffnung, daß das eintritt, ist sehr gering –, daß wir Procane aufhalten können, bevor er nach Moskau aufbricht. Gelingt uns das, stellen Sie sich vor, wieviel Anerkennung und Vertrauen wir uns damit in Washington schaffen! Die glauben doch immer, wir verpfuschen alles. Es ist höchste Zeit, daß wir uns ein großes Gegengewicht an Anerkennung verschaffen.«
»Aber wir haben nicht den lausigsten Hinweis, wer Procane ist«, wandte Howard ein. »Oder haben wir einen?«
»Nicht die leiseste Idee. Ich sagte ja, die Hoffnung ist gering, wir können es nur versuchen.«
»Und darf ich so kühn sein, die Frage aufzuwerfen, wie wir dabei vorgehen wollen?«
»Meinen ersten Schachzug habe ich vorhin erläutert. Der nächste Schritt ist, eine generelle Weisung an unser gesamtes Agentennetz in Europa auszugeben, wonach alle wahrscheinlichen Routen, auf denen Procane nach der Sowjetunion gelangen könnte, zu überwachen sind. Eine auf der Hand liegende Möglichkeit ist Antwerpen – ich weiß zufällig, daß dort der sowjetische Frachter ›Taganrog‹ seit kurzem wegen angeblich nötiger Reparaturen im Dock liegt. Auf diese Weise sind Burgess und MacLean rausgekommen.«
»Ein bißchen zu sehr auf der Hand liegend, wie Sie sagen.«

»Die denken vielleicht, wir lassen das auf der Hand liegende außer acht.«
»Und wie halten wir einen Amerikaner auf, der sich den Docks in Antwerpen nähert?«
»Die Leute von der belgischen Abwehr würden ihn unter irgendeinem Vorwand verhaften. Papiere nicht in Ordnung, etwas in der Richtung. Tritt eine echte Notsituation ein, können wir den Verräter auch kidnappen und zum Verhör hierherbringen lassen.«
»Das ist ziemlich starker Tobak.«
»Sie glauben, Cord Dillon würde etwas dagegen haben?«
»Nein, das nehme ich nicht an. Der ist bisher immer voll im Wind gesegelt. Sie schlagen nicht vor, ihm das da zu zeigen...«
Howard deutete auf die Mappen auf Tweeds Schreibtisch, als handle es sich um Plastiksprengstoff. Tweed nahm sie fort und schob sie in eine Lade, die er zuschloß, bevor er Antwort gab.
»Ich werde ihm höchstwahrscheinlich diese Papiere zeigen. Kooperation ist etwas, was die Amerikaner schätzen.«
»Der wird in die Luft gehen.«
»Ich werd's aushalten, denke ich. Was ich weit weniger aushalte, ist der Joker, den *Sie* ins Spiel gemischt haben.«
»Wovon zum Teufel reden Sie?« wollte Howard wissen.
»Bob Newman. Sie haben ihm den Film gezeigt, und jetzt ist er nach Finnland abgedampft. Sie wissen genau, wenn Newman einmal gereizt ist, ist er nicht leicht zu kontrollieren. Und Sie haben ihm gegenüber den Namen Procane erwähnt. Ich muß sagen, das war ein schwerer Fehler, der die Gefahr in sich birgt, daß er unsere ganze Arbeit behindert. Ganz zu schweigen von der Gefahr, in die Newman da geraten mag.«
»Ich glaube«, sagte Howard, »ich werfe besser noch schnell einen Blick auf meinen Schreibtisch, bevor ich zum Flughafen rase, um Dillon abzuholen.«
»Wann kommt er an?«
»Achtzehn Uhr zehn heute abend. Er fliegt mit der Concorde, Flug BA 192. Ich bringe ihn auf direktem Weg hierher und setze ihn Ihnen auf den Schoß.«
»Das letztere bitte nicht – er gehört zum falschen Geschlecht.«
Zeitweise befleißigte sich Tweed eines geradezu verschrobenen Humors, der nie seine überraschende Wirkung auf seine Freunde verfehlte. Aber Howard schien keinen Gefallen an Tweeds Antwort gefunden zu haben.

»Kann ich was tun?« fragte Monica, als sie allein waren.
»Ja. Und ich werde Sie den ganzen Tag in Trab halten. Alarmieren Sie unser ganzes Agentennetz wegen eines hohen amerikanischen Beamten – CIA, NSA, Pentagon etcetera. Jeder, der versucht, einen Reiseweg einzuschlagen, der ihn in die UdSSR führen könnte, kommt in Frage. Mein Tip sind alle Häfen, von denen Schiffe aus dem Ostblock auslaufen, und alle Flughäfen.«
»Was ist mit den Zügen?«
»Ich denke nicht, daß er sie benützt. Er will schnell raus, braucht ein Transportmittel, das ihn rasch hinter den Eisernen Vorhang bringt.«
»Gibt es ein bestimmtes Gebiet, auf das man sich konzentrieren sollte?«
»Ja. Skandinavien.«
Der Anruf von Laila Sarin kam etwa eine Stunde später.

»Mr. Tweed? Hier ist Laila.«
Ihre Stimme klang nervös und außer Fassung. Tweed umklammerte den Hörer fester. Er stellte sich sofort darauf ein, sie zu beruhigen, wie ein lieber Onkel mit ihr zu reden.
»Laila, ich freue mich, so schnell von ihnen zu hören. Ich fürchte, ich habe Ihnen diesmal keine leichte Aufgabe gestellt. Aber warum sage ich so etwas? Alles, was Sie bisher für mich zu tun hatten, war schwierig...«
»Ich habe Sie schon früher zu erreichen versucht. Vor dem Wochenende. Eine Dame nahm das Gespräch an und sagte, Sie wären nicht da.«
»Was stimmte. Nun, wie steht die Sache?«
»Sehr schlecht. Ich habe Sie warten lassen. Es tut mir leid. Ich traf den Engländer, wie erwartet – am Flughafen. Ich überredete ihn, sich von mir zu seinem Hotel, dem ›Kalastajatorppa‹, bringen zu lassen.« Sie buchstabierte, und er kritzelte den Namen auf seinen Notizblock. »Ich verbrachte viel Zeit mit ihm und erzählte ihm, daß seine Frau mich vor zehn Tagen aufgesucht habe. Er stellte eine Menge Fragen nach dem, was sie mit mir geredet hatte.«
Sie gab knappe, genaue Angaben, und Tweed kritzelte wie wild auf seinen Block. Alles, was Alexis erwähnt oder gefragt hatte. Bis ins Detail Lailas Gespräche mit Newman. Er kritzelte weiter. Er hätte das Gespräch auf Band aufnehmen können, aber sie sollte nicht wissen, daß er über eine solche Möglichkeit verfügte. Zudem

erschien es ihm unfair, eine Bandaufnahme zu machen, ohne es ihr vorher zu sagen. Tweed hatte eine Schwäche für dieses finnische Mädchen. Dann kam der springende Punkt.
»Mr. Tweed, ich ging heute früh wieder in sein Hotel, um mich mit ihm zu versöhnen, aber er war nicht mehr da. Er ist mit einem Hubschrauber abgeflogen, von einer Privatlinie. Er hat seine Hotelrechnung bezahlt und sein Gepäck mitgenommen. Ich habe keine Ahnung, wo er ist.«
»Von wo rufen Sie an?«
»Von meiner Wohnung. Ich wartete, bis der Hubschrauber zurückkam, aber der Pilot saß allein drin. Ich konnte ihn nicht dazu bringen, mir zu sagen, was geschehen war. Ich glaube, Bob – Mr. Newman – hat ihm genug Geld gegeben, damit er den Mund hält. Es tut mir wirklich leid. Ich habe Sie noch nie hängenlassen, aber diesmal ist mir elend zumute.«
»Sie haben Ihre Sache viel besser gemacht, als Sie denken. Ich werde Ihnen Geld anweisen lassen. Dieselbe Bank wie früher?«
»Mr. Tweed!« Ihre Stimme schwoll um etliche Dezibel an. »Ich habe gerade erst angefangen! Sie glauben doch nicht, ich lasse mir Mr. Newman so einfach durch die Maschen gehen? Ich nehme ganz Helsinki auseinander, bis ich ihn gefunden habe – das hier ist *meine* Stadt!«
Tweed war über ihre Heftigkeit und ihre Entschlossenheit, weiterzumachen, verblüfft. Er hatte die Zähigkeit und Charakterfestigkeit dieses Mädchens arg unterschätzt. Er blinzelte Monica zu, die ihn beobachtete.
»Ich schicke Ihnen trotzdem Geld – vielleicht etwas mehr, als ich beabsichtigte. Sie werden Kapital brauchen.«
»Wie immer bekommen Sie von mir eine genaue Spesenabrechnung«, sagte sie steif. »Ich rufe an, sobald ich ihn habe. Auf Wiedersehen inzwischen.«
Tweed legte den Hörer auf und hatte endlich Zeit, sich zu wundern. Wie wild begann er, seine Brillengläser zu polieren. War das ein Fall, bei dem die Amateure den Profis den Rang abliefen? So etwas war schon vorgekommen.
»Etwas nicht in Ordnung?« fragte Monica zögernd.
»Meine ärgsten Befürchtungen haben sich bestätigt. Newman ist uns abhanden gekommen.«

9

In Leningrad war es der Morgen des 3. September, Montag. General Lysenko kam in voller Uniform in sein Büro und warf seinen Mantel auf die schäbige Ledercouch. Hauptmann Valentin Rebet saß bereits hinter seinem Schreibtisch und studierte einige Blätter, die mit dem Stempel »Höchst geheim!« versehen waren.
»Die Dinge haben sich entwickelt«, informierte ihn Rebet. »Nicht unkritisch.«
»Und so geht das dann weiter, eine Krise nach der anderen...«
Lysenko blickte sich im Raum um und zündete sich eine Zigarette an, die dritte heute. Die Wände waren mit grauen Aktenschränken verstellt, von derselben Farbe wie die Fliesen auf dem nüchternen Gang draußen. Lysenko war ein Feind jeden Komforts. Die Aktenschränke gehörten Rebet. Der General wußte wenig von ihrem Inhalt – und er hatte nur einen schwachen Schimmer davon, wie Rebets Ablagesystem funktionierte.
»Sagen Sie mir das Unangenehmste zuerst«, brummte er.
»Es scheint so zu sein, daß Oberst Karlows Zweifel an Adam Procane nicht berechtigt sind. Ich habe drei voneinander unabhängige Berichte, die übers Wochenende hereingekommen sind – und alle drei sprechen davon, daß Procane auf dem Weg ist. Die Berichte stammen aus verläßlichen Quellen.«
»Welche Quellen sind das?«
Lysenko hatte die übliche Stellung am Fenster eingenommen. Jenseits des Flusses kämpften sich die Menschen auf ihrem Weg in die Arbeit mühsam durch den Regen, der aus dem Baltikum hereintrieb. Es war ein trostloser Morgen, genau zu Lysenkos Montagmorgenstimmung passend.
»Unsere Botschaft in Paris, die Konsulate in Frankfurt und Genf«, berichtete Rebet in seiner knappen Art. »Der Militärattaché beruft sich auf eine unanzweifelbare Quelle. Seine Geschichte gleicht der aus Deutschland und der Schweiz.«
»Informieren Sie Moskau.«
»Habe ich bereits getan. In Ihrem Namen«, fügte Rebet hinzu.
»Gut, gut. Irgendein Hinweis auf seine wahre Identität?«
»Nichts dergleichen.«
»Der Mann ist vorsichtig. Auch das ist gut. Gibt es irgendein Anzeichen, welche Route er nehmen wird? Vielleicht sollten wir uns einen Plan dazu einfallen lassen?« schlug Lysenko vor.

»Wie können wir das bei dem Stand der Dinge? Wir haben es mit einem Mann aus Glas zu tun.«
»Wir könnten jede Botschaft und jedes Konsulat alarmieren, vorbereitende Schritte für jeden Fall zu unternehmen.«
»Könnte sich als unklug erweisen. Bedenken Sie, wie viele Leute dann von Procane wüßten. Irgendeiner läßt ein unbedachtes Wort fallen, und schon ginge es nach Washington. Ich schlage vor, wir warten noch eine Weile. Wir könnten uns mit Karlow beraten. Er war der erste Kontaktmann dieses Mannes aus Glas.«
»Sie meinen, wir rufen Tallinn an?«
»Auch das wäre, mit Respekt, unklug, General. Wir wissen noch immer nicht, wie weit die amerikanischen Nachrichtensatelliten in unser Telefonsystem eingedrungen sind. Es wäre besser, ich fliege nach Tallinn und rede mit Karlow persönlich.«
»Einverstanden. Mit Vorbehalt. Im Moment überlasse ich Ihnen alle Entscheidungen bezüglich Procane. Während Sie weg sind, werde ich die Sache schriftlich niederlegen. Oder, noch besser, ich diktiere die Weisung, und Sie können sie gleich mitnehmen.« Lysenkos Ton wurde breit und herzlich, er schlug Rebet mehrmals auf die Schulter. »Das gibt Ihnen mehr Autorität, wenn Sie mit Karlow zusammen sind.«
»Danke.«
Rebets Gesichtsausdruck zeigte keinerlei Regung. Das waren wieder Lysenkos alte Tricks. Schriftlich niederlegen, daß ein Untergebener die Leitung eines Unternehmens hat, das schiefgehen kann. Lysenko wußte nur zu gut, daß jedes Unternehmen fehlschlagen konnte. Das war dann der Moment, den anderen in den Dreck fallen zu lassen. Lysenko verstand es, andere ins Feuer zu schikken. Halt dir stets den Rücken frei! Wie wird man sonst General?

Der Hubschrauberpilot hieß Jorma Takala. Er kam am Montag um neun Uhr morgens ins *Kalastajatorppa*, und Newman, der seine Hotelrechnung bereits beglichen hatte, lud ihn auf eine Tasse Kaffee in den Frühstücksraum ein. Sein Gepäck neben sich abstellend, fühlte Newman sich erleichtert, weil er feststellte, daß Takala, wie viele Finnen, ausgezeichnet Englisch sprach.
»Das ist die Dame, von der ich spreche«, erklärte Newman und zeigte Takala das Foto von Alexis. »Erkennen Sie sie wieder?«
»Ich kann mich gut an sie erinnern – eine schöne Frau, die genau wußte, was sie wollte. Ihre Freundin?« fragte er vorsichtig.

»Meine Frau. Sie hat wahrscheinlich ihren Mädchennamen angegeben, Alexis Bouvet.«
»Ja, das hat sie getan.«
Der Pilot zögerte, schaute Newman prüfend an. Er mußte etwa um die Dreißig sein, schätzte Newman, ein großer, blondhaariger Mensch in Overall und Turnschuhen. Takala nahm einige Schlucke Kaffee, bevor er weiterredete.
»Ich habe den Zeitungsartikel gelesen. Es tut mir leid, daß Ihre Reise nach Finnland aus so traurigem Anlaß erfolgen muß.«
»Danke. Also machen wir weiter. Ich muß wissen, wohin Sie sie geflogen haben – ich will nicht nur genau dieselbe Route fliegen, sondern auch nach genau demselben Zeitplan. Schaffen Sie das?«
Takala nickte. »Komisch, daß Sie mich das fragen. Ihre Frau hat ebenfalls großen Wert auf Route und Zeitplan gelegt. Vielleicht zeige ich's Ihnen zuerst mal? Okay. Dann haben wir Zeit für viel Kaffee – wir starteten um exakt zehn Uhr vormittags. Meine Maschine steht auf der anderen Seite des Hotels.«
»Ich habe den Landeplatz gesehen. Noch etwas.« Newman zog ein Bündel Banknoten heraus. »Das bekommen Sie extra. Eine junge Journalistin wird Sie auszufragen versuchen – sie geht mir seit meiner Ankunft total auf die Nerven.«
»Nicht sehr taktvoll von ihr. Aber diese Reporter...« Takala machte eine wegwerfende Geste, als würde er alle Zeitungsleute am liebsten ins Meer werfen. Er schenkte sich Kaffee nach, und Newman fiel wieder ein, daß die Finnen das Zeug literweise tranken.
»Ich werde ihr nichts sagen«, fuhr Takala fort. »Nichts über Zeit und Flugroute. Und dieses Trinkgeld ist zu hoch...«
»Behalten Sie's. Erzählen Sie mir etwas über Ihren Beruf.«
Sie unterhielten sich, bis es Zeit wurde. Auf Newmans Vorschlag benutzten sie den Tunnel, um zum anderen Gebäude zu gelangen. Instinktiv fühlte er, daß Laila an diesem Morgen aufkreuzen würde. Er hatte keine Skrupel, sie auszutricksen. Er war jetzt, da er einer Spur folgte, voll eiskalter Berechnung.
Als sie das obere Ende der Treppe erreichten, sah die Hughes 500 D wie ein Spielzeug aus. Sie stand auf den Landekufen, und Takala hatte den Zugang zur Landeplattform mit einer Kette versperrt.
Neben dem Piloten sitzend, legte Newman das Sprechgerät an, das Kopfhörer und ein Mikrophon nah am Mund hatte. Wenn die

Rotoren sich brüllend drehten, war das die einzige Möglichkeit, sich mit Takala zu verständigen.
Der Finne war sehr genau, prüfte die Uhrzeit und wartete, bis der Sekundenzeiger genau zehn Uhr anzeigte. Er ließ den Motor an, ließ ihn warmlaufen und hob ab. Die Vibration war bemerkenswert stark, und man hätte meinen können, die Hughes werde jeden Augenblick in Stücke zerfallen.
Takala lenkte in die Bucht hinaus, und das tiefe Blau des Wassers zog unter ihnen weg. Die Sicht war perfekt – die Sonne schien aus azurblauem Himmel, und diese ungetrübte Klarheit der Atmosphäre hatte Newman nur hier in Finnland erlebt.
Er schaute zurück, und das *Kalastajatorppa* sah nur noch wie ein Architekturmodell aus, ein weit hinausgeschobener Bogen aus Beton. Sie gewannen an Höhe, und jetzt wurde Helsinki wie auf einem Plan sichtbar – ebenfalls an das Modell eines Stadtplaners erinnernd. Newman hatte Lailas Karte studiert, und jetzt, von oben, hatte er den faszinierenden Eindruck, er habe das alles schon einmal aus der Luft betrachtet.
Wie eine mißgebildete dreifingrige Hand reicht die Halbinsel, auf der Helsinki erbaut ist, in den finnischen Meerbusen hinein. Das Wasser der Bucht rundum ist übersät von Punkten, Inseln und Inselchen jeder Größe und Form. Helsinki war wirklich eine der bemerkenswertesten Städte, in denen er je gewesen war. Und der Archipel war so groß, wie Laila ihn beschrieben hatte. Takala begann zu erklären.
»An dem Gebiet, das wir jetzt überfliegen, war Ihre Frau nicht besonders interessiert. Sie schaute immer auf die Uhr. Und ich flog diese große Schleife nach Westen, damit wir genau zu dem von ihr gewünschten Zeitpunkt über dem Ziel ankämen.«
»An welchem Ziel?«
»Sie bekommen einen besseren Eindruck von dem Flug, den sie machte, wenn Sie ein paar Minuten warten.«
»Da ist ein großer Park an der Spitze der Halbinsel, dort, wo Helsinki ans Meer heranreicht. Was ist das?«
»Der Quellen-Park. Vor langer Zeit befand sich da eine Quelle, die die Einwohner zur Wasserversorgung heranzogen. Man hat dort einen Film gedreht, der eigentlich in Rußland spielte, mit Lee Marvin in der Hauptrolle.«
Sie befanden sich jetzt über dem Meer, und der Pilot schaute auf die Uhr, änderte den Kurs und ging tiefer, während sie in Nord-

richtung auf das Festland zuhielten. Unten gingen kleine Schiffchen ihrem legalen – oder illegalen – Geschäft nach. Newman entfaltete seine Karte und widmete sich dem Panorama.
»Da drüben am Horizont, das ist Estland«, erklärte Takala.
Fern im Süden, am anderen Ende des Finnischen Meerbusens, konnte Newman einen grauen Strich ausmachen. Estland. Die Sowjetunion.
»Da unten liegen die Werften«, ertönte weiter Takalas Stimme aus den Kopfhörern. »Wir sind jetzt nah am unserem Ziel. An dieser Stelle preßte Ihre Frau das Gesicht gegen die Scheibe und schaute die nächsten paar Minuten hinunter.«
Sie überflogen den Quellen-Park, niedrig genug, um das dichte Netzwerk von Pfaden ausmachen zu können, die sich zwischen den Föhren hindurchwanden. Etliche Fußgänger blieben stehen und schauten zu dem Hubschrauber hinauf. Sie überflogen genau mit Nordkurs den Saum des Festlands. Weitere Inseln, etliche davon wie tropfenförmige Perlen gestaltet. Takala ergriff mit seiner freien Hand Newmans Arm und zeigte auf seine Uhr. Es war genau 10.30 Uhr.
»Schauen Sie geradeaus«, wies ihn der Finne an. »Dort ist das Ziel – das Silja-Pier.«
»Was für eine Bedeutung hatte dabei die Zeit?«
»Schauen Sie hinunter auf jenes Schiff – es ist die ›Georg Ots‹, die soeben nach Tallinn in Estland ausläuft.«
Er reichte Newman ein Fernglas, mit dem Bemerken, er tue alles das, was Alexis Bouvet von ihm verlangt habe. Newman nahm das Glas und richtete es auf das Objekt, während Takala noch tiefer ging, so daß man einen ausgezeichneten Blick auf das Schiff hatte, das eben den Pier verließ.
Es war ein größeres Passagierschiff, als Newman erwartet hatte, fast schon ein kleiner Ozeanriese, mit glänzendweißem Rumpf und blauer Trimmlinie. Sehr modern, mit einem niedrigen Schornstein mittschiffs. Beim ersten Hinsehen konnte man es für ein finnisches Schiff halten, doch dann richtete er das Glas auf den roten Streifen, der um den viereckigen Schornstein herumführte. Der Streifen trug in Gelb das Hammer-und-Sichel-Zeichen. Ein Russe also.
Durch das Glas sah er einen Offizier an Deck, der ebenfalls ein Fernglas benützte, mit dem er den Hubschrauber beobachtete, der jetzt an einem Punkt in der Luft schwebte. Das Schiff fuhr eben

durch eine Enge zwischen dem Festland und einer Insel, auf welcher ein eigenartiges Haus stand, das Walt Disney entworfen haben könnte.
»Und wie heißt das da unten?« fragte er Takala.
»Süd-Hafen.«
Newmans Gesichtsausdruck gefror förmlich, als er jetzt beobachtete, wie das Schiff aus der Meerenge in die offene See hinaussteuerte und volle Fahrt gewann. Quälend wurde ihm der schicksalhafte Wortlaut von Alexis' Zeilen bewußt. »... in höchster Eile, um das Schiff zu erreichen – fährt um 10.30 ab... auf dem Weg zum Hafen...«
»Können Sie irgendwo landen?« fragte Newman. »Ich möchte nicht zum ›Kalastajatorppa‹ zurück.
»Könnte problematisch werden«, erwiderte Takala zweifelnd.
»Ich möchte in ein anderes Hotel.«
»Da gibt es das ›Hesperia‹ auf der Mannerheimintie. Hubschrauber landen dort und nehmen Gäste für Rundflüge an Bord. Ich müßte sie anfunken.«
»Tun Sie das. Ich brauche eine Reservierung für fünf Tage. Ein Doppelzimmer, wenn's geht.«
»Ich brauche eine Minute. Da unten an der höchsten Stelle des Süd-Hafens steht die Kathedrale.«
Newman betrachtete weiterhin das Gebiet durchs Fernglas, während Takala sein Sendegerät bediente und etwas in schnellem Finnisch sagte. Newman verstand kein Wort. Dann nickte Takala und änderte den Kurs auf Nordwest.
»Wir können landen, Mr. Newman. Und Sie haben Ihr Doppelzimmer.«

In London war es Mittag, und es regnete. Monica legte den Hörer auf und strich einen Namen auf ihrem Block durch. Die Liste betraf Leute in fast ganz Westeuropa. Erleichtert aufatmend, legte sie ihren Stift nieder und schaute zu Tweed hinüber.
»Das war Pierre Loriot von der Direction de la Surveillance du Territoire...« Gemeint war die französische Spionageabwehr. »Er ist sehr kooperativ. Er wird sich auf die Flughäfen konzentrieren – sämtliche Flüge aus den Staaten. Außerdem überprüft er jeden Hafen von Marseille bis Dünkirchen, das betrifft jedes Schiff mit einem Bestimmungsort hinter dem Eisernen Vorhang. Alle diese Schiffe werden genau beobachtet. Monsieur Loriot war der letzte.

Europa ist hermetisch abgeschlossen – mit Ausnahme Finnlands, das Sie mich gebeten haben, wegzulassen. Warum? Ich hätte Mauno Sarin von der Schutzpolizei in Helsinki anrufen können. Oder ist das ein Staatsgeheimnis?« fügte sie nachdenklich hinzu.
»Aber, aber. Es ist kein Geheimnis. Aber die Finnen sind in einer schwierigen Position. Sie haben ein Arrangement mit den Russen, jeden Überläufer aus der Sowjetunion wieder an sie auszuliefern. Deshalb ist dort jeder Amerikaner, der nach Moskau überläuft und Helsinki erreicht, in Sicherheit. Die Finnen wären gezwungen, ihm auf dem letzten Abschnitt seiner Reise weiterzuhelfen. Weshalb ich mit Sarin selbst verhandeln muß.«
»SAPO in Stockholm.« Jetzt bezog sie sich auf die Geheimpolizei der Schweden. »Die waren sehr hilfsbereit.«
»Schweden ist eine andere Welt. Sowjetüberläufer, die schwedischen Boden erreichen, werden niemals ausgeliefert. Procane könnte auf der Polroute nach Stockholm wollen. Ist das der Fall, wird ihn auf dem Arlanda-Flughafen ein Empfangskomitee erwarten.«
»Also bin ich fertig? Oder gibt's noch etwas zu tun, bevor ich mich an den Mittagstisch begebe?«
»Eine Sache wäre da noch. Rufen Sie den leitenden Offizier vom Zoll in Harwich an. Ein Mann namens Willie Fairweather. Benützen Sie den Codenamen ›Brauner Seehund‹ – das bin ich. Sie dürfen jetzt lachen. Sagen Sie ihm, innerhalb der nächsten acht bis zehn Tage wird ein estnischer Trawler, die ›Saaremaa‹« – er buchstabierte den Namen – »wegen Maschinenschaden in Harwich einlaufen. Sobald er über Funk das Ersuchen, ins Dock gehen zu dürfen, hereinbekommt, soll er mich bitte anrufen.«
»Ist so gut wie erledigt.«
Tweed war dankbar, daß sie keine Fragen stellte. Nur wenige wissen, daß die Esten nicht nur in der Ostsee, sondern, und das gar nicht selten, auch in der Nordsee und im Atlantik fischen. Die Besatzungen dieser Schiffe werden von den Russen auf Herz und Nieren geprüft, aber die Esten sind ein gerissenes Volk und sehr geschickt darin, jene, die sie unter sich als die »sowjetischen Besatzer« bezeichnen, aufs Eis zu führen.
Tweed tat so, als sei er in eine Akte vertieft, aber er hörte zu, während Monica Fairweather anrief. Große Erleichterung überkam ihn, als sie ihre Aufgabe erledigt hatte. Der Trawler, der nach

einer der estnischen Küste vorgelagerten Insel benannt war, spielte in seinem gigantischen Unternehmen eine wichtige Rolle.

Es war wenige Stunden später am selben Tag. Der Trawler *Saaremaa* kämpfte sich dreißig Seemeilen östlich von Harwich durch schweren Seegang. Der Obermaschinist kam auf die Brücke und erstattete Kapitän Olaf Prii Bericht.
»Ernste Probleme mit einem der Kessel, Sir.«
»Und Sie können die Sache nicht selber reparieren?« fragte Prii, ein großer, magerer Mann von fünfundfünfzig Jahren mit stark hervortretenden Backenknochen.
»Nichts zu machen. Wir müssen einen Hafen anlaufen.«
»Sehr gut. Ich funke Harwich an. Den Hafen können Sie erreichen, nehme ich an?«
»Auf einem Fuß hinkend, aber wir schaffen es.«
Der Rudergänger stand mit dem Rücken zu den beiden Männern und sah daher nicht, wie Prii seinem Chefmaschinisten zuzwinkerte, bevor er mit gewohnt unzugänglicher Miene aus dem Ruderhaus trat.

10

Gleich einem Wirbelwind kam er hereingefegt. Cord Dillon wurde von Howard um halb acht Uhr abends in Tweeds Büro geführt. Howard murmelte etwas wie »die Herren kennen einander ja bereits«, verließ den Raum und schloß die Tür hinter sich. Gottlob, er gehört ganz Ihnen, sagte sein Gesichtsausdruck.
Der Vizedirektor der CIA war ein großer wohlgebauter Mann von fünfzig mit kantigem Gesicht. Unter einem Schopf braunen Haars saß im glattrasierten Gesicht eine kräftige Nase unter auffallend blauen, eiskalten Augen.
Eingefallene Wangen betonten die Backenknochen, der Mund war schmal, mit verkniffenen Lippen. Er hatte buschige Augenbrauen und bewegte sich für einen schweren Mann so, als habe er Federn in den Beinen. Ähnlich wie Lysenko strahlte er große physische Energie aus, doch war diese hier beherrscht durch Selbstkontrolle und Selbstdisziplin.
Er trug einen dunkelgrauen Anzug, ein weißes Hemd und eine einfarbige dunkelgraue Krawatte. Seine Kleidung war sauber,

tadellos gebügelt, doch war er schwerlich ein Mann von Eleganz. Er trug sich wie ein Mann, der Kleidung als notwendiges Beiwerk, nicht aber als wichtig empfand. Sein Auftreten war selbstsicher. Er ließ seine Tasche in den Armsessel fallen, und Tweed erkannte, daß er es nicht der Mühe wert gefunden hatte, ins Hotel zu gehen. Zuerst das Geschäft, hieß es bei Mr. Dillon.
»Wir müssen unter vier Augen miteinander reden«, sagte er zu Tweed und warf einen Blick auf Monica.
»Wenn ich nicht da bin, ist Monica Ihr Gesprächspartner«, sagte Tweed freundlich und erhob sich, um Dillon die Hand zu schütteln. »Monica, das ist Mr. Cord Dillon.«
»Hallo.« Dillon nickte, zog sich einen Stuhl näher an Tweeds Schreibtisch heran, setzte sich und zündete sich eine Zigarette an.
»Howard sagte mir, Sie seien damit befaßt, diesen Adam Procane auszuforschen.«
»Da sagt Mr. Howard die Wahrheit.«
»Die erste gute Nachricht, seit ich Washington verlassen habe. Gibt's Fortschritte?«
»Ich schlage vor, Sie lesen diese vier vorläufigen Berichte, die heute aus Europa hereingekommen sind.«
Tweed reichte ihm die vier Mappen und wartete mit im Schoß verschränkten Händen, während Dillon die Texte überflog. Dillon war ein Schnelleser. Innerhalb weniger Minuten hatte er die Blätter in die Ordner geschoben und reichte sie zurück. Er starrte zur Decke, paffte am Rest seiner Zigarette, ehe er sie im Aschenbecher ausdrückte, den Monica vor ihn hingestellt hatte.
»Wer sind diese Leute, die Sie mit Initialen bezeichnen? Der übliche Typ von Informant auf Honorarbasis, der Sie mit wertlosem Mist beliefert, damit er seine Spesen rechtfertigt?«
»Ganz und gar nicht. Es sind Spitzenleute.«
»Wie definiert sich hier ein Spitzenmann?« wollte Dillon wissen.
»Der eine ist Inhaber eines erstklassigen Etablissements, das Politiker und – noch wichtiger – Mitglieder der Spionageabwehr des Landes zu seinen Kunden zählt.«
»Ein Bordell, Tweed?«
»Sie können es so nennen. Der andere hat eine Privatauskunftei, zu deren einträglichsten Klienten gewisse Agenten gehören, die sich ihrer bedienen, damit sie die Arbeit tut, die sie eigentlich selbst tun sollten ...«

»Während sie den Weibern nachlaufen?«
»Genau. Der dritte hat Kontakt zu den diversen diplomatischen Vertretungen, die hier in Frage kommen. Man schmiert...«
»Geld ist unschlagbar – außer, Sie setzen Frauen ein«, stimmte Dillon bei.
»Der vierte hat durch die eigenartige Rolle, die er in einer weltweiten Industrie spielt, ebenfalls Kontakt mit Agenten. Ähnlich wie der Mann mit der Auskunftei. Mit sowjetischen Agenten.« Tweed öffnete die verschränkten Hände. »Aber auch mit amerikanischen.«
»Ich hätte gerne eine Liste dieser Gauner.«
»Völlig ausgeschlossen.«
»Hab ich mir gedacht. Okay. Die Sache liegt also ganz bei Ihnen. Was auch okay ist. Haben Sie was dagegen, mir zu sagen, um welche Länder es sich handelt?«
»Belgien, Deutschland, die Schweiz und Frankreich.«
»Paßt genau.«
»Ich kann Ihnen nicht ganz folgen«, warf Tweed ein.
»Warum ich hier wie ein Torpedo aufkreuze? Aus unserer Botschaft in Paris sind Berichte eingetroffen. Mein Hauptagent hat gehört, daß man Adam Procane in Europa erwartet. Ankunft unmittelbar bevorstehend. Der nächste Bericht kam aus Genf. Desselben Inhalts. Haben Sie eine Idee bezüglich der Identität dieses Adam Procane?«
»Ich hatte gehofft, Sie würden mir da helfen können. Schließlich«, Tweed hob die Stimme, »ist die Rede von einem Amerikaner, der in Regierung, Abwehr oder Pentagon auf höchster Ebene tätig ist.«
Dillon stützte die Ellenbogen auf den Tisch und legte seine großen Hände flach auf die Tischplatte. Er betrachtete sie, während er sprach.
»Ich möchte Ihnen nicht verhehlen, daß diese Procane-Geschichte uns in Washington den Schweiß aus den Poren treibt. Das einzige, was Reagan aufhalten könnte – abgesehen von einer Erdrutschwahl –, wäre das Überlaufen eines Amerikaners vom Format eines Philby nach Moskau.«
»Haben Sie Zeit gehabt, den Personenkreis nach möglichen Überläufern durchzugehen?«
»Das ist im Moment im Gang. Bis jetzt kein Anwärter. Es mag noch sehr früh sein – aber der November und die Präsidentenwahl

nähern sich mit Siebenmeilenstiefeln. Was für Material hat Procane bisher an Moskau weitergegeben? Oder wissen Sie das nicht?«
»Unbestätigte Berichte – wie sollten wir sie bestätigen? – sprechen von Material über das neue MX-Raketenabwehrsystem. Und vom sogenannten Star-Wars-Programm.«
»Paßt ebenfalls. Gruselig, nicht wahr? In Washington ist die Hölle los. Einige wenige Top-Leute haben das unter Verschluß und unterliegen höchster Schweigepflicht. Können Sie sich vorstellen, wie sich diese paar Leute jetzt schräg über die Schulter ansehen? Ist *er* der, welcher? Mißtrauen kann das gesamte Sicherheitssystem einer Nation kaputtmachen. Können wir hier am anderen Ende des Fadens etwas unternehmen?«
»Bereits geschehen«, sagte Tweed entschieden. »Eine allgemeine Anweisung ist nach ganz Westeuropa ausgegeben worden. Man konzentriert sich auf See- und Flughäfen. Was ich brauche, ist der glückliche Zufall einer undichten Stelle, die mir einen Anhaltspunkt bezüglich der Route gibt, die er – falls Procane ein Mann ist – einzuschlagen gedenkt, um schnell nach Moskau zu gelangen.«
»Sie glauben, Procane könnte auch eine Frau sein?«
»Ich bin versucht, in diese Richtung zu denken, weil der Vorname Adam so betont genannt wird, wann immer von Procane die Rede ist«, erwiderte Tweed und ließ es dabei bewenden.
»Über die Fluchtroute habe ich auf dem Flug herüber viel nachgedacht. Mein Tip wäre Wien. Niemand hat bisher diese Route gewählt.« Dillon machte eine Pause. »Nicht einmal jemand von euren Leuten.«
»Wir werden daran denken.«
»Noch etwas, bevor ich in mein Hotel gehe. Wenn diese Sache Kreise zieht, kann es ein, daß der Aasgeier auf Ihren Schultern landet. Der Präsident wird noch abwarten wollen, was sich ereignet. Gehört zu seiner normalen Methode.«
»Der Aasgeier?« fragte Tweed unschuldig.
»Sie wissen genau, wen ich meine. Der mächtigste Mann in Washington neben Reagan. Sein bevorzugter Sicherheitsberater. Stilmar.«
»Sie meinen, er könnte nach London fliegen?«
Stilmar. Der legendenumwobene Präsidentenberater. Der Mann, der stets nur mit seinem Zunamen erwähnt wurde. Tweed ver-

barg seine Überraschung über Dillons Ankündigung. Stilmar hatte in den vier Jahren von Reagans Präsidentschaft nie die Staaten verlassen.
»Sind Sie sicher, daß das geschehen könnte?« forschte Tweed.
»Bei der letzten Sitzung, an der ich teilnahm, bevor ich abflog, wurde es ernsthaft erwogen. Der Jammer ist, daß Stilmar brillant ist, sofern es um militärische Probleme geht. Er ist Hauptinitiator des Star-Wars-Projekts. In Sachen Spionageabwehr ist sein Wissen einfach lausig. Im Grunde ist er ein Naturwissenschaftler. Ich dachte bloß, ich warne Sie. Und ich habe vor, morgen nach Paris zu fliegen und persönlich der Information nachzugehen, die von der Botschaft kam. Ich fliege hin und gleich wieder zurück. Sehe Sie wieder, Tweed. Und – ich wohne im ›Berkeley‹.«
»Nicht im ›Hilton‹?«
»Zu augenfällig.«

»Was soll das alles?« fragte Monica, als sie allein waren. »Übrigens – was Manieren betrifft, kriegt er von mir nicht die besten Noten.«
»Unterschätzen Sie Dillon nicht«, warnte Tweed. »Er verliert nicht viel Worte – und er ist auch äußerst gerissen. Ich wünsche, daß er von den besten Leuten, die wir haben, beschattet wird. Den ganzen Weg bis Paris. Sobald die Beschatter wissen, welche Maschine er nimmt, haben sie unverzüglich anzurufen. Sie rufen dann Loriot in Paris an. Er übernimmt Dillon, bis er wieder ins Flugzeug nach London steigt.«
»Was beunruhigt Sie an diesem Gespräch?«
»Der Hinweis auf Wien. Kein Wort von Skandinavien. Wien ist der von Skandinavien am weitesten entfernte Punkt im Süden, von dem aus man leicht zum Sowjetblock überlaufen kann.«
»Sie denken, er will Ihre Aufmerksamkeit vom Norden ablenken?«
»Ich denke gar nichts. Ich nehme einfach nichts als gegeben hin.«
Eine halbe Stunde später, es war 8 Uhr 15 abends, kam der Anruf von Fairweather, dem leitenden Zolloffizier in Harwich. Der estnische Fischkutter *Saaremaa* war soeben wegen dringender Reparaturen im Maschinenraum ins Dock gegangen.
»Ich fahre nach Harwich«, sagte Tweed, als er den Hörer auflegte.

Nichts ist deprimierender als eine Bahnfahrt allein und am Abend. Tweed saß allein in seinem Erster-Klasse-Abteil, als der Zug sich Harwich näherte. Er starrte durchs Fenster hinaus und vertiefte sich dann wieder in die Notizen, die er sich während seines Telefonats mit Laila Sarin gemacht hatte.
Alexis: fragt in der Amerikanischen Botschaft nach Procane. Dort unbekannt. Morde an GRU-Offizieren – erwürgt. Estland? Die Archipel. Turku? Schweden?
Newman: Adam Procane. Hat nie was von ihm gehört (sagt er). Die Archipel (wieder). Estnische Schiffahrtslinie.
Tweed versuchte, das, was Alexis und Newman unabhängig voneinander gewußt hatten, als zusammenhängendes Muster zu sehen. Es gelang ihm nicht. Die erwähnten Umstände hatten zu sehr Zufallscharakter. Mit Ausnahme von zweien: die Inseln und Estland.
Er schob sein Notizbuch in die Tasche, lehnte den Kopf gegen das kleine Kissen, schloß die Augen und dachte daran, wie er Kapitän Olaf Prii von der *Saaremaa* zum erstenmal getroffen hatte.
Begonnen hatte es mit einer zufälligen Begegnung vor zwei Jahren in Helsinki. Im Finnischen Meerbusen hatte es einen ganz großen Sturm gegeben. Die *Saaremaa* hatte im Süd-Hafen von Helsinki Schutz gesucht. Und Prii hatte die einmalige Gelegenheit ergriffen.
Er ging an Land und suchte die Britische Botschaft auf. Er war vernünftig genug, nicht die Schutzpolizei um Hilfe zu bitten. Dort wäre man gezwungen gewesen, den Vorfall nach Moskau zu melden.
Die Leute in der Botschaft wußten nicht, was sie mit ihm anfangen sollten. Man hatte Tweed, der sich zufällig in der Botschaft aufhielt, um Rat und Hilfe gebeten. Tweed, der weder Finnisch noch Estnisch – zwei Sprachen, die einander ähnlich sind – beherrschte, entdeckte, daß er sich mit Prii leicht auf deutsch unterhalten konnte.
Die Esten sind, historisch gesehen, eher Balten als Slawen, und manche von ihnen sprechen Deutsch. Prii wußte ihren Standpunkt in sehr bestechender Weise klarzumachen.
»Während des Kriegs kam die deutsche Wehrmacht nach Estland und vertrieb die Sowjets, die uns 1940 besetzt hatten. Die Deutschen behandelten uns gut. Wenn sie hätten bleiben können, hätte uns das für sie gefreut. Dann kam die verdammte Rote Armee

wieder. Seither sind wir Gefangene. Ich werde den Engländern mit Informationen aushelfen, wann immer ich kann.«
»Wie können Sie mit uns in Verbindung treten?« fragte Tweed.
»Mit meinem Funkgerät natürlich! Wir fischen in der Nordsee. Wenn ich ein vereinbartes Signal gebe, wissen Sie, daß ich in der Nähe bin.«
»Und warum gehen Sie nicht bei uns an Land und bleiben da?«
Es war eine Testfrage. Tweed hatte immer noch den Verdacht, Prii könnte ein »stummer Agent« der Sowjets sein. Während Prii antwortete, beobachtete er ihn genau.
»Weil meine Frau und meine zwei Töchter nie mit mir ausfahren dürften. Man überwacht uns sehr genau, bevor wir in See stechen.«
Sie vereinbarten das Signal »Großer Elch«, welches Prii fünfmal in Drei-Minuten-Intervallen senden sollte. Als Tweed nach London zurückkehrte, hatte er mit dem Abhörzentrum in Cheltenham ausgemacht, man sollte ihn sofort verständigen, wenn man dieses Signal auffinge. Harwich sollte dann der Treffpunkt sein. Und dies war der erste Fall seit jenem Treffen, daß das Signal durchgegeben worden war.
Es schien ein eigenartiges Zusammentreffen von Umständen zu sein, überlegte Tweed, als der Zug sein Tempo verlangsamte und die ersten Lichter von Harwich draußen auftauchten. Stellte man jedoch einen Zusammenhang mit den Notizen her, die er soeben durchgesehen hatte, dann mochte es sich um keinen Zufall mehr handeln. Er würde mehr wissen, sobald er Prii befragt hatte.
Er holte seine kleine Tasche vom Gepäcknetz. Als der Zug in Harwich einfuhr, stand er bereits im Gang neben dem Ausstieg.

Fairweather, der leitende Offizier vom Zoll, ein gutmütiger, rotgesichtiger Mann von fünfundvierzig Jahren mit strahlendblauen Augen, hätte in Tweeds Team gute Figur gemacht. Er hatte sich der Aufgabe, Kapitän Prii von seiner Mannschaft zu trennen, diskret, jedoch mit Bestimmtheit entledigt.
Er suchte das Hotel *Cold Horse* an der Küste auf, wo man die Crew der *Saaremaa* für die Nacht untergebracht hatte, erklärte, als leitender Zolloffizier sei er nicht glücklich über das plötzliche Auftauchen des estnischen Trawlers, und er habe dem Kapitän, der ihn deshalb sofort begleiten müsse, einige Fragen zu stellen.
Als Tweed eintraf, wurde er in Fairweathers Büro geführt. Olaf

Prii saß am Tisch und schlürfte dampfendheißen Kaffee aus einer Schale. Er stand sofort auf, als Tweed eintrat, und seine Erleichterung war ihm nur zu gut anzusehen. Fairweather deutete für Tweed auf einen Stuhl, nachdem seine beiden Besucher einen Händedruck ausgetauscht hatten.
»Kaffee für Sie, Sir?« fragte er Tweed, ohne ihn beim Namen zu nennen.
»Nein, vielen Dank.«
»Dann lasse ich Sie beiden jetzt für einen netten Plausch allein. Wenn Sie fertig sind – mein Schlafraum ist die erste Tür rechts, wenn Sie von hier rausgehen. Ich werde Kapitän Prii zu seinem Hotel zurückbegleiten – bloß um den Schein zu wahren.«
Prii war größer, als Tweed ihn in Erinnerung hatte. Seine Haut war wie Leder, als Folge Gott weiß wie vieler Sturmnächte auf der Kommandobrücke seines Schiffes. Die Hakennase verriet Charakterfestigkeit, die Augen waren wachsam und lebhaft.
»Ich fuhr los, sobald ich konnte«, sagte Tweed auf deutsch. »Ich freue mich auch sehr, Sie zu sehen. Unser System funktioniert. Also, was haben Sie mir zu sagen?«
»Schlechte Nachrichten aus Estland, fürchte ich. Die Lage wird mit jedem Tag schlechter. Haben Sie gewußt, daß man sechzig Prozent aller Esten aus Tallinn weggebracht hat? Die Sowjets haben sie durch Fremde ersetzt, etwa durch Moldauer und andere Nationalitäten aus den verschiedensten Teilen der Sowjetunion.«
»Das tut mir sehr leid. Das Leben muß ziemlich schwierig sein.«
»Aber das ist nicht der Grund, warum ich mich zu einem Treffen entschloß. Drei Offiziere der militärischen Abwehr sind ermordet worden...«
»Das ist der GRU?«
»Ja. Der Mörder, das scheint klar zu sein, ist in allen drei Fällen ein und derselbe. Er mordet immer zur selben Zeit und auf dieselbe Weise. Immer nach Einbruch der Dunkelheit. Und er verwendet eine Art von Garotte. Der GRU stellt nun Fallen – man läßt einen GRU-Offizier durch die Straßen gehen und bewachen. Eine unausgegorene Operation. Es gibt sogar Kinder, die herumlungern und hinter den Bewachern herpfeifen und ihnen nachrufen: ›Wieviel Kopfgeld für einen Russen?‹ Sie haben einen Obersten namens Karlow mit den Nachforschungen betraut.«

»Wen?« fragte Tweed.
»Oberst Andrei Karlow. Er hat sein Hauptquartier in der Pikk-Straße aufgeschlagen, ein paar Häuser neben der St.-Olaf-Kirche. Sein Büro liegt über der Straße im ersten Stock. Sein Vorgesetzter, General Lysenko, kommt regelmäßig nach Tallinn, um nach dem Stand der Dinge zu sehen. Er tut das auf makaberste Art, es ist direkt komisch. Lysenko ist derart verängstigt, daß er in Zivil nach Tallinn fährt, in der Hoffnung, keiner erkennt ihn als Mann vom GRU. Er fliegt immer nach Tagesanbruch her und verläßt Tallinn lange vor der Abenddämmerung. In Tallinn herrscht eine gespannte Atmosphäre wegen dieser Morde – die nichts mit dem Untergrund zu tun haben. Wollen Sie einige Fotos sehen, die wir von diesen Männern aufgenommen haben?«
»Ja, bitte.«
»Sie entschuldigen, aber ich muß die Hose runterlassen.«
Tweed war verblüfft. Das war eine erstaunliche Menge an Information. Er zweifelte nicht daran, daß Prii dem estnischen Untergrund angehörte, hütete sich jedoch, es auszusprechen.
Prii kehrte ihm den Rücken zu, öffnete den Gürtel und schob die Hosen hinunter. Mit Leukoplast war über seinem Gesäß ein großer wasserdichter Beutel befestigt, den er losriß; dann brachte er seine Kleidung wieder in Ordnung. Er ließ den Beutel auf den Tisch fallen.
»Bitte, mein Freund, werfen Sie einen Blick darauf.«
Tweed schlug den Beutel, der eigentlich ein großer Briefumschlag war, auseinander. Er entnahm ihm mehrere Fotos und erkannte sofort, daß es sich um Polaroidbilder handelte. Wieder war er überrascht und konnte sich nicht enthalten, eine Frage zu stellen.
»Wo in aller Welt kriegen Sie eine solche Kamera her – und den Film? Sie haben doch nichts gegen diese Frage?«
»Natürlich von Helsinki hereingeschmuggelt. Auf einem Touristenschiff - das ist die Estnische Schiffahrtslinie. Die beiden ersten zeigen Oberst Karlow.«
Die Aufnahmen waren aus großer Nähe gemacht worden, und Tweed fragte sich, wie zum Teufel sie das fertiggebracht hatten. Auf beiden Bildern trug Karlow Zivilkleidung und blickte seitwärts direkt in die Kamera. Er war soeben aus der Toreinfahrt eines alten Hauses getreten – offenbar sein Büro in der Pikk-Straße.

»Ich bin voller Bewunderung«, äußerte sich Tweed. »Da hat jemand sein Leben aufs Spiel gesetzt, um diese Bilder zu kriegen.«
»Es ist leicht – wenn man vorsichtig ist.« Prii sprach in verächtlichem Ton. »Die sind nicht so clever. Als er aus dem Gebäude kam, wartete da ein Junge und beschimpfte ihn. Er blickte zur Seite, und ein Mann auf einem Fahrrad mit einer in einer Leinentasche vorborgenen Kamera machte die Aufnahmen. Sehen Sie sich das nächste Bild an.«
Tweed starrte auf das Bild und trug weiter äußerste Gelassenheit zur Schau. Wiederum war er verblüfft und hatte Mühe, es sich nicht anmerken zu lassen. Er schaute zu Prii hoch, der weiter erklärte.
»Das ist Mauno Sarin von der Sicherheitspolizei in Helsinki. Von Zeit zu Zeit fährt er auf einem Touristenschiff über den Meerbusen und besucht Karlow. Die Finnen müssen sehr umsichtig vorgehen.«
Ja, es war Mauno Sarin. Aufgenommen, als er offenbar dasselbe Gebäude betrat. Tweed hatte ihn sofort erkannt. Er wandte sich dem nächsten zu.
»Und das ist General Lysenko«, erklärte Prii. »Wie Sie sehen, nicht in Uniform. Was uns Esten höllisch beeindruckt. Ein General, und versteckt sich aus Angst vor Ermordung am hellen Tag. Das letzte Bild ist von einem Mann, der Kandidat ist, umgebracht zu werden. Hauptmann Oleg Poluschkin, auch vom GRU. Dieser Mann ist ein Tier, ein tollwütiges Tier. Er tötete eine französische Journalistin, die dumm genug war, nach Tallinn zu kommen. Sie stahl sich aus der Intourist-Reisegruppe davon und wurde geschnappt. Er ließ ihre Ermordung filmen.«
»Sieht ganz nach einem Psychopathen aus«, kommentierte Tweed in beiläufigem Ton. »Darf ich fragen, wie Sie das alles herausbekommen haben?«
»Der Untergrund ist überall. Ein Sechzehnjähriger hat den Vorfall hinter einer Hecke beobachtet. Poluschkin lenkte den Tschaika, der die arme Frau überfuhr. Sie stellten sie mitten auf die Straße wie vor ein Erschießungskommando. Wir haben gehört, daß Oberst Karlow wütend war, als er von dem Mord erfuhr – um so mehr, als Poluschkin nominell sein Untergebener ist.«
»Nominell?«
»Er ist Lysenkos persönlicher Schnüffler in Tallinn. So sind die

Russen – keiner traut dem anderen. Immer ist da einer, der den anderen überwacht.«
Tweed schaute auf das Polaroidfoto von Oleg Poluschkin. Kurz, feist, in GRU-Uniform, mit Doppelkinn. Man hatte das Gefühl, er werde jeden Augenblick aus den Nähten seines enggegürteten Uniformrocks platzen. Ein unangenehmer Zeitgenosse.
»Darf ich diese Bilder behalten?« bat Tweed.
»Deshalb habe ich sie mitgebracht. Den KGB gibt es auch in Tallinn, aber die Nachforschungen im Fall dieser geheimnisvollen Morde leitet Oberst Karlow – wahrscheinlich, weil GRU-Offiziere die Opfer sind. Der Haken bei der Sache ist, daß Moskau den Untergrund für die Morde verantwortlich macht, aber ich kann Ihnen versichern, daß er nichts damit zu tun hat. Es ist sehr mysteriös und zugleich gefährlich.«
»Haben Sie von den Gerüchten gehört, daß eine bedeutende Persönlichkeit in Estland eintreffen soll?« wollte Tweed wissen.
»Ja. Mauno Sarin von der finnischen Schutzpolizei. Wenn die Lage angespannt ist, versucht Sarin die Dinge zu beruhigen.«
»Kommt der GRU jemals nach Helsinki? Oberst Karlow etwa? Er scheint gegenwärtig in Tallinn das Kommando zu führen.«
»Sehr selten. Moskau muß dazu die Erlaubnis erteilen. Karlow dürfte ohne Lysenkos Einverständnis nicht nach Helsinki fahren. Ja, sogar Lysenko, vermute ich, würde für einen solchen Besuch nötig haben, daß Moskau ihn absegnet.«
»Und können Menschen aus dem Westen auf diesen Touristenschiffen Tallinn besuchen?«
»Es gibt nur ein Schiff – die ›Georg Ots‹. Ja, westliche Touristen sind willkommen, vorausgesetzt, sie haben ein Visum. Sehen Sie, die Russen wollen Estland als Modellrepublik präsentieren, als eine Art Schaustück, wenn Sie so wollen. Sie organisieren zweistündige Rundfahrten durch Tallinn – aber während dieser zwei Stunden weichen die Intourist-Führer den Besuchern keinen Schritt von der Seite. Sie denken doch hoffentlich nicht daran, Tallinn zu besuchen? Davon würde ich sehr abraten.«
Tweed lächelte kühl. »Sie werden mich wahrscheinlich in einer Tausend-Meilen-Zone rund um Finnland nicht zu Gesicht bekommen. Mein Geschäft hält mich in London fest.«
»Dann kennen also jetzt die Hauptfiguren des Gegners in Tallinn im Moment. Karlow, Lysenko und Poluschkin, Lysenkos Lakaien...«

Sie unterhielten sich eine weitere halbe Stunde, und dann war Tweed der Meinung, Prii sei lange genug von seiner Mannschaft weggewesen. Er verständigte Fairweather, dankte ihm für seine Mithilfe und bat ihn, Prii sicher ins *Cold Horse* zurückzuleiten.
»Etwas müssen Sie ihm noch sagen«, sagte Fairweather rasch. »Vielleicht können Sie es ihm dolmetschen. Wenn er zurückkommt, schlage ich vor, daß er sich über die rigorose Befragung beschwert, der er ausgesetzt wurde. Ich hätte mich mit seiner Erklärung bezüglich des Maschinenschadens nicht zufriedengegeben. Auf dem Rückweg werden wir an Bord des Schiffes gehen, und ich werde mich im Maschinenraum umsehen. Dann erst gebe ich mich zufrieden, aber er muß zum frühestmöglichen Zeitpunkt auslaufen. Ich kann sagen, ich hätte da einen Freund von der Norwich-Universität gefunden, der ausgezeichnet Deutsch spricht und als Dolmetscher fungierte. Okay?«
»Sie haben Ihren Beruf verfehlt«, bemerkte Tweed und beeilte sich, Prii zu übersetzen, was Fairweather gesagt hatte.
Tweed blieb noch einige Minuten, nachdem die beiden Männer gegangen waren, und hielt stenografisch auf seinem Notizblock fest, was Prii ihm gesagt hatte. Er war überzeugt, daß Prii den Zweck gewisser Fragen nicht durchschaut hatte.
Das Gespräch hatte Tweed nicht beruhigt. Eher im Gegenteil. Er dachte an Newman, der sich auf sich allein gestellt im hohen Norden herumtrieb. Was in Lailas Berichten über ihre Gespräche mit Alexis und mit Newman als einzige Gemeinsamkeit – abgesehen von den Archipeln – ins Auge fiel, das war Estland.
Wenn Newman in seiner gegenwärtigen Gemütsverfassung an Bord der *Georg Ots* ging und nach Tallinn fuhr, dann hatte Tweed wenig Hoffnung, jemals wieder etwas von ihm zu hören.

11

Mauno Sarin stand steif und mit wachsamer Miene hinter seinem Schreibtisch, als seine Tochter in sein Büro kam. Der Chef der Sicherheitspolizei war Anfang der Vierzig, einsfünfundachtzig groß und braunhaarig. Sein schmaler Backenbart reichte bis zu den Koteletten. Normalerweise saß in den blauen Augen hinter den Brillengläsern der Schalk, doch als er jetzt für Laila einen

Stuhl hervorzog, schien ihm jeder Sinn für Humor abhandengekommen.
»Ist dir klar«, begann er, »daß du mit deinen Artikeln eine Menge Ärger machst? Nicht genug mit einem – es sind sogar zwei.«
»Ich tu nur meinen Job«, sagte Laila gepreßt. »Und ich finde es ärgerlich, wenn du mich zu Hause anrufst und wie eine Verbrecherin herzitierst.«
»Also, Laila, das ist Unsinn.« Sarin setzte sich hinter seinen Schreibtisch und bemühte sich, liebenswürdig und überzeugend zu reden. »Ich fragte dich, ob du nicht herkommen und mich sehen wolltest – es ist lange her, daß wir miteinander gesprochen haben.«
»Und das Gespräch wird im Handumdrehen ein Verhör. Im Speziellen: was habe ich getan, um das Mißfallen der Polizei zu erregen?«
»Du mußt am besten wissen, daß Finnland gegenüber den Russen in einer schwierigen Position ist. Erstens, du stutzt dir da einen Artikel über den Tod dieser unglücklichen französischen Journalistin zurecht...«
»Ich *stutze* nichts zurecht«, brach es aus ihr heraus. »Ich halte mich an die Fakten!«
»Du deutest an, daß Alexis Bouvet möglicherweise nicht auf einer einsamen Straße außerhalb von Helsinki gestorben ist. Und du machst viel Aufhebens wegen der fehlenden Leiche.«
»Nun, wo ist die Leiche?«
»Ich habe keine Ahnung«, gestand ihr Vater. »Weiß Gott, die Polizei hat danach gesucht. Aber du kennst unsere Wälder – sie nehmen kein Ende.«
»Und ebenso ohne Ende ist dein Mißfallen, meinen Beruf betreffend.«
»Laila, wir alle müssen Kompromisse schließen. Finnland gibt es als unabhängiges Land nur deshalb, weil die Finnen gelernt haben, sich mit Moskau zu arrangieren.«
»Ein Reporter arrangiert sich nicht mit den Fakten.«
»Was für Fakten?« Sein Ton war noch immer ruhig und freundlich. »Nehmen wir die zweite Geschichte – die über die Gerüchte eine Reihe von Morden an GRU-Offizieren in Estland betreffend. Gerüchte sind keine Fakten.«
»Und du hast nichts über diese Morde gehört?«
Sarin zögerte. Er war leger gekleidet, trug dunkelbraune Kordho-

sen und eine Windjacke, die er jetzt auszog und über die Stuhllehne hängte. Das verschaffte ihm Zeit zum Nachdenken.
»Hast du jetzt genug Zeit gewonnen, um dir eine Antwort auszudenken?« fragte Laila.
»Das war nicht nett, aber vergessen wir, was du gesagt hast. Ja, ich habe von den Gerüchten gehört. Wenn ich dir dazu einiges sage, versprichst du, es nicht zu schreiben?«
»Nein! Ich lasse mich nicht knebeln!«
»Immer alles nach deinem Willen.« Der Anflug eines Lächelns huschte über Maunos Gesicht. »Wie immer. Was durchaus in Ordnung ist. Wir sind zwei erwachsene Menschen, die sich auf gleicher Ebene unterhalten.«
»Was hast du jetzt vor?«
»Nichts. Laila! Wirst du nie imstande sein, meinen Beruf von meiner Beziehung zu dir zu trennen?«
»Ich bin sehr beschäftigt. Sag mir, warum du mich herzitiert – hergebeten hast, und dann gehe ich.«
»Ich muß wissen, aus welcher Quelle deine Information über die Gerüchte von den GRU-Morden stammt.«
»Ich gebe nie Informationsquellen preis.« Ihr Mund schloß sich krampfhaft.
»Die Regierung ist ernstlich besorgt.«
»Die Regierung kann mich!«
»Du kannst Schwierigkeiten bekommen, bei denen ich dir nicht mehr helfen kann.«
»Hat Moskau die Story dementiert?« fragte sie.
»Bis jetzt nicht«, gab er zu.
»Normalerweise dementieren sie innerhalb weniger Stunden, nachdem eine Geschichte gedruckt erschienen ist. Diesmal sind sie clever. Sie hoffen, die Sache geht unter, wenn sie sie ignorieren. Sie wollen die Leute nicht abschrecken, Ausflüge nach Estland zu unternehmen. Sie brauchen Devisen.«
Er saß da und beobachtete sie wortlos. Was sie sagte, entsprach genau dem, was er selbst dachte. Das Mädchen war blitzgescheit, Gott sei Dank – auch wenn das Probleme mit sich brachte.
»Der Jammer ist der, Laila«, sagte er ruhig, »daß du und ich einander sehr ähnlich sind. Dickschädelig, freiheitsliebend und eigensinnig...«
»Das erste, was du seit meinem Kommen sagst, dem ich voll und ganz zustimme. Kann ich jetzt gehen?«

»Ich habe eine Bitte.«
»Ich höre. Aber versprechen kann ich nichts.«
»Wenn du was hörst – auch gerüchtweise –, daß ein Amerikaner namens Adam Procane finnischen Boden betreten hat, könntest du mir eine Warnung zukommen lassen?«
Es war eine reine Ausflucht. Laila verspürte ein Gefühl der Rührung, doch sie bezwang sich. Ihr Gesicht zeigte keinerlei Regung, als sie antwortete.
»Ich werde es im Gedächtnis behalten. Mehr kann ich nicht tun.«
»Um mehr bitte ich dich auch nicht.«
Als sie gegangen war, erhob sich Mauno und marschierte, die Hände in den Hosentaschen, im Kreis im Zimmer herum. Manchmal haßte er seinen Beruf. Soeben hatte er seine eigene Tochter für seine Zwecke einzuspannen versucht – denn wenn Procane existierte und auf seinem Weg nach Rußland in Finnland auftauchte, dann blieb ihm nur eine Wahl. Er mußte Procane helfen, die Grenze zu überschreiten.

Es war neun Uhr, als Laila das Gebäude auf dem Ratakatu verließ und eine Tram nach dem Norden der Stadt nahm. Das vierte Hotel, in dem sie nach Bob Newman forschte, war das *Hesperia*. Einer Eingebung folgend, nahm sie, statt wieder an der Rezeption zu fragen, den Aufzug und fuhr zur ersten Etage hoch, wo die Gäste das Frühstück einnahmen.
Die Aufzugstür öffnete sich, und sie erblickte Newman, der sich eben am Frühstücksbuffet bediente. Sie nahm ein Tablett, stellte sich neben ihn und nahm sich Käse und Schinken.
»Also wieder auf gleicher Höhe mit mir«, sagte er über die Schulter hinweg.
»Nachdem ich in drei Hotels nachgeforscht habe. Für mich ein notwendiges Training. Sie haben mir einen Gefallen erwiesen. Versuchen Sie die braunen Brötchen – die sind besser. Außerdem schmecken sie gut.«
»Ihr zweiter Grund beeindruckt mich.«
Sie wählten einen ruhigen Tisch an der Wand und begannen wie ein Paar, das zusammengehörte, zu frühstücken. Laila wollte nichts sagen, was ihn provozieren könnte, also schwieg sie. Sollte er doch anfangen.
»Ich nehme an, Sie denken, ich habe Sie sehr schlecht behandelt«,

bemerkte er, als er sein Ei verzehrt hatte und sich über Brötchen und Marmelade hermachte.
»Nicht wirklich. Ich habe Sie nicht gepachtet.«
»So früh am Tag sind Sie aber in recht guter Laune. Haben Sie ein schönes Weekend gehabt?«
»Der heutige Morgen hat gar nicht gut begonnen. Ich komme gerade von meinem Vater. Vom Ratakatu. Er ist wütend auf mich – nicht, daß ich mir was daraus mache.«
»Die beiden Artikel in Ihrer Zeitung?«
»Um die Wahrheit zu sagen, ja. Er tat sehr gerissen, um mich zum Reden zu bringen. Kann ich etwas Marmelade haben? Danke. Ich vergaß ihm gegenüber zu erwähnen, daß Sie hier in Helsinki sind. Ich glaube nicht, daß er es schon weiß.«
»Also schulde ich Ihnen...«
»Das entspricht nicht meiner Denkweise – Guthaben, Schulden. Er muß selber die Dinge ermitteln – wie ich auch. Ich kann Ihnen nicht sagen, worüber er mit mir gesprochen hat.«
»Das wollte ich auch gar nicht wissen.«
»Wenn wir so weitermachen, werden wir gut miteinander auskommen. Eine junge Engländerin sagte mir einmal, sie nenne das eine negative Beziehung. Kein Streit, kein Gespräch, Kommunikation gleich null.«
Newman verschluckte sich beinahe am Kaffee, die beiden sahen einander an und lachten. Newman brachte das Thema zur Sprache, nachdem er für sie beide Brötchen und Marmelade nachgefaßt hatte. Die Brötchen waren knusprig, und er hatte einen Bärenhunger.
»Haben Sie versucht, herauszubekommen, wohin ich gegangen war, nachdem ich das Hotel verlassen hatte?«
»Natürlich! Ich befragte den Hubschrauberpiloten. Ich ließ ihn sogar viel von meinen Beinen sehen. Ich konnte sehen, daß er in Versuchung kam, aber Sie müssen ihn mit einer hohen Summe bestochen haben.«
»Das habe ich. Alexis mietete diesen Hubschrauber. Und wollen Sie wissen, wohin sie flog?«
»Nur wenn Sie mir es sagen wollen. Werden Sie mich jetzt fragen, ob ich ein Geheimnis für mich behalten kann?« fragte sie.
»Nein. Ich denke nur, daß Sie es nicht drucken sollten.«
»Moralische Erpressung.«
»Um Himmels willen!«

»Entschuldigung! Entschuldigung! Seien wir wieder negativ. Es war ein Scherz – Sie wissen, was ein Scherz ist?«
»Meinen Sinn für Humor hab ich im Bad zurückgelassen. Alexis ließ sich von dem Piloten aufs Meer hinausfliegen und dann zurück zum Süd-Hafen. Sie bat den Piloten, den Flug zeitlich so abzustimmen, daß sie genau um zehn Uhr dreißig über dem Silja-Pier ankamen.«
»Das ist genau die Zeit, zu der die ›Georg Ots‹ nach Tallinn ausläuft.«
»Und das war auch Ziel des Fluges. Einige Tage darauf fuhr sie dann selbst, wie ich glaube, mit der ›George Ots‹ – und kehrte aus Estland nie mehr zurück.«
»Dann muß sie die Fahrt geplant haben, bevor sie hier ankam.«
»Wieso kommen Sie darauf?« fragte Newman.
»Weil alle Passagiere zwei Wochen vorher um ein Visum ansuchen müssen. Man schickt drei Fotos zusammen mit dem Ansuchen ein . . .«
»Was Moskau genug Zeit läßt, alle Passagiere nach Estland durch den Computer laufen zu lassen.«
»Genau, was ich auch glaube.« Sie sah ihn an. Er hielt ein Stück Brötchen in der Hand und starrte in eine unbekannte Ferne. Als sie jetzt wieder zu sprechen begann, klang echte Besorgnis in ihrer Stimme mit. »Bob, Sie denken doch hoffentlich nicht daran, selber nach Tallinn zu fahren?«
»Das wäre verrückt.«
»Aber mein Gefühl sagt mir, Sie sind ein bißchen verrückt – nicht normalerweise, aber bei der Aufgabe, die Sie sich gestellt haben, schon. Sie schauen immer so grimmig drein, wenn Sie über Alexis reden.«
»Wir waren nahe daran, uns zu trennen – die Ehe zu beenden.«
»Für einen Mann wie Sie ändert das nichts. Nicht, wenn Sie der Meinung sind, jemand habe ihre Frau ermordet.«
»Was ist mit Ihrem Frühstück, Mädchen?«
»Warum fangen Sie plötzlich an, mir Dinge zu erzählen – mir zu vertrauen?«
»Weil Sie Ihrem Vater nicht gesagt haben, daß ich in Helsinki bin.«
»Also glauben Sie mir – alles, was ich gesagt habe?«
»Es gehört zu meinem Beruf, zu wissen, wann Leute mir die Wahrheit sagen. Übrigens werde ich mich vielleicht entschließen,

mich mit Ihrem Vater wieder in Verbindung zu setzen. Ich lernte ihn kennen, als ich das letzte Mal hier war, und wir sind gut miteinander ausgekommen.«
»Sie würden ihm nicht sagen, daß wir einander kennen?«
»Natürlich nicht. Das bleibt ganz unter uns – was immer wir zusammen tun.«
»Das klingt so, als ob unsere Beziehung in eine interessante Phase treten könnte.«
»Laila, Ihre Beine sind mir aufgefallen, kaum daß wir einander auf dem Flughafen Vantaa kennengelernt haben. Verstehen Sie mich nicht falsch – aber Mädchen sind momentan das letzte, woran ich denke. Ich habe eine Sache zu erledigen – und ich werde sie erledigen.«

Nach dem Frühstück entschuldigte Laila sich, während Newman zu seinem Zimmer Nummer 817 hinaufging, von dem man die eigenartige Glockenspiel-Skulptur, die Mannerheimintie, offenes Grasland dahinter und einen Meeresarm überblicken konnte.
Laila eilte hinunter ins Erdgeschoß, fand einen freien Telefonapparat und rief die Nummer der Londoner General-and-Cumbria-Versicherung an. Man verband sie unverzüglich mit Tweed.
»Hier ist Laila. Ich habe Bob Newman wiedergefunden. Er ist ins Hotel ›Hesperia‹ umgezogen. Haben Sie das? Hören Sie zu. Er hat herausbekommen, daß Alexis mit dem Schiff den Meerbusen überquert hat. Verstehen Sie?«
»Ja«, sagte Tweed. »Sie klingen besorgt.«
»Ich habe Angst, daß Newman versuchen wird, an denselben Ort zu fahren. Ich bin nicht sicher, ob ich ihn aufhalten kann – er ist wie ein Polizeihund, der eine Fährte aufgenommen hat.«
»Wie dringend steht die geplante Fahrt bevor?« fragte Tweed kurz.
»Ich glaube nicht, daß er jetzt schon fährt. Es gibt Probleme mit dem Visum. Vielleicht findet er einen Ausweg. Ich lege jetzt besser auf. Er kann jeden Augenblick von seinem Zimmer herunterkommen. Ich mache mir wirklich Sorgen.«
»Überlassen Sie es mir. Und danke, Laila. Es war richtig, daß Sie mich warnten. Halten Sie Kontakt.«
»Oh, ich habe Ihnen zwei Kopien meiner Artikel per Eilboten geschickt. Sie müßten sie rasch erhalten. Sie sind natürlich in Finnisch.«

»Ich habe einen Freund, der die Sprache spricht. Nochmals danke – und halten Sie mich auf dem laufenden.«
Als Newman in der großen Empfangshalle ankam, saß Laila wartend da, die langen, in glatten schwarzen Trikothosen steckenden Beine gekreuzt.
»Fertig?« begrüßte Newman sie. »Wir gehen zum russischen Intourist-Büro auf der Esplanade. Wollen sehen, was sie uns an Information zu bieten haben. Verdammt viel, schätze ich.«

Nach dem Telefonat mit Laila Sarin blieb Tweed mit verschränkten Händen an seinem Schreibtisch sitzen und starrte fünf Minuten lang ins Leere. Monica hörte auf der Maschine zu tippen auf, tat so, als müssen sie eine Akte studieren, und verhielt sich still. Als Tweed sich räusperte, blickte sie auf.
»Laila Sarin«, begann Tweed, sich auf das Problem konzentrierend, während er es mit ihr besprach, »hat Angst, daß Bob Newman durchdreht. Paßt das wirklich zu ihm?«
»Nein. Er steht unter ungeheurem Streß – aber gerade da hat er seine besten Momente.«
»Seine Frau ist vor kurzem umgebracht worden«, rief Tweed ihr in Erinnerung.
»Ich bleibe bei dem, was ich sage.«
»Ich bin nicht so überzeugt. Er ist nach Helsinki abgefahren, als wäre der Teufel hinter ihm her. Ich würde es mir nie verzeihen, wenn ich keine Vorsichtsmaßnahmen ergriffe.«
»Und was sind das für Vorsichtsmaßnahmen, die Sie von hier aus ergreifen können.?«
»Mich mit Mauno Sarin in Verbindung setzen.«
»Newman wird schäumen vor Wut, wenn er das je erfährt...«
»Ich rufe Sarin an«, beschloß Tweed.
Er hob den Hörer auf, suchte aus seinem abgegriffenen, zerfetzten Adreßbüchlein die Nummer heraus und wählte selbst. Als er seinen Namen nannte, wurde er sofort mit Sarin verbunden.
»Tweed, mein lieber Freund, es ist lange her, seit wir uns gesehen haben. Zu lange. Was kann ich für Sie tun?« fragte Sarin.
»Mauno, es ist eine delikate Angelegenheit. Wenn die betreffende Person sie je erfährt, daß ich Sie angerufen habe, wird sie mir das nie verzeihen. Aber ich weiß, Sie werden die Sache diskret behandeln.«
»Wer ist die Person?«

»Robert Newman...«
»Er ist *hier!* In Helsinki?«
»Sie wissen, daß seine Frau vor kurzem zu Tode gekommen ist?« fragte Tweed und ging vorsichtig auf das Thema, seine Bitte betreffend, über.
»Ja. Und so ein Idiot von einem Reporter hat darüber eine Story in einer unserer führenden Zeitungen geschrieben.«
Tweed mußte innerlich lächeln. Das klang ganz so, als ob sich die Beziehungen zwischen Mauno und Laila nicht verbessert hatten. Eher umgekehrt. Er setzte achtsam den nächsten Schritt.
»Irgendwie ist Newman – berechtigt oder nicht – der Meinung, der Mord sei in Ihrer Region geschehen.«
»Mord? Sagten Sie Mord?« fragte Mauno zweifelnd.
»Glaubt zumindest Newman. Wie Sie wissen, ist er ungemein verläßlich, und in der Vergangenheit haben sich alle seine Annahmen als richtig erwiesen. Sie erinnern sich an die Kruger-Geschichte? Niemand glaubte, er sei auf der richtigen Spur, bis die Affäre ihren Höhepunkt erreichte.«
»Er wird in sehr affektivem Zustand sein«, erklärte Mauno, »was die Urteilskraft eines jeden Menschen beeinträchtigen kann.«
»Mit Ausnahme von Newman. Er wohnt im Hotel ›Hesperia‹. Könnten Sie mit ihm reden? Ohne ihn wissen zu lassen, daß wir miteinander gesprochen haben, natürlich.«
»Dieser verdammte Artikel! Aber vielleicht wird er mir am Ende nützlich sein. Weiß Gott, er hat mir bisher genug Ärger verursacht.«
»Er ist äußerst gerissen. Sie werden sich etwas ausdenken müssen, wieso Sie wissen, daß er im ›Hesperia‹ wohnt – um so mehr, als er erst kürzlich von einem anderen Hotel umgezogen ist.«
»Warum hat er das getan?«
»Ich habe keine Ahnung. Ich weiß aber, in der Vergangenheit hat er immer sehr viel davon gehalten, seinen Aufenthaltsort ständig zu verändern, um seine Anwesenheit geheimzuhalten.«
Tweed kam ein Gedanke. »Die Hotelregistrierung – das könnten Sie sich zunutze machen. Tun Sie, als ob Sie nach jemandem gesucht hätten und dabei über seinen Namen gestolpert wären.«
»Ich werde mir was ausdenken. Ich lasse von mir hören...«

»Ich glaube, ich gehe am besten allein zum ›Intourist‹«, sagte Newman, als er durch die große Frontscheibe an der von Bäumen gesäumte Esplanade ins Innere blickte. »Können wir uns irgendwo in etwa einer halben Stunde treffen?«
»Ich muß etwas einkaufen. Kennen Sie die Bar im ›Marski‹?«
»Ich habe sie bei meinem letzten Aufenthalt nur zu gut kennengelernt.«
»Dann treffen wir uns dort.«
Sie waren am Eingang des Intourist-Büros vorbeigegangen, und Newman blieb stehen, zündete sich eine Zigarette an und beobachtete Laila, wie sie die Straße überquerte. Er rauchte und schaute ihr nach. Sie verschwand in einem großen Kaufhaus – »Stockmann«. Ungefähr der einzige Name in Helsinki, den Newman aussprechen konnte.
Eine elegant gekleidete Brünette mit makellosem Make-up begrüßte ihn im großen Intourist-Büro. Er nahm an, daß sie Russin war, aber sie sprach gut Englisch. Niemand sonst war außer ihm da.
»Soviel ich weiß, kann man mit dem Schiff einen Tagesausflug nach Estland unternehmen«, begann er. »Haben Sie irgendwelche Prospekte?«
»Ja, Sir. Sie finden hierin alle Einzelheiten.«
Ihre dunklen Augen sahen ihn prüfend an, als versuche sie sich zu erinnern, wo sie ihn schon einmal gesehen habe. Sie reichte ihm einen Farbprospekt mit dem Bild der *Georg Ots* auf dem Titelblatt, einer Dreiviertelansicht von achtern aus.
Der Werbetext auf dem Titelblatt lautete in deutscher Sprache: »Herrliche Gelegenheit – günstiger Preis! Helsinki–Tallinn 210 Finnmark. Nützen Sie die Gelegenheit und verbinden Sie mit Ihrem Aufenthalt in Helsinki eine Tagesfahrt zur alten Hansestadt Tallinn.«
Er schlug den Prospekt auf und studierte den Fahrplan. Das Schiff fuhr um 10 Uhr 30 ab und kehrte um 22 Uhr 30 nach Helsinki zurück. Blieben ihm genau zwei Stunden an Land in Tallinn. Höchst generös. Er hob den Blick zu der jungen Dame, die das dunkle Kleid über ihren wohlgeformten Hüften glättete. Ihre Haltung änderte sich abrupt, als er seine nächste Frage stellte.
»Haben Sie einen Stadtplan von Tallinn?«
»Wir haben keine Stadtpläne. Keine Photos. Sie haben den Prospekt.«

Sie verhielt sich mit einem Mal neutral, fast feindselig. Newman begriff, was hier unmittelbar vor sich ging. Die Sowjets hatten, was Landkarten ihres Landes anging, einen regelrechten Verfolgungswahn. Sie dachte wahrscheinlich, er sei ein Spion. Und ebenso sicher war sie ein Mitglied des KGB. Wem sonst erlaubte man, in den Westen zu gehen? Sie würde auch einen perfekten Lockvogel abgeben.
»Vielen Dank«, sagte er. »Sie haben mir sehr geholfen.«
Den Prospekt in die Tasche steckend, ging er hinaus und wandte sich nach links, die Esplanade entlang in Richtung *Marski*. In der Gegenrichtung führte die Straße direkt zum Süd-Hafen. Das konnte warten. Drüben auf der anderen Straßenseite entdeckte er die lange Ladenfront von »Akateeminen«, der größten Buchhandlung in ganz Skandinavien.
Die moderne, geräumige Bar des *Marski* liegt im Untergeschoß, und man hat da das Gefühl, fern von allem Weltgetriebe zu sein. Während er an einem Tisch, von dem aus man zum Eingang sehen konnte, seinen Kaffee trank, dachte er über Laila Sarin nach.
Seit er in Heathrow die Maschine bestiegen hatte, waren Wachsamkeit und Mißtrauen seine ständigen Begleiter gewesen. Eine Einstellung, die alle Auslandskorrespondenten auszeichnet. Glaube nichts von dem, was man dir sagt, bevor du nicht unbeeinflußt die Fakten selbst geprüft hast.
Warum hatte Tweed, kaum daß er in Vantaa auftauchte, Laila auf ihn angesetzt? Tweed war nicht der Mann, aus Sympathie Personal zu verschwenden. Er mußte ein Problem zu bearbeiten haben, bei dem Helsinki eine Rolle spielte. Welches Problem? Ebenso wie Howard kannte sicherlich auch Tweed den grausigen Film über die Ermordung von Alexis. Bestand ein Zusammenhang zwischen Alexis' Reise nach Finnland und Tweeds Problem?
Newman war mit Absicht beim Frühstück Laila gegenüber freundlich und offensichtlich auch ehrlich gewesen. Damit Laila ihre Bewacherrolle aufgab, mußte er zeigen, daß er ihr nach seiner Flucht ganz offensichtlich Vertrauen schenkte. Sie in Sicherheit wiegen! O Gott! Im Augenblick traute er seinem eigenen Schatten nicht. An diesem Punkt seiner Überlegungen kam Laila; sie trug einen Plastikbeutel mit der Aufschrift »Stockmann«.
»Haben Sie bekommen, was Sie wollten?« fragte sie fröhlich. »Ja, Kaffee hätte ich gern. Nein, nichts zu essen – ich achte auf meine Figur.«

»Genau das tun viele Männer, nehme ich an.«
»Himmel, der Mann zeigt menschliche Regungen.«
»Intourist ist eine reiche Quelle von Informationen. Ein riesiges Büro, und ich bekomme das hier.«
Er gab ihr den einzelnen Prospekt und bestellte für sie Kaffee, während sie die Broschüre durchsah. Sie las alles genau durch und zupfte bei dieser konzentrierten Beschäftigung an ihren dicken Brauen.
»Sie sehen«, führte sie aus, »Sie brauchen tatsächlich ein Touristenvisum für Tallinn. Und sie müssen spätestens zwei Wochen, bevor Sie hinüberfahren wollen, darum ansuchen. Und man will eine Fotokopie Ihres Passes und drei Fotos haben. Man könnte meinen, Sie wollten nach Wladiwostok reisen!«
»Das ist das System«, erwiderte er gleichgültig. »Wenn wir den Kaffee getrunken haben, möchte ich zu ›Akateeminen‹ gehen. Sie können mitkommen, wenn Sie wollen.«
»Darf ich fragen, was Sie brauchen? Lesestoff?«
»Alles, was sie über Estland haben. Ich hoffe, sie haben illustrierte Bücher, stark illustrierte Bücher.«
»Nochmals Estland?« Sie starrte ihn durch ihre Brille ohne besonderen Ausdruck an. »Ich werde auch suchen. Ich kenne den Laden gut. Wenn wir nach Fräulein Slotte fragen, wird sie uns sicher helfen.«
Die Buchhandlung war riesig. Newman war schon von der Länge der Ladenfront beeindruckt gewesen. Sobald man drinnen war, erkannte man, daß der Laden sich noch viel weiter nach hinten erstreckte. Es gab eine Galerie in Höhe der ersten Etage, zu der Treppen hinaufführten und von wo aus man den Hauptgeschäftsraum unten überblicken konnte. Fräulein Slotte, ein hübsches blondhaariges Mädchen, rannte hierin und dorthin auf der Suche nach Büchern über Estland in englischer Sprache. Es war Lailas Idee, auch Kinderbücher durchzusehen. Sie brachte ihm eines, das Newman träge aufschlug. Dann erstarrte er.
Seite sechsunddreißig. Ein kleines Titelbild mit der Bildunterschrift »Tallinn. Die Altstadt«. Er hatte das Märchenschloß auf dem Berg im Bildhintergrund des Films, der die Ermordung von Alexis zeigte, gefunden. Ganz sicher war er nicht, daß dieses fremde alte Bauwerk ein und dasselbe war.
»Was ist los, Bob?« fragte Laila besorgt. »Sie sind ja plötzlich so blaß.«

»Kleine Übelkeit. Euer finnischer Kaffee ist ziemlich stark.«
»Wir könnten für Sie etwas aus der Apotheke besorgen.«
»Es geht schon wieder. Ich kaufe einige dieser Bücher.«
Er überflog schnell die Seite und blätterte weiter. Laila fand noch ein Buch für ihn. Insgesamt kaufte er fünf Bücher, alle über Rußland. Über Estland speziell gab es nichts.
»Es ist nur eine kleine Republik«, erklärte Fräulein Slotte.
Als sie aus dem Laden gingen, kostete es Newman eine ungeheure Anstrengung, ein normales Gespräch zu führen. Laila mußte in die Redaktion, also verabredeten sie sich zum Lunch, und Newman nahm eine Tram zurück zum *Hesperia*.
Man hatte sein großes, gemütliches Zimmer in Ordnung gebracht, und er ließ die Bücher aufs Bett fallen. Er zündete sich eine Zigarette an und starrte durchs Fenster auf den Meeresarm, der wie ein Haff aussah. Vom Hauptbahnhof überquerte eine Eisenbahnbrücke den Meerbusen, und er beobachtete, wie ein langer Zug über die Brücke kroch. Er würde jetzt einige Tage vergehen lassen, ehe er seinen nächsten Schritt festlegte, und inzwischen die Bücher durchstudieren.
Aus den Informationsbruchstücken in Alexis' letztem Brief ließ sich durch Verbindung von anscheinend nicht zusammengehörigen Teilchen ein Bild dessen zusammensetzen, was geschehen war.
»In höchster Eile, um das Schiff zu erreichen – fährt um 10.30 ab.«
Von seinem Flug mit Takala wußte er jetzt, daß »das Schiff« die nach Tallinn auslaufende *Georg Ots* war.
»Werde den Brief auf dem Weg zum Hafen aufgeben.«
Gemeint war der Süd-Hafen. Und wieder war es der Flug mit dem Hubschrauber, der den Beweis geliefert hatte.
Das Schloß im Hintergrund, als sie von dem Wagen wieder und wieder überrollt wurde. Das Bild in dem Kinderbuch auf dem Bett war ein Hinweis, daß das Verbrechen in Tallinn inszeniert worden war.
Später hatte dann jemand, der vorsichtiger war, das Bild, das man an Lailas Redaktion schickte, vorher beschnitten. War ihnen eingefallen, daß bei den Finnen, die Tallinn ja gut kannten, sehr bald einer auf die estnische Hauptstadt zeigen würde? Immer wieder Tallinn...
Blieben zwei Dinge in der Schwebe, die Newman nicht in das

vorliegende Muster einfügen konnte. »Adam Procane muß aufgehalten werden.« Aber Alexis hatte Laila gesagt, sie habe in der Amerikanischen Botschaft nachgefragt und es gäbe dort niemanden mit diesem Namen. Warum sollte sie freiwillig einen solchen Hinweis geben, wenn er nicht auch der Wahrheit entsprach? Wer zum Teufel war dieser Procane? Das mußte er nachprüfen, noch bevor er Tallinn besuchte. Zeit also für einige Tage, etwas leise zu treten.
»Mein heißer Tip ist der Archipel.« Ergab ebenfalls keinen Sinn, paßte nicht ins Muster. Im hinteren Winkel seines Gehirns keimte eine Idee auf, war auch schon wieder weg. Vergessen wir's, es wird wieder kommen. Das Telefon läutete.
»Entschuldigen Sie, Sir«, meldete der Portier, »aber hier ist ein Herr, der Sie zu sehen wünscht. Ja, hier in der Rezeption. Er sagt, es sei dringend. Ein Mr. Mauno Sarin...«

12

Stilmar, einer der ersten Sicherheitsberater des amerikanischen Präsidenten, traf unangekündigt am Mittwoch, dem 5. September, am Park Crescent ein – am selben Tag, an dem Mauno Sarin Newman im Hotel *Hesperia* aufsuchte.
Wieder war es Howard, der ihn mit der Erklärung, sein Untergebener leite die Nachforschung in der Procane-Sache, zu Tweeds Büro geleitete. Dieser Mann stand Reagan so nahe, daß man ihm den Spitznamen »Reagans Ohr« gegeben hatte. Verglichen mit Cord Dillon war er ein völlig anderer Charakter.
»Ich freue mich sehr, Ihre Bekanntschaft zu machen, Mr. Tweed«, begann er, als Howard den Raum verlassen hatte. »In Washington hat man eine sehr hohe Meinung von Ihnen.«
»Bitte, nehmen Sie Platz«, sagte Tweed, nachdem sie einander die Hand geschüttelt hatten. »Eine Tasse Kaffee? Das ist Monica, meine rechte Hand. In meiner Abwesenheit können Sie mit ihr reden, als wäre ich Ihr Gesprächspartner.«
»Ah! Die Frau hinter dem Mann!« Stilmar stand auf und schüttelte Monica die Hand. »Und etwas Kaffee wäre schön.«
Stilmar war eine bemerkenswerte Erscheinung, ein Mann, der, wenn er einen Raum betrat, alle Gespräche zum Verstummen brachte. Einsfünfundachtzig groß, Mitte der Vierzig, das pech-

schwarze Haar sauber gekämmt, mit einer randlosen Goldbrille auf der Hakennase.
Die Augen hinter den Brillengläsern waren dunkel und lebhaft, schienen alles mit einem Blick wahrzunehmen. Das glattrasierte Gesicht war faltenlos und zeigte einen rosigen Schimmer, der Mund war entschlossen, mit einem Anflug von Humor, das Kinn wohlgeformt. Er trug einen teuren dunkelblauen Anzug mit Nadelstreifenmuster. Seine Stimme klang fest und tief.
»Darf ich gleich zum Thema kommen und fragen: was wissen Sie inzwischen über diesen geheimnisvollen Adam Procane? Wir bekommen bereits recht beunruhigende Gerüchte aus Paris, Frankfurt, Genf und Brüssel herein. Was uns fehlt, ist jede Art von Beschreibung des Mannes. Er ist wie ein Phantom, das von jemandem erfunden worden ist.«
»Wir haben vage Beschreibungen, die vom Kontinent hereinkommen«, sagte Tweed. »Das Problem ist, daß sie sich alle widersprechen.«
»Nicht vier Procanes, bitte!« Stilmar hob in gespielter Verzweiflung die schmalen Hände, es war eine graziöse Bewegung, wie die eines Zauberkünstlers. »Einer ist schon um einen zuviel!«
»Es ist noch sehr früh. Wir müssen warten, bis sich der Nebel, der den Mann umgibt, zu lichten beginnt – und das wird er. Sobald wir an den Punkt gelangen, im Besitz wirklich positiver Daten zu sein, werde ich meine Informanten nach London bitten. Mit jedem von ihnen werden wir eine Sitzung mit Freddie arrangieren.«
»Und wer ist Freddie?«
»Ein Zeichner, der genial ist, wenn es darum geht, Phantombilder anzufertigen. Wenn wir so weit sind, zeige ich Ihnen die Ergebnisse, und man wird dann sehen, ob die Zeichnungen Sie an jemanden erinnern.«
»Darf ich fragen, von wo die gegenwärtigen vagen Beschreibungen kommen?«
»Von Kontaktpersonen meiner Informanten – also aus dritter Hand. Ich finde das unbefriedigend. Aber bis November haben wir's.«
»Und der November rückt mit Düsengeschwindigkeit näher«, erwiderte der Amerikaner und verzog das Gesicht. »Welche Route wird Procane auf dem Weg nach Rußland nehmen, vorausgesetzt, daß er überhaupt existiert?«
»Man hat auf den Weg über Wien getippt.«

»Ich glaube das nicht.« Stilmars Augen glitzerten hinter den Brillengläsern. »Paris, Genf, Frankfurt und Brüssel sind bis jetzt nur Gerüchtelieferanten. Glauben Sie nicht, daß man mit Absicht unsere Aufmerksamkeit von einer ganz anderen Route ablenken will? Weiter im Norden vielleicht?«
»Wieviel weiter im Norden?« fragte Tweed ruhig.
»Skandinavien. Ist man einmal in Dänemark und fährt nach Osten, befindet man sich auch schon im neutralen Schweden. Und dahinter liegt Finnland.«
»Sie haben was gehört?« fragte Tweed.
»Eine bloße Bemerkung«, erwiderte Stilmar. »Was Sie außerdem wissen sollten: ich wohne unter dem Namen David Cameron im ›Dorchester‹. Das ist auch der Name, unter dem ich nach Paris, Genf, Frankfurt und Brüssel fahren werde, um selbst in Erfahrung zu bringen, was da wirklich los ist.«
»Man wird Sie bestimmt erkennen«, warf Tweed ein.
»Glauben Sie?«
Stilmar erhob sich, bat Monica um einen Spiegel und stellte den Handspiegel, den sie ihm aus ihrer Handtasche gab, auf ein Regal. Den Rücken ihnen zugewendet, begann er sein glattes schwarzes Haar mit einem Kamm zu bearbeiten. Dann ersetzte er die randlose Brille durch Gläser mit Hornfassung. Schließlich nahm er die Krawatte ab und band sich statt dessen eine gepunktete Fliege um, die er aus der Tasche zog. Als er sich umdrehte, mußte Monica ungläubig Luft holen.
Die Veränderung war ganz außergewöhnlich. Stilmars Gesicht wirkte jetzt durch den neuen Mittelscheitel, die Fliege und die Hornbrille feist und breit. Die Pressefotos, die einen eleganten, langgesichtigen Stilmar zeigten, schienen ohne jeden Bezug zu dem Mann vor ihnen, der Schultern und Beine durchhängen ließ.
»Bemerkenswert«, kommentierte Tweed mit Bestimmtheit.
»Als junger Mann war ich Mitglied einer Amateurbühne«, erklärte Stilmar. »Ich war nicht besonders gut – aber ich lernte einen Maskenbildner kennen, der mir beibrachte, daß man, um sein Aussehen zu verändern, keine Tonnen von Make-up, also gepuderte Wangen und all diesen Unsinn braucht. Ein paar einfache Hilfsmittel wirken Wunder.«
»Ich bezweifle, ob jemand Sie jetzt erkennen würde«, gab Tweed zu.

»So, damit hätten wir unser vorbereitendes Gespräch beendet. Ich bin sicher, das ist das erste einer ganzen Reihe gewesen. Jetzt muß ich mich verabschieden. Heute nachmittag fahre ich nach Europa. Ich brauche bloß eine Telefonnummer, falls ich Sie anrufen möchte, bitte . . .«

Tweed kritzelte eine Nummer auf ein Blatt, riß es vom Block und reichte es dem Amerikaner. Dieser warf einen Blick darauf und gab Tweed das Blatt zurück. Kaum hatte er den Raum verlassen, wurde Tweed lebendig.

»Freddie«, sprach er rasch in den Hörer, »ein fettgesichtiger Mann mit Fliege und Hornbrille verläßt eben das Gebäude. Ich brauche Fotos von ihm – aber er darf nicht merken, daß Sie ihn fotografieren. Sie haben so gut wie keine Zeit mehr.«

Monica starrte Tweed an, als er auflegte. Tweed nahm seine Brille ab, legte sie auf den Schreibtisch und rieb sich die Augen. Er setzte sich gerade und blinzelte Monica zu.

»Wozu das alles?«

»Wenn Freddie seine Bilder geschossen hat, möchte ich, daß er fünf Kopien macht. Buchen Sie für ihn die nächstmöglichen Flüge nach Paris, Genf, Frankfurt und Brüssel. Ich schreibe die Adressen auf, bei denen er je eine Kopie abzuliefern hat – also muß er vier mitnehmen. Die fünfte möchte ich für meine Akten haben. Er wird natürlich die Negative aufbewahren.«

»Ich gehe am besten gleich hinunter und warte in seinem Büro. Ich kann seine Flüge von dort buchen.« Auf halbem Weg zur Tür hielt sie inne. »Sie wollen mir nicht sagen, was zum Kuckuck hier vorgeht?«

»Was halten Sie von Stilmar?«

»Sieht äußerlich mehr wie ein erfolgreicher Kaufmann aus als wie ein Wissenschaftler. Sehr clever. Grips im Hirn, schätze ich. Und er weiß es natürlich – ein gescheiter Mann weiß das immer. Was mich wundert, ist, daß er in Verkleidung hinausging. Er hätte sich doch leicht wieder in sein normales Äußeres zurückverwandeln können.«

»O Gott! Wo bleibt mein Verstand?« Tweed wurde lebendig. »Prüfen Sie sofort nach – gibt es einen Flug nach Paris, den er erreichen könnte, wenn er geradewegs nach Heathrow fährt?«

Monica eilte zu ihrem Schreibtisch zurück, öffnete eine Lade, überflog eine Liste, die sie sich von allen Flügen nach den europäischen Hauptstädten zusammengestellt hatte. Sie nickte.

»Ja. Eine Maschine startet in neunzig Minuten.«
»Deshalb hat er diese Vorstellung gegeben! Auf diese Weise konnte er in Verkleidung das Haus verlassen, in ein Taxi springen und nach Heathrow fahren. Ich wette, er hat auf dem Weg zu unserem Zimmer einen kleinen Koffer in einem der Spinde verstaut.« Er hob den Telefonhörer der internen Leitung ab und wählte eine Nummer. »Fergusson? Hier Tweed. Ein Mann verläßt eben das Haus, ist vielleicht schon draußen auf dem Crescent...«
Er gab Fergusson eine ebenso präzise Beschreibung durch wie zuvor Freddie. »Ich möchte, daß Sie ihm folgen. Er fährt wahrscheinlich nach Heathrow und nimmt die Maschine nach Paris. Sie haben Ihren Paß bei sich? Und Geld? Und bleiben Sie ihm auf den Fersen, quer durch Europa, wenn's sein muß. Melden Sie sich, wenn Sie können...«
Er legte auf und wischte sich mit dem Taschentuch die Stirn ab. Er schwitzte, nicht vor Anstrengung, sondern aus Besorgnis und Ärger über sich selbst.
»Danke, Monica«, sagte er. »Sie haben etwas gesehen, was ich selber hätte sehen müssen. Mit seiner sanften Tour wiegt dieser Stilmar einen in Sicherheit. Grips im Hirn, wie Sie gesagt haben. Um ein Haar hätte er mich aufs Kreuz gelegt.«
»Warum macht Stilmar Ihnen solche Kopfzerbrechen?«
»Weil er ein Amerikaner ist, einen hohen Rang bekleidet, in London angekommen und jetzt auf dem Weg zum Kontinent ist. Das macht ihn zum Kandidaten Numero zwei für Adam Procane.«

Jan Fergusson war ein trockener, zynischer, schmalgesichtiger Mann, dreiunddreißig Jahre alt, Schotte, der fließend Französisch, Deutsch und Italienisch sprach. Zur Not konnte er auch den Spanier spielen, wenn er so tat, als habe er ein paar Drinks intus.
Er war Tweeds Beschatter Nummer eins und hatte noch nie ein Ziel aus den Augen verloren. Auf seinem Schreibtisch lag stets eine gepackte Reisetasche, seinen Paß hatte er immer bei sich, und in seiner Geldbörse befand sich ein kleines Vermögen in Form von Dollar-Reiseschecks sowie in französischer, deutscher und Schweizer Währung. Dreißig Sekunden nach dem Anruf stand er vor dem Haus, den Regenmantel überm Arm, die Reisetasche in der Hand. Er blieb »Fettgesicht«, wie er Stilmar getauft hatte, dicht auf den Fersen. Der schritt die halbe Länge des Crescent ab,

Fergusson spürte, daß er nach einem Taxi Ausschau hielt. Deshalb sprintete er auf die andere Straßenseite hinüber und winkte das Taxi heran, dem auch Stilmar nacheilte, um es anzuhalten.
Während der Wagen am Gehsteigrand geparkt stand, gab er dem Fahrer genaue Anweisungen. Fettgesicht stand indessen einige Meter vor ihnen. Er drückte dem Fahrer eine Handvoll Pfundnoten in die Hand und lehnte sich entspannt zurück.
Stilmar fand ein Taxi und fuhr westwärts durch die Baker Street, also in die erwartete Richtung. Fergussons Fahrer schob sich einen Wagen hinter Stilmars Taxi, und Fergusson zündete sich eine Zigarette an. In letzter Zeit war es ziemlich ruhig gewesen. Er war froh, wieder auf Tour zu sein.

»Richtig komischer Vogel ist das, Fettgesicht, meine ich«, berichtete Fergusson von Heathrow aus übers Telefon.
»Ja?« sagte Tweed fragend.
»Zuerst nimmt er einen Koffer aus einem Spind, dann geht er für kleine Jungen und verschwindet in einem Abteil. Hören Sie mich? – Ich hab's nicht eilig. Und jetzt...«
»Er *hatte* einen Koffer im Spind«, informierte Tweed Monica und hielt dabei mit der Hand die Sprechmuschel zu. Dann nahm er sein Gespräch mit Fergusson wieder auf. »Weiter?«
»Kommt nach drei Minuten raus – ich hab's gestoppt. Wir haben es mit einem Verwandlungskünstler zu tun.«
»Erzählen Sie.«
»Ging hinein in einem marineblauen Geschäftsanzug – todschick. Kommt raus in einem schreiend karierten Sakko und mit Sporthose. Dazu auch ein Sporthemd. Dicke braune Wollkrawatte. Und das alles in drei Minuten. Fettgesicht ist Klasse.«
»Wohin fliegt er?«
»Paris. Nächster Flug. Startet in dreiundvierzig Minuten. Und er reist Touristenklasse. Da geht er in der Menge unter. Ich hab denselben Flug gebucht. Nein, gesehen hat er mich nicht. War diese Frage nötig? Kennen Sie Fergie nicht?«
»Entschuldigung«, sagte Tweed. »Auch dafür, daß ich Sie gleich nach Ihren zwei Wochen Urlaub fortschicke.«
»War schon steif vor Langeweile. Waren Sie je in Bognor am Strand? Ich muß gehen. Fettgesicht bewegt sich. Ich melde mich, wenn's geht...«
Tweed legte auf und fragte sich, wieviel Zeit seines Lebens er

telefonierend am Schreibtisch verbracht haben mochte. Er beneidete Fergusson. Seine letzte Reise nach Europa hatte ihn rastlos gemacht, er sehnte sich nach mehr Außendienst.
»Was Neues?« fragte Monica.
»Stilmar ist auf dem Weg nach Paris. Mit wem haben Sie geredet, während ich telefonierte?«
»Cord Dillon hat sich kurz gemeldet. Er ist wieder in London. Und er ist unterwegs zu uns.«
Tweed runzelte die Stirn. »Das paßt nicht zu ihm. Dillon ist ein Typ, der unangemeldet hereinschneit.« Er schaute hoch, als Freddie mit einem Packen Fotos in der Hand ins Zimmer kam. »Wie ging's, Freddie?«
»Ziemlich gut. Sehen Sie selbst.«
Freddie, ein kleiner, gnomenhafter Londoner Cockney, der sich nie durch etwas aus der Ruhe bringen ließ, legte die Bilder auf Tweeds Schreibtisch. Er hatte Stilmar exzellent mit Dreiviertelansicht erwischt. Die Fotos waren sehr scharf. Tweed schob eines in einen Ordner und gab Freddie die anderen zurück.
»Hier sind die Adressen in Paris, Genf, Frankfurt und Brüssel. Geben Sie diesen Leuten je ein Bild. Ich habe sie angerufen, sie wissen also, was sie bekommen. Monica hat Ihre Flugkarten. Es wird ein bißchen eine Hetzjagd – aber wir haben genug Zeit eingeplant, daß Sie vom Flughafen ein Taxi nehmen, die Bilder abliefern und zum Flugplatz zurückfahren, um die nächste Maschine zu erreichen.«
»Verstanden.« Freddie schaute auf die Liste. »Nur zur Sicherheit: ist einer dieser Flughäfen Meilen von der Innenstadt entfernt?«
»In Paris und Frankfurt – das wissen Sie selbst. Aber wir haben zusätzlich Zeit eingeplant. Genf und Brüssel sind nahe. Der Mann, den Sie fotografiert haben, wird vor Ihnen in Paris sein – er besteigt soeben in Heathrow die Maschine. Aber von da ab müßten Sie ihm stets voraus sein. Sie wissen, wo die Rue des Saussaies ist?«
»Nahe beim Elysée-Palast und praktisch neben dem Innenministerium. Ich laß das Taxi warten, während ich liefere, und fahre damit direkt zum Flughafen zurück. Nicht nötig, mich zu melden, nehm ich an?«
»Sie tun nur Ihren Job. Und danke.«
Monica wartete, bis sie allein waren, und stellte dann ihre Frage. »Was haben Sie jetzt vor?«

»Fotos von diesem Theatermenschen Stilmar an Leute wie Loriot von der französischen Spionageabwehr schicken. Seine Leute überwachen bereits die Flughäfen, und innerhalb weniger Stunden wird er nach Stilmar Ausschau halten. Wenn der versucht, ein Flugzeug nach dem Osten zu besteigen, wird man ihn unter einem Vorwand aufhalten.«
»Mein Gott! Das wäre eine Sensation!«
»Keine Sensation«, erwiderte Tweed. »Er wird unter Bewachung nach London gebracht und hier in eine Maschine gesetzt, die in die Staaten zurückfliegt. Alles sehr leise und diskret.«
»Glauben Sie wirklich, er ist Procane?«
»Jeder kann Procane sein.«
Eine halbe Stunde später kam Cord Dillon an.
»Die Information stimmt«, sagte er zu Tweed, während er sich in den ledernen Armsessel niederließ, ein Bein über die Armlehne legte und sich eine Zigarette anzündete. »Ich habe in der Pariser Botschaft alle Nähte fest zugemacht. Nur zwei Menschen kennen überhaupt den Namen Procane: der Militärattaché und mein Hauptagent.«
»Welche Information?« fragte Tweed.
»Der Attaché hat Kontaktleute, die er in der Bar des ›Meurice‹ trifft. Einer von ihnen heißt André Moutet und ist Buchmacher. Sein wahres Einkommen macht er mit kleinen Fingerzeigen, die er vom Personal der Botschaften kriegt. Da wandert laut Attaché eine Menge Geld von einer Hand zur anderen. Die Sowjets erwarten, daß Procane überläuft. Aber wir sind auf der falschen Fährte. Wenn er hier ankommt, wird er über Skandinavien hinübergehen. Ich habe bereits Agenten nach Dänemark und Schweden transferiert. Wie Sie sicher wissen, unterhalten wir enge Beziehungen zur SAPO, der schwedischen Geheimpolizei.« Dillon nahm einen langen Zug aus seiner Zigarette. Für einen Vizedirektor war es eine lange Rede. »Ich glaube, mein Trip hat sich ausgezahlt«, schloß er.
»Scheint so – vorausgesetzt, dieser Mann – Moutet, sagten Sie? – ist verläßlich.«
»Der Attaché sagt, er ist Goldes wert.«
»Was ist also Ihr nächster Schritt?«
»Ich habe für die Abendmaschine nach Kopenhagen gebucht.«
»Und wo liegen die Grenzmarken im Osten?«
»Darf ich es auf der Karte an der Wand einzeichnen?«

Dillon stand auf, zog einen Kugelschreiber heraus und ging hinüber zur Wandkarte. Er zog entlang der Ostküste Schwedens am Bottnischen Meerbusen, gegenüber der finnischen Küste, eine Linie. Neben der Karte stehenbleibend, fuhr er fort.
»Bevor ich hierherkam, habe ich Washington angerufen. Das hier ist die Demarkationslinie, die von jetzt an kein US-Amerikaner mehr überschreiten darf.«
»Finnland?« fragte Tweed.
»Verbotenes Territorium – zu nahe an Rußland. Wir müssen Procane finden und aufhalten, bevor er Stockholm verläßt. Das wär's, Tweed.«

Im *Hesperia* in Helsinki hörte Newman das leise Klopfen an seiner Tür, er sperrte auf und öffnete. Mauno Sarin lächelte, schlüpfte durch den Türspalt und hielt ihm die Hand hin.
»Es muß zwei Jahre her sein, daß wir uns zuletzt gesehen haben, Bob.«
»Stimmt. Und welchem Umstand verdanke ich diesen Besuch? Sie haben nicht lange gebraucht, mich hier zu finden.«
Newman gab sich kalt und abweisend. Er blieb stehen, während Mauno sich im Schlafzimmer umsah. Der Finne hatte sich seit ihrer letzten Begegnung nicht verändert; und wenn, dann sah er um zehn Jahre jünger aus.
»Beim Durchsehen des Hotelregisters unten in der Halle bin ich über Ihren Namen gestolpert. Es gibt vier große Hotels in Helsinki: das ›Marski‹, wo ich zuerst suchte, dann das ›Intercontinental‹, dieses Hotel hier und das ›Kalastajatorppa‹. Ich versuche einen Amerikaner namens Adam Procane ausfindig zu machen.«
»Was hat er angestellt?« fragte Newman gelangweilt.
»Nichts. Bis jetzt.« Sarin war die Liebenswürdigkeit in Person. »Aber Sie kennen das Spiel, das wir hier spielen. Die Russen belauern die Amerikaner, die Amerikaner belauern die Russen – und wir versuchen, beiden bei dieser Tätigkeit auf die Finger zu schauen.«
»Sie sollten sich setzen.«
Newman ging zum großen Fenster voran und wählte den Stuhl im Schatten, Sarin zwingend, sich auf dem Stuhl gegenüber niederzulassen, der voll dem blendenden Licht der finnischen Sonne, das durchs Fenster strömte, ausgesetzt war. Newman zwang sich zur Lockerheit, aber er war wütend. Er glaubte Maunos geschickt

angebrachte Rechtfertigung nicht. Laila hatte ihn getäuscht; sie hatte ihrem Vater gesagt, wo er sich aufhielt.
»Mit Bedauern habe ich vom Tod Ihrer Frau erfahren. Sie war in der Tat eine bemerkenswerte Frau«, sagte Mauno mitfühlend.
Newman hob den Hörer ab. »Sie werden Kaffee haben wollen. Immer noch süchtig?«
»Vierundzwanzig Tassen am Tag! Ich habe mitgezählt. Mein Geschäft kann sehr anstrengend sein. Außerdem bin ich mit Lailas journalistischen Hervorbringungen im Moment nicht glücklich. Diese Story über Ihre Frau war ein Schmierartikel.«
»Dann müssen Sie über ihren nächsten, den sie über die GRU-Morde in Estland geschrieben hat, geradezu begeistert sein«, meinte Newman und legte den Hörer ab, nachdem er zwei Kaffee bestellt hatte.
»Wie haben Sie denn das erfahren? Sie sprechen doch kein Wort Finnisch.«
Newman ließ sich auf seinem Stuhl in die Lehne zurückfallen und kreuzte die Beine. Er mußte besser aufpassen. Im Festnageln war Mauno ein Meister.
»Ich sah ihren Namen unter dem Artikel und bat beim Frühstück die Kellnerin, ihn mir zu übersetzen«, log er ungeniert.
»Ja, ich war gar nicht erfreut darüber.«
»Aber stimmt, was drinsteht?« ließ Newman nicht locker. »Über die GRU-Offiziere in Tallinn, die man erwürgt hat – und immer nach Einbruch der Dunkelheit?«
»Was so täglich in Estland passiert, darüber sind wir nicht auf dem laufenden.«
»Ich fragte Sie nach nächtlichen Geschehnissen, Mauno.«
»Nun«, begann Sarin zögernd. »Ja, es halten sich Gerüchte, daß da ein Irrer frei herumrennt. Unbestätigte Gerüchte – das heißt, von Leuten wie zum Beispiel Besatzungsmitgliedern des Schiffes, das täglich mit Touristen an Bord zwischen hier und Tallinn verkehrt.«
Lügner, dachte Newman. Laila hatte versucht, einen Mann der Besatzung der *George Ots* über diesen Punkt auszufragen, und er hatte dichtgehalten. Dann fiel ihm ein, daß Mauno in dieser Beziehung seine eigenen Kontaktleute haben mochte.
»Aber wer könnte für diese Morde verantwortlich sein?« beharrte er. »Und wie viele Morde sind es bisher? In Moskau muß doch deswegen das reinste Affentheater im Gang sein.«

»Sie schreiben doch nichts darüber, Bob? Gut. Ich mußte Sie fragen – könnte ja sein, daß Sie deswegen hier sind. Es sind zwei oder drei Morde. So lautet zumindest meine unbestätigte Information. Und natürlich ist das ein Grund für einige Aufregung in Moskau. Derart, daß sie einen ihrer Top-Leute damit beauftragt haben, Nachforschungen in der ganzen Affäre zu betreiben. Einen Obersten Andrei Karlow. Das überrascht mich – er ist einer ihrer brillantesten Militäranalytiker. Ich hörte, daß er nach seiner Rückkehr von einem dienstlichen Turnus im Westen zur Aufnahme in das militärische Gremium vorgeschlagen war, das unserem Generalstab entspricht. Sie sehen, ich vertraue Ihnen, mein Freund.«
Er brach ab, als der Kellner mit dem Tablett kam. Während er Kaffee einschenkte, überlegte Newman, daß er unter normalen Umständen niemals soviel an Information aus Mauno hätte herausholen können. Diesmal hatte Mauno etwas anderes zu verbergen.
»Sie wenden meine Verhörmethoden an«, sagte Mauno und zog den Vorhang ein Stück vor, um sein Gesicht gegen das intensive Licht abzuschirmen. »Und danke. Meine sechste Tasse.« Er schaute auf die Uhr. »Bis jetzt gar nicht so schlecht. Warum sind Sie hier?«
»Weil ich will, daß Sie mir dabei helfen sollen, ohne den Visum-Unsinn über den Meerbusen zu kommen.«
Newman schleuderte ihm die Antwort ohne Warnung entgegen, und Mauno verschluckte sich. Er stellte die Tasse hastig ab und betupfte sich mit dem Taschentuch die Lippen, dabei Newman entgeistert anstarrend.
»Das ist ganz unmöglich. Sie haben doch um Gottes willen nichts derart Gefährliches im Sinn?«
»Ich wette, Sie halten Kontakt mit Tallinn und machen gelegentlich dienstliche Ausflüge dorthin. Ich möchte, daß Sie mich mitnehmen.«
»Ganz unmöglich«, wiederholte Mauno.
»Ich bin britischer Journalist – kein Amerikaner. Und wenn die da drüben alles archivieren, was über sie geschrieben wird – und ich weiß, daß sie es tun –, dann werden sie auf einen Artikel stoßen, den ich vor ein paar Monaten mit dem Titel ›Wer kreist wen ein?‹ geschrieben habe. Darin argumentiere ich, daß sie sehr wohl Grund hätten, besorgt zu sein, mit Europa im Westen, China im

Osten und US-Raumstationen, die in Bälde ihr Land kreuz und quer überfliegen werden.«
»Ich bin sicher, Sie hatten bei dem Artikel eine feste Absicht in der Hinterhand.«
»O ja. Ich wollte ein Visum für Leningrad bekommen, wo ich eine Kontaktperson hatte. Aber das ist jetzt unwichtig. Wichtig ist, daß der Artikel archiviert ist. Die Russen wollen vielleicht bald ihren harten Kurs gegenüber dem Westen mäßigen. Ein wohlwollender Bericht über ihre Modellrepublik Estland könnte ihnen da sehr nützlich sein.«
»Und warum wollen Sie nach Tallinn fahren?«
»Das sage ich Ihnen, wenn Sie die Fahrt arrangiert haben.«
»Was nie der Fall sein wird! Es tut mir leid, Bob, aber das kann ich nicht machen. Aber vielleicht gibt es eine andere Möglichkeit für mich, Ihnen behilflich zu sein. Inoffiziell, Sie verstehen? In einem solchen Fall rufen Sie mich sofort an. Die Nummer ist dieselbe wie bisher. Ich bin sicher, Sie haben Sie noch«, fügte er mit trockenem Lächeln hinzu.
»Ich werde es im Auge behalten.«
»Und essen wir bald einmal zusammen zu Mittag? Ich kann Sie hier erreichen? Und ich überwache Sie nicht«, log Mauno ebenso ungeniert wie Newman.
»Das ist eine feste Abmachung.«

General Lysenko, der gerade von seiner Leningrader Freundin kam, stürmte wütend in sein Büro. Die schweren Stiefel hämmerten auf den Fußboden, er riß sich den Uniformmantel vom Leibe und schleuderte ihn auf die Couch.
»Rebet! Was ist so dringend, daß Sie mich von einer wichtigen Verabredung wegholen müssen?«
»Gott sei Dank, daß Sie kommen«, erwiderte Rebet ruhig. »Man sagte mir, Sie wären zu erreichen. Unsere Londoner Beobachtungsposten melden von Heathrow die Ankunft nicht eines, sondern zweier hochrangiger Amerikaner. Cord Dillon, Vizedirektor des CIA, und der äußerst einflußreiche Sicherheitsberater Stilmar.«
»Sie kamen gemeinsam?«
»Nein, getrennt. Dillon kam Montag an, Stilmar heute. Bei Dillon ist die Meldung irgendwo im bürokratischen Dickicht hängengeblieben. Das Radiosignal aus der Botschaft in Kensington Palace

Gardens erreichte Moskau vor einer Stunde, und sie haben mir die Neuigkeit sofort telefonisch mitgeteilt.«
»So!« Lysenko stolzierte zu seinem Lieblingsplatz am Fenster und blieb dort stehen. »Ich hatte recht, die genaue Überwachung aller Flüge aus den Vereinigten Staaten anzuordnen. In diesem Geschäft, Genosse, muß man zuallererst lernen, schneller zu denken als der Gegner!«
»Ich habe die Information an Oberst Karlow in Tallinn durchgegeben«, informierte Rebet seinen Chef.
»Warum, zum Teufel, haben Sie das getan?«
»Weil Sie mir gesagt haben, Sie hätten Karlow mit den Nachforschungen in der Sache Procane betraut«, antwortete Rebet ruhig. »Einer dieser Männer – Dillon oder Stilmar – könnte Adam Procane sein. Karlow kann doch sicherlich seine Aufgabe nur erfüllen, wenn er im Besitz der neuesten Daten ist?«
»In Zukunft besprechen Sie sich vorher mit mir, wenn Sie Informationen nach Tallinn durchgeben wollen. Von London ist es ein weiter Weg bis Tallinn.«
»Nicht wirklich«, entgegnete Rebet. »Die British Airways haben einen direkten täglichen Nonstopflug nach Helsinki. Die finnische Hauptstadt ist nur eine Bootsfahrt von Tallinn entfernt. Sollten wir nicht auf einen englischen Namen ein Visum vorbereiten für den Fall, daß Procane in Helsinki eintrifft? Wir könnten den Platz für das Foto vorläufig frei lassen.«
»Ein ausgezeichneter Vorschlag. Lassen Sie das Visum sofort ausstellen und schicken Sie es auf dem Luftweg an die Botschaft in Helsinki. Wie reagierte Karlow auf Ihren Anruf?«
»Mit Skepsis. Er sagte, keiner der beiden Amerikaner habe London besucht, solange er dort an der Botschaft gewesen sei.«
»Karlow sichert sich schon wieder ab!« Lysenko verließ das Fenster und schlug mit seiner geballten Faust gegen die Handfläche. »Ich glaube mich zu erinnern, daß es Zwischenträger waren, die Karlow das Material lieferten – jedesmal ein anderer. Diese Mittelsmänner können zwischen den Staaten und Europa hin und her gereist sein, das Material beschafft und Karlow in den Schoß gelegt haben.« Seine Stimme triefte jetzt von Sarkasmus. »Und wie denkt mein so präzise kalkulierender Stabsoffizier darüber?«
»Auch ich bin mir nicht sicher. Ich habe Moskau gebeten, das ganze Material von Procane einem anderen Spitzenmann zwecks neuerlicher Analyse zu übergeben.«

»Ohne meine Zustimmung?«
»Um Ihnen den Rücken zu stärken...«
»Keiner von euch würde ohne mein Betreiben auch nur das Geringste erreichen! Denken Sie daran – wenn entweder Dillon oder Stilmar in Moskau auftaucht, wird das dieses aggressive Schwein Reagan vernichten!«

13

Mauno Sarin saß an seinem Schreibtisch und betrachtete den Briefumschlag, der an ihn persönlich addressiert war. Er schnitt ihn mit einem Messer vorsichtig auf und entnahm ihm das einmal gefaltete Blatt aus teurem Schreibmaschinenpapier. Er las die wenigen getippten Zeilen und fluchte laut.
»Es wäre nützlich, wenn wir uns in der nächsten oder übernächsten Woche hier treffen könnten. Vielleicht haben Sie Zeit zu einem Gedankenaustausch? Andre Karlow.«
Keine Unterschrift. Sogar der Name war mit Schreibmaschine geschrieben – und mit Absicht falsch: »Andre« statt »Andrei«. Er hielt das Blatt gegen das Licht und untersuchte das Wasserzeichen. Genau, wie er erwartet hatte – es war finnisches Papier, ebenso wie der dazu passende Umschlag.
Karlow war ein erfinderischer und vorsichtiger Mann. Niemand würde je beweisen können, daß die Kommunikation von Tallinn ausgegangen war. Die absichtlich falsche Schreibung des Namens deutete auf eine Fälschung hin, was, wie Sarin wußte, nicht der Fall war. So funktionierten die Dinge drüben eben – wenn man überleben wollte. Lege nie etwas schriftlich nieder, was später einmal gegen dich verwendet werden kann.
Der Umschlag trug den Poststempel von Helsinki. Sarin nahm an, daß er von einem verläßlichen Mitarbeiter Karlows aufgegeben worden war, der allein zu diesem Zweck auf der *Georg Ots* herübergefahren war. Die Frage war die, warum Karlow gerade diesen Zeitpunkt gewählt hatte, um ein Treffen vorzuschlagen.
Die GRU-Morde? Höchst unwahrscheinlich. Er würde sie eher vertuschen, als überall zu verbreiten, daß sie in ihrer »Modellrepublik« ihre eigenen Offiziere nicht schützen konnten. Adam Procane? Ebenso unwahrscheinlich. Blieben Lailas Artikel über den Tod von Alexis Bouvet und über die GRU-Morde.

Mauno griff in eine Lade und nahm ein Exemplar von *Le Monde* heraus, der Zeitung, für die Alexis gearbeitet hatte. Die Übersetzung eines seiner Mitarbeiter ins Finnische war mit dem Text zusammengeheftet. Sie hatten Lailas Geschichte übernommen und brachten sie unter einer über die ganze Breite des Blattes laufenden Schlagzeile.
»Französische Auslandskorrespondentin in Finnland umgebracht?« Die Story folgte im wesentlichen der von Laila – mit den üblichen gallischen Übertreibungen und dramatischen Einschüben. Ja, das konnte es sein, was Karlow störte. Die Russen bekamen allmählich im Ausland eine schlechte Presse. Mauno zweifelte nicht daran, daß die Deutschen und die Briten sehr bald die Geschichte mit weiterem Beiwerk bringen würden.
In dem sehr heiklen Geschäft, mit Moskau Umgang zu pflegen, zeigte sich Mauno als exzellenter Taktiker. Die beste Erwiderung für Karlow würde sein, ihn durch ein neues Thema aus dem Gleichgewicht zu bringen – mit einer Sache, die er nach Moskau melden mußte. Er verließ seinen Schreibtisch und eilte die Treppe hinunter ins Untergeschoß, wo die Telefon- und Sendezentrale untergebracht war. Er ging auf das kleine, gemütliche Zimmerchen zu, in dem der technische Betreuer der Radiotelefonanlage hauste.
»Pauli, versuch Oberst Karlow in Tallinn ans Telefon zu kriegen. Wenn du durchkommst, läßt du mich dann bitte allein? Das Gespräch ist vertraulich.«
Pauli brauchte drei Minuten, um Tallinn zu erreichen. Er überließ Mauno das Gerät, ging aus dem Raum und schloß die Tür.
»Andrei? Hier Mauno Sarin. Ich habe einen Vorschlag. Im Westen beginnen Berichte zu zirkulieren über eine angebliche Serie von Morden an GRU-Offizieren ins Estland. ›Le Monde‹, das Blatt, für das Alexis Bouvet arbeitete, nennt ihren Tod einen Meuchelmord.«
»Aber das geschah in Finnland«, erinnerte Karlow ihn kalt.
»Sie haben die Geschichte aufgegriffen. In derselben Zeitung erschien am nächsten Tag ein groß aufgemachter Artikel über die sogenannten GRU-Morde. Wie lange glauben Sie wohl, daß es dauern wird, bis sie das in Paris und Gott weiß wo noch drucken? Als nächstes in New York«, deutete Mauno die Vermutung an, um noch mehr Druck auf Karlow auszuüben. »Ich möchte versuchen, Ihnen zu helfen.«

»Ah! Und wie?«
»Ein sehr bekannter britischer Korrespondent, Robert Newman, ist soeben in Finnland eingetroffen.« Mauno vermied es, Helsinki zu sagen. »Wenn ich ihn für einen Tag hinüberbrächte, könnte er sich davon überzeugen, daß alles in Ordnung ist in Estland – *wenn* alles in Ordnung ist. Ein Artikel von ihm würde die unangenehmen Berichte aufwiegen.«
»Nein! Westliche Berichterstatter sind hier nicht erlaubt. Sie verbreiten nur Lügen und Provokationen.«
»Lassen Sie Newman durch den Computer laufen. Prüfen Sie seine Einstellung bezüglich Moskau anhand seiner Veröffentlichungen.«
Sie unterhielten sich auf englisch. Mauno sprach Russisch, aber er wußte, daß Karlow jede Gelegenheit begrüßte, sich im Englischen zu üben, um sich die fließende Beherrschung der Sprache zu erhalten, die er während seiner Tätigkeit an der Sowjetischen Botschaft in London perfektioniert hatte.
»Ich glaube keine Minute daran, daß sie zustimmen würden.«
»Sein Besuch wäre nur unter gewissen Bedingungen...«
»Keinerlei Vorbedingungen!«
»Die Bedingungen wären: eine Garantie für freies Geleit, von General Lysenko persönlich unterzeichnet«, fuhr Mauno beharrlich fort. »Wir würden außerdem nur einen Tag in Tallinn bleiben – kämen mit der ›Georg Ots‹ und kehrten am selben Tag zurück. Auch das müßte ich schriftlich haben.«
»Nichts davon ist annehmbar.«
»Eine weitere Bedingung. Sie müßten Newman unter Umgehung des Amtsweges raschestens ein Visum ausstellen.«
»Dieser Newman wäre bereit, nach Tallinn zu kommen?«
»Ich müßte ihn dazu überreden«, sagte Mauno schlau. »Wenn ich weiß, daß Sie ihn eingeladen haben – genau unter den Bedingungen, die ich vorhin genannt habe –, wird das meine Aufgabe, ihn zu überreden, erleichtern.«
»Ich glaube, die ganze Idee wird in Moskau schwerlich Anklang finden.«
Das war der Augenblick, da Mauno wußte, daß er den Fisch am Angelhaken hatte. Sie tauschten die üblichen Höflichkeitsfloskeln aus, und dann schaltete Mauno das Gerät ab. Einige Minuten lang blieb er sitzen und starrte gegen die Wand. Die Beengtheit des Raumes half ihm, konzentriert nachzudenken.

Die Angelleine war lang, aber er wußte, daß Karlow sich verpflichtet fühlen würde, seinen Vorschlag Lysenko vorzutragen. Er konnte es nicht riskieren, den Anruf einfach zu verschweigen.
Für Maunos Vorgehen gab es mehrere Gründe. Einerseits war er überzeugt – warum, wußte er nicht – daß Newman entschlossen war, nach Estland zu gehen. Er konnte den Versuch wagen, illegal den Meerbusen zu überqueren. Es gab Fischer, die für viel Geld bereit sein würden, ihn nach Einbruch der Dunkelheit hinüberzufahren und vor Tagesanbruch an Land abzusetzen.
Wenn die Russen ihn ergriffen, gab es zwei Möglichkeiten – beide unerfreulich. Newman würde einfach verschwinden. Oder, aus finnischer Sicht noch unangenehmer, man präsentierte ihn in Moskau der internationalen Presse als fremden Eindringling, als westlichen Spion, den man auf frischer Tat ertappt habe.
Dieser letztere Ausgang der Geschichte wäre auch hinsichtlich seiner dienstlichen Stellung eine Katastrophe. Moskau hätte eine Handhabe, Druck auf Finnland auszuüben. ». . . Stützpunkt von Agents provocateurs, mit dem Ziel, die Dissidenten aufzuhetzen und in unserem Mutterland Spionage zu treiben . . .« So oder ähnlich wäre dann die Linie ihres Vorgehens. Verständlich, von ihrem Gesichtspunkt aus.
Ein Vorgehen, wie Mauno es vorschlug, würde zwei Fliegen mit einem Schlag treffen. Newman würde seinen Plan, der nach Maunos Ansicht eine regelrechte Verranntheit war, aufgeben. Auch zweifelte Mauno nicht daran, daß Karlow bei ihrem Besuch derart Regie führen würde, daß Newman über Estland – einerlei, wie die Dinge sich dort wirklich verhielten – so schreiben konnte, daß die Republik mit reiner Weste dastünde. Jede Spannung, die Laila durch ihre Artikel erzeugt hatte, würde sich in Luft auflösen.
»Jetzt heißt es nur noch beten, daß es auch funktioniert«, sagte er und verließ den winzigen Raum. Er informierte Pauli, daß er fertig sei und dankte ihm. Als er die Treppe hinaufstieg, dachte er, daß er mit einem Fuß bereits auf dem Drahtseil stand.

»Tallinn qualmt bereits. Bald werden wir Feuer sehen.«
Lysenko machte die Bemerkung und rieb sich dabei zufrieden die groben Hände. Er starrte auf den Telefonhörer, den er gerade aufgelegt hatte. Aktion! Das war's, wonach er sich sehnte. Schlachtenlärm, das Donnern der Kanonen. Der Gedanke daran hatte ihm die Worte eingegeben.

»Neue Entwicklungen?« fragte Rebet und blickte von dem neuen Bericht über das von Procane gelieferte Material hoch, der eben aus Moskau eingetroffen war.
»Karlow. Hat soeben in Helsinki ein äußerst provokatives Gespräch mit Mauno Sarin geführt. Stellen Sie sich vor, was Sarin vorgeschlagen hat! Daß er einen westlichen Reporter nach Tallinn mitbringt, der einen Artikel über das friedliche Estland schreiben würde!«
»Welcher Reporter?«
»Ein Engländer. Heißt Robert Newman. Was glaubt er denn, was wir hier tun? Glaubt er, wir veranstalten Prominentenreisen nach Tallinn?«
»Soweit ich mich erinnere, ist dieser Newman sehr objektiv«, bewies Rebet seine Belesenheit. »Wir sollten ihn durch den Computer in Moskau überprüfen lassen.«
»Sie meinen also, er soll herkommen!«
»Schauen Sie sich noch einmal ›Le Monde‹ an und die Übersetzung, die auf Ihrem Schreibtisch liegt.«
»Aber da handelt es sich um den Tod von Alexis Bouvet.«
»Das haben sie offensichtlich aus dem Bericht einer Zeitung in Helsinki übernommen. Und am Tag darauf brachte dieselbe Zeitung in Helsinki die unbestätigten Berichte über die Morde an GRU-Offizieren in Tallinn! Was also wird der nächste große Aufmacher in ›Le Monde‹ sein?«
»Wir streiten alles ab. Wie immer.«
»Und wieviel Gewicht, glauben Sie, mißt man solchen Dementis im Westen noch bei?« Rebet verbarg seinen Ärger nicht. »Die Story eines angesehenen britischen Journalisten dagegen würde, sofern es machbar ist, die ganze Sache vernebeln.«
Rebet war ein ungewöhnlicher Mann. Als Administrator ein Fachmann ersten Ranges – ohne ihn wäre Lysenkos Abteilung das Chaos in Reinkultur gewesen –, hatte er zudem auch noch ein Fingerspitzengefühl für Propaganda. Es war doch weit besser, die westliche Presse so zu manipulieren, daß sie für einen die Arbeit tat, als immer wieder dieses ermüdende Gekeife loszulassen, wie es die *Prawda* praktizierte.
»Wir geben am besten den ganzen Fragenkomplex an Moskau weiter«, beschloß Lysenko. »Informieren Sie sie sofort und lassen Sie Newman vom Computer durchleuchten. Vor allem aber betonen Sie, daß die Idee von Oberst Karlow in Tallinn stammt...«

Womit alles, speziell deine eigene Position, abgesichert ist, dachte Rebet und griff zum Telefon.
Die Sache hatte auch noch einen faszinierenden Aspekt, der keinem der beiden in den Sinn kam: daß sie es waren, die manipuliert wurden. Mauno Sarin hatte drüben in Helsinki, auf Paulis Stuhl im Untergeschoß sitzend, den Plan nach jeder Richtung hin ausgearbeitet. Biete dem Bären einen genügend schmackhaften Brocken an, und die Chancen stehen gut, daß er ihn mit einem Biß herunterschluckt.

Manchmal lächelt einem das Glück. In Genf wurde Alain Charvet in seiner Privatauskunftei von einem Fremden angerufen, der französisch mit russischem Akzent sprach. Der Anrufer erklärte, er sei eben erst angekommen und habe hier die Aufgaben eines anderen übernommen. Dieser andere sei Klient von Charvet gewesen und »nach Hause« gefahren – worunter, wie Charvet annahm, wohl Moskau zu verstehen war. Sie vereinbarten, sich in einem kleinen Café in der Altstadt nahe dem Polizeipräsidium zu treffen.
Insgeheim war Charvet amüsiert, als er den Namen seines neuen Klienten erfuhr. Sein Englisch war exzellent, und am Telefon hatte er sich als Lew Schitow vorgestellt. Im Geist sah er Schitow bereits vor sich; doch als er das Café betrat, erwies sich die Realität als noch schlimmer als seine Vorstellung.
Ein Tölpel. Diese Bezeichnung war ihm zuerst eingefallen. Jetzt stellte sich heraus, daß das noch eine Untertreibung war. Schitow saß an einem Ecktisch, tat, als lese er das *Journal de Genève* und hatte vor sich mitten auf dem Tisch eine ungeöffnete Flasche Bier aufgepflanzt, wie Charvet ihn instruiert hatte. Er setzte sich dem Russen gegenüber.
Schitow war schon halb betrunken. Die Alkoholfahne wehte über den Tisch. Auch hatte Schitow Mühe, die Zeitung, die am einen Ende total zerknittert war, zusammenzufalten. Und die Zeitung war nicht das einzig Zerknitterte an ihm.
Lew Schitow war klein, dick und hatte fettiges, ungepflegtes schwarzes Haar. Charvet schätzte ihn auf Ende der Dreißig. Das Gesicht war ungeschlacht, die Augen traten aus den Höhlen, die Lippen waren schlaff und formlos. Er trug einen verknautschten Regenmantel, dessen mehrfach eingedrehter Gürtel so fest zugezogen war, daß Schitow darüber und darunter hervorquoll.

»Ich bin Charvet. Es ist zu früh für Schnee auf den Bergen.«
»Aber der Rhein fließt hier schnell.«
Er redete mit schwerer Zunge, und eigentlich hätte er »Rhône« statt »Rhein« sagen müssen. Er brachte ein fleckiges Fläschchen zum Vorschein, schraubte mit Mühe den Verschluß ab und nahm einen tüchtigen Schluck. Dann hielt er Charvet das Fläschchen hin.
»Wodka«, flüsterte er. »Nehmen Sie auch einen Schluck.«
»Danke, später.«
»Ich möchte, daß Sie einem UNESCO-Beamten folgen – Engländer. Heißt Peter Conway«, murmelte der Russe.
»Wohin er geht. Wen er besucht. Wie lange er bleibt. Mit wem er sich trifft. Fotos, wenn möglich. Frauen insbesondere?«
Charvet betete die Liste aller möglichen Dienstleistungen herunter. Er sah, daß Schitow bei diesem Gespräch Anregung und Hilfe brauchte. Mit der Erwähnung von Frauen hatte er auf den richtigen Knopf gedrückt. Schitow zwinkerte auffällig mit seinem rechten Auge und holte sich weiteren Beistand aus seinem Fläschchen.
»Frauen«, wiederholte er. »Der Mann, den ich ablöse, hat mir ein paar Adressen gegeben. Sagt, daß keiner Marie-Claire Passy versäumen darf. Hat Titten wie Kanonenkugeln. Ich hab eine Verabredung mit ihr. Hab sie gleich nach Ihnen angerufen. Sie wartet. Peter Conway wohnt in diesem Haus.«
Charvet kam aus dem Staunen nicht heraus. Dieser Narr vor ihm hatte Namen und Adresse zu Papier gebracht, auf einem schmierigen Zettel, den er jetzt ohne jeden Versuch, es verdeckt zu tun, über den Tisch schob. Charvets Hand schloß sich darüber. Schitow grinste albern und sah sich im Café um.
»Das hier ist besser als Tallinn. Besser als die Arbeit unter diesem Schwein von Karlow. Wenn wir Glück haben, wird er als nächster umgebracht, bevor er Procane aufstöbert. Ich mag diese Bar«, schwatzte er vor sich hin und schaute wieder um sich. »Haben Sie eine Ahnung, wie spät es ist?«
»Ein Viertel nach vier.«
»Du liebe Zeit, mein Rendevouz mit der Passy ist jetzt!«
»Ich zeige Ihnen, wie Sie hinkommen. Haben Sie Ihr Bier bezahlt? Kommen Sie.«
Charvet hatte einen raschen Entschluß gefaßt. Er bezweifelte, daß Lew Schitow sich in der Altstadt allein zurechtfinden würde.

Außerdem wurde er auf dem Weg möglicherweise von der Polizei aufgegriffen.
Er faßte Schitow am Arm und geleitete ihn aus dem Café und den steil bergauf führenden Gehsteig entlang, der sich hoch über der gewundenen, mit Kopfsteinen gepflasterten Straße befand. Charvet kannte Marie-Claire Passy noch aus seiner Dienstzeit bei der Polizei; er blieb vor einem winkeligen alten Gebäude stehen und drückte den Klingelknopf. Er schob Schitows Kopf nahe an die Gegensprechanlage, als die helle, scharfe Stimme eines Mädchens erklang.
»Wer ist da?«
»Lew. Ich hab angerufen...«
»Kommen Sie herauf. Erster Stock.«
Charvet drückte die Tür auf, als der Summton zu hören war, und schob Schitow ins Innere. Er folgte ihm einige Schritte nach, deutete die wackelige Treppe hoch und flüsterte: »Erster Stock.«
Als das automatische Türschloß eingeschnappt war, rannte Charvet die Straße hinunter zur nächsten Telefonzelle. Er suchte Marie-Claires Nummer heraus und wählte. Sie meldete sich mit ihrer hellen, scharfen Stimme.
»Hallo?«
»Hier ist Alain Charvet. Sie haben einen Kunden. Kann er mithören?«
»Sie machen Witze, Alain. Der hört nicht einmal den Donner des Jüngsten Gerichts. Außerdem ist er im Bad.«
»Eine Gefälligkeit. Bettgeflüster nach dem großen Erlebnis. Versuchen Sie ihn über Estland zum Reden zu bringen. Und über einen Mann namens Karlow.« Er buchstabierte den Namen. »Er hat unter ihm gearbeitet und haßt das Schwein – so seine Worte. Bringen Sie, wenn Sie können, heraus, was Karlow für Aufgaben hat. Schitow, Ihr Kunde, ist ein Neuer.«
»Wem sagen Sie das?«
»Ich rufe Sie wieder an.«
»Könnte es gefährlich werden?«
»Nicht, wenn Sie ihn unter Alkohol halten. Wodka. Er hat sein eigenes Fläschchen. Und außerdem wird er bald eindusseln. Morgen wird er sich an nichts erinnern, was er Ihnen erzählt hat.«
»Überlassen Sie ihn mir.«
Als nächstes suchte Charvet im Telefonbuch die Nummer der

UNESCO-Abteilung, in der Peter Conway arbeitete. Er wählte, verlangte Conway zu sprechen, bereit, sofort einzuhängen, wenn der Engländer an den Apparat käme.
Eine Dame teilte ihm mit, Conway sei in einer Sitzung, die nicht vor sieben Uhr abends enden werde. Charvet sagte, er wolle keine Nachricht hinterlassen, und hängte auf. Damit hatte er genug Zeit, später beim UNESCO-Büro zu sein, um Conway zu folgen.
Schitow, der Neue. Charvet kannte den Typ. Sicherlich war er intensivem Training unterzogen worden, bevor er Rußland verließ. In einem der Speziallager, die die Sowjets unterhielten, hatte man ihm nicht nur Französisch, sondern wahrscheinlich auch Deutsch beigebracht. Und, vor allem, hatte man ihm gezeigt, wie man sich kleidet, und ihn über Sitten und Gewohnheiten der Schweizer aufgeklärt.
Er war sicher vertraut mit dem Stadtbild Genfs – nicht nur von Landkarten, sondern auch von Modellen in großem Maßstab. Man hatte ihn in die zahllosen Tricks eingeführt, auf denen sein neues Gewerbe beruhte. Und – man hatte ihn vor den Versuchungen des dekadenten Westens gewarnt.
Doch gerade das war, wie Charvet nur zu gut wußte, das einzige, vor dem noch soviel Training nicht hundertprozentig zu schützen vermochte. Vor dieser Schockwirkung des in allen Formen erhältlichen westlichen Luxus, mit dem man sich über Nacht konfrontiert sieht, nachdem man sein nüchternes Heimatland verlassen hat.
Die Frauen! Die jungen Mädchen in den engen schwarzen Hosen, die ihre schönen Beine zur Geltung brachten. Gerade deshalb war Schitow über Bord gegangen – wahrscheinlich innerhalb weniger Tage nach seiner Ankunft. Er stieg einer Frau nach, deren Adresse ihm sein Vorgänger, der sich ebenfalls der reichen Möglichkeiten bedient hatte, hilfreich hinterlassen hatte.
Das lief nicht immer so. Viele Russen hatten Angst davor, es zu riskieren. In einigen Wochen würde Schitow möglicherweise vorsichtiger werden. Am Telefon hatte Charvet an Schitows Französisch Spuren eines russischen Akzents feststellen können, wohingegen im Café sein Französisch fließender, akzentfreier geklungen hatte. Im Augenblick jedoch waren Schitows männliche Instinkte stärker als alles andere. Sie machten ihn äußerst verwundbar.
Charvets eigene Reaktion jedoch, die Art, wie *er* dieser Situation

begegnete, war fast einmalig zu nennen. Daß Schitow der Name Procane entschlüpft war, ließ ihn zu dem Entschluß kommen, ganz gegen alle normalen Regeln zu handeln. Tweed hatte den Namen Procane bei seinem Genfer Besuch mehrmals erwähnt. Sollte Passy etwas herausbekommen, würde er Tweed unverzüglich informieren müssen.

Am folgenden Tag arrangierte Tweed ein Treffen mit Alain Charvet. Charvet hatte – typisch für ihn – vom Cointrin-Flughafen angerufen; zu einem Zeitpunkt, der ihm ermöglichte, eine vierzig Minuten später startende Maschine der Swissair nach London zu benutzen. Tweed hatte nach Anhören von Charvets verschlüsselter Nachricht der Reise zugestimmt. Treffpunkt sollte das *Penta-Hotel* in Heathrow sein.
Tweed wartete in Heathrow bei der Ausgangsbarriere, bis er Charvet auftauchen sah. Es entging ihm nicht, daß der Schweizer einen großen Koffer bei sich hatte, als habe er einen längeren Aufenthalt vor. Tweed wanderte langsam zum großen Bücherstand von W. H. Smith und blieb vor den Paperback-Regalen stehen.
Er wählte eine Stelle am einen Ende in sicherer Entfernung von den anderen Kunden. In der Hand hielt er einen Kugelschreiber verborgen. Er ließ den Blick über etliche Titel streifen, während Charvet herbeischlenderte, hinter ihm stehenblieb und ausdruckslos die endlosen Buchreihen anstarrte.
Tweed nahm irgendein Paperback mit einem fast nackten Mädchen auf dem Titelbild zur Hand. Er schlug es auf und schrieb in seiner säuberlichen Handschrift die Zahl 134 auf die letzte Seite. Dann stellte er das Buch in das Regal zurück und ging davon.
Charvet nahm zwei Bücher heraus, besah sie, stellte sie zurück und wählte dann das, das Tweed sich angesehen hatte. Als er ging, um es zu bezahlen, war Tweed verschwunden. Charvet durchquerte die Halle und benützte den Ausgang, vor dem die Taxis warteten.
»Penta-Hotel«, wies er den Fahrer an, nachdem er eingestiegen war.
Als das Taxi losfuhr, schlug er das Buch auf und tat so, als lese er darin. Beim Penta-Hotel entlohnte er den Fahrer, ging hinein, warf einen Blick zum Empfangspult, sah, daß dort alles beschäftigt war, und trat in einen wartenden Aufzug. Als er leise an die Tür

von 134 klopfte, öffnete Tweed und schloß die Tür sogleich wieder, als er eingetreten war.
»Schön, daß Sie kommen, Charvet. Was ist in Genf passiert?«
»Ein Neuer, Lew Schitow, ist angekommen«, berichtete der Schweizer. »Er war so betrunken, daß er gleich am Telefon seinen Namen nannte. Wir trafen uns in einem Café, und er gab mir einen Auftrag – der hier nicht von Bedeutung ist. Die Hauptsache dabei: er erwähnte Procane.«
»Könnte es eine Falle gewesen sein?«
»Nein. Ich erkenne genau, wenn ein Mann stockbesoffen ist. Wer weiß, daß ich für Sie in dieser Sache arbeite?«
»Nur ich«, gab Tweed zu. »Kommt von der nervösen Anspannung, in die ich langsam gerate, daß ich Sie gefragt habe. Kommen Sie, setzen Sie sich und erzählen Sie mir, was los ist.«
»Wie ich schon sagte, ein Neuer, eben erst in Genf angekommen. Verrückt nach einem Mädchen. Der Mann, den er abgelöst hat, gab ihm einen Namen und die Adresse – zum Glück kenne ich das Mädchen. Aus meiner Zeit bei der Polizei kenne ich immer noch die meisten von ihnen. Dieses Mädchen, nennen wir sie Celeste, brachte ihn in ihrer Wohnung tatsächlich zum Reden. Er hat vorher für Andrei Karlow gearbeitet, einen Obersten beim GRU in Tallinn in Estland. Haben Sie je von ihm gehört?«
»Ich werde nachsehen lassen, wenn ich zurück bin. Fahren Sie fort.«
»Ich wollte nicht übers Telefon reden – wir können nie sicher sein, ob Washington mit seinen Satelliten nicht schon so weit ist, daß sie Telefonnetze anzapfen. Aber Celeste hat aus Schitow herausbekommen, daß Karlow damit betraut ist, Adam Procane sicher nach Moskau hinüberzubringen.«
»Operiert dieser Karlow immer noch von Tallinn aus?«
»Laut Schitow ja. Er schnappte etwas auf, als er vor seiner Abreise in Moskau letzte Instruktionen erhielt. Manchmal überschätzen wir die sowjetische Spionageabwehr.«
»Bitte, weiter.«
»Karlow hat ein bißchen viel auf seinem Teller. Ein General Lysenko hat ihm die Leitung der Operation Procane übertragen – das hört sich an, als erwarteten sie, daß Procane via Skandinavien hinüberwechselt. Und so unglaublich es klingen mag – Karlow leitet auch die Nachforschungen bezüglich der Ermordung mehrerer GRU-Offiziere in Tallinn.«

»Darüber steht heute etwas in der Morgenausgabe der Pariser Tageszeitung ›Le Monde‹. Die angebliche Ermordung von GRU-Offizieren«, merkte Tweed an. »Glauben Sie, daß es stimmt?«
»Im heutigen ›Journal de Genève‹ gibt es einen kurzen, unbestätigten Bericht zum selben Thema. In Estland gerät offenbar was ins Kochen. Ich erinnere mich, daß Anfang August Enn Tarto, ein führender estnischer Nationalist, zu einer langen Gefängnisstrafe verurteilt wurde. Mitte August flüchteten der estnische Justizminister und seine Frau nach Schweden. Dieser Oberst Karlow sitzt ziemlich in der Klemme, was sonderbar ist.«
»Warum sonderbar?«
»Weil er den Ruf hat, einer der glänzendsten Militäranalytiker zu sein – nach dem, was Schitow Celeste erzählt hat.«
»Fiel ein Wort darüber, wie Karlow mit seinem Chef, diesem Lysenko, auskommt?«
»Ah, das könnte der Grund sein! Schitow verabscheut Karlow. Er ließ fallen, daß Karlow ihn wegen Inkompetenz nach Moskau zurückschickte. Und was Lysenko betrifft, haßt Karlow ihn offenbar mehr, als Schitow Karlow haßt.«
»Schönes Familienleben.« Tweed seufzte und wünschte, er könnte jetzt Kaffee bestellen. Aber es ging nicht an, daß jemand, wenn auch nur der Kellner, ihn mit Charvet sprechen sah. »Warum«, fuhr Tweed fort, »meinen wir immer, daß es nur vor unserer eigenen Haustür Mist gibt? Ich frage mich, warum sie diesen Schitow aus Rußland rauslassen, wenn er so unfähig ist...«
»Wahrscheinlich kennt er die richtigen Leute, General Lysenko inbegriffen, der ihn für diesen Posten vorgeschlagen hat. Noch etwas: Karlow war offenbar der erste Kontaktmann von Procane, als er zur Sowjetischen Botschaft in London abkommandiert war. Das könnte die Erklärung dafür sein, daß er die Operation leitet – mit der Aufgabe, Procane sicher nach Rußland zu schleusen, wenn es soweit ist.«
»Sieht aus, als hätte Lew Schitow sich bei Ihrer Celeste um seinen Kopf geredet«, meinte Tweed und starrte dabei gegen die leere Wand, als wären seine Gedanken Meilen entfernt. »Ist das nicht eine mögliche Gefahr für die Zukunft? Gibt es eine Möglichkeit, ihn zum Schweigen zu bringen? Wird er nicht auch vor anderen darüber reden?«
»Ist das wahrscheinlich? Wenn er es seinen eigenen Leuten erzählt, werden die ihn geradewegs nach Moskau befördern.«

»Er trinkt viel«, erinnerte Tweed. »Er könnte der falschen Person vertrauen. Sie müssen ihm Angst machen. Gibt es keine Möglichkeit, ihm den Schrecken seines Lebens einzujagen?«
»Sie muten mir einiges zu.« Charvet lehnte sich in seinem Stuhl zurück und dachte angestrengt nach. »Ich hab's«, sagte er plötzlich.
»Etwas, womit man ihn wirklich erschreckt«, betonte Tweed.
»Ich werde ihm sagen, ich hätte soeben entdeckt, daß Celeste dem DST angehört. Der Gedanke, daß er der französischen Spionageabwehr etwas ausgeplaudert hat, wird seine Lippen für immer versiegeln.«
»Ausgezeichnet.« Tweed erhob sich. »Ihr Flug hat sich gelohnt. Jetzt habe ich einige weitere wichtige Teile für mein Zusammensetzspiel.« Er zog ein dickes Kuvert aus seiner Brusttasche und reichte es Charvet. »Schweizer Franken. Deckt Ihre Reisespesen und entschädigt sie für Ihre wertvollen Dienste. Sie nehmen das nächste Flugzeug zurück nach Genf.«
»Nicht das *nächste*«, korrigierte ihn Charvet. »Das könnte die Maschine sein, die mich hergeflogen hat. Ich werde auf dem Flughafen zu Mittag essen und die übernächste Maschine nehmen.«
Tweed nickte. Charvet ließ nie einen Trick aus. Es würde keinen Zeugen geben, der behaupten konnte, er habe die Schweiz jemals verlassen. Tweed nahm Charvets großen Koffer auf.
»Ich trage ihn, wenn ich das Zimmer bezahle. Wenn man *Sie* damit sieht, glaubt man vielleicht, Sie wollen abhauen, ohne Ihre Rechnung zu begleichen. Warten Sie beim Taxistand, ich bringe ihn Ihnen hinaus.«
»Ich werde weiter an der Procane-Sache arbeiten und Ihnen berichten, sobald eine neue Entwicklung eintritt.«
Nachdem er Charvet verabschiedet hatte, kehrte Tweed nicht sofort nach London zurück. Er nahm den Bus von Terminal 2 zu Terminal 3, wo die Transatlantikflüge abgefertigt wurden. Langsam schlenderte er zum Ausgang für US-Staatsangehörige, und er brauchte nur einige Minuten, um zu entdecken, was er suchte.
Da stand ein Mann in einem Regenmantel, dünn wie eine Bohnenstange, die Hände in den Taschen, mit einem flachen Filzhut auf dem Kopf, und kaute an einem Streichholz. Seine Kleidung war in England angefertigt, er sah unauffällig aus. Aber warum, fragte sich Tweed, trugen sowjetische Geheimdienstleute mit solcher

Vorliebe diese niederen Filzhüte? Sie überwachten immer noch alle Flüge aus den Staaten.
Auf dem Weg zum Park Crescent ging Tweed im Taxi alles durch, was Charvet berichtet hatte. Oberst Andrei Karlow überwachte vom fernen Tallinn aus die Vorbereitungen, die für den Empfang Adam Procanes getroffen wurden. Stilmars Kontaktleute waren also verläßlich. Denn er war es gewesen, der zuerst angedeutet hatte, der Grenzübergang werde nach Durchquerung Skandinaviens erfolgen. Die GRU-Morde waren eine Komplikation, mit der Tweed nichts anzufangen wußte.
Die estnische Untergrundbewegung konnte dafür verantwortlich sein. Aber Tweed glaubte das nicht. Er hatte nie an Zufälle geglaubt. Alle Richtungspfeile wiesen nach dem Baltikum. Er begann, sich wieder Sorgen um Newman zu machen.
Am nächsten Tag gab es noch etwas, worüber man sich Gedanken machen mußte. Eine dritte Person kam mit der Concorde aus den USA an. Und auch diese Person war ein ganz großer Fisch.

14

»Sie wissen doch, daß Helene Stilmar in London ist?« fragte Monica beiläufig, als Tweed ins Büro kam.
»Nein, ich weiß es nicht – und das wissen Sie auch. Haben Sie noch weitere Karten im Ärmel?«
»Merkt man das?«
»Ihr Mienenspiel sollte mir inzwischen bekannt sein.«
»Also: Helene wartet auf Sie. Howard ist heute außer Haus; ich habe sie in sein Büro geführt. Ich dachte mir, Sie würden vielleicht Kraft sammeln, Ihre Krawatte richten und Ihr Haar kämmen wollen – und was eben so dazugehört.«
»Sie ist wohl ein Wundertier?«
»Eine sehr schöne Frau. Gewohnt, ihren Willen durchzusetzen, und das auf die liebenswürdigste Weise. Klug im Umgang mit Männern. Sie werden Ihren ganzen Verstand einsetzen müssen«, fügte Monica etwas spitz hinzu. »Ihr Dossier liegt auf dem Schreibtisch. Sie gehört auch zu Reagans Beraterteam.«
Tweed trat hinter seinen Schreibtisch und überflog die Akte, während er geistesabwesend den Krawattenknoten prüfte. Helene, Stilmars Frau. Alter: Anfang Dreißig. Verheiratet seit sechs

Jahren. Aufgabengebiet: Europa, mit besonderer Berücksichtigung von Frauenfragen. Vorherige berufliche Tätigkeit: State Department.
Dort hatte sie wahrscheinlich Stilmar kennengelernt. Wichtig war: sie hatte einige Zeit im Personalkarussell Washingtons verbracht. War also vertraut mit dem Apparat und seiner Funktionsweise. Tweed schloß die Akte und ging in den Waschraum, um sich zurechtzumachen. Als er zurückkam, blickte Monica auf.
»Bereit zur Schlacht?«
»Rollen Sie sie herein, wie die Yankees angeblich sagen.«
Helene Stilmar war schlank, hielt sich sehr gerade, hatte lange, schöngeformte Beine in dünnen schwarzen Strümpfen und hochhackigen Schuhen. Ihr dichtes nußbraunes Haar gab den Blick auf den wunderbaren Nacken frei.
Sie hatte einen starken Knochenbau, eine zartgeformte Nase und ein Kinn, das Energie und Entschlossenheit verriet. Sie kam mit ausgestreckter Hand heran, ihre grauen Augen waren direkt auf Tweed gerichtet, und sie schenkte ihm ein Lächeln, das ihn unverzüglich in ihren Bann zog.
»Mr. Tweed, ich habe durch meinen Mann schon so viel über Sie gehört – und er ist nicht so leicht zu beeindrucken.«
»Man kann sehen, warum Sie ihn beeindruckt haben.«
Aus dem Augenwinkel konnte Tweed sehen, wie Monicas Kopf in blankem Staunen hochfuhr. Wieder eine Seite an ihrem Chef, die sich anderen nur selten offenbarte. Er blieb stehen, und seine nächste Bemerkung warf sie abermals um.
»Es ist fast Zeit zum Lunch. Ich kenne ein Lokal, das Ihnen gefallen wird. ›The Capital‹. In der Nähe von Harrods. Das Essen ist ganz ausgezeichnet, es hat intime Atmosphäre, der Wein ist gut. Sie schließen sich mir doch an, hoffe ich? Mit Ihnen als Begleiterin wird jeder zu meinem Tisch hersehen. Und das werde ich genießen.«
»Mr. Tweed ...«
»Tweed allein genügt.«
»Tweed. Ihr Name gefällt mir auch. Ja, ich denke, das ist eine wirklich hübsche Idee. Natürlich bin ich entzückt, Sie zu begleiten.« Sie lächelte wieder ihr warmes Lächeln. »Ich bin sicher, Sie und ich werden einander viel zu erzählen haben.«
»Lassen Sie Tisch sieben reservieren, bitte«, bat er Monica, ohne sie dabei anzusehen.

»Was haben Sie mit meinem Mann angestellt, Tweed? Er ist verschwunden.«
Während sie die Frage stellte, betrachtete sie ihren Lunchpartner über den Rand ihres mit trockenem Weißwein gefüllten Glases hinweg.
Tisch sieben im *Capital* stand am Ende des langen Raumes, nahe dem Fenster längs der Wand. Sie saßen nebeneinander auf der Wandbank, Helene jetzt zur Seite gewendet, um seine Reaktion zu beobachten.
»Ihr Mann macht auf mich den Eindruck, allein und selbständig handeln zu können.«
»Also«, ging sie sofort zur Gegenattacke über, »haben Sie ihn seit seiner Ankunft hier gesehen?«
»Nur kurz.«
»Wir haben keine Geheimnisse voreinander«, drängte sie.
»Eine schöne Beziehung.«
»Tweed, mit Ihnen zu reden ist so, als führte man ein Gespräch mit der Berliner Mauer.«
»Ich möchte lieber zuerst über Sie reden. Sie mögen die Arbeit bei der Regierung? Und was genau ist Ihre Tätigkeit da? Oder ist das ein Staatsgeheimnis, das Sie nur mit Ihrem Gatten teilen?«
»Touché!« Sie spielte mit dem Stiel ihres Glases. »Was ich mache? Nun, der Präsident glaubt, daß Frauen im Prozeß der Meinungsbildung eine immer bedeutendere Rolle spielen. Er glaubt, daß das auch in Europa der Fall ist. In dieser Hinsicht bin ich eine Amerikanerin der ersten Generation, Tweed. Der Präsident ist der Meinung, ich hätte bezüglich der Frauen Europas sehr viel Fingerspitzengefühl. Also berate ich ihn hinsichtlich deren Reaktion auf eine bestimmte Politik. So einfach ist das.«
Nicht so ganz einfach, dachte Tweed bei sich. Die Akte über Helene Stilmar enthielt auch die Information, daß sie schwedischer Abstammung war. Schwedische Mutter, amerikanischer Vater. Schon wieder Skandinavien.
»Und was haben Sie auf dieser Reise vor?« fragte er und schaute aus dem Fenster.
»Verschiedene europäische Hauptstädte zu besuchen, um die gegenwärtige Meinung zu erkunden.« Sie wandte ihm ihren Blick direkt zu und lächelte. Tweed spürte die Anziehungskraft, die diese lebensprühende Person auf ihn ausübte. Diese Frau ist gefährlich, dachte er und erwiderte ihren Blick.

»Es gibt mehr und mehr Gerede – und auch Besorgnis – in Washington über eine Person namens Adam Procane«, fuhr sie fort.
»Mann oder Frau?« fragte er schnell.
»Ein Mann, nehme ich doch an.« Sie zeigte sich überrascht über seine Frage. »Mit diesem Namen.«
»Hinter einem Code-Namen könnte sich eine Frau verbergen.«
»Sie glauben also, es ist ein Code-Name?«
»Kennen Sie jemand dieses Namens in Washington? Oder anderswo?«
»Man hat mir gesagt, daß Sie ein Vollprofi sind«, bemerkte sie und nahm sich etwas von dem geräucherten Huhn, das soeben serviert worden war. »Nein, ich kenne niemanden, der Procane heißt. Beunruhigend daran ist, daß auch sonst niemand einen Procane kennt.«
»Was darauf hindeutet, daß Procane ein Code-Name ist – falls Procane existiert. Aber ich wollte Sie fragen, welcher Teil Europas auf Ihrem Programm steht. Eine Frau wie Sie hat jede Stunde ihrer Reise verplant, bevor sie Washington verläßt.«
»Sie wissen mit Frauen umzugehen, nicht wahr? Das hat man mir nicht gesagt.«
»Und Sie haben meine Frage noch immer nicht beantwortet.«
»Sie haben doch wohl von den sowjetischen Klein-U-Booten gehört, die in den Schwedischen Archipel bis nahe an eine wichtige Flottenbasis eindrangen? Nach unserer Information legen die Schweden jetzt ihre Neutralität ein wenig ab – sie sind wütend auf die Russen. Ich habe eine Idee. Warum kommen Sie nicht mit?«
»Wohin?«
»Nach Stockholm. Ich fliege morgen.«

»Sind Sie ihrem Charme erlegen?« erkundigte sich Monica, als Tweed kurz vor fünf ins Büro zurückkehrte. »Sie blicken so verträumt.«
»Sie will, daß ich mit ihr morgen nach Stockholm fliege.«
»Oh, ich verstehe.«
Monica fand plötzlich unter ihren Papieren etwas, das sie angestrengt studierte. Tweed zog seinen feuchten Burberry aus – es hatte leicht zu regnen begonnen, ein nebelartiger Regen vom Meer, der einem das Gesicht näßte. Er setzte sich hinter seinen Schreibtisch.

»Nein, Sie verstehen gar nichts. Das bedeutet nur Mehrarbeit. Die Kompaßnadel zeigt wie verrückt in Richtung Skandinavien. Wir haben Cord Dillon, der auf dem Weg nach Kopenhagen ist. Beim Lunch erfahre ich von Helene Stilmar, daß sie nach Stockholm fliegt. Das sind zwei Kandidaten, die in Frage kommen, Procane zu sein und die Route nach Rußland über Skandinavien zu nehmen.«
»Procane kann doch sicher nicht eine Frau sein?«
»Können Sie sich vorstellen, wie viele Informationen Helene in ihrem hübschen Kopf mit sich herumträgt – wenn man zusätzlich bedenkt, wer ihr Gatte ist?«
»Stilmar wird über seinen Job nicht reden«, meinte Monica bestimmt.
»Da kann man nie sicher sein. Sie ist seine zweite Frau.«
»Was hat das damit zu tun?«
»Ich habe bemerkt, daß Männer mit größerer Wahrscheinlichkeit ihren zweiten Frauen vertrauen. Der neue Start, wie die Amerikaner das nennen. Und sie ist eine äußerst attraktive Person.«
»Sie sind ja richtig verknallt in sie.«
»Sie würden anders denken, wenn Sie unsere Unterhaltung beim Essen gehört hätten. Es war wie ein Degengefecht – und sie ist Expertin, wenn's zum Fechten kommt.«
»Sie legen sich schon wieder ins Zeug!«
»Ich bin noch nicht am Ende! Ich brauche dringend ein gutes Foto von Helene Stilmar – zum Zwecke weitester Verbreitung. Kopf und Schultern – man wird es sehr vergrößern müssen. Unser Fotograf wird ihr nicht so nahe kommen können, ohne daß sie es merken würde.«
»Ich sehe überhaupt nicht, wie und wo er in ihre Nähe kommen können wird.« Monica blickte von ihrem Notizblock hoch, auf den sie kurze Bemerkungen geschrieben hatte.
»Das ist leicht. Wir machen das mit der Zwei-Mann-Methode. Freddie ist noch mit den Stilmar-Bildern unterwegs. Ist Harry Butler greifbar?«
»Ja. Er war zufällig in der Halle, als sie eintraf und führte sie herauf. Also weiß er, wie sie aussieht.«
»Um so besser. Er kann gut mit einer Kamera umgehen. Also, sie wird im ›Dorchester‹ wohnen – Stilmar sagte, er wohne da. Ich glaube, ich werde ihr einen großen Blumenstrauß schicken.«
»Samt Billet doux? ›In Liebe‹?«
»Nicht ganz so. Auf dem Kärtchen wird nur stehen: ›Bon voyage.

Tweed.‹ Und ich will, daß dieses Kärtchen im Strauß versteckt wird, so daß sie danach suchen muß.«
»Was haben Sie vor?«
»Harry, der Mann mit der Kamera, nimmt sich einen zweiten mit. Am besten Adams. Adams fragt nach Helene Stilmar und besteht darauf, daß sie ins Foyer herunterkommt. Er hat nämlich seinen Wagen falsch geparkt und muß sich etwas einfallen lassen. Adams ist der Mann, der die Blumen liefert. Er präsentiert ihr den Strauß und sagt, er muß eine Empfangsbestätigung haben. Da ich Helene jetzt ein bißchen zu kennen glaube, nehme ich an, daß sie voller Neugierde sein wird, wer ihr die Blumen geschickt hat. Sie wären es auch. Sie wird im Strauß nach der Karte wühlen. Das gibt Harry genug Zeit, seine Bilder zu schießen, ohne daß sie es merkt.«
»Ich wußte nicht, daß wir diese Methode je angewendet hätten.«
»Haben wir auch nicht. Habe ich mir soeben ausgedacht.«

Der kurze Regenschauer ging vorüber, und die Sonne schien wieder. Newman stand im Süd-Hafen auf dem Gehsteig gegenüber dem Silja-Pier und machte mit seiner Voigtländer wie ein Tourist Aufnahmen. Es war ungefähr halb elf Uhr vormittags, und es sah ganz nach einem schönen Herbsttag aus.
Die *Georg Ots* war bereit zur Abfahrt. Laila stand am Pier und schwatzte mit einem jungen Matrosen, der eben das Haltetau losmachte. In der rechten Hand trug sie eine große Botentasche. Sie sah sich um und zum Schiff hoch, bevor sie ein Päckchen herausnahm und es dem Matrosen zusteckte. Er verbarg es unter seiner schweren Windbluse, warf das Tau zu Boden und wandte sich zur Gangway, während Laila die Straße überquerte und am Wasser entlang stadtauswärts schlenderte. Newman ging langsam hinter ihr her und holte sie erst ein, als sie außer Sichtweite des Schiffes waren.
»Ich glaube wirklich nicht, daß es gelingen würde«, gab Laila zu. »Als ich damals versuchte, einen von ihnen auszufragen, wäre ich nicht auf die Idee gekommen, ihm so eine Art von Geschenk anzubieten.«
Auf Newmans Vorschlag hatte sie in ihrer Tasche eine Auswahl von Pop-Platten versteckt gehabt – sie waren in dem Päckchen gewesen, das sie dem Matrosen gegeben hatte. Für den Fall, daß der Mann älter gewesen wäre, enthielt ihre Tasche auch noch eine Kiste Havanna-Zigarren und mehrere Zigarettenpackungen.

»Was erfahren?«
»Ja. Zuerst wollte er überhaupt nichts sagen – bis ich ihm von den Platten erzählte. ABBA, Michael Jackson und so weiter. Dem Köder konnte er nicht widerstehen.«
»Und was hat er Ihnen gesagt.«
»Sie hatten recht. Sie wissen alles über die Passagiere, bevor die auch nur in die Nähe des Schiffes kommen. Sie prüfen die Visum-Ansuchen sehr genau. Wenigstens glaube ich, daß er das sagte – es ist nicht leicht, jedes estnische Wort zu verstehen.«
»Noch etwas?«
»Und auch damit hatten Sie recht. Bei jeder Überfahrt haben Sie einen GRU-Mann in Zivil an Bord, der die Passagiere beobachtet. – Es wäre schön und außerdem still, wenn wir da hineingingen.«
Sie bogen von der Uferstraße ab und gingen in den großen, hügeligen Park, den Takala ihm vom Hubschrauber aus gezeigt hatte. Wie hieß er doch? Quellen-Park.
Ein Netzwerk von Wegen lief zwischen den Föhren bergauf und bergab. Junge Mädchen und Burschen joggten an ihnen vorbei. Laila führte ihn zum höchsten Punkt am äußersten Ende der Halbinsel, und sie blieben stehen, um das weite Hafenpanorama und die Sicht auf das von vielen Inseln betupfte Meer in sich aufzunehmen.
»Passen Sie auf, wo Sie hintreten«, warnte Laila.
Sie standen auf einer Granitkuppe, und die frische Brise fuhr durch ihr Haar. Newman machte einige vorsichtige Schritte vorwärts und sah den Grund für ihre Warnung. Sie standen am Rande des massiven Felsens, der hier in einem Steilabfall endete. Unter ihnen war nichts als freier Raum, da der Fels senkrecht etwa fünfundzwanzig Meter abfiel bis zu einem geteerten Weg, der sich zur Straße hinabwand, die die Halbinsel umsäumte. Es war still hier und entlegen, kein Mensch war in der Nähe.
»Sie sehen, was ich meine?« rief Laila. »Ein Schritt weiter und wir reden nie mehr miteinander. Es hat Unfälle gegeben, Betrunkene, die in der Nacht hier heraufkamen und in die Ewigkeit stolperten.«
An diese Worte Lailas sollte Newman sich später einmal erinnern.

»Die Aufnahmen von Ihrer Helene sind bereit zum Versand«, informierte Monica Tweed. »Und sie ist wirklich gut getroffen.«
»Senden Sie sie sofort mit Kurier ab, bitte«, sagte Tweed.
Eine Kopie hatte sie zurückbehalten, die er jetzt sorgfältig in ein mit Pappe verstärktes Kuvert schob, das er in eine Lade gleiten ließ. Monica verfolgte es mit kaum verhohlener Erheiterung.
»Soll ich es Ihnen rahmen lassen?« fragte sie. »Im Silberrahmen müßte es sich nett ausnehmen. Ich kenne einen . . .«
»Lassen Sie Ihre Possen und sehen Sie zu, daß diese Bilder fortkommen«, sagte Tweed brüsk. »Sie fliegt morgen nach Stockholm, also möchte ich, daß sie vor ihr da sind. Auf dem Flughafen Arlanda wird ein Bote sie unserem Kurier abnehmen. Parole ist ›Golden Girl‹. Ich habe bereits Stockholm angerufen. Geben Sie mir die Flugdaten; ich gebe sie telefonisch weiter.«
»Und welchem Zweck dienen die Fotos?«
»Sie werden an die Flughafenpolizei, an die Leute von der Küstenwache, an die Stockholmer Polizei verteilt. Und natürlich an die SAPO. Die lassen alle anderen wissen, wie die Dinge wirklich stehen.«
»Und wie stehen die Dinge wirklich?«
»Sie sehen die Linie, die Dillon mit seinem Kugelschreiber gezogen hat?« Er ging durch den Raum zu der Karte an der Wand, und sein Finger folgte der dunklen Linie entlang der Ostküste Schwedens.
»Ja. Und?«
»Wenn Helene versucht, diese Linie zu überschreiten, wird sie sofort festgenommen. Man wird sich irgendeine Beschuldigung aus den Fingern saugen. Verdacht des Rauschgifthandels, irgend etwas, das dem Zweck dienlich ist.«
»Sie sind wirklich ohne jeden Skrupel«, urteilte Monica empört.

Der estnische Trawler *Saaremaa* befand sich tief im Kattegat zwischen Schweden und Dänemark. Nach seiner Rückkehr aus der Nordsee hielt er jetzt südlichen Kurs auf den Öresund, die enge Meeresstraße, die Schweden von Dänemark trennt.
Einmal an Kopenhagen vorbei, würde die Ostsee offen vor ihnen liegen. Im Senderaum hatte der Funker soeben ein langes,

aus raschen Zeichen bestehendes Signal durchgegeben. In diesem Augenblick öffnete sich die Tür seiner Kabine und Käpitän Olaf Prii stand bewegungslos im Türrahmen. Der Funker blickte hoch.
»Ich habe gerade die verschlüsselte Nachricht gesendet, Sir«, berichtete er.
Prii nickte, schloß die Tür und kehrte auf die Brücke zurück. Ein Flugzeug mit dänischem Hoheitszeichen überflog das Schiff, und er schaute ihm nach, als es sich in Richtung Flughafen Kastrup entfernte. Er lächelte grimmig und gab Befehl, auf schnellere Fahrt zu gehen.
Trotz der raschen Zeichenübermittlung wurde das Signal in Cheltenham, dem modern eingerichteten Abhörzentrum in England, deutlich aufgefangen und aufgenommen. Nach einer Stunde lag ein Bericht darüber auf Tweeds Schreibtisch.
Fast zur gleichen Zeit kam ein weiterer Bericht herein, diesmal vom dänischen NATO-Geheimdienst. Er gab die genaue Position und ungefähre Geschwindigkeit der *Saaremaa* an. Tweed stand vom Schreibtisch auf, ging zur Wand und steckte eine Stecknadel in die Karte.
Er ging zum Tisch zurück und las nochmals den Bericht aus Cheltenham. ». . . nach ersten Hinweisen scheint es sich um Signal aus raschen Zeichen in sowjetischem Einmal-Code zu handeln . . .«
Was hieß, daß er praktisch nicht zu knacken war.
Position und Kurs der *Saaremaa* überraschten Tweed nicht. Was ihn vielleicht verwirrt hätte, wäre er imstande gewesen, die Nachricht zu lesen, das waren Bestimmungsort und Empfänger. Das Signal war nach Tallinn gesendet worden. An Oberst Andrei Karlow.

Eine Stunde später kehrte Monica von ihrer Mission im Hotel *Dorchester* zurück. Sie warf Tweed einen vielsagenden Blick zu, wickelte sich den feuchten Schal – es nieselte wieder – vom Kopf und zog mit aufreizender Langsamkeit den Regenmantel aus.
Tweed sah ihr dabei zu und hütete sich, etwas zu sagen. Ihrem Gesichtsausdruck war abzulesen, daß sie etwas entdeckt hatte und sich jetzt, um ihn zu ärgern, Zeit ließ. Das war ihre Art, sich dafür zu rächen, daß er sie nicht über Procane informierte.
»Helene Stilmar hat gelogen – durch Weglassung von Fakten«, verkündete sie, während sie es sich hinterm Schreibtisch bequem

machte. »Ich sagte in der Rezeption, ein Freund habe dringend mit ihr telefonisch sprechen wollen und sie deshalb mehrere Tage lang vergeblich zu erreichen versucht.«
»Kommen Sie zur Sache, Monica.«
»Ich glaube, Sie haben den Eindruck, Stilmar und seine Frau seien gemeinsam über den Atlantik gereist.«
»Natürlich sind sie das.«
»Sind sie nicht! Helene kam einen Tag vor ihrem Mann an. Stilmar folgte ihr am nächsten Tag nach.«
»*Folgte* ihr?«
»Das Wort hat zwei Bedeutungen – sich jemandem in beidseitigem Einverständnis später anschließen –«, sie machte eine Pause, »– oder jemandem folgen, um zu sehen, was er vorhat.«
»Mein Englisch ist recht flüssig.«
»Ich habe außerdem erfahren«, fuhr Monica fort, seine Bemerkung ignorierend, »daß Helene Stilmar mit einer direkten Maschine *heute* nach Stockholm fliegt. Ich bin mit dem Mann an der Rezeption gut zurechtgekommen. Er sagte mir, der Freund müsse sie bald anrufen, um sie noch zu erreichen.«
»Daß sie dorthin will, hat sie mir gesagt.«
»Frauen sagen einem Mann manchmal etwas, um ihm zugleich zu verbergen, was sie sonst noch vorhaben.«
»Sie machte sogar den Vorschlag, wir sollten gemeinsam fliegen«, sagte Tweed beharrlich.
»Da müssen Sie aber schnell laufen, um sie einzuholen. Ihre Maschine ist um elf Uhr fünfunddreißig von Heathrow gestartet. Sie ist jetzt bereits in den Wolken.«
»Wann landet die Maschine in Arlanda?«
Tweed schloß eine Lade auf und entnahm ihr ein kleines Adressenbüchlein. Monica beugte sich über einen Ordner, den sie gerade anlegte. Auf dem Deckblatt stand »Helene Stilmar«.
»Fünfzehn Uhr dreißig schwedischer Zeit«, sagte sie. »Vergessen Sie nicht, die Schweden sind eine Stunde vor unserer Zeit.«
»Dann komme ich vielleicht noch rechtzeitig«, meinte Tweed, griff nach dem Telefonhörer und begann die Scheibe zu drehen.

Die Universitätsstadt Uppsala liegt etwa sechs schwedische Meilen nördlich von Stockholm. Eine schwedische Meile entspricht sieben englischen – also ist Uppsala annähernd vierzig Meilen von der Hauptstadt entfernt.

Uppsala hat einen Dom und eine Einrichtung mit weit düstererem Zweck: das seismologische Institut, das von Zeit zu Zeit in der Presse der Welt Schlagzeilen macht, indem es Ort und Umfang von Atomtests bekanntgibt, die irgendwo stattgefunden haben.
Ingrid Melin wohnte in einer großen Erdgeschoßwohnung an der Peripherie. Sie war nur einssechzig groß, doch ihr überschwengliches Temperament ließ die Zweiunddreißigjährige größer erscheinen. Das dunkle Haar war vorne über der hohen Stirn kurz geschnitten und fiel hinten bis zu den Schultern hinab. Sie hatte eine gerade Nase und braune, wachsame Augen.
Nach zwei gescheiterten Ehen witzelte sie oft: »Dritte Ehe – wehe, wehe!« Zusammen mit einer Partnerin hatte sie ein Fotokopierstudio aufgemacht, das mit den Jahren expandierte und jetzt schöne Gewinne abwarf. Das war beachtlich, wenn man bedachte, daß sie mit einem gebrauchten Kopiergerät angefangen hatten.
Triefend rannte sie aus dem Bad zum Telefon im Wohnzimmer und hob nach dem sechsten Läutsignal den Hörer ab.
»Ingrid Melin.«
»Hier Tweed. Ich spreche aus London. Wie geht's?«
»Großartig! Endlich höre ich wieder von Ihnen. Haben Sie Arbeit für mich?«
»Sehr dringende Arbeit! Eine Maschine aus London – nonstop – landet in Arlanda um fünfzehn Uhr dreißig. An Bord ist eine Amerikanerin...« Tweed gab eine genaue Beschreibung von Helene Stilmar. Ingrid sagte sofort zu.
»Ich werde sie erkennen.«
»Können Sie rechtzeitig in Arlanda sein und ihr folgen?«
»Natürlich! Ich nehme von Uppsala ein Taxi direkt zum Flugplatz. Genug Zeit. Kein Problem!«
»Verwenden Sie einstweilen das Geld, das ich in Ihrer Bank deponiert habe.«
»Ich habe keine einzige Krone davon abgehoben.«
»Ich wußte, es würde so sein. Ich werde Ihnen wahrscheinlich mehr schicken. Die Frau heißt Helene Stilmar.« Er buchstabierte.
»Ich muß wissen, wohin sie geht, mit wem sie sich trifft. Besonders wichtig, Ingrid: wenn sie eine Fahrkarte nach Finnland kauft, Flugzeug oder Schiff, dann rufen Sie mich sofort an. Wenn ich nicht da bin, sagen Sie es Monica.«
»Mach ich. Tweed! Sie kommen doch nach Stockholm! Sehen wir uns? Ja?«

»Ich weiß es nicht. Ich komme, wenn ich kann.«
»Bitte, kommen Sie! Wenn Sie können. Aber jetzt muß ich weg – Ihre Versicherung braucht mich. Ich muß mich anziehen und ein Taxi rufen.«
»Ingrid, geben Sie acht auf sich!«
»Werde ich. Auf Wiedersehen!«
Tweed legte auf und starrte in die Ferne. Er hatte sich in einfachen Sätzen ausgedrückt. Ingrid hatte selten Gelegenheit, mit jemandem Englisch zu sprechen.
Tweed hatte über Westeuropa ein Nachrichtennetz ausgeworfen – lauter Mädchen, über die er verfügen konnte. »Frauen sind loyaler als Männer, wenn sie Vertrauen zu einem haben«, hatte er einmal gesagt. Und in diesem Netz von Mädchen war Ingrid die vielleicht verläßlichste und ergiebigste Nachrichtenquelle. Ein Mädchen mit Sinn fürs Praktische, das eigenständig handelte. Weiterhin über ihren Ordner gebeugt, ließ Monica eine Bemerkung fallen.
»Sie hätten ihr andeuten können, daß Sie nach Stockholm fahren. Sie mag Sie sehr.«
»Sie wissen, daß ich nie im voraus bekanntgebe, wohin ich mich bewegen werde, wenn ich es vermeiden kann.«
»Sie weiß, was Geheimhaltung ist.«
»Sie ist sehr gut«, stimmte Tweed bei, immer noch vor sich hinstarrend. »Sie erwähnte sogar die Versicherung – für den Fall, daß jemand unser Gespräch abhörte. Ich glaube, sie ist die einzige, die ahnt, was mein wirklicher Beruf ist.«
»Ist es gefährlich für sie?« fragte Monica.
»Es ist immer gefährlich – vor allem dann, wenn man es am wenigsten erwartet.«
»Tweed, geben Sie auf das Mädchen acht. Wenn ihr etwas passierte, würde ich es Ihnen nie verzeihen.«
Er blickte sie erstaunt an. In all den Jahren ihrer Zusammenarbeit hatte Monica nie so zu ihm gesprochen. Die Bemerkung machte ihn schwankend. Sorge überkam ihn, und er faßte einen raschen Entschluß.
»Sorgen Sie dafür, daß ich an jedem der kommenden Tage nach kurzfristiger Voranmeldung jede beliebige Maschine nach Stockholm benutzen kann.«

Am darauffolgenden Vormittag traf eine Nachricht ein, die Tweeds Besorgnis noch verstärkte – wie Monica aus seinem Verhalten ablesen konnte. Es war natürlich Howard, der die gute Kunde überbrachte. Er kam ins Büro geschlendert, schloß die Tür, setzte sich auf die Ecke von Tweeds Schreibtisch und verschränkte die Arme. Er war die Freundlichkeit in Person, aber Tweed, der sich mit im Schoß gefalteten Händen in seinem Stuhl zurücklehnte, spürte die Feindseligkeit hinter dem liebenswürdigen Verhalten seines Vorgesetzten.
»Wenn ich recht informiert bin«, begann er, ». . . es sei denn, ich bin da völlig auf dem Holzweg, was sehr wohl sein kann. Und das erschwert die Sache für uns alle ein bißchen.«
Er betrachtete eingehend die Fingernägel seiner rechten Hand. Herrgott, dachte Tweed, komm schon heraus damit. Aber er blieb still.
»Wenn ich recht informiert bin«, begann Howard wieder, »sind Sie an jedem hochrangigen Amerikaner interessiert, der derzeit unser Eiland betritt.«
Tweed sah, wie Monica hinter Howards Rücken angesichts dieser aufgeblasenen Formulierung zusammenfuhr. Er nickte, um Howard zu veranlassen, endlich aufzuhören, um den Brei herumzureden.
»Es wird daher«, fuhr Howard fort, »in Ihrem Interesse liegen, zu erfahren, daß General Paul Dexter, Generalstabschef der US-Armee, heute morgen mit einer Sondermaschine in Lakenheath in East Anglia gelandet ist. Wichtig für Sie?«
Tweed erhob sich langsam und kam hinter seinem Schreibtisch hervor. Er stand mit dem Rücken zur Wandkarte. Sein Gesichtsausdruck verriet nichts von dem, was er dachte.
»Weiß man, warum er hier ist?« fragte er.
»Eine Inspektionsreise. Er wird mehrere NATO-Stützpunkte in Dänemark und Norwegen besichtigen. Zuerst aber will er mit Ihnen zusammenkommen. Im Verteidigungsministerium. In Lanyons Büro. Heute vormittag. Punkt elf.« Er ging zur Tür und blieb stehen, bevor er sie öffnete. »Er ist ein Pünktlichkeitsfanatiker, scheint mir.«
»Arroganter Kerl«, flüsterte Monica, als die Tür sich geschlossen hatte. »Er weiß, daß Sie immer pünktlich sind.«
»Und schlechter Laune ist er auch«, erklärte Tweed und starrte auf die Landkarte:

»Ihnen ist doch wohl klar, daß er wegen dieser Direktive der Premierministerin wild um sich schlägt und hofft, sie fallen dabei platt auf die Nase, und er wird sie dann los.«
»Davon ist mir nichts bekannt.«
»Aber mir. Was ist los? Sie sehen drein, als wäre gerade eine Bombe explodiert.«
»Schon wieder Skandinavien. Und noch ein hochrangiger Amerikaner.« Tweed starrte weiter auf die Karte und schien laut zu denken. »Langsam wird's brenzlich.«
»Sie wissen, wie spät es ist?«
»Ja. Howard hat mich absichtlich im letztmöglichen Augenblick verständigt, der es mir noch erlaubt, pünktlich im Verteidigungsministerium zu sein.«

Von einem Major in Uniform wurde Tweed bis zur Tür des Obersten Lanyon vom militärischen Abwehrdienst gebracht. Als Tweed eintrat, war von Lanyon nichts zu sehen. Ein Amerikaner, Anfang der Fünfzig, in Hemdsärmeln, erhob sich hinter Lanyons Schreibtisch, um ihn zu begrüßen.
»Schön von Ihnen, daß Sie kommen, Mr. Tweed.« Sie schüttelten einander die Hände, und General Dexter bot Tweed einen Armsessel an. Dann zog er seinen Stuhl hinterm Schreibtisch hervor und setzte sich neben Tweed.
»Man hat Ihnen eine abgezogene Handgranate in die Hand gedrückt, Tweed. Sie leiten die Operation, bei der Adam Procane gefunden werden soll, ehe es zu spät ist. Richtig?«
»So ist es. Ja.«
»Ich will Ihnen nicht vorenthalten, daß das Pentagon die Hosen voll hat, weil einer von unseren Leuten in der jetzigen Phase zu den Russen überlaufen will. In jeder Phase wäre es ein Unglück. In der gegenwärtigen – wo der Präsident im November zur Wiederwahl kandidiert – wäre es eine Katastrophe. Tweed, wer ist Procane? Haben Sie eine Idee? Dieses Gespräch bleibt ganz unter uns! Ich gebe Ihnen mein Wort.«
Tweed zögerte, sah den Amerikaner an. Dexter war ein von Kraft strotzender Mensch, physisch und geistig. Schütter werdendes braunes Haar mit grauen Strähnen ließ über der hohen Stirn die ersten kahlen Stellen sehen. Das Haar war kurz geschnitten. Über der kräftigen Nase erwiderten die dunklen Augen Tweeds Blick. Ein starker, entschlossener Mann.

»Ich bedaure, sagen zu müssen, ich habe bis jetzt keine Ahnung«, erwiderte Tweed.
»Ein Mann wie Sie muß sich doch Gedanken machen. Muß doch zumindest einen Verdacht haben. Ich weiß außerdem, daß Sie sehr aktiv sind – erst kürzlich waren Sie in Westeuropa. Wir wissen, Sie haben eine höchst ungewöhnliche Organisation von Agenten, die sich über ganz Europa erstreckt. Raus damit, Tweed!«
»Als Amerikaner«, begann Tweed langsam, »ist für ihn eines klar: Wer immer er ist, er muß auf seinem Weg in die Sowjetunion zuerst nach Europa. Und die Kompaßnadel zeigt jetzt mehr und mehr in Richtung Skandinavien.«
»Wohin auch ich will.« Dexter ließ ein tiefes, rollendes Kichern hören. »Damit stehe ich auf Ihrer Liste der Verdächtigen.«
»Ist das eine Frage oder eine Feststellung?«
»Eine Feststellung! Keine Hinhaltemanöver, bitte!«
»Gar nicht so wenige Top-Leute aus Washington haben sich diesen Zeitpunkt ausgesucht, in Europa aufzukreuzen.«
»Das weiß ich. Glaubt ihr Briten, wir in Washington wären naiv?«
»Ich habe nie geglaubt, die Amerikaner seien naiv – zum Unterschied von einigen meiner Kollegen«, gab Tweed zu. »Und ich habe nie den Fehler gemacht, unsere Freunde zu unterschätzen«, fügte er hinzu.
Dexter lachte wieder. »Kommen wir gleich zum Kern der Sache. Sie denken an Stilmar und Cord Dillon. Sie sind beide in gleicher Mission hier.«
»Sie haben Helene Stilmar ausgelassen.«
»Helene? Das ist doch eine Frau. Durch und durch Frau. Wußten Sie, daß sie als Verbindungsfrau zwischen State Department und Pentagon tätig war, ehe Reagan sie zu seiner Beraterin machte?«
»Wußte ich nicht.«
»Sie ist gut, sogar sehr gut. Verdammt fähig. Warum soll sie auf der Liste stehen? Procane ist ein Mann.«
»Woher wissen wir das?« fragte Tweed herausfordernd. »Es ist doch offensichtlich ein Code-Name. Welcher Deckmantel wäre für eine Frau geeigneter als ein männlicher Name?«
»Sie trauen niemandem, oder?«
»Ich streiche einen Posten erst durch, sobald ich weiß, daß ich das tun kann. General, wohin in Skandinavien fahren Sie?«

Es war jetzt an Dexter, zu zögern. Wieder sah er Tweed prüfend an, der still dasaß. Vertrauen konnte man nicht herbeizaubern. Dexter schloß seine sehnigen Hände zu Fäusten und seufzte.
»Besser, Sie wissen es – Sie würden es so oder so rausbekommen. Offiziell mache ich eine Inspektionsreise zu Stützpunkten in Dänemark und Norwegen. Hauptaufgabe für mich auf dieser Tour ist es, heimlich nach Schweden zu reisen, um mich mit einigen militärischen Befehlshabern zu beraten. Ich fliege in Zivil mit einem schwedischen Flugzeug an einen Ort namens Jakobsberg. Das liegt gleich außerhalb von Stockholm.«
»Ich kenne es. Die Schweden haben dort ihre Draken stationiert.«
»Hervorragendes Kampfflugzeug, der Draken. Sie kennen Europa, das muß man Ihnen lassen.«
»Ich bin überrascht, daß die Schweden dem zugestimmt haben – ja, es erstaunt mich. Wenn die Russen von Ihrem Besuch Wind bekommen, wird sich das schwer rächen.«
»Deshalb ist meine Reise sehr sorgfältig geplant worden. Ich habe einen Doppelgänger. Während ich mit den Schweden in Jakobsberg rede, wird mein Double in voller Uniform die Stützpunkte in Norwegen inspizieren. Moskau wird jede meiner Bewegungen belauern wie die Katze die Maus. Auf diese Weise streuen wir ihnen Sand in die Augen. Die Schweden sind ganz schön nervös wegen dieser sowjetischen Klein-U-Boote. Daß die ihre Seeabwehr im Archipel ausspionieren, ist ein Fehler...«
»Die Schweden werden nie der NATO beitreten«, bemerkte Tweed.
»Das wollen wir auch gar nicht. Sie sind ganz neutral – und das ist ihre Sache. Ich nehme einen U-Boot-Experten mit, der ihnen vielleicht einen Tip geben kann, wie man diese Dinger zum Auftauchen zwingt. Und vielleicht geben sie uns dafür den einen oder anderen Tip. Sie verstehen ihr Geschäft.«
»Wann fliegen Sie nach Jakobsberg?«
»Das ist noch nicht endgültig festgelegt.« Zum ersten Mal drückte Dexter sich vage aus. »Innerhalb der nächsten zwei Wochen, nehme ich an.« Er stand auf, und Tweed stemmte sich aus dem Armsessel in die Höhe. »Man kann gut mit Ihnen reden, Tweed. Mir ist ein bißchen weniger mulmig wegen dieser mysteriösen Procane-Sache, jetzt, da ich mit Ihnen geredet habe. Glauben Sie wirklich, daß er existiert?«

»Sie nicht?«
»Mehr und mehr Berichte über ihn kommen aus Europa herein. Aber keine Beschreibung. Nur formloser Quark.«
»Ich will es nicht versprechen«, sagte Tweed vorsichtig, »aber ich könnte in nicht zu ferner Zukunft im Besitz von so etwas wie einer Beschreibung sein.«
»Sie werden sie an unsere Leute weitergeben?«
»Sie werden darüber wissen, sobald ich es weiß.«
»Dann viel Glück, Tweed. Hoffe, Sie bald wieder zu treffen.«
Sie schüttelten einander die Hand. Als Tweed die Tür öffnete, um hinauszugehen, drehte er sich rasch um. Der Amerikaner lächelte. Paul Dexter war der Prototyp des amerikanischen Armeegenerals. Zum Unterschied von dem gütigen, weichen Eisenhower, wie Tweed ihn von Filmen kannte, war Dexter direkt und geradeheraus, ein Mann, der keine Zeit an Finessen vergeudete. Wahrscheinlich hatte er für die meisten Diplomaten und Politiker nur Verachtung übrig. Während Tweed zur Treppe ging, wo der Major ihn erwartete, machte er sich Gedanken über Dexter. Prototypen waren ihm nicht geheuer.

»Eben ist eine Warnung vom dänischen Abwehrdienst hereingekommen«, verkündete Monica, als Tweed in sein Büro zurückkehrte.
»Lassen Sie mich meinen Mantel ausziehen – bitte«, sagte er.
»Cord Dillon hat soeben Kopenhagen mit der Maschine nach Stockholm verlassen«, fuhr sie unbarmherzig fort. »Er reist unter dem Namen Alfred Mayer.«
»Setzen Sie Gunnar Hornberg von der SAPO in Kenntnis. Die übliche Routine. Geben Sie Gunnar eine Beschreibung durch. Hat er genug Zeit, jemanden nach Arlanda zu schicken, damit man sieht, wohin Dillon geht?«
»Ja. Wenn ich ihn jetzt gleich anrufe. Von Stockholm nach Arlanda sind es dreißig Minuten, nicht wahr?«
»Eher fünfundvierzig. In jedem Fall kann Gunnar sich der Flughafen-Sicherheitskräfte bedienen.« Tweed blickte automatisch auf die Karte. »Das Tempo nimmt zu. Alle Wege führen nach Stockholm.«
»Vielleicht«, stellte Monica die Vermutung an, »will Dillon sich mit Hornberg treffen. Man weiß, daß es zwischen der SAPO und der CIA diskrete Kontakte gibt.«

Stimmt, dachte Tweed hinter seinem Schreibtisch. Jahrelang hatte die SAPO enge Kontakte mit der Gegenadresse in Washington gehalten – trotz Schwedens überzeugtem Bekenntnis zur Neutralität.
»Sagen Sie Gunnar«, sagte er, nachdem sie die Nummer gewählt hatte, »daß er, sollte er feststellen, daß Dillon den Versuch macht, sich weiter nach Osten Richtung Finnland zu bewegen, ihn um jeden Preis aufhalten muß. Andernfalls wären politische Komplikationen zu befürchten – und so weiter. Sagen Sie, er soll alles im gegenwärtigen Zustand halten, bis ich in Stockholm bin.«
»Wann fliegen Sie? Ich bekomme keine Verbindung.«
»Heute. Wenn möglich.«
»Flug SK 528. Abflug Heathrow achtzehn Uhr dreißig. Ankunft Arlanda zwanzig Uhr vierzig«, sagte Monica prompt. »Ich buche für Sie einen Platz in dieser Maschine. Ein gepackter Koffer steht wie immer im Schrank.«
»Außerdem brauchen wir drei Beschatter für General Paul Dexter. Auch das ist dringend.«
»Was ist nicht dringend?« Sie wählte nochmals die Nummer der SAPO. »Übernehme ich hier alles, während Sie weg sind? Wenn ja, dann sagen Sie das am besten Howard.«
»So viele Dinge stehen an«, bemerkte Tweed und starrte immer noch auf die Wandkarte. »Und Bob Newman steht weiterhin draußen in der Wildnis – in mehr als einer Hinsicht.«
»Das war's, was ich Ihnen noch sagen wollte. Laila Sarin hat angerufen. Newman wohnt nach wie vor im Hotel ›Hesperia‹ auf der Mannerheimintie. Laila hat's nicht leicht gehabt, aber sie bleibt an Newman kleben wie Leim. Ihre Worte, nicht meine. Herrgott, Sie nützen diese Mädchen aus, Tweed. Laila in Helsinki, die arme Ingrid in Stockholm.«
»Ich weiß. Gelegentlich beunruhigt es mich. Wenigstens fahre ich jetzt zu ihnen.«
»Da sind Sie wieder einmal in Ihrem Element. Endlich wieder Außendienst.«
»Falls ich nicht meine alte Kraft eingebüßt habe.«
Monica schnaubte verächtlich und begann mit dem SAPO-Hauptquartier zu reden. Während sie telefonierte, ließ Tweed im Geiste das Tun aller beteiligten Personen Revue passieren. Alles deutete nun darauf hin, daß der Überläufer Procane Skandinavien durchqueren würde. Monica legte auf.

»Hornberg hat Alarm gegeben. Hätten Sie was dagegen, mir einmal genau mitzuteilen, was es mit dieser Procane-Angelegenheit für eine Bewandtnis hat? Wissen Sie etwas? Sie kommen mir vor wie ein Dirigent, der eine komplizierte Symphonie dirigiert.«
»Eine eigenartige Bemerkung. Und Sie haben hier die Oberaufsicht, solange ich weg bin. Ich werde es Howard sagen, bevor ich abfahre. Übrigens, ich traf ihn auf dem Weg hier herauf, als ich von Dexter zurückkam. Er sagte mir, Stilmar sei aus Europa zurück. Er ist im ›Dorchester‹. Lassen Sie auch ihn beschatten.«
»Ist Ihnen klar, daß wir bis an die Grenze ausgelastet sind? Ich werde etwas deichseln. Sie haben mir noch immer nichts über Procane gesagt«, erinnerte sie Tweed, der seinen Schreibtisch verlassen hatte, um sich den gepackten Koffer zu holen.
»Ich möchte Ihnen etwas in Erinnerung rufen, wenn Sie versprechen, deshalb nicht gleich in die Luft zu gehen.«
»Das bedeutet, daß es mir nicht gefallen wird.«
»Ein Geheimnis bleibt nur dann eines, wenn nur eine einzige Person es kennt.«

ZWEITER TEIL

Stockholm:
Das Vorfeld

16

Die Maschine verlor an Höhe, tauchte durch die Wolkendecke und begann die Rollbahn des Flughafens Arlanda anzufliegen. Helene Stilmar schaute aus dem Fenster. Schweden lag nur noch wenige hundert Fuß unter ihnen.
Über die Ebene verstreut riesige, wie Buschwerk wirkende Föhrenwälder. Da und dort vermittelten Gruppen riesiger Granitfindlinge den Eindruck, als befände man sich über Wüstengebiet. Gelegentlich eine Straße, auf der ein Wagen oder Laster langsam dahinkroch.
Der Erdboden hob sich der Maschine entgegen, die Betonpiste tauchte auf, und Helene stemmte sich ab. Die Räder der Maschine berührten sanft die Rollbahn. Ein dichter Wall aus Föhren raste am Fenster vorüber. Das Flugzeug verlor an Geschwindigkeit, schwenkte von der Rollbahn ab und kroch dann zu der Stelle, wo die ausziehbare Fluggastbrücke darauf wartete, mit der Ausstiegstür verbunden zu werden. Helene war in Schweden, dem Lande ihrer Väter.
In der Ankunftshalle stand Ingrid Melin und blickte zu der Stelle hin, wo diese Mrs. Stilmar auftauchen würde. Sie war ohne Hut und wirkte in ihrem marineblauen Hosenanzug sehr schlank und aufrecht. Um unauffällig zu bleiben, hatte sie sich hinter eine Familie gestellt, die auch auf jemandes Ankunft wartete. Und dann erblickte sie Helene Stilmar.
Groß, nußbraunes Haar, selbstbewußt einherschreitend, teures cremefarbenes Kostüm, das aussah, als stammte es von einem Haute-Couture-Salon. Ein Träger nahm ihr die drei großen Gepäckstücke ab, die sie auf einem Wägelchen vor sich hergeschoben hatte, und geleitete sie hinaus. Ingrid folgte, sah, daß sie ein Taxi nahm, und rannte zu dem Volvo, den sie gemietet hatte.
Die Straße, die Arlanda mit Stockholm verbindet, ist eine breite Schnellstraße mit sechs Fahrbahnen. Gut fünfzehn Minuten lang fährt man über offenes Land, ehe die Vorstädte auftauchen.
Es ist felsiges Land, und häufig passiert man Schluchten oder Stellen mit hohen Felsformationen. Ingrid lenkte ihren viersitzigen Volvo mit höchster Konzentration, achtete darauf, daß zwischen ihr und Helenes Taxi stets ein Fahrzeug war. Sie fuhr mit einem Geschick, um das so mancher Mann sie beneidet haben würde.

Auf dem Sitz neben ihr lag ein Koffer. Sie erwartete, daß die Stilmar in einem der ersten Hotels absteigen würde, doch das war nur eine Annahme. Den Wagen hatte sie gemietet, um beweglicher zu sein. Es war nicht sicher, daß Helene Stilmar nach Stockholm fuhr. Sie konnte ebensogut ein anderes Reiseziel haben.
Mit einem gewissen Gefühl der Erleichterung folgte Ingrid dem Taxi über Sergels Torg, den großen Platz im Zentrum von Stockholm mit der etwas kuriosen säulenartigen Skulptur aus glasartigem Material. Und vollends erleichtert war sie, als sie sah, daß das Taxi vor dem *Grand Hotel* anhielt.
Ingrid fuhr in die einzige verbleibende Parklücke vor dem Hotel. Ein anderer Wagen war offenbar soeben weggefahren. Sie schloß den Volvo ab, stellte die Parkuhr ein und ging noch vor Helene mit dem Koffer in der Hand die Stufen zum Hotel hinauf.
Dieses Manöver gelang nur, weil Helene drei Koffer hatte, die aus dem Taxi ausgeladen und von einem Träger hineingetragen werden mußten. Ingrid fragte sich, warum sie für einen kurzen Aufenthalt soviel Gepäck brauchte. Den Eindruck, daß es sich nur um eine Spritztour handle, hatte sie nach dem Gespräch mit Tweed gehabt.
Ingrid stand mit dem Koffer zu ihren Füßen in der Nähe des Empfangspults und tat, als warte sie auf jemanden. Helene trug sich ein. Sie hörte, wie der Mann an der Rezeption dem neuen Gast die Nummer eines in der sechsten Etage liegenden Zimmers mitteilte. Sie beobachtete, wie Helene in den ältesten der drei Aufzüge trat, eine Aufzugkabine mit Goldanstrich und roter Lederpolsterung. Als die Türen des Aufzuges sich schlossen, trat sie ans Empfangspult und redete den Bediensteten auf englisch an.
»Ich möchte ein Ferngespräch führen. Mit London. Hier ist die Nummer. Bitte, stellen Sie fest, wieviel es kostet. Ich zahle gleich nach dem Anruf.« Sie hielt inne. Hier war man eigentlich sehr der Öffentlichkeit ausgesetzt, wenn man mit Tweed telefonierte. »Nein, ich habe es mir anders überlegt. Ich rufe von meinem Zimmer aus an.«
Den Koffer aufnehmend, ging sie die wenigen Schritte zum Zimmerbestellservice am hinteren Ende der Empfangshalle. Eine junge Dame kam herbei und fragte, ob sie helfen könne.
»Ich möchte ein Zimmer für drei Tage, bitte. Haben Sie etwas auf der sechsten Etage? Vorne hinaus. Ich liebe die Aussicht von dort . . .«

»Nur ein Doppelzimmer. Es kostet eintausend Kronen für die Nacht. Frühstück ist inbegriffen.«
»Ich nehme es.«
»Zimmer 634.« Die junge Frau schrieb Zimmernummer und Preis auf ein blaues Faltkärtchen, das auf seiner Vorderseite in Farbe die Vorderfront des Grand Hotels zeigte, eine Nachtaufnahme mit den Lichtreflexen der Straßenlampen, die wie scharfe Blitze auf ruhendem Wasser aussahen. Dann fügte sie noch das Datum von Ankunft und Abreise hinzu.
»Ein Träger wird...«
»Ich brauche keinen«, fiel ihr Ingrid ins Wort. »Ich kann meinen Koffer selber tragen. Ich hab's nicht eilig.«
Sie empfing den Zimmerschlüssel aus der Hand der jungen Frau und betrat denselben Lift, der auch Helene Stilmar zu ihrem Zimmer hinaufbefördert hatte. In der sechsten Etage angelangt, orientierte sie sich anhand der Wandschilder, die angaben, in welcher Richtung die einzelnen Zimmer lagen, durchquerte die menschenleere Halle, in der mehrere bequeme Sessel herumstanden, und steckte den Schlüssel ins Schloß von Zimmer 634.

»Tweed ist nicht hier, Ingrid«, sagte Monica am Telefon. Sie redete weiter, um die Schwedin zu beruhigen. »Er wußte, Sie würden anrufen, und bat mich, Ihre Nachricht entgegenzunehmen. Ich kann ihn nicht anrufen, aber er wird es tun. Er hat mir hier die Aufsicht überlassen, ich sitze an seinem Schreibtisch. Er wird wissen wollen, wie Sie zurechtkommen. Das sagte er mir, bevor er wegging.«
Wie Tweed bemühte Monica sich, sich einfach auszudrücken. Gott, dachte sie, wie furchtbar sind wir Briten doch, daß wir keine Fremdsprachen lernen. Wir überlassen es den Ausländern, unsere zu erlernen. Jetzt begann Ingrid zu sprechen, überlegte genau jeden Satz, den sie sagte, weil das Gespräch über eine Telefonzentrale lief.
»Unser Beobachtungsobjekt nahm ich auf dem Flugplatz in Empfang. Es hat sich im ›Grand Hotel‹ für sieben Tage ein Zimmer genommen. Zimmernummer 636. Hat viel Gepäck, drei große Koffer.«
»Von wo sprechen Sie, Ingrid?«
»Vom Zimmer im ›Grand Hotel‹, das ich mir genommen habe. Meine Zimmernummer ist 634. Wenn ich nicht hier bin, wenn Sie

anrufen, dann hinterlassen Sie bitte Nachricht an der Rezeption. Geben Sie meinen Namen und meine Zimmernummer an. Die Telefonnummer des Hotels ist 08 22 10 20.«
»Ich habe verstanden, Ingrid. Seien Sie vorsichtig.«
»Kommt er her?«
Angst und zugleich Hoffnung klangen aus ihrer Stimme. Monica überlegte rasch, ehe sie antwortete.
»Man kann nie sagen, wann er wo auftaucht.«
»Danke. Ich halte Sie auf dem laufenden.«
Monica legte auf, nahm ihren Drehbleistift zur Hand und drehte ihn zwischen den Fingern. Genaugenommen hätte sie die letzte, ermutigende Bemerkung nicht machen dürfen, aber auf eigene Faust draußen arbeiten zu müssen, konnte eine verdammt einsame Angelegenheit sein. Monica wurde auch den Gedanken nicht los, daß es außerdem gefährlich werden konnte. Was zum Teufel hatte Tweed vor?

»Irgendwelche Entwicklungen?« fragte General Lysenko forsch, als er sein Büro in Leningrad betrat.
»Ja«, antwortete Rebet. »Sehr eigenartige Entwicklungen. Die Amerikaner kommen in Schwärmen nach Europa. Zwei Meldungen sind eben hereingekommen. General Paul Dexter, US-Stabschef, ist gestern mit einer Militärmaschine von der Luftwaffenbasis Andrews abgeflogen.«
»Wieso wissen wir das?« stieß Lysenko hervor.
»Wir haben einen Mechaniker in Andrews, der uns für Geld Informationen liefert. Er half mit, die Maschine klarzumachen, und hörte, daß sie für einen Flug nach England bestimmt war. Später sah er Dexter an Bord gehen, woraufhin die Maschine sofort startete.«
»Und die zweite Meldung?«
»Unser Beobachter beim Britischen Verteidigungsministerium sah Dexter ins Gebäude hineingehen. Unsere Leute in Heathrow sind angewiesen worden, Ausschau nach ihm zu halten, für den Fall, daß er eine Maschine nach Europa nimmt.«
»Haben sie Dexter dort ankommen sehen?« drängte Lysenko.
»Nein. Aber er flog mit einer Militärmaschine. Das deutet darauf hin, daß sie auf einem der amerikanischen Militärflugplätze in East Anglia gelandet ist. Er wollte also unbemerkt da eintreffen.«

»Unmöglich, daß er Procane ist«, grübelte Lysenko laut.
»Er hätte Zugang zu allen Informationen, die Procane geliefert hat«, führte Rebet aus.
»Und der Kreml hat mir soeben mitgeteilt, daß man diese Informationen als echt ansieht«, ergänzte Lysenko triumphierend. »Ein Schlag für Oberst Karlow und diese verdammten skeptischen Berichte, mit denen er mich eindeckt. Procane existiert. Und Procane kommt. Sagen Sie das Karlow. Er soll so bald wie möglich ein Treffen mit Mauno Sarin in Tallinn arrangieren. Sarin wird es wissen, wenn einer dieser Amerikaner von Schweden auf finnisches Territorium hinüberwechselt. Er muß Sarin sagen, daß wir es als einen Akt der Feindseligkeit ansehen werden, wenn er uns nicht sofort davon informiert, sobald dieser Agent des Westens in Finnland eintrifft.«
»Agent des Westens? Procane? Ich verstehe nicht.«
»Weil Sie nicht die andere Seite des Hügels sehen – wie das der Herzog von Wellington immer getan hat.« Auf dem Gebiet der Militärgeschichte äußerst belesen, ließ Lysenko keine Chance aus, seine Gelehrsamkeit zu zeigen.
»Ich verstehe trotzdem nicht«, sagte Rebet beharrlich. »Procane ist doch unser Mann.«
»Aber das binden wir Mauno Sarin, diesem gerissenen Hund, nicht auf die Nase. Wir lassen ihn glauben, Procane sei ein amerikanischer Agent, der die Kühnheit hat, die finnische Neutralität in Mißkredit zu bringen. Er wird dann keine Sekunde zögern, ihn an uns auszuliefern.«
Rebet nickte. Lysenko war immer für eine Überraschung gut. Gelegentlich zeigte er außerordentliches Geschick, andere zu manipulieren. Das hier, mußte er zugeben, war ein raffinierter Schachzug.
»Aber wir wissen noch immer nicht, wer Procane ist«, brachte er seinem Chef in Erinnerung.
»Wir haben jetzt viele Kandidaten für die Rolle. Wir wissen, daß Cord Dillon nach Europa geflogen ist, daß kurz danach Stilmar aus Washington eintraf. Jetzt haben wir den hochberühmten Paul Dexter auf Besuch in Europa – wo er erst vor zwei Monaten gewesen ist. Warum dieser plötzliche zweite Besuch? Merken Sie sich meine Worte gut, Rebet. Einer von diesen dreien ist Procane. Und jetzt? Rufen Sie Oberst Karlow an.«
Von seinem Standpunkt aus gesehen, stimmte, was Lysenko über

den gegenwärtigen Stand der Dinge ausgesagt hatte. Doch hatte er einen weiteren Kandidaten übersehen. Helene Stilmar.

17

»Ich weiß, wo Alexis ermordet worden ist«, sagte Newman zu Laila.
Seine Stimme war ohne Klang, sein Gesicht hart und erstarrt. Sie saßen in seinem Doppelzimmer im *Hesperia* in Helsinki. Laila hatte es sich nahe bei ihm bequem gemacht, saß auf der Armlehne seines Sessels.
Sie waren einander nähergekommen, hatten sie doch nun etliche Tage gemeinsam verbracht, waren gemeinsam durch die Straßen der Stadt gewandert. Sie hatten nicht miteinander geschlafen – das Mädchen war ihm zu jung. Zumindest sagte er sich das. Die Wahrheit war, daß ihm nicht danach war, mit einer Frau intim zu werden. Er war hart und unzugänglich geworden, mit nur einem Ziel vor Augen – den Mann ausfindig zu machen, der Alexis getötet hatte, die Frau, die schon Wochen vor ihrer letzten Reise aufgehört hatte, ihn zu lieben.
»Wieso wissen Sie das?« fragte Laila.
»Aus dem neuen Buch über Rußland, das wir heute bei Akateeminen entdeckt haben.«
Es war ein Reiseführer durch die Sowjetunion mit vielen Illustrationen. Newman schlug das Kapitel über die Republik Estland auf, zeigte auf ein großes Bild, das die Altstadt von Tallinn zeigte, und reichte ihr das Buch. Er zündete sich eine Zigarette an.
»Ich verstehe nicht«, sagte Laila, das Foto ansehend.
»In London zeigte mir jemand einen Film von dem Mord, einen Film, den Moskau offensichtlich schickte, um jeden davor zu warnen, Alexis nachzufolgen. Irgend so ein Vieh schickte es zur Abschreckung. Normalerweise machen die Russen einen solchen Fehler nicht. Ich möchte wetten, daß der, der das getan hat, jetzt in Sibirien ist.«
»Ich verstehe noch immer nicht.«
»Dieses Schloß hoch oben auf dem Berg –«, er deutete auf das Bild, »– war im Hintergrund der Szene zu sehen, bei der ein Wagen Alexis überrollte. Ich wußte, ich hatte das verdammte Ding schon einmal gesehen. Wahrscheinlich in einem anderen Film. Ein

Auslandskorrespondent muß ein fotografisches Gedächtnis haben. Buchstäblich.«
»Ich kenne es. Ich bin dort gewesen. Es ist die Kleine Festung Toompea, sie hat drei große Türme, den Langen Hermann, den Pilsticker und die Landskrone. Sie steht in der Nähe des Doms, hoch über dem Lossi-Platz. Was gedenken Sie zu tun, Bob?«
»Irgend etwas werde ich tun.«
Ihre Stimme war voll Angst, als sie seinen Arm drückte, um seine Aufmerksamkeit auf sich zu lenken. Sein Gesichtsausdruck gefiel ihr nicht.
»Wenn Sie den Mann finden, der schuld ist am Tod Ihrer Frau, werden Sie ihn töten, nicht wahr?«
»Das habe ich nicht gesagt...« Newman riß sich von ihr los, stand auf und ging hinüber zu dem niederen Schrank, auf dem der Telefonapparat stand. Er öffnete eine Lade und nahm das Telefonbuch von Helsinki heraus.
»Ich möchte einen Wagen mieten. Nennen Sie mir die beste Firma.«
»Hertz wird am besten sein, stelle ich mir vor. Sie haben ein Büro im ›Intercontinental‹, nicht weit von hier.«
»Hab sie schon. 44 69 10.« Er kritzelte die Nummer auf den Hotelschreibblock. »Zeit fürs Mittagessen. Ich rufe an, nachdem wir gegessen haben.«
»Wohin fahren Sie, Bob? Kann ich mitkommen?«
»Zum Mittagessen ja. Mit mir im Wagen nein. Keine Diskussion«, fuhr er mit derselben tonlosen Stimme fort. »Heute nachmittag gehen Sie zurück in Ihre Redaktion.«
»Dort erwartet man mich nicht. Ich habe mir etwas Urlaub genommen, um mit Ihnen zusammen sein zu können, Bob.« Sie sagte es in flehendem Ton.
»Dann suchen Sie sich eine andere Betätigung. Also, sind Sie hungrig? Wenn ja, dann gehen wir hinunter und probieren das exzellente Buffet aus.«
Im großen, komfortablen Speisesaal in der ersten Etage, von wo man auf die Mannerheimintie hinuntersehen konnte, nahmen sie schweigend den Hauptgang ein. Laila aß ganz automatisch, schaute häufig über den Tisch zu Newman, der immer noch den starren Ausdruck im Gesicht hatte, der ihr solche Angst machte. Sie gingen zum langen Buffettisch zurück, um sich aus dem reichen Angebot an Desserts etwas auszusuchen, als sie etwas sagte.

»Bob, ich bin in einer Minute zurück. Ich muß mich ein wenig zurechtmachen.«
»Lassen Sie sich Zeit.«
Sie eilte hinaus, wo er sie nicht sehen konnte, rannte über die Treppe ins Erdgeschoß – er hätte sie möglicherweise gesehen, wenn sie den Aufzug betreten hätte. Sie rief bei der Schutzpolizei auf dem Ratakatu an und verlangte ihren Vater zu sprechen. Mauno war sogleich am Apparat.
»Was ist, Laila?« fragte er kurz angebunden.
»Ich rufe vom ›Hesperia‹ an. Ich mache mir schreckliche Sorgen um Bob Newman, der in Helsinki ist – hier in diesem Hotel. Er hat herausbekommen, wo seine Frau umgekommen ist. Auf der anderen Seite des Wassers. Nach dem Mittagessen will er einen Wagen mieten. Er will mir nicht sagen, wohin er fährt.«
»Newman ist hier? Wirklich? Wo mietet er den Wagen?«
»Bei Hertz. Im ›Intercontinental‹. Er will mich nicht mitfahren lassen. Kannst du etwas tun?«
»Ich glaube schon. Ist das alles? Gut. Danke, daß du mich angerufen hast – du hast richtig gehandelt. Sag ihm nicht, daß du es mir gesagt hast.«
»Natürlich nicht. Er würde denken, ich hätte ihn verraten. Was ich in gewisser Weise getan habe.«
»Du hast ihn damit vielleicht gerettet. Ich muß einen Anruf tätigen. Nochmals danke. Gib acht, daß er nicht Verdacht schöpft, du stündest mit mir in Verbindung. Vorläufig auf Wiedersehen.«
Laila legte auf und seufzte. Sie fühlte sich als Verräterin. Rasch ging sie in die Damentoilette, um etwas Puder und Schminke aufzutragen.
Auf dem Ratakatu telefonierte Mauno Sarin bereits mit dem Hertz-Büro. Er gab ihnen genaue Instruktionen, und sie versprachen, ihn zurückzurufen. Dann forderte er einen Wagen mit Sendeanlage an.

Porvoo ist eine kleine alte Stadt ungefähr fünfzig Kilometer östlich von Helsinki. Man erreicht sie auf einer modernen Straße, die dann weiter nach Osten führt, schließlich die finnisch-russische Grenze überquert und das einst finnische Vyborg erreicht, das seit dem Abkommen nach dem Ende des »Fortsetzungskrieges« 1945 mit dem umliegenden Gebiet zu Rußland gehört.

Newman steuerte den bei Hertz gemieteten Ford über die Brücke, die den südwärts in die nicht weit entfernte See mündenden Fluß überspannt. Er fand einen Parkplatz, fütterte die Parkuhr mit Münzen und begann loszuwandern wie ein Tourist, der die Stadt erkunden will.

Er ging eine enge, mit Kopfsteinen gepflasterte Straße hinauf – die Kopfsteine waren so uneben, daß man sich leicht den Knöchel brechen konnte – und erreichte den Rathausplatz. Das hier war das alte Porvoo, ein Ensemble aus einstöckigen Holzhäusern mit leuchtend rostrotem Anstrich.

Aber diese Häuser sind keine Museumsstücke wie in Turku westlich der Hauptstadt. Hier wohnten Menschen, so wie ihre Vorväter zur Zeit des Zaren gelebt hatten, als Porvoo Teil eines Großfürstentums war. Während er ging, blickte Newman ständig um und hinter sich, aber nichts deutete darauf hin, daß jemand ihm folgte.

Es war derselbe Weg, den er nun wieder ging, er folgte der Route, an die er sich von seinem letzten Besuch erinnerte, parallel zum Fluß, bis er jenen Uferteil erreichte, wo mehrere arg mitgenommene Fischerboote vertäut lagen.

Bevor er das *Hesperia* verließ – nachdem er Laila aus dem Hotelbereich hinausbegleitet hatte –, hatte er Reiseschecks von American Express zum großen Teil in finnisches Geld – meist große Scheine – umgewechselt.

Er bog in eine enge Seitenstraße ab, wenig mehr als ein Durchgang, und gelangte zu weiteren alten Häusern am Flußufer. Mehrere Fischer saßen auf Holztonnen und besserten ihre Netze aus.

Seine Nüstern fingen vielerlei Gerüche ein – faulenden Fisch, Dieselöl und den schwachen Duft des Salzwassers von dem von hier aus nicht sichtbaren Meer. Er schlenderte eine Zeitlang am Ufer entlang, studierte eingehend die Fischer, bis er einen Mann in mittleren Jahren, wie die anderen auch, fand, der aber abseits von den anderen saß.

»Sprechen Sie Englisch?« fragte er den Mann.

»Ein bißchen.«

»Ist das Ihr Boot?«

Es war ein ramponierter alter Kahn mit einem kleinen Steuerhaus, der aber durchaus seefest aussah. Und der Mann, den er angesprochen hatte, wirkte ganz wie einer, der wußte, was er wollte.

»Ja«, antwortete der Fischer. »Wollen Sie was?«
Newman legte eine Pause ein. Die Finnen waren ein robuster Menschenschlag mit geradliniger Denkweise. Nur ja kein mediterranes Gefeilsche hier, beschloß Newman. Sag ihm, was du willst, nenne ihm den Preis, und er wird ja oder nein sagen. Rede nicht um den Brei herum. Nicht hier in Finnland.
»Können Sie mich aufs Meer hinausfahren? Ich möchte nach Tallinn hinüber. Nach Einbruch der Dunkelheit. Können Sie mich an einer einsamen Stelle der estnischen Küste absetzen, wo es niemand sieht?«
»Die Russen setzen Patrouillenboote ein. Die haben Radar.«
»Ich weiß. Aber machen Sie es? Für siebentausend Finnmark?«
Newman zog ein Bündel gefalteter Banknoten heraus und zählte sie vor den Augen des Fischers ab, der noch immer das Netz in seinen verkrümmten Händen hielt. Er war eben mit dem Abzählen fertig, als sich eine Hand leicht auf seine Schulter legte. Er fuhr herum. Mauno Sarin bewegte sich lautlos wie eine Katze.
»Warten Sie hier auf mich, Bob. Mein Wagen ist der blaue Saab, der oben am Durchgang, durch den Sie heruntergekommen sind, geparkt steht. Und würden Sie mir bitte die Wagenschlüssel Ihres gemieteten Ford aushändigen? Einer von meinen Männern wartet bei dem Wagen. Er wird ihn hinter uns nach Helsinki zurückfahren.«
»Angenommen, ich weigere mich?«
»Das können Sie nicht. Sie sind festgenommen, und ich bringe Sie jetzt zum Verhör.«
»Wessen werde ich beschuldigt?«
»Muß ich Ihnen das erst sagen?«
»Ja.«
»Sie haben versucht, Finnland illegal zu verlassen, in der Absicht, das Gebiet der Sowjetunion zu betreten, was ebenso illegal ist.«
»Illegal?«
»Haben Sie ein Visum für Rußland?«
Mauno zupfte an seinem Backenbart, während er Newman mit seinen stechenden blauen Augen ohne jedes Anzeichen freundschaftlicher Gefühle musterte. Jetzt stand er in seiner Eigenschaft als Chef der finnischen Geheimpolizei vor Newman.
»Ich warte in Ihrem Saab«, sagte Newman.

»Sie sind verrückt, Bob, verrückt in Ihrem Zorn. Versuchen einen Finnen zu bestechen, Sie in Estland abzusetzen.«
Sie fuhren dieselbe Strecke zurück, auf der Newman nach Porvoo gelangt war. Hinter ihnen lenkte ein Mann in Zivil den gemieteten Ford. Mauno fuhr sehr schnell auf der Landstraße, dann nahm er kurz die Geschwindigkeit weg und beschleunigte dann wieder.
»Wieviel haben Sie dem Fischer angeboten?« fragte er.
»Siebentausend Finnmark.«
»Vielleicht geben Sie mir das Geld, und ich bringe Sie nach Tallinn.«
Newman wandte sich zur Seite und starrte Mauno an, der hämisch grinste. Dann blinzelte Mauno ihm zu und verriß den Wagen nach rechts, weil der Anhänger eines riesigen Lasters ausschwenkte und ihnen in die Fahrbahn geriet.
»Sie sind selbst ein wenig verrückt, so wie Sie fahren«, bemerkte Newman, während er Maunos Bemerkung zu verdauen suchte.
»Und warum sind Sie ein paar Kilometer vorher kurze Zeit langsamer geworden? Da war weit und breit kein Verkehr.«
»Die Polizei hat dort oft Radarfallen aufgestellt. Stellen Sie sich das vor! Der Chef der Schutzpolizei wird wegen Schnellfahrens angehalten! Das wäre eine Story für Lailas Schmierblatt! Und sie würde darüber schreiben! Ich frage mich überhaupt, was sie macht?« Er schaute Newman an. »Haben Sie sich mit ihr getroffen?«
»Wenn es der Fall wäre, würde ich es Ihnen nicht sagen.«
Dieser kleine Wortaustausch, dachte Mauno befriedigt, wäscht Laila von jedem Verdacht rein, daß sie meine Informantin gewesen sein könnte.
»Wieso konnten Sie mich in Porvoo aufstöbern?« fragte Newman. »Oder ist das ein Staatsgeheimnis?«
»Ich habe Sie überwachen lassen! Natürlich! Weil ich wußte, in welchem Gemütszustand Sie waren.« Maunos Stimme änderte sich, ließ mitfühlende Wärme erkennen. »Wenn es sich um meine Frau handelte, würde ich wahrscheinlich so reagieren wie Sie. Aber auf diesem Weg nach Estland gelangen zu wollen war eine Verrücktheit.«
»Gibt es einen anderen Weg? War es nur Spaß, als Sie sagten, Sie würden mich nach Tallinn bringen?«
»Nicht ganz.«

Mauno konzentrierte sich plötzlich ganz auf das Steuern des Wagens. Newman sah den Finnen durchdringend an. Sein linkes Bein war steif, und er bewegte es, um die Muskulatur zu lockern. Dabei spürte er das in der Socke verborgene Jagdmesser, das er vor seiner Abfahrt nach Porvoo in Helsinki erworben hatte.
»Was wollen Sie damit sagen?«
»Das ist jetzt vertraulich. Sie werden nicht darüber schreiben. Okay? Gut. Ich bin mit dem russischen GRU-Obersten, der für die Sicherheit in Estland zuständig ist, in geheimer Verbindung. Andrei Karlow heißt er. Stationiert ist er in Tallinn. Er möchte, daß ich auf der ›Georg Ots‹ über den Meerbusen fahre und mich mit ihm treffe. Er hat außerdem vorgeschlagen, daß er bereit wäre, einen vertrauenswürdigen westlichen Journalisten zu empfangen und ihm Tallinn zu zeigen. Ich habe ihm Ihren Namen genannt.«
»Warum mich?«
»Weil ich Sie vom Moment Ihres Eintreffens habe beobachten lassen. Sie zeigen ein ungesundes Interesse für Estland – ungesund nicht nur für Sie, sondern auch für mich. Der Vorfall in Porvoo beweist es. Die Russen würden uns die Schuld geben, wenn Sie etwas Verrücktes täten – und wenn diese verrückte Tat von Finnland ihren Ausgang nähme.«
Das bedeutet, dachte Newman, daß Mauno den Hubschrauberpiloten Takala ausgequetscht hat. Der hatte ihn vom *Kalastajatorppa* zum Süd-Hafen geflogen, wo die *Georg Ots* gerade nach Tallinn auslief. Er machte Mauno deswegen keinen Vorwurf – es war sein Geschäft.
»Und Sie schlagen mir ernstlich vor, mit Ihnen nach Tallinn zu fahren?« fragte er.
»Wenn Sie wollen – und wenn Karlow zustimmt. Ich würde darauf bestehen, natürlich, daß man uns die Ausreise noch am selben Tag zusichert, eine Zusicherung, die zumindest General Lysenko unterzeichnen müßte.«
»Und wer ist dieser Lysenko?«
Mauno ließ wieder Zeit vergehen, ehe er antwortete. »Das ist äußerst vertraulich – aber wir haben Mittel und Wege, zu erfahren, was drüben vor sich geht. Lysenko ist oberster Chef des GRU und damit Sicherheitschef in Lettland, Litauen und Estland. Er hat den Posten, den sich Karlow nach seiner Rückkehr von London, wo er eine Zeitlang Dienst tat, erhofft hatte.«

»Ich begreife noch immer nicht, warum Karlow sich den Besuch eines westlichen Journalisten wünscht.«
»Weil so viele Gerüchte über Unruhen in Estland kursieren – Gerüchte, auf die sich die Presse in Europa und Amerika gestürzt hat. Karlow glaubt nun – eine bloße Annahme, aber ich weiß, daß ich da richtig liege –, daß ein unparteiischer Journalist, der einiges Gewicht hat, Tallinn besucht, findet, daß dort alles ruhig und friedlich ist, einen Artikel schreibt, der weite Verbreitung findet, diese Gerüchte zum Schweigen bringen würde.«
»Noch einmal: warum mich?«
Mauno kicherte, während er die Geschwindigkeit reduzierte, denn sie erreichten die Vororte Helsinkis. »Offensichtlich hat man Sie in Moskau durch den Computer laufen lassen, und Sie sind als Neutraler eingestuft worden.«
»Doch wohl kaum als prosowjetisch.«
»Das würde Karlow nicht wollen – es wäre nicht überzeugend. Sie sind einer, der immer die Wahrheit schreibt, so wie sie sich ihm darstellt. Also...«
»Wie bald wäre diese Fahrt – angenommen, es kommt dazu?«
»Unmöglich zu sagen. Karlow wird uns erst knapp vorher eine Nachricht zukommen lassen. Also, Bob, tun Sie mir den Gefallen – falls Sie mit mir kommen wollen – und halten Sie sich im ›Hesperia‹ zur Verfügung. Und keine Seeabenteuer im Finnischen Meerbusen mehr! Sie werden mitkommen, wenn sich die Chance ergibt?«
»Ich nehme es an.«
»Großartig! Und zur Feier dieses Übereinkommens vergessen wir, daß wir zum Ratakatu fahren wollten. Ich halte hier und sage meinem Mann, er soll Ihren Ford zum ›Hesperia‹ zurückfahren. Dann nehmen wir einen Drink im Hotel ›Marski‹. Wo sich die Spione treffen!«

Mauno, der an seinem trockenen Weißwein nippte, hielt inne und blickte quer durch den großen Raum im Untergeschoß, wo sich die Bar des *Marski* befand. Nach wenigen Sekunden wandte er sich wieder Newman zu.
»Das ist ungewöhnlich. Sie erinnern sich, daß ich vorhin den kleinen Scherz machte, im ›Marski‹ träfen sich die Spione?«
»Ja.«
»Schauen Sie nicht gleich hin. Aber sehen Sie den dunkelhaarigen

Mann im grauen Anzug, der in der Ecke dort hinten allein an der Wand sitzt? Über der Stirn glattgekämmtes fettiges Haar. Längliches Gesicht, grauer Anzug, weiße Krawatte und blaues Hemd?«
»Ich habe ihn vor ein paar Minuten bemerkt. Er beobachtete uns.«
»Es ist Oleg Poluschkin, einer von Oberst Karlows Mitarbeitern.«
»Der Mann gefällt mir nicht besonders.«
»Er ist Hauptmann des GRU. Karlow muß ihn herübergeschickt haben, damit er hier herumschnüffeln soll, bevor sie die endgültigen Vorbereitungen bezüglich meines Besuches treffen. Er hat einen schlechten Ruf. Das, was man einen Gewalttäter nennt.«
Newman ließ den Blick durch die Bar schweifen und sah sich Poluschkin dabei näher an. Die Bar im *Marski* ist eine der besten der Stadt. Weiträumig, mit diskreter Beleuchtung, bequeme Stühle, die aussehen, als wären sie aus Leder. An Freitagabenden war hier alles voll. Junge Burschen mit ihren Mädchen, ältere Herren mit ihren ebenso jungen Freundinnen. Die meisten Mädchen hatten dieses ganz besondere flachsblonde Haar, wie man es nur in Finnland finden kann. Trotz des Gläserklirrens und überall animiert plaudernder Menschen war es nicht laut. Die Gäste wurden von Kellnerinnen bedient, die ebenso hübsch waren wie die jungen Mädchen an den Tischen.
Oleg Poluschkin mußte um die Vierzig sein, schätzte Newman. Der Russe war ein Schwergewicht, sein glattrasiertes, feistes Gesicht war ungewöhnlich blaß. Die nach unten abfallenden Mundwinkel wirkten unsympathisch. Die dunklen Augen unter den buschigen Brauen bewegten sich träge. Als Newman ihren Blick einfing, fühlte er sich an die Augen einer Eidechse erinnert. Kalt, ausdruckslos. Das war nicht ein Mann, dem man in der Dunkelheit in einem engen Gäßchen begegnen mochte.
Alle seine Bewegungen erfolgten langsam und kalkuliert. Die Finger seiner schwammigen linken Hand legten sich um das Glas, hoben es bedächtig an die wulstigen Lippen. Nachdem er getrunken hatte, stellten sie das Glas sorgfältig an die Stelle zurück, von wo sie es genommen hatten.
Seine trüben Augen fingen wieder Newmans Blick ein, blieben einige Sekunden daran haften und richteten dann ihre Aufmerksamkeit auf ein attraktives Mädchen, das mit vier Männern am

Nebentisch saß. Sie fing seinen Blick auf, erwiderte ihn und wandte sich dann ab. Er mißfiel ihr.
»Wo ist Ihr Mann?« fragte Newman beiläufig und hob sein Glas.
»*Mein* Mann?« fragte Mauno in erstauntem Ton.
»Also, kommen Sie! Das ist Ihre Stadt! Sie haben einen Mann hier irgendwo, der Poluschkin beobachtet.«
»Eigentlich ist es eine Frau.«
»Sie soll sich in acht nehmen, wenn sie einem solchen Typ folgen muß.«
»Sie kann auf sich aufpassen – sie ist Judo-Expertin.«
»Trotzdem sage ich, es wäre besser, wenn sie sehr gut ist. Ich habe gelernt, einen schweren Jungen sofort zu erkennen. Ihr Freund Poluschkin ist kein Kätzchen.«
»Aber wir sind hier in Helsinki. Verglichen mit anderen Ländern, gibt es hier wenig Gewalttätigkeit. Unser Präsident spaziert ohne Bewacher durch die Straßen. Man schießt in Finnland niemanden über den Haufen. Die Russen kennen die Spielregeln. Und sie halten sich daran.«
»Außenseiter gibt es überall«, erwiderte Newman und schaute wieder zu Poluschkin hin.
»Außenseiter?«
»Den Einzelgänger, der Amok läuft.«
»Spielen Sie da auf sich selbst an?« fragte Mauno heiter.
»Ich spiele auf das Stück Dreck an, das uns soeben verläßt.«
Poluschkin hatte sich vom Tisch erhoben und schlüpfte in seinen Kamelhaarmantel. Beide Hände in die Taschen schiebend, schlängelte er sich zwischen den Tischen hindurch zum Ausgang. Ein blondes Mädchen, das allein an einem Tisch gesessen hatte, stand auf, zog eine Windbluse an und verließ ebenfalls die Bar.
»Ihr Mädchen?« wollte Newman wissen.
»Sie sind sehr aufmerksam.«
»In mehr als nur einer Hinsicht, Mauno.«
»Und wie darf ich das verstehen, mein Freund?«
»Die kleine Komödie ist nun zu Ende, nicht wahr? Sie brachten mich in diese Bar, nachdem Sie mit Poluschkin vereinbart hatten, er solle hier warten. Jetzt hat er mich genau in Augenschein genommen und kann Karlow berichten.«
»Was ihr Auslandskorrespondenten doch für eine rege Phantasie habt!«

»War das nötig?« fragte Newman mit einiger Schärfe. »Ich hätte es sehr geschätzt, wenn Sie mich vorher gewarnt hätten.«
»Hätte ich es getan, Bob, wäre es Ihnen schwergefallen, sich natürlich zu benehmen. Karlow hat noch nicht zugestimmt, daß man Ihnen erlaubt, Tallinn zu besuchen.«
»Also belauert jeder jeden.«
»Das ist Finnland. Wir können nur hoffen, daß Poluschkins Bericht an seinen Chef positiv ausfällt.«

Draußen in der Dunkelheit schlenderte Poluschkin südwärts in das stark verbaute Gebiet an der Spitze der Halbinsel. Er hätte am nahen Standplatz ein Taxi nehmen können, doch er zog es vor, zu Fuß zu gehen, um sich zu versichern, daß ihm niemand folgte.
Eine halbe Stunde später kam er bei einem großen alten Gebäude an, das von Mauern umgeben war, deren Krone zusätzlich mit einem Gitter versehen war. Tehtaankatu Nr. 1. Die Sowjetische Botschaft. Wie die Amerikaner, deren Botschaft im selben Viertel liegt, jedoch in einem viel moderneren Gebäude untergebracht ist, haben auch die Russen sehr viel Personal.
Sobald er in dem ihm zugewiesenen Büroraum war, zog Poluschkin seinen Mantel aus und forderte die Telefonvermittlung auf, ihn mit Tallinn zu verbinden. Er benützte ein abhörsicheres Telefon, um mit Karlow zu sprechen.
»Ich habe diesen Robert Newman gesehen«, berichtete er. »Ich habe ihn mir genau ansehen können – Sarin hat das arrangiert. Mir gefällt dieser Engländer nicht.«
»Allmächtiger!« explodierte Karlow. »Ich habe Sie nicht hingeschickt, damit Sie mir Ihre Meinung sagen. Sie sollten diesen Mann als Robert Newman identifizieren. Ist er es?«
»Nach den Fotos, die man mir gezeigt hat, und einigen Filmausschnitten, die ich gesehen habe, würde ich sagen, er ist Robert Newman. Ja.«
»Sind Sie sicher? Bevor Sie antworten, vergessen Sie nicht, daß Sie ihn nicht persönlich kennengelernt haben«, sagte Karlow eisig. »Wenn Sie sich allein auf Fotos und Filme stützen, sind Sie sicher, daß der Mann, den Sie gesehen haben, Robert Newman ist?«
»Ich bin sicher.« Das klang mürrisch. »Aber ich hätte gern, wenn man meinem Bericht hinzufügte, daß ich diesem Mann nicht traue.«

»*Ihrem* Bericht? Hauptmann Poluschkin, *Sie* erstatten hier *mir* Bericht. Ist das klar? Eine klare Antwort!«
»Es ist klar. Ich kann also jetzt nach Tallinn zurückkehren...«
»Nein! Das können Sie nicht! Sie bleiben, wo Sie sind – und halten die Augen offen. Ist auch das klar?«
»Ich habe verstanden, Genosse.«
»Abschließend möchte ich sagen, daß es Sie vielleicht interessiert, daß seit Ihrer Abwesenheit keine weiteren GRU-Offiziere ermordet worden sind.«
Karlow knallte den Hörer in die Gabel. In Helsinki legte ein aschfahl gewordener Poluschkin den Telefonhörer auf.

Hinter seinem Schreibtisch in dem alten Gebäude in der Pikk-Straße rieb sich Oberst Karlow die Nasenspitze und starrte seine Sekretärin an. Das dunkelhaarige, attraktive Mädchen beobachtete den Chef und wartete auf seine Befehle.
»Raisa«, begann Karlow, »dieses Gespräch haben wir auf Band?«
»Wie Sie es befohlen haben.«
»Stecken Sie die Spule in einen Umschlag, versiegeln Sie ihn und legen Sie ihn in den Safe. Der Mann macht mich krank. Seine Arroganz übersteigt jedes Maß. Nun, wartet mein geheimer Besucher?«
»Ich habe Herrn Davidow in ihr privates Empfangszimmer führen lassen.«
Raisa deutete auf die geschlossene Tür, die ins Nebenzimmer führte. Karlow dankte ihr und bedeutete ihr, nach Hause zu gehen, nachdem sie das Band an seinen Platz gebracht hätte. Nachdem Raisa den Safe geschlossen hatte, sagte sie gute Nacht und ging.
Karlow sprang auf, ging zur bewußten Tür, drehte den Schlüssel im Schloß und stieß die Tür auf. Er winkte Herrn »Davidow«, bei ihm einzutreten. Olaf Prii, Kapitän des Trawlers *Saaremaa*, kam herein und setzte sich auf den Stuhl, der vor Karlows Schreibtisch stand.
»Nun, Prii, erzählen Sie mir von Ihrem Besuch in England.«

18

Ingrid Melin saß in der Halle der sechsten Etage des *Grand Hotel* in Stockholm in einem Fauteuil und behielt die Aufzüge im Auge. Sie trug eine Hornbrille und tat so, als läse sie in einem schwedischen Modemagazin, das sie sich von einem der Tische genommen hatte.
Schon die Brille veränderte ihr Aussehen, aber sie hatte außerdem andere Kleidung angezogen. Anstelle des marineblauen Hosenanzugs, den sie auf dem Flugplatz Arlanda getragen hatte, steckte sie jetzt in einem zweiteiligen roten Ensemble mit weißer Rüschenbluse.
Neben ihr lag ihr Kamelhaarmantel gefaltet über der Armlehne. Darunter verborgen ein Kopftuch. Sie wartete, in der Hoffnung, die Stilmar werde auftauchen. Wie sie mit gekreuzten Beinen entspannt dasaß, sah sie wie eine junge Frau aus, die auf ihren Freund wartet, der sie zum Abendessen ausführen wird.
Vorhin hatte sie gesehen, wie der Zimmerkellner ein Tablett in Helenes Zimmer trug. Auf dem Tablett befanden sich ein Schinkensandwich und eine Kanne Kaffee. Das ließ darauf schließen, daß Helene Stilmar später ausgehen würde, um zu Abend zu essen.
Später hatte sie aus dem Augenwinkel beobachtet, wie die Stilmar die Zimmertür öffnete und das Tablett auf den Gang stellte. Sie war im seidenen Morgenrock – offenbar hatte sie vor, zuerst noch ein Bad zu nehmen.
Nach einer halben Stunde hörte Ingrid, wie sich eine Tür öffnete und wieder schloß. Die Amerikanerin, in einem smaragdgrünen Kleid und mit Nerzjacke, ging durch die Halle und drückte den Knopf des Lifts. Sie beachtete Ingrid kaum, war mit sich und ihrem Vorhaben beschäftigt. Als die Lifttüren sich schlossen, kam Ingrid in Bewegung.
Sie ergriff Mantel und Tuch, rannte zur Treppe, eilte hinunter, immer zwei Stufen auf einmal nehmend. Während sie hinunterlief, schlüpfte sie in den Mantel und schlang sich das Tuch um den Kopf, band es im Nacken fest, um ihr Haar zu verbergen.
In der Halle ankommend, war sie gerade noch rechtzeitig da, um Helene Stilmar die Stufen zum Ausgang hinabsteigen zu sehen. Ingrid nahm eine dunkle Brille heraus und setzte sie anstelle ihrer Lesebrille auf.

Der eindrucksvolle Türsteher, ein bärtiger Hüne, der wie Orson Welles aussah, winkte eben ein Taxi herbei. Er stand mit einem Pfeifchen im Mund draußen und ließ einen schrillen Pfiff ertönen. Ein vorbeifahrendes Taxi schlug einen Bogen und hielt vor dem Hotel.
Ingrid glitt hinter das Lenkrad ihres Miet-Volvos, froh und dankbar, daß sie ihre ursprüngliche Absicht, von Uppsala mit einem Taxi zum Flughafen Arlanda zu fahren, aufgegeben hatte. Die Zündung betätigend, beugte sie sich über das Steuer und konzentrierte ihre Aufmerksamkeit auf zwei Dinge: keinen Unfall zu bauen und dem Taxi auf den Fersen zu bleiben, das gerade vom *Grand Hotel* wegfuhr.
Es war noch Tag, 18.30 Uhr und wenig Verkehr. Zwischen den am Ufer vor dem Hotel vertäuten Passagierbooten hindurch konnte man auf der anderen Seite des Wassers Teile des Königlichen Palastes und des Parlaments sehen, zweier Gebäude, die Stockholm sein ansehnliches Gepräge geben.
Wieder begann sie zu fürchten, sie könnte Helene Stilmars Taxi aus den Augen verlieren. Doch nichts von dieser Angst zeigte sich in ihrem ruhigen Gesicht, während sie kühl und beherrscht den Wagen durch die Altstadt manövrierte. Helene schien eines der vornehmeren Viertel anzusteuern, nicht weit vom Zentrum entfernt, mit alten, teuren Wohnungen.
Daß ihre Annahme richtig war, wußte Ingrid, als das Taxi in den Karlavägen einschwenkte, wo so gut wie kein Verkehr war. Sie fuhr langsamer, um den Abstand zwischen sich und Helene Stilmar zu vergrößern, und hielt an, als das Taxi an den Bordstein fuhr.
Helene Stilmar kam offenbar gar nicht in den Sinn, daß sie verfolgt werden könnte. Sie stieg aus, entlohnte den Fahrer, ging die Stufen zum Eingang eines Mietshauses hoch und verschwand im Hausinneren. Ingrid hatte inzwischen ihren Volvo verlassen und war mit schnellen Schritten nahe genug herangekommen, um zu erkennen, daß Helene einen Schlüssel benützte und nicht über die Gegensprechanlage Einlaß forderte.
Der Schlüssel! Als sie in der Halle der sechsten Etage gesessen hatte, war bald nach dem Zimmerkellner ein Boy gekommen und hatte Helene einen Briefumschlag überbracht. Hatte dieser den Schlüssel, die Adresse und eine Nachricht enthalten? Möglich. Karlavägen 72 C. Die Nummer des Hauses, das die Amerikanerin

betreten hatte. Ingrid kam ein Gedanke. Sie eilte über die leere Straße. Sie blickte am Gebäude hoch – gerade rechtzeitig genug, um zu sehen, wie hinter zwei Fenstern in der dritten Etage das Licht anging. Auf den schweren Netzvorhängen zeichnete sich Helene Stilmars Silhouette ab, die sich an einem der Fenster vorbeibewegte.
Ingrid war schon einmal in einer dieser Wohnungen gewesen und wußte, sie waren groß und nahmen eine Etage zur Gänze ein. Sie ging wieder über die Straße, um zu sehen, wer die Wohnung in der dritten Etage bewohnte. »B. Warren« stand auf dem Namensschild.
Der Name sagte ihr nichts. Sie schob die Hände in die Manteltaschen und ging langsam zu ihrem Volvo zurück. Zwei Probleme mußten rasch gelöst werden. Helene war umgezogen – in Abendkleidung – aus dem Hotel gegangen. Das bedeutete für Ingrid nur eines: sie erwartete den Besuch eines Mannes. Es konnte wichtig sein, zu erfahren, wer dieser Mann war.
Er konnte natürlich bereits in der Wohnung sein. Herr B. Warren. Aber Ingrid glaubte das nicht. Die schweren Vorhänge wären dann nicht zugezogen gewesen. Und wenn er auf sie wartete, warum hatte er ihr dann einen Schlüssel gegeben? Er hätte sie einlassen können, sobald sie sich über die Sprechanlage meldete. Oder er hätte ihr den Nummerncode geben können, mit dem man die Haustür öffnen konnte. Über der Gegensprechanlage war die Tastatur mit den Ziffern 0 bis 9 zu sehen gewesen.
Zweites Problem war der Volvo. In diesem Stadtteil gab es Parkbeschränkungen. Wenn ein Polizist vorbeikam, war sie in Schwierigkeiten. Sie öffnete die Kühlerhaube, als ob mit dem Motor etwas nicht in Ordnung wäre.
Sie stand neben der offenen Kühlerhaube und nahm den kleinen, sehr handlichen Fotoapparat heraus, mit dem Tweed sie einmal für einen früheren Auftrag ausgerüstet hatte. Sie schob den Verschluß zur Seite. In diesem Augenblick fuhr ein Taxi vorbei, verringerte seine Geschwindigkeit und hielt an. Genau vor Nummer 72C.
Ein Mann stieg aus und bezahlte. Seine Aufmerksamkeit war ganz auf diese Tätigkeit gerichtet. Sie hob die Kamera und machte drei Aufnahmen in rascher Aufeinanderfolge. Sie wartete, bis er ins Haus gegangen war, und eilte dann wieder über die Straße, um zu den Fenstern in der dritten Etage hinaufzuschauen.

Helene hatte sich, wie Ingrid annahm, gerade vom Fenster abgewendet, nachdem sie hinausgeschaut hatte, als das Taxi stehenblieb. Ein Mann erschien, schlang die Arme um sie, und sie standen in leidenschaftlicher Umarmung da. Dann, eben als Ingrid sich anschickte, wieder über die Straße zurückzugehen, fielen ihm die Vorhänge ein, und er zog sie zu.
Ingrid beeilte sich, zu ihrem Wagen zu kommen. Als sie die Motorhaube schloß, stoppte ein Streifenwagen neben ihr. Sie setzte sich hinters Lenkrad, während ein Polizist ausstieg.
»Parken verboten.«
»Ich parke nicht. Ich hab eine Panne.«
Sie schenkte ihm ihr bezauberndstes Lächeln, drehte den Zündschlüssel, und der Motor sprang an. Er stand da, die Hände an den Hüften, und wußte nicht recht, was er tun sollte.
»Geht ja jetzt«, sagte er.
»Gott sei Dank. Ich komme ohnehin zu spät zu meiner Verabredung.«
»Der Mann ist ein Glückspilz.«
»Vielen Dank, Inspektor...«
»Sehen Sie zu, daß ich in der Nähe bin, wenn Sie das nächste Mal eine Panne haben.«
»Versprochen. Darf ich fahren?«
»Viel Spaß. Haben Sie ja sicher immer.«
Im *Grand Hotel* sollte bald nach ihrer Rückkehr eine für sie aufregende Änderung der Situation eintreten.

Kapitän Olaf Prii machte es sich im Stuhl gegenüber Oberst Karlows Schreibtisch bequem, zog eine alte Pfeife heraus und bat um die Erlaubnis, zu rauchen.
»Natürlich«, gab Karlow seine Zustimmung und lehnte sich in seinem Stuhl zurück. »Nun, ich höre. Ich habe Ihr verschlüsseltes Signal empfangen. Alles ging gut, nehme ich an?«
Sie unterhielten sich in der Sprache, die sie beide beherrschten: Deutsch. Prii hatte sie während der deutschen Besetzung 1942 fließend sprechen gelernt. Er hatte mit den Deutschen zusammengearbeitet – er gehörte zu denen, die alle politischen Systeme überlebten. Er paffte an seiner Pfeife und beobachtete Karlows hagere, lebhafte Züge durch den Tabakrauch.
»Wir liefen Harwich an, gaben vor, Maschinenschaden zu haben.«

»Ausgezeichnet. Wer kam, um mit Ihnen zu reden?«
»Ein Mann namens Tweed.«
»Ah, Tweed! Ein kluger – und ein gefährlicher Mann. Ging er in die Falle?«
»Ich weiß es nicht. Er deutete mit keinem Wort an, daß er vorhätte, ins Baltikum zu kommen. Wie Sie vorgeschlagen hatten, erzählte ich ihm von den Morden an GRU-Offizieren. Ich sagte ihm auch, daß Sie in Tallinn die Nachforschungen leiteten.«
»Gut! Gut! Was noch?«
»Ich erzählte ihm von dem Finnen, Mauno Sarin, und seinen Besuchen bei Ihnen in Tallinn.«
»Erzählen Sie weiter.« Karlow ergriff einen Bleistift und drehte ihn langsam zwischen den Fingern. »Erwähnte er einen Engländer, einen Zeitungsreporter namens Robert Newman?«
»Nein, mit keinem Wort. Aber er erwähnte gegen Ende des Gesprächs einen Amerikaner namens Procane.« Prii buchstabierte den Namen. »Es war bloß eine beiläufige Frage.«
»Und was antworteten Sie?«
»Die Wahrheit. Ich habe nie von jemandem gehört, der so heißt.«
»Nicht wichtig. Dieser Tweed, der Sie befragte – schien er angespannt zu sein, erpicht darauf, möglichst viele Informationen aus Ihnen rauszuquetschen? Wie war sein Verhalten allgemein?«
»Sehr ruhig. So als ob dieses Verhör eine reine Routinesache wäre, etwas, das alle Tage passiert. Fast so, als handele es sich um eine Arbeit, die er sich ebensogut schenken konnte.«
»Schlau. Sehr schlau.«
»Mir kam er eher etwas dümmlich vor.« Mit seinem nikotingelben Fingerknöchel stopfte Prii Tabak in die Pfeife. »Ich habe noch etwas für Sie, Oberst, etwas, das mir jemand vom estnischen Untergrund gegeben hat. Drei Fotos, mit der Spezialkamera aufgenommen, die Sie mir gaben.«
»Wann aufgenommen?«
»Es ist nicht lange her.«
Einen billigen Umschlag aus seiner dicken Seemannsjacke nehmend, zog Prii daraus drei Fotos heraus und ließ sie auf den Tisch fallen. Karlow nahm sie auf, legte sie nebeneinander. Mit ernster, bekümmerter Miene starrte er sie lange an.
»Der Mann, der diese Aufnahmen gemacht hat – wird er den Mund halten?«

»Darauf können Sie sich verlassen – sein Leben ist ihm mehr wert.«
»Die behalte ich.« Karlow warf einen Blick zum Safe, überlegte es sich dann anders. Er nahm die Brieftasche heraus, schob die drei Fotos hinein und steckte die Brieftasche wieder ein. »Diese Fotografien existieren nicht. Sind nie aufgenommen worden. Sie verstehen, Prii?«
»Völlig. Darf ich jetzt gehen? Auf demselben Weg, auf dem ich gekommen bin?«
»Ja. Sie müssen vorsichtig sein.«
Prii löschte seine Pfeife mit dem Daumen aus, steckte sie in die Tasche, verließ das Zimmer durch die Seitentür und ging über eine Wendeltreppe nach unten. Die Treppe war alt, und die Füße der Benützer hatten über die Jahrhunderte Vertiefungen in die Mitte der Stufen getreten. Eigenartig, daß die Leute immer in der Mitte einer Treppe hinauf- oder hinuntergingen. An Bord seines Kutters war Prii daran gewöhnt, die Niedergänge auf der Seite zu benützen, besonders bei stürmischer See, weil er sich dann am Geländer festhalten konnte.
Vorsichtig trat er auf die Pikk-Straße hinaus, schaute nach beiden Seiten und stellte fest, daß sie menschenleer war. Bevor er zu seiner Unterkunft zurückkehrte, drehte er sich um und spuckte voll böser Verachtung auf die Stufen des Eingangs.

Vierhundert Kilometer entfernt, jenseits der Ostsee, saß Ingrid auf dem Bettrand und stellte einen Bericht fertig, der die letzten Vorkommnisse enthielt, genaue Zeitangaben inbegriffen. Sie schrieb das alles in Geheimschrift in ihr Notizbuch. Sie machte das Büchlein zu, gähnte und verspürte großen Hunger.
Sie mochte das Mansardenzimmer, das sie bewohnte. Es hatte zwei große Giebelfenster. Wollte man jedoch einen Blick auf die Stadt werfen, mußte man das von einem Erker aus tun. Es war gemütlich und ruhig hier.
Es klopfte jemand leise an die Tür. Sie öffnete vorsichtig, ließ die Sicherheitskette eingehakt, schaute durch den Türspalt und löste die Kette. Auf Sicherheit bedacht, sagte sie kein Wort, bis der Besucher im Vorraum stand und sie die Tür zugemacht und versperrt hatte.
»Tweed! Oh! Wie froh bin ich, Sie wiederzusehen...«
Sie schlang die Arme um seinen Nacken und drückte ihn zärtlich

an sich. Normalerweise hätte ihn das verlegen gemacht, doch jetzt umfaßte er ihre zarte Taille und zog sie ebenfalls an sich. Er hatte noch seinen Schlapphut auf und hielt seine Aktentasche umklammert.
»Sorgen?« fragte er, als sie einander losließen und sie ihn ins Schlafzimmer führte und ihm Hut und Mantel abnahm. Der Mantel wurde sorgfältig über einen Bügel gehängt, dann sagte sie ihm, er solle sich setzen.
»Wann sind Sie angekommen, Tweed? Sind Sie direkt hierhergekommen? Wieso wußten Sie, wo ich war?«
Es war typisch für Ingrid – der Strom von Fragen, die Erregtheit, die offen gezeigte Freude über sein Kommen. Der Nonstopflug von London, die lange Fahrt vom Arlanda-Flughafen hatten ihn müde gemacht, und doch fühlte er sich durch den warmen Empfang, der ihm hier bereitet wurde, bereits merklich erfrischt.
»Ich stelle lieber das Radio an«, flüsterte sie. »Ich bin sicher, daß niemand mir gefolgt ist – aber ich tu's dennoch.«
Er sah ihr zu, wie sie sich beschwingt durch den Raum bewegte, das Radio einschaltete und einen Sender fand, der Popmusik brachte. Für den unwahrscheinlichen Fall, daß man eine Wanze im Zimmer angebracht hatte, würde die Musik ihr Gespräch bis zur Unverständlichkeit verzerren. Als er sie auf einer Party in Stockholm kennengelernt hatte, war sie in dieser Art von Tätigkeit ohne jede Erfahrung gewesen, hatte sich dann aber rascher alle Tricks angeeignet als jeder Berufsagent, der ihm je untergekommen war.
»Wann haben Sie zuletzt gegessen?« fragte er sie.
»Es ist schon einige Zeit her, aber...«
»Kein Aber – wir werden den Zimmerservice kommen lassen und ein Festmahl bestellen.«
»Ist schon gut. Bleiben Sie sitzen. Ich weiß, wo die Speisekarte ist. Sie haben geräucherten Lachs. Ich liebe geräucherten Lachs.«
Sie studierten gemeinsam die Karte, dann hob sie den Hörer ab und bestellte ihr Mahl, dazu eine Flasche guten Weißweins, die Tweed ausgesucht hatte. Während sie auf den Kellner warteten, erzählte sie ihm alles, was seit ihrem Eintreffen auf dem Flughafen Arlanda geschehen war.
Tweed blieb schweigsam, beobachtete sie, die entspannt mit hochgezogenen Beinen auf einem Sessel saß, den sie nahe zu ihm herangezogen hatte. Er war ein guter Zuhörer, und sie hatte eine

erstaunliche Fähigkeit, Fakten knapp und geordnet vorzutragen. Als sie bei dem Vorfall mit dem geparkten Volvo und dem Polizisten anlangte und dabei Tweed die Kamera zeigte, mußte sie lachen.
»Ich glaube, dieser Polizist hätte mich gerne zum Abendessen eingeladen.«
»Sein Pech ist mein Glück. Also, um Ihre Fragen zu beantworten: von Arlanda nahm ich mir geradewegs hierher ein Taxi. Von Monica wußte ich, daß Sie im ›Grand Hotel‹ wohnen. Sie sagten es ihr telefonisch, und ich habe sie von Arlanda aus angerufen. Ich habe ein Zimmer im ›Diplomat‹ bestellt – aber ich habe beschlossen, sofort hierher überzuwechseln, selbst wenn ich unten in der Halle übernachten müßte.«
»Das ist ja wunderbar. Aber wohnen Sie nicht gewöhnlich anderswo als Ihre Helfer?«
»Das ›Grand Hotel‹ liegt zentraler.«
In Wahrheit beherzigte er Monicas Warnung, daß Ingrid Gefahr drohen mochte. Und das war auch nur die halbe Wahrheit, wie er vor sich zugab. Er brach eine seiner eisern gepflogenen Regeln im Außendienst, weil er in Ingrids Nähe sein wollte.
»Dieser Mann, den Sie in Karlavägen 72 C hineingehen sahen«, sagte er, wieder zum Geschäftlichen zurückkehrend. »Ich habe hier einige Fotos. Schauen Sie, ob Sie ihn – oder sonst jemanden – auf den Bildern erkennen.«
Er öffnete seine Aktentasche und brachte einen großen Umschlag ans Licht. Er entnahm ihm mehrere Hochglanzkopien und breitete sie auf dem niederen Couchtisch aus.
Ingrid las sie nacheinander auf und nahm eine charakteristische Haltung ein, an die Tweed sich noch gut erinnerte. Sie hatte ein wandlungsfähiges Gesicht. Sie legte den Kopf schief und besah sich mit ernster Miene die Bilder. Ihr zarter Körper erstarrte in der Bewegung.
»Das ist die Stilmar, der ich vom Flughafen aus folgte.«
Sie reichte ihm das Bild hin, das seine Männer von Helene gemacht hatten. Sie hielt in der Halle des *Dorchester* einen Blumenstrauß umfaßt. Eine ihrer schlanken Hände suchte nach dem Geschenkkärtchen.
»Ja, das ist sie«, sagte Tweed zustimmend. »Noch jemand?«
Bilder von Helenes Mann waren mit anderen Fotos vermischt, die Tweed willkürlich ausgewählt hatte. Ingrid ging die Sammlung

durch und hielt plötzlich inne. Sie beugte sich vor, so daß Tweed nur noch ihre dunkle Haarkrone sehen konnte, und hielt ein Bild unter die Lampe, um es deutlicher sehen zu können.
»Das ist der Mann, von dem ich drei Aufnahmen in der Kamera habe, der Mann, der sich mit ihr im Hause Karlavägen 72 C getroffen hat und sie vor dem Fenster leidenschaftlich umarmte, wie ich Ihnen erzählte.«
»Lassen Sie mich sehen.«
Tweed schaute das Bild an. Er wollte fast fragen, ob sie sicher sei. Aber es war schließlich Ingrid, mit der er redete. Er war sehr gut getroffen, der Mann auf dem Bild, der zu jenem Haus auf dem Karlavägen gekommen war. Es war Cord Dillon, Vizedirektor der CIA.

19

»Das ist jetzt das Vorfeld«, sagte Tweed.
»Und was bedeutet das?« fragte Gunnar Hornberg, Chef der SAPO, der schwedischen Geheimpolizei.
»Daß Schweden die letzte Etappe darstellt, von der aus Adam Procane ins Niemandsland Finnland hinüberwechselt. Wir müssen ihn – oder sie – aufhalten.«
»Für eines ist immer garantiert, wenn Sie kommen«, erklärte Hornberg. »Viel Aktivität – um nicht zu sagen Aktion.«
Es war nach zehn Uhr abends. Nach dem Abendessen in Ingrids Hotelzimmer und dem Bestellen eines Zimmers im *Grand Hotel* war Tweed im Taxi zum Polizeipräsidium in dem neuerbauten Gebäudekomplex an der Polhemsgatan gefahren.
Vor drei Jahren fertiggestellt, war das riesige, siebenstöckige Gebäude als Erweiterung des alten Gebäudes auf dem Kungholmsgatan errichtet worden. Der Eingang zur kriminalpolizeilichen Abteilung blickt auf einen großen Park. In diesem Haus befindet sich in diskreter Abgeschiedenheit das Büro des SAPO-Chefs in der vierten Etage.
Typisch für seinen Benutzer ist das Büro ohne jeden Zierat. Der längliche Raum wird beleuchtet durch von der Decke hängende, abgeschirmte weiße Leuchtstoffröhren. Die Einrichtung ist karg und streng, Stühle mit harter Lehne, an den Wänden stählerne Aktenschränke.

Gunnar Hornberg war achtundfünfzig, stark gebaut, mit einer Mähne dichten grauen Haars auf dem massigen Schädel. Die Brille hatte er über die hochgewölbte Stirn geschoben. Seine grauen Augen verrieten Schläue und zugleich Freundlichkeit, es waren die Augen eines Mannes, der den Menschen in allen seinen Spielarten, Gutes und Böses gesehen hatte.
»Wie gewöhnlich, Tweed«, bemerkte er, »sind Sie mir drei Sprünge voraus – und ich sitze hier und versuche Sie einzuholen. Wir geben auf sie alle acht – diese Amerikaner –, wie Sie gebeten haben.«
»Und wer fällt unter Ihre Bezeichnung ›alle‹?«
»Sind wir wieder soweit?« Hornberg lächelte. »Spiele spielen. Spielen wir also. Stilmar, Sicherheitsberater des Präsidenten. Cord Dillon vom CIA. Und General Paul Dexter. Drei Kandidaten, wie Sie sagten, für die Rolle des Adam Procane.«
»Sie haben einen vierten Kandidaten ausgelassen.«
»Schon wieder. Und ich bemerkte, daß Sie ›oder sie‹ sagten. Geheimnis über Geheimnis.«
»Kandidat Nummer vier: Helene. Frau von Stilmar. Einstige Verbindungsfrau zwischen State Department und Pentagon. Ein heikler Posten, meinen Sie nicht auch?«
»Tue ich. Aber Sie wollen auf etwas hinaus. Ich kenne Sie. Wie paßt diese Helene in die Procane-Sache?«
»Sie kam heute nachmittag, von Heathrow kommend, auf dem Flughafen Arlanda an, nahm ein Taxi zum ›Grand Hotel‹, lud ihr Gepäck – eine ganze Menge – in ihrem Zimmer ab. Später dann stattete sie dem Haus Karlavägen 72 C einen heimlichen Besuch ab. Wer wohnt dort, frage ich mich? Auf dem Namensschild der Wohnung in der dritten Etage steht ein B. Warren verzeichnet.«
»Bruce Warren«, sagte Hornberg wie aus der Pistole geschossen. »Hauptagent des CIA für Skandinavien. Hat irgendein harmloses Pöstchen an der Ami-Botschaft. Bloß als Deckmantel. Er könnte Cord Dillon seine Wohnung geborgt haben. Wir haben Dillon bei seiner Einreise über den Flughafen Arlanda registriert«, fügte er beiläufig hinzu. »Wir folgten ihm zu der von Ihnen erwähnten Adresse auf dem Karlavägen. Was uns verwirrte, denn wir erwarteten, er werde sich zu seiner Botschaft im Diplomatenviertel – nicht weit vom Hotel ›Diplomat‹, wo Sie ursprünglich absteigen wollten – begeben.«

»Es waren also Ihre Leute, die mir folgten?«
»Wie Sie sehen, Tweed, bin ich jetzt nur noch zwei Sprünge hinter Ihnen. Aber diese Helene Stilmar ist uns durch die Maschen geschlüpft. Ist sie vielleicht zufällig eine Brünette? Meine Leute haben mit einem solchen Mädchen in der Nähe von Nummer 72C gesprochen, das sagte, sie habe ihren Volvo nicht starten können.«
»Die Beschreibung stimmt nicht«, antwortete Tweed mit ausdruckslosem Gesicht. »Da haben Ihre Leute einer ganz unschuldigen Person einen Schrecken eingejagt.«
»Ich glaube nicht, daß wir jemandem einen Schrecken eingejagt haben. Meine Leute trugen Polizeiuniform. Eine sehr nützliche Verkleidung. Kommen sie in eine ruhige Gegend – wie Karlavägen bei Nacht –, machen Sie sich in keiner Weise verdächtig. Was haben Sie da für mich?«
Tweed zog seinen Briefumschlag aus der Tasche. Er suchte das Foto von Helene Stilmar heraus und gab es Hornberg. Der Schwede klappte die Brille auf seine große, kräftige Nase herunter, betrachtete das Bild eingehend und brummte, dabei durch ein Nicken seinen Gefallen bekundend.
»Ich würde sagen, das ist eine Mordsfrau.«
»Sie wurde gesehen, wie sie Cord Dillon mit ihren Armen umfangen hielt – bevor sie daran dachten, die Vorhänge zuzuziehen.«
»Aha.« Hornberg lugte über seine Brille hinweg zu Tweed. »Sie haben ein Verhältnis. Sie sind diskret – eine Frau wie sie ist das. Sie kommen nach Schweden, wo keiner es erfährt.«
»Oder aber einer benützt den anderen – um auf dem Weg nach Rußland über die finnische Grenze zu wechseln.«
»Was für abwegige Gedanken Sie doch haben, mein Lieber!«
»Die Sache, um die es geht, ist abwegig.«
»Ihr Beobachter hat dieses intime Schauspiel mitverfolgt?«
»Das habe ich nicht gesagt.«
»Bevor ich es vergesse, beschäftigen wir uns mit etwas anderem, etwas Wichtigem.« Hornberg drückte einen Schalter auf seiner Wechselsprechanlage nieder und sprach dann auf englisch. »Sie können jetzt hereinkommen, bitte. Mr. Tweed ist hier.«
Die Tür öffnete sich, und ein Mann mit rundlich-dickem Gesicht, Brille und Pfeife im Mund kam herein. Er sah aus wie einer von Dickens' Pickwickiern, und Tweed, der sich umgewendet hatte, mochte ihn vom ersten Augenblick an.

»Das ist Peter Persson, ein besonders lieber Mensch«, stellte Hornberg ihn vor. »Und das ist Mr. Tweed. Persson ist mein Lieblingsbluthund«, fuhr Hornberg fort, »der beste Schnüffler, den ich je gekannt habe. Außerdem ein großartiger Leibwächter. Er gehört Ihnen, solange Sie in Schweden sind – Anruf genügt. Ich hätte es nicht gern, wenn Ihnen was zustieße, Tweed. Und das hier« – er drückte eine seiner Fingerspitzen gegen die linke Seite seiner großen Nase – »riecht nach Gefahr. Russische Agenten überwachen alles, was in Arlanda ankommt. Sie wissen wahrscheinlich bereits, daß Sie hier sind, Tweed.«
»Danke. Ich werde daran denken. Arbeiten Sie im Team?« fragte Tweed Persson.
»Nie! Immer allein. Auf diese Weise brauche ich mich um niemanden zu sorgen außer um das Ziel, hinter dem ich her bin, und um mich selber.«
Interessant, dachte Tweed – er hatte sich selbst erst an zweiter Stelle genannt. Dieser Mann war ein Profi. Perssons Blick hatte ihn seit seinem Eintreten nicht losgelassen. Tweed erkannte, daß Persson sich seine Erscheinung einprägte.
»Das muß bisweilen schwierig sein«, bemerkte er. »Angenommen, Sie müssen jemandem in einen Laden mit mehreren Ausgängen folgen und der oder die Verfolgten gehen nicht gleich wieder?«
»Ich kaufe etwas«, antwortete Persson sofort. »Bezahle es. Sage der Verkäuferin, sie soll es in Geschenkpapier einwickeln, und ich käme später. Ich bin unverdächtig – ich bin zu einem bestimmten Zweck in das Geschäft gegangen.«
»Sehr gut. Außer daß Ihr Aussehen Sie früher oder später verraten wird, wenn Sie allein arbeiten.«
»Glauben Sie das, Mr. Tweed? Warum wohl rauche ich eine Pfeife? Die Pfeife verschwindet, ich nehme die Brille ab...«
Er nahm sie ab, legte die Pfeife in den Aschbecher auf Hornbergs Schreibtisch, zog einen verbeulten Hut aus der Tasche und drückte ihn sich fest auf den Kopf. Erstaunlich für Tweed war die Veränderung des Gesichtes, das aus Gummi zu sein schien. Er hatte sich einen anderen Gesichtsausdruck zugelegt und war kaum noch als der Mann wiederzuerkennen, als der er in den Raum gekommen war.
»Ich bin beeindruckt«, sagte Tweed.
»Also, Mr. Tweed, für den Fall, daß Sie mich brauchen, wo

wohnen Sie? Welche Zimmernummer haben Sie? Wann stehen Sie auf? Frühstücken Sie auf Ihrem Zimmer?«
»›Grand Hotel‹. Zimmer 632. Sieben Uhr morgens. Frühstück im Speisesaal. Noch etwas, Mr. Persson?«
»Das reicht, danke.«
Persson stopfte den Hut wieder in die Tasche, nahm seine Pfeife und verließ den Raum.
»Ich mag ihn«, sagte Tweed zu Hornberg. »Noch etwas, bevor ich gehe. Wenn Sie Schweden heimlich mit Finnland als Ziel verlassen wollten, welche Route würden Sie wählen?«
»Den Archipel. Mit einem kleinen Boot von einer der vielen Inseln des Schwedischen Archipels. Ich würde mir dafür die große Insel Ornö aussuchen – sie liegt fast am Rande des Archipels. Von da sind es nur wenige Stunden bis zum Archipel von Abo. Das einzige Problem wäre, daß wir dieses Gebiet sehr stark überwachen – wegen der sowjetischen Klein-U-Boote, die unsere Seeabwehr testen. Weiß Gott, die ganze Weltpresse ist voll davon.«
»Eine andere Route? Eine schnellere?«
»Flughafen Bromma – hier mitten in der Stadt«, schlug Hornberg vor. »Mit einer leichten Maschine, privat, könnte man außer Landes fliegen und in der Nähe von Abo – bei den Finnen heißt es Turku – landen.«
»Sie setzen also die genaue Überwachung fort?« sagte Tweed und stand auf.
»Beschattung von Dillon und Helene Stilmar. Überwachung sämtlicher Punkte, an denen eine Einreise möglich ist – wegen Stilmar selbst und General Dexter.«
Hornberg, der jetzt auch aufgestanden war, überragte mit seinen annähernd zwei Metern und seiner Haarmähne Tweed um einiges. An der Tür blieb Tweed stehen. Er sparte sich den wichtigsten Satz stets für den Moment seines Abganges auf. Was man zuletzt sagte, blieb im Gedächtnis eines Menschen besonders gut haften.
»Ist Ihnen je der Gedanke gekommen, daß diese sowjetischen Klein-U-Boote auch einem anderen Zweck dienen könnten als dem, Ihre Seeabwehr zu testen?«
»Welchem anderen Zweck?«
»Daß eines davon zur Aufnahme Procanes in Warteposition stünde. Ich würde mir gerne diese Insel Ornö ansehen, wenn Sie das für mich arrangieren könnten.«

20

»Ich glaube, es ist Zeit, unseren Vollstrecker nach Schweden zu schicken«, verkündete Lysenko. Er stand in Karlows Büro in der Pikk-Straße und schaute aus dem Fenster.
»Hauptmann Poluschkin? Warum?«
Karlow war bestürzt über diese Erklärung. Lysenko war ohne Vorwarnung von Leningrad nach Tallinn geflogen. Es war eine der liebsten Angewohnheiten des Generals, unerwartet aufzutauchen und seine Untergebenen zu kontrollieren. Da er jedem – egal ob Mann oder Frau – mißtraute, liebte er diese Ortsveränderungen. Sogar Rebet, der in Leningrad zurückgeblieben war, hatte keinerlei Hinweis erhalten. Er fuhr herum und starrte den Oberst an.
»Sie zweifeln meinen Befehl an?«
»Ja.« Karlow erhob sich hinter seinem Schreibtisch. »Eine heikle Operation ist im Gange – Procane sicher herüberzuschaffen. Gewalt könnte alles verderben.«
»Poluschkin ist für sein Geschäft entsprechend ausgebildet«, fuhr Lysenko fort. »Er wird mit der Rumänin, die von Bukarest nach Schweden geflüchtet ist, Kontakt aufnehmen. Magda Rupescu. Sie werden im Team arbeiten.«
»Sie ist noch ärger als Poluschkin«, protestierte Karlow. »Ein wahres Monster, das sogar noch Vergnügen daran hat.«
»Und sehr gut ist. Außerdem sprechen beide fließend Schwedisch. Rufen Sie Poluschkin heute vormittag in der Botschaft in Helsinki an und geben Sie ihm den Marschbefehl.«
»Warum? Ich frage Sie noch einmal? Warum?«
»Jemand hat da zu sein, wenn Procane auftaucht, um ihn nach Finnland zu lotsen. Zweiter Grund: das, was Sie mir soeben berichtet haben. Die Operation steuert auf einen Höhepunkt zu. Ich spüre es in meinen alten Knochen, Genosse.«
»Sie meinen die Nachricht, daß Tweed und Cord Dillon bei ihrer Ankunft in Arlanda gesehen worden sind? Ist das Grund genug, Killer zu schicken?«
»Tweeds Ankunft ja. Dieser Mann ist gefährlich.«
»Ihn zu beseitigen könnte noch gefährlicher sein – angenommen, daß es einer schafft. Was ich eher bezweifle.«
»Ah, ich glaube nicht, daß das nötig sein wird.« Lysenko schlug mit der Faust gegen die Handfläche der anderen Hand und legte

dann den Arm um Karlows Schulter. »Wenn alle diese neuen Entwicklungen Ihnen Sorge machen, warum schicken Sie dann nicht eine Mitteilung nach Moskau, daß Sie diese Befehle nur unter Protest ausführen? He?«
Karlow spürte eine Falle. Der Arm um seine Schultern fühlte sich wie eine Schlinge an. Er schüttelte den Kopf und setzte sich wieder, was Lysenko zwang, den Arm fallen zu lassen.
»Ich werde keine Mitteilung dieser Art abschicken«, sagte er und behielt seinen Vorgesetzten genau im Auge.
»Gut! Sehr gut! Ich vergaß, Ihnen mitzuteilen, daß diese Instruktionen von höchster Stelle kommen. Also, Sie rufen Poluschkin an. Magda Rupescu wohnt im Stockholmer Bezirk Solna und ist in einem Schreibbüro beschäftigt. Ihre Adresse ist Bredkilsbacken 805, 171 57 Solna. Ich schreibe es Ihnen auf, dazu ihre Telefonnummer. Sie geben das über Geheimtelefon an Poluschkin weiter. Er soll sofort abreisen.«
»Welche Route soll er nehmen?«
»Mit dem Flugzeug vom Flughafen Vantaa natürlich. Er spricht fließend Schwedisch und hat einen schwedischen Paß, der auf einen anderen Namen ausgestellt ist – er kommt durch die Kontrollen allein schon mit seinem Schwedisch.«
»Und wie lauten seine genauen Instruktionen?«
»Kontakt mit der Rupescu aufzunehmen. Ich habe bereits mit ihr gesprochen.«
»Von Leningrad?« Karlows Ton drückte Bestürzung aus.
»Natürlich nicht! Ich überschritt die finnische Grenze und telefonierte von der Stadt Imatra aus.« Er schlug Karlow auf die Schulter. »Sie vergessen, daß ich in dem Geschäft ein alter Hase bin.«
»Wenn diese zwei in Schweden frei herumlaufen, heißt das Gewalt. Mir gefällt es noch immer nicht.«
»Karlow, die Anweisung aus Moskau nimmt mit keinem Wort darauf Bezug, daß Sie Gefallen daran haben müssen.«
»Und was ist mit dem Plan, Mauno Sarin zusammen mit diesem englischen Auslandskorrespondenten nach Tallinn zu bringen, damit er sehen kann, daß hier alles anscheinend ruhig und friedlich ist?«
»Das habe ich noch nicht genehmigt. Wir müssen den richtigen Zeitpunkt wählen. Lassen wir sie warten. Sie werden gieriger werden, je länger wir sie das Pflaster Helsinkis treten lassen. Zuerst muß Poluschkin herausfinden, was in Schweden vorgeht.

Übrigens, wie haben Sie erfahren, daß Tweed mit der Procane-Sache zu tun hat?«

»Sie kennen die Spielregeln, General«, erwiderte Karlow. »Die Identität eines Informanten darf nur einer Person bekannt sein.«

»Korrekt.« Lysenko wußte, daß er mattgesetzt war. Seit durch Lecks im Geheimhaltungsnetz Moskaus Nachrichten nach dem Westen durchgesickert waren, war man schnell wiederum zum Zellensystem zurückgekehrt – jeweils nur einer kannte die Identität eines Agenten im Westen. Wieder war Karlow der Falle aus dem Wege gegangen. Lysenko warf seine Autorität neuerlich in die Waagschale. »Also, Sie setzen Poluschkin in Marsch. Ich möchte ihn noch heute in Stockholm haben.«

Der schwergebaute Mann mit dem blassen Gesicht, der schwedische Kleidung trug, zahlte vor dem Wohnblock in Solna dem Taxifahrer den Fuhrlohn. Oleg Poluschkin fingerte am Gürtel seines Regenmantels herum, bis das Taxi verschwunden war.
Bevor er die Sowjetbotschaft in der Tehtaankatu in Helsinki verließ, hatte man ihn aus der großen Kollektion schwedischer Kleidung im Untergeschoß ausgestattet. Seine Reisetasche aufnehmend, betrat er den modernen Wohnblock. Er prüfte, ob es einen Hinterausgang gab, dann stieg er die Treppe zur dritten Etage hoch. Vor der Wohnung Nr. 805 stellte er die Tasche ab, um die Hände frei zu haben, und drückte auf den Klingelknopf. Magda Rupescu öffnete nicht sofort, und Poluschkins Füße scharrten ungeduldig auf dem Boden.
Dann entdeckte er das Guckloch, das sich in der Türmitte in Augenhöhe befand. Er wartete, während drei verschiedene Schlösser aufgesperrt wurden. Die Tür ging auf, und er hielt den Atem an. Magda sah begehrenswerter aus, als er sie in Erinnerung hatte.
Dichtes rotes Haar hing bis zu den Schultern herab. Sie war dreißig Jahre alt, schlank, aber proportioniert, einssiebzig groß und hatte eine leichenblasse Haut. Die Blässe wurde noch betont durch das helle Rot ihres Lippenstiftes, ihr einziges Make-up übrigens. Sie musterte ihn durch ihre dunklen Brillengläser.
»Willst du den ganzen Tag auf dem Korridor stehen?« fragte sie auf schwedisch.
Langsam trat er durch den Türrahmen, streifte ihre linke Brust

und stellte seine Tasche ab. Er blickte sich um. Die Wohnung war größer, als er erwartet hatte.
Hinter ihm fiel die Tür heftig ins Schloß. Ihre langen, flinken Finger beschäftigten sich mit den Schlössern, hängten die Kette wieder ein. Sie nahm die Brille ab, drehte sich rasch um und sah ihn mit ihren kalten grünlichen Augen an. Sie legte die Hände auf die Hüften, bevor sie zu sprechen begann.
»Berühr mich noch einmal so, und ich bring dich um!«
»Du bringst mich um!«
Er sagte das in spöttischem Ton, und seine schlaffen Lippen verzogen sich zu einem widerlichen Lächeln. Ihre rechte Hand vollführte eine rasche Bewegung, zog etwas aus der Tasche ihres schwarzen Kleides, und er spürte, wie die scharfe Spitze eines Instruments seine Kehle kitzelte. Er stand bewegungslos. Sie hielt eine Art Stilett in der Hand.
»Ja«, wiederholte sie, »ich bring dich um. Das waren meine Worte. Wir haben hier ein Geschäft zu erledigen. Unsere ganze Energie und Konzentration muß darauf gerichtet sein. Verstehst du?«
»Kein Grund zur Aufregung. Wir sollen zusammenarbeiten.«
»Nicht im Bett. Verstanden? Dein Schlafraum ist hinter dieser Tür hier. Meiner ist hinter jener Tür dort. Ich versperre sie nicht, wenn ich schlafe. Wenn du reingekrochen kommst, schlitze ich dich auf. Hast du verstanden, Poluschkin?«
»Ja, hab ich. Und es wäre mir lieb, wenn du dieses Ding wegtätest. Was ist das überhaupt? Ich hab so was noch nie gesehen.«
Sie ließ die Waffe sinken, ihr Verhalten wurde mit einem Mal wieder normal, ihre Stimme klang distanziert. Sie demonstrierte ihm, wie die Sache funktionierte. Sie drückte gegen das Ende des Griffes. Die Stahlnadel trat zurück, und Poluschkin erkannte, daß sie von einer Feder bewegt wurde.
»Du wirst nicht erraten, woher das ist«, sagte sie mit leiser Stimme. »Aus England! Sie nennen es Corkette. Es ist ein Korkenzieher. Man stößt die Nadel in den Flaschenkorken und pumpt Luft in die Flasche. Der Korken wird herausgepreßt. Einer unserer Techniker hat das Ding präpariert. Wer denkt schon daran, daß es eine Waffe ist?«
»Aber du kannst das nicht auf einer belebten Straße jemandem in die Kehle rammen«, wandte der Russe ein.
»Aber du kannst es deinem Opfer von hinten in die Wirbelsäule

stoßen, die Nadel im Griff verschwinden lassen und weitergehen. Besonders geeignet auf einer belebten Straße. Ich habe es immer bei mir. Sogar wenn ich zu Bett gehe«, fügte sie hinzu. »Und unter welchem Namen reist du?« fragte sie in geschäftsmäßigem Ton.
»Bengt Thalin. Vertreter einer Scheinfirma in Helsinki.«
»Zeig mir deinen Paß.«
»Du glaubst mir nicht? Und wir sollen ein Team sein? Spar dir die großen Töne.«
»Ich bin bei dieser Operation der Chef. Das hat dir dein Vorgesetzter mitgeteilt. Er hat mich angerufen, während du noch im Flugzeug gesessen hast. Zeig mir deinen Paß.«
Widerstrebend holte er den Paß aus seiner Tasche, und sie ging damit zum Fenster, um ihn genau zu prüfen. Das machte Poluschkin so wütend, daß er ihr nachging.
»Wozu überprüfen? Unsere Leute wissen, was sie tun.«
»Ich war einmal in der Abteilung für Personaldokumente in Moskau beschäftigt. Dort werden, wie du weißt, auch alle Ausweise für Agenten, die ins Ausland gehen, hergestellt. Pässe inbegriffen. Manchmal sind sie dort nicht besonders geschickt – und machen Fehler.« Sie gab ihm den Paß zurück. »Der hier ist in Ordnung.«
»Herzlichen Dank«, antwortete Poluschkin ironisch.
»Erspare mir deinen Sarkasmus. Meine Haut ist genauso in Gefahr. Wenn Hornbergs Leute dich schnappen, könnten sie auch mich erwischen.«
Sie setzte sich, kreuzte die Beine und zündete sich eine Blend-Zigarette an. Sie schwang sie ihm entgegen.
»Schwedische Marke. Und jetzt zum Geschäft. Ich operiere unter dem Namen Elsa Sandell ...« Sie buchstabierte den Namen. »Ich führe ein kleines Schreibbüro. Nach außen hin ist eine andere Frau die Chefin, eine Schwedin, aber sie kann zwei und zwei nicht zusammenzählen, also leite ich den Laden. Sie hat natürlich keine Ahnung, wer ich wirklich bin.«
»Wie heißt das Büro?«
»Das braucht dich nicht zu interessieren. Nominell – ich betone das Wort ›nominell‹ – bist du mein Freund, und wir wohnen zusammen. Unsere vorrangige Aufgabe ist, Adam Procanes Identität festzustellen und mit ihm Kontakt aufzunehmen. Man sagte mir, daß wahrscheinlich drei Leute Procane sein können. Cord Dillon vom CIA – der heimlich in Schweden eingetroffen ist.

Unsere Leute sahen ihn in Arlanda ankommen und verloren ihn dann beim Sergels Torg in Stockholm aus den Augen. Das ist der Platz im Zentrum ...«
»Ich kenne ihn ...«
»Halt bitte das Maul, während ich dich instruiere. Wir lassen die Amerikanische Botschaft beobachten. Früher oder später muß er aus der Versenkung kommen. Dann ist da Stilmar, Sicherheitsberater. Bisher keine Spur von ihm. Und schließlich General Paul Dexter. Er wurde gesehen, wie er in London ins Verteidigungsministerium ging. Auch er hat sich hier nicht gezeigt. Noch nicht. Fragen?«
Magda blies einen Rauchring in die Luft und beobachtete, wie er zur Decke schwebte. Mit jeder Geste, jedem Ton zeigte sie an, daß sie mit einem Untergebenen redete. Miststück, dachte Poluschkin; aber er hielt sich im Zaum, als er sprach.
»Auf welcher Route bringen wir Procane außer Landes, sobald wir ihn gefunden haben?«
»Das erfährst du, wenn wir ihn ausfindig gemacht haben. Alles zu seiner Zeit. Es gibt einen Mann, mit dem wir es zu tun bekommen werden, falls er uns in den Weg kommt, wenn es soweit ist. Peter Persson ...«
»Wer ist das?«
»Gunnar Hornbergs bester Schnüffler. Ich habe ein Foto von ihm, das ich dir gleich zeigen werde. Unterschätze Persson nicht. Es könnte dein letzter Fehler sein. Du mußt dir auch Fotos von Stilmar, Dillon und Dexter ansehen.«
Sie stand auf, die Zigarette zwischen den roten Lippen, und schloß einen Aktenschrank auf, der in einer Ecke des Wohnzimmers stand. Einen Ordner herausnehmend, setzte sie sich wieder aufs Sofa und schälte vorsichtig drei kleine Fotos von drei verschiedenen Blättern.
»Personalberichte von drei Sekretärinnen, die mein Büro zeitweise beschäftigt«, erklärte sie. Sie reichte ihm die Bilder der drei Mädchen, und er schaute verdutzt drein. »Die Rückseiten«, sagte sie ungeduldig. »Schau die Rückseiten an und zeig sie dann nacheinander mir.«
Auf der Hinterseite des ersten Fotos befand sich ein anderes Foto, das Bild eines Mannes. Er zeigte ihr die Aufnahme, ohne etwas zu sagen. Sollte doch das Weibsstück das Reden besorgen. Er würde sie schon noch aufs Kreuz legen.

»Stilmar«, sagte sie. »Das nächste – das ist Cord Dillon. Also muß der dritte Dexter sein.«
Fast rutschte ihm heraus, das hätte ich auch selber spitzgekriegt. Statt dessen preßte er die Kinnladen zusammen, breitete die drei Fotos vor sich aus und besah sie kurz. Unter einem Kissen zog Magda ihre Handtasche hervor, öffnete sie und nahm aus einem Geheimfach eine vierte Aufnahme heraus. Sie warf sie zu den anderen auf den Tisch.
»Und das ist Peter Persson.«
»Sieht recht harmlos aus.«
Sie beugte sich vor, starrte ihn an und legte dann los. »Ich glaube nicht, daß du auch nur ein verdammtes Wort von dem, was ich gesagt habe, gehört hast, du Kretin.«
»Du kannst mit mir nicht so reden.«
»Kann ich das nicht? Begreifst du nicht, wer mich hierhergeschickt hat? Wer mein Vorgesetzter ist? Nun, er ist im Rang etwas höher als du, Poluschkin. Er könnte dich mit einem Stiefel zu Staub zertreten. Also, du hörst jetzt zu – und zwar genau! Peter Persson täuscht fast jeden. Sein Aussehen hat dich getäuscht. Er ist sehr gefährlich. Und er ist der Mann, den Hornberg dazu ausersehen wird, Procane zu beschatten, wenn der schlaue Schwede herauskriegt, wer Procane ist.«
»Wenn das passiert, nehmen wir uns Persson vor.«
»Nein! *Ich* nehme mir Persson vor.« Magda nahm wieder den Korkenzieher in die Hand und zeigte ihn ihm. »Mit dem da. Wenn wir die Leiche loswerden müssen, bist du an der Reihe. Und ich habe das komische Gefühl, genau das wird der Fall sein.«

Früh am nächsten Morgen läutete das Telefon in der Wohnung in Solna. Magda eilte zum Apparat und hob ab, sich dabei den Morgenmantel um die schmale Taille gürtend. Die Tür zu Poluschkins Schlafraum öffnete sich, und der Russe erschien mit wirrem Haar, um zuzuhören.
»Ja, ich habe fest geschlafen – war mitten in einem Traum«, sagte sie, sich durch diesen vereinbarten Satz zu erkennen gebend. »Nein, die Post ist noch nicht gekommen. Es ist zu früh. Dieser Engländer ... Schon in Stockholm, sagen Sie? Er braucht drei Sekretärinnen. Sicherlich kann ich da helfen. Ich warte, bis er sich an mich wendet. Ja, er wird vorrangig bedient werden. Danke, daß Sie mir dieses Geschäft vermitteln. Auf Wiedersehen.«

Sie legte auf und schaute Poluschkin mit grimmiger Miene an. Sie war schon auf dem Weg in ihr Zimmer, als er die Frage stellte.
»Was bedeutete das alles?«
»Große Schwierigkeiten. Warte, bis die Post da ist.«
Sie warf ihm die Tür vor der Nase zu, versperrte sie, um ihren Gefühlen freien Lauf lassen zu können, und zündete sich eine Zigarette an. Sie badete, kleidete sich rasch an und verbrachte die nächste halbe Stunde damit, rauchend im Zimmer auf und ab zu gehen.
Die beiden nahmen in völligem Schweigen das Frühstück im Eßzimmer ein, das durch einen offenen Durchgang vom Wohnzimmer zu erreichen war. Sie schaute auf die Uhr, stand wortlos auf, nahm ihre Handtasche und ließ Poluschkin sitzen, der ihr nachstarrte, sah, wie sie die Tür zuschlug, und sich fragte, wohin sie jetzt wohl gehen mochte.
Innerhalb einer Minute war sie von den Postkästen im Erdgeschoß wieder zurück. Sie warf zwei Werbepostwurfsendungen in den Papierkorb und setzte sich, um einen braunen Umschlag aus steifem Karton zu öffnen. Adressiert war er an Elsa Sandell; der Poststempel trug die Aufschrift »Helsinki – Helsingfors«, und er enthielt zwei Abzüge ein und derselben Fotografie.
Sie reichte einen Poluschkin und las die kurze Mitteilung, die sich auf der Rückseite des anderen befand.
»Das ist der Mann, der drei Sekretärinnen braucht. Ihr Freund.«
Die beiden letzten Wörter waren in einer Handschrift geschrieben, die sie kannte. In der von General Lysenko. Sie hatten die Fotos, nahm sie an, auf dem Eilwege von Tallinn auf einem sowjetischen Patrouillenboot über den Meerbusen nach Helsinki befördert.
»Wer zum Teufel ist das?« knurrte Poluschkin.
»Ein Engländer namens Tweed. Ihr bester Mann, soweit mir beschrieben wurde. Er ist soeben in Stockholm eingetroffen.«
»Und der soll eine Gefahr sein?«
»Du bist wirklich ein Idiot.« Sie seufzte. »Dieser Tweed kennt mich. Es war vor drei Jahren in Bonn. Der verdammte Computer, den die Deutschen in Düsseldorf stehen haben, hat mich eingespeichert. Während ich auf meinen Abtransport wartete, brachte der Chef des BND diesen Tweed zu mir. Er würde mich wiedererkennen.«

»Dann mußt du ihn zuerst sehen.«
»Ich muß ihn zuerst sehen«, bestätigte sie.

21

»Was macht Newman jetzt, Laila?« fragte Tweed. Er telefonierte in seinem Schlafzimmer im *Grand Hotel*.
»Hoffentlich macht es Ihnen nichts, daß ich Sie anrufe«, erwiderte Laila. »Monica hat mir Ihre Nummer gegeben. Ich bin ja so froh, daß Sie mir jetzt näher sind. Von Stockholm nach Helsinki ist es ein Flug von fünfzig Minuten. Könnten Sie sofort kommen?«
»Sagen Sie mir, was Newman macht«, wiederholte Tweed. »Es macht gar nichts, daß Sie anrufen – aber ich möchte wissen, was los ist...«
»Ich bin in meiner Wohnung. Newman versucht übers Wasser zu kommen. Verstehen Sie?«
Um Himmels willen! dachte Tweed bei sich. Er zwang sich, seine Stimme gelassen klingen zu lassen. Er mußte das Mädchen beruhigen. Da braute sich etwas zusammen, er spürte es förmlich.
»Ich verstehe«, antwortete er. »Können Sie ihn irgendwie aufhalten? Ich werde versuchen zu kommen, aber ich kann es nicht versprechen. Warum will er so etwas Verrücktes tun? Es paßt nicht zu ihm.«
»Er ist überzeugt davon, daß er weiß, wo seine Frau Alexis getötet worden ist.«
»Jenseits des Wassers?«
»Ja. Er ist eiskalt. Macht keine Scherze mehr.«
»Glauben Sie, daß er recht hat, Laila?«
Tweed hielt das Gespräch in Gang, während in seinem Kopf die Gedanken rasten. Er steckte in einer Zeitfalle. Die Entwicklung der Dinge in Schweden erforderte, daß er noch länger hier blieb. Andererseits entwickelten sich die Dinge in Finnland zu rasch. Der Zeitplan war über den Haufen geworfen.
»Ja«, sagte Laila nach einer Pause. »Er hat mich überzeugen können. Kommen Sie bitte schnell, Tweed, oder es ist zu spät.«
Welche Sache hatte nun Vorrang? Tweed fühlte, daß ihm die Kontrolle über die Situation entglitt. Es gab zwei Hauptprobleme. Procane. Er, Tweed, mußte in Schweden abwarten, bis die Ereignisse in eine bestimmte Richtung wiesen.

Der Faktor, den er nicht vorausgesehen hatte – nicht hatte voraussehen können –, war das Erscheinen des wildgewordenen Elefanten in Helsinki. Bob Newman. Normalerweise verläßlich, war er völlig unberechenbar geworden – durch den Tod seiner Frau. Tweed faßte einen schnellen Entschluß.
»Sind Sie noch da?« fragte Laila.
»Ja. Sie machen folgendes. Erstens, nicht die Nerven verlieren. Setzen Sie Ihre ganze weibliche List ein, um Newman in Helsinki zurückzuhalten. Zweitens, ich möchte so bald wie irgend möglich mit Newman telefonieren. Wenn er mich nicht anrufen will, dann versuchen Sie's mit einem Trick – rufen Sie mich an, wenn Sie ihn wieder in sein Zimmer im ›Hesperia‹ zurückgelotst haben, und geben Sie ihm dann den Hörer in die Hand.«
»Ich glaube, das kann ich bewerkstelligen«, sagte Laila. »Ich kann nicht sagen, wann...«
»Heute, Laila, *heute*. Ich versuche hier im ›Grand Hotel‹ zu bleiben, bis der Trick gelingt.«
»Ich werde mein Bestes tun.«
»Sie retten ihm vielleicht das Leben«, sagte Tweed hart.
»Ich werde mehr als bloß mein Bestes tun. Auf Wiedersehen.«
Tweed saß neben dem Telefon, nachdem er den Hörer aufgelegt hatte. Er brauchte zusätzliche Hilfe. Die Zeit lief ihm davon. Diese Phase kannte er von früher. Plötzlich steigerte sich das Tempo des Geschehens. Alles begann gleichzeitig. An diesem Punkt mußte man mit Entschiedenheit und Festigkeit die Zügel in der Hand haben.
Er hob den Hörer ab, rief den Park Crescent an und wurde sofort mit Monica verbunden. Sie erkannte sofort an seiner Stimme, daß etwas nicht in Ordnung war.
»Sorgen?« fragte sie.
»Vielleicht. Ich brauche Unterstützung. Schnell. Zwei Männer.«
»Harry Butler und Pete Nield?«
»Ausgezeichnet. Wie schnell können sie hier sein?«
»Heute. Sie können gerade noch die Maschine um elf Uhr fünfunddreißig erreichen, ein Nonstopflug – also kommen sie in Arlanda um fünfzehn Uhr dreißig Stockholmer Zeit an.«
»Schicken Sie sie. Ich lege auf.«
Tweed legte den Hörer auf die Gabel und seufzte vor Erleichterung. Die perfekte Kombination. Harry Butler, der Mann, der

Helene Stilmar im Hotel *Dorchester* fotografiert hatte, war phlegmatisch und übervorsichtig, ein Schotte aus Edinburgh. Nield war der quicklebendige Typ, ein Mann der raschen Entschlüsse.
Tweed hob zum dritten Mal den Hörer ab und bestellte zwei Zimmer. Er brach mit einer weiteren Maxime – lasse nie mehr als eine Person in einem Hotel wohnen. Aber intuitiv fühlte er, daß die Krise heranrückte. Da war es besser, das Team beisammen zu haben. Man konnte mit den Leuten binnen kurzem Kontakt aufnehmen. Sein Entschluß fand schon innerhalb weniger Minuten seine Rechtfertigung.

Magda Rupescu schritt selbstsicher durch die Eingangshalle des *Grand Hotel* zum Empfangspult. Sie trug einen leichten, beigefarbenen Regenmantel und um den Kopf einen Schal, der ihr flammendrotes Haar fast zur Gänze verbarg. Sie wandte sich an einen männlichen Hotelbediensteten.
»Ich führe ein Schreibbüro. Ein Mr. Tweed, der hier wohnt, hat mich gebeten, ihm zu Mittag eine Sekretärin zu schicken. Die junge Dame, die den Anruf entgegennahm, hat dummerweise die Notizen zu dem Telefonat verloren. Können Sie mir seine Zimmernummer geben, bitte?«
Sie stützte beide Arme auf dem Pult auf und schenkte ihm ihr gewinnendstes Lächeln. Ihr ganzes Verhalten deutete an, daß kein Zweifel darüber bestehen konnte, daß er ihr die gewünschte Auskunft geben werde.
»Einen Augenblick, meine Dame.« Der Mann vom Empfang schaute im Buch nach. »Mr. Tweed hat Zimmer 632.«
»Vielen Dank.«
Sie wandte sich ab, ging am Lift vorüber und setzte hochaufgerichtet ihren Weg zu den Stufen fort, die zum Ausgang hinunterführten. Hinter ihr öffneten sich die Aufzugstüren und Tweed trat heraus.
Er sah sie sofort. Es war mehr als drei Jahre her, daß er sie im Verhörzimmer in Bonn genau beobachtet hatte, ehe sie von den Bonner Behörden abgeschoben worden war. Bei dieser Begegnung hatte er die übliche Praxis angewendet und war wie ohne Absicht um sie herumgegangen. Er hatte auch genau beobachtet, wie sie den Raum verließ.
Wie sehr jemand sich auch Mühe geben mag, sein Aussehen zu verändern, es wird ihm wohl kaum gelingen, seinen Gang zu

ändern. Tweed erkannte Magda Rupescu sofort an der Art, wie sie ging. Zudem leuchtete das Rot ihres Haares unter dem Schal hervor. Er ging ihr nach.
Vor dem Hotel stieg sie in einen zweitürigen Volvo, ließ den Motor an und fuhr davon. Tweed stand auf dem Bürgersteig, prägte sich die Autonummer ein und kehrte in sein Zimmer zurück.
Er setzte sich in einen Fauteuil, nahm sein kleines Notizbuch heraus und trug die Nummer ein. Das Ganze schien ein glücklicher Zufall zu sein. Aber wenn Tweed sich mit Problemen herumschlug, tat er das nie in der Isoliertheit eines Hotelzimmers. Sein Denken lief rascher in der Öffentlichkeit eines Restaurants oder einer Hotelhalle. Er bewegte sich viel, wenn er außerhalb des Park Crescent Dienst tat.
Während er sich über die Bedeutung dieser neuen Entwicklung Gedanken machte, fuhr Magda Rupescu im Gefühl des Triumphes nach Solna zurück. Das *Grand Hotel* war das fünfzehnte Hotel gewesen, in dem sie nachgefragt hatte – jedesmal unter Anwendung desselben Tricks. Stelle nie eine Frage, wenn du etwas erfahren willst. Stelle eine positive Behauptung auf. »Ein Mr. Tweed wohnt hier...« Dann wird die Person, die du so ansprichst, bereit sein, deine Behauptung zu bestätigen, falls diese richtig ist. Es war ein Trick, den die Geheimdienste in der ganzen Welt anwendeten: er bildete den grundlegenden Ausgangspunkt einer jeden Befragung.
Sie hatte es zuerst bei den kleineren Hotels versucht – unter der Annahme, daß Agenten sich in unbekannten Absteigen zu verbergen pflegten. Selbst jetzt, auf der Rückfahrt nach Solna, wunderte sie sich darüber, daß Tweed das *Grand Hotel* gewählt hatte. Poluschkin klapperte indessen in einem anderen Teil der Innenstadt die Hotels ab. Sie hatte eine Liste erstellt und zwischen ihnen aufgeteilt. Jetzt wissen wir, wo der Feind ist, dachte sie, als sie vor dem Wohnblock in Solna anhielt. Aber er weiß nicht, daß wir es wissen...

Gunnar Hornbergs Rückruf auf Tweeds Anfrage hin erfolgte sehr rasch. Tweed kritzelte fünfzackige Sterne in sein Notizbuch, im Schlafzimmer entspannt im Armsessel sitzend, als das Telefon läutete.
»Die Fahrzeugregistrierung dieses Volvo, dessen Kennzeichen

Sie mir nannten, ist durchgegeben worden«, informierte er Tweed. »Wollen Sie mir vielleicht mitteilen, was für eine Bewandtnis es damit hat?«
»Nicht am Telefon.«
»Dann wahrscheinlich auch nicht, wenn wir uns das nächste Mal treffen. Ich weiß nicht, warum wir Sie so großzügig behandeln, Tweed.«
»Weil ich Ihnen in der Vergangenheit sehr nützlich gewesen bin.«
»Es hat also etwas mit unserem Gespräch in meinem Büro zu tun?«
»Eigentlich nicht«, log Tweed. »Mein Notizbuch ist bereit.«
»Die Adresse ist Bredkilsbacken 805, 171 55 Solna. Mieterin der Wohnung ist eine Elsa Sandell – mit zwei l. Dafür ist natürlich eine Amtsgebühr zu entrichten.«
»Buchen Sie sie von meinem Konto ab«, erwiderte Tweed den Scherz, dann dankte er Hornberg und hängte ein, bevor der Schwede sich weitere Fragen einfallen lassen konnte.
Das war alles recht zufriedenstellend. Nun mußte er nur warten, bis Butler und Nield eintrafen, um die Wohnung in Solna unter Überwachung stellen zu können. Er bezweifelte, daß die Rupescu allein arbeitete.

»Tweeds Aufenthaltsort in Stockholm ist ausgekundschaftet worden«, teilte General Lysenko Oberst Karlow mit frohlockender Stimme mit.
Er machte diese Ankündigung, während er in das Büro seines Untergebenen in Tallinn schritt, den Mantel auszog und über die Lehne des nächsten Stuhls warf. Karlow, der von Lysenkos Besuch nicht verständigt worden war, kräuselte die Lippen. Daß Tallinn nur 300 Kilometer westlich von Leningrad lag, war ein Nachteil: Lysenko konnte jederzeit eine Maschine besteigen und in die estnische Hauptstadt fliegen.
»Sind Sie sicher?« fragte Karlow.
»Natürlich bin ich sicher!« sagte Lysenko. »Er wohnt im ›Grand Hotel‹. Man hat mich heute früh davon informiert.«
»Wer?«
»Magda Rupescu. Sie wissen, daß wir sie vor drei Jahren in Schweden placiert haben. Das Mädchen ist gut – sie liefert immer. Und Sie wissen auch, daß Oleg Poluschkin ihr Helfer ist.«

»Sie wird das genießen«, kommentierte Karlow. »Die beiden sind ein hübsches Paar.«
Er blickte auf, als jemand an die Tür klopfte. Bevor er auf das Klopfen antworten konnte, fuhr Lysenko mit einem Ruck herum und schrie zur Tür hin.
»Kommen Sie herein, Rebet!«
Valentin Rebet, Hauptmann, hagergesichtig, beflissen, kam ins Büro, schloß die Tür und zog seinen Mantel aus. Er nickte Karlow zu und sagte höflich:
»Schön, Sie wiederzusehen, Oberst.«
»Sie bleiben jetzt stehen und hören zu«, sagte Lysenko zu ihm.
Er drehte sich zu Karlow um, legte beide Hände auf die Schreibtischplatte, beugte sich vor und fixierte den Obersten. Seine buschigen Augenbrauen richteten sich auf, als er mit großer Bedächtigkeit zu sprechen begann.
»Die Bedeutung von Tweeds Ankunft in Stockholm schätzen Sie wohl nicht richtig ein? Er versucht Procane aufzuhalten, bevor dieser in unserem Heimatland um Asyl bitten kann. Die Briten kriechen immer vor den Amerikanern auf dem Boden. Wie schön, wenn sie sich dafür, daß sie einen wichtigen Mann aus Washington daran hindern, zu uns überzulaufen, eine Feder an den Hut stecken könnten! Deshalb ist dieses dreckige Schwein Tweed in Stockholm. Das bedeutet, daß er wissen – oder mutmaßen – muß, daß Procane in der schwedischen Hauptstadt angekommen ist – beziehungsweise in Kürze ankommen wird...«
»Möglicherweise...«
»Nein! Das ist sicher. Sie haben Mauno Sarin von der finnischen Schutzpolizei in Kenntnis gesetzt, daß Sie mit ihm gern bald in Tallinn konferieren würden?«
»Ja, General...«
»Und dieser britische Korrespondent, Newman, kommt mit ihm?«
»Sagt er. Ich habe Newmans Visum in der Schreibtischlade liegen.«
»Schicken Sie es an die Botschaft in Helsinki. Heute! Damit treffen wir zwei Fliegen mit einem Schlag.«
»Was bedeutet das genau?« fragte Karlow ruhig.
»Wir zeigen der übrigen Welt, daß hier alles friedlich ist, daß Estland eine Modellrepublik ist. Wenn ich schließlich entscheide, daß er kommen kann, dann arrangieren Sie für diesen Newman

eine geführte Stadtrundfahrt. Ich habe seine Akte gelesen. Er ist ein unabhängiges Schwein. Gut für uns, denn er wird schreiben, was er sieht – aber er wird versuchen, von der geplanten Route abzuweichen. Lassen Sie ihn!«
Lysenko kreiste mit großen Schritten im Raum, unterstrich, was er sagte, mit weiten Bewegungen seiner kurzen, dicken Arme. Nichts tat er lieber, als seinen Untergebenen Vorträge zu halten, seinen Standpunkt zu erläutern. Er ließ seinem Redeschwall freien Lauf.
»Vorher haben Sie die Seitenstraßen von allen verdächtigen Personen gesäubert. Füllen Sie sie statt dessen mit unseren zahmen Moldauern. Er wird den Unterschied nicht erkennen. Ich erkenne ihn selbst nicht! Das ist die erste Fliege.«
»Und die zweite?« fragte Karlow ruhig.
»Ist natürlich Mauno Sarin! Sie sagen ihm, daß Procane über Finnland kommt – dessen bin ich mir ohnehin sicher. Er meldet ihnen jeden bedeutenden Amerikaner, der den Fuß auf finnischen Boden setzt. Er läßt ihn beschatten, bewachen, schützen.«
Er zog ein gefaltetes Papier aus der Tasche und warf es auf Karlows Schreibtisch. Dann starrte er auf die Pikk-Straße hinunter. Der Oberst entfaltete das Papier und überflog es. Er war ein rascher Leser, und nach weniger als einer Minute hob er den Blick.
»Das ist ein Passierschein für mich, der es mir erlaubt, nach Helsinki zu reisen.«
»Und Sie wissen, an wie wenige Leute so etwas ausgegeben wird.«
»Nur daß er nicht vollständig ist. Es fehlt der amtliche Datumsstempel. Und Sie haben ihn nicht unterschrieben.«
»Aus einem einfachen Grund, Genosse. Die Zeit ist noch nicht reif für Ihre Reise nach Helsinki. Sie fahren erst, wenn Procane eingetroffen ist und sich zu erkennen gegeben hat. Sie eskortieren ihn nach Tallinn, und dann fliegen wir ihn nach Moskau.«
Karlow lehnte sich zurück, öffnete die Schublade und ließ den Passierschein hineinfallen. Er schloß die Lade und versperrte sie. Nach einem kurzen Blick auf Rebet wandte er sich Lysenko zu.
»Da ich das Procane-Unternehmen leite, muß ich von jetzt an auch die Anweisungen an das Team Rupescu-Poluschkin in Stockholm erteilen. Außerdem haben sie mir Bericht zu erstatten.«
»Sie haben ihre Instruktionen...«
»Wenn meinem Ersuchen nicht stattgegeben wird, General, wer-

de ich unverzüglich in Moskau stärksten Protest einlegen – verbunden mit der Mitteilung, daß das ganze Unternehmen in Gefahr ist, wegen Teilung der Kommandogewalt zu scheitern. Ich habe einen Zeugen dieses Gesprächs, General. Hauptmann Rebet.«
»Sie drohen mir?« stieß Lysenko hervor.
»Ich gebrauchte das Wort ›Ersuchen‹ – und muß sofort eine positive Antwort haben. Jetzt. Procane kann jeden Augenblick auftauchen...«
»Genehmigt«, fauchte Lysenko. Als alter Soldat schritt er sofort zur Gegenattacke. »Darf ich Sie daran erinnern, Karlow, daß Sie aus zwei Gründen hier in Tallinn sind. Was haben Sie bezüglich der Morde an den vier GRU-Offizieren herausgefunden? Deshalb sind Sie in erster Linie hier stationiert.«
Du schmutziger alter Lügner, dachte Karlow. Ich bin hier stationiert, damit ich weit weg von Moskau und vom Politbüro bin. Er blieb ruhig und lächelte, bevor er antwortete.
»Ich stelle Fallen, wie Sie wissen. Ich nehme einen GRU-Offizier und lasse ihn durch die Straßen gehen. Er tut so, als wäre er betrunken. Er geht auf einer genau geplanten Route, auf der meine Leute postiert sind. Bis jetzt hat unser Killer nicht auf den Köder angebissen.«
»Sie machen das jede Nacht?«
»Natürlich nicht. Das wäre zu offensichtlich. Zweimal die Woche ist das äußerste, die Falle zu legen. Ich bin ein geduldiger Mensch...«
»Ich nicht!« Lysenko riß seinen Mantel vom Stuhl, immer noch wütend. »Und Moskau hat auch keine Geduld. Sie wollen rasch Ergebnisse haben. Machen Sie also Fortschritte. Rebet, ich hole Sie später hier ab. Ich schaue mich selbst ein wenig in dieser gottverlassenen, hinterwäldlerischen Stadt um...«
In aggressiver Laune verließ er das Büro. Karlow bat Rebet, Platz zu nehmen, gab ihm eine Zigarette und begann zu sprechen.
»Sind Sie glücklich darüber, daß man dieses Killer-Team nach Stockholm geschickt hat? Ich weiß, daß die Rupescu schon vorher da war, aber jetzt werden sie tätig werden.«
»Unter uns gesagt, nein«, sagte Rebet sofort. »Aber Sie müssen vorsichtig sein, Andrei. Es hat im Kreml viele Diskussionen gegeben vor diesem Beschluß, und die Befürworter des harten Kurses – allen voran Marschall Ustinow – konnten den Ersten Sekretär überreden und damit den Sieg davontragen. Zumindest haben Sie

den Passierschein in der Lade. Nicht viele bekommen so etwas. Sogar Lysenko müßte seinen Vorgesetzten um einen angehen, bevor er nach Helsinki reisen könnte.«
»Alles bloß unter der Annahme, daß Lysenko ihn je abstempelt und unterzeichnet.«
»Oh, er wird«, versicherte Rebet. »Sie sind der geeignetste Mann, Procane hierher zu eskortieren. Sie waren der Mittelsmann in London, der die Informationen Procanes an uns weiterleitete. Hatten Sie nie einen Verdacht, wer Procane sein könnte?«
Karlow seufzte und schüttelte den Kopf. »Dieser Procane ist ein vorsichtiger Hund. Die Informationen wurden uns stets an sehr belebten Orten übergeben – in einem Pub, auf einer Bahnstation, wenn gerade mehrere Züge zugleich abfuhren. Und immer war es ein anderer Engländer. Ich bin sicher, daß keiner von ihnen den Inhalt dessen kannte, was er mir gab.«
»Aber war damals, als Sie das Material erhielten, nie derselbe hochrangige Amerikaner in London?«
»Ich habe alles immer wieder durchgedacht. Die Antwort lautet, wenn es so war, dann hielt er seine Anwesenheit gut geheim. Die Amerikaner tun das – ein Faktum, das im Westen nicht bekannt ist. Sie reisen heimlich nach London, haben dort mit einer hochgestellten Persönlichkeit ein Zusammentreffen, vielleicht sogar mit der Premierministerin, und kehren tags darauf zurück. Auf diese Weise bleibt ihre kurze Abwesenheit von Washington unbemerkt.«
»Stilmar, Cord Dillon, General Dexter. Wenn Sie raten müßten, auf welchen würden Sie tippen?«
»Ich habe keine Ahnung«, gestand Karlow. »Eines kann ich voraussagen: wenn ich Procane von Angesicht zu Angesicht gegenüberstehe, wird das die größte Überraschung meines Lebens sein.«

22

Newman lag ausgestreckt auf dem Bett seines Zimmers im *Hesperia*; sein Kopf ruhte auf dem Kissen, die Hände waren hinter dem Kopf verschränkt. Er war in Hemdsärmeln, die Krawatte lag neben ihm, der Hemdkragen war offen.
Laila bewegte sich leise, darauf bedacht, den vor sich hinbrütenden

Zeitungsmann, der zur gegenüberliegenden Wand starrte, ohne diese wahrzunehmen, nicht aus seinen Gedanken zu reißen. Sie zog ihren dicken, hochgeschlossenen Pullover über ihr Haar, dann zog sie den Zip ihrer Cordhose auf und schob die Hose über ihre langen weißen Beine.
Sich neben ihm auf das Bett niederlassend, öffneten die Finger ihrer rechten Hand geschickt seinen Gürtel, bevor ihm bewußt wurde, was geschah. Er blickte zur Seite und sah, daß sie nur ein durchsichtiges Höschen anhatte, Strümpfe, einen Strumpfhalter, jedoch keinen BH.
»Himmel, was haben Sie vor?« platzte er heraus.
»Ist das nicht ziemlich klar?«
Er küßte sie langsam. Sie beobachtete ihn, schaute ihm in die Augen. Ihre Körper waren schweißglatt. Sie küßten, betasteten, liebkosten einander. Ihr Haar ergoß sich über das Kissen. Newman ließ sich aufs Bett zurückfallen.
Für ihn war es reines tierisches Verlangen gewesen. All der Druck, der seit jenem Vormittag auf dem Park Crescent auf ihm lastete, als er den schrecklichen Film sah, ließ nach. Zum ersten Mal fühlte er sich schlaff und entspannt. Untätig lag er da, während Laila vom Bett glitt.
»Was machst du jetzt?« fragte er mit geschlossenen Augen.
»Telefonieren. Ist das nicht auch ziemlich klar?«
»Nachher können wir vielleicht...«
»Willig und bereit. Heißt das nicht so?«
Ihre Finger drehten die Nummernscheibe, und er bestätigte ihr, daß das so heiße. Sie senkte die Stimme, als sie jetzt in die Sprechmuschel sprach und mit Stockholm verbunden wurde.
»Wenn er mich nicht anrufen will, dann versuchen Sie's mit einem Trick.« So hatte Tweed gesagt, wenngleich sie bezweifelte, daß er damit das meinte, was sie soeben getan hatte. Sobald er am Apparat war, sagte sie: »Ich habe jemanden für Sie«, und reichte Newman den Hörer. »Es ist für dich...«
»Hier Tweed. Ich bin in ernsten Schwierigkeiten und brauche dringend Ihre Hilfe. Ich spreche vom ›Grand Hotel‹ in Stockholm aus.« Tweed redete schnell, ohne eine Pause zu machen, weil er spürte, daß er Newman zu einer sofortigen Reaktion verleiten mußte. »Sie erinnern sich an den Briefträger, der vor Ihrer Londoner Wohnung überfallen wurde?«
»Wie geht's dem armen Kerl?« wollte Newman wissen.

»Der dreht wieder seine Runden. Glücklicherweise hat er eine feste Hirnschale – sonst wäre er im Leichenschauhaus gelandet. Bob, ich brauche wirklich Ihre Hilfe – mir fehlen Informationen. Wir wissen, daß Sie dem Briefträger begegneten, bevor er zu Ihrer Wohnung kam, und daß er Ihnen einen Brief aus Helsinki gab. Stand in diesem letzten Brief Ihrer Frau etwas drin?«
Tweed wartete und hoffte, daß er richtig geraten hatte. Am anderen Ende der Leitung blieb es still, und Tweed zwang sich zur Ruhe. Den nächsten Zug mußte Newman machen.
»Was sollte drinstehen?« fragte Newman schließlich.
»Etwas über einen Mann namens Procane. Bob, die Zeit läuft uns davon. Es geht um ein großes Ding. Ich komme nach Helsinki, sobald ich kann...«
»Ich rede mit Ihnen, wenn Sie da sind.«
»Das könnte zu spät sein. Hier geraten die Dinge außer Kontrolle. Ich brauche alles, was Sie wissen, jetzt. Ich hätte es schon vor Tagen gebraucht.«
Newman war alarmiert. Das war nicht der ruhig und gelassen sprechende Tweed, den er von London kannte – wenn man's recht bedachte. Das war ein Mann, der alle bekannten Tricks anwandte, um ihn zum Reden zu bringen. Aber er wollte dieser Situation selbst – und auf seine Weise – begegnen. Dennoch, etwas mußte er Tweed geben.
»Ich nehme an, es ist okay, am Telefon zu reden?« fragte er.
»Muß es sein«, antwortete Tweed schnell.
»Es war der letzte Brief. Der Inhalt ergab nicht sehr viel Sinn – sie schrieb in einer Art Telegrammstil. Ich brauchte lange, um auch nur Teile davon zu entziffern. Sie schrieb, Procane müsse aufgehalten werden. Wer ist dieser Procane?«
»Ich hoffte, Sie würden mir das sagen.«
»Die Amerikanische Botschaft behauptet, niemand dieses Namens gehöre zu ihrem Mitarbeiterstab – überhaupt sei der Name dort völlig unbekannt«, fügte Newman hinzu, dabei Lailas Mitteilung weitergebend, die diese wiederum von Alexis bekommen hatte.
»Stand noch etwas in dem Brief?« fragte Tweed beharrlich.
»Ja. Ein unvollständiger Satz, der überhaupt keinen Sinn ergibt. ›Mein heißer Tip ist der Archipel...‹«
»Und was soll das bedeuten? Lassen Sie sich doch nicht jedes Wort aus der Nase ziehen. Menschenleben stehen auf dem Spiel.«
»Ich weiß es nicht. Tweed, ich habe eine Verabredung.«

»Ich schätze Ihre Kooperation zutiefst.« Tweed sprach mit beißendem Unterton. Newman war stur – Tweed hatte nicht erwähnt, daß Procane Amerikaner war. »Könnte ich noch ein paar Worte mit Laila sprechen?«
»Sie gehört Ihnen.«
»Laila«, sagte Tweed mit Betonung, als sie wieder an den Apparat kam, »ich komme, aber ich kann nicht sagen, wann. Tun Sie Ihr Bestes, um Newman in Helsinki zurückzuhalten, bis ich eintreffe.«
»Ich tue mein Bestes für Sie«, sagte sie. »Aber ich bitte Sie, beeilen Sie sich.«
»So früh ich kann. Auf Wiedersehen. Und viel Glück.«
Sie legte auf, drehte sich um. Newman lag wieder auf dem Bett, die Hände hinter dem Kopf verschränkt. Er musterte sie genau, als er seine Frage stellte.
»Was wir gerade gemacht haben – war das Tweeds Idee?«
»Würde Tweed mich um so etwas bitten?«
Newman schüttelte den Kopf, als sie ein nacktes Knie auf den Bettrand setzte. Er breitete weit die Arme aus. Sie blieb, wo sie war, und stellte ihre Frage.
»Bereit und willig?«
Er warf die Arme um sie, seine Hände trafen sich auf ihrem Rücken, und er zog sie zu sich nieder. Sie rollte sich neben ihn und fragte lächelnd:
»Wenn ich auch bereit und willig bin – bist du imstande? Vielleicht willst du dich jetzt bloß ausruhen?« Sie lugte über seine Hüfte. »Nein? Hätt ich nicht gedacht...«

In seinem Zimmer im *Grand Hotel* breitete Tweed auf dem Bett eine Karte von Skandinavien aus. In einem Stuhl sitzend, studierte Ingrid seine Notizen zum Gespräch mit Newman.
»Archipel«, sagte sie. »Welcher Archipel. Der Schwedische oder der von Abo in Finnland? Und warum ist er wichtig?«
»Das wüßte ich gern. Kommen Sie, schauen wir uns die Karte an.«
Sie beugte sich über die Karte, den Kopf auf die Seite gelegt, mit ernster Miene. Sie folgte seinem Zeigefinger, der eine komplizierte Wanderung vollführte, die von Abo auf dem Festland ihren Ausgang nahm. Der Finger bahnte sich seinen Weg durch den Finnischen Archipel, zwischen Inseln hindurch, um Inseln herum,

hinaus ins offene Meer, überquerte den Bottnischen Meerbusen und landete dann nach neuerlichem Zickzackkurs bei der großen Insel Ornö.
»Sie gehen den verkehrten Weg«, wandte sie ein. »Sie sagen doch, dieser Procane wird versuchen, unbemerkt von Schweden nach Finnland zu gelangen.«
»Es hilft manchmal zu schauen, was geschieht, wenn man am Endpunkt startet und am Start ankommt. Gunnar Hornberg hat versprochen, mich zur Insel Ornö zu bringen. Ich glaube, je eher ich mir diesen Ort ansehe, desto besser.«
»Und ich komme mit? Bitte?«
»Hornberg weiß nichts von Ihrer Existenz, was für mich sehr nützlich sein kann. Lassen Sie mich darüber nachdenken.«
»Ich kenne diesen Archipel. Ein Freund nahm mich einmal in einem Boot mit und fuhr die Strecke ab, die Ihr Finger angedeutet hat.«
»Wie lange dauerte diese Fahrt – von einer Seite zur anderen?«
»Nur ein paar Stunden. Es war ein großes Motorboot. Die kleinen Inseln sind wirklich wie Felsen. Sie ragen aus dem Meer, und es wächst wenig auf ihnen. Oft gar nichts. Nach dem, was ich in den Zeitungen gelesen habe, ist das das Gebiet, in dem sich die russischen Klein-U-Boote herumtreiben.«
»Gibt es da eine ganz bestimmte Stelle?«
»Ja. Südlich Ihrer Insel Ornö. In der Nähe unserer Flottenbasis auf der Insel Muskö. Hier.«
»Die bringen sich ins Gerede, diese sowjetischen Klein-U-Boote«, bemerkte Tweed, als er sich aufrichtete, in den Armsessel setzte, die Brille abnahm und einen ihrer Bügel in den Mundwinkel steckte. Ingrid ließ sich auf der Armlehne nieder.
»Ich habe Helsinki besucht. Zehn Prozent der Leute dort sprechen Schwedisch. Sie nehmen mich also mit. Dann kann ich übersetzen, wenn Sie mit jemandem reden, der Schwedisch spricht«, schlug sie vor.
Er blickte zu ihr hoch. »Sie wissen immer einen guten Grund, bei mir zu sein, egal wo ich mich aufhalte.«
»Weil ich in Skandinavien zu Hause bin. Ist diese Laila Sarin sehr hübsch?«
»Sie ist für den Auftrag, den sie von mir bekommen hat, noch etwas jung. Ich mache mir deshalb Sorgen.«
»Tweed, danach habe ich Sie nicht gefragt.«

»Sie ist attraktiv, ja.« Er formulierte seine Worte mit Überlegung. »Sie bemüht sich sehr und ist auch gut. Aber für eine schwierige Aufgabe würde ich allemal Sie auswählen. Sie sind praktischer veranlagt.«
»Um wieviel ist sie jünger als ich?«
»Ingrid, jemandes Alter zu schätzen, darin bin ich hoffnungslos. Hauptsache dabei ist, daß Sie mehr auf meiner Wellenlänge sind.«
»Wellenlänge?«
»Wir denken auf die gleiche Art. Daher ist unsere Beziehung eine engere. Begreifen Sie jetzt den Unterschied?«
»Ja. Und ich mag ihn. Und Sie nehmen mich nach Ornö mit. Und wenn Sie dann das Flugzeug nach Finnland besteigen, was, wie ich glaube, sehr bald sein wird, nehmen Sie mich dorthin mit, damit ich das finnische Mädchen sehe. Vielleicht mag ich sie. Vielleicht . . .«
»Vielleicht«, sagte Tweed und beließ es dabei.

Poluschkin stand vor dem Kühler eines gemieteten Audi, den er hundert Meter von der Amerikanischen Botschaft entfernt geparkt hatte. Er hatte die Motorhaube geöffnet und tat so, als hantiere er am Motor herum, als der uniformierte Amerikaner quer über den freien Platz vor der Botschaft zu ihm herankam.
»Hier können Sie nicht parken, Buddy«, informierte der Soldat ihn.
Poluschkin mimte Ratlosigkeit. Er fuchtelte mit den Armen herum und deutete auf den Motor. Er begann schnell auf schwedisch zu reden.
»Er geht nicht. Weiß der Himmel, was los ist mit ihm. Das ist heute vormittag schon das zweite Mal. Ich muß wahrscheinlich einen Abschleppwagen holen und ihn in die Garage ziehen lassen.«
Der Soldat sah ihn verständnislos an. Wie Poluschkin erwartet hatte, hatte er kein Wort verstanden. Er deutete ihm mit einer Geste an, er solle weiterfahren.
»Sprechen Sie nicht Englisch?« fragte er.
»Kein Englisch.« Poluschkin ließ eine neue Flut schwedischer Sätze vom Stapel, wieder begleitet vom Gefuchtel seiner Arme. Der Soldat hielt ihm seine Uhr hin und zeigte ihm eine Zeitspanne von fünfzehn Minuten. Dann machte er wieder die Geste des

Wegfahrens und marschierte zu seinem Platz vor dem weißen Gebäude zurück.
Poluschkin jubelte innerlich. Fünf Minuten nach seinem Eintreffen hatte er einen Mann erkannt, der in einem Taxi ankam, den Fahrer entlohnte und mit schnellen Schritten ins Gebäude eilte. Er hoffte, das verbotene Parken so lange ausdehnen zu können, bis der Mann wieder aus der Botschaft herauskam.
Zehn Minuten später sah er ein anderes Taxi vor dem Haus halten. Niemand stieg aus. Das »FREI«-Licht brannte nicht. Also war der Wagen herbeigerufen worden, um einen Fahrgast aufzunehmen.
Poluschkin klappte die Motorhaube zu, setzte sich hinters Lenkrad und begann an der Zündung zu hantieren, ohne den Motor anzulassen. Aus dem Augenwinkel sah er, daß der Soldat, der versucht hatte, ihn zum Wegfahren zu bewegen, den Kopf abwandte. Der Mann, der vorher hineingegangen war, erschien und stieg in das wartende Taxi. Poluschkin ließ den Motor an.
Er folgte dem Taxi zurück ins Stockholmer Stadtzentrum, wo der Fahrer seinen Fahrgast vor einem Reisebüro in der Nähe des Sergels Torg aussteigen ließ. Poluschkin gelang es mit knapper Mühe, vor einem anderen einen Parkplatz zu ergattern. Er schloß seinen Wagen ab und warf einige Münzen in die Parkuhr.
Der Amerikaner lehnte am Ladenpult und sprach mit einem Mädchen. Poluschkin wählte die junge Dame daneben und erkundigte sich nach Reisearrangements für Cypern. Während sie erklärte, was im Angebot sei, hörte er dem Gespräch des Amerikaners zu.
Zu Poluschkins Ausbildung in einem Ausbildungslager westlich von Moskau hatten auch Konzentrationsübungen gehört. Dabei erlangte man die Fähigkeit, mit einer Person ein Gespräch zu führen und gleichzeitig alle Details einer Unterhaltung, die zur selben Zeit ablief, geistig aufzunehmen. Es war eine der weniger unangenehmen Techniken, die Poluschkin lernen mußte, aber, wie er fand, eine der schwierigsten.
Fünf Minuten darauf verließ der Amerikaner das Büro, Poluschkin dankte der jungen Dame und eilte mit einem Packen Prospekte hinaus, die er auf den Rücksitz warf. Sein Zielobjekt rief ein neues Taxi herbei. Poluschkin setzte sich hinters Lenkrad und folgte dem Amerikaner.
Die Fahrt dauerte etwa zehn Minuten. Poluschkin hatte trotz des

dichten Verkehrs keine Mühe, dem Taxi auf den Fersen zu bleiben, dabei immer einen anderen Wagen zwischen sich und dem Amerikaner fahren lassend, auch ein Trick, den er im Lager gelernt hatte.
Das Taxi schwenkte in eine breite Straße ein, wo weniger Verkehr war, und hielt vor einem alten Mietshaus. Während der Amerikaner sich vom Wagen wegwandte und eine kurze Treppe hinaufeilte, fuhr Poluschkin langsam an dem haltenden Taxi vorbei. Er parkte am Gehsteigrand und schlenderte zurück. Karlavägen 72 C. Poluschkin war der Meinung, er habe sein Glück genügend strapaziert. Er ging zu seinem Wagen zurück und fuhr in Richtung Solna davon.

In der Wohnung in der dritten Etage des Hauses Karlavägen 72C saß Helene Stilmar auf einer Couch im Wohnzimmer, strich mit ihrer schmalen Hand über eines ihrer gekreuzten Beine und hörte ihm zu.
»Ich habe eine entzückende Idee, Liebling«, sagte Cord Dillon. Er saß neben ihr, ergriff ihr Knie und schob die Hand unter ihren Faltenrock. Helene lehnte sich gegen ein Kissen, und sie küßten sich lange. Dann gebot sie seiner Hand, die sich unter dem Rock weiter vorwagen wollte, Halt, schob ihn sanft von sich und brachte ihr Haar in Ordnung.
»Okay, Cord, laß deine entzückende Idee hören. Du bist ja voll von Ideen. Übrigens –«, sie zündete sich eine Zigarette an, »– hast du in der Botschaft etwas Interessantes erfahren? Über Adam Procane, meine ich.«
»Wilde Gerüchte gehen um, daß Procane bereits in Stockholm eingetroffen ist.«
»*Wilde* Gerüchte?«
»Bloße Gerüchte. Kein fester Beweis dahinter. Als ich harte Fakten verlangte, wurden sie alle vage. Diese Leute sind so nervös wie eine Frau vor der Entbindung. Sie haben einzig Angst davor, daß Procane durchs Netz schlüpft und sie dafür verantwortlich gemacht werden. Also erzählen sie mir allen möglichen Mist, damit sie hinterher sagen können, sie hätten mich gewarnt.«
»Und wie begegnest du der Situation?« fragte sie und blies blauen Rauch in die Luft.
»Du rauchst zuviel.«
»Du weichst meiner Frage aus, Cord.«

»Ich bat sie um ein leerstehendes Zimmer mit abhörsicherem Telefon, rief Washington an, sagte denen was von den Gerüchten, dabei betonend, daß es Gerüchte seien, die nachzuprüfen ich noch nicht Zeit gehabt hätte.«
»Du sicherst dich immer ab, nicht wahr? Und was ist das für eine entzückende Idee, die du hast?«
Er zog die Prospektmappe des Reisebüros aus der Tasche und warf sie zwischen sie und ihn auf die Couch. Helene blickte darauf, ohne sie anzurühren. Dillon war über so wenig Reaktion enttäuscht.
»Du könntest ein wenig Begeisterung zeigen.«
»Über was?« fragte sie kühl.
Er stand auf und ging zum Hi-Fi-Turm. Aus einer Anzahl von Platten, die im Ständer standen, wählte er Count Basie aus, schaltete den Plattenspieler ein und stellte auf mittlere Lautstärke. Dann kehrte der zur Couch zurück.
»Warum machst du das?« fragte sie.
»Bruce Warren könnte in der Wohnung, bevor er sie mir überließ, Wanzen angebracht haben. Mit Musikbegleitung wird das, was ich zu sagen habe, unverständlich.«
»Großartig! Wie ihr euch gegenseitig vertraut«, kommentierte sie. »Also, überrasche mich.«
»In der Mappe stecken zwei Tickets für ein Schiff der Viking-Linie, das über Nacht nach Helsinki fährt. Dort können wir einander ein paar Tage lang wirklich genießen – in Sicherheit.«
»Nur daß keinem von uns erlaubt ist, von Schweden weiter nach Osten zu gehen. Manchmal, Cord, glaube ich, du bist leicht verrückt.«
»Trotzdem ist es eine herrliche Idee.«
»Es sei denn, du benützt mich . . .«
»Ich benütze dich?« Dillons Stimmung schlug um in die normale ätzende Schärfe. Helene beobachtete ihn durch halbgeschlossene Augen, was ihn stets umstimmte. Nicht dieses Mal. »Was, verdammt noch mal, meinst du?« fragte er.
»Nur daß ich eine ausgezeichnete Tarnung sein würde, wenn du Procane bist . . .«

Poluschkin fuhr an den Wohnblock in Solna heran, blieb mit kreischenden Bremsen stehen und starrte durch die Windschutzscheibe. Soeben war eine Frau aus der Eingangstür getreten.

Magda Rupescu. Er sprang aus dem Audi, schloß ihn ab und rannte zu ihr hinüber, als sie eben den Schlüssel ins Türschloß ihres eigenen Wagens steckte.
»Elsa«, begann er. Er achtete darauf, sie mit ihrem Decknamen anzureden; sie hatte ihm die Hölle heiß gemacht, weil er sie in der Wohnung Magda genannt hatte. »Gehen wir hinein. Sehr interessante Entwicklungen. Ich habe bei der Amerikanischen Botschaft Glück gehabt – so viel Glück, daß es dich überraschen wird.«
»Ich bezweifle das eher, Bengt, aber gut, gehen wir zurück.«
Möglicherweise wegen dieses unerwarteten Zusammentreffens bemerkte keiner von den beiden den geparkten Renault. Im Wagen erwachte jetzt ein Mann, der zusammengesunken hinter dem Lenkrad gesessen hatte, zum Leben. Er riß die Kamera, die neben ihm auf dem Sitz lag, hoch und richtete die Gummilinse durch das Seitenfenster, das er offen gelassen hatte.
Oben in der Wohnung warf Magda die Schlüssel auf einen Tisch neben der Tür.
»Berichte – und faß dich kurz.«
»Das ist es, was ich so schätze – einen warmen Empfang...«
»Willst du eins über den Schädel?«
Sie schwang herum und holte mit der Hartholzbürste aus. Poluschkin wich einige Schritte zurück. Die Schlampe war imstande, ihre Drohung wahrzumachen. Eines Tages würde er sie an den Boden nageln und es ihr ordentlich verpassen. Eines Tages.
»Cord Dillon kam vor der Botschaft an, kurz nachdem ich draußen meinen Wagen geparkt hatte.«
»Das fällt auf – Parken ist dort nicht erlaubt.«
»Himmelherrgott, ich verstehe mein Geschäft. Ich gab vor, eine Panne zu haben – der Motor sprang nicht an. Also, kann ich erzählen, was geschah, oder nicht?«
»Ich höre.«
»Dillon ging schnurstracks hinein. Der vergeudet keine Minute, der Yank. Drin war er zehn Minuten. Dann fuhr er mit einem anderen Taxi weg, und ich folgte ihm zu einem Reisebüro. Und du wirst nie erraten, was er im Reisebüro kaufte...«
»Wir sind kein Rate-Team.«
»Zwei Schiffskarten nach Helsinki.«
»Ich verstehe.« Jetzt hatte Poluschkin ihre Aufmerksamkeit gewonnen. Sie starrte ihn an. »Rückfahrkarten?«

»Nein. Nur Hinfahrt! Er sagte, er würde so bald wie möglich durchgeben, auf welchem Schiff er führe. Ich frage mich, wer die zweite Person ist?«
»Vielleicht eine Freundin, zur Tarnung – soll so aussehen wie ein Seitensprung zum Weekend«, mutmaßte Magda. »Das hast du gut gemacht, Bengt. Wer weiß, vielleicht endet das für dich mit einer Beförderung. Ich rufe jetzt Helsinki an.«
»Warum nicht Leningrad?«
»Neue Instruktionen. Es ist auf jeden Fall sicherer.«
Sie streckte die Hand nach dem Telefon aus, als es zu läuten begann. Sie hob ab, meldete sich mit Elsa Sandell, sagte etwas über das Wetter, womit sie sich zu erkennen gab, und hörte dann zu. Sie selbst gab nur kurze Äußerungen von sich. »Wann? – Identität sicher? – Er ist ein guter Kunde des Schreibbüros.« Damit endete das Telefonat.
Sie drückte auf den Unterbrecher und wählte die Nummer der Sowjetischen Botschaft. Sie verlangte Arvid Moroz zu sprechen und wurde sogleich weiterverbunden.
»Arvid, hast du meinen Brief bekommen? Ich hoffe, ich habe deinen Namen richtig geschrieben.« Wieder die Erkennungsprozedur. »Es gibt Neues über die Dillon-Lieferung. Sie wird auf dem Seeweg erfolgen. Mit der Viking-Linie. Wann sie abgeht, lasse ich dich später wissen. Der Schiffsraum für die Lieferung ist auf einem Viking-Schiff bestellt. Ich muß jetzt auflegen.«
Poluschkin stand daneben und sah ihr zu. Er mußte seine Meinung über sie revidieren. Sie war ein Miststück, aber sie verstand etwas von diesem Geschäft. In Zukunft würde er sie taktvoller behandeln. Er stellte seine Frage mit Vorsicht.
»Haben sie alles verstanden? Klug, wie du es ihnen gesagt hast.«
»Ganz normales Verfahren.« Während sie weiterredete, besah sie prüfend ihre blutrot lackierten Nägel. Poluschkin unterdrückte eine Welle des Zorns. Das Weibsstück kam immer mit dieser Masche – schaute einen nicht an, wenn sie mit einem redete, so daß man sich wie ein Sklave vorkam. »Also, wie siehst du die Lage?«
»Ich bin mit meinem verdammten Bericht noch nicht fertig. Nachdem Dillon das Reisebüro verlassen hatte, folgte ich ihm wieder – bis zu einem Wohnblock, wo er sich versteckt hält, da bin ich sicher. Karlavägen 72 C.«

»Das hättest du mir vorher sagen sollen – jetzt muß ich noch einmal Helsinki anrufen.«
»Verdammt! Du hast mich kaum zu Wort kommen lassen. Wenn du so weitermachst, beschwere ich mich bei Lysenko.«
»Keine Namen!« Sie änderte ihren Ton. »Du hast deine Sache gut gemacht.«
Und ich möchte auch dir die Sache gut besorgen, dachte er, als sie weiterredete.
»Ich wiederhole: wie siehst du die Lage?«
»Cord Dillon ist Procane.«
»Das andere Telefongespräch, das ich führte, bevor ich Helsinki anrief. Willst du wissen, um was es da ging?«
»Wenn es uns betrifft.«
»Ab jetzt haben wir zwei Aufgaben. Du wirst Dillon scharf im Auge behalten. Und ich habe jemand anderen zu beobachten.«
»Und wer ist das?«
»Der Anruf kam von einem unserer Aufpasser in Arlanda. Stilmar ist soeben eingetroffen. Sieht so aus, als wäre er auf dem Weg nach Stockholm...«

23

Im Renault, der nahe bei dem Mietshaus in Solna geparkt stand, hatte Pete Nield mit seiner Kamera schnell zwei Aufnahmen von Magda Rupescu und von Poluschkin gemacht. Er wartete, bis die beiden im Gebäude verschwunden waren, ließ dann den Motor an und fuhr weg.
Mit Harry Butler in Arlanda angekommen, hatte er Tweed noch vom Flughafen aus angerufen. Tweed gab ihm klare, präzise Instruktionen.
»Mieten Sie sich einen Wagen. Sie haben einen Fotoapparat dabei? Natürlich. Fahren Sie sofort zu dieser Adresse.« Tweed gab ihm die Adresse langsam durch, die er von Hornberg bekommen hatte, der sie wieder aufgrund der Wagennummer, die Tweed sich gemerkt hatte, als er beobachtete, wie Magda Rupescu vom *Grand Hotel* wegfuhr, beim Verkehrsamt eruiert hatte.
Tweed gab Nield auch eine genaue Beschreibung von Magda Rupescu durch. Der Auftrag Tweeds war einfach und klar. »Wenn diese Frau auftaucht, folgen Sie ihr...«

Nield, achtundzwanzig, dunkelhaarig, mit gepflegtem kleinem Schnurrbart, war nicht der Mann, der langer Erklärungen bedurfte. Als er die Rupescu das Haus verlassen sah, war er drauf und dran, ihr zu folgen. Als Poluschkin eintraf und nahe bei Magda Rupescu stand, hatte er seine Aufnahmen gemacht. Jetzt hatte er das Gefühl, es wäre für Tweed wichtig, schnell die Ergebnisse zu sehen.
Zwei Stunden darauf traf er im *Grand Hotel* ein, trug sich ein, brachte sein Gepäck auf sein Zimmer und rief Tweed an. Eine Minute später stand er in Zimmer 632, Tweed machte die Tür zu, schloß ab und schaltete das Radio ein.
»Ist etwas geschehen?« fragte Tweed.
»Ich glaube, ich habe richtig gehandelt. Wenn nicht, dürfen Sie mir in den Hintern treten.«
»Ich bezweifle, daß das nötig sein wird. Harry Butler wird jeden Augenblick hier sein – ich glaube, wir sollten alle wissen, was passiert...« Tweed unterbrach sich, weil jemand an die Tür pochte. Er ließ die Türkette eingehängt, öffnete, sah, daß es Butler war, und ließ ihn ein.
Die beiden waren sehr unterschiedliche Persönlichkeiten, aber sie hatten als Team mit Erfolg gearbeitet. Pete Nield war von rascher Auffassungsgabe, sehr behende, seinen dunklen Augen entging nichts. In der Art, wie er sich gab, steckte so etwas wie Herausforderung. Auch liebte er lebhafte Kleidung. Er trug einen dunkelblauen Anzug mit Nadelstreifenmuster, dazu ein weißes Hemd und eine blaue Krawatte mit aufgedruckten Flamingos.
Harry Butler war größer, kräftiger gebaut, einige Jahre älter, glattrasiert und äußerst umsichtig. Er nickte Nield zu und setzte sich auf den Bettrand. Er war weniger auffällig gekleidet als sein Partner, trug graue Hosen und ein kariertes Sportsakko. Er war nicht der Mann, der sich über Kleidung allzu viele Gedanken machte.
»Schießen Sie los, Pete«, sagte Tweed, als er im Armsessel Platz genommen hatte. »Ich möchte, daß Harry im Bilde ist.«
Nield, der lieber stehenblieb, umriß kurz die Episode in Solna. Sodann schwenkte er die Arme in einer Geste der Reue.
»Und jetzt kommt, weswegen man mir mein Hinterteil verbleuen könnte. Sie sagten, ich soll die Rupescu überwachen. Nun, nachdem sie mit dem Typen in den Wohnblock gegangen war, dachte ich mir, die würden einige Zeit drinbleiben. Ich mußte sie also

sowieso unbeobachtet lassen. Aber ich dachte mir, Sie würden das sehen wollen ...«

Er streckte die Hand nach einem großen Umschlag aus, den er auf den Couchtisch hatte fallen lassen, und entnahm ihm zwei Hochglanzabzüge. Nachdem er sie Tweed gegeben hatte, erklärte er weiter.

»Von dem Schlächter haben Sie nichts erwähnt – eine ekelhafte Figur. Ich fuhr zur Britischen Botschaft, zeigte meine Karte und benützte die Dunkelkammer ...«

»Haben Sie allein entwickelt und vergrößert?« fragte Tweed.

»Natürlich. Den Fototechniker habe ich rausgeworfen. Er war nicht sehr erfreut, aber man kann nicht allen Leuten einen Gefallen tun. War's wert, Solna unbeobachtet zu lassen?«

»Was denken Sie, Harry?« fragte Tweed und gab Butler die Bilder.

»Sie haben längere Erfahrung als Pete, längere Erinnerungen. Erinnern Sie sich an den Mann, der bei Magda Rupescu steht?«

»Oleg Poluschkin. Ein Schweinehund, wenn's je einen gegeben hat. Spricht fließend Schwedisch, Norwegisch – und Lappisch, soviel ich weiß. Obendrein ein ausgebildeter Killer. Eine sehr böse Neuigkeit.«

»Es war's also wert?« wollte Nield wissen.

»Und ob.« Tweeds Stimme klang düster. »Sie fahren ihre schweren Geschütze auf – im wahrsten Sinne des Wortes. Rupescu und Poluschkin sind Experten im Umgang mit jeder Waffe.«

»Und vielleicht ist die eine oder andere darunter, an die wir gar nicht denken«, bemerkte Butler. »Pete, ich schlage vor, du unterschätzt Magda Rupescu nicht. Sie ist ein hübsches Todesengelchen.«

»Kommen wir also zum Geschäft und treffen wir unser Dispositionen«, sagte Tweed. »Hier in Schweden stehen die folgenden Steine auf dem Brett: Cord Dillon, der *anscheinend* eine Affäre mit Helene Stilmar, der Frau von Stilmar, hat. Dann das Team Rupescu-Poluschkin. Die Rupescu ist der Boss des ...«

»Ist jemand im Badezimmer?« fragte Butler. »Oder geht mich das nichts an?«

»Ingrid!« rief Tweed. »Kommen Sie und sehen Sie sich unsere Verstärkung an.«

»Hab ich ein Geräusch gemacht?« fragte Ingrid Butler, als sie aus dem Badezimmer trat, dessen Tür zu drei Vierteln geschlossen gewesen war.

»Sie waren leiser als ein Mäuschen«, beruhigte Butler sie, als sie ihn fragend anssah. »Ich hab da so meine Ahnungen in diesen Dingen. Willkommen auf dem Schlachtfeld. Das hier ist Pete Nield, unser Wunderknabe«, fügte er ironisch hinzu. »Und ich bin Harry Butler.«
Ingrid starrte Nield an, der starrte zurück, betrachtete sie mit Interesse. Sie hielt seinem Blick mit ausdruckslosem Gesicht stand und setzte sich aufs Bett.
»Ingrid weiß ebensoviel wie ihr – was noch nicht genug ist«, erklärte Tweed. »Sie ist Schwedin und spricht etwas Englisch. Zudem ist sie in diesem Teil der Welt meine rechte Hand...« Er brach ab, weil das Telefon läutete.
»Hier Jan Fergusson«, flüsterte jemand in der Leitung. »Ich bin unten in der Halle. Sie haben einen Besucher, und ich glaube, er ist schon dabei, sich mit Ihnen in Verbindung zu setzen. Ich konnte vom Flughafen nicht anrufen – ich hätte ihn sonst verloren.«
»Nehmen Sie sich hier ein Zimmer«, sagte Tweed knapp. »Wir sprechen später. Ich ruf Sie an. Lassen Sie mich Ihre Zimmernummer wissen.«
Er hatte den Hörer aufgelegt, als das Telefon neuerlich läutete. Tweed meldete sich, hörte zu, sagte »Ja« und »Nein«. Sobald das Telefongespräch beendet war, sprang er auf.
»Noch ein Stein auf dem Brett. Stilmar kommt höchstpersönlich, um mich zu sehen. Nield, Sie verschwinden von hier...« Er sprach weiter, während Nield den Raum verließ. »Harry, Sie warten an der Treppe, dann können Sie einen Blick auf ihn werfen. Lassen Sie sich von ihm nicht sehen. Ingrid, Sie gehen und setzen sich draußen auf einen Fauteuil. Sie werden Stilmar folgen.«
Butler ging. Ingrid riß einen Schal aus ihrer Handtasche, wand ihn sich um den Kopf, um ihr schwarzes Haar zu verbergen, und folgte Butler. Tweed breitete die Karte von Skandinavien auf dem Bett aus und wartete. Eine knappe Minute später klopfte es leise an der Tür. Tweed legte den Telefonhörer auf. Fergusson hatte ihm seine Zimmernummer durchgesagt.

Selbst nach dem Direktflug von London war Stilmar eine eindrucksvolle Erscheinung, frisch wie aus dem Ei gepellt. Er hatte wieder einen dunkelblauen Anzug an, diesmal feinst gepunktet, der eindeutig aus der Savile Row stammte. Hoch überragte er Tweed, als sie einander die Hände schüttelten, und musterte ihn

durch seine randlosen Brillengläser. Tweed bot ihm einen Stuhl an und setzte sich in seinen Armsessel.
Und wieder kam Stilmar sogleich zum Thema.
»Sie haben das Radio eingeschaltet, aber ist dieser Raum sauber?«
»Er wurde heute früh von einem Spezialisten unserer Botschaft geprüft.«
Stilmar schob den Bügel seiner Brille auf dem Nasenrücken höher, bevor er die nächste Frage stellte.
»Ihr Experte – tut er seine Arbeit jeden Tag um dieselbe Zeit?«
»Nein – und das ist auch alles, was ich Ihnen über die Techniken sage, die wir anwenden...«
»Man sagt, Sie wären ein schwieriger Zeitgenosse. Haben Sie Adam Procane identifiziert?«
»Nicht hundertprozentig. Noch nicht...«
»Aha!« Stilmar beugte sich vor. »Aber Sie sind sich seiner Identität ziemlich sicher.«
Das war eine Behauptung, keine Frage. Die bekannte Stilmar-Taktik, den Gegner in die Defensive zu drängen, ihn vom Beginn des Gesprächs an aus dem Gleichgewicht zu bringen.
»Ich habe vier Kandidaten für die Rolle des Verräters«, erklärte Tweed. »Drei von ihnen sind bereits in Stockholm – das bekanntlich die letzte Station vor Finnland ist. Und ist Procane einmal auf finnischem Boden, dann ist er praktisch in Rußland.«
»Hätten Sie Bedenken, die Namen dieser Kandidaten zu nennen?« fragte Stilmar, immer noch vorgebeugt dasitzend, um jede Regung in Tweeds Gesicht sehen zu können.
»Ich habe nichts vor ihnen zu verbergen«, versicherte Tweed ihm mit ausdrucksloser Miene. »Cord Dillon, General Dexter, Ihre Frau und Sie selbst.«
»Das ist verdammt offen – wenn nicht beleidigend.«
»Warum sind Sie nach Stockholm gekommen, Stilmar?«
»Die Schweden werden langsam nervös – und wer kann es ihnen verdenken? Sowjetische Klein-U-Boote schnüffeln in ihren Hoheitsgewässern herum. Der Tropfen, der das Glas zum Überlaufen brachte, war, daß die Russen ihr Gebiet überflogen. Man erinnert sich zu gut an den Passagierjet, den sie bei Japan abgeschossen haben. Sie wissen von dieser Luftraumverletzung?«
»Ja. Es wird bald allgemein bekannt sein, obwohl die schwedische Regierung es zu vertuschen sucht. Wie ich höre, hält sich ein

englischer Thrillerautor anläßlich des Erscheinens eines seiner Bücher in Schweden auf. Er wird heute abend von Radio Schweden interviewt und dabei die Sache hinausposaunen.«
Tweed hatte von dem Luftzwischenfall zuerst von dem Techniker der Britischen Botschaft erfahren, der täglich sein Zimmer nach Wanzen absuchte. Ein MIG-Jäger hatte eine schwedische Chartermaschine über die Ostsee verfolgt und erst abgedreht, als er sich fast über der schwedischen Küste befand.
»Dieser Zwischenfall hat mich hergebracht«, fuhr Stilmar fort. »Der zeitliche Ablauf ist perfekt – von unserem Standpunkt aus. Die Schweden beschlossen, nicht nur mich, sondern auch General Dexter zu empfangen...«
»Dexter ist auf dem Weg hierher?« fragte Tweed scharf.
»Er fliegt mit einer Militärmaschine von Dänemark hierher, um mit den höchsten Militärs der Schweden zu beraten. Er landet auf dem Flugplatz Jakobsberg – gleich außerhalb von Stockholm.«
»Wann?« fragte Tweed.
»Der Zeitpunkt stand nicht fest, als ich London verließ. Aber es wird bald sein. Seit der Verletzung schwedischen Luftraums durch die Sowjets hatten es sich die Schweden wieder anders überlegt. Tweed, Sie haben mich gefragt, warum ich hergekommen bin. Sie haben den Ruf, diskret zu sein. Darf ich annehmen, daß das, was ich Ihnen jetzt offenbare, streng unter uns bleibt?«
»Ja. Ich höre.«
Zum ersten Mal zeigte Stilmar weniger von seiner überlegenen Selbstsicherheit. Er rieb mit seinem Zeigefinger die Seite seiner Hakennase, nahm die Brille ab und legte sie auf den Tisch. Aus der Tasche nahm er ein seidenes Taschentuch, das in einer Ecke das Monogramm »S« trug, und schneuzte sich mehrmals. Alles ganz wie das Verhalten des Mannes, der überlegt, ob er den Kopfsprung wagen soll.
Tweed saß bewegungslos, die Hände auf die Armlehnen seines Sessels gelegt. Er sagte auch nichts, unterdrückte den Impuls, Stilmar zum Reden zu ermuntern, was, wie er wußte, den gegenteiligen Effekt haben konnte. Als Stilmar dann sprach, mußte Tweed sich zwingen, keinerlei Reaktion zu zeigen, seine Überraschung zu verbergen.
»Offiziell bin ich dienstlich hier – wie ich soeben erklärt habe. Aber es gibt einen persönlichen Grund. Ich glaube, Helene, meine Frau, hat eine Affäre mit Cord Dillon.«

»Jetzt könnte ich einen Scotch on the rocks vertragen«, war das nächste, was Stilmar sagte.
Tweed blieb auch schweigsam, während er aufstand, zum Kühlschrank ging und den Drink bereitete. Er reichte Stilmar das Glas und setzte sich wieder in seinen Armsessel.
»Sie glauben, sagten Sie. – Wissen Sie es nicht?« war Tweeds Antwort.
»Das ist ja die Hölle! Dillon ist der rohe, ungeschliffene Typ, auf den sie anspricht. Ihr erster Mann war genau von dieser Sorte. Ich habe Ihren Chef, Howard, in London dazu benützt, alle Flüge zu überprüfen, als ich entdeckte, daß sie fort war. Er fand ihren Namen auf der Passagierliste einer Maschine nach Stockholm.«
»Und Cord Dillon?«
»Ich wußte, er würde früher oder später auf dem Weg hierher sein – wegen der Procane-Sache. In Washington ist man deswegen wirklich besorgt. Aus ersichtlichen Gründen. Mit jedem Tag rückt die Präsidentenwahl näher. Glauben Sie, daß Ihre sowjetischen Gegenspieler wissen, daß Ihre vier Kandidaten hier oder auf dem Weg hierher sind?«
»Das kann ich nur vermuten«, sagte Tweed, der Zeit gewinnen wollte, um sich darüber klarzuwerden, wie er mit Stilmar verfahren sollte. »Wie sind Sie eingereist?«
»Über den Flughafen Arlanda – unter dem Namen Ginsburg auf der Passagierliste...«
»Und Sie ließen einen Wagen kommen, der auf Sie wartete?«
»Was meine Frau betrifft, bin ich vielleicht naiv, nicht aber in meinem Beruf. Ein Mann von unserem Regierungsbürokomplex am Grosvenor Square saß mit mir in der Maschine. Er stieg in Arlanda vor mir aus, und ein Dienstwagen wartete auf ihn. Ich wartete, bis der Wagen weg war, und fuhr in einem Taxi hinterher.«
Tweed erwähnte nicht, daß sein eigener Mann, Jan Fergusson, Stilmar bis zum *Grand Hotel* gefolgt war. Was hieß, daß auch die russischen Aufpasser das getan hatten.
»Und was werden Sie hinsichtlich Ihrer Frau unternehmen?« fragte er.
»Das ist die Frage. Soll ich etwas tun? Vielleicht ist es für Helene nur ein kurzes Feuer, das vorübergeht.«
»Warum nicht so tun, als hätten Sie nichts bemerkt? Zumindest im Augenblick?«
Als er es aussprach, fiel Tweed seine eigene Erfahrung in derselben

Situation ein. Hier gab er einen Rat, den er selbst nicht befolgt hatte. Nicht daß es einen Unterschied gemacht hätte – Lisa war immer eine Frau gewesen, die ihre eigenen Wege ging.
Aber Tweed behielt den Ball im Auge. Jetzt und hier war es seine Hauptaufgabe, Stilmar bezüglich seines Eheproblems im Zustand psychischer Anspannung zu halten. Stilmar setzte seine Brille wieder auf, leerte sein Glas und schaute Tweed an.
»Das ist ein guter Rat, denke ich. Also, wir sprachen doch am Park Crescent miteinander, und Sie sagten, Sie erwarteten bald vom Kontinent eine Beschreibung Procanes zu erhalten.«
»Phantombilder aus Frankfurt, Genf, Paris und Brüssel.« Tweed stand auf und ging zur Tür. »Sind soeben per Kurier eingetroffen.« Er deutete auf die Karte, die ausgebreitet auf dem Bett lag. »Während ich runtergehe und sie hole, wollen Sie sich vielleicht die Karte ansehen.«
Sobald er draußen auf dem Korridor stand, wandte er sich nach links zu Jan Fergussons Zimmer. Er hatte mit Absicht »runtergehe« gesagt; Stilmar sollte annehmen, die Person, die er aufsuchte, müsse sich unterhalb der sechsten Etage befinden. Als er zurückkam, einen Umschlag unter den Arm geklemmt, fand er Stilmar über die Karte gebeugt und diese eingehend studierend.
»Die Linie, die Sie da gezogen haben«, sagte Stilmar, »die von der Insel Ornö nach Turku verläuft – was soll sie bedeuten?«
»Procanes wahrscheinlicher Weg, wenn er überläuft.«
»Das klingt defätistisch.« Stilmar richtete sich auf. »Was haben Sie da?«
Tweed nahm vier Skizzen aus dem Umschlag und legte sie nebeneinander auf die Karte. Dann zeigte er nacheinander auf jede.
»Frankfurt, Genf, Paris und Brüssel.«
»Seltsam.« Stilmar beugte sich wieder über das Bett, und Tweed war beeindruckt über die Schnelligkeit seiner Reaktion. »Diese erinnert mich an niemanden, diese an Dillon, diese Skizze einer Frau ähnelt Helene, und diese –«
»Erinnert mich an Sie«, erklärte Tweed. »Übrigens, mit wem treffen Sie sich in Stockholm?«
»Das kann ich Ihnen nicht sagen.«
»Und diese Skizzen. Fällt Ihnen etwas auf?« fragte Tweed.
»Nicht die verdammteste Kleinigkeit.«
»Sind Sie sicher?«
»Ganz sicher.« Stilmar straffte sich, zog die Manschetten seines

Hemds hervor, um die goldenen Manschettenknöpfe bloßzulegen, auf denen der amerikanische Adler prangte. »Und jetzt muß ich gehen, ich habe eine Verabredung einzuhalten. Ich wohne hier, also werden wir uns ohne Zweifel wieder sehen.«
»Ohne Zweifel.« Tweed begleitete seinen Gast zur Tür, öffnete sie und spähte hinaus. Ingrid saß noch immer in der Halle in einem Fauteuil vor den Aufzügen. Beim Geräusch der sich öffnenden Tür hob sie nicht einmal den Blick. Im Weggehen drehte Stilmar sich um und senkte die Stimme.
»Ist denn Ihnen etwas aufgefallen?«
»Alle Kandidaten sind da – mit einer Ausnahme: General Paul Dexter.«

24

Zehn Minuten später kehrte Ingrid in Tweeds Zimmer zurück. Man sah ihr an, daß sie gerannt war. Sie ließ sich in ihrer Lieblingsstellung auf dem Bett nieder und fing an zu reden.
»Ich komme über die Treppe – alle Aufzüge waren besetzt. Stilmar ißt im französischen Restaurant zu Abend. Er wird dort einige Zeit bleiben. Wenn er vorhätte, bald auszugehen, wäre er sicher ins Schnellrestaurant gegangen.«
»Ißt er allein?«
»Ja. An einem Tisch, der nur für eine Person gedeckt ist. Er schreibt in sein Notizbuch. Warum hat er Sie nicht zum Abendessen eingeladen?«
»Ich habe ihm viel Stoff zum Nachdenken gegeben.«
Tweed berichtete ihr alles über sein Gespräch mit dem Amerikaner. Sie hörte mit ernstem Gesicht zu, ohne etwas zu sagen, und Tweed wußte, daß sie später alles Wort für Wort wiederzugeben imstande sein würde. Nachdem er sie bis auf den letzten Stand informiert hatte, stellte er eine Frage.
»Aus Ihrer Erfahrung mit Männern: wie wird er darauf reagieren, daß seine Frau mit Cord Dillon eine Affäre hat?«
»Ich habe ihn zweimal gesehen. Und da nur für wenige Augenblicke. Aber ich erwarte, daß er seine Frau ausfindig macht und sie fragt, was vorgeht.«
»Einverstanden. Aber ich glaube nicht, daß er es tun wird. Und das ist merkwürdig.«

»Was könnte der Grund sein?«
»Wenn er Procane wäre, ist ein Streit mit Helene das letzte, was er sich leisten kann. Das könnte zu Komplikationen führen. Er ist ein starker, entschlossener Mensch, der seinem Rang entsprechend handelt. Ich fand es auch eigenartig, daß er mir gegenüber von seinem Privatleben sprach.«
»Warum hat er das Ihrer Meinung nach getan?«
»Um meine Mutmaßungen, warum er wirklich in Schweden ist, zum Schweigen zu bringen. Man neigt dazu, zu glauben, daß ein Mann mit häuslichen Sorgen an nichts anderes denken kann – aber was seinen Verdacht gegenüber Helene betrifft, wird er nichts unternehmen.«
»Sie trauen wohl niemandem, oder?«
»Nicht, insoweit es Procane betrifft. Noch etwas: Stilmar sagt, die Schweden hätten schließlich seinem Besuch zugestimmt, weil eine russische MIG in den schwedischen Luftraum eingedrungen sei.«
»Das ergibt für mich einen Sinn.«
»Es sei denn, die Russen provozierten absichtlich diesen Luftzwischenfall, um die Schweden zu veranlassen, näher an die Vereinigten Staaten heranzurücken – so daß Procane Grund findet, hierherzukommen.«
»Da wird ein Spiel gespielt, glaube ich«, sagte Ingrid. »Ich habe das komische Gefühl, bei der Vorführung eines riesigen Zauberkunststückes dabei zu sein.«

Es war nahe an Mitternacht, als Cord Dillon langsam über die Drottninggatan spazierte. Diese Fußgängerstraße führt schnurgerade vom Sergels Torg bis zur Riksbron-Brücke, die den Fluß längs des Parlaments überquert und zur Insel Gamla Stan hinüberführt.
Einige Fußgänger waren zu dieser Stunde noch unterwegs. Zwei Dutzend Schritte hinter ihm schlenderte Poluschkin, immer wieder stehenbleibend und in ein Schaufenster blickend. Mehrere Mädchen eilten an ihm vorüber und hüteten sich, den einsamen Bummler anzusehen.
Erst spät am Nachmittag hatte Magda Rupescu Poluschkin mitgeteilt, sie müßten weiterhin dieselben Personen unter Beobachtung halten. Sie werde Stilmars Spur folgen, während Poluschkin auf jede Bewegung Dillons zu achten hätte.

»Also habe ich das Hauptobjekt?« hatte Poluschkin gesagt und sie dabei scharf angesehen. »Dillon spaziert mit Fahrkarten nach Helsinki in der Tasche herum...«
»Verlier ihn also nicht aus den Augen«, hatte sie mit ihrer üblichen Verschlagenheit geantwortet.
»Ist mir je einer durch die Lappen gegangen?«
»Es gibt immer ein erstes Mal.«
Poluschkin glaubte ihr keine Sekunde lang. Aus irgendeinem Grund, den sie nicht verriet, war diese Füchsin zu dem Schluß gekommen, daß Stilmar Procane war. Er würde wetten, daß sie da irrte und daß er den Richtigen verfolgte.
Nicht weit hinter ihm ging im Stottergang ein Mann mit dickem Rundgesicht. Von Zeit zu Zeit torkelte er in eine Ladenpassage und stierte in die Schaufenster, kam dann schwankend wieder zum Vorschein. Poluschkin hatte ihn bemerkt. Ein Betrunkener, der durch die Straßen streunte. Dem aufmerksamen Blick des Russen war nicht entgangen, daß aus einer der Taschen des Mondgesichts ein Flaschenhals ragte.
Peter Persson, hinter Poluschkin hergehend, mimte weiter den Betrunkenen. Der Schwede hatte eine Alkoholfahne – was man einfach dadurch erreichte, daß man sich Whisky auf Lippen und Kinn rieb. Er hinkte in eine Schaufensterpassage und wartete nicht ganz eine Minute. Dann trat er wieder auf die Straße.
Dillon hatte das Ende der Straße erreicht und bog nach links ein. Als Poluschkin die Straßenecke erreichte, war er überrascht, den Amerikaner schon hundert Meter entfernt gehen zu sehen. Er wollte seinen Schritt beschleunigen, als der Amerikaner sich umdrehte und sich hinter der hohlen Hand eine Zigarette anzündete. An der Ecke wartend, hörte Poluschkin das gedämpfte Rauschen von Wasser.
Durch das Geräusch neugierig geworden – und auch um sich den Anschein eines Bummlers zu geben –, ging er schräg über die Straße und blickte über die Brustwehr hinab in den Fluß. An dieser Stelle, nahe der Brücke, brauste der mächtige Wasserstrom über ein Wehr. Dieses Wehr sollte schon bald für Poluschkin eine Rolle spielen.
Er ging wieder auf die andere Straßenseite zurück. Dillon ging weiter am Fluß entlang. Dadurch entging Poluschkin, daß sich hinter dem Wehr eine Reihe von Bojen quer über die ganze Breite des Flusses hinzog.

Da, wo Poluschkin stand, verbanden mehrere Brücken die Stadt mit der Insel Gamla Stan, der eigentlichen Altstadt. Poluschkin erreichte die dritte Brücke, die Strömbron-Brücke, und Dillon war verschwunden.
Der Russe konnte es nicht fassen. In der Entfernung, weiter unten am Ufer, ragte die eindrucksvolle Fassade des *Grand Hotel*. Die orangefarbenen Sonnenblenden der Erdgeschoßfenster waren eingerollt. Die Hotelfront war beleuchtet, und hoch oben unter dem Dach duckten sich die Giebelfenster der Zimmer in der sechsten Etage. Hinter den geschlossenen Vorhängen eines dieser Fenster war Licht. Poluschkin konnte nicht wissen, daß er zu Tweeds Schlafzimmer hinaufstarrte.

Poluschkin suchte die ganze Gegend längs des Ufers ab, ging an den weißen Passagierbooten vorbei, die vor dem *Grand Hotel* vertäut lagen, und ging denselben Weg wieder zurück. Er mußte die Tatsache zur Kenntnis nehmen: Dillon war ihm durch die Lappen gegangen. Der Amerikaner hatte irgendeinen Zaubertrick angewendet.
»Es gibt immer ein erstes Mal...« Die spöttischen Worte Magdas fielen ihm ein, und er fluchte innerlich. Dann faßte er einen Entschluß – den für ihn einzig möglichen. Er ging weg vom Flußufer und marschierte rasch zurück, bis er das Haus Karlavägen 72 C erreicht hatte.
Poluschkin richtete sich auf ein längeres Warten ein, drückte sich in den Hauseingang von 72 B. Falls die Polizei kam, würde er sagen, er warte auf seine Freundin, weil er keinen Hausschlüssel habe. Er hatte kaum über diese Möglichkeit nachgedacht, als ein Streifenwagen an den Gehsteigrand fuhr und ein Polizist, der neben dem Fahrer saß, ausstieg.
»Ich hätte gern einen Ausweis von Ihnen gesehen«, sagte der Polizist und musterte ihn scharf.
Der Russe wies seinen Führerschein vor, der auf den Namen Bengt Thalin ausgestellt war und seine Fotografie trug. Der Beamte gab ihn ihm zurück und stützte einen Arm gegen eine Säule.
»Wollen Sie mir sagen, was Sie hier machen?«
»Es ist ein bißchen ungewöhnlich, Inspektor, ich warte auf meine Freundin – sie hat den Hausschlüssel.«
»Und jetzt überlegen Sie nicht lange: wie heißt sie?«
Darauf war Poluschkin vorbereitet. Von den Namensschildern

neben den Klingelknöpfen hatte er sich bereits eine Karin Virgin ausgesucht. Doch das sollte nur der letzte Rettungsanker sein. Gib der Polizei nie zu bereitwillig Auskunft.
»Das ist mir ziemlich unangenehm«, begann er und schwieg.
»Unangenehm in welcher Hinsicht?«
»Sie ist verheiratet, und ihr Mann ist nicht da.«
»Sie vertraut Ihnen den Schlüssel nicht an?«
»Es ist erst das zweite Mal.«
»Und spätestens beim dritten Mal ändert der Gatte seinen Stundenplan – man kennt das«, warnte der Polizist, ging zurück zum Streifenwagen und fuhr davon.
Fünf Minuten später kam Dillon den Karlavägen herunter und stieg die Stufen zu 72 C hoch. Poluschkin hörte, wie er mit den Schlüsseln hantierte, eine Tür ging auf, schloß sich. Er schaute auf die Uhr. Cord Dillon war für genau fünfundzwanzig Minuten verschwunden gewesen. Poluschkin war entschlossen, das in seinem Bericht an Magda Rupescu auszulassen.
Um so mehr, als die Rupescu viel Wind von der Sache machen würde, sagte er sich, auf die Straße zurückgehend. Er war sicher, sie würde diese Panne nach Moskau melden. Was brachte es, wenn er ihr Gelegenheit gab, ihn fertigzumachen? Und alles wegen einer lächerlichen halben Stunde.
Doch Poluschkin unterlag einer gewaltigen Fehleinschätzung. Die fehlenden fünfundzwanzig Minuten waren der Schlüssel zum Fall Procane.

25

Am folgenden Morgen hielt General Lysenko in Tallinn einen Kriegsrat ab, wie er das Treffen nannte. Drei Männer fanden sich um 7 Uhr morgens in Oberst Karlows Büro ein: Lysenko, sein Gehilfe Rebet und Karlow selbst.
Der General hatte von einem Tag auf den anderen sein Hauptquartier von Leningrad nach Tallinn verlegt. Ohne jede Vorwarnung. Er brach einfach mit seinem Stab über die estnische Hauptstadt herein und richtete sich im Gebäude in der Pikk-Straße häuslich ein.
»Wir nähern uns dem Höhepunkt der Operation«, begann Lysenko. »Sie sind nicht dieser Ansicht, Oberst?«

»Sicher, in Stockholm tut sich einiges.« Karlow legte drei große Fotos auf der Schreibtischplatte aus. »Wir wissen, daß sowohl Cord Dillon als auch Stilmar in der schwedischen Hauptstadt sind. Es gibt starke – wenn auch unbestätigte – Gerüchte, wonach General Dexter vorhaben soll, Schweden einen geheimen Besuch abzustatten, um mit Militärs zu konferieren ...«
»Und einer dieser Männer muß Procane sein«, sagte Lysenko mit großer Emphase. »Ich weiß, wohin ich meine Rubel tue!«
Karlow ignorierte diese Unterbrechung und entnahm der Schublade, die auch den unvollständigen Passagierschein für Helsinki enthielt, einen grünen Ordner. Er zog ein Foto heraus, legte es zu den anderen und lehnte sich im Stuhl zurück.
»Diese Akte wurde auf meine persönliche Anforderung von Moskau per Kurier hergeflogen.«
»Um was handelt es sich?« fragte Lysenko gebieterisch. »Ich darf doch annehmen, daß Sie nicht wieder halbe Sachen machen, ohne mich zu informieren?«
»Sie waren mit Rebet auf dem Flug hierher«, sagte Karlow mit demselben Gleichmut. Er hielt die Akte so, daß Lysenko den Namen auf dem Deckblatt lesen konnte. »Helene Stilmar.« Dann hielt er das Foto in die Höhe.
»Was, zum Teufel, hat das mit Procane zu tun?« fragte Lysenko.
»Gestern verbrachte ich viel Zeit damit, alle Akten noch einmal durchzulesen. Mir fiel etwas auf, was wir übersehen haben dürften. Bevor sie Beraterin des Präsidenten in Frauenfragen wurde, leitete sie eine hohe Verbindungsstelle zwischen State Department und Pentagon ...«
»Und?«
»Ich habe das Rupescu-Team beauftragt, in allen Stockholmer Hotels nach dieser Helene·Stilmar zu suchen. Ihr Mann ist in Stockholm. Vielleicht ist sie auch dort.«
»Mit Stilmar kam sie nicht in Arlanda an«, warf Lysenko ein. »Unsere Leute hätten uns das gemeldet.«
»Und wenn sie allein reiste?« warf Karlow die Frage auf.
»Warum sollte sie das tun?«
»Die Antwort auf diese Frage dürfte von entscheidender Bedeutung sein.«
»Wir sollten keine Möglichkeit außer acht lassen«, mischte Rebet sich ins Gespräch.

»Es steht noch mehr in der Akte«, fuhr Karlow fort. »Sie ist Amerikanerin der ersten Generation – mit schwedischen Vorfahren. Sie hat eine in Stockholm lebende Zwillingsschwester. Und auch einen Bruder – er ist älter als sie...«
»Niemand hat bisher die Vermutung geäußert, Procane könnte eine Frau sein«, fuhr Lysenko ihn an. »Wir reden von einem *Adam* Procane.«
»Was ein hervorragender Deckname für eine Frau wäre.«
»Aber es war Cord Dillon, der zwei Schiffskarten für die Nachtüberfahrt nach Helsinki gekauft hat«, bellte Lysenko, der jetzt mit seiner Geduld am Ende war.
»Und die Rupescu hat die Möglichkeit angedeutet«, fuhr Karlow ungerührt fort, »daß die zweite Fahrkarte für eine Frau sein könnte. Diese Frau könnte Helene Stilmar heißen.«
»Theorien! Theorien!« explodierte Lysenko. »Sie bewegen sich im luftleeren Raum. Keine harten Fakten!«
»Genau in diesem luftleeren Raum bewegte ich mich auch, als ich meine Pläne vorlegte, wie man der amerikanischen Strategic Defence Initiative, dem sogenannten Star-Wars-Programm, begegnen kann.«
»Auf der Basis von Material, das dieser Procane geliefert hat.«
»Es gibt ein Faktum, das Sie offenbar übersehen haben. Dillon hat nur für die Hinfahrt gebucht.«
»Und? Die Rupescu hat dazu keinen Kommentar abgegeben.«
»Weil sie noch etwas Wichtiges übersehen hat, General. Wenn Dillon Procane ist, hätte er seine Spur besser verwischt. Er hätte *Rückfahrkarten* gekauft.«
»Poluschkin ist ein versierter Beschatter. Dillon dachte wahrscheinlich nicht im Traum daran, daß man ihn beobachtete.«
Schon als er es sagte, wurde Lysenko klar, daß sein Argument nicht überzeugend war. Er hoffte, Karlow würde das übersehen. Doch dieses Glück war ihm nicht gegönnt.
»Der Vizedirektor der CIA?« fragte Karlow mit ironischem Unterton.
»Also gut«, lenkte Lysenko ein. Und um seinen Rückzug zu decken, wechselte er das Thema. »Sie weisen die Rupescu an, nach Helene Stilmar zu suchen. Persönlich glaube ich, daß das nur Zeitverschwendung ist.«
Was Lysenko in Kenntnis all dessen, was Helenes Akte enthüllt hatte, nicht glaubte. Und wieder gab es einen Zeugen dieses

Gesprächs, Rebet, der wenig sagte und nichts vergaß. Karlow hatte eine Frage aufgeworfen, und man mußte sie überprüfen.
»Und die GRU-Morde?« fuhr Lysenko fort. »Sind wir einer Aufklärung nähergekommen?«
»Nein. Der Killer ist nicht in die Fallen gegangen. Und es hat keine weiteren Morde gegeben, seit Poluschkin Estland verlassen hat.«
»Das ist eine ungeheuerliche Anspielung...«
»Ich stelle bloß fest, General. Sie sagen selbst, daß Fakten vor allem anderen Bedeutung haben.«
Lysenko wechselte wieder das Thema. »Ich denke, es ist Zeit, Mauno Sarin nach Tallinn einzuladen – um mit ihm über Adam Procane zu plaudern.«
»Und der englische Korrespondent Robert Newman?«
»Er kann Sarin begleiten. Da keine neuen Morde verübt worden sind, wäre der Zeitpunkt günstig, diesem Engländer zu zeigen, daß in Estland alles im Lot ist. In den nächsten Tagen, Karlow.«
»Wir dürfen nicht vergessen, daß Newmans Frau, Alexis, getötet wurde, als sie hier war. Das macht mir immer noch Kopfzerbrechen...«
»Die Frau wurde getötet, weil sie zu viel über die Route herausbekommen hatte, die wir für Procane vorgesehen hatten. Sie hat es diesem Säufer Nasedkin entlockt – machte ihn betrunken. Wir haben ihn nach Sibirien geschickt. Was danach geschah, habe ich Ihnen mitgeteilt. Überlassen Sie es mir, mir Kopfzerbrechen zu machen – dazu bin ich General. Sie setzen sich mit der Rupescu in Verbindung, dann mit Sarin. Sagen Sie der Rupescu, daß Cord Dillon um jeden Preis beschützt werden muß.«
»Ein drastischer Befehl«, protestierte Karlow.
»Tun Sie es!« Zufrieden rieb Lysenko sich die Hände. »Wir sind auf Gefechtsstation. Ich habe das Gefühl, es wird nicht mehr lange dauern, bis Procane sicher auf sowjetischem Boden ist. Ich werde dieses Duell mit Tweed gewinnen!«

Das Polizeihauptquartier auf dem Ratakatu liegt in einem dichtbebauten Gebiet Helsinkis auf der Halbinsel. Wer Leningrad kennt, meint, dieser Stadtbezirk sei anders als die russische Stadt, dieser aber nicht unähnlich. In diesem Gebäude ist, für die Außenwelt unauffällig, auch die vierzig Mann starke Abteilung der Sicherheitspolizei untergebracht.

Newman ging allein auf der Straße, ließ sich Zeit, als er sich ihrem Ende näherte. Er ging auf der gegenüberliegenden Seite, um sich das Gebäude wieder in Erinnerung zu rufen. Es ist alt, vierstöckig, aus blaßgrauem Stein. Über dem Eingang befindet sich eine viereckige Leuchte, auf deren Milchglasscheiben auf drei Seiten die Nummer »12« steht.
Zwei Steinstufen führen hinauf zur Eingangstür aus getäfeltem braunen Holz, an der ein querüber laufender metallener Schubriegel angebracht ist. Um die Ecke, an der Straße, die in rechtem Winkel an den Ratakatu anstößt, steht die St.-Johann-Kirche, auf die man von den Fenstern des Polizeigebäudes blicken kann.
Er war von Mauno Sarin telefonisch dringend herbestellt worden. Sarin war von schroffer Kürze und schien besorgt.
»Newman, es hat eine Entwicklung gegeben.«
»Welche Entwicklung?« hatte Newman gefragt.
»Das kann man nicht am Telefon besprechen. Kommen Sie bitte sofort zu mir ins Büro.«
»Das klingt ziemlich diktatorisch. Angenommen, ich komme nicht?«
»Dann will ich nichts mehr mit Ihnen zu tun haben. Innerhalb der nächsten Stunde, wenn ich bitten darf.«
Die Verbindung wurde unterbrochen, bevor Newman eine Antwort geben konnte. Das paßte so gar nicht zu Mauno, also schlüpfte der Engländer in seinen Regenmantel und verließ sofort das *Hesperia*. Da Laila kommen sollte, hinterließ er ihr eine hastig hingekritzelte Nachricht.
Er überquerte die Straße und blieb vor der Tür stehen. Auf einem Messingschild war die übliche Wagenladung finnischer Lettern eingraviert: »Centralkriminalpolisen.« Auf die Uhr sehend, ging er zur Ecke und schaute zum Straßenschild hinauf. Zuerst in Finnisch: Ratakatu. Dann, darunter, die schwedische Version. Bangatan. Er schwang auf dem Absatz herum und sah eine menschenleere Straße vor sich. Niemand war ihm gefolgt. Er ging zurück, betrat das Gebäude und warf seinen Presseausweis auf das Empfangspult.
Mauno Sarin erhob sich hinter seinem Schreibtisch und schüttelte ihm die Hand, deutete auf einen Stuhl, setzte sich wieder und begann in geschäftsmäßigem Ton zu sprechen.
»Unser Besuch in Tallinn steht unmittelbar bevor. Es wird innerhalb der nächsten zwei, drei Tage sein.«

»Um Himmels willen, muß ich noch länger hier herumhängen?«
»Sie haben verdammtes Glück, daß sie zugestimmt haben und Sie nach Estland hineinlassen. Von jetzt an wünsche ich, daß Sie Ihr Zimmer im ›Hesperia‹ nicht mehr verlassen.«
»Die ›Georg Ots‹ läuft um halb elf aus. Also muß ich nicht jeden Tag ab dieser Zeit wie ein Gefangener im Zimmer eingesperrt bleiben. Wir fahren doch mit diesem Schiff?«
Mauno sprang auf und begann rastlos im Zimmer herumzugehen. Knisternde Spannung herrschte im Raum. Beide Männer waren in höchster Erregung.
»Ja«, fauchte Mauno, »wir gehen an Bord der ›Georg Ots‹. Aber ich will nicht, daß Sie an diesem Punkt der Entwicklung umherspazieren. Oleg Poluschkin ist verschwunden – Sie erinnern sich, das ist der Mann, den ich Ihnen an jenem Abend im ›Marski‹ gezeigt habe.«
»Mich an Gesichter erinnern zu können gehört zu meinem Beruf. Was hat das damit zu tun, daß ich im ›Hesperia‹ hinter Schloß und Riegel kommen soll?«
»Poluschkin ist meinen Leuten durch die Lappen gegangen. Ein böser Ausrutscher. Daß ich es nicht vergesse: bevor Sie mit mir zum Schiff fahren, müssen Sie sich einer Leibesvisitation durch meine Leute hier am Ratakatu unterziehen. Keine Waffen, keine Kameras.«
»Zuchthausmanieren!«
»Es ist Teil meines Abkommens mit Oberst Karlow.« Mauno wanderte immer noch wie ein wildes Tier im Käfig auf und ab. »Wenn Sie mitkommen wollen, dann akzeptieren Sie die Bedingung. Es war Ihre Idee, nicht meine. Haben Sie Laila in letzter Zeit gesehen?« Er schoß die Frage ganz plötzlich ab.
»Sie hat ihren Job.« Zum erstenmal seit Jahren war Newman nahe daran zu erröten. »Sie schreibt Artikel, die Ihnen mißfallen«, fuhr er fort. »Haben Sie sie gesehen?«
»Nein.« Mauno blieb stehen und zündete sich einen Stumpen an, ein sicheres Zeichen dafür, daß er unter Druck stand. »Was ist also mit der Leibesvisitation?« fragte er.
»Wenn es der einzige Weg ist, hinzukommen...«
»Das ist es. Also stimmen Sie zur Abwechslung einmal einer Sache zu.« Er blieb bei seinem Schreibtisch stehen, öffnete eine Mappe und nahm drei Fotos heraus. Zwei davon waren Hoch-

glanzabzüge, das dritte eine Reproduktion mit starkem Raster, offenbar von einem Zeitungsfoto abgenommen. Mauno legte sie vor Newman hin.
»Das sind die Russen, die Estland regieren. Oberst Andrei Karlow.«
Newman starrte auf das Brustbild eines Mannes in der Uniform eines Obersten des GRU. Hageres Gesicht, lebhaft, intelligent, die Augen blickten direkt in die des Betrachters. Newman, der ein vorzügliches Gedächtnis besaß, hatte den Mann nie zuvor gesehen. Was die Vermutung nahelegte, daß die Sowjets Wert darauf gelegt hatten, daß er nur selten fotografiert wurde. Taktvoll enthielt er sich der Frage, woher der Finne dieses Bild habe.
»Diesen Herrn kennen Sie natürlich.«
Oleg Poluschkin. Eng beisammenstehende Augen, ein schlaffer, böser Mund und derselbe ausdruckslose Blick, wie Newman ihn von der Bar im *Marski* in Erinnerung hatte.
»Das ist General Lysenko, Herr über alle baltischen Staaten.« Mauno zeigte auf das körnige Foto. »Normalerweise befindet sich sein Hauptquartier in Moskau, aber er ist nach Leningrad übergesiedelt. Ihn werden Sie kaum kennenlernen. Aber Karlow wird seinen Namen möglicherweise erwähnen. Dann wissen Sie, von wem er spricht.«
Ein Soldat der alten Schule. Ein Bolschewik vom dicken Nacken bis hinauf zum Scheitel seines slavischen Schädels. Sogar auf dem schlechten Foto wurden das rauhe Wesen und die cholerische Natur des Mannes spürbar. Er blickte von der Kamera weg, wie einer, der aufmerksam zuhört. Mit dem war nicht leicht vernünftig reden. Ein Mann, der seine eigene Meinung zum Evangelium erhob.
»Karlow sieht bei weitem am intelligentesten aus«, äußerte sich Newman. »Ein Mann, der schweigen kann. Ein Einzelgänger.«
»Sehr scharf gesehen«, bemerkte Mauno, während er die Fotos beiseitelegte. »Und jetzt machen Sie, daß Sie wegkommen – ich habe zu arbeiten. Warum ich Ihnen diesen Gefallen erweise, weiß ich selber nicht...«
»Weil«, erwiderte Newman scharf und erhob sich, »Sie befürchten, daß ich, falls Sie es nicht tun, allein nach Tallinn fahre – und das ist genau das, was ich auch tun würde.«

In der Wohnung im Stockholmer Vorort Solna saß Magda Rupescu da und schwang das gekreuzte Bein, was Poluschkin sehr dabei störte, sich auf das zu konzentrieren, was sie sagte.
»Neue Instruktionen aus Tallinn. Wir müssen alle unsere Bemühungen auf Dillon konzentrieren. Dazu die zusätzliche Aufgabe, in jedem Hotel nachzufragen und Helene Stilmars Aufenthaltsort ausfindig zu machen – was ich soeben getan habe. Treffer schon beim ersten Schuß. Sie wohnt im ›Grand Hotel‹. Ein Kurier liefert heute aus Helsinki ihr Foto. Nun, als du in der vergangenen Nacht Dillon nachgingst, schien er da ziellos umherzuwandern?«
»Den Eindruck hatte ich.«
Poluschkin antwortete kurz und hütete sich, ausschweifend darüber zu berichten. Wenn er zuviel redete, würde die Rupescu, die einen teuflischen Instinkt dafür hatte, wenn einer log, treffsicher auf die fünfundzwanzig Minuten lossteuern, in denen er Dillon aus den Augen verloren hatte.
»Dann war's ein Versuchsballon«, sagte sie und zündete sich eine Zigarette an.
»Ein Versuchsballon?«
»Sei nicht so blöd. Tallinn ist zu dem Schluß gekommen, daß Dillon Procane ist. Die Fahrkarten für die Schiffsreise nach Helsinki waren das entscheidende Argument. Also, was wird er zuerst tun? Sich versichern, daß niemand ihm folgt. Das erklärt den mitternächtlichen Spaziergang.« Ihre Stimme gewann an Schärfe. »Dieser Mann ist ein Profi. Bist du sicher, daß er nicht wußte, daß du hinter ihm her warst?«
»Du bist nicht die einzige, die weiß, wie man jemanden beschattet.«
»Das ist keine Antwort.«
»Ich bin sicher«, antwortete er. Er starrte auf das schwingende Bein und kochte innerlich vor Zorn.
»Und schlag dir das Bett aus dem Kopf«, sagte sie. »Da ist nicht die leiseste Chance. Da!« Sie riß ein Foto unter einem Kissen hervor und schob es ihm hin. »Und bist du auch sicher, daß es Peter Persson war, der dir auf der Drottninggatan nachging?«
»Absolut sicher. Ich konzentrierte mich zu dem Zeitpunkt ganz auf Dillon – um sicherzugehen, daß er mich nicht bemerkte. Aber mir fiel der kleine Mann mit dem dicken Gesicht auf, der betrunken zu sein schien und humpelte. Kam mir bekannt vor. Du weißt,

als ich vom Karlavägen zurückkam, wollte ich das Foto noch einmal ansehen.«
»Du hast jetzt darauf geschlafen. Du bist immer noch sicher, daß dieser humpelnde Betrunkene Persson war?«
»Verdammt, wie oft soll ich es dir noch sagen?« Er sprang hoch und ging hinüber zur Anrichte, wo die Flaschen mit den Getränken standen. Er schenkte sich einen großen Wodka ein und hob das Glas an die Lippen.
»Alkohol verträgt sich nicht mit unserem Geschäft«, teilte sie ihm mit.
»Du kannst mich mal. Verdammtes Weibsstück.«
Er wartete, daß sie explodierte, es war ihm egal, und wieder überraschte sie ihn. Ihr Bein hörte zu schwingen auf, sie sah ihm zu, wie er das Glas leerte und die Flasche wegstellte. Sie legte sich auf das Kissen und beobachtete ihn durch halbgeschlossene Augen.
»Behalte deine Nerven nur noch ein wenig länger«, sagte Magda, die Stimme weich. »Du hast bisher gute Arbeit geleistet – ich habe das Tallinn gemeldet. Du hast die Wohnung auf dem Karlavägen gefunden, daher wissen wir, wo wir Dillon abholen können. Hoffen wir, daß uns das heute gelingt. Er wird denselben Weg gehen – Dillon ist ein vorsichtiger Mann. Ich habe seine Akte nochmals durchgelesen. Ein echter Profi...«
»*Uns* gelingt?«
Poluschkin war durch ihre blitzartige Stimmungsänderung der Boden unter den Füßen weggezogen. Was ihr Geschick betraf, mit Männern umzugehen, schätzte er Magda immer noch falsch ein. Sie zog an ihrer Zigarette und ließ etwas Zeit vergehen, bevor sie in demselben sanften Ton fortfuhr.
»Die neue Instruktion lautet, Cord Dillon muß um jeden Preis beschützt werden. Um jeden Preis«, wiederholte sie.
»Und das heißt?« fragte er borstig.
»Jetzt setz dich hin. Entspann dich. Wir haben einiges zu tun. Und wir können es ohne deine Hilfe nicht...«
Er zuckte die Achseln und ließ sich auf den Sessel fallen. Sein starrer Gesichtsausdruck wurde weniger feindselig. Der Wodka und ihre Verwendung des Wortes »wir« statt des »ich« taten ihre Wirkung, wie Magda bemerkte. Sie fragte sich, ob ein kurzer Hüpfer ins Bett diese Veränderung vollständig machen würde, und schob den Gedanken gleich wieder von sich. Poluschkin muß-

te an der Leine gehalten werden – wohl einer längeren, aber doch an der Leine wie ein unberechenbarer Hund.
»Das heißt«, fuhr sie fort, »daß wir Peter Persson zum frühestmöglichen Zeitpunkt ausschalten müssen, wenn er Dillon weiterhin nachsteigt. Das ist jetzt fest beschlossen. Ich erledige die Sache selbst. Hoffen wir – falls Persson heute nacht wieder auftaucht –, daß Dillon denselben Weg nimmt. Was sehr wahrscheinlich ist.«
»Warum denselben Weg?«
»Weil es dann leichter ist, die Leiche loszuwerden.«

26

Newman schloß die Tür seines Schlafzimmers im *Hesperia*, ging zu einer Schublade, öffnete sie, um sein Notizbuch herauszunehmen, und erstarrte. Er ging zum Schrank, öffnete ihn und besah seine Kleider.
Er starrte immer noch ins Schrankinnere, als er ein leises Klopfen an der Eingangstür hörte. Er stellte sich neben die Tür, dann erst fragte er.
»Ja? Wer ist da?«
»Laila.«
Er ließ sie ein, machte die Tür zu und versperrte sie wieder. Sie trug eine blaßblaue Windjacke, eine dunkelblaue Hose, kniehohe Stiefel und unter der Jacke eine weiße Bluse mit Stehkragen. Sie legte die Arme um ihn und sah ihm ins Gesicht.
»Irgendwas ist los, Bob? Was ist? Ich seh es deinem Gesicht an. Bist du böse mit mir, weil . . .«
»Ich bin gerade selbst erst heimgekommen. Während ich fort war, ist hier alles umgedreht worden.«
»Umgedreht?«
»Durchsucht. Von Profis. Alles ist so, wie ich es verlassen habe – aber doch nicht ganz. Ich wüßte gerne, wer dafür verantwortlich ist?«
»Jemand, der wußte, daß du nicht da warst«, mutmaßte sie scharfsinnig. »Und wer wußte es?«
»Mir fällt niemand ein«, log er.
»Dein Schlüssel war nicht unten in der Rezeption, als ich früher kam. Ich dachte, du wärst hier, und kam herauf. Als ich um die

Ecke bog, sah ich einen Mann in der Livree des Hotels aus einem Zimmer kommen. Ich dachte, es wäre deines, meinte dann, ich müsse mich geirrt haben.«
»Profis«, wiederholte Newman. Mauno Sarins Leute, war sein erster Gedanke gewesen. Er dankte Gott, daß er Alexis' Brief in der Brusttasche bei sich trug.
»Du siehst sehr abgespannt aus«, sagte sie. »Ich dachte, wir könnten vielleicht morgen nach Turku fahren – damit du einen Tag aus Helsinki rauskommst. Es würde dir guttun. Wir könnten zeitig am Morgen wegfahren.«
»Nicht so früh. Nein«, antwortete er schroff, mit den Gedanken bei der Frage, wer sein Zimmer durchsucht haben mochte. »Vielleicht gegen Mittag«, fuhr er fort.
»Warum nicht zeitig?« drängte sie.
»Weil ich diesmal länger schlafen will«, erwiderte er mit einem Anflug von Gereiztheit. »Ich meine, falls du nichts dagegen hast, daß ich beim Tagesplan auch mitrede.«
»Natürlich nicht. Wir könnten jetzt ins Bett gehen, wenn du möchtest«, sagte sie mit dem gewissen Blick.
»Nein! Es war ein Fehler.« Er fühlte sich in die Ecke gedrängt. »Sieh her, Laila, wenn man entdeckt, daß das Zimmer durchsucht worden ist, ist das nicht erfreulich. Warum treffen wir uns nicht zum Mittagessen im Speisesaal? Ich muß mir Notizen machen...«
»Selbstverständlich. Und wann glaubst du, daß dein Hunger sich melden wird?« fragte sie spöttisch.
»Ist mir egal! Nun, sagen wir zu Mittag. Ich seh dich dann.«
»Mittag haben wir bereits.«
Sie ging ohne ein weiteres Wort hinaus. Um Zeit zum Nachdenken zu finden, benützte sie die Treppe. Irgend etwas stimmte nicht. Warum hatte er sie angefahren, als sie vorschlug, zeitig wegzufahren. Sie war fast im Erdgeschoß, als sie stehenblieb. Oh, mein Gott! Dieses verdammte Schiff nach Tallinn lief um halb elf aus. Und es mußte die Sicherheitspolizei gewesen sein, die das Zimmer »umgedreht« hatte, wie er sich ausdrückte. Also hatte er ihren Vater aufgesucht. Sie mußte Tweed warnen. Newman war in Gefahr. Sie rannte die restlichen Stufen hinunter und zur nächsten Telefonzelle.

»Ich spüre die Hand meines alten Widersachers Lysenko, die bei den neuesten Entwicklungen im Spiel ist«, sagte Tweed in seinem Schlafzimmer vor versammelter Mannschaft.
Er betrachtete wieder die Fotos von Magda Rupescu und Poluschkin, die Nield in Solna aufgenommen hatte. Nield selbst saß auf einem Stuhl, während Butler an der Wand lehnte. Ingrid hatte auf dem Bett Platz genommen, und ein vierter Mann stand neben ihr.
Jan Fergusson, der Schotte, der Stilmar von London nach Stockholm gefolgt war, war nur um einige Zentimeter größer als Ingrid. Ein drahtiger, leichtfüßiger, schlanker Mann mit knochigem Gesicht, dessen Ausdruck zwischen unergründlich und ausdruckslos variierte. Er trug eine Leinenjacke, Jeans und ein Hemd mit offenem Kragen. Er war dreiunddreißig, sah aber um zehn Jahre jünger aus, wirkte auf den Straßen Stockholms wie einer aus den Scharen von Studenten, die durch die Stadt flanierten, was sich in seiner beruflichen Tätigkeit schon oft als Vorteil erwiesen hatte.
»Und warum ausgerechnet Lysenko, dieser hinterhältige Bastard, Mr. Tweed?« fragte er.
»Schwer zu sagen. Aber ich möchte meine Pension wetten, daß Lysenko jetzt von Moskau in die Nähe von Helsinki umgezogen ist. Wie ich wird er spüren, daß die Suche nach Procane sich dem Höhepunkt nähert. Der ganze Ablauf der Ereignisse beschleunigt sich. Ingrid, erzählen Sie uns noch einmal, was Sie heute beobachtet haben.«
»Zuerst sah ich Helene Stilmar unten in die Halle kommen. Sie hat ihr Zimmer hier in derselben Etage – wenn man aus diesem Zimmer kommt, nach rechts den Gang entlang.«
»Was ist daran so Besonderes, daß sie hier wohnt?« fragte Fergusson.
»Die Tatsache, daß sie nach ihrer Ankunft nur kurz hier blieb und dann in eine Wohnung auf dem Karlavägen Nummer 72 C umzog. Ich habe den Eindruck, sie wollte sich aller Augen entziehen. Jetzt kehrt sie in die Öffentlichkeit zurück.«
»Muß nichts bedeuten«, war Fergussons Kommentar.
»Glauben Sie?« Ingrid sah ihn von der Seite an. »Warten Sie, bis ich alles erzählt habe. Nachdem Helene Stilmar mit dem Aufzug zu ihrem Zimmer hinaufgefahren war, setzte ich mich unten in die Halle, um zu sehen, ob sie wieder herunterkäme.

Zehn Minuten später kommt Helene ein zweites Mal in die Hotelhalle hereinspaziert! Sie hat einen hellroten Mantel an, mit langem rotem Schal, und trägt Sonnenbrille. Ich traute meinen Augen nicht ...«
»Gibt's hier einen Hinterausgang?« vergewisserte sich Fergusson.
»Ich sagte, warten Sie, bis ich fertig bin!«
»Entschuldigen Sie, ich quatsche zuviel.«
»Stimmt! Die neue Helene hatte also andere Kleidung an als die von vorher. Sie fuhr ebenfalls mit dem Aufzug nach oben und stieg in dieser Etage aus.«
Tweed begriff zuerst, was sie meinte. Er beugte sich vor. »Sie sprechen von zwei verschiedenen Frauen?«
»Ich glaube, ja. Sie haben einen etwas verschiedenen Gang.«
»In Helenes Akte steht nichts über eine Zwillingsschwester«, sagte Tweed nachdenklich.
»Die Akten!« sagte Ingrid verächtlich. »Ihr redet alle immer nur von den Akten! Wenn alles in den Akten stünde, dann hättet ihr in London bleiben können. Wir sind hier, um rauszukriegen, was nicht in den Akten steht.«
In ihrem Satz lag so tiefe Wahrheit, daß jeder im Zimmer schwieg und sie ansah. Fergusson war es, der schließlich das allgemeine Schweigen brach.
»Was für ein Spiel spielt sie dann?«
»Das ist doch ganz offensichtlich«, sagte Ingrid. »Wenn die echte Helene nach Finnland fährt, läßt sie ihre Schwester hier im Zimmer im ›Grand Hotel‹. Die Schwester tritt in der Öffentlichkeit auf, nimmt vielleicht die Mahlzeiten im Speisesaal ein. Auf diese Weise denken wir alle, sie ist hier in Stockholm. Sie ist es aber nicht. Sie ist auf dem Weg nach Helsinki oder sonstwohin.«
»Das klingt vernünftig«, stimmte Tweed ihr bei. »Der Verdacht richtet sich nun wieder auf Helene Stilmar. Ingrid, Sie bekommen eine neue Aufgabe. Sie gehen hinunter und setzen sich in die Eingangshalle und passen auf, ob Helene das Hotel verläßt. Wenn sie es tut, dann folgen Sie ihr. Ich werde Sie durch den Zimmerservice mit Proviant versorgen lassen«, versprach Tweed, als er sich erhob. »Und werde von Zeit zu Zeit hinunterkommen und Ihnen beim Aufpassen Gesellschaft leisten.«
»Ich werde in der Halle die Stellung wechseln«, erwiderte Ingrid. »Dann bemerkt man mich nicht so leicht.«

Sie verließ den Raum, und Butler ließ eine Minute vergehen, ehe er sich räusperte. Tweed nahm an, daß er etwas Delikates zur Sprache bringen wollte.
»Können wir Ingrid trauen?« fragte er. »Ihre Sicherheitsmaßnahmen sind normalerweise so streng, Tweed, daß ich es ein bißchen überraschend finde, daß Sie alles in ihrer Gegenwart besprechen.«
»Sie wurde insgeheim auf Herz und Nieren geprüft, bevor sie überhaupt irgend etwas für mich unternehmen durfte«, sagte Tweed schroff. »Sie kennt Skandinavien besser, als wir es je kennen werden. Seien wir froh, daß wir sie haben.«
»Wenn Sie froh sind...« Butler kam nicht weiter.
»Worüber ich nicht froh bin«, fuhr Tweed fort, »ist ein Auslandskorrespondent in Helsinki namens Robert Newman. Er ist die unbekannte Größe, die alles über den Haufen werfen kann – denn er weiß nicht, um was es geht. Dazu kommt, daß er im Zustand höchster emotioneller Erregung ist.«
Für Fergusson umriß Tweed kurz die Geschichte der Ermordung von Alexis Bouvet und Newmans plötzlichem Flug nach Helsinki. Er war am Ende seiner Erklärung angelangt, als das Telefon läutete. Der Anruf kam aus Helsinki, und Laila schien unter Druck zu stehen.

»Die unbekannte Größe, von der ich sprach«, sagte Tweed grimmig und legte den Hörer auf. »In Finnland läuft uns die Zeit rascher davon, als ich befürchtete. Das war das finnische Mädchen, das auf Newman aufpaßt.«
»Noch ein Mädchen?« erkundigte sich Fergusson.
»Ja, Jan, noch ein Mädchen.« Tweed blickte den Schotten starr an, bevor er weiterredete. »Und auch sie wurde durchleuchtet, bevor ich sie erstmals einsetzte. Weil sie in Finnland ist, weiß sie bei weitem nicht so viel wie Ingrid. Aber nur eine Frau konnte sich so an Newmans Rockzipfel hängen. Kommt die Tatsache hinzu, daß sie ebenfalls Journalistin ist.«
»Sie haben doch nichts gegen meine Frage?«
»Nein, falls es die letzte war.« Tweed streckte die Arme und spreizte die Finger. »Newman wird möglicherweise in den nächsten Tagen Tallinn besuchen wollen. Ich hoffe, ich bin in Helsinki, bevor er weg ist.«
»Oder er kommt nicht wieder?« mutmaßte Butler.

»Auch das ist drin. Er ist schlau, sehr erfahren – wahrscheinlich einer der besten Auslandskorrespondenten der Welt. Was mir Angst macht, das ist sein seelischer Zustand – wie ich schon vorhin erwähnte. Es kann nur einen Grund geben, warum er die Fahrt nach Tallinn riskiert...«
»Und der wäre?« fragte Butler.
»Er glaubt, daß seine Frau dort ermordet worden ist. Seine Schläue macht mir im Augenblick die meisten Sorgen.«
»Ich kann ihnen nicht folgen«, sagte Nield, sich zum erstenmal ins Gespräch mischend. Da er jünger war als Butler, war er mehr darauf bedacht, zuzuhören, als zu sprechen.
»Nehmen wir an, er findet, während er dort ist, den Mörder seiner Frau«, führte Tweed aus. »Wird er imstande sein, seine gewohnte Selbstbeherrschung zu behalten? Wenn die Ereignisse hier nur rascher abliefen! Ich könnte das nächste Flugzeug nach Helsinki nehmen und mit Newman von Angesicht zu Angesicht reden. Beten wir zu Gott, daß es so kommt. Und jetzt muß ich euch eure Beobachtungsobjekte zuteilen.«

Spät an jenem Abend machte Cord Dillon auf der Drottninggatan seinen zweiten Nachtspaziergang. Offensichtlich in Gedanken mit einem Problem beschäftigt, schlenderte er mit gesenktem Kopf und den Händen in den Taschen seines Mantels dahin.
Hinter ihm folgte Poluschkin, dessen Gummisohlen keinen Laut verursachten, im selben Tempo. Peter Persson hatte sein Hinken abgelegt und trug einen kurzen Regenmantel. Mit schwerfälligen Schritten folgte er Poluschkin, kurz vor beleuchteten Schaufenstern stehenbleibend und hineinsehend.
Magda Rupescu trug Schuhe mit flachen Absätzen. Sie blieb immer wieder stehen und suchte in ihrer Handtasche, als habe sie etwas verloren. Sie war etwa drei Dutzend Schritte hinter Persson, das dichte rote Haar unter einem Kopftuch verborgen.
Persson richtete seine ganze Aufmerksamkeit darauf, Poluschkin im Auge zu behalten, doch wußte er wohl, daß eine Frau langsam hinter ihm herging. Er schaute zurück, als er vor einem Schaufenster stehenblieb, und sah, daß Magda einem vorübergehenden Mädchen ein gefaltetes Blatt zeigte. Auch eine Touristin, die sich im Straßen- und Insellabyrinth Stockholms verirrt hatte. Wenigstens war sie so vernünftig, um diese späte Nachtstunde eine andere Frau um Rat zu fragen.

Persson ging weiter, stets Abstand von Poluschkin haltend. Langsam gewann es Bedeutung, daß Cord Dillon so genau »markiert« wurde. Hornberg würde das höchst interessant finden. Er ging etwas rascher. Dillon war bald am Ende der Straße angelangt. Von da hatte er drei Möglichkeiten, seinen Weg fortzusetzen: südwärts über die Brücke nach Gamla Stan, ostwärts zum *Grand Hotel* und nach Westen weg vom Stadtzentrum.
Poluschkin blieb plötzlich stehen. Vor ihm hatte Dillon die Straßenecke erreicht und blieb ebenfalls stehen, drehte sich um, zündete sich hinter der hohlen Hand eine Zigarette an. Poluschkin glitt in einen Ladeneingang. Persson ging weiter, Dillon verschwand um die Ecke, und Poluschkin tauchte wieder aus dem Ladeneingang auf.
Der Russe schaute sich nicht um. Er schien nur an das zu denken, was mit Dillon passierte. Er erreichte die Ecke im selben Augenblick, als Persson eine Seitenstraße überquerte, nachdem er sich mit einem schnellen Blick vergewissert hatte, daß kein Fahrzeug kam.
Wieder passierte er einen Ladeneingang, als die Frau mit dem Kopftuch zur Linken auf gleiche Höhe mit ihm aufschloß. Steife Ablehnung bemächtigte sich seiner. Sie hielt einen entfalteten Plan des Stadtzentrums in Händen.
»Entschuldigen Sie«, sagte sie auf schwedisch, »aber ich habe mich total verirrt. Ich suche eine Straße – Hamngatan. Ich fragte vorhin eine Frau, aber sie war aus Hälsingborg.«
Während sie redete, in der linken Hand die Handtasche und die entfaltete Karte haltend, ließ sie die Karte fallen, und sie landete im Ladeneingang. Persson machte einen Schritt hinein und bückte sich, um sie aufzuheben. Sein sechster Sinn warnte ihn zu spät.
Er richtete sich auf und drehte sich eben um, als Magda ihm die lange Nadel der Corkette mit einer blitzschnellen Aufwärtsbewegung knapp neben der Wirbelsäule zwischen die Rippen stieß. Bis zum Griff drang die Nadel ein. Als Magda den Fuß auf den Rücken des zu Boden gesunkenen Körpers setzte, um mit aller Kraft die Waffe herauszuziehen, war Persson tot. Poluschkin kam herbei.
»Der Müllmann dort...« zischte Magda. »Sein Behälter – in den Fluß...«
Poluschkin begriff sofort. Ein Mann von der Straßenreinigung in orangefarbener Jacke und orangefarbenen Hosen war um die Ecke

gekommen. Er schob einen Wagen vor sich her, auf dem sich der Behälter für den Müll befand.

Poluschkin ging geradewegs die Straße hinunter, und als er auf gleicher Höhe war, traf seine Handkante mit voller Wucht den Mann in den Nacken. Der Russe hatte mit einem Blick festgestellt, daß die Drottninggatan völlig verlassen war. Er schleifte den bewußtlosen Mann in einen Ladeneingang, zog ihm die Jacke aus, entledigte sich seines Regenmantels und schlüpfte in die orangefarbene Jacke.

Sie war ihm zu groß, also rollte er die Ärmel hoch, trat auf die Straße, ergriff den Behälter an den Haltegriffen und rollte ihn zu dem Ladeneingang, wo Magda neben Perssons Leiche wartete. Er hob den toten Körper in den Behälter, schlang den Regenmantel um den herausragenden Kopf und schob den Wagen die wenigen Meter bis zum Ende der Straße.

Er blickte nach rechts und links, sah, daß kein Fahrzeug auf der Straße war. Er rollte den Wagen über die Straße und blieb an der steinernen Brustwehr stehen. Poluschkin hatte Bärenkräfte. Mit einer einzigen Bewegung hob er den Körper, ihn unter den Armen ergreifend, hoch und warf ihn in den Fluß. Das Aufplatschen wurde fast übertönt vom Rauschen des Wassers am nahen Wehr.

Dann kippte er Behälter und Wagen über die Brustwehr und warf die orangefarbene Jacke hinterher. Magda, die seinen Regenmantel gehalten hatte, half ihm hinein, und dann gingen sie nebeneinander am Fluß entlang in Richtung *Grand Hotel*.

»Gehen wir über die Straße in den Schatten. Mit etwas Glück«, sagte er, als sie den Gehsteig auf der anderen Seite erreicht hatten, »schwimmt er bis zum Morgen in der Ostsee. Er hat die ganze Nacht Zeit, ins Meer hinauszuschwimmen«, fügte er brutal hinzu.

»Ich hörte, wie jemand an der Drottninggatan ein Fenster aufmachte«, sagte Magda ruhig. »Ich schaute nicht nach oben. Hast du etwas gesehen?«

»Ach was, ich hatte meinen Kopf woanders. Wenn da jemand war, was macht das? Keine Leiche, keine Scherereien.«

27

Es war drei Uhr morgens, als Tweed von Hornberg telefonisch dringend gebeten wurde, zu kommen. Er taumelte aus dem Bett, zog sich hastig an, blieb vor dem Spiegel stehen, um die Krawatte zu richten und das Haar zu kämmen. Dann stülpte er sich den Hut auf und verließ das Zimmer.
Hornberg wartete bereits vor dem Eingang in seinem Volvo. Er war allein. Tweed ließ sich auf den Nebensitz fallen, und der Schwede fuhr die kurze Strecke zur Riksbron-Brücke. Stockholm war verlassen, die monumentalen Gebäude und der Fluß mit dem sich darin spiegelnden Licht der Straßenlampen wirkten wie eine Bühnendekoration.
»Wessen Leiche ist es?« fragte Tweed während der kurzen Fahrt.
»Die Kriminalpolizei sagt, es sei Peter Persson. Ich hoffe zu Gott, daß sie sich irren. Aber er hat sich heute nacht nicht mehr gemeldet.«
»Wer hat die Leiche gefunden?«
»Ein Mann, der noch spät nachts mit seinem Hund spazierenging. Es ist immer ein Mann mit Hund. O mein Gott! Sehen Sie sich das an – die machen wirklich jedesmal eine Riesenshow daraus!«
Hornberg war – für ihn ungewöhnlich – richtig wütend, als er aus dem Wagen sprang, nachdem er am Fluß angehalten hatte. Mitten auf der Brücke stand ein großer Kranwagen, der Kranarm war über den Fluß hinausgeschwungen, der Haken am Ende der Kette baumelte wenige Fuß über der Wasseroberfläche.
An der Kette, die jetzt langsam hochging, hing etwas: ein mit Wasser vollgesogener Körper, den man in Segeltuch gehüllt hatte. Tweed konnte sehen, daß der Körper dort, von wo er hochgezogen wurde, sich in den durch ein Kabel verbundenen rosa Bojen verfangen haben mußte.
Ein Polizeiboot, durch den langsamen Lauf seines Motors auf der Stelle gehalten, schaukelte im dunklen Wasser auf und ab. Fünf Uniformierte an Bord starrten zu der Fracht empor, die höher und höher in die Nacht entschwebte. Es war ein grausiger Anblick.
Hinter dem Kranwagen wartete mit geöffneten Hintertüren, neben denen zwei Männer in weißen Mänteln standen, eine Ambulanz. Ein dritter in Zivil, ohne Hut und mit einer Tasche in der Hand, stand neben den beiden. Mehrere Männer in Zivil standen,

die Hände in den Taschen, an der Ufermauer. Ein leichter, aber schneidendkalter Wind wehte stromabwärts.
Das Segeltuchbündel erreichte das Niveau der Brücke, wurde herübergedreht und herabgelassen. Tweed folgte Hornberg, der auf die Brücke eilte. Hornbergs dichte Haarmähne wehte im Wind. Sanft ließ man das Bündel auf eine Tragbahre nieder. Tweed hörte schwedische Laute. Hornbergs Stimme klang wütend. Dann stand Tweed neben dem SAPO-Chef und dem Mann, mit dem er langsam sprach. Hornberg schwang herum und sprach englisch weiter.
»Tweed, das ist Inspektor Holst von der Kriminalpolizei. Holst, das ist mein Freund Mr. Tweed von der Sonderabteilung...«
»Böse Nacht«, bemerkte Tweed, dem anderen die Hand schüttelnd, dankbar dafür, daß Hornberg, als er ihn vorstellte, seine wahre Position im Dunkeln gelassen hatte.
»Verdammt böse Nacht«, stimmte ihm Hornberg grimmig bei, immer noch englisch sprechend. »Warum in Dreiteufelsnamen konntet ihr ihn nicht vom Boot aus aus dem Wasser ziehen? Es ist eine Beleidigung für einen Mann, ihn wie einen Sack Kartoffeln hochzuhieven.« Er schaute Tweed an. »Es ist Peter Persson.«
»Er war ein netter Mann. Es tut mir leid«, sagte Tweed gedämpft.
Das Bündel, das den toten Körper enthielt, wurde jetzt geöffnet. Perssons Augen waren offen und starrten blicklos in den Sternenhimmel, den sie nie wieder sehen würden. Holst, der dauernd von einem Fuß auf den anderen stieg, konnte nicht antworten, weil der Mann mit der Tasche sich vorstellte und Perssons Frage beantwortete.
»Doktor Schill, der neue Polizeiarzt. Es geschah auf meine Veranlassung, daß man die Leiche auf diese Weise aus dem Wasser geborgen hat.«
»Und würden Sie mir vielleicht sagen, warum zum Teufel Sie eine solche Anweisung gaben?« wollte Hornberg wissen.
Dr. Schill, asketisch, mit magerem Gesicht, ein Mann um die Vierzig, sah zu, wie die zwei Männer das Bündel lösten.
»Es könnte sich um gewaltsamen Tod handeln.«
»Könnte! Könnte! Peter Persson ist – war – einer meiner besten Leute. Ich bin Gunnar Hornberg von der SAPO. Glauben Sie vielleicht, einer von meinen Männern fällt über die Ufermauer? Natürlich handelt es sich um gewaltsamen Tod!«

»Das werde ich erst nach meiner Untersuchung bestätigen können. Hätte man ihn ins Boot gezogen, wären vielleicht wichtige medizinische Beweise zerstört worden. Auf diese Art dagegen stören wir seine Ruhe am allerwenigsten.«
»Ich glaube nicht, daß Persson es besonders kümmert, ob und wie man ihn jetzt stört. Ich verlange ein sofortiges Ergebnis...«
»Nach meiner Untersuchung im Labor...«
»Untersuchen Sie ihn jetzt!« Hornberg grub in seiner Tasche, brachte den SAPO-Ausweis zum Vorschein und hielt ihn dem Arzt unter die Nase. »Ich sagte SAPO. Ich komme in ein paar Minuten wieder. Kommen Sie, Tweed, bevor mir mit diesen Bürokraten der Geduldsfaden reißt.«
»Daß Sie in die Luft gehen, möchte ich nicht gern erleben«, sagte Tweed, im Versuch, den Schweden zu beruhigen. »Was ist eigentlich geschehen – oder ist es noch zu früh für eine solche Frage?«
»Er wurde zuerst getötet – dessen bin ich sicher – und danach in den Fluß geworfen wie Kehricht aus dem Kehrichteimer.« Hornberg wandte sich an einen der Beamten in Zivil. »Können Sie mir noch einmal Ihr Glas borgen?« Er richtete es auf einen der Brückenpfeiler auf der anderen Seite des Wehrs und reichte es dann Tweed. »Sehen Sie selbst.«
»Was soll ich sehen?«
»Einen Müllbehälter, der gegen den Pfeiler gedrückt wird. Die Leute, die das getan haben, kennen Stockholm nicht besonders gut. Bestimmt sind sie keine Stadtbewohner, die hier seit Jahren leben. Soviel wissen wir jetzt.«
»Und warum?« fragte Tweed, während er das Nachtglas auf den Brückenpfeiler richtete.
»Die Mörder hofften offensichtlich, Peters Körper werde den Strömmen hinuntergetrieben werden, hinaus in die Ostsee, wo er nie mehr gefunden würde. Wären sie Schweden, die in der Stadt wohnen und sie gut kennen, dann wüßten sie von der Bojenkette hinter dem Wehr.«
»Wo der Körper sich verfing.«
»Genau«, erwiderte Hornberg. »Ich nehme an, er wurde sehr bald nach dem Mord entdeckt.«
»Ja, ich kann den Behälter sehen«, erklärte Tweed und gab das Glas zurück. »Wer fand die Leiche? Sie sagten etwas von einem Mann, der seinen Hund spazierenführte.«
»Er sitzt dort drüben auf dem Rücksitz des Streifenwagens. Es ist

immer ein Mann mit Hund, der in der Nacht Übles entdeckt. Einen Drogensüchtigen, der in einer Toreinfahrt seinen letzten Atemzug tut. Oder einen Mann, der nach einer Rauferei erstochen in einem Gäßchen liegt. Oft ist es der herumschnüffelnde Hund, der die Entdeckung macht.«
»Persson war im Dienst, denke ich?« fragte Tweed.
Sie standen außer Hörweite der anderen, und Hornberg zupfte an seiner Nasenspitze und suchte im Gesicht des Engländers nach etwas – und Tweed, der wußte, daß Hornberg sich jetzt fragte, wieviel er sagen sollte, blieb wohlweislich still.
»Ja«, gab der Schwede schließlich zu. »Er beschattete Cord Dillon. Ich muß ein Wörtchen mit ihm reden. Ging er einfach auf und davon? Wenn das der Fall war, dann sitzt er im ersten Flugzeug, das außer Landes fliegt.« Er machte eine Pause. »Vielleicht wollen Sie dabeisein, wenn ich ihn befrage?«
»Sehr freundlich von Ihnen. Das Angebot nehme ich an.«
»Das Leben ist doch komisch«, sagte Hornberg sinnend. »Sie sagten ›freundlich‹, und ich war drauf und dran, *Sie* zu ersuchen, Schweden zu verlassen.«
»Und warum, Gunnar?«
»Meinem Minister gingen die Nerven durch.« Hornberg ahmte seinen Vorgesetzten nach. »›... schließlich sind wir neutral. Ich mag alle diese NATO-Leute wirklich nicht mehr in meinem Territorium ...‹ Jetzt kann ich ihn abblocken«, fuhr er mit wilder Befriedigung fort. »Das einzig Gute, was bei diesem Mord herausgekommen ist.«
»Ich kann Ihnen nicht ganz folgen«, sagte Tweed, obwohl er sehr gut verstand.
»Um Gottes willen! Irgend so ein Schwein hat einen meiner besten Männer ermordet. Die Sowjets dringen mit ihren Klein-U-Booten in unsere Gewässer ein. Sie verletzten mit ihren MIGs unseren Luftraum. Jetzt haben sie eines ihrer Mordkommandos reingeschickt. Glauben Sie, ich nehme das hin? Der Tod von Persson steht eindeutig in Zusammenhang mit der Affäre Procane. Sie sind direkt involviert – also sind Sie uns willkommen, bis wir die Mörder gefunden haben ...«
»Vorausgesetzt, Persson wurde ermordet«, sagte Tweed.
»Dann sehen wir uns einmal an, ob dieser Pedant von einem Polizeiarzt schon zu einer Meinung gekommen ist. Zeit zu einer vorläufigen Untersuchung hat er jetzt gehabt.«

Hornberg marschierte auf die Brücke zurück, wo man die Tragbahre mit ihrer bemitleidenswerten Last in den Ambulanzwagen geschoben hatte. Der Arzt war über den Körper gebeugt. Er hob den Kopf, als der SAPO-Chef bei ihm anlangte.
»Die SAPO übernimmt diesen Fall«, informierte Hornberg Inspektor Holst.
»Ich dachte mir, daß das so kommt.«
»Also«, fuhr Hornberg, sich an den Arzt wendend, fort, »Doktor Schill, ich will Ihre erste Meinung hören.«
»Ich hatte nur Zeit für eine sehr oberflächliche Untersuchung«, begann Schill.
»Sagen Sie's!« fuhr Hornberg ihn an.
»Es scheint Mord zu sein. Es gibt eine tödliche Stichwunde im Rücken. Ich finde es eigenartig und interessant – die Waffe, meine ich. Nach meinem ersten Eindruck eine Art von Stilett.«
»Dann ist es Mord, ich wußte es. Sie sehen, Tweed, ich hatte...«
Hornberg wandte sich um, aber Tweed war nicht mehr hinter ihm. Er war von der Brücke gegangen und wanderte jetzt langsam die Drottninggatan hinauf, aufmerksam beide Straßenseiten betrachtend. Niemand war in Sichtweite, aber er spähte in jeden Ladeneingang. Bei einem blieb er stehen und trat dann hinein.
Als Hornberg ihn einholte, hockte Tweed auf seinen Fersen und starrte auf den Fliesenboden. Er berührte den Boden mit der rechten Hand und zog sie zurück, als der Schwede bei ihm ankam. Tweed blieb in seiner hockenden Stellung.
»Was machen Sie da?« fragte Hornberg.
»Schwache Radspuren führen von hier hinüber zum Gehsteigrand, wo der Müllbehälter in den Fluß geworfen wurde. Spuren einer schwarzen Substanz, wie von Koks oder Kohle.«
»Ich vergaß es Ihnen zu sagen. Wir fanden den Müllmann bewußtlos in einem Ladeneingang. Ohne seine orangefarbene Jacke. Er liegt im Hospital, mit einer schweren Gehirnerschütterung. Und die Radspuren?«
»Ich denke, er fuhr vorher mit seinem Wagen über verschütteten Koks oder verschüttete Kohle, die wahrscheinlich von einem Lastwagen gefallen ist. Und hier auf dem Boden ist ein Fleck getrockneten Bluts, glaube ich. Doktor Schill soll sich das einmal ansehen.«
Tweed zeigte darauf mit dem Zeigefinger seiner zur Faust ge-

schlossenen Hand – in der er einen Lippenstift verbarg, den er vom Boden aufgehoben hatte. Hornberg bückte sich neben ihm nieder und nickte zustimmend. Beide Männer richteten sich auf.
»Das war sehr klug von Ihnen, Tweed. Bleiben Sie inzwischen hier, ich hole Doktor Schill.«
Während Tweed wartete, ließ Tweed den Lippenstift aus seiner Handfläche in die Tasche gleiten. Die Hülse war goldfarben, sah teuer aus. Er würde sie bei nächster Gelegenheit Ingrid zeigen. Für ihn bestanden nun nur noch wenige Zweifel, daß eine Frau an der Ermordung Peter Perssons beteiligt gewesen war.

28

Gegen Mitternacht saßen zwei Frauen vor dem Ankleidetisch in Helene Stilmars Zimmer im *Grand Hotel*. Die beiden Spiegelbilder waren verwirrend – so als lieferte der Spiegel auf befremdende Art und Weise zwei Abbilder ein und derselben Person.
»Glaubst du wirklich, daß wir damit durchkommen?« fragte Helenes Zwillingsschwester Eva.
»Wir müssen. Cord Dillon wird die Schiffskarte nach Helsinki benützen. Tweed ist hier, um Procane davon abzuhalten, aus Schweden zu entkommen. Es wäre ein großer Fehler, den sanften kleinen Engländer zu unterschätzen.«
»Er sah nicht sehr furchteinflößend aus, als ich unten einen Blick ins Restaurant warf.«
Sie unterhielten sich auf schwedisch, und im Zimmer herrschte eine angespannte Atmosphäre. Helene fühlte sich unter Druck. Sie verbarg es geschickt, doch die Schwestern kannten einander so gut, daß sie ihre Gedanken und Gefühle gegenseitig erraten konnten.
»Vermutlich haben eine Menge Leute diesen Fehler gemacht«, erwiderte Helene. »Vergiß nicht, Eva, ich aß mit ihm im ›Capital‹ in London zu Mittag. Er ist äußerst gefährlich.«
»Aber du glaubst trotzdem, daß wir ihn reinlegen können?«
»Schau in den Spiegel.«
Eva, die in Stockholm lebte und mit einem Finanzberater verheiratet war, starrte wieder in den Spiegel. Sie hatte Helenes smaragdgrünes Lieblingskleid an, hochgeschlossen, mit einem Schal, den sie über die linke Schulter gelegt hatte.

Früh am Morgen des vergangenen Tages hatten sie einen der führenden Friseure Stockholms aufgesucht. Helene hatte das, was sie von diesem wollten, als einen Scherz ausgegeben.
»Wir wollen einem Mann, der mich dauernd belästigt, einen Streich spielen. Wir möchten, daß Sie meiner Schwester genau die gleiche Frisur machen, wie ich sie trage. Wir werden ihm eine Lehre erteilen.«
Der Friseur grinste. Er glaubte zu wissen, was diese zwei Frauen vorhatten. Auch hatte er bemerkt, daß sie auf die gleiche Art sprachen. Sogar ihre Stimmen waren sehr ähnlich. Der einzige Unterschied, den er feststellen konnte, war der, daß die, die erklärt hatte, was sie wünschten, einen amerikanischen Akzent hatte.
Helene hatte an der Bewältigung dieses Problems gearbeitet, indem sie mit Eva die halbe Nacht aufgeblieben war, um ihr einen amerikanischen Akzent einzudrillen. Es ging leichter, als sie sich vorgestellt hatte. Eva, die mit ihrem Gatten in der ganzen Welt umherreiste, hatte von Natur ein Sprachtalent. Sie beherrschte nicht nur ihre Muttersprache, sondern auch Englisch, Französisch, Deutsch und Spanisch.
»Goddamn it!« fluchte Eva auf englisch. »Ich hab genug von dem Gerede. Ich möcht mich hinlegen und schlafen.«
Helene applaudierte. Sie stand auf und schenkte Kaffee nach – aus der dritten Kanne, die der Zimmerservice gebracht hatte. Wenn der Kellner erschien, versteckte sich Eva jedesmal im Badezimmer.
»Das war perfekt«, erklärte Helene, während sie dem Kaffee Sahne beifügte. »Ich glaube nicht, daß du viel reden mußt, aber wir dürfen nichts übersehen. Wenn wir meinen Zaubertrick ausführen, muß er gelingen – und Tweed kombiniert messerscharf.«
»Tweed! Tweed! Tweed!« Eva schwang sich auf den Stuhl vor dem Ankleidetisch um die eigene Achse und streckte ihre Beine. »Ich hab genug von diesem Namen! Du machst ja einen verdammten Zauberer aus ihm.«
»Er hat seinerzeit einige ziemlich schlaue Tricks gelandet. Nimm's nicht so schwer«, tröstete Helene ihre Schwester. »Trink den Kaffee, er wird dich munter machen.«
»Ich weiß nicht, warum ich mit diesem verrückten Plan einverstanden war«, fuhr Eva im gedehnten amerikanischen Tonfall fort. »Und ich hab nicht die Spur von einer Idee, was eigentlich vorgeht.«

»Aber du weißt, was du zu tun hast, wenn's soweit ist. Ich würde dich nicht darum bitten, wenn du dich damit in Gefahr begeben würdest.«
»Aber was ist mit dir, Helene? Was du zu tun vorhast, gefällt mir ganz und gar nicht. Etwas könnte schiefgehen...«
»Ich kann auf mich aufpassen. Also, ganz wichtig ist, daß wir einen geregelten Tagesablauf schaffen, der Tweed einlullt und in Sicherheit wiegt...«
»Und du glaubst wirklich, er fällt drauf rein?«
»Erfolg garantiert«, antwortete Helene.

Tweed stellte mit Erleichterung fest, daß seine alte Vitalität noch da war, die Fähigkeit, die ganze Nacht aufzubleiben und dennoch frisch und lebendig zu sein – wie jetzt, als Gunnar Hornberg in seinem Büro im Polizeihauptquartier die Befragung Cord Dillons fortsetzte.
Der Amerikaner mit dem harten Gesicht bewies ein ähnliches Stehvermögen unter psychischem Druck, aber er war ein jüngerer Mann. Der einzige Vorteil Hornbergs gegenüber Dillon war der, daß man Dillon ohne Vorwarnung um vier Uhr früh aus dem Bett geholt hatte. Hornberg selbst war mit einem Mitarbeiter zum Haus Karlavägen 72 C gefahren, hatte gewartet, während Dillon sich ankleidete, und war dann mit ihm zu seinem Büro zurückgekehrt. Eine Stunde war seit dem Beginn der »Befragung«, wie der SAPO-Chef es höflich nannte, vergangen.
»Mr. Dillon«, sagte er wieder, »einer meiner besten Leute ist mitten in Stockholm getötet worden. Das erfüllt mich mit Schrecken. Denn es bedeutet, daß nichts – und niemand – ungefährdet ist.«
»Ich habe es schon ein Dutzendmal erklärt«, erwiderte Dillon im selben gelangweilten Ton. Er machte eine Pause, um sich eine neue Zigarette anzuzünden. »Ich weiß nichts von einem Persson.«
»Aber warum gingen Sie um diese Stunde in den Straßen Stockholms spazieren, Mr. Dillon?«
»Das habe ich Ihnen gesagt. Ich gehe täglich zwei Meilen.«
»Immer in der Nacht? In Washington?«
»Nicht in Washington.«
»Nicht in der Nacht, meinen Sie?«
Dillon preßte angesichts der Beharrlichkeit des Schweden die

Lippen zusammen. Tweed, der stumm neben dem Amerikaner auf der anderen Seite des Schreibtisches des SAPO-Chefs gesessen hatte, rührte sich. Er stellte seine Frage ruhig, als ginge es nur darum, überhaupt etwas zu sagen.

»Cord, Sie gingen in zwei aufeinanderfolgenden Nächten denselben Weg. Gunnar hat mir gesagt, daß Persson Ihnen folgte.«

»Na und?« war die Gegenfrage des Amerikaners.

Hornberg, mit hoch aufgestützten Unterarmen, die großen Hände verschränkt, die Brille über die Stirn hochgeschoben, beugte sich vor. Er sprach immer erst, wenn klar war, daß Dillon nicht die Absicht hatte zu antworten.

»Tweed hat Ihnen soeben eine sehr schwerwiegende Frage gestellt.«

»Und ich muß keine dieser gottverdammten Fragen beantworten.«

»Das ist wahr«, stimmte Hornberg zu. Seine Stimme färbte sich dunkel. »Aber wenn Sie es nicht tun, wird das zu einer argen Spannung in den Beziehungen unserer beiden Länder führen. Nehmen wir einmal an, Sie wären in meiner Lage und man hätte einen ihrer Leute ermordet? Was wäre Ihre Reaktion?«

»Dieselbe wie die Ihre, nehme ich an.« Dillon schwenkte zur Seite, um Tweed anzusehen. »Sie wären genau derjenige, der jeden kleinen Unterschied in meinen Gewohnheiten merken würde.«

»Ich habe also recht?« fragte Tweed.

»Aufs Haar. Ja, ich ging absichtlich denselben Weg. In der ersten Nacht machte ich einen Spaziergang – und bemerkte, daß man mir folgte. In der zweiten Nacht probierte ich aus, ob es stimmte. Und tatsächlich, man folgte mir.«

»Und wer?« fragte Tweed im gleichen sanften Ton.

»Der Mann, dessen Foto Hornberg mir zeigte – Persson. Er ging verdammt geschickt vor, aber ich habe selber einige Erfahrungen auf diesem Gebiet. Wer, glauben Sie, hat ihn getötet?«

Hornberg ignorierte die Frage. Er blieb bewegungslos hinter seinem Schreibtisch sitzen, einer großen Buddhastatue gleich, die Augen auf den Amerikaner geheftet. Statt dessen stellte er seine eigene Frage.

»Wann waren Sie sicher, daß jemand Ihnen folgte?«

»Nach etwa drei Vierteln des Weges auf der Drottninggatan. Kurz bevor man die Brücke erreicht.«

»Und wer folgte Ihnen – oder Persson – noch?«

»Niemand.« Dillons Antwort kam im Ton äußerster Gereiztheit.
»Ich verstehe.« Hornbergs Stimme verriet seinen Zweifel. »Ein Mann wie Sie hätte die Killer sehen müssen.«
»Sie wissen also, daß es mehrere waren?«
»Ja, wir wissen das. Die Drottninggatan ist um diese Stunde menschenleer. Sind Sie sicher, daß Sie niemanden sonst gesehen haben?« fragte Hornberg eindringlich.
»Niemanden«, wiederholte Dillon.
Hornberg seufzte, zog die Brille auf den Rücken seiner kräftigen Nase herunter und stand langsam auf. Er knöpfte sein Sportsakko zu. Dillon hütete sich, seine Zigarette auszudrücken. Er wartete auf den nächsten Zug des anderen.
»Ich danke Ihnen, daß Sie zu so unmenschlicher Zeit zu mir gekommen sind, Mr. Dillon. Ich glaube nicht, daß wir noch Fortschritte machen – also sehe ich keinen Grund, Ihre Nachtruhe weiter zu stören.« Er wandte sich Tweed zu. »Wenn Sie noch einige Minuten bleiben könnten – ich möchte mit Ihnen noch einmal über Ihre Entdeckung auf der Drottninggatan reden.«
Hornberg begleitete den Amerikaner zum Lift, wartete, bis dieser sich nach unten in Bewegung gesetzt hatte, und kehrte in sein Büro zurück. Kopfschüttelnd schloß er die Tür. Er hob den Telefonhörer ab und bestellte frischen Kaffee.
»Er hat natürlich gelogen«, bemerkte er, hinter seinem Schreibtisch Platz nehmend.
»Nicht notwendigerweise«, warf Tweed ein.
»Warum sagen Sie das? Sie waren es doch, der ihm die Falle gestellt hat. Er gab zu, daß er wußte, daß man ihm folgte.«
»Die Killer könnten ihm auch gefolgt sein, indem sie den alten Trick der Vorausbeschattung anwendeten.«
»Erklären Sie mir das, bitte.«
»Sie könnten vor Persson und Dillon gewesen sein – es gibt eine Menge Seitenstraßen, die die Drottninggatan queren, wo sie gewartet haben könnten.«
»Und wie wußten sie, welche Route er nehmen würde?«
Tweed wartete, bis eine junge Dame, die mit einem Tablett hereingekommen war, auf dem eine frische Kanne mit Kaffee stand, den Raum wieder verlassen hatte. »Weil sie Dillon in der Nacht zuvor gefolgt waren. Das war die *zweite* Nacht, und Dillon ging dieselbe Straße entlang.«

»Möglich – aber unwahrscheinlich«, meinte Hornberg. »Welches Motiv könnte Dillon haben, nicht die Wahrheit zu sagen?«
»Er hat hier dienstlich zu tun und möchte nicht in den Mord an Persson verwickelt werden. Sein Instinkt rät ihm, sich ganz aus Ihren Nachforschungen herauszuhalten.«
»Sie übersehen die Möglichkeit, daß Dillon einfach sauer ist. Dann paßt es wieder. Persson wurde getötet, um Dillon zu beschützen. Wir kriegen es noch raus – ich gebe nicht auf... Und etwas später heute – sagen wir um die Mitte des Vormittags, falls Sie frei sind – fahre ich Sie auf die Insel Ornö, für die Sie sich offenbar so brennend interessieren. Ich bin neugierig, was wir dort vorfinden, das Ihre Aufmerksamkeit auf sich lenkt.«

Es war kurz vor neun Uhr morgens, als Ingrid an Tweeds Tür klopfte. Er war auf, rasiert und angezogen, obwohl er nur drei Stunden geschlafen hatte – nach Stunden des Wachseins zusammen mit Hornberg.
»Können wir zusammen frühstücken?« fragte sie, sich auf das noch ungemachte Bett niederlassend.
»Ich fürchte nein.« Die Enttäuschung war ihr anzumerken. »Ich habe einen Auftrag für Sie – und von nun an dürfen wir beide weder im Hotel noch draußen zusammen gesehen werden.«
»Was ist das für ein Auftrag?«
»Sie folgen Helene Stilmar, wohin sie auch geht. Stellen Sie fest, mit wem sie sich trifft...« Er überreichte ihr ein dickes Kuvert. »Hier ist Geld für Ihre Ausgaben. Vielleicht verreist sie per Flugzeug. Sie haben Ihren Paß?«
»Ich habe ihn immer bei mir, wenn ich für Sie arbeite.« Sie klopfte auf ihre Handtasche. »Nicht daß ich ihn innerhalb Skandinaviens brauchen würde.«
Tweed hatte vergessen, daß in Skandinavien der Zoll nur an Nicht-Skandinaviern interessiert war. Ingrid konnte nach Helsinki fliegen wollen und vor dem Einsteigen Schwedisch sprechen, und der Zollbeamte würde sie weiterwinken. Sie prüfte den Inhalt des Kuverts.
»Die Geldscheine in der Büroklammer sind Ihr Honorar«, bemerkte Tweed.
»Das ist zu viel. Sie wissen, wie gern ich für Sie arbeite – und ich habe Personal, das sich in meiner Abwesenheit ums Geschäft kümmert.«

»Gehen die Geschäfte gut?«
»Sehr gut. Die Kunden wollen gute Fotokopien haben, und zwar prompt. Sie kriegen, was sie wollen. Ich sage immer noch, das hier ist zu viel...«
»Das Honorar bestimme ich. Also dürfen Sie nicht mit mir streiten. Können Sie mir sagen, welche Art Frau so etwas benützt?«
Er gab ihr den Lippenstift, den er kurz nach Auffindung von Perssons Leiche in dem Ladeneingang auf der Drottninggatan in der Hand hatte verschwinden lassen. Ingrid hob das Oberteil der Goldhülse ab, drehte den Stift heraus und besah ihn. Tweed richtete vor dem Spiegel seine Krawatte und machte von dort aus seine Bemerkung.
»In England nennen wir das Carmine.«
»Carmine?«
»Karminrot also. Ein kräftiges Rot.«
»Möglicherweise von einer Rothaarigen, die sehr weiße Haut hat.«
Er schwieg, starrte in den Spiegel. Wieviel sollte er ihr sagen? Harry Butlers Kommentar bezüglich der Notwendigkeit der Geheimhaltung hatte sich in seinem Gedächtnis festgesetzt – eine dieser ärgerlichen Bemerkungen, die einen veranlassen, an der eigenen Urteilsfähigkeit zu zweifeln. Er beschloß aufzuhören, sich Fragen zu stellen, und seinem Instinkt zu folgen.
»Ingrid, es ist fast sicher, daß dieser Lippenstift einer Frau gehört, die eine Mörderin ist – oder die Komplizin eines Mörders. Und beide sind Profis. Der wirkliche Name der Frau ist Magda Rupescu, und der Mann heißt Oleg Poluschkin.«
Er beschrieb ihr beide, so gut er konnte, und sie hörte mit zur Seite gelegtem Kopf zu. Dabei starrte sie den Lippenstift an, als wäre er plötzlich zu etwas Bösem geworden.
»Die Farbe ist ungewöhnlich«, sagte sie langsam. »Auch eine Frau mit kastanienbraunem Haar könnte ihn verwenden. Helene Stilmar hat solches Haar. Ich werde genau auf ihren Lippenstift achten, wenn ich sie das nächste Mal sehe.«
»Was vermutlich schon beim Frühstück der Fall sein kann.«
»Also«, sie erhob sich, »soll ich jetzt wohl zum Frühstück hinuntergehen? Hier ist der Lippenstift.«
»Das sollten Sie, glaube ich«, stimmte Tweed ihr bei. »Aber seien Sie vorsichtig. Einer von Gunnar Hornbergs besten Leuten wurde heute früh am Morgen mitten in Stockholm umgebracht. Die

Sache wird langsam gefährlich. Sie gehen kein Risiko ein! Das ist ein Befehl. Eine rothaarige Frau. Halten Sie Ausschau nach ihr.«
»Oder sogar mit kastanienbraunem Haar? Vielleicht?«

Ingrid betrat den Frühstücksraum – der am Abend das französische Restaurant ist – und verlangsamte den Schritt. Am Büffet versorgte sich Helene Stilmar mit Brot, Gebäck und allem, was dazugehört.
Die Stilmar trug einen dunkelblauen Hosenanzug und dazu eine cremefarbene Bluse mit einer Wollschleife unterm Hals. Der normale Vorgang war, sich einen Platz zu suchen und der Kellnerin zu sagen, ob man Tee oder Kaffee wollte. Danach begab man sich in dem riesigen Raum nach hinten und bediente sich am Büffet.
Ingrid machte es umgekehrt. Lässig schritt sie – ganz gegen ihre sonstige Hast – zum Büffet. Die Stilmar verließ soeben das Büffet, in jeder Hand einen Teller. Ingrid runzelte nachdenklich die Stirn.
Sie nahm zwei gebräunte Semmeln, dazu eine Scheibe Butter und einen runden, flachen Becher dunkler Johannisbeermarmelade.
Langsam ging sie in den vorderen Teil des Saales, durch dessen große Fenster man auf das Ufer und die vertäuten weißen Boote hinaussah, und blieb neuerlich stehen.
Helene saß allein an einem Tisch am Fenster. Ingrid wählte einen Tisch nahe dem Büffet, von dem aus sie ihr Objekt im Auge hatte. Sie holte eine dunkelgetönte Brille aus ihrer Handtasche, setzte sie auf und nahm einen Schluck von ihrem schwarzen Tee.
Bevor sie die Brille aufsetzte, hatte sie Helenes Lippenstiftfarbe geprüft. Es war ein helles Rosa – meilenweit entfernt von der Farbe des Lippenstifts, den Tweed ihr gezeigt hatte. Wie hieß die Farbe? Carmine! Bewiesen war damit gar nichts, weder das eine noch das andere.
Sie selbst gehörte zu den Frauen, die ihren Lippenstift der Kleidung und der Tageszeit anpaßten. Ein starkes Rot für den Abend. Und Tweed hatte den Lippenstift auf der Drottninggatan am frühen Morgen gefunden.
Während Ingrid Butter und eine dünne Schicht Marmelade auf ihr Brötchen strich, runzelte sie erneut die Stirn. Etwas störte sie. Verdammt wollte sie sein, wenn sie wüßte, was es war. Sie schaute

wieder zu der Frau hin, die mit geistesabwesendem Blick aus dem Fenster schaute.
Sehr schick. Sehr amerikanisch die Kleidung. Ihr Make-up war ein Kunstwerk. Fünfzehn Minuten vor dem Ankleidetisch, bevor die Außenwelt sie sehen durfte. Ingrid erledigte das in dreißig Sekunden. Und in zwei Minuten schaffte sie eine totale Verwandlung ihres Aussehens. Die Stilmar brauchte dreißig Minuten, um zu baden und sich neu anzukleiden.
Eine Viertelstunde darauf verließ die große, elegante Frau im Hosenanzug den Frühstücksraum. Sie ging an Ingrids Tisch vorüber, ohne ihr einen Blick zuzuwerfen. Eine Welle von Parfümduft wehte in Ingrids Nasenlöcher, und sie erkannte die Duftnote. Es war dieselbe, die sie gerochen hatte, als Helene Stilmar einige Abende zuvor in der sechsten Etage an ihr vorbei zu den Aufzügen gegangen war.
Ingrid nahm ihren Zimmerschlüssel – man mußte ihn beim Betreten des Frühstücksraumes der Kellnerin vorweisen – und den leichten Regenmantel, den sie über die Lehne des Stuhls gegenüber gehängt hatte. In der Eingangshalle stieg Helene die breite Treppe hinunter und ging durch den Ausgang. Der Türsteher trat an die Bordsteinkante, um ein Taxi herbeizuwinken.
Ingrid rannte zu ihrem geparkten Volvo, schloß die Tür auf und warf sich hinters Steuer. Sie kurvte gerade rechtzeitig aus der Parklücke, um dem Taxi folgen zu können, das Helene bestiegen hatte. Übers Lenkrad gebeugt, war Ingrid ganz darauf konzentriert, ihren Wagen zu steuern und das Taxi nicht aus den Augen zu verlieren. Und immer noch beschäftigte sich ein Hintergedanke mit der Frage, was es war, das sie an Helene störte. Sie brauchte Zeit. Sie würde noch dahinterkommen. Früher oder später. Besser früher ...

29

Früh an jenem Morgen, bald nach Tagesanbruch, ging eine schwedische Militärmaschine vom Typ SK 60 über Jakobsberg, zwanzig Kilometer vom Zentrum Stockholms entfernt, auf geringere Höhe und landete auf dem Militärflughafen Barkarby.
Die Maschine kam vor einem wartenden schwarzen sechssitzigen Volvo mit getönten Scheiben zum Stehen. Ein Soldat saß am

Steuer. Drei Männer, alle in schwedischer Uniform, entstiegen der Maschine.
Sie gingen, jeder eine Aktentasche tragend, das kurze Stück zum Wagen. Die Szene hatte nichts Außergewöhnliches an sich. Barkarby ist ein Luftwaffenstützpunkt, auf dem solche Maschinen ständig starten und landen.
Auch an den drei Männern war nichts Besonderes. Sie alle waren im Majorsrang. Sie stiegen in den Fond des Volvo, die Türen wurden zugeschlagen, der Wagen fuhr ab.
Bemerkenswert war die Reise, die sie hinter sich hatten. Zuerst, spät am vorangegangenen Abend, hatte man sie von Kopenhagen quer durch Dänemark bis zu dem ruhigen Städtchen Roskilde am Roskilde-Fjord gefahren.
Dort, am winzigen Hafen nahe dem Museum, in dem rekonstruierte Modelle von Wikingerschiffen ausgestellt sind, waren sie an Bord eines Motorschiffs gegangen, das ablegte, sobald sie an Bord waren. Das Schiff fuhr mit Nordkurs aus dem Fjord ins Kattegat und schwenkte dann nach Osten.
Es setzte seine drei Passagiere an einer einsamen Stelle der schwedischen Küste ab, wo ein Wagen wartete. Mitten in der Nacht fuhr man sie zu einem schwedischen Militärflugplatz, wo sie in die SK 60 umstiegen. In der Luft wechselten sie die Kleidung.
Vom Flugplatz Barkarby fuhr man sie das kurze Stück zu einem der Gebäude auf dem Gelände des Flugplatzes. Die drei verließen den Volvo und verschwanden im Gebäude. General Paul Dexter, US-Stabschef, und zwei seiner Mitarbeiter waren in Schweden eingetroffen.

»Noch nichts Neues?« fragte General Lysenko, als er Oberst Karlows Büro in der Pikk-Straße betrat. Es war typisch für ihn, daß er zu reden begann, bevor er im Zimmer war.
»Nein«, informierte ihn Karlow.
Hauptmann Rebet kam hinter seinem Vorgesetzten herein und schloß sorgfältig die Tür.
»Haben wir alles in unserer Macht Stehende getan, um für Procane Kommunikationsmöglichkeiten zu schaffen?« fragte Lysenko forsch und warf seinen Mantel über einen Stuhl.
»Da wir nicht die leiseste Ahnung haben, wer Procane ist, sind dem Grenzen gesetzt«, erklärte Karlow, ein aufsteigendes Gefühl des Ärgers unterdrückend.

Bei jeder derartigen Operation kam der Punkt, an dem die Anspannung des Wartenmüssens spürbar wurde. Das drückte sich in verschiedenster Weise aus. Zornausbrüche. Immer wieder die gleichen Fragen. Und für den Mann an der Spitze das Belästigen seiner Untergebenen durch häufigere – und unerwünschte – Kontrollbesuche. Alles andere, nur nicht allein innerhalb der kahlen Wände eines Büros sitzen!
»Gehen Sie noch einmal alles durch«, befahl Lysenko, im Reitsitz auf einem Stuhl Platz nehmend, so daß er die Arme auf die Lehne legen konnte.
»Die Botschaft in Stockholm hat genaue Instruktionen erhalten«, begann Karlow, all seine Geduld zusammennehmend. »Wir vermuten, daß die einzige Möglichkeit für Procane, uns von seiner Ankunft zu verständigen, ein Anruf in der Botschaft ist. Da er ganz offensichtlich ein Vollprofi ist – im anderen Fall hätten wir während meines Aufenthalts in London Hinweise auf seine Identität gewonnen –, erwarten wir, daß er von einer öffentlichen Telefonzelle in Stockholm anrufen wird.«
»Alles das ist mir bekannt«, warf Lysenko ein.
Warum, verdammt, fragst du mich dann, sagte sich Karlow. Aber seine Miene blieb unverändert, als er fortfuhr.
»In der Telefonzentrale der Botschaft sitzen Spezialtechniker. Sobald Procane in der Leitung ist, schalten sie ihn nach Helsinki durch – und Helsinki gibt ihn über Radiotelefon an mich weiter. Meine Aufgabe ist es dann, ihn zu instruieren und sicherzustellen, daß er nur eine minimale Zeitspanne in der Leitung bleibt.«
»Das ist ein sehr rohes Konzept«, kommentierte Lysenko.
»Natürlich ist es das! Aber haben Sie einen anderen Vorschlag?«
»Der Mann ist ein Geist«, sagte Lysenko brütend.
»Deshalb hat er auch Erfolg«, äußerte sich Rebet.
Lysenko sprang auf, schlug die Arme um seinen Körper, ging zum Fenster und blickte hinunter auf die Straße. Dann zog er wieder seinen Zivilmantel an, stieß die Hände in die Taschen und starrte auf die beiden Männer.
»Es liegt alles bei Ihnen, Karlow. Seien Sie vorsichtig!«
Nach dieser aufmunternden Mitteilung verließ er den Raum.
Rebet hob die Schultern, zog seinen Mantel aus und setzte sich. Er wartete eine Minute, für den Fall, daß Lysenko zurückkäme, entspannte sich dann und begann zu sprechen.

»Er kann es nirgends länger als zwei Minuten aushalten. Jetzt hat es ihn erwischt. Haben Sie von der Ermordung des SAPO-Mannes in Stockholm gehört?«
»Ja.« Karlow blickte düster drein. »Es ist verrückt. Das wird zweifellos die Hornissen aus dem Nest scheuchen – gerade dann, wenn wir wollen, daß in Stockholm alles ruhig bleibt. Was denken Sie?«
»Verrückt«, stimmte Rebet bei. »Der Jammer ist, daß Lysenko geistig immer noch in den sechziger Jahren steckt. Damals war das eine völlig normale Prozedur. Die Zeiten haben sich geändert – aber Lysenko hat sich nicht mit ihnen geändert. Verschwinden diese alten Bolschewiken denn nie von der Bildfläche?«
»Erst wenn eine neue Generation das Politbüro in Moskau übernimmt. Ein alter Mann bringt einen anderen Alten rein. Sie bilden einen Klub. Und Tweed ist in Stockholm. Das ist der Mann, der mir wirklich Sorgen macht.«
»Lassen Sie das nicht Lysenko hören«, warnte Rebet. »Er könnte auf den Gedanken kommen, die Rupescu zu beauftragen, sich Tweed vorzunehmen. Das wäre dann erst die Katastrophe. Tweed war Gott sei Dank nie ein Mann der Gewalt.«
»Ich könnte ein Gläschen vertragen.« Karlow servierte eine Flasche Wodka. »Vielleicht können wir einen Tausch arrangieren? Lysenko übernimmt den Britischen SIS und Tweed wird Chef des GRU. Wie würde Ihnen das gefallen, Genosse?«
Sie stießen auf die Idee an und leerten die Gläser. Der Alkohol half nicht besonders. Beide Männer saßen da, starrten auf das Telefon und warteten auf den Anruf aus Stockholm, der sie über Helsinki erreichen sollte.

Hornberg holte Tweed um elf Uhr vom *Grand Hotel* ab. Sie fuhren durch die Stadtteile im Süden, die Tweed nie gesehen hatte. Mit Interesse betrachtete er die solide wirkenden Häuser.
Sie fuhren weiter südwärts und wandten sich dann nach Osten, zur Küste hinunter. Hornberg blieb knapp unter der Geschwindigkeitsgrenze und sprach wenig, während sie über offenes Land fuhren. Dann schaute er auf die Uhr.
»Die Insel Ornö ist eher merkwürdig«, bemerkte er. »Ihr größter Teil ist im Besitz eines Grafen Stenbock. Er hat eine Wohnung in der Stadt, verbringt aber mit seiner Frau die meiste Zeit auf der Insel. Ihm gehört auch die Autofähre von Dalarö nach Hässelma-

ra. Das allein ist schon ungewöhnlich – die meisten Fähren zum Archipel sind staatlich.«
»Ich sehe, sie liegt praktisch am Rand der Ostsee«, erklärte Tweed, der die Seekarte studierte, die Hornberg ihm gegeben hatte.
»Und sie liegt auch mitten in dem Gebiet, in dem die sowjetischen U-Boote operieren«, bemerkte der Schwede. »Nicht weit von Muskö, einer anderen großen Insel, und einem unserer Flottenstützpunkte. Ich denke über das nach, was Sie über diese Unterseeboote gesagt haben. Glauben Sie wirklich, das könnte ein großangelegtes Täuschungsmanöver sein?«
»Sie könnten auf Procane warten, um ihn nach Rußland zu bringen, habe ich gesagt. Und jetzt haben wir in Stockholm drei Kandidaten für die Rolle des Procane: Stilmar, seine Frau und Cord Dillon.«
»Vier Kandidaten«, korrigierte ihn Hornberg.
»Wie meinen Sie das?«
»Seit heute früh. General Dexter ist zu geheimen Beratungen eingetroffen. Und er hat zwei Top-Spezialisten für die U-Boot-Bekämpfung mitgebracht. Ob die uns etwas Neues sagen können, steht auf einem anderen Blatt.«
»Nur eine Kurzvisite, nehme ich an? Von Dexter?« erkundigte sich Tweed.
»Nicht so ganz«, erklärte Hornberg mit einem Seitenblick. Der SAPO-Chef schien besorgt. »Es ist ein bißchen verrückt, aber komische Leute tun komische Dinge.«
»Und *was tut* Dexter?«
»Sie werden es nicht glauben – er spaziert durch die Straßen von Stockholm.«
»Nein!« Tweeds Ton drückte Erstaunen aus. »Er muß verrückt sein. Und Sie haben diesen Wahnsinn genehmigt?«
»Die Entscheidung lag nie bei mir.« Hornberg hob die breiten Schultern. »Ich möchte sagen, Dexter ist gut organisiert. Die Amerikanische Botschaft hatte seine Kleidermaße. Sie schickten schwedische Zivilkleidung – eine komplette Ausstattung, Schuhe inbegriffen – an die Luftwaffenbasis, wo er landete. Er trägt einen blauen Wollhut, gekauft im NK, und eine große, getönte Brille.«
»Aber warum? Warum geht er ein solches Risiko ein?«
»Offenbar kolportiert man in den Staaten einen von ihm oft gebrauchten Satz: ›Lage und Beschaffenheit des Zielgebietes sehe

ich mir selber an.‹ Also wandert er durch die Innenstadt und studiert ihre Topographie. Sucht nach wahrscheinlichen Landegebieten für sowjetische Kampfhubschrauber – und nach ähnlichen Dingen, würde ich sagen.«
»Und Ihr Verteidigungsminister erlaubt das?«
»Es ist wegen dieser Klein-U-Boote und der Luftraumverletzung durch einen MIG-Jäger, der ein Charterflugzeug verfolgte. Im Moment macht man sich ernste Gedanken über die Absichten der Russen. Eins muß man General Dexter lassen – sein Gefühl für den richtigen Zeitpunkt ist untrüglich ...«
»Bleibt die Tatsache, daß wir jetzt, wie Sie sagten, einen vierten Kandidaten haben.«
»Sie sagen es, mein Freund. Und jetzt sind wir in Dalarö.«
Er sprach den Namen im für das Schwedische so typischen singenden Tonfall. »Die Fähre fährt zu Mittag ab. Für die Rückfahrt von Hässelmara haben wir zwei Fähren zur Auswahl – vier Uhr oder fünf Uhr dreißig. Und während wir auf Ornö umherfahren, werden Sie mir sagen, was Sie an dieser Insel so brennend interessiert.«

Wie schon in den Tagen zuvor hatten sie während der Fahrt auf der Fähre des Grafen Stenbock bedeckten Himmel, sozusagen ein zweites Meer aus grauen Wolken über sich. Die Schweden hatten bisher einen schlechten Sommer gehabt und meinten, der britische Sommer mit seiner Hitzewelle den ganzen Juli und August über sei daran schuld.
»Ihr habt uns unseren Sommer gestohlen«, hatte schon mehr als ein Schwede witzelnd zu Tweed gesagt.
Die Fähre ist lang und schmal, mit hohen Seitenwänden, so daß es unmöglich ist, zu sehen, wohin man fährt. Sie kann maximal zwanzig Wagen befördern, aber an diesem Tag war kaum ein Dutzend an Bord.
»Es ist Mittwoch«, flüsterte Hornberg. »Am Wochenende ist sie vollgepackt mit Leuten, die zu ihren Sommerhäusern fahren. Solange wir auf der Fähre sind, sprechen Sie bitte nicht englisch, wenn jemand in Hörweite ist.«
Tweed nickte und fragte sich, was der Grund für diese Bitte sein könnte. Auch er blickte in den Rückspiegel auf seiner Wagenseite. Die Fähre war an den beiden Enden offen, die Rampen waren nur leicht hochgezogen. Hornberg hatte sich mit dem Volvo an eine

Stelle mittschiffs gestellt. Tweed erkannte erst, daß sie das Festland verlassen hatten, als sich die Szenerie vor dem Bug änderte. Die See war ruhig und glatt wie der sprichwörtliche Mühlteich, und es begann leicht zu nieseln. Hornberg faßte an den Türgriff.
»Vielleicht wollen Sie sich die Beine vertreten? Sich vom Bug aus etwas umsehen? Wir sind jetzt mitten im Archipel.«
Sie wanderten an den wenigen Wagen, die vor dem Volvo standen, vorbei und blieben hinter der hochgezogenen Rampe stehen. Tweed sog tief die baltische Luft ein und betrachtete fasziniert das Bild, das sich vor ihm ausbreitete.
Die Fähre nahm Ostkurs, drehte dann nach Süden und begann sich durch das Insellabyrinth zu schlängeln. Sie passierte die Enge zwischen zwei Inseln, so schmal, daß es schien, als müsse sie rechts oder links die Küste streifen. Es war an diesem Punkt der Fahrt, daß der Schwede die Bemerkung machte.
»Ich bezweifle, daß Sie sich der Tatsache bewußt sind, aber man muß uns die ganze Strecke bis Dalarö gefolgt sein.«
»Der grüne Saab hinter Ihrem Volvo mit der Frau am Steuer.«
»Das ist er. Ich denke, ich gehe hin und rede mit ihr. Amüsieren Sie sich inzwischen. Wir haben genug Zeit – die Überfahrt dauert fünfundzwanzig Minuten.«
Tweed sah sich nicht um, als Hornberg ihn stehenließ. Statt dessen blickte er nach vorn und nach den Seiten und studierte die unglaubliche Vielfalt der Inseln. Einige waren groß, mit Bäumen bewachsen, da und dort stand eines der aus Holz erbauten Sommerhäuser, die Hornberg erwähnt hatte. Andere waren wenig mehr als gerundete braune Steine, die aus dem ölig glänzenden Wasser ragten. Ein Paradies für lauernde Klein-U-Boote.
Die Hände in den Taschen seines Regenmantels, betrachtete er die Inseln eingehend. Ja, da gab es gelegentlich im grünen Blätterwerk hinter dem Nebelschleier freie Stellen. Groß genug als Landeplatz für einen Hubschrauber.
»Ich habe mit der Dame im Saab gesprochen«, sagte Hornberg über die Schulter hinweg.
»Blondes Haar, sehr kurz geschnitten, eng am Kopf anliegend wie ein goldener Helm«, bemerkte Tweed. »Sitzt ganz entspannt, die Hände auf dem Lenkrad.«
»Sehr gut. Sie kommt aus dem südlichen Stockholm – ist also eine echte Stockholmerin, wie wir sagen. Sie hat die Absicht, sich ein

Landhaus auf der Insel zu kaufen, ist aber noch unsicher. Auf dieser ihrer zweiten Fahrt will sie die Insel selbst besichtigen und zu einem Entschluß kommen.«
»Falscher Alarm?«
»Es erklärt, warum sie dieselbe Strecke fuhr wie wir. Und wir fahren zu einem netten Häuschen auf Ornö – es gehört einem Freund von mir, und er hat mir den Schlüssel gegeben. Seine Frau hat uns ein Lunchpaket gemacht. Sandwiches in einer Kühlbox, damit wir im Häuschen ein Picknick veranstalten können.«
»Das ist überaus nett von ihr.«
»Vielleicht essen wir im Freien – wie zwei Schuljungen.« Die Aussicht darauf schien ihn zu freuen. »Für ein paar Stunden raus aus allen Problemen, weg von schrecklichen Menschen, die andere mit Stiletten umbringen.«

In ihrem grünen Saab nahm Magda Rupescu die schweißfeuchten Hände vom Lenkrad und wischte sie unterhalb der Windschutzscheibe mit einem Taschentuch ab. Das Gespräch mit dem SAPO-Mann war entnervend gewesen.
Früher am Tag hatte sie ihren Wagen vor dem *Grand Hotel* in einer Parklücke abgestellt und war zur nächsten Telefonzelle gegangen. Sie hatte das Hotel angerufen, Mr. Tweed verlangt und die Zimmernummer angegeben, die man ihr Tage zuvor bei ihrem ersten Besuch genannt hatte.
Sobald Tweed sich meldete, unterbrach sie die Verbindung. Der Vorfall ereignete sich nur wenige Minuten, bevor Ingrid an Tweeds Tür klopfte, in der Hoffnung, sie könnten gemeinsam frühstücken. Magda Rupescu war dann zurückgegangen und hatte im Wagen gewartet.
Sie war so vorsichtig, nicht zu lange im Wagen sitzen zu bleiben. In Abständen schlenderte sie durch das Hotel. Sie setzte sich in die Eingangshalle, bestellte Kaffee und bezahlte, sobald er serviert wurde.
Ihr rotes Haar war nun blond gefärbt. Sie wußte, daß Interpol eine genaue Beschreibung von ihr im Computer gespeichert hatte. Der GRU hatte mit Hilfe von Leuten im Westen diesen Computer anzapfen lassen und kannte alle seine Geheimnisse.
Das flammendrote Haar, das sie stets in Gegenwart von Oleg Poluschkin hatte, war eine Perücke, hergestellt von einem der besten Haarkünstler der Sowjetunion. Sie beobachtete das Anle-

gemanöver in Hässelmara, als Hornberg und Tweed zu ihrem Volvo zurückkehrten. Sie wartete, bis die Motoren von drei anderen Wagen ansprangen, und drehte dann ihren Startschlüssel.

»Was sollte das – nicht englisch zu sprechen, solange wir auf der Fähre waren?« wollte Tweed wissen, als Hornberg über die Rampe an Land fuhr.
Hornberg lenkte den Wagen bergauf über eine enge, geteerte Straße, die sich an einem kleinen Hügel hochwand und zu beiden Seiten von Granitfindlingen und aus dem Boden hervortretendem Fels gesäumt war. Selbst die ersten Meter auf dem Eiland waren wild und abweisend.
»Weil man hier nervös geworden ist wegen der sowjetischen U-Boote«, antwortete der Schwede. »Wäre gut möglich gewesen, daß die Leute jeden Ausländer ausfragen, und dann hätte ich, um Sie zu schützen, meine Identität lüften müssen.«
»Ja, die Leute sind nervös«, stimmte Tweed ihm zu. »Zweimal habe ich im Hotel beim Frühstück schwedische Geschäftsleute mit Amerikanern über dieses Thema reden gehört.«
Hornberg fuhr nun auf ebenem Boden hoch über dem Meer und schlug auf einer anderen schmalen, von Wald begrenzten Straße den Weg nach Süden ein. »Jetzt«, erklärte er, »fahren wir zu einem Ort, der Bodal heißt, nahe einem anderen Ort namens Brevik – an der Küste südlich von Hässelmara.«
»Ich habe es gefunden«, meldete sich Tweed, der auf der in größerem Maßstab gedruckten Karte von Ornö, die Hornberg aus dem Handschuhfach genommen hatte, die Route mitverfolgte. In der linken oberen Ecke stand »Ornökartan«, und man konnte genau sehen, welchen Weg die Fähre durch das Gewirr von Inseln, die aussahen, als hätte die Hand eines Riesen sie nach Gutdünken ins Meer gestreut, genommen hatte.
»Ich glaube, der grüne Saab ist immer noch hinter uns«, sagte Tweed, nachdem er einen Blick in den Rückspiegel geworfen hatte.
»Wahrscheinlich hat die Frau Angst, sich zu verirren. Unter der Woche ist es hier ziemlich ausgestorben.«
Die Straße wand sich durch den einsamen Wald. Hier und da führten geisterhafte Wagenspuren zu einem unter Bäumen vergrabenen Haus. Die Schweden liebten die Zurückgezogenheit, das stand fest, dachte Tweed.

Am Rand der kurvenreichen Straße waren in Abständen dünne, gelb und weiß bemalte Stangen in die Erde gesteckt. In größeren Abständen ragten dickere Masten in die Höhe, die Telefondrähte und darunter ein Kabel für die Energieversorgung trugen.
»Diese dünnen, gestreiften Stangen...«, begann Tweed.
»Für den Winter. Hoher Schnee verdeckt die Straße. Die einzige Möglichkeit, zu wissen, wo das verdammte Ding ist, besteht darin, zwischen diesen Stangen zu fahren. – Da sind wir schon. Das Haus meines Freundes.«
Hornberg lenkte den Wagen auf den ungeteerten Rand der Straße. Unmittelbar daneben senkte sich der Hang hinab zum nur hundert oder zweihundert Meter entfernten Meer. Tweed stand am oberen Absatz einer Treppe aus weiten Stufen, die in den Hang geschlagen waren. Der grüne Saab fuhr vorüber, und die blonde Lenkerin winkte Hornberg; er winkte zurück.
Das große Haus, aus Bohlen erbaut, lag unterhalb des Straßenniveaus. Während Hornberg die Kühlbox vom Rücksitz nahm, stand Tweed und lauschte. Das Motorengeräusch des Saab verklang, und eine große Stille senkte sich über den Wald, über dem im Nebel der See eine blasse Sonnenscheibe hing – eine Stille, die man hören und greifen konnte.
Sie stiegen die Erdstufen hinunter, und während Hornberg mit dem Schlüssel an der Vordertür hantierte, wanderte Tweed außen herum. Das Gefühl überfiel ihn, Hunderte von Kilometern fern jeder Zivilisation zu sein, obwohl Hornberg ihm gesagt hatte, vom Zentrum Stockholms zur Fähre von Dalarö seien es nicht mehr als fünfzig Kilometer. Der Schwede winkte ihm, ins Haus zu kommen.
»Das Haus ist schon eine Zeitlang versperrt«, sagte er, als sie hineingingen. »Bei dem Wetter, das wir zuletzt hatten, wird es etwas kalt sein. Und das...«, er zeigte zum Fenster, »...ist die Ostsee.«
Hornberg ging herum und schaltete elektrische Wandstrahler ein. Tweed sah sich mit Interesse um. Vor dem Eingang befand sich ein kleiner Vorraum. Links war die Küche, rechts das große Wohnzimmer, in das er jetzt dem Schweden folgte.
Die Möbel waren teuer und bequem – niedere Tische und Sessel, eine Couch. Große Fenster an der Schmalseite und an der Rückseite des Hauses, von wo aus man einen herrlichen Ausblick über den Hang auf die Küste hatte.
Tweed schaute aus dem Fenster. Das Haus stand auf einer ins

Meer vorspringenden Landzunge. Hinter dem dünnen Vorhang aus hellgrünem Birkenblattwerk und dunkelgrünen Kiefern sah man eine Kette von Inseln, manche mit Föhren bedeckt. Er empfand die Stille als angenehm, bis Hornbergs Bemerkung ihn aufstörte.
»Beim Essen können wir uns vielleicht damit vergnügen, den sowjetischen U-Booten zuzusehen, wenn sie vorüberfahren.«
Tweed drehte sich um. Der SAPO-Chef wickelte unglaubliche Mengen von belegten Broten aus durchsichtiger Plastikfolie. Aus der Küche hatte er Teller geholt und darauf Essen gestapelt, mit dem sie sehr wohl eine Woche auskommen konnten.
»Verhungern können wir nicht«, bemerkte Hornberg. »Geräucherter Lachs, Schinken, Salat...«
»Mir läuft das Wasser im Mund zusammen«, erwiderte Tweed und ließ sich auf der Couch mit Blick auf Meer und Inseln nieder.
»Die Frau des Mannes, dem dieses Haus gehört, wird mich verfluchen«, fuhr der Schwede fort. »Vergiß nicht, das gute Porzellan zu benutzen – das war ihre letzte Anweisung.«
»Wir sind hier einquartiert«, erwiderte Tweed und biß in sein Brot, während Hornberg Bier in die Gläser schenkte.
»Und jetzt, mein Freund, erzählen Sie mir vielleicht, warum Sie nach Ornö fahren wollten.«
»Weil ich glaube, daß Procane auf dieser Route nach Finnland hinübergehen wird. Ich habe die Karte von Skandinavien genau studiert, und mir fiel auf, daß euer Archipel sich in den Bottnischen Meerbusen hinein und bis zum Archipel von Abo – oder Turku, wie die Finnen es nennen – erstreckt. Für ein schnelles Motorboot wäre das eine Sache von Stunden. Und dann sind da noch die U-Boote, die in der Gegend lauern.«
»Sie können recht haben. Und warum Ornö?«
»Das kann ich Ihnen nicht sagen. Ich würde damit eine Informationsquelle preisgeben.« Tweed beeilte sich weiterzureden. »Aber jetzt, da wir hier sind, bin ich erst recht davon überzeugt. Nach Dalarö haben wir von der Stadtmitte aus kaum eine Stunde gebraucht. Procane kann hier sein, bevor wir bemerkt haben, daß er vermißt wird.«
»Das klingt logisch.« Hornberg verzehrte sein zweites Brot. »Ich werde Leute herbeiordern, um die Angestellten der Fähre unter Beobachtung zu halten.«

»Zurück zu General Dexter. Geht er wirklich allein in den Straßen von Stockholm spazieren?«
»Natürlich nicht.« Hornberg lächelte. »Er wird's nicht wissen, aber drei meiner besten Leute folgen ihm. Ich lasse Sie wissen, was sie mir berichten.«
Um der Kälte zu begegnen und das Haus auszulüften, hatte Hornberg in einem aus Ziegeln gemauerten Kamin in der Ecke des Zimmers Birkenscheite entzündet. Die Feuerstelle hatte einen Kupferschirm, der den Rauch abführte. Sie aßen, tranken Bier, und Hornberg redete über seine beruflichen Erfahrungen.
Tweed hörte zu, fühlte sich wohlzufrieden und fern von allem, genoß das Knistern der brennenden Holzscheite. Wieder dachte er an die Ruhe dieses Platzes, beneidete den Besitzer des Hauses. Stille, vollkommene Stille...

30

Magda Rupescu hatte eine Tarnjacke an, ihre Hosen steckten in kniehohen Stiefeln mit Gummisohlen. Sie näherte sich dem Haus wie ein Jäger, der sich an ein Wild heranpirscht. Von ihrem Hals baumelte ein Fernglas, im Gürtel steckte eine Luger. Der Saab stand verborgen auf einem Seitenpfad.
Das Glas an die Augen hebend, suchte sie das gesamte Gebiet ab. Sie registrierte den Volvo am Straßenrand oberhalb der zum Haus hinunterführenden Stufen. Sie sah die aus dem Schornstein senkrecht in die unbewegte Luft aufsteigende Rauchsäule. Beide Männer mußten im Haus sein.
Sie bewegte sich näher heran, abgestorbene Zweige knisterten unter ihren Absätzen. Sie stand still und wartete, daß sich etwas bewegte. Es war bloß eine Annahme, daß die Männer sich im Haus befänden.
Lebhaft erinnerte sie sich jenes Nachmittags beim deutschen Bundesnachrichtendienst.
An den Moment, in dem Tweed wortlos den Raum betrat. An die entnervende Art, in der er – ach, so langsam – um sie herumgegangen war. Wie er stehenblieb, genau hinter ihr. Ein schlauer Fuchs. In diesem Augenblick hörte sie das Quietschen der Vordertür, die geöffnet wurde...

»Ich glaube, ich werde mir die Beine vertreten, ein bißchen allein umherwandern. Wenn Sie nichts dagegen haben«, schlug Tweed vor.
»Danke für die Hilfe beim Wegräumen. Machen Sie nur einen Spaziergang; ich werde die Heizkörper und dergleichen überprüfen«, stimmte Hornberg zu. »Dann fahre ich Sie rund um die Insel. Wir müssen auf dem Rückweg noch einmal hier vorbeikommen, um sicherzugehen, daß das Feuer ausgegangen ist.«
Tweed beachtete die Stufen nicht, sondern brach sich einen Ast als Stock und arbeitete sich den steilen Hang hoch. Der Boden war von halb aus dem Erdreich herausragenden Steinen bedeckt, die mit Flechte bewachsen waren, und Tweed achtete sehr darauf, wohin er trat.
Sein Gehör war ausgezeichnet, und er war sicher, etwas gehört zu haben; Hornberg hatte es offenbar nicht wahrgenommen. Das Geräusch eines Motors, der bei der Fahrt über schwieriges Gelände ständig auf höhere Tourenzahl gebracht wurde. Auf der Fahrt von Hässelmara hatte Tweed bemerkt, daß die von der geteerten Straße abzweigenden Wege voll von Buckeln und Furchen waren. Es hatte ganz so geklungen, als führe ein Wagen nicht weit vom Haus über solche Hindernisse.
Er suchte sich seinen Weg zwischen Birken und Kiefern und über Gestein, wich Heidekrautbüscheln aus, die ihn an Fahrten über die Bergheiden von Dartmoor erinnerten. Lautlos bewegte er sich weiter, abgestorbenen Stämmen ausweichend.
Dann hörte er es. Das Knirschen von morschem Holz, dem er ausgewichen war. Das Knirschen wiederholte sich. Rasch wechselte er auf die geteerte Straße hinauf und ging rasch nach Süden, weg von Hässelmara.
Er starrte angestrengt in die Richtung, aus der die Geräusche gekommen waren, seine kurzen Beine gewannen erstaunlich rasch Boden. Hinter einer schirmenden Wand aus Bäumen in einiger Entfernung bewegte sich etwas. Er ging weiter.
Das nächste war das Aufheulen eines Motors. Genau der Laut, der ihn zuerst im Haus alarmiert hatte. Heftiges Schalten, als der Wagen sich über Erdfurchen hinwegbewegte. Fast schon im Laufschritt erreichte er die Straße.
Etwas Grünes verschwand um die nächste Kurve. Er blieb stehen. Das Motorengeräusch wurde schwächer, verklang. Er drehte sich um und wanderte zum Haus zurück. Das eigenartige Lächeln in

seinem Gesicht würde Monica im Büro auf dem Park Crescent zu deuten gewußt haben. Nur das blonde Haar hatte er nicht durchschaut. Noch nicht.

Mit böser, grimmiger Miene lenkte Magda Rupescu ihren Saab mit hoher Geschwindigkeit davon. Tweed, Tweed, immer dieser verdammte Tweed! Und dieser Hund hätte sie um ein Haar eingeholt, als sie zu ihrem Wagen rannte, dabei auf morsche Äste getreten war und viel zuviel Lärm gemacht hatte. Enttäuschung und Wut mehrten sich noch durch den Umstand, daß sie keine Ahnung hatte, wie der Bastard sie bemerkt hatte. Noch dazu von drinnen!
Sie hätte viel für einen Befehl gegeben, Tweed zu töten. Die Ausführung würde ihr nahezu sexuelle Befriedigung verschafft haben. Wie eine Verrückte fuhr sie, schleuderte um Kurven, bremste im letzten Augenblick. Fahren beruhigte sie.
Das änderte alles. Sie wußte, was sie als nächstes zu tun hatte. Tallinn verständigen. So schnell wie möglich nach Stockholm zurückkehren, um die Nachricht abzuschicken. Ja, diese winzige Episode änderte alles. Und sie würde die Nachricht so abfassen müssen, daß man ihr keine Schuld an dem Desaster geben konnte.

»Haben Sie den Spaziergang genossen?« fragte Hornberg, als sie in den Volvo stiegen.
Obwohl sie sich beide sattgegessen hatten, hatte er gut ein Drittel der Brote neben dem metallenen Mülleimer am Straßenrand bei den Stufen zurücklassen müssen. Er fuhr nach Süden – dieselbe Strecke, die Tweed vorhin gegangen war.
»Es war eine gute Übung, ja«, antwortete Tweed. »Übrigens, wann verläßt die nächste Fähre Dalarö?«
»Um vier«, sagte Hornberg, nachdem er auf die Uhr geschaut hatte.
»Können wir sie erreichen?«
»Sicher. Es ist Ihr Tag heute.«
Sie befuhren einen Großteil der Insel. Die Straße wand sich meilenlang durch Wald, es war die reinste Wildnis. An einem Punkt streckte sich Tweed, als wäre er steif geworden, und schlug vor, eine Rast für eine weitere Gehübung einzuschieben. Hornberg fuhr noch ein Stück und lenkte dann den Wagen einen einsamen Pfad hinunter.

»Ich glaube, wir sind nah am Meer. Lassen Sie mich lauschen.«
Er hielt den Wagen an, schaltete den Motor ab, stieg aus und stand ganz still. Tweed folgte nach, und als er die Wagentür schloß, klang es wie ein Pistolenschuß. Zwischen den Bäumen schwebte der Seenebel; Tweeds Brillengläser beschlugen.
Wieder überfiel sie die gleiche brütende Stille. Sie befanden sich mitten in der Wildnis, aber in einiger Entfernung rauschte etwas, das Geräusch, das Wasser verursacht, wenn es gegen den Strand schlägt. Hornberg wies mit der Rechten in die Richtung.
»Hören Sie das? Das ist die Ostsee da drüben. Kommen Sie!«
Er begann zu gehen, mit weiten Schritten seiner langen Beine. Tweed machte erst gar nicht den Versuch, zu ihm aufzuschließen, als sie sich zwischen den in blassen Nebel gehüllten Stämmen hindurchwanden. Er betrachtete den Boden, als er langsam hinter dem Schweden einhertrollte.
In unregelmäßigen Abständen hielt er an und stampfte mit den Füßen gegen den Grund. Hart wie Stein. Und noch mehr Steine, in den Erdboden versenkt, mit hellgrüner Moosflechte bedeckt. Zehn Minuten später sah er Hornberg im Freien auf einer Granitplattform sitzen und ihm deuten, er möge sich beeilen.
»Die Ostsee...«
Hornberg zeigte auf die glatte Wasseroberfläche zwanzig Meter unter ihnen. Langsam hob und senkte sich der Wasserspiegel am Fuße des Felsens. Tweed stellte den Kragen seines Regenmantels hoch, die Luft war kalt und feucht. Die beiden Männer ließen den Blick im Kreis wandern. Die Inselkette zog sich bis zum Horizont hin.
»Warum haben Sie da hinten mit den Füßen gegen den Boden gestampft?« fragte Hornberg.
»Habe den Untergrund geprüft – ein Hubschrauber könnte überall mit größter Leichtigkeit landen.«
»Glauben Sie, sie holen Procane mit einem Hubschrauber ab?«
»Kommen wir zur Fähre um vier Uhr früh genug nach Hässelmara? Ich möchte gern am Ufer spazierengehen – Fischer faszinieren mich immer«, antwortete Tweed, Hornbergs Frage nicht beachtend.
»Sicher. Dann fahren wir jetzt besser...«
Schweigend fuhren sie zurück, jeder mit seinen eigenen Gedanken beschäftigt. In Hässelmara ließ Tweed Hornberg beim Wagen und blieb fünfzehn Minuten weg, bevor er allein zurückkehrte.

Die Autos bildeten bereits vor der Anlegestelle der Fähre eine Schlange, und Tweed setzte sich vorn in den Volvo neben den Fahrersitz.
»Ich habe bemerkt, daß Sie sich mit dem Mann, dem das große Motorboot gehört, unterhielten«, sagte Hornberg.
»Er war der einzige, der Englisch sprach. Er erzählte mir von den Fischern – es gibt nur noch wenige, aber sie wissen eine Menge über die Inseln hier. Er selbst vermietet im Sommer sein Boot an Touristen. Ich sehe übrigens, daß unsere Freundin mit dem Saab auch mit uns die Überfahrt macht.«
Vor ihnen, an der Spitze der Schlange, stand der grüne Saab mit seiner blonden Lenkerin. Hornberg nickte und sagte, er habe sie bereits bemerkt.
»Vielleicht steige ich aus, wenn wir auf der Fähre sind, und plaudere noch einmal mit ihr«, bemerkte er.
»Da fällt mir ein: verschwenden Sie nicht Ihre Zeit damit, Gunnar, Ihre Leute an den Anlegestellen der Fähre zu postieren«, riet Tweed.
»Und warum nicht, wenn ich fragen darf?«
»Weil sie nicht die Route über den Archipel nehmen werden, wenn sie Procane hinüberbringen. Nicht jetzt . . .«

Zwei Stunden später läutete das Telefon auf Karlows Schreibtisch. Er unterbrach das Gespräch mit Rebet mitten im Satz und griff nach dem Hörer. Der Techniker in der Sowjetbotschaft in Helsinki hatte einen Anruf für ihn. Magda Rupescu war am Apparat, meldete sich unter dem schwedischen Pseudonym Elsa Sandell. Sie sprach knapp und in Eile.
»Stornieren Sie für die erwartete Lieferung den Frachtweg über den Archipel. Unter keinen Umständen diese Route. Sie verstehen?«
»Darf ich fragen, warum?« wollte Karlow wissen und blickte hinüber zu Rebet, der am Nebenanschluß mithörte.
»Tweed. Ich muß schließen. *Nicht* diese Route«, wiederholte sie und unterbrach die Verbindung.

Hornberg nahm den Weg in die Innenstadt über die Brücke von Gamla Stan. Viele Pendler waren in der Gegenrichtung unterwegs. Sie fuhren durch die Altstadt. Tweed konnte am anderen Ufer das imposante Gebäude des *Grand Hotels* sehen.

»Ich glaube, ich werde die Frau in dem grünen Saab einmal unter die Lupe nehmen. Sie sagte mir, sie sei zu dem Schluß gekommen, Ornö sei nichts für sie, zu einsam. Aber sie hatte etwas an sich...«
»Hier ist ihre Autonummer.«
Tweed zog ein zerknülltes Stück Papier aus der Tasche und reichte es dem Schweden. Hornberg nahm es und stopfte es in seine Brusttasche.
»Danke. Ich hatte mir die Nummer gemerkt, aber aufgeschrieben ist aufgeschrieben. Sie stieg förmlich aufs Gas, als wir die Schnellstraße in die Stadt erreichten – überschritt die erlaubte Höchstgeschwindigkeit. Sie muß hier vor geraumer Zeit angekommen sein.«
»Rufen Sie mich an, wenn Sie sie überprüft haben?«
»Natürlich. Noch in dieser Stunde.«
Er setzte Tweed vor dem Hotel ab, und Tweed ging geradewegs in sein Zimmer hinauf. Er fand Ingrid in der Halle, als er aus dem Lift trat. Sie trug eine weiße Windbluse mit bis zum Hals hochgezogenem Reißverschluß und einen weißen Faltenrock.
Sie las in einem Magazin, blickte hoch und sah ihn durch ihre getönten Brillengläser an. Den Finger auf die Lippen legend, wies sie auf Helene Stilmars Tür und folgte ihm in seinen Schlafraum. Während er die Tür versperrte und die Kette vorlegte, eilte sie um das Doppelbett herum und stellte das Radio an.
»Was ist geschehen?« fragte Tweed.
»Nach dem Frühstück nahm die Stilmar ein Taxi. Ich folgte ihr durch ganz Stockholm. Dreimal wechselte sie den Wagen, hintereinander. Dann aß sie im Café de la Paix auf Gamla Stan zu Mittag. Danach ging sie die ganze Drottninggatan entlang zu Fuß und besah sich die Schaufenster. Auf der Hamngatan nahe dem NK-Kaufhaus verschwand sie. Ein paar Minuten später fand ich sie wieder, sie verließ gerade eine öffentliche Telefonzelle. Sie nahm sich wieder ein Taxi hierher und ging auf ihr Zimmer. Den Anruf tätigte sie, während ich nach ihr suchte. Tut mir leid, daß ich sie aus den Augen verlor.«
»Sie haben Ihre Sache sehr gut gemacht.« Tweed streckte die Hand aus und kniff sie in den Arm. »Aber sollten Sie jetzt nicht wieder hinausgehen, für den Fall, daß sie wieder weggeht?«
»Sie rief gleich nach ihrer Ankunft nach dem Zimmerservice. Ich sah den Kellner mit einem Imbiß und mit Kaffee auf dem Tablett

ankommen. Als sie die Tür aufmachte, war sie im Morgenrock. Ich bin sicher, daß sie sich einige Zeit Ruhe gönnt.«
»Dann bleiben Sie ein bißchen bei mir. Sie müssen müde sein. Wie wär's mit einigen Sandwiches und Kaffee?«
Als er die Hand nach dem Hörer ausstreckte, läutete das Telefon. Es war Hornberg; seiner Stimme war die Enttäuschung anzumerken. Er sprach knapp und gedrängt.
»Ich prüfte die Autonummer. Computer funktionieren auch manchmal. Ein Leihwagen. Von einem Büro zwischen Zentrum und Solna. Ich rief dort an, und sie konnten sich vage an eine Frau erinnern. Keine wirkliche Beschreibung – sie trug ein Kopftuch. Gab den Namen Yvonne Westerlund an. Der Name ist nicht registriert. So ist es mit den Nachforschungen. Jede Menge falscher Hinweise.«
»Vergessen Sie sie«, riet Tweed. »Und von jetzt an pfeifen Sie die Hunde zurück. Versuchen Sie nicht mehr, jeden Amerikaner aufzuhalten, der nach Finnland will.«
»Ich tue alles, was Sie wollen – bemühen Sie sich nicht, mir mitzuteilen, warum das alles. Es wird mir ein Vergnügen sein, Mauno Sarin die Sache aufzuhalsen. Und noch eine Neuigkeit: Sie wissen doch, der Amerikaner, von dem ich sagte, er spaziere durch die Straßen von Stockholm?«
»Ja.«
»Die drei Idioten, die ihn heimlich eskortierten, verloren den Herrn fünfzehn Minuten lang aus den Augen.«
»Und wo geschah das?« fragte Tweed scharf.
»Er ging in das NK-Kaufhaus. Ging eine Zeitlang im Erdgeschoß umher. Plötzlich rennt er ins Kellergeschoß hinunter. Dort gibt es einen anderen Ausgang, der ins Tunnellabyrinth nahe dem Sergels Torg führt. Sie verlieren ihn. Fünfzehn Minuten später finden sie ihn wieder – er steht auf dem Platz unter dem Straßenniveau und blickt an der Säule hoch.«
»Wie lange ist das her?«
»Über eine halbe Stunde. Einer meiner Männer hat gerade angerufen. Natürlich kann es ein Zufall sein...«
»Ich glaube nicht an Zufälle«, erwiderte Tweed.

Der zweite Anruf aus Tallinn kam, kurz nachdem Magda Rupescu ihre Warnung durchgegeben hatte. Rebet war auf die Toilette gegangen, als das Telefon wieder läutete. Karlow hob ab und

preßte den Hörer ans Ohr. In der Mitte des kurzen Gesprächs kam Rebet zurück, und der Oberst deutete auf den Nebenanschluß.
»Hier spricht Adam Procane – Procane. Sie erwarten mich?«
»Ja. Wo sind Sie jetzt?«
»Stockholm. Ich finde selber den Weg nach Helsinki...«
»Wann kommen Sie? Wir können helfen...«
»In den nächsten sechs Tagen. Ich brauche keine Hilfe.«
»Wenn Sie in Helsinki sind, dann melden Sie sich in Tehtaankatu. Verstehen Sie mich?«
»Ausgezeichnet. Auf Wiedersehen.«
Karlow hatte den Mund geöffnet, um noch etwas zu sagen, als die Verbindung unterbrochen war. Er legte den Hörer auf und schaute Rebet an, der seinerseits den Hörer auflegte.
»Das war schnell«, war Rebets Kommentar. »Profiarbeit – aber die Stimme klang so merkwürdig.«
»Amerikanischer Akzent«, erwiderte Karlow.
»Ja, aber die Stimme klang fremd«, sagte Rebet beharrlich. »Verschwommen. Und ein bißchen weiblich.«
»Habe ich mir auch gedacht.« Karlow stand auf und begann im Zimmer umherzugehen, ganz wie Lysenko. »Hauptsache, er kommt. Procane kommt!«

31

Es war einen Tag nach Tweeds Rückkehr von Ornö. Mauno Sarin klopfte an Newmans Schlafzimmertür im *Hesperia*. Er brauchte nicht lange zu warten, bis der Engländer ihm im Bademantel öffnete. Newman deutete ihm mit einer Geste einzutreten und schloß die Tür, ohne seinen Besucher zu begrüßen.
»Ich habe dringende Neuigkeiten«, sagte Mauno. »Machen wir einen Spaziergang, wenn Sie angezogen sind? Mir ist nach etwas Bewegung zumute.«
Er machte eine kreisende Geste mit seiner Hand, damit andeutend, es wäre vielleicht nicht sicher, sich hier im Zimmer zu unterhalten. Newman nickte und zündete sich eine Zigarette an, bevor er antwortete. Mauno sah, daß der Ascher voller Stummel war. Der Engländer war sichtlich in einem Zustand höchster Nervosität.
»Ich habe gerade gebadet«, erklärte Newman, sich das Haar frottierend. »Lockert einen auf.«

»Sie sollten eine Sauna versuchen.«
»Eine Roßkur. Gut für euch Finnen – ihr seid daran gewöhnt.«
Er kleidete sich rasch an, bequeme Sachen, Sporthose und Sportsakko. Mauno saß auf einem Stuhl und sah ihm zu, wie er sich eine neue Zigarette anzündete. Er sah voraus, daß es ein schwieriges Gespräch werden würde, und war froh darüber, daß es im Freien stattfand. Spannungen lösten sich am ehesten in der frischen Luft – wenn man ging und der Körper sich lockerte.
Es regnete, als sie losmarschierten, die Mannerheimintie hinunter in Richtung Innenstadt. Ein kurzer, heftiger Schauer. Die beiden waren ohne Hut, achteten nicht auf den Regen und gingen nebeneinander her, Newman schweigend und geradeaus blickend.
»Neuigkeiten aus Tallinn«, begann Mauno. »Wir können morgen hinfahren. Aber obwohl ich schriftlich die Zusage sicheren Geleits habe, kann es gefährlich werden...«
»Ich komme mit«, fiel ihm Newman ins Wort. »Auf der ›Georg Ots‹?«
»Ja. Aber es ist für Sie noch nicht zu spät, es sich anders zu überlegen.«
»Das Schiff fährt um zehn Uhr dreißig ab? Vom Silja-Pier?«
»Ja. Ich könnte ihnen immer noch mitteilen, Sie hätten sich entschlossen, den Artikel nicht zu schreiben. Machen Sie sich die Sache klar: es ist Rußland, wohin Sie fahren. Für mich ist das okay, aber für Sie...«
»Mauno, ich fahre so oder so nach Estland. Entweder mit Ihnen oder allein. Der Bestseller, den ich geschrieben habe, hat mir eine Menge Geld eingebracht. Irgendwo gibt es einen finnischen Fischer, der mich – für entsprechend viel Geld – in der Nacht an der estnischen Küste absetzt.«
»Dann kommen Sie lieber mit mir.«
Eine Tram rumpelte an ihnen vorbei. Der Regen hatte aufgehört, und plötzlich verschwanden die dunklen Wolken. Der Himmel über ihnen war blau, die Sonne schien, als die beiden Männer sich dem merkwürdigen Denkmal des Präsidenten Kekkonen näherten – zwei senkrechten Platten, die keinerlei Ähnlichkeit mit einem menschlichen Wesen hatten. Vielleicht sollten sie Stärke bedeuten, dachte Newman – nicht daß es ihm wichtig gewesen wäre. Er ging wie ein Roboter, das Gesicht völlig ohne Ausdruck. Als sie an dem Steinklotz des Museums vorbeigingen, stellte er seine Fragen.

»Wie steht's mit dem Besuchsplan? Kann ich gehen, wohin ich will, oder haben sie da Bedingungen gestellt?«
»Überall in Tallinn, lautet das Abkommen. Sie werden Oberst Andrei Karlow kennenlernen...«
»Der uns überallhin begleiten wird? Dann werden die Einheimischen jedes Wort, das sie zu mir sagen, auf die Goldwaage legen.«
»Nein. Wir werden allein gehen – so wie jetzt in Helsinki. Ich hoffe, es macht Ihnen nichts aus, wenn ich mitkomme? Das gehört mit zum Abkommen, das ich mit Tallinn getroffen habe – ich meine, daß ich für Sie verantwortlich bin.« Mauno grinste schief. »Schließlich bin ich Chef der Sicherheitspolizei.«
»Das geht schon in Ordnung«, sagte Newman kurz. »Gehen wir eine vorgeschriebene Route ab?«
»Überall in Tallinn ist ausgemacht. Durch Seitenstraßen. Wir können gehen, wohin wir wollen – wohin Sie wollen. Sie sind sehr begierig darauf, daß Sie sehen, wie die Verhältnisse dort sind, damit Ihr Artikel überzeugend wird...«
»Wie lange werden wir dort sein?«
»Die ›Georg Ots‹ fährt um zehn Uhr dreißig ab, kommt in Tallinn um fünfzehn Uhr an. Sie verläßt Tallinn um neunzehn Uhr dreißig und kommt hier um zweiundzwanzig Uhr dreißig an.«
»Das sind wenig mehr als vier Stunden an Land. Das ist nicht viel.«
»Sie sind ein erfahrener Journalist. Sie haben doch bestimmt Material für eine Story schon in kürzerer Zeit gesammelt. Seien Sie doch bitte morgen um neun Uhr dreißig in meinem Büro.«
»Sie planen großzügig«, erklärte Newman. »Ihr Büro ist nicht weit vom Silja-Pier.«
»Sie haben einer Leibesvisitation zugestimmt«, erinnerte ihn Mauno. »Keine versteckten Kameras, keine Waffen. Das ist ebenso Teil des Abkommens mit Karlow. Oder haben Sie es sich anders überlegt?«
»Nein.« Newman blieb auf dem Gehsteig stehen. »Ich kann von hier eine Tram zurück zum ›Hesperia‹ nehmen. Ich danke Ihnen, daß Sie diese Fahrt für mich arrangiert haben.«
»War mir ein Vergnügen. Und ich bin überzeugt, es wird nichts schiefgehen.«

Karlow war nicht in seinem Büro, weil er eine GRU-Einheit auf dem Lande inspizierte. Lysenko saß auf dem Stuhl seines Untergebenen, hatte die Ellbogen auf den Tisch gestützt, die Hände verschränkt und sah Rebet an.
»Morgen kommt der englische Reporter, Newman, mit Mauno Sarin herüber. Haben Sie alle Vorbereitungen getroffen, die ich angeordnet habe?«
»Ja, Genosse. Alle verfügbaren Männer werden – in Zivilkleidung, wie befohlen – in ganz Tallinn postiert...«
»Keine Kommunikationsprobleme?«
»Sie haben Sprechfunkgeräte, gut verborgen, und wir werden daher zu jeder beliebigen Zeit genau wissen, wo sich Newman und Sarin befinden.«
»Das ist sehr wichtig. Ich werde diese Operation selbst leiten. Wir dürfen Newmans tote Frau nicht vergessen. Alexis Bouvet.«
Rebet schien verwirrt, schwieg eine Weile, während Lysenko ihn beobachtete, bevor er sich entschloß, zu sprechen.
»Ich bin immer noch nicht sicher, ob es eine gute Idee ist. Der Computer sagt, Newman ist schlau. Angenommen, er findet heraus, daß seine Frau hier liquidiert worden ist? Ich sehe zwar nicht, wie ihm das gelingen sollte – aber nehmen wir es doch einmal an?«
»Warum, glauben Sie, lasse ich ihn jede Sekunde, die er hier ist, überwachen?« fragte Lysenko ruhig.
»Ich verstehe nicht...«
»Deshalb bin ich General und Sie haben den Rang, den Sie haben. Wenn Newman etwas herauskriegt, verläßt er Estland nicht lebendig.«
»Das wäre glatter Wahnsinn!« Rebets Miene zeigte tiefe Bestürzung. »Das wäre der zweite gigantische Schnitzer...«
Lysenko schaute nicht mehr zu Rebet hin. Er nahm einen Bleistift und begann, über den Tisch gebeugt, Männchen auf einen Schreibblock zu malen.
»Und welches war der erste, wenn ich fragen darf?«
»Die Ermordung von Newmans Frau«, platzte Rebet heraus. »Sogar in Moskau hat man es sich reiflich überlegt.«
»Zu der Zeit vertrat man ein energisches Vorgehen. Das ist bereits Geschichte.« Lysenko machte eine wegwerfende Geste. »Diese Verfahrensweise fand die Zustimmung Moskaus. Es ist ein kalkuliertes Risiko – ein Artikel von einem Journalisten wie Newman,

der für uns hier reinen Tisch macht, würde alle westlichen Berichte über Unruhen in Estland neutralisieren. Andererseits, wenn Newman zur Gefahr wird, verschwindet er für immer von der Erdoberfläche. In Finnland...«
»In Finnland? Wo in aller Welt wollen Sie das bewerkstelligen?« fragte Rebet.
»Durch gute Organisation.« Lysenko malte noch immer Männchen auf den Schreibblock, ohne Rebet dabei anzusehen. »Ein Mann mit Newmans Aussehen und Statur – in Newmans Kleidern – wird von Bord der ›Georg Ots‹ gehen und in den Fond eines Wagens steigen, dessen Fahrer sofort davonbraust...«
»Mauno Sarin läßt den Wagen vielleicht aufhalten und durchsuchen.«
»Einen Wagen mit Diplomatenkennzeichen? Das glaube ich kaum.«
»Wohin wird der Wagen fahren? Zur Botschaft?«
»Natürlich nicht. Bedenken Sie, es ist Nacht, wenn die ›Georg Ots‹ anlegt. Der falsche Newman wird für den echten gehalten werden. Was den Wagen betrifft, so wird er zu einem vorher festgelegten Punkt nördlich Helsinkis fahren. Die Insassen – der Chauffeur und der Mann, der als Newman auftritt – werden aussteigen und hernach den Wagen in einen entlegenen Sumpf schieben. Ein zweiter Wagen bringt sie in die Botschaft. Am folgenden Morgen kehren sie nach Tallinn zurück.«
»Sarin könnte den Wagen verfolgen lassen – selbst wenn er ein diplomatisches Kennzeichen trägt – und ihn sogar unter einem Vorwand stoppen«, wandte Rebet beharrlich ein.
»Auch mit dieser Möglichkeit habe ich gerechnet. Deshalb wird ein zweiter Wagen dem ersten folgen. Er hat die Aufgabe, jedes Fahrzeug, das Sarin benutzt, um dem ersten Wagen zu folgen, zu stoppen. Man wird einen Unfall bauen.«
»Sie scheinen an alles gedacht zu haben – eine Sache ausgenommen.«
»Und das wäre, Genosse?« Lysenko malte ein weiteres Männchen.
»Mauno Sarin. Die Abmachung sieht vor, daß er Newman die ganze Zeit über begleitet.«
»Und Sie glauben wirklich, es sei unmöglich, die beiden Männer voneinander zu trennen? Sarin davon zu überzeugen, daß Newman in echter Reportermanier aus eigenem Entschluß irgendwo-

hin gegangen ist? Das sollte unser allergeringstes Problem sein.«
»Mir gefällt die Sache noch immer nicht.«
»Ich erinnere mich nicht, daß man Sie je gefragt hat, ob Ihnen etwas gefällt oder nicht gefällt. Sollte ein Notfall eintreten, sollte Newman durch Zufall herausfinden, wie oder wo seine Frau den Tod fand, sollte er zu großes Interesse an der Festung Toompea zeigen, verschwindet er für immer. Und die Welt wird glauben, er sei in Finnland verschwunden.«

32

Zu dem Entschluß kam Tweed am nächsten Tag kurz vor dem Mittagessen, als er in seinem Schlafzimmer im *Grand Hotel* im Armsessel saß.
»Geben Sie mir bitte eine Liste der täglichen Flugverbindungen mit Helsinki. Und von jetzt an brauche ich für jede Maschine eine Platzreservierung.«
»Die Liste habe ich bereits – hier ist sie«, antwortete Ingrid und reichte ihm ein Blatt, auf dem Abflug- und Landezeiten verzeichnet waren. »Und wir brauchen Reservierungen für *zwei* Plätze«, ergänzte sie, während Tweed die Liste durchsah. »Ich komme mit. Ich kenne Finnland.«
»Davon weiß ich nichts.«
Sie sprang vom Bettrand, stand da und schaute auf ihn hinunter. Ihr Ton wurde heftig, sie sprach mit großer Eindringlichkeit.
»Habe ich Ihnen nicht geholfen, wo ich konnte? Wenn ich schon nichts sonst bin, praktisch veranlagt bin ich. Ich kenne Skandinavien. Sie nicht! Ich bin hier geboren. Ich weiß, wie die Leute hier denken – ich sehe Dinge, die Sie nie bemerken würden. Ich will mit Ihnen gehen, Tweed, und ich *werde* es auch!«
»Wenn Sie es sagen. Dann gehen Sie besser gleich und reservieren Sie beim SAS-Schalter in der Halle Plätze für die Flüge der Finnair. Butler hat im Moment für Sie die Überwachung von Helene Stilmar übernommen?«
»Ja. Sie ist in ihrem Zimmer. Butler sitzt draußen bei den Aufzügen. Nield beschattet Stilmar, und Fergusson folgt Cord Dillon.«
»Also, dann haben wir sie alle markiert.« Tweed blickte durch

seine Brillengläser zu ihr empor. Etwas in seinem Gesichtsausdruck beunruhigte sie. Er wirkte jünger, entschlossener – so als stünde er vor der gefährlichsten Hürde.
»Gibt's ein Problem?« fragte sie.
»Nennen Sie es Intuition, wenn Sie wollen – aber ich habe das Gefühl, daß die Krise bevorsteht.«
»Krise?«
»Ja. Das bedeutet, daß die ganze Procane-Geschichte nach hinten losgehen kann. Irgendeiner macht jetzt einen Zug – vielleicht noch heute. Einen Zug, um nach Finnland zu kommen. Stilmar, seine Frau, Cord Dillon, General Dexter. Einer von ihnen. Möglich, daß ich – daß wir noch heute nach Helsinki fliegen müssen. Außerdem mache ich mir Sorgen wegen Newman. Er ist zu allem imstande. Trotzdem, gehen Sie jetzt hinunter und erledigen Sie die Platzreservierungen. Für zwei, wie Sie vorgeschlagen haben.«
Als sie gegangen war, saß Tweed ganz still in seinem Sessel. Die Beziehung zu Ingrid beschäftigte ihn. Mit all seiner Erfahrung vermochte er nicht auszuloten, was im Kopf der jungen Frau vorging. Aber auch was er selbst wollte, war ihm nicht klar.

Draußen in der Halle saß gegenüber den Aufzügen zu Ingrids Überraschung Butler neben Nield. Sie beachtete die beiden nicht, drückte den Knopf und fuhr in die Halle hinunter, die beiden oben zurücklassend.
»Sie wird sich fragen, was ich hier mache«, bemerkte Nield und drehte seine Schnurrbartenden, während die Lifttüren sich schlossen. »Sie weiß nicht, daß Stilmar seine Frau besucht. Merkwürdig, daß sie zwei getrennte Zimmer in verschiedenen Etagen haben.«
»Kommt vor«, erwiderte Butler leise, dabei die Tür von Helene Stilmars Zimmer im Auge behaltend. »Vielleicht kommen Sie nicht allzu gut miteinander aus. Politiker haben ihr Privatleben, ihre privaten Probleme – ganz wie wir anderen auch.«
»Was mir echt Sorgen macht«, äußerte sich Nield, »ist, daß wir uns so lausig abschirmen. Läßt Tweed immer die Zügel so schleifen?«
»Nein.«
»Allmächtiger! Er wohnt im ersten Stockholmer Hotel – setzt sich praktisch ins Auslagenfenster. Benützt sein Zimmertelefon für

alle Arten von Anrufen. Er kann nicht vergessen haben, daß alle diese Gespräche über die Telefonzentrale laufen. Oder er hat seinen Mumm verloren, ist zu lange weit weg vom Schuß gewesen. Sag mal, Harry, verstehst du das?«
»Nein.«
»Ist es vielleicht diese Schwedin – Ingrid? Ist er in sie verknallt? Und noch was – er läßt sie alles mit anhören. Sie ist kein Profi. Ich weiß, du hast mir gesagt, er hat sie schon früher mal eingesetzt – aber sie ist keine von uns. Noch lausigere Abschirmung. Was heißt lausig? Überhaupt keine Abschirmung! Und was ist mit diesem finnischen Mädchen, dieser Laila, die er versuchen läßt, Newman zu beaufsichtigen? Wieviel weiß sie?«
»Keine Ahnung.«
»Hör zu, Harry. Du hast viel mehr Erfahrung in dem Geschäft als ich. Ich habe dir jetzt Gott weiß wie viele lose Enden unter die Nase gehalten, und du sitzt bloß da und machst nicht einmal den Versuch, mich zu beruhigen. Das muß heißen, daß du genauso besorgt bist wie ich. Stimmt's?
»Ich kenne Tweed schon recht lange«, sagte Butler. »Und ich kann dir sagen, er ist der Beste, den wir haben...«
»Hinter seinem Schreibtisch in London. Aber hier draußen? Sagst du immer noch, er ist der Beste, den wir haben? Ja, ich muß dir gestehen, daß ich langsam Angst kriege.«
»Ich warte, daß was geschieht.«
»Was soll geschehen?« fragte Nield.
»Daß Tweed wieder der alte Tweed wird...«

»Ich habe bei der Finnair Plätze reserviert«, sagte Ingrid, ließ sich aufs Bett nieder, kreuzte die Beine und verschränkte die Arme. »Flug AY 784. Startet von Arlanda um fünfzehn Uhr zehn, landet in Vantaa um siebzehn Uhr. Es ist nur ein kurzer Flug. Fünfzig Minuten. Finnland ist uns eine Stunde voraus...«
»Ich weiß.« Tweed schaute auf die Uhr. »Fünfzehn Minuten nach zwölf. Falls sich neue Entwicklungen ergeben, haben wir noch genug Zeit, die Maschine zu erreichen.«
»Sie erwarten neue Entwicklungen?«
»Möglicherweise.«
Tweed schaute zum anderen Bett hinüber, in dem er schlief. Sein Koffer war gepackt. An Ingrids Miene erkannte er, daß sie noch etwas zu sagen hatte.

»Ich verstehe es nicht«, begann sie. »Butler ist draußen – was ich begreife, denn er hat Helene zu beobachten. Was ich aber nicht begreife, ist, daß Nield bei ihm ist. Er beschattet Stilmar...«
»Was bedeutet, daß Stilmar seine Frau im Zimmer an diesem Korridor besucht«, erwiderte Tweed automatisch. »Vielleicht steht die Entwicklung, die ich erwarte, unmittelbar bevor.«
»Ich wollte über Helene sprechen. Ich folgte ihr heute vormittag, wie Sie gebeten hatten.«
»Berichten Sie, was geschah.«
»Sie nimmt sich nach dem Frühstück etliche Taxen und fährt damit durch Stockholm – wie gestern. Dann steigt sie beim NK aus, geht hinein und wandert umher.« Ingrid legte den Kopf auf die Seite und starrte auf die Wand, sah dabei alle Ereignisse im Geist vor sich, so wie sie in ihrem Gedächtnis auftauchten. »Sie kaufte nichts – und das, obwohl sie als amerikanische Touristin hier ist...«
»Sie glauben, daß sie Sie bemerkt hat?«
»Das weiß ich nicht. Sie verließ das NK und ging die Drottninggatan hinunter. Wieder wie gestern – nur diesmal von Sergels Torg aus. Sie ißt im Le Café, einem sehr modernen Restaurant, früh zu Mittag. Nach dem Kaffee führt sie vom Restaurant aus ein Telefongespräch. Sie sprach schwedisch. Es war ein kurzes Telefonat. Sie sagte: ›Mach dir keine Sorgen. Ich habe darüber nachgedacht und sehe, daß du recht hast. Ich komme mit dir.‹«
»Das hört sich an, als hätte sie mit Cord Dillon gesprochen«, warf Tweed ein. »Der Wortlaut ist bezeichnend. Bitte, weiter.«
»Sie verläßt das Le Café und nimmt ein Taxi in den Süden von Stockholm. Das Taxi fährt langsam am Pier vorbei, von dem das Schiff nach Helsinki ablegt.«
»Und zwar um achtzehn Uhr. Es überquert die Ostsee in der Nacht und kommt am folgenden Morgen um neun Uhr dreißig in Helsinki an. Ein Schiff der Viking-Linie. Wenn ich recht in Erinnerung habe, was auf dem Faltprospekt steht, den Sie für mich im Reisebüro besorgten«, ergänzte Tweed.
»Sie haben ein gutes Gedächtnis«, sagte sie. »Das Taxi fährt sie dann hierher zurück, und sie geht hinauf in ihr Zimmer.«
Tweed stand auf, ging hinüber zu seinem Koffer und fuhr mit der Hand unter die sorgfältig gefalteten Kleider. Seine Hand kam mit einem dünnen Ordner zum Vorschein, der Akte über Helene Stilmar. Er setzte sich wieder in den Armsessel und überflog die

Seiten, bis er zu einer gelangte, die er eingehend nochmals las. Er war fast am unteren Ende der Seite angelangt, als jemand in unregelmäßigem Rhythmus an die Tür trommelte. Er nickte Ingrid zu; sie glitt vom Bett und öffnete die Tür.
Harry Butler eilte herein. Er blieb ruckartig stehen, als er den offenen Ordner auf Tweeds Schoß sah. Nur mit äußerster Willensanstrengung gelang es ihm, Ingrid nicht anzusehen. Nield hatte recht. Eine Geheimhaltung existierte nicht – Tweed las in Gegenwart des Mädchens ein höchst geheimes Dokument.
»Ich muß gleich wieder hinaus«, sagte er rasch. »Ich dachte, Sie würden wissen wollen, daß Stilmar seine Frau in ihrem Zimmer besucht.«
»Danke, Harry. Behalten Sie ihn im Auge. Die Lage spitzt sich etwas zu...«
»Hauptsache, Sie wissen's. Ich gehe lieber wieder hinaus.«
Ingrid wartete, bis er draußen war, bevor sie eine Bemerkung machte. Sie saß wie vorhin auf dem Bett und wartete, während Tweed sich an seinem Koffer zu schaffen machte. Er nahm einige dünne Ordner heraus, hob sein Aktenköfferchen aufs Bett, das er ins Flugzeug mitzunehmen gedachte.
Mit einer Nagelfeile hob er den Boden des Köfferchens und legte das Geheimfach frei. Sehr sorgfältig legte er die Ordner in das Fach, so daß sie genau hineinpaßten, brachte den falschen Boden wieder an Ort und Stelle und stapelte dann Zeitungen, Versicherungsmagazine und einen Stoß Versicherungspapiere darauf. Er schloß das Köfferchen und kehrte zu seinem Sessel zurück.
»Butler ist nicht glücklich«, sagte sie.
»Ich weiß.«
»Warum ist er nicht glücklich?«
»Der Druck wirkt sich aus. Er ist schwer gestreßt. Niemand weiß in dieser Phase, was passieren wird. Die Ungewißheit zerrt an den Nerven der Leute. Und gegen die Ungewißheit kann man schwer etwas tun.«
»Aber Sie wirken ruhig und entspannt. Und Sie sind der Boss. Sie sollten gestreßt sein.«
»Sollte ich«, gab Tweed zu, nahm die Brille ab und rieb die Gläser mit seinem Taschentuch. »Aus der ganzen Angelegenheit ist ein schreckliches Durcheinander geworden. Aber das kann eben passieren. Und alle sind von mir abhängig. Also werde ich kalt wie Eis...«

Er brach ab, da jemand an die Tür klopfte, ein dringliches Klopfen, das keinerlei Ähnlichkeit mit dem unregelmäßigen Getrommel von vorhin hatte. Tweed stand auf und gab Ingrid einen Wink, sich im Badezimmer zu verstecken. Sie sprang vom Bett, strich die Decke glatt, auf der sie gesessen hatte, griff nach ihrer Tasche, sah sich im Raum um, um sicherzugehen, daß keine weiteren Spuren ihrer Gegenwart zurückblieben, und verschwand im Badezimmer, die Tür angelehnt lassend.
Tweed besah sich im Spiegel, fuhr sich mit der einen Hand durchs Haar und öffnete die Tür.
Der Mann, der vor ihm stand, war Stilmar, ein sehr aufgeregt wirkender Stilmar.

Stilmar leerte das Glas Scotch, das Tweed ihm eingeschenkt hatte, in zwei Zügen. Tweed suchte eine Flasche Mineralwasser aus dem Kühlschrank, goß sich ein Glas voll, um dem Scotch Zeit zu lassen, seine Wirkung zu entfalten. Er setzte sich in seinen Sessel und schaute den Amerikaner an, der im Sessel gegenüber Platz nahm.
»Ich hatte soeben eine wüste Auseinandersetzung mit meiner Frau«, brach es aus Stilmar hervor. »Ich beschuldigte sie, mit Cord Dillon ein Verhältnis zu haben, und sie leugnete es ab. Sie tobte und schrie mich an.«
»Normale Reaktion – unter den gegebenen Umständen«, bemerkte Tweed.
»Ich glaube, sie versteckte jemanden im Badezimmer. Ich brachte es nicht über mich, nachzusehen, wer es war...«
»Vielleicht sollten Sie auch mein Badezimmer überprüfen?«
»Ach, um Himmels willen! Können Sie sich den Skandal vorstellen, wenn das durchsickert? Wenn Sie Procane ist? Sie war bleich vor Zorn.«
»Wie ich schon erwähnte, eine normale Reaktion. Nehmen wir an, sie hätte Sie in derselben Sache beschuldigt?«
»Sie haben recht. Ich wäre in die Luft gegangen, nehme ich an. Das Problem ist, ich muß in Kürze heimlich nach Helsinki abreisen. Ein inoffizielles Treffen mit – nun, Sie können es erraten.«
»Unsere Freunde in Moskau fangen schon an, sich nach allen Seiten abzusichern – sie beginnen zu glauben, daß Reagan gewinnen muß. Auf diese Entwicklung habe ich gewartet.«
»Könnte ein Bluff sein«, protestierte Stilmar. »Bloß etwas, um uns abzulenken – um Adam Procane zu decken, wenn er dabei ist,

überzuwechseln. Haben Sie daran gedacht? Und in einem solchen Augenblick muß meine Frau mit Dillon, diesem Bastard, Mann und Frau spielen.«
»Sind Sie ganz sicher, daß Sie recht haben?« fragte Tweed sanft. »Ich meine, ich setze voraus, Sie haben einen positiven Beweis?«
»Also... nein. Einen starken Verdacht, ja. Zufällig wurden sie von einem Freund von mir gesehen, wie sie in Washington gemeinsam in dasselbe Haus gingen. Aus welchem Grund sonst sollten sie das tun?«
»Wie ist gegenwärtig Ihr Verhältnis zueinander – zwischen Ihnen und Helene?«
»Wir haben eine große Auseinandersetzung gehabt. Sie will mich einige Tage lang nicht sehen. Sie sagt, sie braucht Zeit, um darüber nachzudenken, dann können wir wieder miteinander reden. Mir ist nicht nach Warten zumute. Ich muß nach Helsinki – und ich würde gerne wissen, wo ich stehe, bevor ich diese Reise mache.«
»Lassen Sie die Sache für ein paar Tage ruhen«, riet Tweed. »Fahren Sie nach Helsinki, tun Sie Ihre Arbeit, und dann, wenn Sie zurück sind, gehen Sie zu ihr. Übrigens«, fügte er beiläufig hinzu, »weiß Sie, daß Sie nach Finnland fahren?«
»Natürlich nicht.« Stilmar schien über diese Frage überrascht zu sein. »Es handelt sich um eine höchst geheime Mission.« Er schwieg kurz. »Sie werden sich fragen, warum ich zu Ihnen komme und mit Ihnen darüber rede.«
»Weil Sie mit niemandem von Ihren Leuten reden können.«
»Das ist es.« Wieder war Stilmar überrascht. »Ich weiß, daß Sie ein Mann sind, der den Mund halten kann.« Er zupfte an seinen Rockaufschlägen und erhob sich. »Ich muß gehen. Normalerweise setze ich mich mit meinen Problemen selbst auseinander – aber manchmal gerät man ganz schön unter Druck. Bleiben Sie sitzen – ich finde selber hinaus.«
Tweed blieb ruhig sitzen, bis er gegangen war; Ingrid erschien und legte die Türkette vor.
»Armer Mensch. Er tut mir leid...«
»Es sei denn, er wäre ein vollendeter Schauspieler. Der Mann ist nicht zu unterschätzen.«
»Wie meinen Sie das?«
»Es kann echt sein. Heirat ist ein schwierigeres Unternehmen, als

den meisten Leuten klar ist. Aber es kann auch etwas ganz anderes dahinterstecken.«
»Ich verstehe noch immer nicht.«
»Der Vorfall mit seiner Frau, den er beschrieb, war für ihn die ideale Gelegenheit, mich darüber zu informieren, daß er nach Finnland fährt. Wenn er Procane ist, wäre es ein brillantes Manöver, mir offen zu sagen, daß er dorthin muß und warum. Und wir haben es mit einem brillanten Mann zu tun. Er wird vermuten, daß er unter Beobachtung steht – also beschwichtigt er unser Mißtrauen, indem er uns über alle seine Schritte in Kenntnis setzt.«
»Sie trauen keinem.«
»Ich kann es mir nicht leisten.«
Tweed stand auf und ging zu seinem Koffer. Er schloß den Deckel, drückte die Schlösser zu und versperrte sie. Er richtete sich auf und sah Ingrid an.
»Halten Sie sich auf die Sekunde bereit.«
»Gepackt habe ich schon.« Ingrid zögerte. »Sie haben Helenes Akte durchgesehen. Haben Sie etwas gefunden?«
»Helene hat eine Schwester, die in Stockholm lebt. Aber die Akte gibt nur knappe Angaben über Helenes Herkunft. Die kompletten Einzelheiten liegen in London...« Er kehrte zu seinem Sessel zurück und schaute auf die Uhr. Es war das einzige äußerlich Anzeichen dafür, daß die Spannung in ihm zunahm.
»Als nächstes«, informierte er sie, »müssen wir unsere Platzreservierung auf die letzte Maschine heute abend umbuchen. Das ist Flug SK 708 mit dem Abflug um neunzehn Uhr fünf. Und wenn Sie das tun, besorgen Sie drei weitere Tickets für Butler, Nield und Fergusson – aber auf die folgenden Namen...«
Er nahm den Schmierblock vom Couchtisch und kritzelte drei Namen darauf. P. Joseph, D. Carson, A. Underwood. Er riß das Blatt vom Block und reichte es ihr.
»Aber ich habe Ihren Platz auf Ihren Namen gebucht«, sagte sie.
»Lassen Sie es so.«
»Sie glauben, wir werden diesen Flug nehmen?«
»So wie die Dinge sich entwickeln, sieht es sehr danach aus. Meine Hoffnung ist, daß ich nach Helsinki komme, bevor Newman etwas Gefährliches unternimmt...«

Zwei Stunden später läutete das Telefon, und Tweed fragte sich, ob er telepathische Fähigkeiten habe. Der Anruf kam von Laila. Sie sprach beherrscht, aber unter der Oberfläche witterte Tweed höchste Besorgnis.
»Ist etwas?« fragte er.
»Newman ist wieder verschwunden. Ich rufe von meiner Wohnung aus an...«
»Verschwunden? Was meinen Sie damit, Laila? Erzählen Sie.«
»Ich wollte ihn im ›Hesperia‹ anrufen, und er war ausgezogen. Er bezahlte die Rechnung und hatte den Koffer bei sich. Tweed, können Sie heute noch nach Helsinki kommen? So schnell wie nur möglich? Oh, bitte.«
»Er hat keine Nachricht hinterlassen?«
»Nein. Aber vielleicht eine für Sie.«
»*Vielleicht?* Sie wissen es nicht?«
»Der Mann an der Rezeption fragte mich nach meinem Namen. Dann gab er mir einen an mich adressierten Umschlag. Darin fand ich einen anderen Umschlag – an Sie adressiert. Er fühlt sich an, als wäre ein kleiner Schlüssel darin...«
»Machen Sie ihn auf, ich warte.«
Er wartete, legte die Hand auf die Sprechmuschel. Ingrid sah seinen Gesichtsausdruck und trat zu ihm.
»Ist das die schlechte Nachricht?« fragte sie.
»Neues Problem. Bei Nachforschungen in Versicherungsangelegenheiten kann man keinen Einfluß auf den Zeitablauf nehmen. Es ist mir auch früher passiert – alles geschieht plötzlich zur gleichen Zeit.«
Er brach ab und nahm die Hand von der Sprechmuschel, weil Laila sich wieder meldete. Sie schien verwirrt und besorgt zugleich.
»Tweed. Es *ist* ein Schlüssel. Und eine Nachricht von Bob für Sie...«
»Lesen Sie. Schnell. Wenn ich es Ihnen sage, hören Sie sofort zu lesen auf.«
»Da steht: ›Tweed. Schließfach Hauptbahnhof. Alexis' letzter Brief.‹ Das ist alles. Soll ich zum Bahnhof gehen?«
»Nein. Versuchen Sie ihn zu finden. Fragen Sie in allen großen Hotels nach. ›Intercontinental‹, ›Marski‹ und so weiter. Das können Sie heute tun. Und dann seien Sie heute abend in Ihrer Wohnung. Die Nummer habe ich. Ich komme, sobald ich kann.«

»Bitte, beeilen Sie sich. Ich mache mir solche Sorgen.«
»Überprüfen Sie die Hotels. Sie sind Reporterin – Sie wissen, was Sie zu tun haben. Vielleicht hat er einen anderen Namen angegeben. Suchen Sie nach jemandem, der sich heute eingetragen hat.«
»Ich gehe jetzt. Bitte, kommen Sie schnell.«
»So bald es geht.«
Er legte den Hörer auf und schob sich die Brille auf der Nase höher. Ingrid hatte diese Geste beobachtet und wußte, daß er in Sorge war. Sie setzte sich aufs Bett und wartete.
»Newman wird wieder vermißt – ist verschwunden«, sagte Tweed schließlich. »Er hat sich von meiner Leine – Laila – gerissen und rennt frei herum.« Er runzelte die Stirn. »Verdammt! Ich habe vergessen, sie darauf aufmerksam zu machen. Newman ist schlau – er hat im ›Hesperia‹ gewohnt, ist vielleicht ausgezogen, dann eine Stunde später wieder zurückgekommen, hat ihnen irgendeine Geschichte aufgetischt und ist wieder eingezogen. Anderes Zimmer, anderer Name.«
»Versteh ich nicht.«
»Er hat ihnen vielleicht erzählt, daß ihm eine Frau namens Laila Sarin unglaublich auf die Nerven geht. Er gibt ihnen eine Nachricht für sie und sagt, sie dürfe nicht wissen, daß er wieder hier wohne. Mit einem schönen Trinkgeld. Ich rufe sie am besten noch einmal an.«
Er wählte die Nummer aus dem Gedächtnis. Aber alles, was er hörte, war, daß Lailas Telefon läutete. Sie hatte ihre Wohnung bereits verlassen.

Zu Mittag meldete sich Fergusson telefonisch. Tweed und Ingrid aßen gemeinsam, was ihnen der Zimmerkellner serviert hatte, so daß Tweed am Telefon bleiben konnte. Fergusson formulierte sehr vorsichtig, im Bewußtsein, daß das Gespräch über die Telefonzentrale lief.
»Cord ist noch im Haus auf dem Karlavägen. Er hält sich dort seit gestern auf.«
»Irgendwelche Besuche – für die Konferenz, meine ich?« fragte Tweed.
»Noch nicht. Er ist allein – arbeitet wahrscheinlich am Protokoll. Das Treffen ist wahrscheinlich um eine Stunde oder so verschoben worden, damit alle rechtzeitig hinkommen.«

»Halten Sie mich bitte auf dem laufenden. Ich muß von jeder wichtigen Entscheidung wissen, die sie auf der Konferenz treffen.«
Tweed legte auf und biß in sein viertes Schinkensandwich. Wenn nicht unbedingt nötig, dann warte nie mit leerem Magen auf etwas. Nichts ist aufreibender als das Warten und die Ungewißheit.
»Ich bin bis oben voll.« Ingrid strich sich über den Bauch. »Wie stehen die Dinge? Kann ich nicht helfen?«
»Fergusson beschattet Dillon. Harry Butler beschattet Helene Stilmar, die vermutlich wie ich ihre Mahlzeit auf ihrem Zimmer einnimmt. Pete Nield beschattet Stilmar – er ist der einzige, der sich noch nicht gemeldet hat. Lassen wir ihm Zeit . . .«
Er unterbrach sich, weil das Telefon wieder läutete, was es offenbar immer dann tat, wenn er etwas erklärte. Er hatte Nield erwartet, statt dessen war Hornberg in der Leitung. Wie Fergusson war er vorsichtig bei der Wahl seiner Worte.
»Tweed, ich dachte, es würde Sie interessieren, daß unser durch Stockholm spazierender Freund nach Dänemark zurückgeflogen ist. Ich mach es kurz, wenn Sie nichts dagegen haben – ich brauche gegenwärtig eine Menge Energie dazu, die Leute ausfindig zu machen, die Peter Persson so übel mitgespielt haben.«
»Gibt es Fortschritte?«
»Bisher keine. Ich bleibe mit Ihnen in Kontakt.«
So war das also, dachte Tweed, während er weiteraß. General Dexter befand sich wieder auf NATO-Territorium. Wahrscheinlich auf dem Weg nach Washington. Er wartete, bis Ingrid ihren Tee getrunken hatte, bevor er ihr seine Vorschläge unterbreitete.
»Butler ist jetzt schon lange draußen, um Helene zu beobachten. Wenn sie fertig sind, holen Sie aus Ihrem Zimmer Ihren Koffer. Lösen Sie ihn ab. Wenn Helene ausgeht, nehmen Sie den Koffer zum Volvo mit. Bevor Sie Butlers Stelle einnehmen, bezahlen Sie noch für diese Nacht und für morgen Ihre Rechnung. Der Koffer wird Sie anders aussehen lassen, wenn Sie draußen warten; außerdem haben Sie ihn zur Hand, wenn wir rasch zum Flughafen Arlanda hinaus müssen. Hat jeder seine Flugkarte?«
»Jeder, außer Fergusson.«
»Dem können Sie sie auf dem Flugplatz geben.«
»Das wird mein Aussehen auch verändern.«

Sie stand vor dem Spiegel des Ankleidetisches und schlang sich ein Wolltuch in Blaßgrau und Hellgrün um den Kopf, das ihr Haar verdeckte. Auf Tweeds Vorschlag hatte sie sich umgezogen und trug jetzt einen kobaltblauen Hosenanzug. Sie machte eine kleine winkende Geste, als sie das Zimmer verließ.
Tweed wanderte in den Alkoven und blickte aus dem Giebelfenster dicht unter dem Dach. Zur Abwechslung gab es herrlichen Sonnenschein. Unten waren etliche der weißen Passagierboote heckseits am Ufer vertäut.
Früh am Morgen hatte er um viertel vor acht beobachtet, wie eines der Boote ankam und seine Passagiere an Land entließ, die dann zur Arbeit eilten. Es gehört zu den fremd und zugleich faszinierend anmutenden Eigenheiten Stockholms, daß die Leute zwischen den Inseln des Archipels, wo sie leben, und der Stadt täglich hin und her pendeln.
Das klare Licht der nördlichen Sonne beschien die imposanten Bauten der Stadt, die Stockholm zu einer der schönsten Städte der Welt machen. Der ockergelbe Stein, der das Sonnenlicht zurückwarf, war wie in goldene Glut getaucht. Es war ein hinreißender Anblick, Tweed konnte sich keinen vorstellen, der friedvoller gewesen wäre.

»Wie ist die Lage jetzt?« fragte Lysenko, um Karlows Schreibtisch Kreise ziehend. Er nahm Gegenstände in die Hand, starrte sie an, als hätte er sie nie zuvor gesehen, legte sie an ihren Platz zurück, schaute aus dem Fenster, hinunter auf die Pikk-Straße. Seine Rastlosigkeit steckte Karlow, der hinter seinem Schreibtisch saß, und den ihm gegenübersitzenden Rebet an.
»Die Rupescu hat ihre Vorbereitungen gut getroffen«, berichtete Karlow. »Poluschkin sitzt im Wagen bei der Anlegebrücke, wo die Schiffe nach Helsinki abfahren. Sie hat drei Männer vom Flughafen hereingebracht. Einer beobachtet die Wohnung auf dem Karlavägen, wo Cord Dillon sich den ganzen Tag aufgehalten hat. Sie erinnern sich, Poluschkin beobachtete ihn, wie er zwei Schiffskarten für die Überfahrt nach Helsinki kaufte ...«
»Ich vergesse nichts, was man mir sagt«, sagte Lysenko. »Machen Sie weiter.«
»Die beiden anderen sind vor dem ›Grand Hotel‹ postiert. Sowohl Tweed als auch Stilmar sind immer noch im Hotel.«
»Und was ist mit dem Flugplatz? Ist da jetzt etwa niemand?«

»Natürlich nicht. Drei Männer sind immer noch draußen. Damit sind alle sechs, die wir nach Schweden geschickt haben, im Einsatz.«
»Und Bromma? Der kleine Flugplatz im Zentrum?«
»Wir können nicht alles abdecken.«
»Wir können – und wir werden. Rufen Sie die Rupescu sofort an. Sie soll noch einen Mann von Arlanda abziehen und nach Bromma schicken. Immer muß ich mich um alles kümmern – immer findet sich ein Schlupfloch, das übersehen worden ist.«
»Ich rufe die Rupescu an.«
»Wo ist sie jetzt?«
»In der Wohnung in Solna. Das ist die Zentrale, wohin alle Bericht erstatten – und von wo aus sie mich auf dem laufenden hält. Worauf ich jetzt wirklich warte, ist eine ganz bestimmte Änderung des gegenwärtigen Zustandes...«
»Welche?« schnarrte Lysenko.
»Daß Tweed von Stockholm nach Helsinki geht. Dann weiß ich, daß Procane in Finnland angekommen ist...«

33

Ingrid saß in der sechsten Etage in der Halle in einem Fauteuil, den Aufzügen zugewendet. Ihr Koffer stand, besonders gut sichtbar, neben ihrem Sitz. Es war, als hätte sie schon immer so dagesessen.
Sie hörte eine Tür unten auf dem Korridor auf- und zugehen und beugte den Kopf über ihr Magazin. Helene Stilmar ging an ihr vorüber und drückte den Knopf des Aufzuges. Ihr kastanienbraunes Haar glänzte. Sie hob die Hand und rückte eine Locke zurecht.
Die Aufzugstüren öffneten sich, Helene trat in die Kabine, die Türen gingen zu. Ingrid packte ihren Koffer und rannte los. Sie stieß die Tür auf, eilte die Treppe hinunter, sich mit einer Hand am Geländer haltend, um nicht auf den Stufen die Balance zu verlieren.
Sie erreichte die Eingangshalle, als Helene auf den Ausgang zuschritt.
Ingrid ging langsamer, richtete ihre ganze Aufmerksamkeit auf Helenes Füße, auf die Art, wie sie sie auf den Boden aufsetzte, die

Bewegungen der Beine. Tweeds Akte fiel ihr ein. ».. . Helene hat eine Schwester, die in Stockholm lebt... Aber die Akte gibt nur knappe Angaben über Helenes Herkunft, die kompletten Einzelheiten liegen in London...«
Am oberen Absatz der Treppe zum Ausgang blieb sie stehen, beobachtete die Stilmar, wie sie am Ausgang mit dem Türsteher redete. Sie würde ein Taxi herbeirufen lassen.
Das war nicht dieselbe Frau, nicht die echte Helene. Für Ingrid gab es keinen Zweifel. Das war die Schwester. Sie drehte sich um, ging zurück und fuhr mit dem Aufzug zurück in die sechste Etage. Das war gegen Tweeds klare Anweisungen, aber sie wußte, daß richtig war, was sie tat. Sie setzte sich wieder in den Fauteuil und wartete, den Koffer auf den Fußboden stellend.

Poluschkin saß hinterm Steuer seines gemieteten Audi, nahe dem Pier, von dem die Schiffe nach Helsinki abfuhren. Es war fünf Uhr nachmittags – etwa zur selben Zeit, zu der Ingrid beschloß, wieder in die sechste Etage hinaufzufahren.
Von hier aus hatte er das Schiff der Viking-Linie gut im Auge, das um sechs Uhr nach Finnland auslaufen würde. Der Rumpf war hellrot, fast schon karminrot, und darüber erhoben sich weiße Aufbauten. Zwillingsschornsteine, ebenfalls rot, entließen feine Rauchbänder in den Nachmittagshimmel.
Poluschkins Augen waren auf die Gangway geheftet, auf der die Passagiere an Bord gingen. Durch das offene Wagenfenster des Audis konnte er das vertraute Gemisch von Gerüchen aufnehmen, die jedem Hafen eigen waren, Harz, Teer, Öl.
Auf Magda Rupescus Anweisung war er ganz anders gekleidet als sonst. Er trug lederne Kniehosen und auf dem Kopf einen Filzhut mit Feder. Er sah nun eher aus wie ein Tourist aus Süddeutschland.
Er schaute erneut auf die Uhr. Fünf nach fünf. Bald würden die ersten Passagiere eintreffen. Seine Verkleidung war für einen ganz bestimmten Zweck gewählt worden.
»Heute abend«, hatte Magda gesagt, »fliegst du bestimmt nach Finnland.«

Tweed stand im Alkoven und blickte über das Wasser in die Richtung, wo hinter einer Biegung des Flusses das Schiff der Viking-Linie am Pier lag. Das Schiff, das jeweils um neun am

Vormittag aus Helsinki eintraf, würde bald die Rückfahrt antreten.
Heute abend, dessen war er sicher, würde ein ganz bestimmter Passagier an Bord gehen. Und dieser Tatbestand würde eine ganze Reihe von Ereignissen auslösen. Der Fall Procane trieb rasch dem Höhepunkt zu. Er fühlte es förmlich an seinen Nervenenden. Bewegungslos stand er mit auf dem Rücken verschränkten Händen und gesenktem Kopf da.
Sein Gesichtsausdruck war merkwürdig – Monica in London hätte ihn zu deuten gewußt: der »alte Tweed«, auf den Butler mit wachsender Besorgnis wartete, war wiederauferstanden.

Draußen, nur wenige Schritte von Tweeds Zimmer entfernt, saß Ingrid im Fauteuil und las in ihrem Magazin. Immer wieder stellte sie sich dieselbe Frage: Habe ich richtig entschieden?
Wie oft – und in den verschiedensten Situationen – hatten sich Menschen wohl schon diese Frage gestellt? Sie wagte nicht, zu Tweed zu gehen und ihm zu sagen, was sie getan hatte. Sie mußte ihrem Urteilsvermögen trauen. Das war es ja, was Tweed von seinen Leuten erwartete – daß sie selbständig denken konnten.
Unten im Korridor ging eine Tür auf. Sie saß ganz still. Die Tür schloß sich. Schritte kamen näher. Die Schritte einer Frau. Helene Stilmar ging an ihr vorüber, in der rechten Hand einen Koffer, und drückte den Knopf des Aufzugs.
Als die Türen sich schlossen, wiederholte sich alles. Ingrid packte ihren Koffer, rannte zu den Schwingtüren des Stiegenhauses und die Treppe hinunter. Sie kam in der Halle an, als Helene eben die Stufen, die zum Ausgang hinunterführten, erreichte.
Langsam ging Ingrid an der Amerikanerin vorbei, die wartete, während der Türsteher einem Taxi winkte. Ihren Volvo aufschließend, glitt sie hinters Steuer und schob ihren Koffer auf den Sitz neben sich.
Sie startete den Motor, als Helene ins Taxi kletterte. Der Türsteher schlug die Wagentür zu, das Taxi fuhr bis zur Rot zeigenden Ampel und blieb stehen. Ingrid fuhr rückwärts aus der Parklücke und kroch dann vorwärts, sich so einordnend, daß zwischen ihr und dem Taxi ein anderer Wagen stand.
Das Taxi fuhr los, vorbei an der Handelsbank zur Rechten, immer geradeaus und bog dann links ein und fuhr über die Brücke nach Gamla Stan. Ingrid durfte triumphieren. Sie hatte recht gehabt!

Weiter ging es, am Ostufer der Insel entlang, vorbei am Hotel *Reisen*, danach über die Brücke in den Süden Stockholms. Einen Augenblick lang meldeten sich bei Ingrid Zweifel. Fuhr sie wirklich nach Süden? Nein! Der Wagen bog links ein und fuhr auf den Pier der Viking-Linie zu.
Ingrid fuhr langsam und warf nur einen kurzen Blick auf den Audi, der nahe am Pier geparkt stand. Einen Augenblick lang sah sie den Mann mit einer Art Tirolerhut im Wagen sitzen. Ein deutscher Tourist, der sich das Ablegemanöver des Schiffes ansehen wollte.
Sie fuhr am Taxi vorbei, das vor der Gangway hielt, über die die Passagiere bereits an Bord gingen. Eine Prozession von Wagen und Taxis kam angefahren, man hielt, fuhr ab. Ingrid parkte den Wagen am Bug des gewaltigen Schiffes, drehte sich im Sitz um und beobachtete die Szene durch das Rückfenster.
Helene Stilmar, in der Hand den Koffer, ging die Gangway hinauf. Sie wartete, bis die Amerikanerin im Schiffsinneren verschwunden war, schaute durch die Windschutzscheibe und wäre um ein Haar von ihrem Sitz hochgesprungen.
Hinter dem Steuer seines gemieteten Ford saß Fergusson und beobachtete sie. Ihre Augen trafen sich, und Ingrid wandte den Blick ab. Himmel! Was machte der Schotte hier? Sie wendete und fuhr zum *Grand Hotel* zurück, dabei Seitenwege benützend, um dem starken Verkehr auszuweichen. Als sie das Schiff hinter sich zurückließ, war der Mann mit Tirolerhut nicht mehr da.

»Gut gemacht«, sagte Tweed, als Ingrid mit ihrem Bericht am Ende war. Er wandte sich Harry Butler zu und lächelte schief. »Sind Sie nicht auch der Meinung?«
»Profiarbeit«, stimmte Butler zu.
»Helene hat eine Schwester – eine Zwillingsschwester, vermute ich«, fuhr Tweed fort. »Ich werde das nachprüfen, wenn ich wieder in London bin. Die Schwester sollte uns weglocken – falls man ihr folgte –, so daß Helene die Chance erhielt, unbemerkt an Bord des Schiffes zu gehen. Ich nehme an, die beiden Schwestern haben tagelang das Schlafzimmer geteilt...«
Er hielt inne, weil wieder einmal das Läuten des Telefons seine Ausführungen unterbrach. Es war Fergusson, der von einer öffentlichen Telefonzentrale aus anrief. Der Bericht des Schotten war knapp und präzise.

»Cord fuhr mit einem Taxi vom Karlavägen ab, vor einer Stunde, mit Koffer. Die Konferenz war ein Erfolg. Er ist jetzt an Bord des Schiffes, das in wenigen Minuten nach Helsinki abfährt.«
»Ich erwarte, daß er mir die Einzelheiten über die Konferenz per Luftpost zuschickt. Sie fahren sofort nach Arlanda. Sie wissen, wann die Maschine geht. Lassen Sie den Wagen am Flugplatz stehen. Beeilen Sie sich.«
Er legte auf, ging, die Hände auf dem Rücken verschränkt, im Zimmer umher. Butler beobachtete ihn mit dem Gefühl unendlicher Erleichterung, ihm war der Wechsel in Tweeds Art zu sprechen nicht entgangen. Fest, entschieden. Jedes Zeichen von Sichgehen-Lassen und Unentschlossenheit war geschwunden.
»Das war Fergusson.« Tweed sah Ingrid an. »Sie machen sich jetzt am besten nach Arlanda auf den Weg. Lassen Sie den Volvo dort stehen und suchen Sie Fergusson. Geben Sie ihm sein Ticket, aber reisen Sie allein. Wir können uns wieder auf dem Flughafen Vantaa treffen, wenn wir in Finnland sind.«
Er wartete, bis er mit Butler allein war, und begann weiterzusprechen.
»Fergusson sah Cord Dillon an Bord desselben Schiffes gehen, mit dem Helene Stilmar fährt...«
»Was Verwirrung in die Sache bringt. Es verwirrt mich.«
»Sie meinen, wer jetzt Procane ist?«
»Es könnte eine einfachere Erklärung geben«, regte Butler an. »Wenn sie ein Verhältnis miteinander haben, wäre es heikel, sich in Washington zu treffen. Weit weg in Helsinki können sie machen, was ihnen gefällt.«
»Sowas kommt vor«, stimmte Tweed ihm bei. »Es gibt eine andere Erklärung. Der eine gibt vor, mit dem anderen ein Verhältnis zu haben. Welche bessere Tarnung gäbe es für eine Reise nach Finnland? Vielleicht legt einer den anderen rein.«
»Aber wer wen?«
»Das ist immer noch ein Geheimnis. Die Lösung liegt in Helsinki. Und uns bleibt nicht mehr viel Zeit, wenn wir die letzte Maschine nach Helsinki erreichen wollen. Ihr Koffer ist gepackt, wie ich angeordnet habe?«
»Bereit für die Abreise innerhalb von achtzig Sekunden.«
»Ich muß noch einen Anruf machen. Ich sehe Sie unten in der Halle. Und dann ab nach Arlanda.«
Tweed wartete, bis er allein war. Sich in den Armsessel setzend,

wählte er Hornbergs Nummer. Nach Nennung seines Namens wurde er direkt mit dem SAPO-Chef verbunden.
»Sie wissen, wer spricht, Gunnar. Ich kann Ihnen jetzt sagen, daß ich stark vermute, Sie finden den Mörder von Peter Persson in dem Wohnblock draußen in Solna – es ist derselbe, den Sie aufgrund der Autonummer eines ganz bestimmten Wagens unter Beobachtung stellten.«
»Bredkilsbacken«, sagte Hornberg prompt.
»Der Mörder ist wahrscheinlich eine Frau, ein Profi. Ihre Leute sollen mit äußerster Vorsicht vorgehen...«
»Ich danke Ihnen. Wir werden uns das sofort ansehen...«
»Außerdem, Gunnar, wird es Sie erleichtern, zu hören, daß ich jetzt nach Helsinki abreise. Ihre Leute in Arlanda werden mich sehen – aber ich zog es vor, es Ihnen persönlich zu sagen. Vielen Dank für Ihre Hilfe.«
»Es war mir ein Vergnügen.« Hornberg legte ein kleine Pause ein. »Darf auch ich Ihnen nahelegen, mit äußerster Vorsicht vorzugehen?«

In Karlows Büro knisterte Hochspannung. Das Auswirkungen auf die drei Personen im Raum waren verschieden. Karlow saß hinter seinem Schreibtisch, die Gesichtsknochen traten scharf hervor, sonst schien er entspannt, er saß zurückgelehnt, die Hände im Schoß verschränkt.
Lysenko saß im Reitsitz auf einem Stuhl, den massigen Körper gekrümmt, die Arme auf der Lehne ruhend. Sein Blick ließ Karlow nicht los. Rebet saß auf einem anderen Stuhl, die Beine gekreuzt, mit den Fingern ohne Unterlaß einen Bleistift drehend. Lysenko fand das störend.
»Hören Sie auf, mit dem verdammten Bleistift herumzuspielen.«
Das Telefon läutete. Das Läuten fiel überlaut in die Stille des Raumes. Karlow nahm den Hörer, hörte zu und bat dann den Anrufer, am Apparat zu bleiben. Er legte die andere Hand auf die Sprechmuschel und schaute Lysenko an.
»Poluschkin. Er ist am Pier, von dem das Schiff nach Helsinki ablegt. In einer öffentlichen Fernsprechzelle. Cord Dillon ist vor wenigen Minuten an Bord gegangen – kurz nachdem Helene Stilmar ebenfalls an Bord gegangen ist. Das Schiff fährt um sechs Uhr schwedischer Zeit ab. In fünfzehn Minuten.«

»Das ist es!« entschied Lysenko. »Sagen Sie ihnen, sie sollen ausreisen – nach Finnland. Schnell. Auf der beschlossenen Route. Sagen Sie es Poluschkin, und rufen Sie dann Magda Rupescu an.«
»Aber es gibt noch keine Nachricht, daß Tweed Stockholm verläßt«, protestierte Karlow. »Das ist das Signal, auf das ich warte...«
»Sagen Sie es Poluschkin! Jetzt! Sie haben sich in der Tehtaankatu zu melden«, sagte er. »Sie bleiben in Helsinki und warten dort weitere Entwicklungen ab. Machen Sie schon. Und Tweed – er hat das Boot versäumt. In wahrsten Sinne des Wortes. Schlechter Witz, ja?«
Karlow instruierte Poluschkin, unterbrach dann die Verbindung und rief Magda Rupescu an. Er legte auf, ohne gesprochen zu haben.
»Die Nummer ist besetzt. Wahrscheinlich spricht sie mit einem unserer Leute in Arlanda. Ich rufe sie nochmals an...«

Gunnar Hornberg saß neben dem Fahrer des Wagens. Es ging in rascher Fahrt durch Solna. Zwei weitere Streifenwagen folgten. Hornberg hatte Tweeds Warnung sehr ernst genommen. Alle seine Männer waren schwer bewaffnet, einige mit Maschinenpistolen.
Keine Sirenen heulten. Die Anfahrt erfolgte in aller Stille.
Vor dem Wohnblock auf dem Bredkilsbacken hielten die Wagen. Türen wurden aufgestoßen, Männer sprangen heraus, in Uniform und in Zivil.
Hornberg ging allen voran den Hügel zum Eingang hinauf. In der Rechten hielt er seinen SAPO-Dienstausweis. Er war nahe vor dem Eingang, einen Uniformierten an seiner Seite, als das Tor sich öffnete und Magda Rupescu, einen Koffer in der Linken, heraustrat.
Sie hatte den Anruf aus Tallinn bekommen und wollte zum Flugplatz Bromma. Eben wandte sie sich in die Richtung ihres geparkten Autos, als sie Hornberg und die uniformierten Polizisten sah. Sie ließ den Koffer fallen.
»SAPO, Polizei«, rief Hornberg. »Kann ich mit Ihnen ein paar Worte...«
Magda Rupescu trug ein weißes Kleid und einen vorne offenen weißen Mantel. Sie griff in ihre Handtasche. Die Hand kam mit

einer automatischen Walther-Pistole zum Vorschein. Sie richtete die Waffe direkt auf Hornberg.
»Nicht schießen!« schrie Hornberg.
Sie schoß. Die Kugel streifte ihn an der Schulter, als er sich duckte und flach zu Boden fiel. Die Maschinenpistole des Mannes hinter dem SAPO-Chef begann zu rattern. Magda Rupescu wurde zurückgeworfen, wie von einer Riesenhand gestoßen. Sie fiel und blieb in unnatürlicher Haltung regungslos liegen. Die Brustpartie ihres weißen Kleides färbte sich rot, ein Fleck, der rasch größer wurde. Als Hornberg zu ihr kam, war sie tot. Er nahm ihre Handtasche und leerte den Inhalt auf den Boden. Darunter befand sich ein dunkler, zylinderförmiger Gegenstand. Er drückte an einem Ende auf einen Knopf, und eine Stahlnadel sprang hervor.
Jetzt wußte er, daß er die Mörderin von Peter Persson vor sich hatte.
Vielen Dank, Tweed, dachte er bei sich.

DRITTER TEIL

Helsinki:
Niemandsland

34

Bob Newman hatte den Tag dort verbracht, wo Tweed ihn von allen Orten der Welt am allerwenigsten vermutet hätte: in Stockholm.

Er hatte die Frühmaschine nach Stockholm genommen, war mit einem Taxi in die Innenstadt gefahren, hatte seinen Koffer am Hauptbahnhof in ein Schließfach gestellt und war dann zu Fuß zum Sergels Torg gegangen.

In vielen Städten gibt es allgemein bekannte Plätze, wo man eine Waffe kaufen kann oder Rauschgift. In London ist es der Leicester Square. Die örtlichen Polizeibehörden wissen nur zu gut, was vorgeht. Anstatt möglichst viele ihrer Leute auf das Gebiet anzusetzen und damit die Händler zu vertreiben, halten sie es für klüger, möglichst unauffällig zu arbeiten.

Der Grund liegt auf der Hand. Sie ziehen es vor, zu wissen, wo die Transaktionen stattfinden. Jeder Versuch, damit aufzuräumen, würde die Waffenhändler und Rauschgiftdealer in den Untergrund treiben, wo sie schwerer überwacht werden konnten.

In Stockholm ist der Sergels Torg Zentrum all dieser Aktivitäten, jener eigenartige Platz, dessen größerer Teil unter dem Straßenniveau, jedoch unter freiem Himmel liegt. Dieser tiefer gelegene Teil ist über Treppen zu erreichen, die von den an ihm endenden Straßen rundum zu ihm hinabführen. Unten angekommen, kann man sich in das Tunnellabyrinth begeben, das zu etlichen Ausgängen führt, von denen einer zugleich Eingang ins Kellergeschoß des NK-Kaufhauses ist.

Als Zeitungskorrespondent wußte Newman genau, was hier los war. Und er wußte auch, wie schwierig es gewesen wäre, in Finnland eine Waffe zu erstehen. Er hatte ein Stunde gebraucht, um den nötigen Kontakt zu knüpfen. Ohne zu handeln, zahlte er viertausend Kronen für einen Revolver in vorzüglichem Zustand samt Munition.

Er kehrte mit der 38er Smith & Wesson, die er in seinem Gürtel unter dem Regenmantel verborgen trug, zum Hauptbahnhof zurück, er holte den Koffer aus dem Schließfach und schloß sich in der letzten Kabine der öffentlichen Toilette ein. Er zerlegte die Waffe, wickelte die einzelnen Teile in Schaumgummi, das er sich in Helsinki besorgt hatte, und verteilte sie zwischen den Kleidern im Koffer.

Er aß im Bahnhofsrestaurant zu Mittag, stets auf die Zeit achtend, nahm ein Taxi zum Arlanda-Flughafen, wo er für den fünfzig Minuten dauernden Flug zurück nach Helsinki die Maschine SK 706 erreichte – zufällig eine Maschine vor jener, die Tweed mit demselben Ziel benutzen würde.
Newman flog um 17.05 Uhr von Arlanda ab und war um 19.00 Uhr finnischer Zeit wieder auf dem Flughafen Vantaa. Er wartete beim Gepäckskarussell auf seinen Koffer, nahm ihn vom Förderband und ging ohne Hast durch den »Nichts zu verzollen«-Ausgang. Am folgenden Tag würde er zusammen mit Mauno Sarin an Bord der *Georg Ots* nach Tallinn fahren.

Auf dem Flugplatz Bromma saß Poluschkin, mit falschen Papieren auf den Namen Reinhard Noack ausgestattet, in einem gecharterten Jet und wartete auf Magda Rupescus Kommen.
Er wartete bis zur vereinbarten Zeit, sieben Uhr. Er schaute häufig auf die Uhr. Magda hatte genug Zeit, um von der Wohnung in Solna hierher nach Bromma zu fahren. Die Entfernung war nicht der Rede wert. Magda Rupescus Anweisung war klar und eindeutig gewesen.
»Wenn ich bis sieben nicht da bin, fliegst du allein.«
Er wartete bis fünf nach sieben. Nicht deshalb, weil er die Frau mochte. Sie hatten täglich ihre Uhren verglichen, aber wenn sie jetzt ankam, während der Jet abhob, dann wußte er, wer abgeschossen werden würde. Um fünf nach sieben sagte er dem Piloten, er solle starten.
Der Pilot verständigte sich mit dem Kontrollturm. Fünf Minuten später waren sie in der Luft, kletterten steil über dem Netzwerk aus Wasser- und Asphaltstraßen, das sich unter ihnen ausbreitete, nach oben. Dann nahm der Pilot Kurs auf Helsinki.

Tweed bekam, als er allein die Maschine SK 708 betrat – der Rest des Teams, Ingrid inbegriffen, war bereits an Bord –, einen kleinen Schrecken.
Langsam ging er durch den Mittelgang zum vorderen Teil des Flugzeugs. Seine Miene blieb ausdruckslos, als er den Hinterkopf eines auf einem Fensterplatz sitzenden Passagiers entdeckte. Er ging näher heran; es war Stilmar.
Tweed blieb stehen, dann kehrte er zu einem freien Sitz weiter hinten zurück. Als er an Fergusson vorbeikam, der einen Platz am

Mittelgang hatte, nahm er die Brille ab und ließ sie fallen. Fergusson bückte sich und hob sie auf.
»Vielen Dank. Nein, sie ist nicht gebrochen.« Er senkte die Stimme. »Folgen Sie Stilmar. Vor ihnen an Backbord – trägt Hornbrille...«
Er ließ sich auf den freien Sitz am Mittelgang nieder, griff sich aus dem Netz in der Lehne des Vordersitzes eine Zeitschrift. An die Möglichkeit, daß Stilmar an Bord derselben Maschine sein konnte, hatte er nicht gedacht.
Der Amerikaner hatte durch einfache Vorkehrungen sein Aussehen wirkungsvoll verändert. Die Hornbrille anstelle der üblichen randlosen Brille machte ihn zu einer völlig anderen Person. Das konnte er sehr wohl unternommen haben, weil er in Helsinki heimlich die Russen treffen wollte. Es gab jedoch auch eine ernstere Erklärung dafür.
Das Flugzeug kam in Bewegung, rollte zur Startbahn, die Motoren heulten auf, sie rasten auf der Startpiste dahin. Tweed spürte, wie sich das Raumgefühl änderte, die Räder hatten keinen Kontakt mehr mit dem Beton, sie waren in der Luft.
Auf halber Strecke fragte die Frau, die neben Tweed saß, ob es ihm etwas ausmache, mit ihr den Platz zu tauschen – sie säße nicht gern am Fenster. Tweed tat ihr den Gefallen, und als sie tiefer gingen, blickte er mit Interesse aus dem Fenster. Es war einige Zeit her, seit er Finnland zum letzten Mal besucht hatte.
Es war dunkel, aber der Himmel war klar, und der Mond schien. Als sie zur Landung ansetzten, kamen kurz Inseln dunklen, dichten Waldes ins Gesichtsfeld. Andere Inseln, diesmal kleine Seen, glitzerten im geisterhaften Licht. Hier und da die Lichter eines Hauses, umschlossen von Wald. Seen überall. Und das alles sah er durch den hauchdünnen Schleier der aufgerissenen Nebeldecke. Der Anblick glich einer Traumphantasie. Zauberland...
Ein Stoß riß ihn aus dem Trancezustand. Sie waren gelandet. Tweed blieb ruhig sitzen, als das Flugzeug zum Stehen kam und die Passagiere in Bewegung gerieten. Fergusson glitt an ihm vorüber, weil Stilmar dem Ausgang zustrebte.
Tweed schaute zurück und sah Butler und Nield, die ihr Handgepäck aus den über den Sitzreihen befindlichen Fächern nahmen. Ingrid ging bereits den Mittelgang hinunter, starr geradeaus blickend. Tweed stand auf, holte sein Aktenköfferchen und seinen Mantel aus dem Gepäckfach und folgte den anderen.

»Procane ist definitiv auf dem Weg nach Finnland.« Karlow legte den Hörer auf, während er Lysenko die Ankündigung machte. »Dieser Anruf kam von Galkin aus Arlanda. Tweed ging an Bord des Fluges SK 708 nach Helsinki, mit Abflug um neunzehn Uhr fünf. Das bedeutet für mich nur eines – wie ich schon immer sagte. Sobald Tweed sich nach Finnland begibt, ist Procane bereits dort oder auf dem Weg dorthin.«
»Wann kommt diese Maschine in Helsinki an?« fragte Lysenko.
»Einundzwanzig Uhr.«
»Und wann landen Poluschkin und Magda Rupescu, von Bromma kommend?«
»Etwa um dieselbe Zeit, rechne ich«, sagte Karlow. »Er könnte etwas früher eintreffen als Tweed – wenn Sie jetzt an Poluschkin denken...«
»Das tue ich. Borisow ist unser bester Mann in der finnischen Hauptstadt. Weisen Sie ihn an, Poluschkin mit einem Mietwagen zu erwarten. Es muß ein Mietwagen sein. Nein, warten Sie – treiben Sie noch jemanden auf, der Borisow in einem zweiten Mietwagen begleitet. Wenn Poluschkin rechtzeitig eintrifft, soll Borisow ihm sagen, er solle Tweed folgen – und dabei muß Poluschkin wieder von Borisow mit dem zweiten Mietwagen begleitet werden. Sie haben Tweed zum Hotel – egal, welchem – zu folgen...«
»Er könnte auch zur Britischen Botschaft fahren«, warf Rebet ein, der bisher nur Zuhörer gewesen war.
»Nein!« Lysenko sagte es mit Nachdruck. »Tweed wird sich von seiner Botschaft fernhalten. Die werden nicht einmal wissen, daß er kommt. Ich will über alles, was er tut, informiert sein. Wenn sie zu Tweeds Hotel kommen, kann Poluschkin in Borisows Wagen umsteigen – auf diese Weise wird Tweed nicht merken, daß man ihm folgt. Jeder Schritt, den Tweed in Helsinki tut, wird von nun an überwacht.«

Sie verließen die Maschine über eine herangerollte Gangway, und in ungeordneter Schlange trotteten die Passagiere das kurze Stück zum Hauptgebäude. Ein Schild zeigte die Aufschrift HELSINKI – VANTAA. Die Nachtluft war kühl und belebend. Es war still ringsum, und Tweed wurde nahezu körperlich des den Flughafen eng umschließenden Waldes gewahr.
Er nahm sich ein Taxi für die Zwanzig-Minuten-Fahrt nach Hel-

sinki. Während das Fahrzeug auf der von Kiefernwäldchen und zutage tretendem Fels gesäumten vierbahnigen Schnellstraße dahinfuhr, dachte er an Newman. Und diese Gedanken nahmen in so in Anspruch, daß sie vor dem Hotel *Hesperia* ankamen, ohne daß er sich bewußt geworden wäre, daß sie sich in der Innenstadt befanden. Er entlohnte den Fahrer und trug sich an der Rezeption mit seinem eigenen Namen ein.
Tweed hatte es so eingerichtet, daß jeder vom Team im *Hesperia* wohnte, sich aber getrennt von den anderen einzutragen hatte, so daß nicht offensichtlich war, daß man einander kannte. In diesem Stadium war die Konzentrierung der Kräfte unbedingt notwendig.
Ingrid hatte in der großen Halle auf ihn gewartet und inzwischen die in einem Geschäft ausgestellten Waren betrachtet. Als er das Empfangspult verließ, ging sie zu den Aufzügen und trat hinter ihm in die Kabine, bevor sich die Türen schlossen.
»Ich habe Zimmer 1401. Die anderen wohnen alle hier – außer Fergusson. Hier die Zimmernummern.«
Sie gab ihm einen Zettel. Er steckte ihn in seine Brieftasche, sagte, er werde sich melden, und trat aus der Kabine. »Sagen Sie ihnen, sie sollen zu Abend essen«, bemerkte er noch. »Und Sie auch.«
»Kann ich helfen?«
»Ja. Später. Ich rufe Sie an. Nach dem Abendessen.«
Kaum war er in seinem Zimmer, als er den Koffer niederstellte und Lailas Nummer wählte. Sie hob sofort ab – so rasch, daß er den Eindruck gewann, sie habe neben dem Telefon gesessen.
»Hier Tweed. Ich bin im ›Hesperia‹.«
»Gott sei Dank!«
»Jetzt beruhigen Sie sich einmal. Ich habe Zimmer 1410. Können Sie jetzt herkommen?«
»Ich bin in zehn Minuten da.«
»Beeilen Sie sich nicht zu sehr. Und bringen Sie bitte den Umschlag mit, den Newman für mich hinterlassen hat. Ich wiederhole: lassen Sie sich Zeit. Ich bin gerade beim Abendessen«, log er.
Tweed hatte seit Mittag nichts gegessen, aber er zeigte keinerlei Ermüdung. Sein nächster Anruf galt Mauno Sarin auf dem Ratakatu. Die Dame in der Vermittlung sagte ihm, er solle eine Minute warten. Er wartete. Fünfzehn Sekunden. Er hatte auf die Uhr gesehen.

»Es tut mir leid«, informierte ihn die Dame, »aber Mr. Sarin ist nicht im Haus. Kann ich ihm eine Nachricht übermitteln?«
»Nein«, sagte Tweed und legte auf.
Die Zeit war zu kurz gewesen. Er erinnerte sich gut an Ratakatu, an Maunos Gewohnheit, zu jeder Zeit zu arbeiten und häufig durch die Büroräume zu gehen, um sich über den Stand der Dinge zu informieren.
Für den Fall, daß er unrecht hatte, versuchte er es mit Maunos Privatnummer – aus dem Gedächtnis. Tweed hatte ein phänomenales Zahlengedächtnis. Sarins Frau meldete sich. Sie war sofort sehr herzlich und freundlich. Sie mochte Tweed, und Tweed mochte sie. Sie war eine besonders heitere Person.
»Leider ist er nicht da«, sagte sie. »Ich erwarte ihn nicht vor Ablauf mehrerer Stunden. Warum rufen Sie ihn nicht im Büro an?«
»Danke, werde ich tun. Ich dachte, ich sollte es zuerst bei Ihnen zu Hause versuchen.«
»Sie müssen zu uns zum Abendessen kommen, solange Sie hier sind. Ich koche ihr Lieblingsgericht. Sie werden zunehmen.«
»Das verhüte Gott. Ich danke für die Einladung. Wenn ich Zeit finde, werden Sie mich nicht auf Distanz halten können.«
»Verabreden Sie es mit Mauno.«
»Mach ich. Gute Nacht.«
Tweed dachte über die Telefonate nach. Mauno wich ihm aus. Warum? Der Gedanke störte ihn. Es paßte überhaupt nicht zu ihm. Er hörte leises Klopfen an der Tür. Es war Laila Sarin. Ihr Gesicht war gerötet. Sie mußte den ganzen Weg von ihrer Wohnung bis hierher im Laufschritt zurückgelegt haben. In der linken Hand hielt sie einen Briefumschlag, den sie soeben ihrer Handtasche entnommen hatte.

Lieber Bob, in höchster Eile, um das Schiff zu erreichen – fährt um 10.30 Uhr ab. Adam Procane muß aufgehalten werden. Mein heißer Tip ist der Archipel. Fahre jetzt los. Werde den Brief auf dem Weg zum Hafen aufgeben. Alexis.

Tweed hielt den Brief in der Hand. Der Kreis schloß sich. Ein Briefträger in London wegen Newmans Post überfallen. Aber Newman hatte seine Post schon vor dem Überfall in Empfang genommen.

Tweed zweifelte nicht daran; dies war Alexis' letzter Brief an ihren Mann. Er stand auf dem Hauptbahnhof von Helsinki, Laila neben sich, vor dem Schließfach, für das Newman einen Schlüssel in der Rezeption des *Hesperia* hinterlassen hatte.
Um diese Stunde war der große Bahnhof fast verlassen. Nichts ist deprimierender als ein leerer Bahnhof am Abend. Nur wenige Leute hielten sich in der höhlenartigen Halle auf. Er las den Brief nochmals, obwohl er seinen Inhalt mit verbundenen Augen hätte zitieren können.
»Dieser Hinweis auf ein Schiff, das um zehn Uhr dreißig abfährt«, bemerkte er. »Von welchem Hafen?«
»Vom Süd-Hafen«, sagte sie sofort.
»Und Sie wissen, welches Boot um zehn Uhr dreißig den Süd-Hafen verläßt?«
»Die ›Georg Ots‹.«
»Und wohin fährt sie, Laila?«
»Nach Tallinn.«
»Himmel! Wir müssen ihn aufhalten – es sei denn, er wäre heute morgen gefahren.«
»Kann er nicht – ich sah ihn in einem Taxi an mir vorbeifahren, da war es elf Uhr dreißig, eine Stunde nach Abfahrt der ›Georg Ots‹...«
»Von welchem Pier?«
»Silja-Pier. Ich weiß, wo das ist.«
»Dann«, sagte Tweed, wieder ganz ruhig geworden, »müssen wir ihn morgen aufhalten. Wir müssen sehr früh beim Silja-Pier sein.«
Sie gingen zum Ausgang. Tweed warf einen raschen Blick auf die Leute, die noch auf dem Bahnhof waren, um zu prüfen, ob jemand Interesse an ihnen zeigte. Laila erriet offenbar seine Gedanken.
»Der grüne Saab, den Sie bemerkten und der uns von Vantaa bis hierher folgte, ist nirgends zu sehen. Ich ging hinaus, wie Sie gebeten hatten, während Sie das Schließfach öffneten. Der einzige Wagen, der draußen geparkt steht, ist ein schwarzer Saab – in anderer Ausführung. Es gibt hier eine Fabrik, die den finnischen Saab erzeugt, wie wir das nennen – aber es ist natürlich ein schwedisches Fabrikat. Sie importieren die Einzelteile und setzen sie hier zusammen.«
»Im Brief wird das Wort Archipel erwähnt. Interessierte Newman sich dafür?«

»Ja. Ich erzählte ihm über die beiden Archipel, den großen von Turku und den kleineren schwedischen.«
»Erwähnte er den Namen Adam Procane?«
»Mit keinem Wort.«
»Und Sie fanden keine Spur von ihm, nachdem Sie entdeckt hatten, daß er aus dem ›Hesperia‹ ausgezogen war?«
»Nein. Ich versuchte es in allen Hotels. Kein Engländer, dessen Name ähnlich klang wie Newman, hatte irgendwo ein Zimmer genommen. Wo, verdammt, kann er hingegangen sein?«
»Er versteckt sich irgendwo. Ich glaube, er will von der Bildfläche verschwinden, bis er morgen dieses Schiff bestiegen hat. Er kann überall sein.«
Durch den Haupteingang traten sie hinaus in die Nacht. Der Himmel war klar, im Mondlicht glitzerten unzählige Sterne, heller und größer, wie es Tweed schien, als er sie je in England gesehen hatte.
Er schaute nach links und sah den schwarzen Saab, von dem Laila erzählt hatte. Die Scheinwerfer leuchteten, der Motor lief.
Als sie vom Gehsteig auf die Fahrbahn traten, fuhr Poluschkin an. Laut Anweisung hatte er Tweed zu überwachen; aber der Russe war ehrgeizig und eigensinnig. Er plante, Tweed in ähnlicher Weise durch Unfall sterben zu lassen, wie er es damals bei Alexis Bouvet durchgeführt hatte. Das würde ihm in Moskau Lob und auch Beförderung eintragen. Es geschah hier zwar auf finnischem Boden, aber wenn der Engländer ganz offensichtlich bei einem Unfall ums Leben kam – welche Schwierigkeiten konnte es da mit den finnischen Behörden geben? Wieder einmal ein Verkehrsrowdy...
Die Lichter des auf sie zurasenden Wagens waren riesengroß. Tweeds erster Gedanke galt Laila. Sein rechter Arm schwang aus und fegte sie zurück auf den Gehsteig. Er selbst machte einen Schritt zurück, doch der Wagen streifte ihn an der Stirn. Das Bahnhofsgebäude stürzte über ihm zusammen.

Helles Tageslicht flutete durch ein Fenster, als Tweed die Augen öffnete. Er blinzelte. Jemand reichte ihm seine Brille. Er setzte sie auf, blinzelte wieder. Ein Mann in weißem Mantel sah ihn prüfend an.
Er lag in einem Bett. Sein Kopf war auf ein Kissen gebettet. Neben dem Mann im weißen Mantel stand Laila, ihre Miene ganz Be-

sorgnis und Angst. Er rührte sich, stützte sich hoch und verspürte Kopfschmerz.

Er zwang sich in sitzende Position. Laila stapelte Kissen in seinem Rücken. Der Mann im weißen Mantel machte einen Schritt vorwärts. Ein Stethoskop baumelte an seinem Hals. Er war braunhaarig, noch jung. Kaum über dreißig.

»Wo zum Teufel bin ich?« fragte Tweed.

»In einer Klinik«, sagte Laila.

»Und warum, zum Teufel?«

»Sie sind von einem Wagen niedergestoßen worden«, antwortete der Mann im weißen Mantel. »Sie haben eine leichte Gehirnerschütterung. Zum Glück machten Sie einen Schritt zurück, nehme ich an. Der Wagen fuhr schnell. Einige Zentimeter weiter, und Sie wären in einem weit schlimmeren Zustand...«

»Was für einen Tag haben wir?« Tweeds Stimme klang aufgeregt.

»Es passierte vergangene Nacht«, sagte Laila, die sofort den Grund seiner Frage erriet. »Sie haben seither geschlafen.«

»Wie spät...«

Tweed griff nach seiner Armbanduhr auf dem Nachttisch. Himmel! Zehn Uhr! Die *Georg Ots* legte in einer halben Stunde ab. Er warf die Decke zurück, sah, daß er Hose und Hemd anhatte. Er saß am Bettrand, stand auf und zwang sich, trotz des Schwindelgefühls aufrecht zu stehen.

»Ich bin Doktor Vartio«, sagte der Mann im weißen Mantel. »Sie müssen mindestens vierundzwanzig Stunden ruhig im Bett liegenbleiben.«

»Wie bei so vielen Finnen ist Ihr Englisch sehr gut«, bemerkte Tweed, um ihn abzulenken. Er ging zum Schrank, öffnete ihn und fand darin den Rest seiner Kleider.

»Ich war einige Jahre lang am Guy's Hospital in London tätig. Ich muß Sie bitten, zur Beobachtung hierzubleiben...«

»Laila!« Tweed gab ihr seine Brieftasche. »Bezahlen Sie den Mann für seine Dienste, bitte. Wir müssen uns beeilen. Wir brauchen außerdem dringend ein Taxi. Sie wissen ja, wohin wir müssen.«

»Das ist verrückt«, protestierte der Arzt, während Tweed vor dem Spiegel seine Krawatte band. Rasieren mußte warten. Und plötzlich wurde ihm bewußt, daß er einen Bärenhunger hatte. Auch das würde warten müssen.

Newman kleidete sich in Mauno Sarins Büro ebenfalls an. Die Leibesvisitation war soeben beendet. Man hatte nichts gefunden. Mauno sah ihm zu und schien voll Reue.
»Es war nötig, Bob. Wie ich Ihnen sagte, ist es Teil unseres Abkommens mit Tallinn. Und wenn wir zurückkommen, vertraue ich auf ihren gesunden Menschenverstand. Finnland ist ein friedliebendes Land. Im Gegensatz zu vielen anderen Teilen der Welt gibt es hier nur wenig Verbrechen. Keine organisierten Banden, keine Erpressersyndikate. Natürlich haben wir gelegentlich Morde – aber nur im häuslichen Bereich. Mann und Frau, oder Freundin. Hier schießt man keine Leute über den Haufen...«
»Ich weiß«, erwiderte Newman. »Wann gehen wir an Bord?«
»Kurz vor der Abfahrt. Hier ist Ihr Visum. Und in meiner Tasche habe ich eine Kopie der schriftlichen Zusicherung freien Geleits. Das Original liegt in meinem Safe.« Er befühlte seinen Bart. »Sind Sie sicher, daß Sie mitkommen wollen?«
»Ich dachte, wir hätten das alles schon durchgesprochen...«

Die *Georg Ots* ist ein weißer Vierdecker mit einem einzigen, gedrungenen, flachen Schornstein. An Backbord und Steuerbord hängen je fünf Rettungsboote in den Davits. Der Name des Schiffes steht in blauen cyrillischen Lettern nah beim Heck auf dem Schiffsrumpf. Vom Silja-Pier aus betritt man das Schiff über eine mit Glaswänden versehene Gangway, die am Pier auf einer Plattform ruht.
Das Taxi mit Tweed und Laila im Fond hielt vor dem Eingang zum Pier. Es hatte kurz geregnet, aber die Wolken hatten sich inzwischen aufgelöst. Letzte Reste des auf Straßen und Gehsteigen rasch trocknenden Regens wirkten wie Schmutzflecken. Der Himmel war von hellem Blau, die Luft erfrischend, die Sonne schien prächtig.
Tweed bezahlte das Taxi, und der Wagen fuhr weg. Er stand neben Laila, die in die Ferne blickte. Sie schluckte einige Male, ehe sie sprechen konnte.
»O Gott. Wir kommen zu spät...«
Die *Georg Ots* hatte abgelegt, und Tweed schaute dem Heck des Schiffes nach, das langsam zwischen der Halbinsel und einer kleinen Insel hindurchsteuerte. Es passierte die enge Durchfahrt, fuhr weiter, jetzt mit Reisegeschwindigkeit, und nahm Kurs nach Süden in den Finnischen Meerbusen und nach Tallinn.

»Wir wissen nicht mit Bestimmtheit, ob er an Bord ist«, sagte Laila, und die Verzweiflung war ihrer Stimme anzumerken.
»Der ist sehr wohl an Bord.«
»Und wieso wissen Sie das?«
»Er hat mir Alexis' letzten Brief hinterlassen. Das Original – keine Fotokopie. Wenn ein Mann so etwas tut, dann heißt das für mich, daß er denkt, es könnte seine letzte Reise sein...«
Laila warf einen schnellen Seitenblick auf Tweed, doch seine Miene zeigte keinerlei Regung. Er hatte den Satz gesagt, als handle es sich um eine seiner persönlichen Erfahrungen, die er sich laut ins Gedächtnis zurückrief.

35

»Helene Stilmar und Cord Dillon wohnen im ›Kalastajatorppa‹«, berichtete Butler. Er und Tweed wanderten über die verzweigten Pfade, die sich hügelauf und hügelab durch den Quellen-Park an der Spitze der Halbinsel schlängeln.
Sie waren vor einigen Stunden mit einem Taxi hierhergefahren, nachdem Tweed die *Georg Ots* abfahren gesehen hatte. Es war der ruhigste Platz in der Innenstadt, ein Ort, wo man nicht Gefahr läuft, unerwünschte Zuhörer zu haben. Kiefern standen verstreut mitten in den Grasflächen, und immer wieder wurde der Hafen sichtbar, auf dessen im Sonnenlicht glitzerndem Wasser kleine Motorboote kreuzten.
Tweed hatte das Sicherheitsnetz so engmaschig wie nur möglich gezogen. Mit Butler hatte er Verbindung aufgenommen, indem er Laila mit der Nachricht zu ihm ins Zimmer schickte, er möge sich mit ihm vor dem Museumsgebäude nächst dem Denkmal des Präsidenten Kekkonen treffen. Als Butler kam, hatten sie ein Taxi genommen, das sie vor dem Eingang des Quellen-Parks absetzte.
»Ich dachte mir, sie würden dort absteigen«, erklärte Tweed.
»Und wieso kamen Sie gerade auf dieses Hotel?«
»Es liegt außerhalb, und es ist ruhig. Außerdem ist es das Hotel, in dem Alexis und später Newman gewohnt haben. Sie haben sich den Helikopter-Startplatz angesehen?«
»Ja. Er ist am Ufer – die Bucht sieht dort mehr wie ein See aus, aber es ist sehr schön da.«

»Typisch finnische Landschaft.«
»Komisch ist«, fuhr Butler fort, »daß Helene und Dillon getrennte Zimmer haben. Das kann natürlich der Tarnung ihrer Beziehung dienen...«
»Wenn es eine Beziehung gibt. Vielleicht benützt einer den anderen dazu, den wahren Zweck seiner Reise nach Helsinki zu verschleiern. Stand ein Hubschrauber auf dem Startplatz?«
»Nein. Ich nehme an, er wird um diese Jahreszeit nicht oft benützt. Eine hier ansässige Firma hat im Hotel ein Büro. Sie nehmen Leute zu Kurzflügen mit. Hauptsache ist, der Platz scheint geeignet zu sein.«
»Geeignet, Procane aus Finnland auszufliegen?«
»Ideal, würde ich sagen«, erwiderte Butler.
»Und Stilmar selbst? Gibt's Neues von Fergusson? Er ist Stilmar von dem Moment an gefolgt, in dem er aus dem Flugzeug stieg.«
»Ja. Er nahm ein Taxi geradewegs zur Amerikanischen Botschaft. Seither ist er dort. Nield hält Dillon und Helene im ›Kalastajatorppa‹ unter Beobachtung. Alles unter Kontrolle.«
»Hab ich je daran gezweifelt? Hat Fergusson irgend etwas über Stilmar gesagt?«
»Er meint, seine Erklärung, er sei hier, um sich heimlich mit den Russen zu treffen, passe ins Bild.« Butler zögerte, bevor er weiterredete. »Ich hab das Gefühl, Sie warten jetzt darauf, daß etwas Besonderes passiert.«
»Stimmt genau.«

In seinem Büro in der Pikk-Straße saß Oberst Karlow allein am Schreibtisch. Sein mageres Gesicht verriet die Konzentration, mit der er damit beschäftigt war, ein Blatt seines großen Schreibblocks mit Zahlenreihen zu bedecken.
Er arbeitete an einer Reihe mathematischer Formeln und Gleichungen, und das Blatt war voll von in seiner zierlichen Handschrift hingesetzten Ziffern. In seine Tätigkeit vertieft, merkte er nicht einmal, daß General Lysenko eintrat, leise die Tür schloß und ihm zusah. Schließlich schrieb Karlow eine abschließende Gleichung nieder und warf die Feder auf den Tisch.
»Das ist es«, sagte er laut.
»Was ist es?« fragte Lysenko und schaute ihm über die Schulter.

»Ich arbeite noch immer daran, wenn ich auch nicht mehr in Moskau bin...«
»Sie arbeiten woran?«
»Ach, Sie würden nichts davon verstehen. Das hier ist meine neueste Theorie, wie man dem sogenannten Star-Wars-Programm der Amerikaner begegnen kann. Dem SDI, sprich Strategic Defence Initiative. Nur die Analytiker in Moskau würden es verstehen.«
»Kann ich das Blatt haben?«
»Ich wollte es zerreißen.«
Lysenko streckte die Hand aus. Karlow riß das Blatt vom Block und gab es ihm. Lysenko faltete es sorgfältig zusammen und steckte es in seine gelbbraune Brieftasche aus Kalbsleder.
»Die neueste Lage?« fragte er.
»Alles geschieht zur gleichen Zeit. Zu vieles auf einmal und zu rasch. Das ist bei solchen Operationen immer so. Newman und Mauno Sarin nähern sich an Bord der ›Georg Ots‹ Tallinn. Alle unsere Leute sind in der Stadt verteilt und warten auf sie. Tweed ist, wie Sie wissen, endlich in Helsinki. Er wohnt im Hotel ›Hesperia‹. Und heute früh um neun Uhr dreißig sind Cord Dillon und Helene Stilmar von Bord des Schiffes aus Stockholm gegangen. Sie nahmen ein Taxi zum Hotel ›Marski‹. Warteten eine halbe Stunde. Nahmen wieder ein Taxi und fuhren zum ›Kalastajatorppa‹. Das gefällt mir gar nicht...«
»Warum?«
»Dillon ist ein Profi. Die Methode, sein wirkliches Ziel zu verbergen, ist für ihn zu primitiv.«
»Vielleicht ist er verliebt«, meinte Lysenko ironisch. »Vielleicht bringt er seine Geliebte mit.«
»Vielleicht.«
»Sobald Newmans Besuch zufriedenstellend abgelaufen ist – auf diese oder jene Weise –, werde ich Ihren Marschbefehl stempeln und unterschreiben. Ich will, daß Sie in Helsinki sind, um Procane herüberzuhelfen. Er sagte, er würde sich mit unserer Botschaft in Verbindung setzen. Ich denke mir, er wartet jetzt, bis Tweed ihm den Rücken gekehrt hat.«
»Tweed kehrt nie jemandem vorzeitig den Rücken.«
»Um so mehr ein Grund für Sie, in Helsinki zu sein und dort die Aufsicht zu übernehmen.«

Während der Überfahrt auf der *Georg Ots*, die bei ruhiger See vor sich ging, blieb Newman im Restaurant und trank Kaffee. Was Mauno Sarin überraschte. Er leistete dem Engländer Gesellschaft, doch die beiden Männer sprachen kaum miteinander.
Newman, mit abwesender Miene, saß lange Zeit stumm da. Mauno rauchte seine Stumpen, trank starken schwarzen Kaffee und respektierte Newmans Wortkargheit. Als die Passagiere in Bewegung kamen, aufs Oberdeck gingen, um die Aussicht zu genießen, brach Mauno das Schweigen.
»Haben Sie die Absicht, sich in Estland schriftliche Notizen zu machen?«
»Das tun Reporter zuweilen. Warum? Werden Sie alles sehen wollen, was ich mir notiere?«
»Die Frage wurde nie aufgeworfen – aber sie sind ziemlich empfindlich.«
»Aber es war nicht Teil der Vereinbarung?« Newman lehnte sich über den Tisch. »Oder doch?«
»Sie kommen mir vor wie eine Bombe mit Zeitzünder – das ist es, was mir an Ihnen Sorgen macht.«
»Was wohl auch der Grund für Ihre Frage war – meine Reaktion zu testen. Hören Sie zu, Mauno, ich habe mich eurer verdammten Leibesvisitation unterzogen – etwas, was ich nie zuvor getan habe. Sie haben uns gesagt, daß ich in Tallinn gehen kann, wohin ich will. Wenn Sie jetzt mitten im Strom die Spielregeln ändern, spiele ich nicht weiter. Ist das klar?«
»Ich will Sie einfach darum bitten, diplomatisch zu sein...«
»Was ebenfalls nicht Teil des Abkommens ist. Ich werde den Leuten, verdammt noch einmal, die Fragen stellen, die mir passen – was mir gerade einfällt. Ist auch das klar?«
»Völlig klar. Aber ich möchte Sie doch daran erinnern, daß ich bei dieser Reise ins Ungewisse Mitbeteiligter bin.«
»Ich werde es im Gedächtnis behalten«, erwiderte Newman und trank seinen Kaffee aus, weil die Maschinen auf halbe Kraft gingen und die *Georg Ots* sich anschickte, an sowjetischem Territorium anzulegen.

»Ich habe eine Idee«, verkündete Lysenko. »Lassen Sie Tweed beschatten, wohin er auch geht – selbst wenn er Helsinki verläßt. Wer weiß, was mit der Rupescu geschehen ist – wir können uns in diesem Stadium nicht um sie kümmern. Poluschkin kann diese

Aufgabe übernehmen. Mit Unterstützung natürlich. Er wird vielleicht der erste sein, der uns Procane zeigt, ihn für uns identifiziert. Geben Sie das sofort durch.«
»Da muß ich mich beeilen. Der Wagen mit Newman und Sarin kann jeden Augenblick hier sein«, warnte Karlow.
Er unterdrückte einen Seufzer. Typisch für Lysenko, einem anderen die Idee zu stehlen und sie als seine eigene zu präsentieren. Von allem Anfang an hatte er Lysenko erklärt, die Ankunft Tweeds sei das Zeichen dafür, daß Procane in Finnland sei. Er hob den Hörer ab, um die Nachricht durchzugeben.

Newman und Mauno wurden vom Augenblick an, in dem sie an Land gingen, wie VIPs behandelt. Man führte sie zu einer schwarzglänzenden ZIL-Limousine, wie sie in Moskau ausschließlich Politbüromitgliedern vorbehalten ist. Karlows Sekretärin Raisa, eine attraktive Brünette, dreißig, mollig, mit schlanken Beinen, wurde Ihnen als ihre Führerin vorgestellt.
»Willkommen in Estland, Mr. Newman«, begrüßte sie ihn in perfektem Englisch. »Ich bin hier, um Ihnen Ihren Aufenthalt so angenehm wie möglich zu machen.«
Im Fond des langen Fahrzeuges setzte sie sich ihm gegenüber auf einen Klappsitz und blickte ihm offen ins Gesicht. Er grinste, während er sich entspannt zurücklehnte, und blinzelte ihr zu. Der honigsüße Köder, dachte er. Das fängt ja früh an. Ihre nächsten Worte bestätigten seinen Verdacht.
»Wenn Sie über Nacht bleiben und einen zusätzlichen Tag hier verbringen wollen, geht das schon in Ordnung«, versicherte sie ihm. »Und ich stehe zur Verfügung...« Sie schob eine sekundenlange Pause ein. »Für das Abendessen«, schloß sie.
Er grinste liebenswürdig, genau das fröhliche Grinsen, das Frauen so vielversprechend fanden. Ihre wohlgeformten Knie berührten die seinen. Er tat nichts, um den körperlichen Kontakt zu unterbrechen.
»Sehen wir, wie's wird«, sagte er.
Mauno war über diesen plötzlichen Stimmungsumschwung leicht entsetzt. Er versuchte Newman einen Blick zuzuwerfen, um ihn zu warnen, aber der Engländer hatte nur Augen für Raisa. Das Mädchen glaubte fest, sie habe ihn bereits eingefangen. Aber hübsch war sie, das mußte selbst Mauno zugeben.
Der Wagen fuhr mit mäßiger Geschwindigkeit, und Newman

schaute aus dem Fenster. Auf einem Hügel, zwischen fünfzig und siebzig Meter hoch, schätzte er, stand eine alte Festung. Mit Interesse betrachtete er das eigenartige alte Bauwerk, hoch über Tallinn, die eigentümlichen, charakteristischen Türme an den Eckpunkten der Festungsmauer.
»Das ist Toompea«, erklärte Raisa. »Wir nennen es die Kleine Festung. Die Dänen begannen im dreizehnten Jahrhundert mit dem Bau, später fanden Um- und Zubauten statt.«
»Ich würde sie gerne besichtigen«, sagte Newman fröhlich.
Raisa zögerte, und Mauno, der Komplikationen voraussah, erstarrte innerlich. »Ich bin sicher, daß wir das arrangieren können, Mr. Newman«, sagte das Mädchen.
»Es ist ein Teil von Tallinn«, betonte Newman. »Wir befinden uns bereits im Stadtgebiet. Und mir wurde gesagt, ich könne überall hingehen.«
»Es wird uns ein Vergnügen sein, wenn Sie sich Toompea ansehen möchten«, versicherte ihm Raisa noch einmal.
Man fuhr die beiden Männer durch die am besten erhaltenen Teile der Altstadt, durch die Laboratoorium-Straße, zwischen Vaksali-Straße und Lai-Straße. Die Häuser zu beiden Seiten sind zwei- und dreistöckig und haben steile Giebeldächer. Die Märchenwelt des Hans Christian Andersen scheint in diesem Teil der Stadt wiederauferstanden. Newman schaute aus dem Wagenfenster, bis der Wagen eine scharfe Kurve um einen riesigen alten Steinturm zu ihrer Linken fuhr. Etwas Düsteres und Bedrohliches ging von dem Bauwerk aus.
»Dieser Turm heißt Dicke Margarete«, sagte Raisa, seinem Blick folgend. »Und soeben sind wir unter dem Großen Seetor durchgefahren. Jetzt sind wir in der Pikk-Straße, wo Oberst Karlow uns erwartet.«
Der ZIL hielt. Raisa öffnete die Wagentür und sprang hinaus, die Tür haltend, während Newman und Mauno ausstiegen. Der Engländer hatte eine Art von Platzangst, das Gefühl, als würden die Häuser rings um ihn enger zusammenrücken und ihn einschließen. In der Straße war es unnatürlich still. Kaum Menschen zu sehen, kein einziger Wagen – außer der ZIL-Limousine.
Mauno ging zum Eingang voran, wo ein großer, hagerer Mensch in Zivilkleidung sie erwartete.
»Das ist Hauptmann Rebet«, stellte Mauno vor. »Er spricht nicht Englisch.«

Raisa blickte über die Schulter, sah die beiden Besucher im Gebäude verschwinden. Sie öffnete die rechte Vordertür und setzte sich neben den Fahrersitz. Eine Klappe öffnend, nahm sie ein Mikrophon und sprach einige schnelle russische Sätze.
»Sie gehen hinauf. Newman zeigte bemerkenswertes Interesse an der Festung Toompea. Er möchte dorthin zurück und sie besichtigen...«
»Verstanden.«
In dem kleinen Zimmer, in das man von Karlows Büro aus gelangte und in dem Olaf Prii, Kapitän des Kutters *Saaremaa*, Karlow über sein Gespräch mit Tweed in Harwich berichtet hatte, schaltete Lysenko das Empfangsgerät aus. Toompea...
»Oberst Karlow«, begann Mauno im Zimmer daneben, »das ist Mr. Robert Newman. Bob, das ist Oberst Andrei Karlow, der ausgezeichnet Englisch spricht. Er war einige Zeit in London.«
»Willkommen in Tallinn, Mr. Newman. Sie sind unser Gast. Bitte, nehmen Sie Platz.«
»Wenn es Ihnen nichts ausmacht, Oberst, möchte ich gleich weiter, um mir Tallinn anzusehen. Wir haben nur zwei Stunden, bis die ›Georg Ots‹ wieder nach Helsinki abfährt. Andererseits hat Raisa die Möglichkeit angedeutet, über Nacht zu bleiben, damit ich Tallinn gründlich besichtigen kann. Vielleicht könnte ich morgen zurückfahren?«
»Wir haben einen sehr engen Zeitplan«, mischte sich Mauno ein, der durch den Vorschlag des Engländers in helle Aufregung versetzt wurde. »Ich weiß nicht, ob...«
»Sie sind herzlichst dazu eingeladen.« Karlow stand immer noch, nachdem er die Hände seiner Gäste geschüttelt hatte. Er war in voller Uniform. »Zwei Stunden – das ist nicht viel, um alles anzusehen, da bin ich Ihrer Meinung«, fuhr er fort. »Also werden Sie diese Nacht hier schlafen. Ich treffe sofort alle Vorbereitungen. Wollen Sie inzwischen mit der Stadtrundfahrt beginnen? Bitte, fahren Sie, wohin Sie wollen – Mr. Sarin kennt sich hier gut aus.«
Als sie gegangen waren, öffnete Lysenko die Verbindungstür zwischen den beiden Räumen und kam herein. Er machte ein ernstes Gesicht, aber Karlow sprach zuerst.
»Sie bleiben etwas länger. Es war Newmans Vorschlag. Sie bleiben über Nacht und fahren morgen ab.«
»Ich verstehe.« Lysenko sagte es in grimmigem Ton. »Wissen Sie,

daß Newman bereits ein ungewöhnliches Interesse an Toompea zum Ausdruck gebracht hat?«
»Was verstehen Sie unter ungewöhnlichem Interesse?«
»Raisa hat mich über Autofunk informiert. Er hat ganz ausdrücklich gefragt, ob er die Festung besichtigen könne, als sie daran vorbeifuhren.«
»Wohl kaum überraschend – sie ist die große Sehenswürdigkeit von Tallinn.«
»Zwei Dinge – sie geschahen innerhalb weniger Minuten nach seiner Ankunft – sind es, die mir nicht gefallen: Toompea und sein Wunsch, über Nacht zu bleiben.«
»Nun, warum warten wir nicht einfach ab, was geschieht?«
Karlow behielt den Gedanken für sich – aber es war ihm klar, daß Lysenko das Gewissen wegen des Mordes an Newmans Frau plagte. Der General war in äußerst mißtrauischer Verfassung und suchte nach jedem kleinsten Anzeichen dafür, daß Newman zu viel herausfinden könnte.
»Wie kommen Sie bei den Nachforschungen in der Sache der GRU-Morde weiter?« fragte Lysenko abrupt.
»Wie Sie wissen, schreibe ich, wenn ich ein Problem zu lösen habe, die Tatsachen auf ein Blatt Papier. Zwei Tatsachen haben meine Aufmerksamkeit erregt. Alle ermordeten Offiziere standen, was ihre Beförderung anbetraf, in der Reihe vor Poluschkin. Tatsache Nummer zwei: die Morde ereigneten sich nur, solange Poluschkin sich in Tallinn aufhielt. Seit Sie ihn nach Stockholm geschickt haben, hat es keine Morde mehr gegeben.«
»Poluschkin? Das ist absurd«, zischte Lysenko.
»Es ist außerdem gefährlich, wenn ein so labiler Mensch frei in Finnland herumläuft«, sagte Karlow beharrlich. »Gott weiß, was für Entscheidungen er auf eigene Faust trifft ...«
»Ich lehne es ab, über solchen Unsinn weiter zu diskutieren!«
Mit hochrotem Gesicht stürmte Lysenko zurück ins Nebenzimmer, um sich ans Funkgerät zu setzen. Karlow hörte, nachdem sich die Tür geschlossen hatte, wie sich der Schlüssel im Schloß drehte. Der Oberst setzte sich hinter seinen Schreibtisch. Seine Besorgnis war groß. Lysenko war in explosiver Stimmung. Wenn Newman einen falschen Schritt tat, würde der General mit Gewalt reagieren.

Als Newman und Mauno aus dem Haus traten, wartete Raisa bereits. Lächelnd ging sie auf Newman zu. Sie trug ein dunkelblaues, sehr eng anliegendes Kostüm, dazu eine weiße Bluse mit Spitzenbesatz an Ärmeln und Kragen.
»Vielleicht wollen Sie allein durch die Altstadt gehen«, begann sie. »Andererseits, wenn ich Ihnen helfen kann...« Sie hielt inne, schaute dem Engländer in die Augen. »... stehe ich natürlich zur Verfügung.«
»Warum treffen wir uns nicht bei der Festung?« schlug Newman vor. »Wir wandern zuerst durch die Altstadt.«
»Dann fahre ich hin und warte dort auf Sie.«
Mauno wartete, bis das Mädchen in die Limousine gestiegen und mit dem Fahrer weggefahren war. Der Finne blickte sich vorsichtig um, um sicherzugehen, daß sie allein waren, während sie auf dem Weg, den sie gekommen wären, in Richtung der Dicken Margarete zurückgingen.
»Was haben Sie um Gottes willen vor?« zischte er.
»Ich weiß nicht, wovon Sie reden«, antwortete Newman in derselben lässigen Weise, die er seit ihrer Ankunft angenommen hatte.
»Zuerst ändern Sie den Zeitplan – wir sollten heute abend mit dem Schiff nach Helsinki zurückfahren. Und dann scheinen Sie vergessen zu haben, daß es morgen kein Schiff gibt. Wir müssen also bis übermorgen warten.«
»Ich bin sicher, daß Oberst Karlow etwas für uns arrangiert, um uns morgen heimzubefördern«, sagte Newman sorglos und blickte in eine Seitenstraße. Sie war nicht mehr als ein Gäßchen und wirkte uralt.
»Dann«, fuhr Mauno beharrlich fort, »sollten wir Tallinn allein besichtigen. Ohne Führer. Sie bestanden darauf. Und jetzt bitten Sie Raisa, sich mit uns bei der Festung zu treffen. Sie denken doch nicht daran, mit ihr ins Bett zu gehen, will ich hoffen? Sie wissen, was ihre wirkliche Rolle in diesem...«
»Hören Sie auf zu meckern, Mauno. Ich werde Sie als Dolmetscher brauchen, wenn ich mit jemandem reden will. Ist das in Ordnung?«
»In jedem Reiseführer kann man lesen, daß die Finnen und Esten dieselbe Sprache sprechen. Das ist ein Märchen. Einfach nicht

wahr. Die Sprachen ähneln einander – aber es ist für einen Esten leichter, das Finnische zu verstehen, als umgekehrt. Sie haben ein ganz anderes Vokabular. Ich werde mein Bestes tun«, schloß er knapp.
Er verstand Newmans Gemütsumschwung einfach nicht. Und er machte sich Sorgen wegen einer möglichen Beziehung des Engländers zu Raisa. Es gefiel ihm nicht, daß Newman den Zeitplan über den Haufen warf. Er war gereizt und schlecht gelaunt, weil er nichts verstand.
Sie schlenderten durch die Pikk-Straße. Newman blieb kurz stehen, um die Dicke Margarete zu betrachten. Dick, das war sie allerdings, ihr Mauerumfang immens. Sie wirkte wie direkt aus dem Boden gewachsen.
»Muß gut dreißig Meter hoch sein«, bemerkte Newman.
»Fünfundzwanzig«, korrigierte Mauno. »Und ob Sie's glauben oder nicht: die Mauern sind über fünf Meter dick. Der Turm wurde Anfang des sechzehnten Jahrhunderts als Wehrturm erbaut.«
»Eine äußerst strapazierfähige alte Dame. Mauno, sehen Sie den Mann dort drüben, der in ein Auslagenfenster blickt? Fragen Sie ihn etwas über die Dicke Margarete, das erste, was Ihnen einfällt.«
»Wie Sie meinen.«
Der Mann war klein, stämmig, in den Dreißigern, hatte braune Haare und eine bleiche Haut. Die Hände in den Taschen seines dunklen Mantels, stand er vor einer Bäckerei und starrte hinein. Newman ging näher an ihn heran, und Mauno begann zu sprechen.
Er hörte Mauno mit dem Mann russisch sprechen. Mauno wandte sich um und rief Newman herbei. Der Mann drehte sich wieder um und setzte die Betrachtung der Ware im Geschäft fort.
»Die Dicke Margarete wurde zwischen 1510 und 1529 erbaut.«
»Fragen Sie ihn, was er von Beruf ist. Sagen Sie ihm, es sei mein Hobby, vom Aussehen der Leute auf ihren Beruf zu schließen.«
Neuerliche russische Konversation. Dieses Mal warf der Mann einen Blick auf Newman, bevor er antwortete. Mauno wandte sich um und sah, daß Newman dicht neben ihm stand.
»Er ist Lehrer an einer hiesigen Schule.«
»Danke...«

Newman spazierte weiter. Sie passierten den Bogen des Großen Seetors, der sich über ihnen spannte. Bald waren sie wieder in der Laboratoorium-Straße mit den alten Häusern zu beiden Seiten, über deren patinierten Ziegelmauern die Giebel in den Himmel ragten. Rechts ging es steil bergan. Mauno zeigte hinauf.
»Das ist der Rannavarava-Hügel.«
»Könnten Sie diese junge Frau fragen, wie sie das Leben hier findet?«
Die Frau war aus einem der Häuser gekommen und trug einen Einkaufskorb, der unter anderen Dingen einen kleinen Wollpullover enthielt. Neugierig sah sie Newman an, als Mauno sie auf Finnisch anredete. Während sie sich unterhielten, schaute Newman nach oben. Ein Mann in Hemdsärmeln schaute aus einem Fenster im ersten Stock eines schiefwinkligen Hauses auf die Straße hinunter.
»Sie sagt, das Leben sei hart, aber sie ist zufrieden«, sagte Mauno.
»Fragen Sie sie, ob sie Kinder hat. Wenn ja, wie viele, und wo sie sind.«
Newman wurde das beengende Gefühl nicht los – ihm war, als schlösse die Stadt ihn ein, was merkwürdig war, denn es waren kaum Menschen unterwegs – zu dieser Tageszeit ebenfalls ein merkwürdiger Umstand.
»Sie sagt, sie hat drei Kinder.« Mauno machte eine Pause und schaute befremdet drein. »Sie sagt, sie sind alle in der Schule. Sie geht das jüngste abholen.«
»Da sehen Sie's«, bemerkte Newman heiter, als sie auf der Straße in Richtung Toompea weitergingen.
»Was?«
»Jetzt hören Sie doch auf! Der Mann bei der Bäckerei. Sie mußten Russisch mit ihm reden. Ich wette, Sie haben es zuerst mit Finnisch versucht! Na also – ganz wie ich dachte. Und die Frage nach seinem Beruf kam für ihn unerwartet. Ein Lehrer? Wenn jetzt Schule ist? Er war ein GRU-Mann in Zivil. Jeder unserer Schritte wird überwacht.«
»Sie werden das in Ihrem Artikel schreiben?«
»Natürlich nicht. Hier will doch nur jemand sicherstellen, daß uns nichts passiert, solange wir hier sind. Sind das dort vorn nicht die Türme der Festung?«

»Imatra! Wir fahren nach Imatra!« rief Ingrid, die eine über ihren Schoß gebreitete Karte von Finnland studierte, während der Zug den Hauptbahnhof von Helsinki verließ. »Und Imatra liegt an der russischen Grenze...«
»Ich weiß«, sagte Tweed und starrte aus dem Fenster.
Sie hatten den Zug um dreizehn Uhr zehn erreicht, und Tweed hatte die Fahrkarten gekauft, ohne das Fahrtziel zu verraten. Ihre Reisetaschen waren in den Gepäcknetzen über ihnen verstaut.
»Warum nach Imatra?« fragte Ingrid.
»Weil es, wie Sie soeben darauf hingewiesen haben, an der russischen Grenze liegt. Wir werden bis zum Abend müde sein. Es liegt zweihundertfünfzig Kilometer östlich von Helsinki. Wir kommen um sechzehn Uhr achtundvierzig an. Ich lasse Sie im Hotel ›Valtion‹ zurück, wenn wir dort sind...«
»Warum lassen Sie mich allein? Ich kann doch mit Ihnen mitkommen.«
»Nicht ins Grenzgebiet, das geht nicht.«
»Wie kommen Sie vom Hotel dorthin?«
»Ich nehme mir ein Taxi. Vom Hotel bis zum Grenzübergang sind es nur etwa zehn Kilometer.«
»Erwarten Sie, dort jemanden zu treffen?«
»Sie stellen zu viele Fragen. Schauen Sie aus dem Fenster. Finnland ist ein schönes Land. Und hier zeigt es sich von seiner schönsten Seite. Der Herbst ist eine wunderbare Jahreszeit.«
»Entschuldigen Sie«, sagte sie und schaute hinaus.
Am anderen Ende des Waggons tat auch Poluschkin so, als schaue er aus dem Fenster. Der Russe war nicht mehr als deutscher oder österreichischer Tourist verkleidet. Er trug einen Anzug, wie ihn die Finnen trugen, und auf seiner Nase saß eine Brille mit getönten Gläsern.

Während der zweieinhalbstündigen Fahrt passierten sie die unendliche Vielfalt der finnischen Landschaft. In Anbaugebieten Stoppelfelder. Bis zum Horizont erstreckte sich das Land, hier und da der Farbtupfen eines einsamen Hauses. Überhaupt viele Farben, Blaßgrün, Rot, helles Rostrot, Ockergelb.
Die Häuser waren aus Brettern errichtet und hatten häufig Spitzgiebel. Andere waren Bauernhäuser, einzelnstehende, große Gebäude mit Rampen, die zum Obergeschoß führten, Heim jener Menschen, die das riesige Land im Sommer bewirtschafteten und

während der langen und dunklen Winter ihre Zeit in den Häusern verbringen mußten.
Später folgte Wald, dunkelgrüne Mauern zu beiden Seiten des Bahnkörpers. Birken und Kiefern, gemischt mit immergrünen Fichten.
Die Birken standen in vollem Herbstgold, wie über dem Erdboden schwebende Goldmünzen. Gelegentlich raste der Zug an einem flammendroten Strauch vorbei, der wie eine brennende Fackel in der Landschaft stand. Sechs Haltestellen gibt es bis Imatra, und während der ganzen Fahrt sagte Tweed kaum ein Wort.
»Wir sind da«, sagte er, als der Zug sein Tempo verlangsamte, und erhob sich, um nach seiner Reisetasche zu greifen.
»So nah an Rußland«, flüsterte Ingrid.
»So nah, wie man ihm kommen kann – ohne die Grenze zu überschreiten«, stimmte Tweed zu.
Der Bahnsteig von Imatra liegt hoch über der Stadt und dem umgebenden Land. Als sie ausstiegen, zeigte Tweed keinerlei Eile, zum Ausgang zu kommen. Er ging langsam den Bahnsteig entlang, während der Zug in Richtung Osten davonrollte. Bald würde er nach Norden schwenken und parallel zur Grenze auf Joensuu zufahren, die Endstation.
»Welch schöner Tag«, sagte Tweed, auf dem Bahnsteig dahinschlendernd. »Sehen Sie die Wasserfläche dort? Der Saimaa-See. Der größte See Finnlands – heißt es zumindest. Es gibt so viele.«
Poluschkin war in der Bahnhofshalle verschwunden und erkundigte sich am Kartenschalter nach den Abfahrtszeiten diverser Züge. Aus einem wolkenlosen Himmel schickte die Sonne ihre Strahlen herab. Tweed atmete tief die frische, belebende, wie Champagner prickelnde Luft ein.
Noch ein Fahrgast ließ sich auf dem langen Bahnsteig Zeit, machte mit seiner Kamera Fotos vom Saimaa-See. Er war lang und hager, ein Mann Anfang Dreißig. Jetzt kam er, eine Zigarette im Mund, auf Tweed zu.
»Haben Sie vielleicht Feuer?« fragte er den Engländer.
In der Handfläche seiner Rechten, nah an seinem Körper, ließ er Tweed ein Faltkärtchen sehen. Kari Eskola. Sicherheitspolizei. Tweed griff in seiner Tasche nach dem Feudor-Feuerzeug, das er stets für andere bei sich trug. Mehrmals versuchte er, das Feuerzeug zum Brennen zu bringen.

»Imatra hat keine Trambahn«, flüsterte Eskola.
»Diese junge Dame wohnt mit mir im Hotel ›Valtion‹«, sagte Tweed rasch. »Wenn mir etwas passiert, dann bitten Sie Mauno, sie per Flugzeug sicher nach Stockholm zu bringen.«
»Ich bin sicher, er wird das gerne tun.«
Eskola entfernte sich. Er machte noch ein Foto, paffte an seiner Zigarette. Dann verschwand er durch den Ausgang des gepflegten eingeschossigen Stationsgebäudes.
»Was hat er damit gemeint?« fragte Ingrid. »Daß es in Imatra keine Trambahn gibt...«
»Das war eine Warnung. So nah an der Grenze...«

37

Das Hotel *Valtion* in Imatra ist eines der merkwürdigsten Hotels der Welt. Ursprünglich ein Schloß, ist es im Lauf der Jahrhunderte dreimal völlig umgebaut worden.
Es hat fünf beziehungsweise sechs Stockwerke – je nach dem Standpunkt des Betrachters, und aus ihm sprießen Türme wie die Äste eines Baumes. Es gibt kleine Türme und große Türme, manche mit Helmen, die wie Magierhüte nach oben spitz zulaufen. Und das Portal ist so wuchtig und massiv, daß es an indianische Architektur erinnert.
Tweed hatte von Helsinki aus eine Suite bestellt, das einzige, was noch frei gewesen war. Nachdem er sich unter seinem eigenen Namen eingetragen hatte, fuhr der Hotelbedienstete der Rezeption sie in einem altertümlichen Lift, mit Gittertüren zu beiden Seiten, nach oben.
Die Suite bestand aus einem sehr geräumigen Salon und einem großen Schlafzimmer mit Bad. Beide Räume hatten Türen zur Halle. Ingrid war entzückt, als sie entdeckte, daß der Salon sich in einem der großen Türme befand und Rundwände und hohe, schmale Fenster hatte.
»Eine Suite?« fragte sie Tweed, als sie allein waren. Sie warf ihm einen Seitenblick zu. »Schlafen wir hier?«
»Nein. Wir fahren, wenn ich von meinem Besuch an der Grenze zurückkomme, mit dem Spätzug zurück nach Helsinki.«
»Ich komme mit.«
»Das kann ich nicht erlauben. Unter keinen Umständen. Solange

ich weg bin, warten Sie hier. Und Sie lassen die Tür verschlossen und öffnen niemandem. Einzige Ausnahme ist, wenn Kari Eskola von der Rezeption unten anruft. Kari Eskola«, wiederholte er. »Ist das der Fall, dann fahren Sie mit ihm nach Helsinki zurück. Ich komme dann später nach...«
»Das bedeutet, daß Sie nie mehr wiederkommen.«
»Seien Sie nicht kindisch. Ich habe einen schwedischen Thriller für Sie zum Lesen mitgenommen. Merken Sie sich: sie lassen niemanden ein außer Eskola. Lassen Sie ihn sich zu erkennen geben, indem Sie ihn fragen, was er auf dem Bahnhof getan hat, bevor er uns angesprochen hat.«
»Ich habe Angst.«
»Seien Sie nicht kindisch«, wiederholte er. »Und machen Sie mir keinen Ärger. Ich hatte genug Streit mit Butler, bevor wir von Helsinki abfuhren.«
»Also hat er auch Angst um Sie gehabt.«
»Ich muß jetzt gehen. Lesen Sie Ihr Buch...«

Tweed lehnte sich auf dem Rücksitz des Taxis nach hinten. Der Wagen verließ das Hotelgelände, einen kleinen Park, schwenkte in die Hauptstraße ein, bog gleich darauf abermals ab und fuhr über eine Brücke, die eine tiefe Schlucht überspannte.
Die Schlucht, tief und felsig, war im Winter berüchtigt. Das Wasser des in einiger Entfernung gelegenen Saimaa-Sees schäumte dann brüllend durch den Engpaß, zahlreiche Strudel erzeugend. Keiner, der da hineinfiel, hatte Hoffnung, lebend herauszukommen.
Das Taxi rollte auf einer einsamen Straße dahin, die anfangs für jede Fahrtrichtung eine Fahrbahn hatte. Ein Grasstreifen trennte die Fahrbahnen. Später, wenn die Grenze näherrückte, verschwand der Mittelstreifen, und die Straße wurde schmäler.
Es gab in keiner Richtung Verkehr. Es gab auch keinerlei Anzeichen menschlichen Lebens, während der Wagen ostwärts in die Wildnis fuhr. Der Fahrer hatte seinen Passagier mehrmals im Rückspiegel betrachtet. Er war feist im Gesicht, schwergewichtig und trug, offenbar als Blickfang, einen roten Schnurrbart.
»Ich heiße Arponen«, sagte er schließlich. »Sie wollen bis zur Grenze fahren, dort ein paar Minuten warten und dann zurück zum Hotel?«
Sein Englisch war ausgezeichnet, viel zu ausgezeichnet für einen

Einwohner von Imatra. Tweed hatte auf das Taxi, das er von der Rezeption hatte rufen lassen, einige Zeit warten müssen. Er vermutete, daß der Fahrer ein Kollege von Kari Eskola war. Bei Unternehmungen wie dieser arbeitete die Sicherheitspolizei stets in Zweierteams.
»Nein«, antwortete Tweed, »so habe ich das dem Hotelportier nicht gesagt. Wir fahren zur Grenze, ja. Aber wir warten, bis ich Ihnen sage, daß wir zurückfahren wollen. Das kann einige Zeit dauern.«
»Kein guter Platz für langes Warten«, erwiderte Arponen, und seine Augen blickten im Rückspiegel forschend auf Tweed.
»Das werde ich beurteilen«, sagte Tweed scharf. »Ich zahle für die Fahrt.«
Der Grenzübergang bei Imatra ist kein Checkpoint Charlie. Der Ort hat nichts Dramatisches an sich; er ist einsam und trostlos. Das Taxi hielt.
Tweed stieg aus, streckte die Beine und sah sich um. Eine rot und orange gestreifte Schranke sperrte die Straße, über allem lastete eine geradezu fühlbar brütende Stille. Am Rand der Straße stand ein ebenerdiges weißes Haus, und an zwei Metallpfählen hing ein großes orangefarbenes Schild mit Anweisungen.
In der linken oberen Ecke des Schildes befahl eine ausgestreckte schwarze Hand: Stopp! In der rechten oberen Ecke war das primitive Bild einer Fotokamera mit einer diagonalen roten Linie durchgestrichen. Kameras verboten! Darunter stand in fünf Sprachen, Finnisch, Schwedisch, Deutsch, Englisch und Französisch:
»Grenzgebiet. Betreten nur mit besonderer Genehmigung.«
Tweed blickte zu dem Schild hoch, als ein Grenzsoldat in olivgrüner Uniform und nach oben spitz zulaufender Uniformkappe, eine Maschinenpistole an der rechten Hüfte, auftauchte und zu dem Taxifahrer ging.
Sie unterhielten sich einige Minuten lang, dann machte der Soldat kehrt und ging ins Haus. Tweed sah durchs Fenster, daß er telefonierte. Er ging zum Fahrer zurück.
»Was war los?«
»Er wollte wissen, wer Sie sind – und auf wen Sie hier warten. Ich glaube nicht, daß ihn meine Antworten befriedigt haben. Er ruft jetzt jemanden an. Ich glaube, wir sollten fahren...«
»Ich befinde mich hier auf finnischem Boden. Ich sehe keinen Grund zur Besorgnis.«

»Ich rate Ihnen, sofort einzusteigen.«
»Ich danke Ihnen – für den Rat. Aber ich bleibe noch einige Zeit. Das habe ich im Hotel an der Rezeption gesagt, von wo man Sie angerufen hat.«
Tweed kehrte dem Fahrer den Rücken zu, um das Gespräch zu beenden, und ging weg. Er wußte, daß es riskant war, zu warten. Es war höchst unwahrscheinlich, daß ein Lastwagen voller Russen plötzlich über den Hügel käme, über den die Straße jenseits der Grenzschranke führte; es war unwahrscheinlich, daß man ihn ergriff, in den Wagen warf und über die Grenze verschleppte. All das war höchst unwahrscheinlich. Aber unmöglich war es nicht.
Der blaue Himmel war verschwunden. Ein Meer düsterer Wolken braute sich oben zusammen. Er blickte nach Südosten, wo der Wald dichter war, als er es je gesehen hatte. Nichts bewegte sich in der trostlosen Landschaft. Der dunkle Wald erstreckte sich ins Endlose. Er schaute hinüber in die Sowjetunion.
Er ging zum Taxi zurück, kletterte in den Fond, schloß die Tür und machte es sich wieder bequem. Er dachte an Bob Newman, fragte sich, ob er ihn je wiedersehen würde. An Ingrid, die mit wachsender Besorgnis im Hotel wartete.
Er hatte ihr erlaubt, mitzukommen, weil er sie so besser im Auge behalten konnte. Er hatte damit gerechnet, daß Mauno Sarin ihn überallhin verfolgen lassen würde – und recht behalten. Wenn es zum Schlimmsten kam, würde Eskola sie nach Helsinki zurückbringen.
»Können wir jetzt fahren?« fragte Arponen in fast flehendem Ton.
»Nein. Wir müssen noch warten...«

38

Karlow hörte, wie sich der Schlüssel im Schloß der Tür zum Nebenzimmer hastig drehte. Das Geräusch bereitete ihn auf einen von Lysenkos Ausbrüchen vor; dann kam der General auch schon ins Zimmer gestürmt.
»Ein Anruf via Helsinki ist eben von Poluschkin hereingekommen. Er ist Tweed nach Imatra gefolgt. Imatra! Kommen Sie und sehen Sie sich das auf der Karte an...«
»Ich weiß, wo Imatra liegt.«

Aber Lysenko war ins Nebenzimmer zurückgegangen. Karlow folgte ihm, dabei seinen Uniformrock geradeziehend. Es war eine seiner Gewohnheiten in Augenblicken der Krise.
An der Wand des Zimmers hatte Lysenko eine Karte von Finnland befestigt. Als Karlow hineinkam, setzte der General einen behaarten Finger auf Imatra. Er war in großer Erregung. Ein Gedanke wischte durch Karlows Gehirn: er war der falsche Mann auf diesem Posten. Als Befehlshaber einer Division in der Schlacht mochte Lysenko erstklassig sein – nicht aber für diese kühle, klinische Tätigkeit. Da war Rebet weit besser geeignet.
»Imatra«, sagte Lysenko noch einmal. »Was zum Teufel macht Tweed da?«
»Ich habe keine Ahnung. Hat Poluschkin es Ihnen nicht gesagt?«
»Ja. Tweed ist mit der Bahn hingefahren. Er hat seine Reisetasche im Hotel gelassen und ist mit dem Taxi direkt zur Grenze gefahren. Dort ist er noch und wartet. Worauf wartet er?«
»Eine merkwürdige Entwicklung der Dinge«, stimmte Karlow ihm bei.
»Merkwürdig? Es ist, verdammt, höchst alarmierend! Haben wir alles falsch gemacht? Wir erwarteten, daß Procane sich mit der Sowjetbotschaft in Helsinki in Verbindung setzt. Nehmen wir an, er hat die Botschaft gemieden? Er muß nervös sein. Will Procane nach Imatra – um dort über die Grenze zu gehen?«
»Möglich«, stimmte Karlow neuerlich bei.
»Das ändert alles.« Lysenko begann im Raum herumzumarschieren. »Sie fahren am besten morgen mit Newman und Sarin nach Helsinki. Für die Überfahrt nehmen wir eines unserer großen Patrouillenboote. Ich werde Ihren Marschbefehl sofort unterzeichnen. Sie übernehmen voll und ganz die Suche nach Procane.«
»Wie Sie befehlen. Und wie erkläre ich das Newman?«
»Das ist leicht. Sagen Sie ihm, Sie erwidern Mauno Sarins lieben Besuch. Newman wird es als normal ansehen, daß wir mit den Finnen guten Kontakt pflegen. Wenn wir alles falsch gemacht haben, kann das ein Desaster werden.«
Die Panik breitet sich aus, dachte Karlow. Der Augenblick der Krise ist endlich gekommen.

»Das ist also Toompea«, sagte Newman zu Raisa, die auf dem Lossi-Platz, genau unterhalb der Kleinen Festung, auf sie gewartet hatte.
Sie hatte sie den Hügel hinaufgeleitet, und jetzt standen sie vor dem Mauerkoloß des riesigen Turmes, der sich an einer der Ecken der viereckigen Festung erhebt. An der Nordwestecke.
»Das ist der Pilsticker-Turm«, erklärte Raisa.
Mauno Sarin stand schweigend neben Raisa, ganz im Bann seiner besorgten Gedanken. Er begriff noch immer nicht, was Newmans Stimmung seit ihrer Ankunft in Estland in so außerordentlicher Weise hatte umschlagen lassen. Newman blickte über die Mauer und hinunter auf eine Parkanlage. Eine Straße führte daran vorbei; sie kam ihm bekannt vor.
»Was ist das für ein Park?« fragte er.
»Das ist der Toom-Park.«
»Und die Straße neben dem Toom-Park?«
»Das ist die Vaksali-Straße.«
»Darf ich ein bißchen allein umhergehen?«
»Natürlich. Gehen Sie bitte, wohin Sie wollen. Wenn Sie den Weg dort gehen – in Richtung zur Südwestecke –, dann sehen Sie den Langen Hermann. Der Turm ist fünfzig Meter hoch, zehn Meter im Durchmesser, und die Wände sind drei Meter dick...«
O Gott, sie redet wie eine Intourist-Reiseführerin, dachte Newman. Langsam schritt er über das Kopfsteinpflaster, jetzt mit düsterer Miene. Hier war es also! Die Stelle, an der Alexis gestorben war.
Deutlich und klar sah er den schrecklichen Film vor sich, den Howard ihm am Crescent Park in London vorgeführt hatte. Alexis, die die Hände hochwarf, als die Scheinwerfer des Wagens sie trafen und näherkamen. Das eigenartige Bauwerk mit den fremdartigen Türmen im Hintergrund. Er wanderte darin herum. Die Kleine Festung.
Er war ziemlich sicher, den Ort entdeckt zu haben, an dem man sie ermordet hatte. Die Vaksali-Straße. An der Längsseite des Toom-Parks. Die Örtlichkeiten stimmten. Er blieb stehen und schaute zum Langen Hermann empor. Auch eines dieser Ungetüme. Er hörte weibliche Schritte, die sich von hinten näherten, und zwang sich zur Gelassenheit. Mit einem Lächeln drehte er sich um.
»Können wir nach dem Abendessen noch einen Spaziergang machen?« schlug er vor.

»Natürlich«, antwortete Raisa. »Es würde mir ein Vergnügen sein.«
»Alte Festungen interessieren mich. Der Platz hier ist wunderbar. Ich möchte ihn gern aus einiger Entfernung sehen. Hat man nicht von der Vaksali-Straße einen guten Blick?«
»Ausgezeichnet.« Ihre Augen blickten genau in die seinen. »Und heute nacht haben wir klaren Himmel. Ich habe den Wetterbericht gehört. Nur etwas kühl. Aber der Mond wird scheinen. Das wäre schön...«
»Das würde ich auch gern sehen«, sagte Mauno über ihre Schulter hinweg. »Ich mache immer einen Spaziergang...«
Raisa, mit dem Rücken zu Mauno stehend, zog einen Schmollmund. Was für ein dummer Mensch, sagten ihre Augen, aber sie brachte ein Lächeln zustande, als sie sich umdrehte.
»Sie sind herzlichst eingeladen, Mr. Sarin.«
»In die Pikk-Straße finden wir wohl allein zurück«, schlug der Finne vor.
»Natürlich. Der Wagen wartet noch. Ich fahre mit dem Chauffeur zurück, und wir treffen uns dort. Und dann essen wir im Olympia-Hotel zu Abend. Es wird Ihnen gefallen.«
»Verdammt, was spielen Sie für ein Spiel?« wollte Mauno wissen, als sie allein waren. »Dieses Mädchen lockt Sie in eine Falle.«
»Ich bezweifle das«, sagte Newman freundlich. »Sie will wahrscheinlich nur, daß ich Tallinn in bester Erinnerung behalte.«
»Ich glaube, Sie sind verrückt. Solange wir auf estnischem Boden sind, weiche ich keinen Schritt von Ihnen – ob es Ihnen paßt oder nicht. Ich bin für Ihre Sicherheit verantwortlich und habe nicht die Absicht, mir von Ihnen in die Suppe spucken zu lassen – so sagt man doch?«
»Ja, so sagt man«, sagte Newman zustimmend, während sie den Weg zum Lossi-Platz hinuntergingen. Als sie an der Alexander-Newski-Kirche vorbeigingen, bemerkte keiner der beiden Männer die Gestalt, die sie durch die fast geschlossenen Eingangstore beobachtete. Kapitän Olaf Prii vom Kutter *Saaremaa* sah ihnen nach, bis sie außer Sicht waren.

»Karlow«, sagte Lysenko mit unheilvoll ruhiger Stimme, die den Obersten rasch von seinem Schreibtisch hochblicken ließ. »Raisa hat soeben gefunkt, daß Newman nach dem Abendessen einen Spaziergang durch die Vaksali-Straße machen möchte.«

»Kann Zufall sein«, antwortete Karlow rasch.
»Ich glaube nicht an Zufälle. Warum von allen Straßen Tallinns ausgerechnet diese? Sie wissen, was dort passiert ist?«
»Ich erfuhr es im nachhinein. Ich habe Ihnen schon gesagt, daß die Ermordung von Alexis Bouvet mehr als ein Verbrechen war – es war Stümperei.«
»Was geschehen ist, ist geschehen. Jetzt habe ich zu überlegen, ob es nicht zu gefährlich ist, Newman wieder aus Estland herauszulassen. Außerdem habe ich mich mit dem Problem zu beschäftigen, ob Adam Procane versuchen wird, bei Imatra über die Grenze zu gehen. Haben Sie die Anrufe nach Helsinki erledigt? Wie ist jetzt die Lage jenseits des Wassers?«
»Ein Team ist von Leningrad nach Imatra geflogen worden. Vor fünfzehn Minuten hörte ich von der Botschaft in Helsinki, daß Cord Dillon mit Helene Stilmar noch immer im Hotel ›Kalastajatorppa‹ ist. Stilmar selbst hat die Amerikanische Botschaft nicht verlassen. Keiner hat bis jetzt einen Schritt unternommen...«
»Außer Tweed«, erinnerte Lysenko. »Und bei all diesem Trubel habe ich meine Frau nicht angerufen. Haben Sie Ihre angerufen?«
»Nicht in allerletzter Zeit. Ich war sehr beschäftigt.«
»Wie steht ihr beide zueinander?«
»Sehr gut. Glücklicherweise hat sie, wie Sie ja wissen, eine wichtige Stellung als Biochemikerin, die sie voll beansprucht. Noch besser wäre es, wenn ich nach Moskau zurückversetzt werden könnte.«
»Ihre Pflicht hält Sie im Moment hier fest.« Lysenko wechselte das Thema. »Unmittelbaren Vorrang hat für mich Newman. Wir werden sehen, was er heute abend tut. Dann entscheide ich mich...«

Mauno Sarin kam mit Newman wieder in der Pikk-Straße an. Auf den Schock, der ihn dort erwartete, war er völlig unvorbereitet. Raisa geleitete sie über die Wendeltreppe hinauf in Karlows Büro, wo der Oberst gerade den Kaktus auf seinem Schreibtisch goß. Er trug den Topf zum Fenster und stellte ihn auf das schmale Fensterbrett.
»Ich glaube, er braucht mehr Licht. Willkommen daheim. Ich darf doch hoffen, daß Sie den Spaziergang genossen haben? Oh, Mauno, Ihr Büro hat angerufen. Sie baten um Ihren Rückruf. Drin-

gend. Ich lasse Sie allein, damit Sie anrufen können. Bitte, benützen Sie meinen Stuhl.«

Newman wanderte hinüber, um sich den Kaktus anzusehen, Karlow verließ das Zimmer, Sarin setzte sich und wählte eine Nummer. Der Finne wußte, das Gespräch würde von Karlows Technikern abgehört und auf Band aufgenommen werden. Ein ganz normaler Vorgang. Bei ihm lief das nicht anders, sooft ein Anruf von jenseits der Grenze kam. Er wurde mit seinem Stellvertreter Karma verbunden.

»Hier Sarin. Ich höre, Sie haben angerufen.«

»Ja. Sie haben mich doch gebeten, Sie über diesen Betrüger, der verschwunden ist, laufend zu informieren«, begann Karma seinen Bericht. »Wir haben ihn bis jetzt nicht ausgeforscht – aber wir glauben, daß er sich in Turku, Imatra oder Vaasa aufhält.«

»Wenn er in Vaasa ist, dann will er nach Schweden. Alarmieren Sie die Küstenwache...«

»Habe ich bereits getan. Es besteht kein Zweifel, daß er die Dokumente fotokopiert hat. Wir haben den Apparat untersucht.«

»Ich komme morgen statt heute. Lassen Sie es mich wissen, wenn eine neue Entwicklung eintritt, solange ich hier bin.«

Mauno legte den Hörer auf, sein Gesicht war starr. Er war entsetzt. Er saß hier über Nacht in Tallinn fest – und jetzt eine solche Nachricht. Der »Betrüger« war Tweed, die Deckbezeichnung hatte der Finne mit seinem Sinn für trockenen Humor gewählt. Und Tweed befand sich an dem Ort, den Karma als zweiten genannt hatte. Imatra! An der verdammten Sowjetgrenze! War Tweed denn komplett verrückt geworden?

Jetzt hatte er zwei Riesenprobleme, die ihn wachhielten. Tweed in Imatra und Newman, der ein merkwürdiges Spiel spielte, hier in Tallinn. Was zum Teufel ging hier vor? Newman trat vom Fenster zurück.

»Schlechte Nachrichten?« flüsterte er.

»Nur ein Rückschlag in einem komplizierten Fall, den ich bearbeite. Aber es wird sich alles klären – das ist bei solchen Dingen immer so. Sehen Sie zu, ob Sie Karlow finden, und sagen Sie ihm, wir wären zum Abendessen bereit, wenn es ihm recht ist.«

Mauno sank auf dem Stuhl in sich zusammen und starrte ins Leere. Er konnte Katastrophen riechen. Und jetzt war er überzeugt, daß er sich inmitten eines Katastrophengebiets befand. In Finnland, in Estland...

39

Tweed kam ins Hotel *Valtion* zurück, ließ den quietschenden Aufzug unbeachtet und eilte die Treppe hinauf. Er klopfte an die Tür der Suite, und Ingrid gab fast sofort Antwort. Sie war drinnen im Vorraum auf- und abgegangen.
»Wer ist da?«
»Tweed. Machen Sie auf...« Sobald sie die Tür hinter ihm geschlossen hatte, sprach er weiter. »Sie haben nichts ausgepackt? Gut. Wir fahren sofort ab. Das Taxi wartet.«
»Gott sei Dank! Ich war in dieser Dachkammer fast verrückt vor Angst.«
»Wir fliegen zurück nach Helsinki. Wir erreichen gerade noch das letzte Flugzeug von Lappeenranta – das ist die letzte Bahnstation vor Imatra. Die Rechnung habe ich beglichen. Wir müssen jetzt los.«
Arponen, derselbe Fahrer, der ihn zur Grenze gefahren hatte, überschritt auf den erstklassig instandgehaltenen, schnurgeraden Straßen mehrmals die zulässige Geschwindigkeit. Zu beiden Seiten das vorbeirasende Dunkelgrün des Waldes.
Tweed schaute mehrmals durch das Heckfenster zurück. Das einzige Fahrzeug auf der sonst verlassenen Schnellstraße war ein dunkelgrüner Saab, der ihnen in gleichbleibendem Abstand folgte. Er zweifelte nicht daran, daß der Mann hinterm Steuer Eskola war. »Imatra hat keine Trambahn...«
Tweed zog seine Brieftasche heraus und übergab Ingrid ein gefaltetes Bündel Banknoten. Sie solle, wenn sie ankämen, zwei Flugkarten nach Helsinki kaufen. Wieder schaute er durchs Heckfenster und runzelte die Stirn. Sein Blick wanderte weit zurück.
Hinter dem Wagen, von dem er sicher war, daß es sich um den von Eskola handelte, war ein anderer Wagen aufgetaucht. Auch dieser fuhr mit hoher Geschwindigkeit. Er zuckte die Achseln und blickte wieder nach vorn. Ingrid zupfte ihn am Ellbogen.
»Ist etwas?«
»Ja. Wir werden das Flugzeug mit knapper Mühe erreichen...«
Auf dem Flughafen Lappeenranta wartete Tweed beim Eingang, während Ingrid die Tickets besorgte. Der blaue Saab fuhr ein paar Meter von ihm entfernt an den Gehsteig. Tweed ging auf ihn zu und redete mit dem Fahrer, als dieser ausstieg.

»Eskola, wir nehmen die Maschine zurück nach Helsinki. Am besten, Sie laufen, wenn Sie noch Tickets kriegen wollen. Oder gleich zwei, wenn Arponen mitkommt –«
Er ging rasch in die Halle zurück, bevor der Finne antworten konnte. Fünf Minuten später rollte die Maschine des Fluges AY 445 auf der Piste zur Startbahn. Einige Reihen hinter Tweed und Ingrid saßen Eskola und Arponen getrennt voneinander. Der letzte Passagier, der an Bord gegangen war, bevor die Tür geschlossen wurde, war Poluschkin, der sich im Heck einen Platz suchte.
Während des dreißig Minuten dauernden Fluges ließ Tweed im Geiste alle Probleme Revue passieren, denen er sich gegenwärtig gegenübersah; dazu die Personen auf dem Spielbrett. Newman und Sarin, davon war er überzeugt, waren in Tallinn – es sei denn, sie wären mit dem Abendschiff zurückgefahren. Und sobald er wieder im *Hesperia* war, würde er mit Butler durchgehen müssen, wo sich Cord Dillon und Helene und ihr Mann befanden.
Vor allem hoffte er, daß Monica in London veranlaßt hatte, das Signal zu geben. Er hatte sie vor seiner Abfahrt darum gebeten. Dieses Signal war äußerst wichtig.

Monica hatte Welwyn, den Chiffrierbeamten in der Admiralität, sofort nach Tweeds Anruf telefonisch verständigt. Tweed hatte ihr vor dem Abflug nach Stockholm das Signal – eine bestimmte Nummernkombination – hinterlassen. Monica hatte den Eindruck, es liege Jahre zurück.
Welwyn reagierte prompt. Die Nummernkombination, ihr voran der Kennruf, wurde in die Atmosphäre ausgestrahlt. An Bord des Trawlers *Saaremaa*, der im Hafen von Tallinn lag, saß der Funker, Olaf Priis Bruder, über seinen Empfänger gebeugt und schrieb die Nummern auf einen Block.
Als das Signal zu Ende war, wickelte er das Notizblatt in Öltuch und verstaute es in einem Schrank unter einem Stapel Leinwand. Daß eine russische Abhörstation das Signal auffangen könnte, ängstigte ihn nicht. Wenn das der Fall war, dann gab es in der ganzen Sowjetunion keinen Dechiffrierexperten, der den Schlüssel dieses Codes knacken konnte. Nicht nur die Russen verwendeten Einmal-Codes.

Nachdem sie Welwyn angerufen hatte, tätigte Monica einen weiteren Anruf, diesmal ein Ferngespräch. Tweed hatte ihr erklärt, die beiden stünden im Zusammenhang, in welchem, davon hatte sie nicht die leiseste Ahnung.
Sie rief das SAS-Hotel in Kopenhagen an, das direkt an der Hauptstraße liegt, die von der Innenstadt zum Flughafen Kastrup führt. Der Hubschrauberpilot Casey lag auf dem Bett und las »Das Geheimnis des Edwin Drood«, als der Anruf kam. Er liebte Dikkens, und er hatte sich mit seinem Copiloten Wilson darin abgewechselt, neben dem Telefon zu wachen.
»Hier Casey.«
»Hier Monica – was nichts mit Dickens zu tun hat.«
»Warum nicht? Dickens ist ein verdammt guter Schreiber.«
»Die Fahrt ist abgesagt«, fuhr sie fort. Damit hatten sie sich durch vorher vereinbarten Wortlaut zu erkennen gegeben. »Sie können Urlaub nehmen. Nicht zu viele Frauengeschichten diesmal.«
»Warum nicht? Ich liebe Dickens und ich liebe die Frauen.«
Innerhalb einer Stunde war die große Alouette startklar. Casey, ein Spaßvogel von etwa dreißig Jahren, saß an den Hebeln, neben ihm Wilson, ein eher schweigsamer Typ. Er ließ die Maschine abheben und steuerte sie ostwärts, über den Öresund, die schmale Wasserstraße zwischen Dänemark und Schweden. Einen Kaugummi zwischen den Zähnen, brachte er die Alouette auf größere Höhe. Es würde ein langer Flug werden.
Seine Route würde ihn quer über den großen Zeh Südschwedens und dann Richtung Nordost nach Arlanda führen, wo er auftanken mußte. Von Arlanda ging es dann unterhalb der Radarpeilung nach Süden zur Insel Ornö im Schwedischen Archipel.
Er hatte vor, an einer abgelegenen Stelle zu landen und auf die letzten Anweisungen zu warten. Die Alouette war mit einem starken Funkgerät neuester Konstruktion ausgerüstet. Zudem war Wilson ein erfahrener Funker. Auf Ornö würden sie das Signal empfangen, das sie an ihren Bestimmungsort weiterleitete: den Hubschrauberlandeplatz am Ufer nächst dem Hotel *Kalastajatorppa*.

Während Newman und Sarin mit ihren Gastgebern im Hotel *Olympia* zu Abend aßen, machte Kapitän Olaf Prii seinen Abendspaziergang durch Tallinn. Schließlich erreichte er die menschenleere Pikk-Straße.

Er schlenderte weiter, blickte zum Himmel empor, der von Sternen übersät war, die im samtenen Schwarz dieser Nacht besonders hell leuchteten. Bei der Dicken Margarete blieb er stehen und ließ den Blick an dem riesigen Bauwerk emporwandern, wie Newman es einige Zeit vorher getan hatte.
Er wandte sich nach links und holte sein Fahrrad, das hinter dem Großen See-Tor stand. Flink kurbelten Priis lange, kräftige Beine zum Hafen. An Bord der *Saaremaa* ging er geradewegs zum Funkraum. Sein Bruder hob den Kopf, als er eintrat und die Tür schloß.
»Es ist gekommen«, sagte er.
Er holte das Notizblatt aus dem Versteck, reichte es Olaf und versperrte die Tür. Der Kapitän zog ein winziges Notizbüchlein aus einer Geheimtasche eines seiner Seestiefel und ließ sich nieder, um den Code zu entschlüsseln. Er arbeitete langsam und sorgfältig und brauchte eine halbe Stunde, bis er zu einem befriedigenden Ergebnis kam.
Die Nachricht war in Deutsch abgefaßt, der Sprache, in der er sich mit Tweed in Harwich unterhalten hatte. Er las sie zweimal; dann zog er eine Streichholzschachtel aus der Tasche und verbrannte das Papier in einer Untertasse. Dann ließ er auch das Blatt aufflammen, auf dem der Schlüssel des Codes stand. Die verkohlten Reste spülte er im Waschbecken in der Ecke hinunter. Dann erst schaute er seinen Bruder an.
»Wir fahren sofort«, verkündete er.
»Welches Ziel?«
»Ist das Schlauchboot in Ordnung?«
»Ich hab es erst heute nachmittag überprüft«, antwortete sein Bruder. »Ist in bestem Zustand. Unser Ziel?«
»Zuerst Turku...«
»Und danach?«
»Die Insel Ornö im Schwedischen Archipel.«

40

Das Hotel *Olympia* trägt nicht gerade zur Verschönerung der Altstadt Tallinns bei. Es ist ein moderner Betonblock, der viele Stockwerke hoch in den Himmel ragt. Alle Fenster sehen gleich aus. Ein häßlicher Bienenkorb für Menschen.

Newman, der sich irgendeine alte Absteige erhofft hatte, mochte das Hotel vom ersten Augenblick an nicht. Karlow als Gastgeber ging ihnen in den Speisesaal voran. Seine Gäste waren Newman, Sarin und Raisa, die den Platz neben dem Engländer bekam.
»Morgen begleite ich Sie nach Helsinki zurück«, sagte der Oberst während des Hauptgerichts, einer Riesenportion Hering mit Gemüse. Von irgendwo hatte man einen guten Chablis aufgetrieben, und Newman nippte an seinem Glas. Karlow sprach weiter. »Damit erwidere ich die zahlreichen Besuche, die Mauno mir bereits abgestattet hat. Außerdem liebe ich Helsinki.«
»Sagen Sie mir, Oberst«, fragte Newman, »wer ist für die Sicherheit in Tallinn zuständig?«
»Ich. Und für die von ganz Estland. Was veranlaßt Sie zu dieser Frage?«
»Die Tatsache, daß die Leute hier sich so anständig benehmen. Keine Betrunkenen auf den Straßen. Eine angenehme Abwechslung.«
»Ich weiß nicht recht.« Karlow nahm einen Schluck von seinem Chablis. »Als ich in London war, hatte ich denselben Eindruck.«
»Offenbar waren Sie nicht in der Nähe, wenn man sie aus den Kneipen rauswarf.«
»Das geschieht zu sehr vorgerückter Stunde, nicht wahr?« bemerkte Raisa. »Wenn wir spazierengehen, werden Sie sehen können, wie es hier in der Nacht zugeht.«
Nach dem Abendessen entschuldigte sich Karlow. Er habe eine Menge Schreibtischarbeit zu erledigen. Ihre Zimmer im *Olympia* gefielen ihnen, hoffe er doch? Nach einer förmlichen Verbeugung verließ er sie.
Nach dem Kaffee fuhr man sie vom *Olympia* ins Zentrum der Altstadt; die Limousine hielt am Beginn der Vaksali-Straße. Der Mond schien hell, als Newman und Raisa ausstiegen und Mauno ihnen langsam folgte. Raisa nahm Newmans Arm, als wäre es die natürlichste Sache der Welt, und einen Augenblick lang fühlte er ihre feste Brust an seinem Arm. Langsam gingen sie an der Längsseite des Toom-Parks entlang. Dann blieb Newman stehen. Er wandte sich um und blickte zurück.
Die Kleine Festung warf lange Schatten, ein einsamer Koloß, der da oben weithin sichtbar auf dem Hügel thronte. Genau hier, dachte Newman. Genau hier, wo ich jetzt stehe, haben sie sie getötet.

Lebhaft entstand vor seinem geistigen Auge wieder der Hintergrund der Mordszene. Und das, was er vor sich sah, war das genaue Abbild jenes Hintergrunds. Das fremdartige Schloß mit den merkwürdigen Türmen. Ein eigenartiges Gefühl beschlich ihn jetzt, da er wußte, daß er die Stelle gefunden hatte.
– *Wer ist für die Sicherheit in Tallinn zuständig? – Ich.* –
Dann war Karlow der Mann, der Alexis getötet hatte. Und Karlow fuhr morgen mit ihnen nach Finnland. Ein kaum glaublicher Zufall. Newman starrte noch immer zur Festung hin. In seinem Gesicht stand ein träumerischer Ausdruck. Doch was er vor sich sah, war die Szene eines Alptraums.

In seinem Zimmer im *Olympia* war Newman bereit, zu Bett zu gehen. Man hatte ihnen alles besorgt, was man für eine Übernachtung brauchte. Pyjama, Bademantel, Rasierapparat. Er wollte sich eben ins Bett legen, als er das leise Klopfen an der Tür hörte.
Er stand wieder auf, schlüpfte in den Morgenrock und drehte den Schlüssel im geräuschvoll knirschenden Türschloß. Raisa stand draußen. Sie trug einen Morgenmantel, der vorne weit offen stand. Darunter hatte sie ein durchsichtiges, kurzes Nachthemd an und ein hautenges Höschen. Alles an ihr war gut einsehbar, und auf ihren Lippen lag ein halbes Lächeln.
Die Tür hinter ihr ging auf, und Mauno stand im Türrahmen. Ihre Augen sprühten Flammen, und sie schloß den Morgenmantel. Sie wandte sich um und begann rasch zu sprechen.
»Zu Ihnen wäre ich auch noch gekommen. Ich habe soeben erfahren, daß das Patrouillenboot, das Sie nach Helsinki zurückbringt, um acht Uhr dreißig abfährt. Oder ist das zu früh? Sie werden von hier um acht Uhr abgeholt.«
»Trifft sich gut«, antwortete Mauno.
»Und für Sie?« Sie drehte sich zu Newman um, und er vermeinte Enttäuschung in ihren Augen zu sehen. »Ist das in Ordnung?«
»Alles fein. Frühstück um sieben? Dann müssen wir nicht hasten.«
»So früh Sie wünschen. Schlafen Sie gut.«
Newman blinzelte Mauno zu, bevor er die Tür schloß. Dieses »Rendezvous« hatten sie erwartet und deshalb vereinbart, daß Newman beim Öffnen der Tür das Schloß quietschen ließ, um Mauno zu alarmieren.
Newman zündete sich eine Zigarette an. Er entwarf einen Plan.

Der Revolver, den er auf dem Sergels Torg gekauft hatte, lag im Schließfach im Hauptbahnhof von Helsinki. Der Schlüssel dazu befand sich in seiner Brieftasche, und diese wiederum hatte er jetzt unter seinem Kissen versteckt.

Lysenko hielt in Karlows Büro eine mitternächtliche Konferenz ab. Rebet war ebenfalls anwesend und hörte schweigend zu, als der General die Lage umriß.

»Hauptpunkt unserer Tagesordnung: lassen wir Newman morgen abreisen? Raisa berichtet, Newman habe großes Interesse an der Festung gezeigt – aber ein touristisches, wie sie glaubt. Was mir nicht gefällt, ist, daß er die Vaksali-Straße hinunterwanderte. Er stand fast genau an der Stelle, an der seine Frau von Poluschkin hingerichtet wurde.«

»Von dort hat man einen guten Blick auf die Kleine Festung«, erklärte Rebet. »Hat er, seit er da ist, mit einem Wort den Tod seiner Frau erwähnt? Nicht, soviel ich weiß.«

»Das ist wahr«, gab Lysenko zu. Er blickte im Kreis herum. »Wir sind drei. Stimmen wir ab. Wer dafür ist, daß Newman nach Helsinki zurückkehren darf, der hebe bitte die Faust.«

Rebet unterdrückte einen Seufzer. Die geschlossene Faust. Längst nicht mehr aktuell. Typisch für den alten Bolschewiken. Wann würde er einsehen, daß sich die Zeiten geändert hatten?

Karlow und Rebet hoben ihre Fäuste. Lysenko starrte sie einen nach dem anderen an. Er nickte, ohne eine Faust zu heben. Jetzt hatte er die Verantwortung dafür, daß man Newman gehen ließ, auf andere Schultern abgewälzt – für den Fall, daß Moskau später Rechenschaft forderte.

»Es gibt noch einen Punkt, über den wir diskutieren müssen, Genosse General«, sagte Karlow förmlich. »Sie erwähnten Poluschkin. Ich bin mit der Leitung der Nachforschungen im Fall der Morde an GRU-Offizieren hier in Tallinn betraut. Ich sagte Ihnen schon, daß Poluschkin sich stets in Tallinn aufhielt, wenn ein Mord stattfand, und daß alle Ermordeten im Rang über ihm standen, so daß ihr Tod seiner Beförderung den Weg ebnete. Seit er Tallinn verlassen hat und nach Stockholm gereist ist, sind keine Morde mehr vorgekommen. Ich beschloß, seine Unterkunft durchsuchen zu lassen.«

»Und Sie haben etwas gefunden?« fragte Lysenko.

»Das hier.« Karlow schloß eine Lade auf, zog einen Handschuh

über die rechte Hand und hob etwas hoch und legte es auf den Tisch. Es war eine an zwei hölzernen Handgriffen befestigte Drahtschlinge. Der Draht trug an manchen Stellen matte Flecken; kleine schwarze Körnchen rieselten auf die Tischplatte.
»Ich fand es im Schornstein«, erklärte Karlow. »Der schwarze Dreck ist Ruß. Und es sieht mir ganz danach aus, als wären die Flecken auf dem Draht getrocknetes Blut. Genossen, ich glaube, wir haben die Mordwaffe vor uns. Die Garotte...«
»Ich habe bereits beschlossen, daß Poluschkin – angesichts des vorliegenden Beweismaterials –, wenn er aus Finnland zurückkehrt, vor ein Militärgericht gestellt wird«, kündigte Lysenko an. »Damit ist die Sache geregelt. Im Moment aber, glaube ich, lassen wir ihn in Helsinki seine Aufgabe erfüllen. Das Hauptproblem ist nach wie vor Adam Procane.«
»Wie ich es sehe, ist Procane ein sehr vorsichtiger Mann«, erklärte Karlow. »Während der ganzen Zeit meines Aufenthaltes in London ergab sich für mich nie ein Anhaltspunkt für seine Identität. Ich glaube, er wird bis zum Schluß vorsichtig bleiben.«
»Bis er sicher in Moskau angelangt ist«, schloß Lysenko.

VIERTER TEIL

Helsinki:
Grenzübergang

41

Nach der Landung auf dem Flughafen Vantaa brachte Tweed zuallererst Ingrid mit einem Taxi ins Hotel *Intercontinental*, gleich neben dem *Hesperia*, und nahm ihr dort ein Zimmer.
»Ihre Kleider lasse ich Ihnen später herüberbringen«, sagte er zu ihr, als sie im Schlafzimmer standen. »Oder wenn Ihnen das lieber ist, können Sie hinüberkommen und es selbst tun. Aber kommen Sie nicht in meine Nähe. Ich rufe Sie an oder komme herüber, wenn ich Sie sehen will.«
»Aber warum, Tweed? Ich möchte lieber bei Ihnen sein...«
»Aus Sicherheitsgründen. Wir sind nahe daran, Procane ausfindig zu machen. Ich brauche jemanden, an den ich mich notfalls wenden kann, der nach außen hin in keiner Verbindung zu mir zu stehen scheint. Das könnte sich als sehr wichtig erweisen.«
Die Erklärung schien sie zufriedenzustellen. Mit einem Gefühl der Erleichterung verließ Tweed sie. Er wollte nicht, daß Ingrid Laila kennenlernte. In dieser kritischen Phase konnte er emotionelle Probleme nicht gebrauchen. Er ging mit der Reisetasche in der Hand zum *Hesperia* hinüber und direkt in Butlers Zimmer.
»Wie stehen die Dinge?« fragte er, als sie bei einem Drink saßen.
»Hat es Veränderungen gegeben, während ich weg war?«
»Nicht eigentlich.« Butler klang enttäuscht. »Fergusson beobachtet weiterhin die Amerikanische Botschaft. Stilmar hat das Gebäude nicht verlassen, seit er angekommen ist. Ich finde das eigenartig...«
»Und Cord Dillon?«
»Dieselbe Situation. Hat das Hotelgelände des ›Kalastajatorppa‹ nicht verlassen. Er geht mit Helene am Strand in dem kleinen Park spazieren, wo sie den Hubschrauberlandeplatz haben. Nield behält die Stelle im Auge. Er könnte innerhalb von Minuten in der Luft sein.« Butler nahm einen weiteren Schluck von seinem Scotch. »Es ist, als ob Procane – wer immer es sein mag – darauf wartet, daß jemand kommt und ihn nach Rußland eskortiert...«
»Eine interessante Betrachtungsweise«, erwiderte Tweed. »Halten Sie die Bewachung aufrecht. Sie lösen jeden Mann von Zeit zu Zeit ab? Gut. Wir werden es bald wissen. Nur noch ein klein wenig Geduld...«

In sein Zimmer zurückgekehrt, rief Tweed Monica an. Sie meldete sich sofort, was bedeutete, daß sie am Telefon Wache hielt.
»Ich habe die Leute verständigt, daß die Shangri-La-Lieferung vollen Versicherungsschutz hat«, meldete sie. »Die Ware ist bereits abgegangen.«
»Gut. Und die andere Lieferung?«
»Auch Ruby Stone ist voll versichert. Die Lieferung ist ebenfalls auf dem Weg. Jedermann scheint glücklich über die Art und Weise, wie wir die Dinge abwickeln.«
»Gut. Ich nehme doch an, daß Sie die Zusicherung bezüglich Shangri-La per Luftpost expreß abgeschickt haben?«
»Habe ich persönlich erledigt. Wie geht es Ihnen?«
»Habe mich nie besser gefühlt.«
Tweed legte auf und hoffte, er habe nicht so müde geklungen, wie er sich fühlte. Shangri-La war der Hubschrauber vom Typ Alouette, der inzwischen auf der Insel Ornö im Schwedischen Archipel gelandet sein mußte. »Luftpost expreß« sollte bedeuten, daß das zweite Signal an Casey, den Piloten der Alouette, von der Admiralität aus gesendet werden müsse: »Fliegen Sie zur vereinbarten Zeit zum Landeplatz beim Hotel ›Kalastajatorppa‹.«
»Ruby Stone« war die *Saaremaa* unter Kapitän Prii. Monicas Hinweis, diese Lieferung »sei auf dem Weg«, bedeutete, daß das Schiff bereits abgelegt hatte und wahrscheinlich schon vor dem Hafen Turku lag. Im ungünstigsten Fall würde sie diesen Punkt in der folgenden Nacht erreichen.
»Jedermann scheint glücklich« war überhaupt der bedeutsamste Teil ihres Gesprächs gewesen. Dieser Satz hieß, daß die *Saaremaa* nach ihrem Auslaufen aus dem Hafen von Tallinn ein Signal gesendet hatte und daß es empfangen worden sei.
Alles das verarbeitete er in seinem Gehirn, als er sich auf den Weg zum Restaurant im ersten Stock machte. Er war total ausgehungert. Das Buffet, das im *Hesperia* auf einem großen Tisch aufgebaut war, hatte exzellente Genüsse zu bieten. Tweed lud sich beherzt den Teller voll und ging damit zu einem Tisch, der in sicherer Entfernung von den anderen Essern stand. Wenn seine Rechnung stimmte, dann würde seine Mission morgen als geglückt oder als total gescheitert angesehen werden können. Während er aß, versuchte er all seine wachsenden Zweifel von sich zu schieben.

Am folgenden Morgen durchschnitt das russische Patrouillenboot mit hoher Geschwindigkeit das Wasser auf dem etwas mehr als sechzig Kilometer weiten Weg über den Golf, der Tallinn von Helsinki trennt. Das große Boot hinterließ auf dem ruhigen, im hellen Licht der Sonne glitzernden Meer eine breite weiße Kielspur. Die See war so glatt und blau wie der Himmel über ihr.
In der Kabine unter Deck starrte Mauno Sarin durch das Bullauge. Er war von großer Sorge erfüllt. Keine weiteren Berichte waren von Karma hereingekommen, und Mauno fragte sich, was wohl alles während seiner Abwesenheit von der Zentrale geschehen sein mochte.
Newman stand auf. »Ich glaube, ich gehe hinauf auf die Brücke und plaudere mit Karlow«, sagte er.
»Man wird es Ihnen vielleicht nicht erlauben«, warnte Mauno. »Wir sind an Bord eines ihrer neuesten Boote – sehen Sie doch, welch hohe Geschwindigkeit es hält.«
»Ich werde es nur wissen, wenn ich es versuche«, erwiderte Newman.
Es gab keine Probleme, als er die Stufen zur Brücke hochkletterte, sich am Geländer festhaltend, weil das Schiff auf anderen Kurs ging und nach Steuerbord krängte. Karlow selbst machte ihm die Tür auf und lud ihn mit einer Geste ein, sich zu ihm und dem Kommandanten zu gesellen.
»Ein schöner Tag für meinen Besuch in Helsinki«, bemerkte Karlow. Sie hatten ungefähr die halbe Strecke zurückgelegt.
»Erwarten Sie, daß Ihr Aufenthalt mehrere Tage dauert?«
»Gott weiß, wie lange...«
»Oberst...« Newman senkte die Stimme, weil er nicht sicher war, ob der Kommandeur oder der Rudergänger Englisch verstanden. »Ich bin im Besitz gewisser Informationen, die ich gerne mit Ihnen besprechen würde. Außerdem gibt es für mich einen letzten Termin, bis zu dem ich meine Story an die Agentur Reuter schicken muß. Können wir uns heute abend irgendwann treffen? Irgendwo, wo man uns nicht sieht?«
»Warum nicht. Haben Sie einen bestimmten Treffpunkt im Auge?«
»Der Quellen-Park – an der Spitze der Halbinsel, auf der Helsinki erbaut ist. Kennen Sie die Gegend? Gut. Nicht weit hinter dem Silja-Pier gibt es einen Rastplatz – wo Autos parken...«
»Ich kenne ihn.«

»Können wir uns dort treffen?«
»Um welche Zeit?«
»Zehn Uhr abends. Da wird uns niemand zusammen sehen. Sie kommen allein?«
»Ich brauche niemanden, der mich an der Hand führt. Also um zehn Uhr. Der Rastplatz beim Quellen-Park.«

Das russische Patrouillenboot stoppte in Rufweite des Bootes der finnischen Küstenwache. Beide Schiffe befanden sich in der Mitte des Meerbusens, kein anderes Wasserfahrzeug war in Sicht. Das Fahrzeug der Küstenwache ließ ein kleines Motorboot zu Wasser, das auf das russische Schiff zuschoß. Die drei Passagiere, Newman, Karlow und Sarin, wurden ins Motorboot umgeladen, das daraufhin zu seinem Mutterschiff zurückkehrte.
Das Patrouillenboot aus Tallinn war bereits wieder auf dem Rückweg, als die drei Männer an Bord des finnischen Schiffes kletterten. Auf diese Weise würde ihre Ankunft in Helsinki keinerlei Aufsehen erregen. Das Küstenwachboot nahm Kurs auf Helsinki.
»Wenn wir ankommen«, erklärte Mauno unter Deck, »werden zwei Wagen warten. Ich nehme den einen, Karlow den anderen. Wir wissen, daß Sie im ›Marski‹ wohnen – Karma, mein Stellvertreter, hat mit Ihrem Foto alle Hotels abgeklappert. Macht es Ihnen etwas aus, dorthin mit dem Taxi zurückzufahren?«
»Ist mir recht.«
»Ich rufe Sie später an, sobald ich Zeit gefunden habe, mich um die letzten Entwicklungen zu kümmern. Sollte...«
»Tun Sie das.«

»Hat der Ärztekongreß im ›Kalastajatorppa‹ schon angefangen?« fragte Tweed Butler während des späten Frühstücks, das sie in seinem Schlafzimmer einnahmen.
»Ja. Ich hätte es Ihnen gleich sagen sollen, als sie zurückkamen. Scharen von Ärzten aus ganz Europa. Das erschwert Nields Job, die beiden Leutchen zu überwachen, wenn alles so voller Menschen ist.«
»Keine Angst. Er wird schon damit fertig. Haben Sie eine Ahnung, wo Laila Sarin ist?«
»Sie kam an die Rezeption, als ich zufällig dort war. Ich hörte sie nach Newman fragen, also sagte ich, ich könnte vielleicht helfen,

und sie ging mit mir Kaffee trinken. Ich gab mich als Freund Newmans aus und sagte ihr, ich sei ebenfalls auf der Suche nach ihm. Sie sagte, sie frage in allen Hotels nach ihm und werde, wenn sie ihn nicht finde, zum Hafen hinuntergehen.«
»Sie kann von Glück reden, wenn sie ihn je wiedersieht. In der Sache können wir nichts tun. Haben Sie diese Wagen gemietet, wie ich gebeten habe? Sie müssen schnell sein...«
»Habe mich darum gekümmert. Zwei Citroëns – beide gleiche Type und gleiche Farbe, wie Sie verlangten. Sie sind hier geparkt und fahrbereit. Aber wohin soll's denn gehen?«
Tweed schien die Frage nicht gehört zu haben. Er nippte an seinem Kaffee und strich Butter und Marmelade auf eine Semmel. Nachdem er die Semmel verzehrt hatte, stellte er die nächste Frage.
»Nield ist unser bester Fahrer, würden Sie das sagen?«
»Fährt wie der Teufel – wenn man ihn läßt. Fährt schnell, aber gut und sicher.«
»Und was unsere amerikanischen Freunde betrifft, hat sich nichts geändert?«
»Überhaupt nichts. Fergusson und Nield haben telefonisch Bericht erstattet, kurz bevor Sie mich gebeten haben, mit Ihnen zu frühstücken.« Butler gähnte und hielt die Hand vor den Mund. »Entschuldigen Sie, ich war die ganze Nacht auf und habe die beiden jeweils für ein paar Stunden abgelöst.«
»Weiter beobachten. Und gehen Sie schlafen, wenn es geht. Sie werden auch in der kommenden Nacht nicht viel Schlaf kriegen.«
»Es geht also los?«
»Seid bereit – wie die Pfadfinder sagen.«
Butler starrte Tweed an, der ihn durch seine Brillengläser ruhig betrachtete. Er kannte Tweed, kannte ihn sehr gut. Tweed witzelte selten – nur in Zeiten nervlicher Anspannung. Ohne ein weiteres Wort zu sagen, stand Butler vom Tisch auf und verließ das Zimmer. Etwa eine Stunde später rief Mauno Sarin Tweed an.

Laila entdeckte Newman ganz zufällig, als er eben an Land ging. Sie war schon seit einiger Zeit im Süd-Hafen umhergefahren. Sie sah ihn mit seiner Reisetasche in ein Taxi steigen, und folgte ihm.
Das Taxi fuhr durch die von Bäumen gesäumte Esplanade am Buchladen Akateeminen vorbei, wo sie die Bücher über Estland gekauft hatten. Sie erwartete nun, daß der Wagen rechts abbiegen

und durch die Mannerheimintie zum *Hesperia* fahren würde. Er fuhr auch so, hielt aber dann zu ihrer Überraschung vor dem Hotel *Marski*.
Sie fand einen freien Parkplatz und glitt hinein, als eben ein anderes Auto darauf zusteuerte. Sie warf Münzen in die Parkuhr, rannte ins *Marski* und sah Newman in die Aufzugkabine treten. Sie rannte in die Kabine, ehe sich die Türen schlossen, stellte sich dabei die Frage, warum er sich nicht eingetragen habe.
»Hallo«, sagte Newman. »Wie geht's?«
»Fast verrückt vor Angst um dich«, wütete sie. »Ich weiß nicht, warum ich mich so aufrege. Ich weiß es wirklich nicht...«
Sie folgte ihm in das Zimmer, das er aufschloß, ging zum Fenster, verschränkte die Arme und wandte sich ihm zu, während er die Tür versperrte. Ihr Gesicht, normalerweise zart getönt, war rot vor Zorn. Newman erinnerte sich an ihre Bemerkung über die finnischen Frauen – wenn einer einmal das Temperament durchgeht, dann...
»Ich habe in diesem Hotel nach dir gefragt«, wütete sie weiter. »Ich habe in jedem Hotel in Helsinki nach dir gefragt. Wo bist du gewesen? Warum hast du dich nicht eingetragen, als du jetzt ankamst?«
»Weil ich mich schon vorgestern abend hier eingetragen habe. Also gut, ich schulde dir wahrscheinlich eine Erklärung. Ich bin aus dem ›Hesperia‹ ausgezogen. Übrigens, hast du Tweed diesen Umschlag gegeben?«
»Ja.«
»Hat er etwas damit gemacht?«
»Frag *ihn*! Er wohnt im ›Hesperia‹...«
»Wie ich schon sagte«, fuhr Newman geduldig fort, »zog ich vom ›Hesperia‹ hierher. Ich meldete mich unter dem Namen René Charbot an. Ich spreche fließend Französisch, so ist es niemandem komisch vorgekommen.«
»Ich finde es auch nicht komisch. Wo bist du gewesen?«
»Es ist besser, du weißt das nicht.«
»Aber du weißt jetzt, wer deine Frau umgebracht hat?«
Erstaunt starrte er sie an. Sie erwiderte den Blick, die Arme noch immer verschränkt, die Wangen noch immer gerötet. Er ging zum Kleiderschrank und holte eine Flasche Wein heraus, die ihm der Zimmerkellner heraufgebracht hatte, bevor er nach Tallinn abgefahren war.

»Hättest du was gegen ein Gläschen Wein?« fragte er.
»Ich brauche eins! Ich habe mich so um dich gesorgt.«
»Warum hast du diese Bemerkung über meine Frau gemacht?«
»Dein Gesicht. Deine Art. Alle Spannung ist weg. Du bist in einer sehr merkwürdigen Stimmung – wie einer, der sich auf eine lange Reise ins Nichts begibt.«
Er reichte ihr das Glas. Sie tranken, ohne anzustoßen. Newman ließ sich in einen Sessel sinken, Laila setzte sich in einen anderen. Sie trank ihr Glas aus, und er füllte es wieder.
»Laila, wir werden uns nicht wieder treffen. Und, um deinetwillen, wir dürfen in der Öffentlichkeit nicht mehr zusammen gesehen werden. Nicht einmal bei einem Abendessen...«
»Dann benützen wir eben den Zimmerservice. Ich lasse mich im Bad nieder, wenn sie es heraufbringen...«
»Keine sehr gute Idee.«
»Dann laufe ich dir nach. Wohin du auch gehst. Was wird es also? Gemeinsames Abendessen? Hier im Zimmer? Oder ich laufe dir nach?«
»Ich rufe den Zimmerservice an. Früh am Abend.«

Mitten zwischen den Bäumen von Ornö stand die Alouette auf einer abgelegenen Lichtung. Nach dem Flug von Arlanda hierher hatte sie sanft auf dem felsigen Grund aufgesetzt. Casey hatte etliche mögliche Landeplätze überflogen, bevor er diesen ausgewählt hatte. Er erfüllte alle gewünschten Bedingungen.
Er war weit genug weg von den über die ganze Insel verstreuten Sommerhäusern, abseits nicht nur von einer Straße, sondern auch von den Fußpfaden, die die Insel kreuz und quer durchzogen. Und er lag nahe an der Küste.
»Wir fliegen morgen«, hatte ihm Wilson Stunden nach ihrer Landung mitgeteilt, nachdem er das Funksignal der Admiralität empfangen hatte.
Sie verzehrten die mitgebrachten Rationen und tranken dazu Mineralwasser. Die kalte Nacht verbrachten sie in Schlafsäcken unter der Maschine. Die unglaubliche Stille zerrte an ihren Nerven. Sie spielten am Morgen Karten und waren froh, als es Zeit zum Start wurde. Auf einer Karte zeichnete Casey ihre Position ein, bevor sie abflogen, faltete die Karte zusammen und steckte sie in die Tasche.
Im Falle ihrer Entdeckung hätte Casey eine Geschichte parat

gehabt: Maschinenschaden. Er hatte sogar am Motor herumgebastelt, um die Story glaubwürdig erscheinen zu lassen. Jetzt aber war der Motor voll betriebsfähig. Er schaute noch einmal auf die Uhr und startete dann die Rotoren.
»Gott sei Dank, wir fliegen«, sagte Wilson. »Es ist das Warten, das einen auf die Nerven geht.«
»Sagt Tweed auch immer.«
Die Maschine stieg über die Baumwipfel empor, schwebte einen Augenblick lang bewegungslos in der Luft und flog dann ostwärts – zum Finnischen Meerbusen, nach Helsinki, zum Landeplatz beim Hotel *Kalastajatorppa*.

Der Trawler *Saaremaa* lag vor der Küste bei Turku, die Netze waren ausgeworfen. In seiner Kajüte schaute Kapitän Olaf Prii noch einmal auf die Uhr. Er warf einen Blick durchs Fenster. Bald würde es dunkel sein, und er würde ununterbrochen auf seine Uhr schauen.
Prii war nicht im geringsten nervös. Zu viele Jahre waren es schon, in denen er ein Doppelleben geführt hatte. Manchmal dachte er, er sei hart und unerbittlich geworden. Aber die einzige Form des Überlebens war die Arbeit in einer Untergrundbewegung. Er zündete seine Pfeife an und ging hinaus an Deck.
Die See war ruhig, der Himmel klar. Perfekte Bedingungen für das, was er zu tun hatte. Weiß Gott, Wetterberichte gehörten zu seinem Alltag. Sein Bruder hatte den Funkraum nicht mehr verlassen, seit sie von Tallinn abgefahren waren. Auch er war ein harter Mann geworden. Jeder, ob Mann oder Frau, zahlte seinen Preis für das Leben, das er – oder sie – lebte. Und wie Casey konnte auch Olaf Prii es nicht erwarten, endlich in Bewegung zu sein.

42

»Wie viele Leute haben wir zur Verfügung, Karma?« fragte Mauno.
»Normalerweise vierzig...«
»Wie viele heute nacht, meine ich.«
»Sechsunddreißig. Vier fallen wegen Krankheit aus.«
»Ich habe folgendes vor.« Mauno marschierte in seinem Büro auf dem Ratakatu rund um den Tisch. »Schicken Sie zwölf zum

›Kalastajatorppa‹. Unter all den Ärzten dort wird man sie nicht bemerken. Sechs weitere sollen in der Nähe der Sowjetbotschaft sein. Weitere sechs rund um die Amerikanische Botschaft. Bleiben zwölf. Schicken Sie sechs zum Flughafen Vantaa. Die restlichen sechs bleiben hier als Reserve.«
»Ich erteile sofort die Instruktionen. Wenn ich wüßte, um was es geht...«
»Das wüßte ich gerne selbst, Karma. Sie kennen doch die Gerüchte um einen Amerikaner namens Procane, der auf dem Weg nach Rußland sein soll? Wir wollen keinen internationalen Zwischenfall an unserer Haustür. Ach, ja – von der Reserve schicken Sie noch einen Mann zum ›Hesperia‹. Zeigen Sie ihm ein Bild von Tweed.«
»Und was dann?«
»Dann können wir nur warten. Es wird eine lange Nacht werden. Rufen Sie vorsorglich meine Frau an. Aber erst, nachdem Sie alle meine Weisungen ausgeführt haben.«

Die Alouette flog in den finnischen Luftraum in derselben geringen Flughöhe ein, die sie auf dem ganzen bisherigen Flug eingehalten hatte. Die Sonne stand knapp über dem Horizont, als sie auf dem Landeplatz nahe der Anlegestelle aufsetzte.
Das Hotelgebäude, das dem Strand am nächsten stand, war hell erleuchtet. Das Runde Restaurant wimmelte von Kellnern, die Vorbereitungen für das Bankett der Teilnehmer des Ärztekongresses trafen. Auf dem Anlegesteg stand die kleine Gestalt eines Mannes, der das Herannahen des Hubschraubers über der glatten See beobachtet hatte.
Casey sprang aus der Maschine und reichte dem kleinen Mann die gefaltete Karte aus seiner Tasche. Niemand im Hotel sah den kleinen Mann zwischen den Bäumen davoneilen, im Hoteleingang verschwinden, die Treppe zum Tunnel hinuntersteigen, der zum Gebäude auf der anderen Straßenseite führte.
Tweed ging mit mäßig schnellen Schritten durch den Ausgang der Halle. Draußen beschleunigte er sein Tempo, wandte sich nach rechts und kletterte in den geparkten Citroën, in dem Butler wartend am Steuer saß.
»Fahren Sie«, sagte Tweed. »Zurück zum ›Hesperia‹ – aber bleiben Sie unter der Geschwindigkeitsbegrenzung.«
Drei von Maunos Männern waren, durch das Geräusch des lan-

denden Hubschraubers alarmiert, bereits beim Landeplatz eingetroffen. Ein vierter rannte ins Hotel, um Mauno anzurufen. Der Chef der Sicherheitspolizei, der in seinem Büro hinterm Schreibtisch saß, hob sofort ab.
»Was ist, Karma?«
»Ein Hubschrauber ist soeben beim ›Kalastajatorppa‹ gelandet. Eine große Alouette.«
»Halten Sie sie auf, bis ich da bin.«
Mauno kam innerhalb von zehn Minuten. Casey stand beim Helikopter und verhandelte mit einem seiner Männer. Der Pilot hielt ein Blatt Papier in der Hand. Er zeigte dem Mann seinen Ausweis.
»Sarin, Sicherheitspolizei. Was geht hier vor?«
»Ich heiße Casey und bin Pilot dieser Maschine. Vier Ärzte britischer Nationalität werden dringend in Stockholm gebraucht. Ein Notfall. Die vier sollen konsultiert werden.«
»Wirklich?« Mauno sagte es mit beißendem Spott. »Und wie heißt dieser Patient in Stockholm?«
»Eine bedeutende Persönlichkeit. Ich bin nicht befugt, seine Identität preiszugeben. Die vier dringend zu konsultierenden Ärzte sollen an diesem Kongreß teilnehmen...«
»Wirklich?« wiederholte Mauno. »Und ihre Namen sind ebenso geheim?«
»Natürlich nicht.« Casey reichte ihm das Blatt. »Ihre Namen stehen hier. Ihre Hilfe bei ihrer Auffindung wüßte ich sehr zu schätzen.«
Mauno reichte das Blatt mit den vier Namen an Karma weiter und sagte ihm, er solle die Namen auf der Ärzteliste suchen. Dann rief er seine Männer, die den Hubschrauber umstanden, zu sich.
»Durchsucht die Maschine von oben bis unten. Laßt keinen Zentimeter aus.«
»Wonach suchen Sie?« fragte einer.
»Weiß ich nicht so genau. Bringen Sie mir jeden, den Sie an Bord finden.«
»Das ist ein britischer Hubschrauber«, protestierte Casey.
»Und Sie befinden sich hier auf finnischem Boden, wo ich im Besitz aller gesetzlichen Befugnisse bin. – Nun fangt schon an«, rief er seinen Männern zu.
Eine halbe Stunde später war Mauno im Zustand totaler Frustration. Die Liste der am Kongreß teilnehmenden Ärzte war durch-

gegangen worden, doch sie enthielt keinen der vier Namen auf Caseys Blatt.
Die gründliche Durchsuchung des Helikopters hatte nichts zutage gefördert. Eine Pattsituation. Einige Ärzte waren in den kleinen Park herausgekommen, um zu sehen, was vorging. Ein von Karma über vier Pfähle gespanntes Seil hielt sie in einigem Abstand. Die Nacht war, charakteristisch für Finnland, wie ein dunkler Vorhang über das Land gefallen. Die im Dunkeln mit Taschenlampen umhergehenden Männer wirkten wie menschliche Glühwürmchen.
»Das verstehe ich nicht«, sagte Mauno zu Casey. »Warum sind die Ärzte, die Sie abholen sollen, nicht hier?«
»Ich verstehe das auch nicht. Wenn Sie mich entschuldigen wollen, Mr. Sarin, ich muß das per Funk nach Stockholm durchgeben. Und dann fliege ich am besten wieder nach Arlanda zurück.«
»Jetzt in der Nacht?«
»Diese Maschine ist mit den besten Navigationshilfen ausgestattet. Das Fliegen bei Nacht ist leichter als das Fliegen bei Tag – um diese Jahreszeit gibt es kaum anderen Flugverkehr.«
»Haben Sie genug Treibstoff bis Arlanda?«
»Natürlich nicht. Ich muß in Turku auftanken. Habe ich Starterlaubnis?«
»Gehen Sie zum Teufel.«
Mauno wartete, bis er in seinem Wagen vorne neben Karma, der am Steuer saß, Platz genommen hatte. Einige Minuten lang dachte er nach, lauschte dem vibrierenden Motorgeräusch, mit dem die Alouette abhob, um sich dann mit westlichem Kurs über dem Meerbusen zu entfernen.
»Es ist Tweed«, sagte Mauno schließlich. »Ich spüre seine Hand. Aber verdammt will ich sein, wenn ich weiß, was er vorhat. Zurück zum Ratakatu. Und ich möchte noch gestern dort ankommen.«

Newman lenkte den gemieteten Saab, für den er im Voraus bezahlt hatte, durch das Straßenlabyrinth an der Spitze der Halbinsel. Er parkte den Wagen an einer Straßenecke, die er schon vorher ausgewählt hatte und von wo aus man die Sowjetbotschaft gut im Auge hatte.
Er hatte die 38er Smith & Wesson, jetzt voll geladen, aus dem Gepäckschließfach geholt. Die Waffe steckte in seinem Gürtel. Er

steckte eine Zigarette in den Mund, unterließ es aber, sie anzuzünden. Er schaute auf die Uhr. Es war neun. Er lehnte sich zurück und wartete.
Das große alte Gebäude der Botschaft stand halb verborgen hinter der mit einem Gitter versehenen Mauer. Alle Vorhänge waren zugezogen, das Haus wirkte unbewohnt. Um halb zehn kam eine vertraute Gestalt in Zivilkleidung aus dem Haupteingang, setzte sich ans Steuer eines Volvo und fuhr heraus.
Newman startete den Motor und folgte dem Obersten Andrei Karlow. Aber der fuhr in die falsche Richtung, weg von der Halbinsel in Richtung Mannerheimintie. Newman stieg aufs Gaspedal und kam in einer einsamen Straße mit dem Volvo auf gleiche Höhe.
Weiter beschleunigend, schnitt er Karlows Spur, hörte das Kreischen der Bremsen seines Wagens, stieß die Wagentür auf und rannte zurück. Die rechte Vordertür des Volvo aufreißend, glitt er auf den Sitz und richtete den Revolver auf den Fahrer.
»Wir sind verabredet, Karlow – oder hatten Sie das vergessen? Drehen Sie um und fahren Sie zum Rastplatz beim Quellen-Park. Eine falsche Bewegung, und ich blase Ihnen das Lebenslicht aus.«
»Ich war auf dem Weg zu Ihnen.«
Karlow, der Newmans Gesichtsausdruck sah, wendete den Volvo, während er sprach, und fuhr los. Newman hielt den Revolver in seinem Schoß und preßte den Lauf gegen Karlows Körper.
»Natürlich waren Sie das«, erwiderte Newman. »Auf einem Umweg. Einem sehr großen Umweg.«
»Ich schwöre Ihnen . . .«
»Fahren Sie lieber.«
Ein silbergrauer Citroën fuhr an ihnen vorbei in die Gegenrichtung. Er war voll besetzt, und Newman kam es vor, als hätte er einen der beiden Männer auf den hinteren Sitzen erkannt. Er drehte sich um und schaute kurz durch die Heckscheibe.
»Hängen Sie den Wagen ab«, befahl er.
»Er fährt von uns weg . . .«
»Er könnte umdrehen. Fahren Sie links hinein, jetzt wieder links. So ist es gut. Und jetzt zum Quellen-Park.«
»Darf ich fragen, was das soll?««
»Sie werden dahinterkommen. Bald genug.«
Newman hörte seine Stimme, und sie klang fremd. Rauh und tief.

Seine Kehle war trocken, und er hätte jetzt viel für etwas zum Trinken gegeben. Mineralwasser.
Um diese Nachtzeit war es am Ufer beim Süd-Hafen ruhig. Da und dort lagen Schiffe am Kai, ohne daß sich ein Zeichen menschlichen Lebens auf ihnen zeigte. Die Straßenleuchten warfen ein schimmerndes Glitzern über das Wasser. Karlow fuhr auf den abgelegenen Rastplatz und stellte den Motor ab. Newman stieg aus, glitt in den Fond und setzte sich auf den Sitz hinter dem Russen. Er setzte ihm den Lauf in den Nacken.
»Oberst, Sie sagten mir, Sie wären für die Sicherheit in Estland verantwortlich?«
»Das ist richtig. Ich verstehe noch immer nicht...«
»Werden Sie gleich. Sie haben meine Frau ermordet, Alexis Bouvet. Sie töteten sie auf der Vaksali-Straße.«
»Das ist eine verdammte Lüge. Ich erfuhr von dem Mord erst, nachdem er begangen worden war.«
»Sie geben zu, daß es Mord war. Zu Ihrer Information: ich liebte meine Frau nicht mehr. Wir standen kurz vor der Trennung. Nach nur sechs Monaten Ehe. Aber wenn die Frau eines Mannes ermordet wird, dann erwartet man von ihrem Gatten, daß er etwas unternimmt. Ich wette, Sie können nicht beweisen, was Sie behaupten.«
»Doch, das kann ich.« Karlow zögerte. Der Lauf drückte sich fester in seinen Nacken. »Sie wurde von einem Psychopathen getötet – einem meiner Leute. Wenn er nach Tallinn zurückkommt, erwartet ihn dort ein Militärgericht.«
»Wer ist es? Und wo ist er jetzt?«
»Er heißt Poluschkin. Er ist hier in Helsinki. Ich verließ ihn in der Botschaft, keine drei Kilometer von hier.«
»Sie sagten, Sie könnten diesen Mist auch beweisen.«
»Ja. Wenn Sie mich einige Fotografien aus meiner Brieftasche nehmen lassen.«
»Seien Sie vorsichtig, Oberst.«
Er befahl Karlow, kurz das Innenlicht einzuschalten, und betrachtete die drei Fotos, die der Russe von Olaf Prii bekommen hatte. Die Aufnahmen waren offenbar mit einer der neuesten Infrarot-Kameras aufgenommen worden und von erschreckender Schärfe. Newman starrte auf das Gesicht des Mannes hinter dem Steuer des Wagens, der Alexis überrollte. Die Bilder zeigten den Moment des ersten Aufpralls. Ihm wurde übel.

»Warum sollte ich Ihnen glauben, daß Sie das nicht befohlen haben?« fragte Newman.
Ohne die Waffe zu beachten, drehte Karlow sich um und schaute dem Engländer gerade ins Gesicht. Seine dunklen Augen blickten fest und mit einem Ausdruck der Resignation.
»Wenn Sie mir nicht glauben, dann drücken Sie doch ab. Bringen Sie es hinter sich. Erschießen Sie den falschen Mann.«
»Spricht dieser Poluschkin Englisch?« fragte Newman.
»Ja. Er ist taubstumm.«
»Taubstumm?«
»Unser Ausdruck für einen Mann, der vorgibt, nur Russisch zu sprechen, aber auch andere Sprachen fließend beherrscht. Auf diese Weise reden andere Leute manchmal offen in seiner Gegenwart.«
»Dort diese Fernsprechzelle. Können Sie ihn anrufen? Überreden Sie ihn, sofort herzukommen. Auf englisch? Sagen Sie ihm, es erfolge aus Gründen der Geheimhaltung.«
»Das könnte ich machen. Wie ich schon sagte, der Mann ist ein Psychopath. Ich mache mir wirklich nichts aus ihm.«

Newman ging hinter Poluschkin, der sich mit schweren, mühsamen Schritten bergauf bewegte. Der Russe schaute zweimal nach hinten, während sie den Windungen des Weges folgten, und jedesmal hielt Newman die Waffe auf ihn gerichtet.
Das Mondlicht warf in Abständen die Schatten der Kiefern über den Weg, und in der Ferne glitzerten die Hafenlichter wie die Sterne über ihnen. Es war still. Kein anderes Geräusch war zu hören als das ihrer Schritte. Höher und höher stiegen sie, hin zum höchsten Punkt, auf demselben Weg, den Newman schon zweimal gegangen war. Das zweite Mal des Nachts, als er auf die Abfahrt nach Tallinn am folgenden Tag wartete.
Zehn Minuten später kehrte Newman auf dem bergab führenden Pfad allein zurück. Er spürte kaum die Kälte der Nacht. Er folgte dem Pfad hinunter zu der Stelle, wo er Karlow hatte gehen lassen. Als er die Uferstraße erreichte, schaute er vorsichtig nach beiden Richtungen, ehe er die Fahrbahn überquerte.
Er warf den Revolver in weitem Bogen ins Hafenbecken, und er verschwand. Er war immer noch voll geladen. Kein Schuß war abgefeuert worden. »In Finnland schießt man nicht die Leute über den Haufen...«

Newman ging den ganzen Weg zurück bis zu der Stelle, wo er seinen Wagen verlassen hatte und in Karlows Fahrzeug umgestiegen war. Er ließ sich hinters Lenkrad fallen, drehte den Zündschlüssel und fuhr zum *Marski* zurück. Er war total erschöpft.
Am nächsten Morgen wollte er die Maschine nach Paris über Brüssel nehmen. Er schuldete es Marina, Alexis' Schwester, sie über das Geschehene zu informieren. Ungewißheit konnte jeden, ob Mann oder Frau, verrückt machen. Und er hatte Marina immer gemocht. Vielleicht hatte er die falsche Frau geheiratet.
Nach Paris würde er auf Wanderschaft gehen – alle Plätze dieser Welt aufsuchen, die er immer hatte sehen wollen. Zumindest das Geld für ein solches Unternehmen hatte er – sein Buch »*Kruger: Der Computer, der irrte*« hatte ihm ein Vermögen eingebracht. O Gott, wie müde war er doch.
Die Szene im Quellen-Park würde ihn immer verfolgen. Er hatte Poluschkin bis zum höchsten Punkt des Hügels vor sich hergehen lassen, einem kleinen Felsplateau, zwanzig Meter über einem darunter vorbeiführenden Pfad. Vom Plateau fiel der Fels steil wie eine Wand ab.
Sie standen da, Poluschkin mit dem Rücken zum Abgrund, Newman mit der Waffe in der Hand vor ihm. Wieder protestierte der Russe, aufgebracht und mürrisch, mit einer Spur von Angst.
»Was, verdammt, soll das alles? Ich habe Ihnen nichts getan...«
»Nur meine Frau ermordet – Alexis Bouvet.«
»Wovon reden Sie?«
Newman zog eine der Fotografien heraus, die Karlow ihm gegeben hatte. Es war mondhell auf der Klippe. Immer noch die Waffe auf ihn richtend, machte Newman zwei Schritte auf Poluschkin zu, so daß dieser das Bild deutlich sehen konnte. Der Russe schnappte nach Luft, tat einen Schritt rückwärts – über den Felsrand hinaus. Er warf beide Arme hoch und fiel ins Bodenlose. Er schrie. Es war ein schrecklicher Laut. Er schlug zwanzig Meter tiefer auf, und der Schrei endete abrupt. Newman hätte schwören können, den Aufprall des Körpers auf dem Pfad gehört zu haben.
Er blickte in den Abgrund hinunter. Poluschkin war als undeutlicher, formloser Schatten zu sehen. Newman wandte sich ab und begann den langen Abstieg.

43

»Stilmar ist nach wie vor in der Amerikanischen Botschaft«, berichtete Karma dem hinter seinem Schreibtisch sitzenden Mauno. »Aber da hat sich möglicherweise etwas getan. Vor einer halben Stunde hat eine Limousine jemanden in der Botschaft abgeliefert. Eine Limousine, wie die Russen sie fahren.«
»So. Dann gibt es ein Geheimtreffen zwischen Russen und Amerikanern. Was ist mit Cord Dillon?«
»Auch eine neue Entwicklung – ich wollte eben darauf zu sprechen kommen. Er und Helene Stilmar sind heute spätabends ins ›Marski‹ umgezogen. Sie müssen das Hotel gewechselt haben, während Sie den Piloten der Alouette befragten.«
»Ins ›Marski‹?« Mauno richtete sich auf. »Das heißt wesentlich näher beim Tehtaankatu.«
»Zumindest glauben wir, es war Cord Dillon«, fügte Karma hinzu. »Unser Mann hat Helene Stilmar eindeutig erkannt. Was die Identität des Mannes in ihrer Begleitung angeht, war er sich nicht ganz sicher. Er hatte sich mit tief ins Gesicht gedrücktem Hut und aufgestelltem Mantelkragen vermummt.«
»Noch etwas?«
»Ja.« Karma ging bei seinem Bericht systematisch vor, las alles von getippten Blättern ab, die vor ihm auf dem Tisch lagen. »Tweed ist aus dem ›Hesperia‹ verschwunden.«
»Was!« Mauno sprang auf, ging zu Karma, so daß er dicht neben ihm stand. »Wann ist das passiert?«
»Soviel wir sagen können, auch etwa um die Zeit, als Sie den Hubschrauberpiloten überprüften.«
»Diese Alouette...« Mauno begann mit gesenktem Kopf im Raum herumzugehen. »Wissen Sie, das konnte ein geschicktes Ablenkungsmanöver sein. Eine Taktik von Tweed. Der Pilot sagte, er müsse in Turku auftanken. Dazu kommt die Tatsache, daß wir nicht sicher wissen, wo Cord Dillon sich aufhält. Haben wir einen Wagen greifbar? Gut. Ich muß schnellstens zum Flughafen von Turku. Ich werde selber fahren. Und Sie kommen mit. Vielleicht kommen wir rechtzeitig hin...«

Der silbergraue Citroën raste nahe Turku auf der Schnellstraße dahin. Tweed saß vorn neben Butler, der den Wagen lenkte. Ingrid saß hinten neben dem vierten Fahrgast. Auf seinen Knien

hatte Tweed den Plan von Turku ausgebreitet, den Kapitän Prii ihm in der Zollstation von Harwich überlassen hatte.
»Jetzt müssen Sie bald links abbiegen, glaube ich«, warnte er Butler. »Fahren Sie etwas langsamer, damit ich die Straßenschilder lesen kann.«
»Glauben Sie, daß Fergusson und Nield Erfolg mit ihrem Täuschungsmanöver haben?« fragte Butler.
»Sie fahren den gleichen Wagen wie wir – dasselbe Modell, dieselbe Ausführung. Hoffen wir es. Es wäre ein großer Fehler, unseren Freund Mauno zu unterschätzen. Er hat so seine wachen Momente.«

»Wir wissen jetzt, welchen Wagen Tweed fährt«, sagte Mauno zu Karma, hängte das Mikrofon des Sprechfunkgerätes an seinen Platz und faßte, sehr zu Karmas Erleichterung, das Lenkrad wieder mit beiden Händen. »Ein silbergrauer Citroën. Von einem Hotelbediensteten im ›Hesperia‹ wurde Tweed gesehen, wie er in den Wagen einstieg. Schade, daß der Mann nachher Kaffeepause machte...«
»Wenn wir weiter so dahinrasen«, erklärte Karma, »müssen wir zurechtkommen.«
»Fahren Sie nicht ohnedies gern in der Nacht?« fragte Mauno mit trockenem Lächeln.
»Es macht mir nichts aus – solange wir auf der Fahrbahn bleiben.«
»Wie Sie sehen«, erklärte Mauno, »erweist sich jetzt meine Position als nützlich. Tweed wird es nicht wagen, die Geschwindigkeitsbegrenzung zu überschreiten.«
Damit stieg er aufs Gaspedal, und Karma neben ihm suchte mit Händen und Füßen nach mehr Halt.

»Wir haben ihn!« sagte Mauno. »Schauen Sie nach vorn – der Wagen, der gerade um die Kurve fährt. Haben Sie das rote Schlußlicht gesehen?«
»Ja. Vielleicht könnten wir jetzt etwas langsamer fahren?« flehte Karma.
»Es ist der silbergraue Citroën! Jetzt werden wir erfahren, was Mr. Tweed die ganze Zeit vorhatte.«
Er raste um die Kurve, und Karma preßte seine Schulter gegen den Türrahmen. Er wollte nicht bei solcher Geschwindigkeit aus dem

Wagen geschleudert werden. Mauno schaltete die Polizeisirene ein, als sie hinter dem Citroën waren, überholte diesen und verringerte seine Geschwindigkeit, so daß der Citroën langsamer fahren mußte und schließlich stehenblieb.
Mauno sprang aus dem Wagen und ging mit schnellen Schritten zu dem stehenden Fahrzeug zurück. In der Hand hielt er seinen Dienstausweis. Er hörte, wie Karma, der sich ans Lenkrad gesetzt hatte, hinter ihm den Wagen zurücksetzte, um dem Citroën den Weg zu blockieren.
»Sicherheitspolizei...«
Mauno stockte mitten im Satz und starrte Nield an, der das Seitenfenster herunterkurbelte und, seinen Schnurrbart zwirbelnd, zu ihm hochsah. Fergusson neben ihm schaltete das Autoradio ab. Nield betrachtete ihn gelassen und sagte nichts, während Mauno auf die leeren Sitze im Wagenfond schielte.
»Sie kennen einen Mr. Tweed?« fragte Mauno.
»Habe ihn zuletzt im ›Hesperia‹ in Helsinki gesehen.«
»Verstehe. Und wohin fahren Sie?«
»Turku. Ein Kurzurlaub...«
»Sie sind auf der Straße zum Flughafen.«
»Da haben wir die falsche Abzweigung genommen. Können wir jetzt fahren? Oder haben wir gegen eine Verkehrsvorschrift verstoßen?«
»Nicht daß ich wüßte.«
Mauno sagte zu Karma, er wolle wieder das Steuer übernehmen. Als er auf den Sitz glitt, sah er im Rückspiegel den Citroën, der gerade wendete. Mauno wartete, bis das Fahrzeug um die Kurve verschwunden war.
»Ich hatte recht«, sagte er. »Es ist der Flugplatz. Diese verdammte Alouette. Sie wird dort warten.«
Ein bis zwei Kilometer von ihnen entfernt, in die Gegenrichtung fahrend, tat Nield einen Stoßseufzer. Er bog in die Straße nach Turku ein und trat dann das Gaspedal durch.
»Jetzt treffen wir uns mit Tweed«, sagte er. »Wo ist die Kopie der Kartenskizze, die er für uns angefertigt hat?«

Das große, von einem starken Außenbordmotor angetriebene Schlauchboot, das ein Mann von Olaf Priis Mannschaft steuerte, legte in der Nähe von Turku vom Ufer ab und hielt auf die *Saaremaa* zu. Auf dem Wasser war es kühl, und Ingrid, die

neben Tweed saß – die anderen hatten hinter den beiden Platz genommen –, schlug den Mantelkragen hoch.
Tweed saß bewegungslos da wie eine Statue. Die See war ruhig, aber das Boot hüpfte über die Wellen. Er wurde leicht seekrank und fühlte sich koddrig. Er schob ein Dramamin in den Mund, schluckte es hinunter und sah mit grimmiger Miene der nächsten halben Stunde entgegen, in der die Pille Wirkung zeigen sollte.
Wie vereinbart, blieb Kapitän Prii in seiner Kajüte, während die Passagiere an Bord kamen und ihre Quartiere aufsuchten. Nachdem das Schlauchboot eingeholt war, befahl er Fahrt voraus. Tweed suchte ihn in seiner Kajüte auf.
»Ich wüßte gerne, wann wir die finnischen Gewässer eindeutig hinter uns haben.«
»Jeden Augenblick«, antwortete Prii in derselben Sprache, der Tweed sich bediente, auf Deutsch. »Und morgen früh sollten wir Land sichten.«
»Dann gehe ich zu Bett. Ich brauche etwas Schlaf. Wecken Sie mich nur im äußersten Notfall.«

»Ihre Alouette tankte auf und ist vor zwei Stunden wieder gestartet«, teilte der Beamte des Kontrollturms auf dem Flughafen von Turku Mauno mit.
»Verstehe. Aber es ist nicht *meine* Alouette. Flugziel?«
»Arlanda.«
»Danke.« Mauno sagte nichts, bis sie zum Wagen zurückgekehrt waren und er wieder neben Karma saß. »Gott sei gedankt.«
»Ich dachte, wir wollten sie schnappen«, warf Karma ein.
»Hauptsache, sie sind außer Landes. Sollte es eine diplomatische Anfrage geben, können wir sagen, wir hätten es zumindest versucht. Ich wiederhole«, Mauno ließ den Motor an, »sie sind außer Landes. Vielleicht sehen wir jetzt friedlicheren Zeiten entgegen. Wir fahren jetzt am besten zurück – sonst glaubt meine Frau noch, ich hätte sie verlassen...«

Sie saßen wieder im Schlauchboot, nahe vor der Küste von Ornö. Der Matrose von der *Saaremaa* schien bezüglich der Orientierung unsicher zu sein, und Ingrid hatte sich die Seekarte von ihm geborgt – dieselbe, die Casey vor dem *Kalastajatorppa* Tweed übergeben hatte.
»Verstehen Sie was von Seekarten?« fragte Nield.

»vielleicht mehr als Sie. Ich hatte einen Freund, der ein Segelfanatiker war. Er nahm mich oft in den Archipel mit. Ich erkenne den Felsen dort wieder...«
Sie wies auf einen runden, glatten Fels, der aus dem Wasser ragte und dessen Oberfläche mit Heidegestrüpp bewachsen war. Nield starrte zu ihm hin, und sein Gesicht drückte totalen Zweifel aus.
»Die sehen einer wie der andere aus.«
»Nein, stimmt nicht. Dieser dort hat eine muschelförmige Vertiefung obenauf, die mit Wasser gefüllt war.« Sie ergriff den Matrosen am Arm und deutete auf eine schmale Bucht, auf die er Kurs nehmen solle.
»Ich kann's nicht glauben«, sagte Nield, ließ den Blick rundum übers Meer schweifen, aus dem zwanzig oder mehr Inselchen oder Felsen verschiedenster Größe herausragten. »Ich kann's einfach nicht glauben.« Er schaute zu Tweed hin, der unnatürlich steif dasaß. »Geht's Ihnen gut?«
»Ich schlage vor, wir landen da, ob es nun die richtige oder die falsche Stelle ist.«
Casey, ein Fernglas um den Hals gehängt, stieg zwischen den Bäumen zum Ufer hinab. Er half mit, das Schlauchboot an Land zu ziehen, nachdem die Insassen ausgestiegen waren.
»Ich beobachte euch eine halbe Stunde. Wie ihr diesen gottverlassenen Ort gefunden habt, wird mir immer ein Rätsel sein.«
»Ingrid hat ihn gefunden«, sagte Tweed und schaute Butler an, der, was Ingrid betraf, stets so mißtrauisch gewesen war. »Und jetzt bringen Sie uns gefälligst nach Arlanda. Ich möchte meine Maschine nicht verpassen.«

Mittels einer von Tweed ausgearbeiteten simplen Strategie vermieden sie in Arlanda, zuviel Aufmerksamkeit auf sich zu lenken. Fergusson und Nield stiegen aus dem Hubschrauber und gingen mit ihren Koffern zum Taxistand und ließen sich zum *Grand Hotel* fahren.
»Nield und Fergusson nehmen morgen eine Maschine zurück«, sagte Tweed zu Butler. »Ihr beide geht auf die Herrentoilette und verändert euer Aussehen. Und da ist der Paß. Ich möchte mich noch ungestört mit Ingrid unterhalten.«
Er nahm die Schwedin ins Büffet mit, wo sie sich Kaffee bestellten und an einem abgeschiedenen Tisch Platz nahmen. Er überreichte ihr ein längliches, dickes Kuvert.

»Das ist Ihr Honorar. Ich bin sehr dankbar, Sie waren mir eine große Hilfe.«
»Tweed, warum kann ich nicht mit Ihnen nach London kommen und bei Ihnen arbeiten?«
»Weil Sie nicht der Typ sind, der den ganzen Tag am Schreibtisch sitzen und öden Versicherungskram bearbeiten mag. Und ich habe nur wenig Personal. Es gibt keine freie Stelle.«
»Also werden wir uns nie wiedersehen?« brachte sie mühsam heraus.
»Wir sehen uns, wenn ich das nächste Mal in Skandinavien bin.«
»Und wann wird das sein?«
»Ich habe keine Ahnung«, gab er zu. »Aber wir können in Kontakt bleiben.«
»Kann sein.«
»Da gibt es kein ›kann sein‹.« Er schaute auf die Uhr. »Ich verpasse meine Maschine, wenn ich jetzt nicht gehe. Nochmals vielen Dank.«
Sie sah ihm nach, aber er schaute nicht zurück. Nichts an seinem Gesichtsausdruck verriet den Widerstreit seiner Gefühle.
Als die Maschine SK 525 nach London mit röhrenden Triebwerken in den Himmel stieg, schaute Ingrid ihr nach, bis sie ihrem Blick entschwand. Dann ging sie langsam zum Taxistandplatz. Es war zwanzig nach neun vormittags.

Etwas mehr als eine Stunde vorher war Newman mit der Maschine AY 873 nach Paris gestartet. Mauno hatte ihn vom *Marski* abgeholt und zum Flughafen Vantaa gefahren.
»Ein toter Russe namens Poluschkin wurde am Fuße eines Felsens im Quellen-Park gefunden«, sagte er zu Newman, als sie sich dem Flughafen näherten. »Sie kennen den Quellen-Park?«
»Ich bin dort spazierengegangen, ja.«
»Interessant ist, daß Tallinn sich über den Unfall nicht allzusehr aufregt. Dieser Poluschkin hatte offenbar nach seiner Rückkehr nach Estland einen Militärgerichtsprozeß zu erwarten. Irgend etwas in Zusammenhang mit Korruption, nehme ich an. Vielleicht wußte er das und tat vergangene Nacht vom höchsten Punkt des Quellen-Parks den Schritt in den Abgrund.«
»Also haben Sie keinerlei Problem?« fragte Newman, als der Finne vor dem Eingang zum Flughafen hielt.

»Oh, Probleme habe ich immer. Aber so ist das Leben. Ich glaube, Sie tun weise daran, für eine Weile Finnland fernzubleiben. Sie werden den Artikel veröffentlichen?«
»Er ist bereits unterwegs. Und ich wünschte, ich könnte etwas länger hierbleiben.«
Bevor er an Bord der Maschine ging, fiel sein Blick auf das Symbol der Finnair, ein schräggestelltes F mit einer von seiner Basis eilends wegstrebenden Linie. Das Symbol war kennzeichnend für das, was Newman hier erlebt hatte. Sein Aufenthalt in Finnland hatte einige Zeit gedauert, doch die Zeit schien wie im Fluge vergangen.
Als das Flugzeug abhob, schaute er aus dem Fenster. Unten dehnte sich im Sonnenlicht der Blick auf Wald, Seen und Fels. Eines Tages würde er wiederkommen.

44

»Ich möchte Sie mit Adam Procane bekannt machen«, sagte Tweed zu Cord Dillon.
Der Amerikaner war am folgenden Tag von Helsinki direkt nach London geflogen. Helene Stilmar hatte dieselbe Maschine genommen, aber sie saßen nicht nebeneinander. In Heathrow wartete ein Wagen, und man hatte Dillon in die alte Stadt Wisbech in East Anglia gefahren.
Seit langem schon ist die Zeit spurlos an Wisbech vorbeigegangen. Die alten, mehrstöckigen Lagerhäuser am Fluß, aus deren oberstem Stockwerk ein Haken zum Aufziehen der Güter herausragt, modern dahin und sind dringend renovierungsbedürftig.
Tweed machte die Bemerkung zu Dillon, als er ihn durch den Hintereingang eines dieser offensichtlich verlassenen Bauwerke geleitete. Im höhlenartigen Erdgeschoß roch es muffig nach Alter und Verfall. Der Fußboden war mit niedergetretenem Stroh bedeckt, über das viele Füße gegangen waren. Tweed stieg über eine knarrende Holztreppe nach oben.
Am Ende der Treppe ging er einen langen, aus Brettern gezimmerten Korridor hinunter. Ihre Fußtritte waren das einzige Geräusch. Tweed pochte in unregelmäßigem Rhythmus gegen eine Tür, und die Tür wurde von innen von Butler geöffnet, der dastand und eine automatische Pistole auf Tweed gerichtet hielt.

»Kommen Sie, Cord.«
»Was ist das hier?«
»Kommen Sie mit, dann werden Sie's sehen.«
Dillon trat ein, und Butler schloß die Tür und schob zwei gutgeölte Riegel vor. Der Raum war nicht möbliert und sah aus, als hätte seit Jahrhunderten niemand mehr hier gewohnt. Auch hier lag Stroh auf dem Boden. Butler führte sie zu einer Seitentür, schloß sie auf und trat beiseite, um sie eintreten zu lassen.
»Cord, darf ich Sie mit Adam Procane bekannt machen.«
Dieser Raum war anders; Dillon sah, daß er an der Voderfront des Lagerhauses lag und daß man von ihm aus auf den schmutzigen Fluß blicken konnte. Ein Wilton-Teppich in Blaßgrau bedeckte den Boden von Wand zu Wand. In der Mitte des Zimmers stand ein Tisch mit schwarzer Tischplatte und Chromröhren als Tischbeinen. Sechs Stühle von der gleichen Bauart umstanden ihn. Auf dem Tisch stand ein Tonbandgerät. Die Fensterscheiben waren so verschmutzt, daß sie undurchsichtig waren. Das Licht war düster und unheimlich.
Hinter dem Tisch saß ein Mann und blickte ihnen entgegen. Er erhob sich, als die drei hereinkamen. In einem Sportsakko und marineblauer Hose wirkte er ein wenig deplaziert. Tweed wandte sich um und deutete auf Dillon.
»Cord, das ist Adam Procane«, sagte er.
»Es freut mich, Sie kennenzulernen, Mr. Dillon«, sagte Oberst Andrei Karlow.

»Es war das komplizierteste und nervenaufreibendste Unternehmen meiner bisherigen Laufbahn«, sagte Tweed. Er stand mit auf dem Rücken verschränkten Händen in seinem Büro am Park Crescent.
»Ich kenne mich noch immer nicht aus«, erwiderte Monica.
»Karlow hatte mir auf Umwegen Nachricht zukommen lassen, daß er für immer in den Westen gehen wolle. Er ist ein besonderer Fang – Rußlands brillantester Mann auf dem Gebiet der vom Kreml geplanten Gegenmaßnahmen zum amerikanischen Starwars-Projekt. Man stationierte ihn in Estland. Ohne einen von einem GRU-General unterzeichneten Marschbefehl kann niemand von dort weg. Ich mußte mir einen triftigen Grund für Lysenko ausdenken, damit er Karlow nach Finnland schickte...«

». . . und Sie ihn von dort nach dem Westen bringen konnten.«
»Genau. Mir fiel der fiktive Adam Procane ein – den es als Namen bereits gab.«
»Als Namen? Das müssen Sie mir erklären, bitte.«
»Als Karlow bei der Sowjetbotschaft in London war, wurde ihm klar, daß der Westen ihm gefiel. Und auf privater Ebene, daß seine Frau ihm zuwider war. Durch Mittelsmänner ließ er mich darüber informieren. Um ihn zu schützen, lieferte *ich* ihm Material, das angeblich von einem Amerikaner stammte, einem geheimnisvollen Adam Procane. Es waren Informationen, von denen wir wußten, daß die Russen über sie ohnedies bald ebenso verfügen würden. Dann änderte Karlow seine Absicht, als Moskau ihn mit Aussicht auf Beförderung zurückrief.«
»Er scheint ein unbeständiger Mensch zu sein.«
»Er ist Russe. Sie haben stets Heimweh – bis sie heimkommen und entdecken, daß es ihnen zu Hause nicht gefällt. Meine erste Aufgabe bestand darin, Gerüchte in die Welt zu setzen, daß ein Adam Procane die Absicht habe, nach dem Osten überzulaufen. Dementsprechende Besuche bei Lisa Brandt in Frankfurt, André Moutet in Paris, Alain Charvet in Genf und Julius Ravenstein in Brüssel folgten. Sie alle streuten das Gerücht aus, daß Adam Procane nach Moskau wolle.«
»Wußten sie, um was es Ihnen eigentlich ging?«
»Natürlich nicht! Ich sagte ihnen, ich hätte gehört, Procane sei schon unterwegs, und ich müßte herausbekommen, wer er sei. Die Gerüchte erreichten London, Washington und – was vor allem wichtig war – Moskau.«
»Damit war alles in Szene gesetzt, die Russen zu veranlassen, nach ihm Ausschau zu halten?«
»Genau. Der Zeitpunkt war glücklich gewählt. Angesichts der bevorstehenden Präsidentenwahl im November sah der Kreml eine letzte Chance, Reagans Wiederwahl zu verhindern. Wenn ein hochrangiger Mann aus Washington nach Moskau überlief, würde der Skandal für Reagan tödlich sein. Das war der Köder, auf den sie, wie ich dachte, anbeißen würden.«
»Die Amerikaner wußten, was Sie vorhatten?«
»Nein! Nur drei Personen auf der Welt kannten die Wahrheit – die Premierministerin, der Präsident der Vereinigten Staaten und ich. Ich konnte mir ein Informationsleck nicht leisten. Was mich am meisten grämte, war die Tatsache, daß ich so viele alte Freunde

hintergehen mußte – doch es war die einzige Möglichkeit, Karlow nach Finnland zu kriegen. Wie ich gehofft hatte, betraute Lysenko ihn mit der Procane-Sache – für den Fall, daß diese nach hinten losginge ...«
»Dann wäre Karlow der Sündenbock gewesen?«
»Das war immer Lysenkos Methode.«
»Es ging also alles nach Plan?«
»Nein, es ging nicht. Das tut es nie«, sagte Tweed leicht erregt. »Newman hätte um ein Haar im letzten Augenblick alles zunichte gemacht, als er sich Karlow schnappte. In der Tat war es so, daß ich mit dem Wagen an ihnen vorbeifuhr, als ich auf dem Wege war, Karlow vor der Botschaft aufzufischen. Glücklicherweise ließ Newman aus Gründen, über die ich nicht reden möchte, Karlow gehen.«
»Karlow muß sehr schlau vorgegangen sein«, meinte Monica.
»Ja. Er überließ Lysenko sogar einige fingierte Berechnungen darüber, wie man dem amerikanischen ASD-Programm begegnen könnte. Bei etwas Glück werden damit die sowjetischen Analytiker eine Zeitlang in die Irre geführt werden.«
»Warum aber sind Sie zur russischen Grenze bei Imatra gefahren?«
»Um Lysenkos Aufmerksamkeit von Helsinki abzulenken. Komisch, wenn man daran denkt – alles hing von einem Kaktus ab, den Karlow in seinem Büro auf das Fensterbrett stellte. Das war für den Mann, der uns nach dem Westen brachte, das Zeichen, einen bestimmten Treffpunkt anzulaufen – zusammen mit dem Signal, das Sie gegeben haben. Aber dieser Mann haßte Karlow, also mußte ich auch ihn täuschen. Er hat den geheimen Passagier, den er hinausbrachte, nie zu Gesicht bekommen.«
»Wie ich den Falls sehe, hing also alles davon ab, daß Karlow die Erlaubnis erteilt bekam, nach Finnland auszureisen?«
»Genau«, stimmte Tweed ihr bei. »Um Moskau davon zu überzeugen, daß Procane unterwegs sei, mußten mehrere Amerikaner nach Skandinavien in Marsch gesetzt werden. Der Präsident befahl Cord Dillon und Stilmar, Procane in Europa aufzuspüren – ohne ihnen zu sagen, daß es diesen Procane überhaupt nicht gab.«
»Cord Dillons Affäre mit Helene Stilmar muß alle Berechnungen über den Haufen geworfen haben.«
»Im Gegenteil«, warf Tweed ein. »Es gab gar keine Affäre. Da trug

der Präsident aus Eigenem zur Verwirrung bei. Unnötig besorgt um Dillon, befahl er einer Frau, zu der er volles Vertrauen hatte, nicht von Dillons Seite zu weichen. Das war Helene. Und die einzige Möglichkeit für sie, das auszuführen, war, so zu tun, als habe sie ein Verhältnis mit ihm.«

»Ich verstehe immer noch nicht, warum Sie sicher sein konnten, daß Dillon mit dem Schiff nach Helsinki fahren würde. Außerdem hat Butler mir erzählt – um Gottes willen, machen Sie keinen Gebrauch davon –, daß eure Abschirmung in Stockholm lausig war. Jeder wohnte im Luxushotel, Telefongespräche gingen über die Zentrale, alles wurde in Gegenwart von Ingrid besprochen.«

Tweed wurde ärgerlich. »Sehen Sie das nicht ein? Das war Absicht. Die Russen sollten wissen, wo ich war. Wenn sie hörten, was ich am Telefon sagte, war das für sie nur eine Bestätigung dafür, daß Procane nach Rußland unterwegs war.«

»Und Dillon, der dann doch per Schiff nach Finnland fuhr?«

»Der Präsident hatte Dillon, bevor er Washington verließ, instruiert, weitere Befehle von mir entgegenzunehmen. Cord suchte mich, wie vereinbart, eines Nachts spät im ›Grand Hotel‹ auf. Er wußte nicht, warum, und ich sagte ihm, er müsse das Schiff nach Finnland nehmen. Und bevor er abfuhr, rief er Karlow an, tat so, als wäre er Procane, sagte, er komme – und verstellte dabei die Stimme so, daß man sie für die eines Mannes oder einer Frau halten konnte. Daß Helene mit ihm fuhr, war für mich eine Komplikation, die ich nicht begriff.«

»Sobald also Dillon und Stilmar in Helsinki waren und Sie dort auftauchten, mußte Lysenko denken, Procane sei eingetroffen.«

»Und er schickte Karlow nach Finnland, um dort die Leitung der Sache zu übernehmen, wie ich es gehofft hatte. Und Karlow hat sich äußerst klug verhalten – er schickte andauernd Berichte nach Moskau, in denen er seine Zweifel zum Ausdruck brachte, so daß man dort zuallerletzt auf die Idee gekommen wäre, Karlow selbst könnte Procane sein. Und ich brachte einen Paß auf den Namen Partridge mit, in den Karlows Foto eingeklebt war. Er hatte ihn mir in London gegeben, für den Fall, daß er sich zur Rückkehr entschließen sollte. Durch den Zoll in Arlanda ging er als Engländer.«

»Es muß, wie Sie schon gesagt haben, nervenaufreibend gewesen sein.«

»Das war es. Auf einen Nenner gebracht, hing alles davon ab, daß Lysenko glaubte, Procane sei in Finnland, und daß Karlow den Auftrag erhielt, ihn nach Moskau zu eskortieren. Das Procane-Täuschungsmanöver hatte den einzigen Zweck, Karlow auf neutrales Gebiet zu bringen, von wo ich ihn wegzaubern konnte.«
»Und jetzt haben wir unsere Glaubwürdigkeit in Washington in schreckenerregende Höhen getrieben.«
»Die Premierministerin weiß, was sie tut«, antwortete Tweed geheimnisvoll.

»Sie brauchen einen neuen Anzug«, sagte Monica, Tweeds Jackett abbürstend, der recht befangen vor ihr stand. »Zur Audienz bei der Premierministerin müssen sie anständig aussehen. Und noch etwas fällt mir ein, was ich Sie fragen wollte. Was geschah mit Bob Newman?«
»Gott weiß, was. Armer Teufel. Als Fergusson heute von Stockholm zurückkam, sagte er mir, Laila habe im ›Grand Hotel‹ angerufen und mich zu erreichen versucht. Sie sah, wie er sich auf dem Flughafen Vantaa von Mauno verabschiedete. Die beiden schienen in gutem Einvernehmen zu stehen. Und Laila hörte ein eigenartiges Gerücht über einen toten Russen, den man am Fuße eines Felsabsturzes im Quellen-Park gefunden haben soll. Ich habe keine Ahnung, was das zu bedeuten hat.«
»Glauben Sie, daß wir ihn jemals wiedersehen – Newman?«
»Ich hoffe es – aber das liegt ganz bei ihm.«
»Muß schwierig für Sie gewesen sein.« Sie trat zurück, um ihn besser in Augenschein nehmen zu können. »Jetzt sehen Sie einigermaßen aus.«
»Ja, es war schwierig – die Teile des Puzzlespiels richtig aneinanderzupassen.«
»Puzzlespiel ist der richtige Ausdruck dafür.«
»Das Problem war, daß einige Teile sich eigenmächtig zu bewegen begannen. – Ich glaube, ich gehe jetzt besser«, sagte er ohne viel Begeisterung.
»Sie wird Ihnen den Posten des obersten Chefs anbieten. Howard ist schon mit einem Fuß draußen.«
»Wenn ich akzeptiere...«
»O mein Gott! Sie denken doch nicht etwa daran, abzulehnen?«
»Sehen Sie es einmal von der Seite: einen Gegner zu hintergehen das ist eine Sache. Ich aber mußte alle meine Freunde hintergehen

– Hornberg, Sarin, Charvet, Moutet, Lisa Brandt und Ravenstein. Ganz zu schweigen von meinen eigenen Leuten – Butler, Nield und Fergusson. Und Ihnen.«

»Sie werden es nie erfahren. Sie sagten mir doch, der Präsident werde alles geheimhalten. Cord Dillon mußte es erfahren, denn er nimmt an den Gesprächen mit Karlow nach dessen Flucht teil. Und letzten Endes geht Karlow nachher nicht einmal in die Staaten. Sie geben ihm eine neue Identität. Niemand wird es je erfahren«, wiederholte sie.

»Ich weiß«, sagte er und ging.

QUELLENVERZEICHNIS

HINTERHALT
Titel der Originalausgabe
THE PALERMO AMBUSH
Aus dem Englischen von Thomas Pape

Copyright(c) 1972 Colin Forbes
Copyright(c) 1989 der deutschen Ausgabe
by Wilhelm Heyne Verlag GmbH & Co. KG, München

Der Titel erschien bereits unter der Band-Nr. 01/7788

DER ÜBERLÄUFER
Titel der Originalausgabe
COVER STORY
Aus dem Englischen von Elisabeth Prada

Copyright(c) 1989 by Colin Forbes
Copyright(c) 1989 der deutschen Ausgabe
by Wilhelm Heyne Verlag GmbH & Co. KG, München

Der Titel erschien bereits unter der Band-Nr. 01/7862

David Morrell

Einer der meistgelesenen amerikanischen Thriller-Autoren.

»Aufregend, provozierend, spannend.«
Stephen King

Schwur des Feuers
01/9569

Der Mann mit den hundert Namen
01/10112

01/9569

Heyne-Taschenbücher

Robert Ludlum

»Ludlum packt in seine Romane mehr an Spannung als ein halbes Dutzend anderer Autoren zusammen.«
THE NEW YORK TIMES

Die Matlock-Affäre
01/5723

Das Osterman-Wochenende
01/5803

Das Kastler-Manuskript
01/5898

Das Jesus-Papier
01/6044

Der Gandolfo-Anschlag
01/6180

Der Matarese-Bund
01/6265

Der Borowski-Betrug
01/6417

Das Parsifal-Mosaik
01/6577

Die Aquitaine-Verschwörung
01/6941

Die Borowski-Herrschaft
01/7705

Das Genessee-Komplott
01/7876

Das Borowski-Ultimatum
01/8431

Das Omaha-Komplott
01/8792

Der Holcroft-Vertrag
01/9065

Das Scarlatti-Erbe
01/9407

Die Scorpio-Illusion
01/9608

Die Halidon-Verfolgung
01/9740

Der Rheinmann-Tausch
01/10048

Heyne-Taschenbücher

Colin
Forbes

*»Kein anderer
Thrillerautor schreibt wie
Colin Forbes!«*
SUNDAY TIMES

Target V
01/5314

Tafak
01/5360

Nullzeit
01/5519

Lawinenexpreß
01/5631

Focus
01/6443

Endspurt
01/6644

Das Double
01/6719

Die Höhen von Zervos
01/6773

Gehetzt
01/6889

Fangjagd
01/7614

Hinterhalt
01/7788

Der Überläufer
01/7862

Der Janus-Mann
01/7935

Der Jupiter-Faktor
01/8197

Cossack
01/8286

Schockwelle
01/8365

Incubus
01/8767

Feuerkreuz
01/8884

Die unsichtbare Flotte
01/9592

Todesspur
01/10345

Heyne-Taschenbücher

Tom Clancy

»Tom Clancy hat eine natürliche erzählerische Begabung und einen außergewöhnlichen Sinn für unwiderstehliche, fesselnde Geschichten.«

THE NEW YORK TIMES

Tom Clancy
Gnadenlos
01/9863

Tom Clancy
Ehrenschuld
01/10337

Tom Clancy
Steve Pieczenik
Tom Clancy's OP-Center
01/9718

Tom Clancy
Steve Pieczenik
**Tom Clancy's OP-Center
Spiegelbild**
01/10003

01/10337

Heyne-Taschenbücher

Alistair MacLean

Todesmutige Männer unterwegs in gefährlicher Mission.

Action und Spannung von der ersten bis zur letzten Seite.

Eine Auswahl:

Souvenirs
01/5148

Dem Sieger eine Handvoll Erde
01/5245

Die Insel
01/5280

Golden Gate
01/5454

Partisanen
01/6592

Die Erpressung
01/6731

Einsame See
01/6772

Das Geheimnis der San Andreas
01/6916

Tobendes Meer
01/7690

Der Santorin-Schock
01/7754

Die Kanonen von Navarone
01/7983

Geheimkommando Zenica
01/8406

Nevada Paß
01/8732

Agenten sterben einsam
01/8828

Simon Gandolfi
Alistair MacLean's Golden Girl
01/9687

Simon Gandolfi
Alistair MacLean's Goldenes Netz
01/9854

Simon Gandolfi
Alistair MacLean's Goldene Rache
01/10027

Heyne-Taschenbücher